谨以此书

献给中华人民共和国成立 70 周年

献给为共和国工业做出重要贡献的粤北建设者

燃烧的交响曲

一座南方城市的"工业时代"

李迅 著

暨南大学出版社
JINAN UNIVERSITY PRESS

中国·广州

图书在版编目（CIP）数据

燃烧的交响曲：一座南方城市的"工业时代"/李迅著 . —广州：暨南大学出版社，2019.11
ISBN 978 - 7 -5668 -2730 - 2

Ⅰ.①燃…　Ⅱ.①李…　Ⅲ.①报告文学—中国—当代　Ⅳ.①I25

中国版本图书馆 CIP 数据核字（2019）第 197693 号

燃烧的交响曲——一座南方城市的"工业时代"
RANSHAO DE JIAOXIANGQU——YIZUO NANFANG CHENGSHI DE GONGYE
SHIDAI

著　者：李　迅

出 版 人：徐义雄
责任编辑：苏彩桃　武艳飞　亢东昌
责任校对：冯月盈　梁念慈
责任印制：汤慧君　周一丹

出版发行：暨南大学出版社（510630）
电　　话：总编室（8620）85221601
　　　　　营销部（8620）85225284　85228291　85228292（邮购）
传　　真：（8620）85221583（办公室）　85223774（营销部）
网　　址：http://www.jnupress.com
排　　版：广州市天河星辰文化发展部照排中心
印　　刷：韶关市新华宏达印务有限公司
开　　本：787mm×1092mm　1/16
印　　张：26.5
字　　数：450 千
版　　次：2019 年 11 月第 1 版
印　　次：2019 年 11 月第 1 次
定　　价：98.00 元

序　观照一座城的文化史

　　作为记者兼作家的李迅，在粤北耕耘经年，他和韶关这座城市一起生存，一起成长。他阅读了一座城的历史，并经历了它多年的文化变迁。他的作品《燃烧的交响曲》，由他的职业衍生，并在既定的观念上，让对象在不断的现实淘洗中，实现一种文明的自语：从不同的文史方向，描写一座城市的记忆。他为自己的城市书写，如同种植自己的园地。他为此规置了一种颇为特别的、自为的文本方式，即以多元的文本叙述，以形式杂多去囊括城的内容杂多，包括从远古向现代的步步逼近。他以大量的文献及历史的细节，去叙说与这座城有关的种种现象，而其史证的逻辑推演，在文本结构上，完成了皈依文明走向的正史叙述。

　　在《燃烧的交响曲》文本结构上，李迅采用史证的传统书写，对城市的文明史进行历时性叙述；同时，又独出心裁，尝试从跨界的大视野，去观照一座城的文化史，即从大历史的整体要求上，以铺排的陈说，或多种文体相容之调适，把一座史上屡经战事、满目疮痍的城，从多个方面，以多种时态，进行较为细致的文史解构。在叙述上，尽量演绎人文传统的自身流淌；同时，避免对之作现在时的功利评判，且以文学的方式，尽可能地延伸韶关作为南北交汇、入粤重镇的地理位置所由的人文荣耀。

　　韶关在近代史上，是一座铁血之城。史上满是血腥战事，乱世枭雄。对其书写，不宜有太多轻佻的浪漫。它钢铁的骨血以及乱世独立时的凛冽，都更切合予以沉实的、传统的，类似教科书或哲学的谨严描述。李迅此前著有《雄风古韵说传奇》，他对韶关的历史传奇、语言沉淀和人文奠基，有较多的精神堆积，他有信心实现这种兼顾历史叙述和文学表达的文本要求。

　　然而，钢与火的面貌，终究不是我们描绘这座城的终极希冀。他必须呈现它作为一座从古老中蜕生的新城、一座现代城市的本质诉求。他迫切要求用一种出神入化、融化民生的全新叙事，来彰显城的悠久人文，以及现代文明对之的赐予。

　　一座城的现代性，不在它城市建设的技术性指标，而在于它对现代文明的理解，在于城市管理者对行政的现代逻辑贯彻，并将这种逻辑，分布而成为一种城市血脉及伦理。关于这一点，作品是有所贯通的。

在主流的历史洪流中，城在人类重大事件中的浮游，往往不是城的主动，而更多是政治及时世对城的勒迫，这是战争地理的逻辑。诸如中原流民的迁徙，诸如北伐。韶关，作为出入粤地的门户，它在战争的文化史上，只能做出相应的牺牲。相较于历史叙述，文学作品需要的不是机械冷硬的实然记述，而要求另一种或然的、文化的想象，使得它的一切不幸和厄运，有了史诗的兴味和人性的意义。作品显然有这方面的用力。

将坚硬的历史转化为史诗，其间的叙事，自然要有诗性和神性的融入。因此，他的文学表达，从另一个方向，以特有的方式，对冲了一本正经的历史叙述。他叙事的多元形态，致文本所形成的阅读冲击，乃至文学理解，使文体在一气呵成的气质要求上，发生了变化。它的文本特性，考验作家，考验读者，同时考验文本及文体的合理性。

这部作品，在某种程度上，有悖一般的文章学理式，也有碍读者的文本常识，有一种亚百科全书的味道，一种什烩的嫌疑。对之臧否有之，这是很可能的。但是，既然文无定法，若果创新是为了切适动机且顺理成章，则另当别论。

适当的解释是：一座庞杂的城，对其庞杂的概括，而免百密一疏，这种文本设计是可行的。好在，它不是一部小说，也不是一部文体严谨的史志。由是，对它不求有明确定义的文章学搜例。它是一部城市的现代书写。由多个方向、多种叙述，共同去完成一种融历史、人文、艺术及其他多元结构的现代叙事，无可无不可。文学的文本要求，是努力实现诗性与神性的文本审美，是在冰冷的历史事实中，将书写的激情，阅读的温暖以至于评断的多元，发挥至极致，并以报告的文学形式，无可厚非。

多山而且冷热分明的韶关，从来就不是诗家温情礼赞的对象。从文明史与文学史的角色冲突和方式冲突来看，文学的史诗性浪漫，并不是现代城市的本质。文学的浪漫，从来就建立在乡村田园、马车与轿子的年代基础上，为心灵寻找与情绪思念的产物所衍生。一切都在未知与期待中发生。从自耕自足的乡村，到小手工业的城邦，再到大工业的集约性都市，其实是一个从素朴的形而上，到机械的形而下的过程。从田园到都市，从轻生死重仁义的拔刀（江湖）时代，到轻人情重秩序的都市规则，浪漫，作为情绪郁结和诗的结合物，在精神性的怅惘与欠缺的真实冲突上，从心灵的高处，不断下行为物理性的既定。都市浪漫从此有一种伪善的装饰，与原本的浪漫主义，有了本质上的鸿沟。

现代都市的所谓浪漫，正与汉唐辞赋、中古情怀擦肩而过！说到底，

序　观照一座城的文化史

一座城市的浪漫，在于它的乡村元素所致的心灵生态方面。这是李迅式书写的目标。

钢的韶关，需要在文学表述上，努力消散铁雾的阴霾。斑斓的颜色应该成为城市的本色。

这部作品，总体上是一个地方的文史记忆，以报告文学的方式，又融入太多的文体形式。好在作品有较明晰的主题词，作为钢都的城市标准语，现代工业的人文渊源，虽然面目驳杂，但不致太乱。虽枝梗繁多，有得有失，但资料丰厚，分部也尚合理。如此辽阔的城市记忆，在文本形态上，有年鉴和准百科全书的兴味。它在内容上的取舍，得失臧否，则另当别论。

话说回来，若一开始，作者便有更强烈的人文与城邦、工业与城市、前后现代主义与工业社会的关系认知，及将工业化与人类文明同置的哲学意识，将文学对象作为历史现象来审视与批判，则文气和布局将会在宏阔之中，趋成风格。

无论如何，这部作品，对韶关这座城，是一种文化梳理与资政。

是为序。

郭小东①

2019 年 8 月 5 日

---

① 郭小东，国家一级作家、文科二级教授、享受国务院政府特殊津贴专家、广东省作家协会原副主席。

前　言　工业化与城市化的现实解读

　　遥想 4 000 多年前的一个秋天。

　　一位白发飘逸的长者，带着一群随员从中原长途跋涉来到这里，在他原来的想象中，岭南只是一片瘴气弥生的蛮野之地，没想到展现在眼前的却是一片赏心悦目的明山丽水。

　　长者被感动了，踏着爬满杂草的泥径，攀上山巅，俯瞰着山下稻浪滚滚、歌舞升平的丰收景象，灵感随之而生……

　　长者迎风而立，口衔翡翠般的长箫，一首行云流水、气势恢宏的乐曲悠然而生，情真意切，绕过造型各异的三十六石，驾着彩云飞荡、游走。

　　这时，潜伏在草丛的万兽为之而舞，栖居在树上的千鸟为之而歌，耕作在田野间的百姓为之而呼唤……

　　白发长者走了，那仙曲般的音乐却久久未散。

　　后来，人们才打听到，这奏乐的长者，是南巡到此的舜帝。

　　而那美妙的音乐，就叫"韶"。

　　于是，在南岭的群山之中，这座舜帝南巡奏韶乐登过的山，被命名为韶石。唐代的《元和郡县志》中便留下这样的记载："昔舜帝，登此石，奏韶乐，因而名之。"

　　韶关地处广东北部，素有粤北之称，是一座有着 2 100 多年历史的文明古城，古称韶州，而韶关之名始于明清之际。

　　中华人民共和国成立后的许多考古发现，把韶关的历史推前至遥远的远古时代……

　　秋天，是韶石最美的季节。在和煦的秋阳下，丹崖秀立，碧水流淌，熏风飘荡在旷野空谷，鸟鸣虫啼，拨响了来自天籁般的琴音。

　　为了寻找一个失传多年的古乐，我们攀登在狭长陡峭的石径上，犹如穿行在历史的回忆深处。

　　曾记否，20 世纪七八十年代，韶关工矿企业的份额占广东全省的"半壁江山"，这是被历史验证过的不争史实。

　　时至今日，韶关工矿企业的辉煌仿佛渐行渐远，但当年"艰苦奋斗、甘于奉献、坚韧实干、追求卓越"凝聚而成的韶关工矿精神，却被历史和人民所铭记，化作韶关人奋力前行的力量……

那么，韶关的工业源头源于何时？

据史载，宋咸平二年（999年），在如今的大宝山多金属矿一带就有岑水铜场。在铜场炉火映日、人声鼎盛的时期，工匠曾超过十万人，是宋代四大铜冶炼中心之一，大文豪苏东坡曾用"高岩夜吐金碧气"来形容当时壮观的冶炼场景。

抗日战争时期，广州沦陷，作为战时省会的韶关，几乎聚集了全省的工业和军工业，民生类的产业也逐渐成了韶关工商业的重要组成部分。

中华人民共和国成立后，韶关被视为华南地区工业重要的版图。

20世纪50年代中后期，"华南重工业基地"应运而生，上千家小企业破土动工，红红火火；60年代末期至70年代中期，在"备战备荒为人民"的大背景下，全省中部、东部一些机械企业纷纷迁到韶关，大山深处的连阳地区也先后有十数家军工企业悄然诞生，韶关的翁源、南雄、仁化的铀矿也掀起了"火箭式"的生产热潮，由此，粤北的"小三线"建设载入史册。

20世纪80年代的改革开放初期，韶关的工业企业再跃台阶，占了全省重工业的二分之一，创建了全省乃至全国的许多"第一"。然而，随着改革开放的纵深推进，韶关的工业企业面临新的困境，日渐式微，当年的"工业辉煌"恍如隔世。

如果说，千年之前的矿产开采和金属冶炼史，可以彰显粤北古代工业的辉煌，那么，粤北现代工业的辉煌，就是由中华人民共和国成立后大规模的"华南重工业"建设、"小三线"以及改革开放前后一波接一波的大中型建设浪潮所铸造。

这是一个延续千年、气势磅礴的"工业时代"！

尼采曾说："交响乐是音乐中的音乐，是音乐中神圣的殿堂，而且它具有博大的、高远的、深厚的精神境界。"

是的，钢铁、有色金属、煤炭、铀矿等刚性物质，在大自然的裂变和炉火烈焰的燃烧中，交织成一首雄浑而又深沉的工矿交响曲，它记录着韶关这座工业城市上千年的历史年轮，也承载着一代又一代韶关工矿人博大和厚重的精神生活。而由我赋予名号的"工业时代"，并不单纯是时间的概念，而是跨越20世纪50年代至80年代初期的韶关工矿发展的运行轨迹，以及上千年铜冶炼薪火相传的历史链接……

在这里，我们不禁想到两个关键词：一个是工业化，一个是城市化。

在经济学家看来，工业化是一种以工业（或制造业）为中心的非农产业迅速增长及比重上升的过程，这个过程可以等同于经济发展的进程（因而工业化的概念有时也被等同于经济发展的概念）；而城市化作为一种城市人口迅速增长及比重上升的过程，可以被看作反映工业化进程或经济发展进程的一项内容甚至一项指标。从这个角度看，工业化与城市化不仅是同一的，而且广义的工业化还包括了城市化。

从现代经济增长的角度看，工业化本身并不是目的。工业化的价值在于它对现代经济增长和经济社会结构转型的巨大促进作用。就是说，工业化不仅促进了现代经济增长，而且也促进了城市化，带来了就业结构与城乡结构的重大变化。

然而，在我们看到我国工业化进程起到的积极作用的同时，也要认识到片面追求工业化速度，实行高积累、高投资、片面发展重工业以及实行城乡割裂的户籍政策与二元社会政策带来的消极后果。

高度集中的计划经济体制束缚了企业的自主权，降低了微观经济效率；不均衡的发展政策导致城乡之间、不同产业部门之间的关系失调，制约了宏观经济效率的提高。高投入带来的表面上的高产出，不仅严重扭曲了资源配置机制和效率，而且使传统的计划经济体制日益僵化、难以为继。

我在调研和采访中看到，由于韶关是一座重工业城市，主要有钢铁、有色金属、煤炭、铀矿和机械、电子、纺织、化工以及为"备战"而生的军工企业等，种类繁多。在人财物高度集中、统一调配的计划经济时期，韶关没有产生规模经济的主导行业和主导产品，不像我国的大庆、鞍山、平顶山等以石油、钢铁、煤炭等带动城市化的发展，更无法形成市场规模和区域市场的变化。也就是说，其时韶关的工业化没有给城市发展带来生产结构和就业结构的深刻变化，因此，工业化推动城市化的发展就无从谈起。

就拿韶关当时颇具规模的中央、省属企业，简称的"八大厂矿"来说，这些企业除由生产、科研、销售等生产环节的主要部门组成外，政工部门下设有党委办、组织部、宣传部、纪委、武装部、工会、团委、计生办等单位，甚至还有医院、学校、粮站、邮局、消防队、派出所等具有社会功能的公益性机构。

有人调侃到，这些大企业除了"火葬场"没有，什么都有。

由于每个企业都是"大而全"的"小社会"，条块结构异常分明，如矿山与冶炼厂、钢铁企业由冶金部及中国有色金属总公司领导；煤炭企业由煤炭部领导；铀矿由二机部领导；机械行业由机械工业部领导；电子行业由电子工业部领导；纺织行业由纺织工业部领导；化工行业由化工工业部领导，等等。众多企业虽然云集在韶关，但"井水不犯河水"，"各唱各的歌"，人、财、物等资源，地方政府很难进行调配和统一安排，难以形成"规模经济"和"地方优势"。

这种具有中国国情的"企业特色"，在计划经济时代充分发挥了其独特的优势。

进入20世纪80年代，我国由计划经济向市场经济转型，习惯了服从国家政策和指令、指标的韶关众多企业，一时之间无所适从，每况愈下。企业的决策者们一边肩负着在岗人员和退休人员生活、社会福利的沉重担子，一边寻找资金研制和生产市场适销对路的产品，将产品转化为商品，将商品转变为人民币。然而，庞大如山的社会负担、没有市场竞争力的产品、没有先进的设备和装备、没有优质的人才资源，企业自然走向人们不敢想象的末路……

韶关上千家企业有的破产了，有的转制了，有的被外来企业和外资企业兼并了。韶钢、韶冶、大宝山、凡口、韶能等十几家"财大气粗"的企业，顽强地生存下来了，他们在转型升级的机制上迈开了扎实的步伐，成为许多新生企业的标杆和"领军人物"。

由上可知，韶关过去几十年的工业化进程，并没有达到经济学家所描述的"城市化"图景。

四十年光景，仿佛弹指一挥间。从一个时代的辉煌到一个时代的落幕，其经验、教训，给后人留下难以遗忘的沉思和记忆。这是一笔值得敬重、值得珍藏的精神财富。

翻开韶关工业千年的雄壮画卷，一支穿越时光隧道雄浑的千年奏鸣曲，仿佛在耳边奏响……

序　曲

交响乐是音乐中的音乐，是音乐中神圣的殿堂，而且它具有博大的、高远的、深厚的精神境界。

——尼采

宏阔的天宇拉开时代的大幕
历史老人迈着沧桑的步伐
登上俯瞰大地的巅峰
他举起一根银色的指挥棒
面对岭南的山光水色
指挥庞大的乐队
演奏一首气壮山河的工矿交响曲

燃烧是工业革命的催化剂
矿石在燃烧中铸造出坚硬无比的钢铁
矿石在燃烧中分离出五光十色的有色金属
煤炭在燃烧中转化为列车前行的原动力
铀矿在燃烧中催生出威力无穷的原子弹
粤北地层深处的矿藏啊
在燃烧中成为动力
在燃烧中焕发新质
在燃烧中升华境界
工业文明也在燃烧中走进新时代

在粤北大地的山川河谷
一代又一代的工矿人啊
为了祖国的经济建设
为了祖国的繁荣富强
他们迎春度夏，踏秋熬冬

他们卧薪尝胆，披风沥雨
像蜡烛一样燃烧自己，照亮长夜的前路
像矿石一样燃烧自己，奉献生命与青春
当列车载走他们用智慧与汗水创造出来的产品
当喜报贴在墙上响在广播，犹如心灵战鼓
青春在燃烧中绽放
激情在燃烧中飞扬
生命在燃烧中永恒
这时，我们想起了凤凰涅槃
这时，我们想起了杜鹃啼血
燃烧是动态的过程
也具有深刻的意象
新陈代谢
浴火重生
这是万物生存的密码
也是人类生命的图腾

奏起来吧
一首粤北工矿交响曲
这里有回响着苏东坡瑰丽诗篇的千年奏鸣曲
这里有"千年矿都"和"十里钢城"的钢铁进行曲
这里有镶嵌着采矿和冶炼史诗的有色圆舞曲
这里有可歌可泣无比壮美的煤炭变奏曲
这里有交织着命运智慧奇迹的劳模协奏曲
燃烧吧
一首超越时空而又血脉相承的粤北工矿交响曲

目　录

001　序　观照一座城的文化史

001　前　言　工业化与城市化的现实解读

001　序　曲

001　第一部　千年奏鸣曲
　　003　第一编　从铜冶炼到"烽火工业"
　　　　003　第一章　远古足音
　　　　005　第二章　火映星辉
　　　　009　第三章　战时工业
　　014　第二编　和平年代的"三大发展时期"
　　　　016　第一章　共和国工业版图上的"华南重工业基地"
　　　　028　第二章　充满战争色彩的"小三线"建设
　　　　050　第三章　改革开放前后的兴盛繁荣
　　　　062　第四章　从崛起的辉煌到式微的滑落

069　第二部　钢铁进行曲
　　071　第一编　"千年矿都"的华丽转身
　　　　072　第一章　五十年代的艰难创业
　　　　079　第二章　六十年代激战青水河
　　　　085　第三章　七八十年代的风云际会
　　　　094　第四章　九十年代"春天的故事"
　　　　096　第五章　大时代催生的群英谱
　　　　113　第六章　在新世纪的阳光下
　　120　第二编　"十里钢城"的火红年代
　　　　120　第一章　沉重的起飞
　　　　123　第二章　不变的初心

132　第三章　最美钢城人画廊

147　第四章　大会战诗篇

155　第五章　新的起点，新的挑战

159　**第三部　有色圆舞曲**

160　**第一编　中国采矿史诗：续写矿山传奇**

162　第一章　凡口"治虎记"

175　第二章　前奏与后路

186　第三章　矿工风采图

195　第四章　矿山脊梁图

208　**第二编　中国冶炼史诗：解开ISP之谜**

209　第一章　燃烧的岁月

218　第二章　绝处求生

226　第三章　鼓风炉的变迁

233　第四章　潜行与沉思

244　第五章　群英图

252　第六章　命运交响曲

263　**第四部　煤炭变奏曲**

266　**第一编　岁月**

266　第一章　前世今生

271　第二章　煤海传奇

281　**第二编　壮美**

281　第一章　"天火之光"

285　第二章　与死神共舞

293　**第三编　人物**

293　第一章　直木顶千斤

301　第二章　黄河的儿子

306　第三章　铁人正传

311　第四章　"八旗子弟"迟来的春天

315　第五章　金子般的心

320　**第四编　风景**

320　第一章　男儿铁汉写春秋

目 录

325　第二章　情真意切入诗篇

331　第五部　劳模协奏曲

 334　第一编　蓝领之星

  336　第一章　命运

  341　第二章　情缘

  347　第三章　奇迹

 356　第二编　工矿之魂

  356　第一章　创造殊勋的功臣

  368　第二章　地层深处的"老黄牛"

  373　第三章　筑炉工的春天

  379　第四章　"南网"之星

390　尾　声　激扬与沉思

399　后　记

第一部
千年奏鸣曲

这是一座跨越千年的古城
大宝山铜冶炼的满山炉火
点燃了苏东坡的璀璨诗篇
北宋矿业的辉煌啊
成就了岭南工业的始祖
年轻的工业在烽火中挣扎、苦吟
为了将铁鹰送上蓝天
飞机厂在敌机狂轰中生产飞机
兵工厂在敌机滥炸中制造山炮
以民为生,与战相伴
民生类的轻工业生死沉浮
竹木加工手工业成行成市
为抗战服务的行当应运而生
硝烟熄灭,迎来了猎猎的五星红旗
建设浪潮扑面而来
催生了和平年代的"三大发展时期"
共和国工业版图上的"华南重工业基地"
金戈铁马的雄壮画面悠然展现
充满战争色彩的"小三线"建设
栖身于大山深处的军工企业
铀矿打造出能征善战的"工改兵"
山城变身为省内企业聚集的"洼地"
冶金工业百舸争流
机械工业雄踞一方
电子行业是工业的"晴雨表"
俱往矣
随着韶关人汽车梦的破灭
随着"北回归线"的南移
韶关工业遭遇了中国式的"滑铁卢"
从辉煌到式微
从沉静到反思
迎来了绝地奋起的触底反弹
企盼着涅槃之后的浴火重生

第一编　从铜冶炼到"烽火工业"

第一章　远古足音

在竹林环绕、溪流潺潺、鸟语花香的大宝山麓下的缘梦山庄，站立着一位有着宽阔的脸庞，壮实的身材，身穿月白色短袖唐装衫的老者，只见他浓眉下镶嵌一双睿智的眼眸。

这位老者听罢我们说明来意后，爽快地接受了采访。

他就是大宝山矿当年的建设者，原大宝山矿副总经理黄建华。

一份炽热的矿山情怀萦绕在心头，点燃了黄建华心中的激情之火，将我们的思绪牵引到大宝山矿的前世今生……

大自然挥起了如椽大笔，沧海桑田的巨变，使得大宝山变石成金换新景，山上处处有宝藏。

在这片连绵起伏的山脉上，贮藏着自然与人文交织的杰作。这里有源远流长、异常丰富的矿产资源，也有岑水铜场宏伟壮观的采冶场面。

这是一片神奇的土地。

大自然的魔力营造出大宝山丰富的矿藏。

十多万年前的某一天。

"轰、轰、轰——"

在风高浪急、雷鸣电闪的海面上。

一股股孕育已久的强大力量从海底喷薄而出。

黑灰色的气浪把整个蔚蓝的天空涂抹得漆黑一片。爆炸的气浪夹杂着炽热的岩浆向大海深处扩散，一块块硕大的岩石飞泻到高空后又雨点般落下……

冲天而起的熔岩在海水急骤冷却下充填叠加。

顷刻之间变成一座山。

顷刻之间变成一片海。

这幅令人震撼的图景，演绎着史前文明非常态的脉动……

科学考察表明，多金属矿床经历了复杂的成矿过程，与海底火山喷流作用关系密切，属岩浆及岩浆期后热液叠加改造成矿。

经过漫长的岁月沉积，大自然以神奇的魔力，将一马平川的地表变成了悬崖，构成了许多激流和瀑布，以及奇诡雄伟的山峰。地质专家认为，矿区内地形构造复杂，有侵蚀构造地形、喀斯特侵蚀构造地形、剥蚀堆积地形、剥蚀侵蚀地形四种类型。

在采访中，黄建华告诉我，大宝山矿因地处大宝山地域而得名。

在古代，这里不叫大宝山，而是叫"漏刀山"。

为什么叫"漏刀山"呢？

遥看风云激荡、舜帝南巡之时，一行天兵天将扬鞭策马率先开路，他们身上都佩戴着镶珠宝剑和凛冽佩刀。天将带领的队伍一直往南走，当来到大宝山主峰时，他们被眼前云雾缭绕、郁郁葱葱的壮观景象吸引住了。

一名将军把佩刀挂在一棵歪脖子老树上，正兴致勃勃欣赏眼前的美丽风光，突然一阵开拔的哨声骤响，他翻身策马奔征程，居然忘记将这把佩刀带走……

于是，民间就把此山叫作"漏刀山"，给后人留下了一个美丽的传说，也神奇地给"漏刀山"带来了一山的宝藏。

黄建华说，在"大跃进"的年代里，全国大炼钢铁，韶关也成立了钢铁公司。大宝山是大铁矿，此时也被并入韶关钢铁公司。后来，地质部门查明，大宝山是多金属的大型矿山，初步探明有铁1亿吨，铅锌矿135万吨，铜60多万吨，硫9 000多万吨，另外还有钨和其他稀有金属。如今，大宝山铁矿转型升级了，正在利用强有力的科技手段开发各种有色金属资源。

说到大宝山矿这个名字，黄建华说，在20世纪五六十年代，宝山这样的地名，在全国就有好几个。到底我们这个矿起什么名字呢？大家想了很多名字，可争来争去，都拿不定主意。报到国务院后，周总理看了后说，既然是社会主义建设的大型矿山，有着丰富的宝藏，那就叫大宝山矿吧。

从此，大宝山矿就这样定下来了。

从"漏刀山"到大宝山，不仅充满着古代的神话色彩，而且闪烁着现实意义的当代传奇……

第二章　火映星辉

在中国文化史上，苏东坡犹如一颗璀璨夺目的巨星。

史载，绍圣元年（1094 年），时任河北定州知州的宋朝大文豪苏东坡在宋哲宗行"绍述"之政，恢复神宗"新法"后，于 4 月被贬放英州（今广东英德）。在赶赴英州的途中，8 月又接宋哲宗旨意，改贬为宁远军节度副使，并强调在惠州安置期间，他不得参与地方政务。9 月，苏东坡带着侍妾王朝云和小儿子苏过等人，从江西由梅关古道翻越大庾岭，进入韶关境内后买船放舟，顺浈江过韶州，直抵佛教圣地南华寺。

苏东坡，这位北宋的大文豪带着无奈的、被动的、身不由己的心情，一路向南，向南，向南……

一股来自西伯利亚强劲的季风，刮过辽阔苍莽的中原大地，刮到了赣州，刮到了岭南这块荒芜之地。苏东坡从横亘大庾岭的梅关古道一路前行，面对沿途的美丽风光，文思泉涌，留下了脍炙人口的诗篇。

苏东坡来到了粤北翁源的月华寺。白天，他登上铁龙集铁屎坪和"铜山"，看到了岑水铜场气势恢宏的采冶盛况；连绵起伏的山峦，深藏着悠然沉睡的富矿；一团团炉火升腾起舒卷云天的硝烟……

炼铜工地镶嵌在连绵起伏的山峦上，蚂蚁似的人群抬着盛有矿石的箩筐穿梭来往，你追我赶；山坡上，一阵山风吹过，荡起一片黄浊的尘埃。一座座熊熊燃烧的高炉吐出橘红色的火苗，刹那间，满山遍野被红色的火光笼罩……

人群里发出的喘气声、呼喊声，与噼里啪啦的木柴燃烧声、工匠们用手锤砸矿石的沉闷声交织一起，构成一幅蔚为壮观的夺铜大会战的水墨长卷……

一个上身赤裸，下身围着麻布的工匠打开炉门，忽的窜出橘红色的火苗，升腾起一股袭人的热浪。豆大的汗珠从他脏兮兮的脸庞滚落，他用衣袖擦了一把汗后，拿起铁耙子不断地把炉里的残渣耙在地下，炽热的炉渣滚动出熊熊火焰，在阳光下冒着丝丝白烟……

高炉旁堆放着大捆大捆木柴。一个工匠在喊："要加料了！"于是便有两个人抬着盛满矿石的箩筐，气喘吁吁地来到了炉前。一个铁塔似的壮实身躯爬上梯子的高处，向上舒展一双古铜色的有力臂膀，只见他"嗨"的大喊一声，就把一筐沉甸甸的矿石高举过头，然后，向炉子徐徐倒入细碎的矿石，炉子里立即冒出一股浓烟。少顷，金黄色的火焰映照着工匠们健硕的身躯形成剪影复制在莽苍苍的山野上……

炉火下，工匠们继续紧张有序地浇铸铜锭。工匠们把一件件沉甸甸的铜锭装上了箩筐；在骄阳下、在月光里，在通往永通监铸币厂的盘山路上，出现几支挑担的长长队伍，完看像几条被汗水浸透的土黄色的绸带……

晚上的工地，一座座炉火犹如繁星点点，照亮了工地，照亮了夜空。

当苏东坡等人来到山坡的一个凉亭时，忽然发现对面"铜山"铁屎坪火光一片。面对此情此景，他忍不住脱口而出："高岩夜吐金碧气，晓得异石青斓斑。此景美哉，美哉。"同行的僧人告诉苏东坡说：炼铜的工匠们既用火法炼铜，又用湿法炼铜，现在正在开挖窟穴，修筑坑道。把胆水引出浸铁为铜，产量可观，此乃宋代冶炼业的奇迹。

苏东坡回到寺庙，思绪难平，他一边磨墨一边回想刚才看到的情景，脑际再现了岑水铜场的壮观场面，于是写下了《月华寺》：

> 天公胡为不自怜，结土融石为铜山。
> 万人采斫富媪泣，只有金帛资豪奸。
> 脱身献佛意可料，一瓦坐待千金还。
> 月华三火岂天意，至今芰舍依榛菅。
> 僧言此地本龙象，兴废反掌曾何艰！
> 高岩夜吐金碧气，晓得异石青斓斑。
> 坑流窟发钱涌地，暮施百镒朝千锾。
> 此山出宝以自贼，地脉已断天应悭。
> 我原铜山化南亩，烂漫黍麦苏芃鳏。
> 道人修道要底物，破铛煮饭茅三间。

炉火映红了云雾缭绕的大宝山，更为天际上的繁星平添了壮观的奇景。

这是千年前的铜冶炼为苏东坡点燃了瑰丽的诗句，还是苏东坡的奇思妙想为大宝山绘就了未来宏阔的图景？

…………

诚然，韶关的工业发展可以溯源到春秋战国时期。

这一时期的青铜器就与粤北境内的乐昌有关；西晋时期，韶关手工业已很发达。到了宋代，南雄梅关车水马龙，带来了白瓷业的迅速勃兴——

第一部　千年奏鸣曲

南雄白瓷曾以广东之名，出口于东南亚及欧美各国；而在翁源铁龙、曲江大宝山一带发现的宋代铜矿，日渐红火……

宋仁宗庆历末年，韶州铜矿颇具规模，年采量25万斤，韶州即置永通监，在北宋中后期一直领跑全国铸钱业，是当时规模最大、产量最高的铜钱监。到了元代，"韶州产银，桂阳产铁，韶桂并产铅锡"。到了清代，韶州在广东首用机器铸造铜元"光绪元宝"，且在韶州流通。

徽宗年间（1101—1125年），全国有11处胆水浸铜的冶炼之处，韶州岑水铜场产量跃居全国之冠。

据史载，韶关是"中国有色金属之乡"，有"中国锌都"之称，现已探明储量的矿产有煤炭、铅、锌、铜等55种，储量位居全省第一的有23种。韶关丰富的矿产资源为后来重工业的崛起奠定了坚实的物质基础。

到了清末，韶关形成初具规模的织布、造纸、竹木加工、粮食加工作坊；到了民国初年，在外来资本市场的交融下，这里的民族工业破土而出，萌芽生长……

与韶关采冶业齐名的还有手工业和水陆交通。这些早期的工业元素为韶关古代的商贸繁荣注入了文明的基因。

唐代以来，粤北的手工业逐渐形成气候，比较著名的有竹布、竹筏；乐昌的灵溪酒，与博罗桂酒并列为岭南名酒。到了宋代，粤北土布生产、印染、针绣达到一定水平，韶州和南雄是当时织布和丝绸中心。乳源瑶族同胞织造和用蓝料染成的花布叫"瑶斑布"，颇受客人欢迎，其布身里的细花"灿然可观"，其制作方法，在当时也是较为先进的。

明清时期，由于珠三角的"洼地效应"，粤北的经济进入缓慢发展阶段，渐渐落后于珠三角地区。粤北的工农业在蜗牛爬行中前移，但采矿业在广东地区仍然独占鳌头。

粤北的土纸、毛笔等生产曾盛极一时，据韶州及南雄、连州等府州志记载，当时有造纸、造船、织布、制香粉、烧炭、烟墨、松香、皮革和铜、铁、锡、陶器等手工业生产活动，以及制糖、酿酒、腌制和烟丝等农副产品加工。

织布业不仅利用棉花，还利用麻类及野生植物纤维。采用黄道婆织机生产的棉布、麻织布、蕉布、葛麻布和络麻布很受欢迎，尤其是粤北始兴的居家织布"不仅远胜洋棉，即较诸广花亦迥然特别"。韶关的手工业产品源源不断地销向清远、三水、广州、佛山、肇庆、江门等地。

粤北便利的水陆交通，是造就古代经济繁荣的重要因素。

唐开元四年（716年），张九龄奉诏开凿大庾岭新路，使岭南与岭北交通开始畅通。嘚嘚的马蹄声不仅唤醒了沉睡的山野，而且为荒芜的粤北带来了农耕文化的种子。自此以迄清末，从广州顺北江上溯连江或武江，可连接荆州、广州两大都会；以曲江为中转，沿浈水上南雄，过大庾岭下赣江、长江，转大运河，可直抵京师；陆上桂阳道和西京古道，逾岭后均在此聚首。从此，从浈江、武江到北江、珠江的水面上点缀着悬起白帆的船只，一船船的货物乘着急涨的春潮运到四面八方……

大庾岭路的修筑拓宽，变险峻为"坦坦而方五轨，阗阗而走四方"，使韶关和雄州成为南北货物流通的转运站和集散地，促进了粤北商业的繁荣昌盛。驮着食盐和丝绸的马队、骡队摇着清脆的铜铃在狭长的山道里穿行，引来了黄猄和野兔的驻足翘首，用惊讶的目光打量着"不请自来"的异族……

在当今的信息时代，人们很难想象出昔日的韶州是一幅什么样的经济图景。

在没有火车和汽车的年代里，人们使用的交通工具是什么？是奔驰的骏马，是负重的老骡，是风帆展开的大木船。

在这里，让我们沿着史料堆砌而成的深巷，探索明清时期的粤北商贸……

据史料记载，明清时期致使粤北商贸繁荣的主要原因是靠兴旺起来的水陆联运及其转口贸易。

其时，韶州商旅云集，南雄商业繁荣。

清光绪三十六年，两广总督张之洞督办的粤汉铁路开始动工，铁路由汉口至广东境内。到1936年全面通车，全长224公里。

据史载，韶州坐落于北江、浈江、武江三江汇合之处，扼江西、湖广通粤之要津，是粤北的中枢城市。早在明清时期，韶州的商贸经济异常繁荣，车水马龙，白帆点点，北江、浈江、武江与大庾岭路的水陆联运，构成了粤北交通的繁荣图景。

由于商业会馆林立，商号众多，浈、武江两岸建有二十多个码头，商船、花艇浮停在北江河畔，灯红酒绿，嬉笑之声不绝于耳。浈江沿岸建有盐、木、猪等十大码头；有船只500艘，牛车1000辆。城内有盐店、牙行221间。从宋代开始，广盐和韶州铜，经南雄运往北方的挑夫，就有十万余人，一时之间，大庾岭路"万众践履，冬无寒士"，悠悠长路充满喧闹之声……

清末民初，在韶州东堤路一带开店设铺的，半数以上是经营有道的广府人士，他们主要经营批发、代理、货栈、机器加工等，经营着粮油、食盐、京果、海味、什货、布匹、丝绸、金银首饰、苏杭洋杂、土杂、酱园等各类货品，还开设钱庄、当铺、茶楼、酒肆、客栈、洋货代销等。夹杂在民生路、民权路、民族路的骑楼之下，夹缝之中，商家和客人讲着时髦的广东白话，哼着流行的广东小曲，穿着云纱凉布衫，摇着绘画纸扇，悠然自得地打发着心照不宣的苦乐人生。

这就是韶州以至民国初期繁忙昌盛的商贸图，而这车来船往的工商繁华图景构成了韶州这座千年古城的绚丽风景。

北宋时期的铜冶炼，有幸成为苏东坡笔下的瑰丽诗篇而流芳万世……

第三章　战时工业

战时工业，在特定的时代背景下，文人们称其为"烽火工业"，它诞生在抗日战争的烽火之中。

韶关作为老工业城市，在中国近现代史上有着极其重要的地位。然而，曾经的战火使蹒跚学步的航空制造企业被迫迁离韶关，但奋发图强、实业报国的血液仍在一代代韶关人身上延续和奔涌……

人们可以看到，今天市区的中山公园竖立着韶关飞机制造厂旧址的纪念碑，这座纪念孙中山的主题公园，让人们在休闲之余，也铭记民族工业曾经在这里艰难地起飞……

曾记否，在日寇铁蹄踏过的狼烟下，韶关境内称得上工业且有一定规模的企业只有富国煤矿（后曲仁煤矿）、南岭煤矿（后坪石煤矿）、石人嶂钨矿（位于始兴）和红岭钨矿（位于翁源），即便这几家具备了"工业"元素的矿山企业，也还是靠人挖肩扛的开掘和牛拉马驮的运输，处于一种低端运行之中，工伤死亡事故屡见不鲜……

1931年，"九一八"事变后，广东国民政府意识到在军阀割据的格局下，必须加强军事力量，才不至于寄人篱下、任由蹂躏，于是开始筹集资金，草创实业。1934年，广东省主席陈济棠在韶关创办飞机制造厂，自行设计生产的"复兴号"飞机，就从飞机制造厂的简易机场（现中山公园）飞上蓝天并升空参战，这是中国生产的第一架也是第一批成制式的飞机；制造厂还装配了40余架"霍克三式"战斗机。飞机制造厂成了当时全国主要的飞机制造厂之一，也是韶关现代工业最体面的产品。这批韶关生产的战机，在南京的上空，击落了日机数十架，为热血抗战立下了殊荣。

1932年，陈济棠为加强粤军装备建设，与德国克兰公司签订合同，在清远琶江口筹办制炮厂，至 1935 年建成，计划制造榴弹炮、野战炮、炮弹、毒气、防毒面具等。制炮厂从筹建到落成共耗资 1 100 万元大洋。

1936 年，清远琶江兵工厂改称为广东第二兵器制造厂，蒋介石派兵工署制造司司长杨继担任该厂厂长。1937 年 7 月 27 日，日本战机对兵工厂进行首次轰炸，当场将厂长一辆高级轿车炸毁，也炸死一名卫兵和两名工人，使广东当局受到不少的惊吓。

1939 年，粤北会战激战期间，广东第二兵工厂隐身于地处粤北的清远县琶江口一带的荒郊野岭之中。在一个连的粤军守护下，兵工厂在这里悄悄地生产大批野炮、山炮以及炮弹等武器装备，用以抗击进犯南粤的日军。

当时兵工厂设有动力车间、柴油储藏库、制炮车间、锻压车间、木工车间、抽水机房等，有各种机器设备 340 台。附属设施有办公室、餐厅、礼堂、车库、医院、警卫营房等。当年该厂有德国工程师及领班 20 余人，工人 340 人。初期兵工厂每月能生产口径 10.5 厘米野炮 4 门、口径 7.5 厘米的山炮 4 至 16 门，在战火连天的岁月里，其生产规模可见一斑。

由于日机频繁对兵工厂进行骚扰和轰炸，此时工厂奉命迅速搬迁，转移到四川重庆郭家沱。之后日军飞机对兵工厂进行多次轰炸，工厂建筑被夷为平地，四周的森林及植被成了一片焦土……

1945 年，韶关沦陷，国民党省府迁往连县，韶关工业的时钟瞬间停摆，一些靠原料进行加工的企业纷纷"执笠死火"。抗战胜利后，广东省府回迁广州，外来官员和工商资本也纷纷迁回原籍，过去机声轰隆的工厂人走楼空、冷落萧条。刹那间，韶关仿佛成了没有机器轰鸣声的"死城"。

抗战期间，曲江的工业以火柴、卷烟、碾米以及副食品加工的民生类手工业为主，加之传统的竹木加工，随着广东省府的北迁，广州及珠三角的工业门类陆续进入曲江境内。

1940 年 6 月，南洋华侨集资捐款 4.8 万元，通过国际友人新西兰人路易·艾黎寄回中国，在韶州东河坎创办"机器工业合作社"，从事简单的农业机械修理和农具生产，这是韶关早期的机械企业之一。

机械和金属加工带来了现代工业的元素，而汽车修理厂和电力工业，使曲江境内的工业呈现出机械与电力的有机融合，也为战时省会的军事装备提供了后勤保障。

粤北各地，土质和气候较为适于种植黄烟。南雄、始兴等地的黄烟产量最为可观，而曲江便是烟业集散地。因此，加工烟丝和卷烟生产，又是曲江最大的传统手工业。抗战时期，省府迁韶，人口猛增，香烟需求随之剧增。加上内地出售的洋烟加税、价钱贵，而土烟品质优良，价格低廉，人皆趋之，使曲江烟丝和卷烟工业进入了"回暖期"。

抗战前后，曲江的卷烟行业盛行，除家庭手工卷烟外，在城内还有一些半是手工、半是机械的卷烟厂。到 1948 年上半年，这些卷烟厂由于税收标准过高、资金短缺、原料缺乏、外货侵扰、交通困难等原因，日趋衰落，只有"利华"卷烟厂勉强维持生产。

曲江是广东的粮产区，加上毗邻湘南、赣南，各地粮产品汇集于此后转运各地，故碾米业向来颇为发达，也是食品加工业最主要的门类之一。

曲江碾米业由来已久，农村最初采用土法人力舂米。利用水车（俗称雷公车）碾米，此举早在 100 多年前就已经出现，是为曲江代替人力碾米之滥觞。20 世纪 40 年代后期，始采用机器动力碾米，称为米机碾米。

1947 年前后，曲江规模较大的碾米厂主要有 4 间：一是"利农"米机，建于 1937 年，设备有发动机、煤气机、抽水机等；二是"阜民"米机，该厂创办于 1929 年 3 月，为合资经营；三是"同裕"米机，1928 年创立；四是"利生"米机，厂址设在西河。

20 世纪 40 年代曲江的食品加工业，除碾米业较为兴旺外，还有其他一些副食品加工行业，如制糖业、榨油业、制酱业等，这些门类的生意也时好时坏，难以形成气候。

粤北是以农业为主的山区，由于曲江邻近各县的竹、木资源十分丰富，从而也促进了竹木制品、造纸业的蓬勃发展。

就拿造纸业来说，在清末曲江周边地区就有土法造纸作坊，并有较长历史。1932 年，曲江的沙溪、灵溪等处私人土法造纸小厂就有十余家。由于技术落后，产品质量欠佳，这些纸厂规模较小，年产仅有 400 担左右，大多运销本省各县。1940 年 6 月，广东省振济会技工养成所在韶关东河坝开办了一间制纸厂，年产值 30 000 元，是粤北地区最大的一家纸厂。1947 年前后，曲江丽水、新溪等地为土纸的集散地，每次墟期销纸 50 000 担左右。因为当时人们的消费观念处于原始阶段，认为纸张是读书、写字的"奢侈品"，因此，没有进入大众消费的视野。

竹木加工业也是曲江民间重要手工业之一，占有一定的经济地位。抗战前后，专门从事竹器加工的小型企业不断增多。而竹器加工多见于粪箕、谷箩、竹搭和部分家具等。

木器加工有锯板和制造木器两大类。锯板又分一般木板和棺材板两种。专门从事锯板的厂场，有 1920 年创办的昌源做船板厂。抗战时期，较大的锯木工场有东河坝的"材隆""源安"，以及"添兴"锯板厂。木器制造主要有木屐、棺木、木船三种。

曲江的机械和金属制品业，起源于小农具的加工制造，称为"打铁铺"的私人作坊，每个乡村集镇皆有。而制造大型机械的企业，要数以陈济棠主政广东时，在韶关创办的飞机制造厂，是其他地区无法与之比肩的。

抗日战争时期，曲江的机械行业发展较快。就金属制品业而言，1940年时，小型农具厂就有25家，较大规模的是1941年5月成立于东河遂德路的万成打铁工厂、老隆街的安然铁工厂。

汽车修理装配厂是曲江境内最具现代工业元素的工厂，全境有12家，其中规模较大的是"志成"汽修厂，1941年3月成立于风烈路；其次是"万里"汽车修理厂，1941年成立于九成路。由于曲江是战时省会，民用汽车较少，大多是官员们的座驾和军用汽车，均是美国、德国、日本的进口车，其机械和电气部分较为精密，维修难度较大，也要具备相应的维修条件，因此造就了曲江汽车维修业迅速与国际水平接轨的机遇。同时，汽车修配业的发达，也为战时省会的军事装备提供了强有力的后勤保障。

曲江的电力工业创建于1915年，由华侨集资4万元成立"韶光"电灯公司，办起一间小型电厂。它不仅是曲江最早的发电厂，也是曲江城在新中国成立前具有最大动力之厂商，由于经营有方，逐渐得到扩充，1929年改名为韶州电灯股份有限公司。

粤北的造船业也比较发达。早在唐代已能制造渡船和小木船，宋代开始制造运输船。到了明代后期，韶州就能够制造较大的艨艟，顺风挂帆，无风使橹。清光绪年间（1875—1908年），随着造船技术日渐进步，造船载重的吨位也与日俱增。

抗战时期，由于战事频繁，铁路、公路经常受阻，交通运输主要依靠有"三江之利"的水运。因此，造船业为木器加工的最大门类。曲江的造船历史较长，多分布于浈江、武江和北江三江河岸和沿岸乡镇，多属于民间手工业。曲江较早设立造船的厂家，是成立于1912年的"信利"造船厂。抗战期间，有由刘生才经营的"刘兆记"造船厂。

据有关资料统计，1940年曲江造船业十分可观，共有城乡造船厂54家，从业人数235人。年产大客船972只，小客船4050只，价值共100多万元。曲江纵横交错的江河网络和发达的水上交通，无疑是造船业兴旺的主要原因。

可惜的是，韶关的造船业无法像飞机制造一样，将自己的产品做成品牌，只能在木船的美观上动点小心思，这注定了造船业与新一轮的技术创新失之交臂。

曲江的纺织业，起源于20世纪20年代，那时就有人专门从事麻布手工纺织。1932 年出现了织布、织袜手工业。1934 年，曲江城只有民办毛巾厂一家。

广东省府北迁韶关后，人口骤增，纺织品需求越来越大，也给曲江纺织业发展带来了难得的机遇。1941 年，曲江民营厂发展到 5 家，织布厂 10 家。规模较大的，要数 1940 年 9 月在韶关东河坝投资兴办的第一缝纫工厂，此工厂是为安置有缝艺专长的抗战逃难妇女而设的。此外，省妇女生产工作团在曲江设有纺织工厂 4 个，从事纺织生产。这些打着抗战旗号的纺织工厂，大多是加工缝制军用装备，如服装、棉被、军鞋等，为粤北抗战起到"粮草先行"的作用。在曲江境内，私人织布厂也逐渐多了起来，虽然利润不算显著，但也是一种可以维持生计的技能。

曲江早在 1928 年就设立了"宝元"印务局，后有南雄五凤楼印务局。抗战期间，曲江成为广东战时省会，学校、新闻等文化机关剧增，大小报社林立，各种刊物有 50 多种。当时曲江的印刷业十分发达，但设备为石印机和小型铅印机，全靠手摇脚踏。

抗战前后曲江的日用化工业也红火起来，肥皂生产业、电池制造业、酒精和油漆业、牙刷制造业，还有不少小型制鞋厂商等，也挤进了街市档铺。

韶关作为战时省会，在民族危难之际，其工商业围绕战事和民生两方面而发展、而繁荣，这是政府的号召和倡导，也是民众生活的实际取向。

抗战结束了，战时省会完成了它的使命，人们收拾行装，运载设备，纷纷回到工作和生活的原点，好像当初的到来是为了现在离开。

这时，人们才感觉到，现代工业在山城韶关就像一个美丽的影子，稍纵即逝。

韶关的工业面貌又回到了抗战前的老样子：一潭死水，暮气沉沉。

这种令人伤感的格局一直持续到了 1949 年。

不过，战时省会和工业短时的兴盛，留给韶关的是城市的意识和实业兴邦的工矿梦想……

也许，这是韶关未来最大的收获。

也许，这是韶关工业跃起的伏笔。

第二编 和平年代的 "三大发展时期"

当粤赣湘边纵队北江第二支队的战士们与南下野战军在南雄梅关会师时，驻守在韶城的国民党军队就吓破了胆，望风而逃……

零星的枪声过后，韶关城门可以说是不攻而破。

1949年10月，韶关古老的城墙升起了鲜艳的五星红旗。

中国人民解放军贴出了公告，以文明的姿态全面接管韶关。

10月12日，韶兴军管会号召市民迅速复工复业，恢复邮电、交通。

10月18日，韶关铁路工人抢修因战争中断的粤汉铁路曲英路段。

10月23日，韶关市长途电话恢复通话。

新成立的韶关人民政府，首先疏通交通通信，鼓励传统手工业和旧公营企业恢复生产，保障市场稳定，维护国计民生。

一切都是这样神速而又有序。

在短短两个多月的时间里，各行各业开始步入正轨，人们挥着小红旗绽开了笑脸。

地方政府按国家政策没收了富国煤矿、南岭煤矿、红岭钨矿、石人嶂钨矿等官僚资本企业。这些初具规模的企业就是韶关工业最初的家底，也是韶关工业步入当代史的"原始积累"。

韶关城市的管理层深深懂得，如果单凭韶关账面上这些贫弱的家底，显然难以跟上共和国正在启动的列车。

一切都在百废待兴。

一切都要加速发展！

与此同时，朝鲜战争爆发，美国政府联手国际上的反共势力，试图给中华人民共和国下一盘"绝杀"的棋，对此，毛泽东和他的助手们开始对全国的工业布局有了更深层次的思考。

共和国的领袖们打算用"五年计划"来布局中国未来工业的走向。

中共华南分局如此。

中共广东省委如此。

中共韶关地委同样如此……

1952年11月，粤北区合作总社农兴机械厂建成，开始制造新式农具，这家企业是全区规模最大、最新型的农业机械厂。

第一个五年计划（1953—1958年）时期，根据中共华南分局"边建边改"的指示，韶关制订了扩大工业生产的计划，五年间先后新建大小厂矿企业63个，迁并、扩建和改选旧企业100多个。于是，南岭煤矿、瑶岭钨矿、石人嶂钨矿、英德硫铁矿等成为最早"受惠"的一批央企、省企。

由此，韶关工业发展发出了这样一个信号：轻工业逐渐向重工业倾斜。

1955年3月，粤北区选派谢就、潭锦希等人出席广东省第一届工矿、交通、运输企业劳动代表大会，并被评为乙等劳动模范。

1956年2月，粤北地区第一个拖拉机站在清远县洲心区洲心乡建立，配备有德特"五四"中型拖拉机、播种机、点种机等农业机械十数台。

1958年，第二个五年计划制订时，按国家国民经济布局划分了7个协作区，要求尽快建立若干工业体系较完整的经济区域，迅速夯实国家工业基础。

韶关矿产资源丰富，地处京广铁路大动脉，南有广州这座华南大城市，北有湘楚纵深的大后方。经国务院研究，韶关被确定为"华南重工业基地"，这个基地包括了钢铁、机械、煤炭、化工、电力、有色金属、建材、轻工八大结构。

正是这一声号令，韶关骤然攀上了"华南重工业基地"的特快列车，轰隆隆疾驰向前……

短短几个月时间，来自广州、上海、北京、沈阳、武汉等地的工程技术人员背起行囊源源不断赶赴韶关，在插满红旗的荒郊野地安营扎寨。

据当年的韶关人事部门统计，仅1958年11月，来韶关报到的就有20 000多人。

华南地勘局、广东矿冶局、705、937等地质勘探单位陆续进驻韶关。

凡口铅锌矿、曲仁煤矿等一批矿山迅速崛起。

韶关部分龙头企业被誉为"十大企业"，连它们的命名都冠以"华南"字样，以对接"华南重工业基地"的迅速崛起：华南重型机械床厂、华南重型机械厂、华南电缆厂、华南联合收割机厂、华南轴承厂、华南水轮机厂、华南动力机械厂、华南矿山机械厂、华南变压器厂、华南铸锻厂。

此后，韶关电机厂（后改变压器厂）、粤北机械厂（后改名拖拉机厂）、五金厂（后改名阀门厂）、轴承厂、汽车修配厂等25家全民所有制企业也先后亮相。

1962年，韶关工业企业（含中央与省属企业）迅速发展到1 156家，韶关的工业总产值首次占据工农业总产值的主导地位。

1964年开始，随着国际形势的剧变，国家从"战备疏散"的战略出发，把韶关作为广东的"战略后方"，从而迈进了"小三线"建设的行列。

在计划经济的强力推动下，广州、梅州、佛山等地大批军工企业、骨干企业迁移韶关，推动了韶关工业的又一轮快速扩展。

此期间，先后建成广东利民制药厂、水轮机厂、齿轮厂（1984年天安门大阅兵所使用的东风步兵运兵车变速箱，正是由韶关齿轮厂生产的）、油泵油嘴厂、柴油机厂等；中央和省投资建设的韶关冶炼厂、广东综合塑料厂、745矿等一批中、省企业陆续投产；工具厂、铸锻厂、轴承厂、第一棉纺厂、无线电厂等大批企业在韶关市区和县城相继涌现。

1969年，韶关工业总产值达44 232万元，占韶关工农业总产值的51.0%，工业总产值首次超过农业总产值。

时间进入70年代末到80年代初，这正值我国改革开放的初期。

窗口洞开，风云际会。

韶关趁势而去，一路领跑，开始形成机电、机械、冶炼、化工、纺织、造纸、电子计算机、化肥等门类比较齐全的工业体系。

随着计算机、电风扇、洗衣机、黑白电视机相继问世，韶关的发明和创新成了"广东之最"。

后来人们将20世纪50年代的"华南重工业基地"、60至70年代的"小三线"建设和80年代的"改革开放初期"，描述为韶关工业企业发展的"三大发展时期"。

第一章　共和国工业版图上的"华南重工业基地"

"华南重工业基地"的确立

这是展示雄心、抒发壮志的年代。

这是鼓足干劲、力争上游的年代。

中国人民向全世界宣布：我们也能！

1958年5月5日至23日，中共中央八大二次会议在北京召开。刘少奇代表中共中央作《工作报告》；邓小平作《关于各国共产党和工人党的莫斯科会议的报告》；谭震林作《关于农业发展纲要（第二次修正草案）

的说明》。

会议提出了"鼓足干劲，力争上游，多快好省地建设社会主义"的社会主义总路线。

于是，"大跃进"和人民公社化运动在全国各地蓬勃兴起。

1958 年 6 月 15 日，韶关市委决定开展"总路线突击宣传月"活动，组织千人队伍到大街小巷宣传，举办宣传总路线的民歌大汇唱。

中共韶关地委适时地发出《关于立即大张旗鼓地开展社会主义建设总路线宣传运动》的指示，号召广大人民群众以"排山倒海"的"革命干劲"，加速社会主义建设。

这种超越自然的"洪荒之力"，使政府和人民的信心得到了前所未有的强化。

也就是在当年，我国开始实施第二个五年计划，按照国家提出的建立工业体系，优先发展重工业的方针，中共中央、中南局与包括华南分局在内的江西、广西等地区，在南宁召开三级干部会议，会议提出了在中南地区建设一批重工业基地的计划。

中央与华南分局决定，将韶关作为国防后方城市与华南重工业基地，进行大规模的开发建设。

这振奋人心的决定，绘制出韶关工业发展的蓝图。

1958 年 1 月，广东省召开第四次计划会议，会议在《1958 年广东省国民经济计划安排的报告》上，提出了"在第二个五年内，把华南地区建成一个基本完整的工业体系"的发展目标，并提出"1958 年工业生产计划安排的原则是以钢为纲，积极发展机械、煤炭、电力等工业，扩大基本建设规模，以适应工农业生产高潮和整个国民经济发展的需要"。

按照以上的计划目标和原则，中共广东省委根据党的建设社会主义总路线精神，和"以钢为纲"的方针，以及在 5 年内把华南建成一个基本完整的工业体系战略任务，开始着手安排全省的基本建设投资项目。

在计划分配上，增加对工业、交通、水利的投资，其中工业方面着重新增、扩大包括韶关钢铁、机械、煤炭、化工、电力、有色金属、建材、轻工"八大工业"基地。

"以钢为纲"，这是我国最高领导层敏锐地意识到国力贫弱需寻求突破的猛药良方。

自古以来，钢铁就是实力，有了钢铁就占有了武器，有了武器，就占有了胜利。于是，有了关云长的青龙偃月刀，有了成思吉汗的铁马秋风弯长箭，有了欧洲的十字军长征，也有了罗马帝国的强盛与繁荣。然而，

1949 年的中华人民共和国只有年产 15.8 万吨钢的能力，这个数字还不够国人每家打一把菜刀口，而美国早在 30 年代就生产 1 亿吨钢了。

广东省委提出了建设钢铁联合企业、铜铝冶炼厂、重型机械厂、电机设备厂、滚珠轴承厂、大型水电站等基础工业设想。

而在粤北韶关安排的新建重点基础工业有：电力工业（新丰江、南水）；冶金工业（韶关钢铁联合企业、有色金属矿业和冶炼厂）；煤炭工业（曲仁、乐昌、连阳等煤矿）；机械工业（华南重型机床厂、华南重型机械厂、韶关电缆厂）；建筑材料工业（英德水泥厂等）。

1958 年 3 月，中共广东省委根据中央"工业下放"精神，调整省级厂矿企业管理政策。按照厂矿管理下放要求，驻韶省级厂矿绝大部分下放到县，重点厂矿交给专区。

1958 年 7 月 11 日，韶关地委召开工业会议，对大炼钢铁提出高指标的要求：当年建土高炉 1 344 座，生产生铁 20 万吨。在会议上，粤北各县不切实际地要扩大建炉 5 125 座，生产生铁 36.9 万多吨。

东风浩荡，春潮澎湃。从工业发展的总体布局到后来愈演愈烈的全民"大炼钢铁"，殊不知将锅头砸了，将铁锤、镰刀砸了，投到炼铁炉里变成铁水，冷却以后仍然是一块铁！

这种将生产工具砸了再制造生产工具的愚蠢做法竟得到大张旗鼓的宣扬。这不是无知、愚昧又是什么？这种毫无意义的重复劳动被历史嗤之以鼻，视为笑柄。

组成中央、省属"八大厂矿"

星罗棋布，遍地开花。

从 1958 年 6 月开始，省属韶关矿山机械厂、韶关精选厂、韶关发电厂、华南重型机床厂、华南重型机器厂、韶关电缆厂，以及部属市级韶关发电厂、韶关钢铁厂、大宝山矿和乳源南水水电站等企业，陆续开始动工兴建。

6 月 26 日，广东省第一家专门制造矿山机械的韶关矿山机械厂在韶正式动工兴建；7 月，广东省第一家矿冶精选厂——韶关精选厂动工兴建；同月，韶关专区规模最大的机械化水泥厂——韶关水泥厂，在韶关市西郊动工兴建。

1958 年 7 月，为建设华南重工业基地，时任中共华南分局书记的陶铸来韶调研、部署。中共韶关地委按照华南分局与中央建设重工业基地的设想，制订了地方国民经济五年计划。计划中，地委将发展重工业基地建设作为发展韶关经济的"重头戏"进行整体布局。

按照华南重工业基地重点项目建设计划，将建设大宝山矿、韶关（乌石）发电厂、华南重型机床厂、华南重型机器厂、韶关电缆厂，以及凡口铅锌矿，并组建韶关钢铁公司等中央、省属"八大厂矿"。

日后人们口中的"八大厂矿"，不知是从这里而来，还是另有一种来自民间的版本，因为后来成为韶关中央、省属企业龙头的韶钢、凡口、韶冶等大型企业，此时还在"娘胎"之中。

1958 年 8 月 6 日，由韶关地委主办的《韶关日报》发表题为《把韶关建为华南工业基地》的社论，号召全市人民"用我们双手建设新韶关"，同时动员全国各地工矿企业、工程人员、技术工人，积极支持、参与韶关"华南重工业基地"建设。是日，中共韶关地委决定，从专区各系统抽调 1 000 名干部，分配到各新建厂矿。

8 月 20 日，中共韶关市委发出《动员一切力量积极支援重点企业基建》通知。《通知》指出：在广州召开的华南地区经济协作会议决定，在第二个五年计划期间，我市将建成为华南地区的重工业基地。中央已确定在本市新建包括钢铁、冶炼、机械制造、化工、电力等重工业的大型工厂企业 20 个。这些大型工厂企业规模都相当宏大，设备也是较为先进的，1958 年动工兴建的就有 10 个，1959 年全部要施工兴建。

为了保证这些大型项目的落地，韶关市委号召"必须全党一齐动手，动员一切力量，积极支援大型的基建工作，保证基建顺利进行。"

鞭炮飞红，锣鼓响起。

9 月 1 日，韶关专区最大的水电站——乳源南水水电站正式施工；10 月 11 日，韶关发电厂在曲江乌石动工兴建；11 月 5 日，华南重型机器厂、华南重型机床机厂、韶关电缆厂，联合举行施工典礼。省机械厅、地委、专区等各级领导及各界代表 3 500 多人参加典礼。

1958 年，是难忘的岁月，也是激情燃烧的岁月。人们在一浪高过一浪的建设浪潮中，感受到国家的强大，感受到从身体迸发出的能量将会放射出绚丽的火花……

在"华南重工业基地"声势浩大的基建中，全国各地大批的建设者、行政管理干部、工程技术人员云集韶关。韶关历史上具有重大影响的工业行动——"华南重工业基地"建设由此拉开了隆重的序幕……

"虎头蛇尾"的落幕

行棋布局，兵分两路。

在"华南重工业基地"中省工矿重点企业建设的同时，一批立足于重点项目辅助的韶关地方国营工业企业也相继动工。

在机械工业方面，韶关市先后兴建电机厂、五金厂、拖拉机厂、汽车修理厂、通用机械厂等，当年或次年建成投产。

在建材工业方面，韶关水泥厂、英德水泥厂、英德南山水泥厂、阳山水泥厂、连县水泥厂和仁化水泥厂，相继建成投产。

1959年初，为配合"华南重工业基地"建设对煤炭资源的需求，韶关专区决定修建罗家渡（梅田）、连阳、曲仁、南岭四大煤矿的铁路专用运输线，以提高煤炭开采运能。

从凡洞迁移至沙溪的大宝山铜矿也在此时开始筹建，并被广东省委、省政府定位为"广东省最大的现代化铜矿工业基地"。

跃进，跃进！

加速，加速！

建设，建设！

这种不顾现实条件、不顾自身能量向着遥远目标呼啸而去的"建设列车"，让人想到了夸父追日，也让人想到了女娲补天……

这种神话般的"联想"仿佛让人找到了原动力的奥秘，"人有多大胆，地有多高产"的"工业移情"。

1959年5月，根据广东省委"汕头会议"精神，韶关地委召开扩大会议，对自1958年初开始的"大跃进"运动进行"深刻总结"。

会议认为，自"大跃进"运动开展以来，韶关在包括农业生产、钢铁生产，以及公社管理体制、领导作风和方法等四个方面存在一些问题，并严肃批评了出现的"浮夸"风气。

会议指出，由于受"大跃进"运动出现的极"左"思潮的影响，"大办钢铁、大办工业"，以及盲目追求工业高指标、高估产，忽视、违反了客观经济规律，加之工农业生产劳动人口比例失衡，过大、过重、过急的工业投资比例，严重超出了地方经济实际承受能力，从而影响了包括农业在内的其他行业的均衡发展。

从1959年7月起，按照中共广东省委指示，中共韶关地委、专区委员会针对"大跃进"中出现的"工农业比重严重失调、农轻重产业位置倒置、投资比例失衡"的问题，开始予以纠正，对工矿企业劳动组织进行整顿。

　　一场以轰轰烈烈开头，又以仓促暗淡光景结束的大型"工业运动"，显然不能冠以"虎头蛇尾"就此了结，新中国成立后历次的政治运动和经济建设无不在发热和高烧中运行，其结局都是"痛心疾首的反思"和"不留情面的整顿"。

　　历史的车轮运行到今天，我们难道会否认，"华南重工业基地"的崛起，不是源自于"大跃进"的"不切实际、不求实效"的"跃进思维"吗？

一卷金戈铁马的雄壮画面

　　让我们细数在"华南重工业基地"建设中上马且有较大影响的中央、省级企业吧。

　　1958 年初，由于"华南重工业基地"建设的需要，广东省委决定，将建设韶关（火力）发电厂作为华南重工业基地的骨干企业。

　　大工业的建立对能源工业有了新的需求，新中国成立后的第一个十年，韶关的能源生产只有仅够为市区部分照明和部分小企业提供电能的东河电厂。

　　于是，东河发电厂的老员工、本地招收的新职工和一大批从广州、东莞、顺德充实过来的熟练技工云集乌石（韶关）电厂，开启了"电灯照亮韶关""电力驱动韶关"的历史……

　　起初，规划设计首选地，是将发电厂建在韶关十里亭犁市武江边上，希望利用曲仁煤矿设在河边厂煤场转运点，以节约火力发电运煤成本，从而体现当时"多、快、好、省"的总体要求。

　　然而，在勘探选址时，发现就近建犁市边上的武江河水流量少，不足以供应火力发电之用，后将发电厂地址改在了粤汉铁路线上曲江乌石境内北江河边，通过水上运输的便利条件，实现韶关首个火力发电的"宏伟蓝图"。

　　1958 年 10 月，韶关发电厂正式动工兴建。

　　乳源南水水力发电站建设，是韶关建设"华南重工业基地"的重点项目工程之一。

　　宽阔的湖面和巨大的贮水量，使从省城远地而来的勘探人员兴奋异常，犹如哥伦布发现了新大陆……

　　1958 年 6 月，中共广东省委在广州召开关于兴建乳源南水水电站项目会议。会议决定，由省水利电力厅承担项目基建任务，由其下辖的省水电勘测设计院负责设计，由省第二工程局负责施工。

　　韶关水电站的建设发端于 1941 年。其时，国民党第七战区暂二军军长邹洪与安南（今越南）华侨商人在乳源云峰镇洲头津兴建了广东省第一座水电站，于 1943 年建成，装机容量 20 千瓦。

　　1960 年，水库大坝开始动工，坝体采用"黏土斜墙堆石"建设。在广东省水电厅工程局与省水电设计院、中国科学院力学研究所等单位的协助下，工程一次性使用炸药 1 394 吨，采用定向爆破方法建造，此次爆破筑坝技术于 1978 年荣获全国科学大会奖。据说，这次爆炸是经过周恩来总理特批的。此说已载入韶关水利史册。

　　斗转星移，物是人非。

　　夏天，当你坐着摩托艇在碧蓝的湖面上游弋，艇尾的螺旋桨激起翻滚的白浪，水花溅湿你的衣衫，一阵清凉透彻的感觉。两岸青山如胭似黛，水面线上一条 80 多米的绿色大坝呈现眼前，心胸豁然开朗……

　　华南重型机床厂是"华南重工业基地"八大厂矿之一。企业创建于 1958 年 11 月，在韶关市北郊十里亭动工兴建。然而，到 1959 年下半年，项目列入缓建工程下马。1960 年，建设工程重新上马后，其址改建为广东省起重矿山机器厂，产品定向为起重和矿山机械，生产拉丝机、皮带运输机、浮选机和卷扬机等，并按年产两万吨设计能力进行改造扩建。至 1961 年机械厂再次暂缓扩建。"小三线"建设时，厂址划拨建设韶关挖掘机厂。

　　华南重型机器厂是"华南重工业基地"八大厂矿之一。企业于 1958 年 11 月，在韶关市西郊动工兴建，到了 1959 年下半年，项目列入停（缓）建工程下马；华南电缆厂是"华南重工业基地"八大厂矿之一，于 1958 年 11 月兴建，到 1959 年底，项目工程列入"停建"工程，全部设备拨广州电线厂。

　　此外，20 世纪 50 年代，毛泽东主席发出"要迅速改变北煤南运"的指示。1962 年底，中南局、国家计委党组、煤炭部将湖南宜章县境内的梅田煤矿划给坪石矿务局经营，随后成立了梅田矿务局，走出广东地理辖区的梅田煤矿正式成为广东所属煤矿，成为闪烁乌金、令人怦然心动的"飞地"……

　　1959 年 9 月 22 日，韶关机械厂"向秀丽车工小组"组长李莲好，曲仁煤矿劳动模范周炳龙，代表韶关人民赴北京国庆观礼，受到周恩来总理、贺龙副总理等中央领导人接见。"向秀丽小组"仅用一年时间技术革新 123 项，提高效率 23 倍，一年完成了两年的生产任务，荣获全国"三八"红旗集体称号。

10 月 1 日，韶关各界共 108 万人在市区中山公园举行新中国成立 10 周年的庆祝大会，祝贺"工业生产取得的辉煌成就"。

锣鼓齐鸣，金戈铁马。

正是在这种"万马奔腾"的日子里，众多的工程项目纷纷上马，数万人云集粤北韶关。"华南重工业基地"是一个众人欣羡的"大蛋糕"：它能为国家做出多大的贡献？

历史若干年后给出了结论。

"华南重工业基地"的建设是国家 50 年代基本建设的"大手笔"，也是社会主义计划经济时期的具体缩影。它印证了一个时代：奇迹是如何创造的？大跃进是怎样横空出世的？

铀矿打造出能征善战的"工改兵"

穿草绿色军装，戴五星帽徽，干的是在地层深处的巷道里打风钻，在灰尘滚滚的工地里远送矿石……

这些军人，在部队编制里被称为基建工程兵。

人们习惯上将韶关的军工企业称为"铀矿"。

韶关铀矿的兴起，始于新中国成立初期我国实施第一个五年计划期间。

抗美援朝战争结束后，1955 年 1 月，面对帝国主义的"核讹诈、核威胁"，中共中央为增强国防力量，打破帝国主义"核垄断"，保卫国家安全，毅然做出了中国要发展核事业的重要决定。

发展核事业就是制造原子弹。

中共中央把它当作战略决策。

地质矿产部勘探局对华南地区进行地质资源普查时，发现一些具有工业开采价值的铀矿资源。三机部（后改二机部）随即向中共中央提出"发展铀矿山，铀水冶要早建、快建"的建议。

此建议经中共中央批准后，地质矿产部决定在华南建设最早的大型铀矿山。

于是，韶关便进入国家发展大型铀矿首选地区的大名单。

1956 年 4 月，中南地勘局第 309 队 2 分队从湖南宣章县迁入粤北韶关；309 队 11 分队也于 1957 年 2 月从湖南常宁县进抵韶关，开始了粤北地区铀矿大规模勘探。

寻找铀矿的还有 705 地质大队。广东省地质局 705 地质大队成立于 1957 年 8 月，之后，这群被人戏称为"远看像逃难的，近看像要饭的，细看是勘探的"地质队穿行在粤北的崇山峻岭中，他们顶烈日，冒寒风，钻山沟，爬山脊，为共和国寻找矿藏。有人做了这样的统计，705 地质大队在 50 多个春秋里，完成的地质勘查钻探工作量，相当于钻穿了 250 座珠穆朗玛峰，挖掘的坑道连接起来，比 4 条大瑶山铁路隧道还长。寻铀地质队员都是二十出头的小伙子，他们凭着一本译自苏联出版的《铀矿普查与勘探》边学边干边总结，不断提升寻找铀矿的技能。他们在深山野岭安营扎寨，住的是草棚和杉皮房，点的是煤油灯，白天一顶草帽、一个背包、一壶凉水，带着铁锤、罗盘和放大镜，在粤北的巍巍群山为祖国的原子能事业奉献青春……

铀是一种极为稀有的放射性金属元素，在地壳中的平均含量仅为百分之二。铀矿石色彩绚丽却具放射性，是核裂变的主要物质，是极其重要的战略资源，是保持国家核威慑力量和维系核大国的坚强保障。

据探测，位处南岭成矿构造带的韶关地区是勘探铀矿的重要地域。1958 年 10 月，二机部根据毛泽东主席"一定要发展原子能事业"的指示，乘着"大跃进"的东风，在韶关中南钨矿招待所（后改称东河招待所）开始筹组铀矿建设，并成立筹建铀矿办公室。

二机部根据中南 309 队 11 分队和 705 地质大队提供的铀矿地质储量报告，决定在韶关翁源县筹建代号为 741 矿的铀矿冶炼企业。

自此，韶关展开了铀矿建设的雄壮画卷……

741 矿与 743 矿建设

1959 年 1 月，铀矿筹建组先期派出 6 人小组进驻翁源小寨矿区，身居茅棚，着手进行矿山动工的前期准备工作。当时筹建小组一面与地质队联系沟通，寻求支援，一面与地方政府联系征地，采购建矿材料。

1959 年 3 月 1 日，铀矿筹建工程破土动工，拉开了矿山建设序幕。3 月底，由二机部从全国各地抽调的首批职工 240 多人陆续进抵矿区。

为培养生产骨干，筹备组从其中选送 190 多人赴东北抚顺进行业务培训，经过半年的业务训练。同年 10 月中旬，筹建办公室由韶关迁至小寨矿区办公，并设立职能科室 9 个。

741 矿属我国原子能事业的一个保密单位，建矿初期，保密工作要求极为严格，调入矿山的员工，均需签订保密誓词并存档，一切公开活动使用代号。

下庄是位于翁源县山区一个仅有几十户农家的小山村，却是我国第一个花岗岩型铀矿床，被苏联专家列别捷夫命名为"希望矿化区"。

1959年3月，741矿建设初期，适逢我国"三年经济困难时期"，为度过暂时的经济困难，全矿上下齐动员，按照中央提出的"苦战三年、边干边学、建成学会"的建矿指导思想，以及落实上级主管部门关于"一手抓矿山建设、一手抓职工生活"的指示，认真贯彻中央提出的关于"大办农业，大办粮食"的政策方针，在立足于发展副业生产的同时，通过兴办企业"农场"，开展生产自救。

1960年10月，矿山组建了企业农场——"火箭农场"，开垦了830多亩荒地，并投入资金15万元，建房舍、购农具、饲养禽畜、挖塘养鱼、种植粮食和蔬菜。通过采取"办副业"的方式，解决了经济困难时期对矿区建设带来的影响。

1961年，国家提出国民经济"调整、巩固、充实、提高"的"八字方针"后，741矿因"压缩基建项目"投资，先后经历"下马""上马"的发展阶段。

是年，根据上级部门的指示，压缩基建规模，矿区抽调了500多名职工支援国家其他重点工程，此后，又动员精简了140多名职工回乡支援农业，在此状况下，矿区建设实际处于"半下马"状态。

1961年7月，伴随国际形势的发展与备战的需要，中央决定加快核工业的建设，矿区建设复兴。1964年5月，741矿区正式试产。

741矿包括大帽峰矿井、新桥矿井、希望矿井三个工区，接管了中南309队11分队移交的下庄土法炼铀水冶厂等。

1964年5月，中共中央书记处书记、公安部长罗瑞卿到南雄县视察铀矿开采情况。

1964年10月，我国第一颗原子弹爆炸成功后，741矿逐步走向兴盛发展之路。

翁源下庄土法炼铀水冶厂，代号为202厂。1958年6月，在全民办矿的口号指引下，原中南309队11分队利用地质勘探生产出来的矿石，遵循"土法上马、以土为主、先土后洋、土洋结合"与"苦战三年、边干边学、建成学会"的方针，建设了一个小型土法炼铀的翁源下庄水冶厂。

该水冶厂也是我国核工业第一个建成的土法生产重铀酸钠产品（代号：111）的天然加工厂。1958年8月，水冶厂采用稀硫酸渗滤浸出沉淀精矿工艺，生产出第一批重铀酸钠产品，宣告土法炼铀成功投入生产。

20世纪60年代初，在中央提出经济建设"八字方针"后，二机部党组从有利于水冶厂的生产管理，又有利于地质队集中力量勘探铀矿资源的角度出发，决定将中南309队11分队所属下庄土法炼铀水冶厂，整体移交给741矿管理与生产。1964年11月，下庄水冶厂停产。

为了在炼铀厂建成之前获取制造第一颗原子弹需要的重铀酸铵，二机部三局副局长佟城急匆匆地赶到下庄，组织309队11分队，实施"土法炼铀"。

"土法炼铀"就是将矿石放在锅头里烧，就像是做豆腐一样。作家梁东元在《原子弹调查》一书中曾生动地描述了下庄开展"土法炼油"的情景："……很快，不到一个月炼铀厂就建成了，厂房是用树皮、茅草和竹子搭起来的，草棚下并排竖立着几个大木桶，用以代替浸出槽，每个桶中装满了碎矿、硝酸，被浸泡着的矿石在桶里发出咕咕的响声，浸出来的溶液从第一个桶里流进第二个、第三个桶……然后流进地下的容器里，再从容器里倒回第一个桶中，反复浸泡沉淀。在这里，用布袋豆腐包进行过滤，用铁锅当反应器。接下来，在另一个草棚里，人们用同样简陋的土办法，把溶液慢慢烤干……十来个人要足足干半个月，才能从几十吨矿石中炼出200克铀来……"

就这样，铀矿的工人们用短短一年时间，向国家上缴了15公斤制造原子弹能必需的重铀酸铵材料。

下庄水冶厂是我国核工业第一个土法生产铀金属的小厂，从建厂到停产，历时7年，为我国提供114吨的天然初级产品铀金属，为我国研制核武器并成功爆炸第一颗原子弹，赢得了时间，完成了历史赋予的重大使命，立下了不可磨灭的功勋。

在这里，我们还要为这一功勋企业写上一笔：

1972年，遵照国务院、中央军委决定，741矿随广东铀地质矿冶企事业单位一起，整编为中国人民解放军基建工程兵203师623团部队建制；1984年，广东境内的铀矿企业又根据国务院、中央军委决定，撤销基建工程兵部队，执行系统对口集体转业，恢复741矿企业建制和恢复原副师级单位级别。

在"工改兵"过程中，623团执行"劳武结合、能工能战、以工为主"的12字方针，不断提高广大官兵的政治素质，充分了解"工改兵"的重大意义和优越性。在此期间，他们不仅超额完成了生产任务，也大大提高了军事素质。

1963 年 1 月 4 日，二机部下达建立 743 矿的指令。

6 月 28 日，上级调 712 矿副矿长魏善光等 10 余人，开始筹建工作。9 月初，上级又抽调 741 矿矿长司守义等 36 人，前往 743 矿加强领导。1965 年 7 月 1 日，741 矿 301 工区建成投产。

743 矿从建设到投产，共用了一年多时间，创造了当时全国二机部系统快速、勤俭建矿的样板，受到二机部领导及专家的高度认可。

1972 年，743 矿改编为中国人民解放军基建工程兵 624 团，后改称 268 团、268 大队等；1984 年 1 月复称 743 矿，下属各工区和水冶厂。743 矿水冶厂，是广东建立的首个现代化水冶厂，也是全国首个采用清液萃取流程的铀水冶厂。

如果说，军人实现价值的平台是在战场，而付出的代价则是牺牲和奉献。那么，曾在人民军队序列中行使天职的铀矿人同样将牺牲、奉献作为实现价值的筹码。

要知道，铀元素是放射性很强的元素，直接或长期接触对人体造成较大的伤害。然而，在当时的历史条件下，由于设备条件简陋，只能提供最基本的安全防护措施，即操作的时候，都要戴胶皮手套，穿上套鞋和工作服，还要穿上橡皮围裙，戴上加厚的口罩。即使这样简单的防护装备，在当时也极其缺乏，不能保证每个操作人员都有，只能是轮流披挂上阵。据当事人回忆，在他们"土法炼铀"的过程中，很多人因为没有防护装备，不得不直接用手来操作，结果死伤了好几个同志。之后，由于长期呼吸铀矿粉末，暴露在放射性的环境之中，有不少职工先后患上硅肺病和白血病，以至于英年早逝……

这里用生命兑换的殊荣；

这是用青春书写的贡献……

这虽是无奈之举，却是壮志凌云！

韶关铀矿不仅是优秀的企业，也是一支能打仗的军队，他们做出的贡献创下的业绩，人们永远铭记。

"里程碑"的意义

由于建设规模过大，摊子铺得太宽，财力、物力严重不足，加上 20 世纪 50 年代末期连续三年的自然灾害，又逢中苏交恶，国内经济建设遭遇到连续三年的困难期，致使韶关许多工业计划新建项目相继停建，韶关工业发展不可避免地遭遇了"滑铁卢"，但落户于韶关的"华南重工业基地"，其留下的基本框架为韶关80年代的辉煌奠定了坚实的基础，具有里程碑的意义。

据统计，自1958年我国提出"优先发展重工业"的国民经济建设总方针，将韶关定为"华南重工业基地"进行重点建设以来，中央和省为韶关地方工业建设投资合计达5.5亿元，实际完成4.3亿元。

国家先后在韶关地区兴建了钢铁、煤炭、机械、有色金属、冶炼、森工、水泥、铁路、航道、电力等一系列重工业项目。其中电力工业建设、煤炭工业建设、钢铁矿业、有色金属工业、机械等工业骨干企业的建成，为后来韶关成为华南工业重镇奠定了坚实的基础。

而一些尚未完成的工业项目建设，包括在"三年经济困难时期"被关闭、停建或缓建的工业项目，也为韶关工业后续的"小三线"工业建设，留下了发展的基础与必备的条件。

"华南重工业基地"虽然已成历史，但永远铭刻在共和国的工业版图上。

历史不会忘记这段难忘的岁月。

人民不会忘记共和国对粤北大地的深情眷恋……

第二章　充满战争色彩的"小三线"建设

工业是战争的血液。

只有源源不断地输入鲜血，胜利的概率才愈来愈大。

多重威胁下的中国动起来了

20世纪六七十年代，我国内地的十几个省、自治区开展了一场以战略为中心、以工业交通和国防科技为重点的大规模的基本建设运动。历史上将这次建设，称为"三线建设"。而广东的韶关、梅县、肇庆以及海南岛的山区，由于自身特殊的地理条件和战略地位，被列为广东"小三线"建设的重点地区。

这一切都来自于严峻的国际形势。

进入20世纪60年代以后，我国面临错综复杂的国际环境：

中苏关系不断恶化，苏联派重兵进驻中苏、中蒙边境地区，我国北部的安全受到严重威胁；

第一部 千年奏鸣曲

美国制造了"北部湾事件"，对越南北方进行大规模的轰炸，越南战争骤然升级，我国南部的安全受到严重威胁；

盘踞在台湾的国民党当局在美国的支持下，不断实行军事骚扰，企图"反攻大陆"，我国东部的安全也受到严重威胁；

中印边界战争日趋严峻，我国西部的安全受到严重威胁。

诸多的严重威胁，积聚了越来越浓的战争风云。

与此同时，与我国毗邻的日本、韩国等国对我国也持有敌视态度。

这一切都表明，第三次世界大战随时会一触即发……

备战，已成为毛泽东主席在这一历史时期最为关注、也最为操心的头等大事。毛泽东在不同场合多次指出："要准备打仗"；"除了第一线和第二线，要搞第三线"；"沿海各省市都要搞点小三线，属于地方军工厂"；"三线建设要抓紧"。

1964 年 8 月，中共中央书记处根据毛主席的讲话精神，专门召开了"三线建设"问题的会议。会议决定，首先集中力量建设三线，在人力、物力、财力上给予保证；新建项目都要摆在三线；一线能搬的项目要搬迁，短期不能见效的续建项目，一律缩小建设规模；在不妨碍生产条件下，有计划有步骤地调整一线。

广东省委按照中南局第一书记、广东省第一书记陶铸指示的精神，加紧对国防工作和三线备战工作进行研究，并着手进行规划。

1964 年 10 月 18 日，广东省委向中共中央和中南局提出《关于广东国防工业和三线备战工作的请示报告》。报告的主要内容是：第一，加速地方军事工业的建设，计划在短期内，在我省的后方（连县、连山、连南一带）建立 6 个军工厂；第二，为加强三线建设，除考虑建设部分必要的原材料、燃料工业外，拟从广州等前沿城市中迁建部分民用工业。迁建的工业应该是"少而精"、"小而全"、机动灵活，平时既能立足并有力支援三线生产建设，战时又能迅速投入军需生产；第三，交通、通信方面，主要是国防公路和国防通信网建设，等等。

历史上将连县、连山、连南、阳山称为"连阳地区"，或"连阳区域"。

连阳地区位于广东西北部。1958 年冬，三连一阳（即连县、连山、连南、阳山）合并为连阳各族自治县。1960 年以后，这四个县又重新分开，属韶关地区管辖。现在这一区域属清远市的版图。

连州、阳山均建于西汉时期，有 2 100 多年历史。由于连州是北上中原的通道，历史文化积淀十分丰富，韩愈、刘禹锡、屈大均等文人雅士、墨家骚人都在这里留下了诗文、墨迹和碑记。

同时，连阳地区由于地势险要，又是古代兵家必争之地。

1964年10月22日，毛泽东看到广东省委的报告，十分赞同地批请刘少奇、周恩来、邓小平、彭真和罗瑞卿传阅，写下批语："广东省是动起来了，请总理约瑞卿谈一下，或者周、罗和邓、彭一起谈一下，是否可以将此报告转发第一线和第二线各省，叫他们也讨论一下自己的第三线问题，并向中央提出一个合乎他们具体情况的报告。无非是增加一批建设经费，全国大约需十五亿，分两、三年支付，可以解决一个长远的战略性的大问题，现在不为，后悔无及。"

1964年11月，广东省委成立以省委书记林李明为组长的广东省国防工业领导小组，具体领导全省战备方面的综合工作和组织三线建设。

1965年6月，广东省政府设立军工局，对外称广东省第二机械工业局，统管全省三线建设和军工企业、事业生产和建设。

正如毛泽东所说，广东真正动起来了。

栖身于大山深处的军工企业

毛泽东有首诗："飒爽英姿五尺枪，曙光初照演兵场。中华儿女多奇志，不爱红装爱武装。"

还有一首当时众人耳熟能详的歌曲《打靶归来》："日落西山红霞飞，战士打靶把营归，啊，把营归……"

钢枪，仿佛成了那个时代的标志。

备战，仿佛成了那个时代的主题词。

此情景，与古人笔下的铁马秋风、战地黄花、楼船放雪、边关冷月何其相似。不禁令人想起了20世纪六七十年代充满火药味的岁月……

1965年夏天，广东省"小三线"建设进入实施阶段。

当年8月，全国搬迁工作会议确立了"大分散、小集中"原则，国防尖端项目建设，则实行"靠山、分散、隐蔽"的原则，有的项目还要进洞，即实施"山、散、洞"原则。

广东省计划委员会根据省"三五"计划提出的任务，从立足战争出发，结合本省各部门、各地区对战备工作提出的意见，于9月9日向广东省委上报了《关于当前和1965年三线建设工作的初步方案》，方案提出了"加速地方军事工业的建设，计划在短时间内在广东后方连县、连南、连山一带建立小型枪厂、子弹厂、手榴弹厂、地雷厂、炸药厂"的计划。

第一部　千年奏鸣曲

其时，广东省大部分军工企业分布在粤北连阳地区以及韶关的翁源、南雄、仁化等县。兵器军工企业主要分布在粤北"三连一阳"地区；核工业企业则分布在翁源、南雄、仁化等地。

不管是当时的"三连一阳"，还是核工业企业分布的翁、南、仁，都是韶关管辖的地盘，这如山的重担无条件地落到粤北重镇的党政班子肩上。

1968 年 8 月至 1973 年冬，广东省设立国防工业办公室，对全省军工生产实施全面管理和直接领导。

据统计，1964 年至 1978 年，全省国防工业累计投资 2.5 亿元（不含核工业、电子工业），建成兵工厂 14 家。其中，国家部属"大三线"厂 4 家，省属"小三线"厂 10 家。至 1975 年，粤北军工企业共有职工 11 982 人。

1965 年至 1980 年，粤北军工企业生产的武器品种有 56 式 7.62 毫米半自动步枪、步枪、冲锋枪、机枪子弹、枪榴弹、手榴弹、36 式 60 毫米迫击炮弹、59 式航空炮弹、65 式 37 毫米双管高射炮及其瞄准具、58 式 14.5 毫米二联高射机关枪及其瞄准具、信号弹、地雷、雷管、炸药、防毒面具以及水中兵器、水中爆炸武器等。

1969 年至 1970 年，包括在粤北韶关境内，全省先后组建军工动员生产线 26 条，定点生产厂 300 多家。1972 年调整为生产线 13 条，定点生产厂 143 家，可生产 7.62 毫米半自动步枪、37 双管高射机关炮、改 40 火箭筒、高射炮指挥仪、雷达、14.5 毫米二联高射机枪、飞机副油箱、防毒面具、尼龙防弹衣、701 直升机等。

由于这些兵工厂在 20 世纪 80 年代初期大多转为民用企业，且撤到珠三角一带，采访难度较大，因此，我只能够利用一些线索，与当事人取得联系，以求通过采访还原当年粤北军工企业的原貌。

年过半百的林先生是佛山一家影视公司的合伙人，祖籍潮汕，他的父母当年由云南空军部队回到广东连南兵工厂工作，1983 年初，19 岁的林先生随父母单位南迁到佛山。他对我说，他父母所在的兵工厂代号为连南 980，对外称国营北江机修厂，位于连南寨岗镇阳爱村，在一个大山沟里，后面是瑶族的聚居地。该厂系"小三线"军工厂建设重点项目之一。

林先生的父亲在厂里是电影放映员，母亲是检验科工人。980 厂于 1964 年筹建，1965 年 1 月动工兴建，隶属第五机械工业部。以生产 56 式 7.62 毫米半自动步枪为主。56 式半自动步枪是我国 1956 年仿制苏联 SKS 半自动步枪制造的武器，具有重量轻、射击精度好、机构动作可靠的优点。由于该枪是我军第一支制式列装半自动步枪，和 56 式班用机枪、56 式自动步枪统称 56 式枪族。

林先生说，寨岗位于连南的东南部，是汉瑶杂居的所在地。据回忆，980 厂当时企业员工和家属有三四千人，有十几个车间和科室，有一个连的部队担任保卫工作，工人和技术人员来自广州、重庆、武汉、汕头、上海以及东北三省。工厂内是大而全的"小社会"，有小学到高中的学校，也有卫生所、百货大楼、银行、邮局、电影院、粮店等。由于是军工企业，厂内统一讲普通话，员工素质比较高。

当时分厂、车间、工段、班组按部队编制统称为营、连、排、班，为了配合部队搞好保卫工作，厂里还成立了武装民兵团，搞军事训练成了常态。1983 年至 1985 年为全国"军改民"后期，980 厂分批撤往佛山市，一家兵工厂成为两个企业，一个为北江机械厂，一个为佛斯弟摩托车有限公司。

在连南寨岗，也有一个对外称国营跃进铁厂的军工企业。1965 年 11 月动工，1966 年 6 月建成试产，1967 年批量投入生产，年产 67 式木柄手榴弹 100 万枚。此外，还生产 60 迫击炮弹和工业雷管、反坦克枪榴弹等。"军改民"后，该企业更名为明华机械厂，也撤往珠三角。

我在一位收藏爱好者那里，看到他收藏的当年兵工厂武装民兵的合照。民兵们都是清一色的军装，就差没有帽徽和领章；清一色的半自动步枪，胸前挂着的是米黄色帆布步枪子弹袋。照片中有男有女，每个人脸上都布满紧张而又严肃的神情，不苟言笑……

据说，这些兵工厂全部实行"准军事化"管理，建立武装民兵队伍，他们一半时间进行生产，一半时间实行军事训练。许多兵工厂涌现出"比武能手""女民兵班"，男民兵的军事素养可与部队战士相媲美，女民兵里也有一些优秀射手……

传说，"三连一阳"有美蒋武装特务潜入到深山之中，当地武装部就动员兵工厂的民兵搜山三天三夜，尽管后来空手而归，但显示了当时军工企业民兵"能工能武"的作用。

又传说，阳山深山跳出一只老虎咬死了两头猪，还伤了一个人。县武装部组织民兵围捕，最后开枪打死老虎的，是兵工厂一位平时"百发百中"的民兵。

我的朋友里，也有与这些军工企业老员工联系的人，从他们那里，我也听到一些"传说"和"故事"。

告别兵工厂那一天，战友们（其实是工友们）有的相拥而泣，有的号嗨大哭。有一个新工人在背包里夹着一支没有带子弹的冲锋枪。两个工人师傅知道此事后，火急火燎地赶到新工人的宿舍，搜出了冲锋枪，接着劈头打了新工人几个耳光。新工人委屈地说：我是舍不得兵工厂，拿把枪作纪念啊。老工人怒斥道：如果你是制造原子弹的，也将原子弹抱回家里不成？这故事不知是真是假，却道出了兵工厂解体后工人的难舍之情。

我认识一位朋友的亲戚曾经在连县兵工厂工作，这位亲戚姓冯，是一名女性，17 岁初中毕业，就由清远县招工到连县工作，当时说是机修厂，寄信也是用代号的。一大群十六七岁的男孩子、女孩子坐在两辆装有帆布篷的解放牌货车上，有说有笑，叽叽喳喳，在盘山公路上颠簸了一整天，深夜才到连县县城，有的人竟然睡着了，午夜才吃上饭，在小旅店住了一晚。第二天，汽车又载着他们到一个处在大山深处的工厂。

那时工厂刚建设，这些刚出校门的学生做起搬砖挑担的泥水工，一干就是大半年。工厂政工科领导说，在劳动中表现突出的就会分到好工种，女同学可以当车工，男同学可以做司机。因此，同学之间开始了劳动竞赛，哥们儿之间、闺密之间也暗地较劲。

年过六旬的冯女士对我说，明争暗斗的事我就不说了，最好笑的是冲凉（洗澡）和上厕所。那时厂里的条件很差，冬天冲凉也没有热水，男孩子还好办，女孩子来了例假，难受得够呛。于是我们宿舍的七八个女孩子，就将例假的日期算好，谁来了例假，七八只水壶的热水就为她"服务"。

上厕所也是一大奇闻，女生宿舍楼没有厕所，离公共厕所有 100 多米远，白天还好办，晚上就成问题了。一开始每间宿舍都有一只胶桶装小便，军代表知道这事后，不准这样干，说是不够军事化。

一天深夜，一个女同学闹肚子，另一个女同学陪她上公共厕所，谁知刚出厕所，就发现两只小灯泡在不远处晃来晃去，定睛一看，吓得魂飞魄散，这是狼的一双眼睛啊！两个女同学发出几声尖叫，连滚带爬地回到宿舍。这一下，动静真不小，引来了警卫部队的流动哨兵，他们扛着枪跑过来了，在工厂周围搜索了大半夜，没有发现狼的足迹。以后工厂规定，女生夜间大小便，要 10 人以上才能成行。女生们还每人准备了一条木棍或铁棍以防不测。这样一来，女生们夜间大小便演变成为"武装大游行"，颇具火药味……

在现代战争中，除了要有杀伤力的武器装备外，无线电装备也十分重要。1969 年 3 月，广东省成立省电子工业办公室，负责领导"小三线"电子工业建设。是年 6 月，省电子工业办公室决定将在广州的无线电元件二厂，迁往粤北连阳地区，并兴建三个"小三线"企业，生产军用电台和电子元器件。

由此，揭开了军用电子工业在粤北发展的序幕。

连山县永和镇有一间国营红权电器厂，代号8500厂。1967年开始动工兴建，主要从事无线电通信设备生产。红权电器厂一位姓杨的老工人告诉我，当时他们的通信地址和所有兵工厂一样，用的是代号，他们的代号是连山103信箱。红权厂有着典型的时代特色，建于1967年，红权意味着红色政权，上级主管部门是广东省国防工办。那时全厂职工和家属约1 000人。

杨大姐说：我们厂生产的是"小八一"短波电台，是我国20世纪70至80年代的主要通信装备，供部队穿越山区、丛林进行通信联络。"小八一"短波电台具有体积小、重量轻、操作简便、携带方便的特点，采用铝合金外壳，具有防潮、防霉、防雾等作用，是部队野外作战时的简便通信工具。

在"好人好马上三线，备战备荒为人民"的特殊年代里，红权电器厂是对外封闭的，职工来自全国各地，并经过严格的政审，管理者由广东省军区调任，厂、连级（即车间一级）干部由现役军人担任。

70年代中后期，红权厂的军用产品也在国内经济政策的转变，以及经济大潮的推动下，转向生产、加工民用产品。1976年开始生产铁路电台，1978年加工组装收录机等电子产品。这家军工企业从1979年开始逐步撤往珠三角地区：一部分加入深圳华强电子集团；一部分撤往广州江村；也有一部分撤往珠海组成海城电子公司。

70年代末至80年代初，粤北连阳地区的兵工厂有些改成生产民用产品的工厂，有些停产下马了，有些成建制搬到广州、深圳、珠海以及珠江三角洲其他地区。

军用通信设施的建设，带动了粤北通信基础项目建设。在此期间，韶关建立了三路载波及无线电工程，从1965年开始先后完成了包括韶关邮电修配所、连县至湖南邵阳三路载波工程、韶关迁站、连县至怀集、至肇庆载波工程，广州至始兴、至连县三路载波工程等。

韶关文史专家苗仪正在编写一部《韶关工矿发展史》，他对粤北地区军工企业的情况十分了解。他说，在粤北最多军工企业的要数连县（现称连州），有六七家，员工就有好几千人。这与连县的环境和地理位置有关，抗战时期，连县曾一度成为广东战时省会。

在这里，让我们说说当时对外称国营南方机械厂这家军工企业的发展历程吧。

第一部　千年奏鸣曲

据中华人民共和国第五机械工业部（70）军管字260号文，以制造500挺14.5毫米高射机枪为年生产任务的5606厂、5616厂于1970年初在连县同时上马。5606厂701工程、5616厂702工程是1970年广东省国防工业建设的重点工程，处于连县瑶安公社鹅颈生产队、清水生产队方圆近10平方公里的深山密林之中，此处仅有一条羊肠小道作通途，大有"一夫当关，万夫莫开"之势。

其时，军工企业的筹建工作由广东省军区国防工业办公室组织，调集了省内3个专区11个县的8200名民兵，省建筑部门200多名专业施工人员参加了工程建设。仅连县一地，就派出民兵5600人。接受任务的各级地方政府，做了大量的动员组织工作，接到调令的民兵，日夜兼程，奔赴工地。从1970年4月到9月，各县民兵分批进入工地，他们上山砍竹木搭草棚安营扎寨，展开了一场"深山大会战"。

筹建工作由广州军区、广东省军区两级党委主持；工厂中层以上领导干部由军代表担任。首批参加筹建工作的军队干部近百人。他们于1969年底在广州集训，1970年初春便来到瑶安公社，在洛阳大队部和松香厂分别建立指挥部。广东省军区副司令张鸣夫直接指挥早期的筹建工作。参加两厂组建工作的军队干部，一方面抓大规模的土建工作；另一方面派出人员分赴全国各地，开始了调干、招工等工作。从1970年4月开始，来自北京航空学院、上海交通大学等十几所高等院校的毕业生，来自456、356、296等各地军工企业的管理干部和技术工人，以及来自广东省内韶关下辖的连县、南雄、清远，汕头等地的青年学生和复员退伍军人，陆续来到工地，一时之间，沉寂的山区人声鼎沸，聚集了两三千人。

据悉，工地早期机构是政工、生产、后勤三大组。5606厂配置14个连队车间，5616厂配置15个连队车间。1970年8月，两厂临时党委与各地民兵的领队组成工地临时党委。1971年7月，两厂先后全面通水通电。一年之后，两厂投入试产，对外统称为国营南方机械厂。

20世纪80年代初期，按照中央军委指示精神，全国的军工企业纷纷实行"军转民"工作。1985年，5606、5616两家军工企业在珠海设立办事处。一年后番号取消，更换厂名为珠海市机械工业集团。1999年底，机械集团改制解体，职工下岗待业，自谋出路。至此，南方机械厂完成其历史使命。

国营岭南工具厂位于连县九陂，系"小三线"军工厂建设重点项目之一。1965年筹建，1966年建成，同年5月试产。建厂时，该企业利用了原连阳煤矿的部分旧址和房屋"另起炉灶"，全厂生产性建筑面积2.56万平方米。工厂初建时除抽调广州电机厂部分设备及工人、干部外，生产枪弹的技术干部和工人从湖南枪弹厂 861 厂调来 68 人。该厂主要生产 56 式 7.62 毫米枪弹。

国营星光工模具厂位于连县。1966 年 8 月动工，1968 年 7 月全部建成正式投入生产。建厂宗旨是承担枪厂、子弹厂、手榴弹、炮弹炸药等军工厂所需生产模具。国营卫国机械厂位于连县。1971 年 10 月动工，1978 年建成试产，主要生产航空炮弹。国营东方红机械厂，代号 8532 厂，前身原为广州市无线电元件二厂。1969 年 6 月，该厂奉命迁往粤北连县东陂，组建国营广东省半导体器件厂（外称"东方红机械厂"），主要生产硅高频小功率和大功率管、硅开关三极管、硅低频大功率管、半导体器件等产品。国营先锋机械厂，代号 8571 厂，位于连县城郊。1971 年动工兴建，主要生产军民两用的碳膜电位器。

回忆起军工企业当年的情景，老工人张先生说："我 1970 年初中毕业分配到连县 101 厂，当时国营工厂和国家工人令很多人向往和羡慕。我们厂是生产炸药的，生产线一条龙，一环扣一环，如果生产线前面出了故障，后面的车间就跟着停机。每当上凌晨的班，前面生产环节的车间停机了，我们就到包装房里装硝酸铵的木箱上睡大觉，殊不知这是一触即发的烈性炸药，一点火星也会引起大爆炸。那时我们不知死神两字怎么写，一点儿也不害怕……我们的青春岁月是在火山口上度过的。"

后来，有些文史爱好者形容粤北这段历史所起的作用为"军工企业效应"。

连阳地区军工企业是"三线建设"的践行者，他们由于人所共知的原因，隐忍而鲜为人知地履行自己的天职，默默地为共和国的国防事业做贡献。

省内企业聚集的"洼地"

1966 年开始，按照国家实施的国民经济第三个"五年计划"，韶关作为广东的"战略后方"城市，省内一些对支援战备必需的民用企业整体或部分地陆续迁往韶关。

那个时期，迁入韶关城区的有：广州黄埔吉山水力发电设备厂，迁韶后更名为韶关水轮机厂；广州黄埔吉山油泵油嘴厂，迁韶后更名为韶关油泵油嘴厂；梅县汽车配件厂一个车间，迁韶后，扩建成韶关齿轮厂；佛山动力机械厂，迁韶后更名为韶关柴油机厂。

第一部 千年奏鸣曲

凭借着"华南重工业基地"留下的基础与丰富的自然资源，韶关开始了大规模的"小三线"工业建设。按照"山、散、洞"的三线建设原则，在粤北安排的基础建设项目涉及军工、公路、水电、通信等领域。

时间一晃就是三年。

1969年3月，中苏"珍宝岛事件"突发，中央决定加快"三线"建设步伐，广东省贯彻中央提出的"备战备荒为人民"的战略方针，在工业建设方面重新突出"小三线"建设，实行"靠山、分散、藏洞"战略疏散。

于是，全省"小三线"建设再次全面铺开。

广东机械行业先后迁往韶关地区的企业有：省农机二厂、省有色金属冶金厂、省水轮厂、柴油机厂、油泵油嘴厂、齿轮厂等。同时新建和扩建的企业有：机床厂、挖掘机厂、轴承厂、工具厂、仪表厂、拖拉机厂、铸锻总厂等一批机械企业。

在韶关地区，还迁入了广东工学院，迁韶后更名广东矿冶学院，校址设在曲江马坝镇；还兴建了广东矿山通用机器厂、连南轴承厂等。

与此同时，韶关钢铁厂、大宝山铁矿以及梅田矿务局、红工矿务局（原曲仁矿务局）、坪石矿务局（原南岭煤炭局）等，也得到相应的扩建。

韶关发电厂、南水电站，以及长湖（英德）电站等省骨干电力企业，陆续建成并网发电。

1971年，根据广东省第四个五年计划，广东省的经济建设继续围绕狠抓战备，集中力量建设"小三线"后方工业。按照建设规划设想，建设以粤北地区为中心的后方战备基地和比较独立的、"平战（即平时与战时）"结合的工业经济体系。

基于此，全省基本建设投资的60%以上的资金投放到粤北地区。在政府政策指令、计划性资金的强力推动下，一大批"小三线"建设项目，陆续在粤北山区投产建成。

1966年开始的"小三线"建设，推动了粤北山区工业的急速发展，并形成了"重工业一盘棋"的格局。

据统计，到1972年底，韶关地区的工业建设，先后建起了华明机械厂、岭南工具厂、卫国机械厂、南方机械厂、南方修配厂、红权电器厂、先锋机械厂、半导体器件厂、利民制药厂等一批"小三线"企业；

水轮机厂、齿轮厂、油泵油嘴厂、柴油机厂、棉织厂、新华印刷厂等一批企业也由广州等地内迁韶关；

韶关冶炼厂、凡口铅锌矿、韶关钢铁厂、大宝山矿、大岭冶炼厂、广东综合塑料厂、745矿等一批中央、省属企业陆续建成投产；

韶关第一棉纺厂、韶关工具厂、铸锻总厂、轴承厂、无线电厂等一批地方工业纷纷上马；各县的小化肥厂、小水电厂、小水泥厂、小煤窑等企业"遍地开花"。

一时之间，粤北山城成了省内企业聚集的"洼地"。

韶关工业初步形成了以冶金、电力、煤炭、化学（医药）、机械、电子、建材、纺织、食品、皮塑等十大工业门类为主体的工业体系。

1973 年以后，韶关的工业建设基本上没有推出大型的工业项目。而工业建设目标转到了"集中力量，使在建工程尽快投入生产"上来。到 1975 年，国民经济第四个五年计划完成时，韶关工业发展进入工业体系调整阶段。

这种理性的调整，可以说是对前几年"过热的温度、过大的投入、过多的建设"的一种冷静反思和有效矫正。

为了震惊世界的时刻

如果说，广东在粤北的"三连一阳"建设大批的军工企业，是以"小三线"建设为契机，为"打仗"作准备，那么在粤北翁源、南雄、仁化寻找制造原子弹的原材料铀矿，就是为"打大仗"而未雨绸缪，深谋远虑。

事实上，地质队员们从 1958 年开始，历尽艰辛，在深山野岭安营扎寨，勘探矿源。

当时的找矿"三件宝"是地质锤、指南针和放大镜；随身"三件宝"是凉水、背包和破草帽。地质队员们住草棚、点油灯、听虎啸，在粤北崇山峻岭中寻找铀矿，终于确定了代号为 201（南雄）、211（仁化）的大型矿床。

皇天不负有心人。

地质队在翁源下庄找到了一个大型花岗岩型富铀矿区，并且建起了我国第一简法（水冶）炼铀厂，短短一年时间，他们在现在看来"根本无法工作"的危险环境下，利用"根本不可能生产"的简陋设备，以生命为代价，完成了"不可能完成的任务"，上缴了 15 公斤制造原子弹所必需的重铀酸铵材料。

"小三线"建设开始前，为了进一步查明粤北地区的地质情况、铀矿品位、储备与开采价值，国家二机部于 1963 年 11 月，在广州召开了铀矿地质工作会议，决定在韶关组织一次规模较大的铀矿勘探行动。

于是，西南 209 地质队机关从四川迁往韶关，与从新疆、云南、四川、贵州抽调而来的勘探队，加上原在粤北的勘探队，成立了中南 209 队，掀起粤北山区勘探铀矿大会战。

1964 年 6 月，在莽莽苍苍的粤北山区，云集了上万人的勘探队伍，拉开了巨大的铁网，对粤北地区的铀矿进行了切切实实的普查。几经周折后，他们的付出得到了回报：探明大、中、小型铀矿矿床一批。勘探工作与铀矿开采，为我国成功爆炸第一颗原子弹赢得了宝贵的时间。

在由原 705、706 地质队合并的现广东省地质局地质 3 大队（706 地质队原址）办公大院里，有一间平房，里面摆放着一张古老的木床，一部老式电话机和一盏台灯。

那是 20 世纪 80 年代时任地矿部副部长温家宝视察该队时住过的房子。第 3 地质队从新中国成立初期就开始了粤北地区的勘探足迹，他们的勘探带动了凡口铅锌矿、大宝山多金属矿、英德西牛大型黄铁矿等矿山艰巨而又宏大的深度开采……

自此以后，韶关地区的铀矿开采进入了鼎盛时期。伴随投入铀矿事业资金的逐步增加，开采和提炼铀矿的力度也得到了前所未有的强化。

1965 年 7 月，地处粤北南雄澜河的 743 矿 301 工区建成投产，该矿从 1963 年 1 月开始筹建工作，建成共用一年零四个月，成了当时全国二机部系统"快速、勤俭建矿的样板"，受到二机部领导及专家的高度赞扬。

1969 年 2 月，二机部决定从 741 矿抽调工程技术人员筹建 745 矿。3 月 2 日，建矿的 17 个人到达矿区，在仁化的锦江河畔开始了艰难的创业。

1969 年 10 月，二机部转发国防工业军管小组、国防工办《关于广东长江矿设计任务书的批复》，同意建设 745 矿，要求在 1972 年建成投产。接着，745 矿的水冶厂也于 1971 年动工兴建。

1971 年，铀矿企业按照中央军委指示，进入部队编制，745 矿被编为中国人民解放军基建工程兵 625 团。

韶关铀矿除了为国家提供原子弹的原材料外，还有一个有别于其他行业和企业的显著特点，那就是在 12 年时间完成了"工改兵""兵改工"的全过程，也标志着在特殊历史背景下，军民关系的改变对我国国防事业内涵的深刻演绎。

据统计，自 1964 年起，韶关地区的多个铀矿逐步投入生产，至 1987 年，共创造产值 12.05 亿元，实现利润 1.5 亿元。

铀矿产量的大幅度增长和铀矿质量的稳步提高，为我国原子事业提供了丰富的原材料，也为我国国防建设做出了应有的贡献。韶关的铀矿事业成了"小三线"建设的重要力量。

韶关上万名铀矿人为了震惊世界的时刻做出了巨大的贡献，其业绩彪炳千秋，与日月同辉……

战斗英雄的铀矿情

秋天的韶城·日

这是十几年前的事了。

国庆前夕，秋阳耀眼，天气清凉。韶城街头张灯结彩，逐渐繁华起来了。

《韶关日报》一位中年男记者和一位年轻的女记者，来到韶关市区西河工业中路一个绿树掩映的大院子里，他们拾阶而上，走进一户家具简朴的居室。

出现在记者面前的是一位耄耋之年的老人，他站起身用浓浓的山东口音向记者打招呼。

女记者的照相机闪光灯在闪烁……

老人的形象在音乐声中定格。

画外音

这位年过八旬的老人向我们叙说着战火纷飞、激情燃烧的岁月。他那慈祥的面容、温和的笑意，使你无法想象他就是当年令敌人闻风丧胆的侦察英雄。

从1942年到1952年，他从战士到班长、排长、连长，十余年的军旅生涯，一次次地完成了侦察任务，可谓身经百战。他的身上留有几处枪伤，耳朵被炸弹震聋，有好几次他和死神擦肩而过，又奇迹般地生还。这一切，都为这位战神增加了传奇色彩。

他叫薛文德，一位屡立战功的军人，他曾获得朝鲜人民共和国国际勋章、一等功臣、国家二级战斗英雄等荣誉称号；同时，他又是一位为新中国第一颗原子弹寻找铀原料做出重要贡献的地质工作者。

在八十多年的人生旅途中，薛老不仅以独特的经历写就了一部英雄传奇，而且以军人的铁血凝聚成对党和祖国的无限忠诚！

音乐起，推出片名：战斗英雄的铀矿情

淮海战役·夜

1948年冬天，淮海战役打响后，华东野战军和中原野战军以排山倒海之势掀起对国民党军的战略性进攻。中等身材、身手矫健的薛文德率领侦察班的同志，趁着黎明前的夜幕，摸过敌人的封锁线，深入敌后。

在硝烟可闻的寂静里，他和三个战友化装成国民党军神不知鬼不觉地来到敌团部，摸清敌人的兵力部署。

我侦察兵在突击过程中，被敌少校团长的卫兵发现了，他命令其他敌兵把守着门口，使我侦察兵无法返回，在千钧一发之际，薛文德决然端起冲锋枪将敌卫兵击毙，带领战友迅猛冲了出去，脱离险境。

敌人在我军的包围之下，企图突围。

为了进一步掌握敌情，上级命令薛文德再次率队深入虎穴。吸取了第一次失败的教训后，薛文德在敌俘虏嘴里掏出敌人的番号和口令，以应对突发情况。

薛文德化装成敌少校团长大摇大摆来到敌人营地，在寒光闪闪的刺刀前，他镇定自若，出示了从俘虏身上搜出的通行证，准确无误地回答了口令。

敌哨兵见薛文德气宇轩昂，只好让"长官"走进营房。

薛文德顺利进入敌人阵地，弄清楚敌人的火力点，一颗信号弹腾空而起，埋伏在外围的侦察兵端着枪冲了进来，枪炮声响彻了敌营区上空……

画外音

薛文德出生于山东省蒙阴县垛庄镇一个贫苦农民家庭，由于家庭贫困，他7岁就给地主放牛。1942年，抗日战争进入最艰难的时期，薛文德凭着一腔热血，加入了当地一支农民自卫队，与当地土匪、汉奸展开了坚决的斗争。一年后，他被推选为民兵指导员。1945年春，他和民兵骨干加入了鲁中十一团，成为抗日救国的一支有生力量。解放战争中，薛文德成为华东野战军的一名侦察兵，机智勇敢，深入敌后，屡立战功。

朝鲜战场·夜

夜色深沉，黑色的大幕笼罩四野。

薛文德和战友们潜入敌后30公里的金谷里抓获俘虏，当他们摸进村庄，发现驻有一个班的李承晚伪军时，对捕捉俘虏更胸有成竹了。

在敌人营房微弱的光线下，他带着几个侦察员悄无声息地打开了敌人的大门，将睡梦中的伪军全部俘虏。

通过连夜审讯，侦察员们得知敌人的番号、兵力部署和战略动态，为我军的作战部署提供了重要依据。

朝鲜战场·夜

大雨倾盆，路面漆黑。

我军前进到三八线以南的麻田里执行夜袭任务，薛文德指挥战士用手投爆雷将敌人30辆坦克炸毁，粉碎了敌军用坦克掩护步兵向我阵地发起攻击的阴谋。

朝鲜战场·日

初夏，薛文德又率领侦察小分队，插到冷井里执行捕俘任务。

因敌人戒备森严，无法下手，于是他指挥侦察小分队，将4名美军哨兵从碉堡里引诱出来逐一歼灭，敌人闻讯倾巢而出。

薛文德带领战友且战且退，又歼灭了追来的十多个敌兵，而我方无一人伤亡⋯⋯

画外音

在朝鲜战场里，薛文德带领侦察排取得了四战四捷的佳绩，获得了朝鲜人民共和国颁发的国际勋章。回国后，他又被授予二级战斗英雄称号，并于1955年参加了北京"五一"观礼大会，受到毛主席的亲切接见，名字被刻在了丹东英华山抗美援朝纪念馆的历史丰碑上。

济南·日

1956年，薛文德从部队转业，本来是要进济南一家兵工厂，但当他听到要转一部分人到二机部下属的单位从事地质工作，为新中国制造原子弹寻找铀矿时，薛文德便找到济南市军转办。

薛文德：同志，我想到二机部工作。

军转办领导：薛文德同志，组织上考虑到您是二级战斗英模，专门安排您就近到济南兵工厂工作。你到南方工作，条件更差，工作更艰苦。

薛文德：我想好了，我要搞原子弹。你用不着为我考虑，你们不是不知道，在朝鲜战场，美帝国主义天天拿原子弹吓唬我们，这窝囊气我们受够了，只要是制造我们自己的原子弹，再苦再累，我都愿意干。

军转办领导：那好吧，我们尊重您的选择。

薛文德：谢谢你们了！

广东粤北·日

9月的粤北，骄阳似火。

山林在烈日的炙烤下，冒着蓝烟。

薛文德率领工区干部向山上运送坑木和炸药。

他扛着沉重的坑木，一步一步地往上爬，豆大的汗珠从他脸上、身上不停地往下流。战争年代受伤的腰，旧伤复发，阵阵作痛。

薛文德咬牙忍着痛，不停地往上爬⋯⋯

这些天，这位久经战场的老英雄几乎没日没夜地泡在工地上当参谋、当运输队长，没日没夜地干。

那时，"大跃进"的浪潮席卷全国，提口号、定指标、放"卫星"，工区里的一些人脑子里也跟着发起热来，然而，侦察兵的冷静和敏锐，让薛文德十分清醒，他觉得干地质工作和打仗一样，要实实在在，来不得半点虚假。

有一个掘进队要放月掘进 700 米高产的"卫星"，而实际打下来只有 500 米左右的进度。

薛文德知道后，冒火了：不行，这样明目张胆造假，要误大事的，我不同意这样干！

薛文德同自己的顶头上司顶牛了，说真的，薛文德也恨不得一个晚上就掘进千米，把国家急需的铀矿找出来，他何尝不焦急啊！

翁源山区·日

1964 年秋天，振奋人心的奇迹出现了。

薛文德所在的地质队率先突破花岗岩，找到了我国第一个花岗岩大型铀矿，为我国第一颗原子弹的研制提供了急需的铀矿资源。

这一晚，他足足喝了一斤翁江米酒。

他喝醉了……

韶关市区·日

1984 年，薛文德从核工业华南地质局离休。

薛文德为人十分低调，一直休养在韶关西河简朴的家中，极少向别人提起自己的往事，就连邻居都不知道他就是当年的战斗英雄。

薛文德：都是过去的事了，打敌人、找铀矿都是军人的天职，比起牺牲的战友，这算不了什么。

画外音

质朴、平实的话语，像薛文德佩戴在胸前的老式铜制的军功章，拭去岁月的烟尘后，闪烁出金属特有的光芒……让我们在这位老军人的故事里，记住一段难以忘怀的历史，这是一位战斗英雄的铀矿情啊！

冶金工业出现"百舸争流"的雄壮景观

南海的晚风
吹干了脸上的汗水
北国的雨雪
洗净了身上的征尘
唤醒酣睡的荒野

> 拓开了古老的地层
> 我们是新长征的拓荒者
> 我们是光荣的十六冶工人

在 1990 年迎春的舞台上，引吭高歌的是原十六冶青年工人、广东省歌舞剧院一级演员李素华，她以优美的歌声、无限的深情歌唱自己生于斯、长于斯的第一故乡。

是的，对韶关工矿发展史有所了解的人，自然会听说韶关工矿建设有一支攻坚克难的"野战军"。

他们排列整齐的队伍，清一色的牛仔布工装，清一色的解放牌平板汽车、自卸翻斗车，庞大的混凝土搅拌机……他们半天就可以竖起一个耸入云天的铁制脚手架，三天就可以砌起一间平房……他们雷厉风行，旗开得胜，其自豪的神情令人羡慕、令人惊叹！

这支队伍简称十六冶。

作为冶金基础建设单位的冶金部第十六冶金建设公司（后简称十六冶），开始只作为加强凡口铅锌矿和韶关冶炼厂基础建设的一支流动队伍。渐渐地，随着韶关大规模的工矿开发，让十六冶有了更为广阔的用武之地，以至于包揽了韶关半数以上的大型工矿基础设施建设，因此有了"工矿之母"的美称。

十六冶，前身为 1957 年组建的武汉钢铁公司大冶分公司，1958 年援建韶关钢铁公司（韶钢）后，公司南迁广东，更名为广东省冶金建安公司。

1962 年，为发展粤北冶金工业作准备，广东省冶金厅分别将包括"冶金部韶关铁矿"并入"凡口铅锌矿"，成立的韶关矿务局将所属广东省冶金建安公司，划归矿务局管辖。

1964 年 4 月，冶金工业部广东省冶金建设公司成立，下设建筑安装公司、特种工程公司、井道工程公司、机修厂等二级单位，二级单位再下设若干个施工工程队。公司成立之初，总部仍设在凡口铅锌矿区，后勤基地则设在曲江马坝三村。

1964 年下半年，为配合"小三线"凡口矿区建设，上级主管部门将原广东省汕头井巷工程公司、原广东省冶金局广州安装队、原湖南省桃林铅锌矿一个竖井队等成建制分别调入韶关，并将广东省部分冶金矿山的部分职工也分期分批调入韶关。至 1964 年末，十六冶拥有职工 4 000 余人。

十六冶除了承建凡口铅锌矿、韶关冶炼厂两家有色系统大型企业外，还承建了广州石化总厂建设，历时 15 年；参与了广州天河体育中心建设，荣获全国建筑工程"鲁班奖"，以及深圳特区一系列建设项目。

1966 年至 1976 年，韶关冶金工业在经历"小三线"建设时期的两个国民经济五年计划后，形成了以中省厂矿，包括凡口铅锌矿、大宝山铁矿、韶关钢铁厂为骨干的冶金工业体系。

其中，在第三个五年计划时期，由中央和省投资兴建的凡口铅锌矿、大宝山铁矿、韶关钢铁厂等一批大中型企业相继建成投产，成为韶关市冶金工业的骨干力量。

1970 年，韶关境内冶金企业发展到 45 个，年工业总产值达到 12 540 万元；在第四个五年计划时期，冶金工业产值继续以较高的速度增长。

这一时期冶金工业的发展，以"三五"期间新建的大中型企业发挥企业潜力，扩大生产能力，随着韶关冶炼厂等大型企业建成投产，外延生产进一步拓展。

在韶关较为完整的冶金工业体系中，钢铁无疑是站在潮头的"龙头大哥"。

钢铁是人类文明创造的载体。要知道，蕴藏于茫茫大山岩石中的稀稀密密的铁元素，经过渗加焦炭和灰石的还原冶炼，就成了液体和固体的生铁；生铁再经过特殊的降碳去杂处理就成了各种各样型号的钢坯；各种各样的钢坯经过各种各样的锻压轧制刻意加工，就成各种各样的配件；各种各样的配件经过各种各样的智能装配，就成了各种各样的无所不能的器具和机械；各种各样的器具和机械经过各种各样的精雕细刻，就开发出各种各样的生产生活用品；各种各样的生产生活用品丰富了人类，丰富了历史……于是就有了文明，有了政治，有了阶级，有了爱情，有了你想要的一切……

韶关冶金工业首次出现"千帆竞发，百舸争流"的雄壮景观。这一景观令韶关人热血沸腾，也让外市人找到了模仿的标杆……

机械工业雄踞一方

在韶关工业的谱系里，除了钢铁、有色、铀矿、煤炭等原材料工业外，机械工业占据"半壁江山"，其辉煌的历史也使一部分"老韶关"引以为豪。

一流的装备、一流的技术人员和工人队伍，产生了一流的社会效益，韶关成了广东贯彻社会主义建设总路线的排头兵。

韶关的"工业梦想"开始以"大跃进"的速度变为现实。

1958年6月2日，韶关机械厂成功地制造出12匹马力柴油机，这是韶关自制的第一台柴油机；

同年7月9日，韶关电机厂成功试制了7种新产品——12千瓦发电网配电盘、45安培的交流充电机、15千瓦电焊机、7.5千瓦全密封电动机、30千伏变压器、100千伏变压器。

机械是指机器与机构的总称。

而机械的功能是帮人们降低工作难度，减轻劳动强度的工具装置，像筷子、扫帚以及镊子之类的物品，可以称为机械，它们只是简单机械，而复杂机械是由两种或两种以上的简单机械构成，通常这些复杂的机械称为机器。

在旧中国，机械工业大部分是一些规模小，设备简陋，生产能力低下的机器装配、修理与零件制造业。新中国成立后，随着国家工业迅速发展，机械工业也迈上新的台阶。

时光飞逝。

轰轰烈烈的"华南重工业基地"还没来得及将"华南联合收割机厂"推上马，在国家"调整、巩固、充实、提高"八字方针规范之下，韶关不得不停建华南电缆厂、韶关电机厂等一批企业。

1963年至1965年，韶关机械工业借韶关境内的中央和省属几大厂矿上马之机，发展矿山机械产品，采用"土洋结合""蚂蚁啃骨头"的办法，自制一批大型设备，产品向"大而精"过渡。此外，一些中小型企业根据当时日用品短缺的状况，采用多种经营方式，组织小五金、工矿配件、农机具生产，以满足社会的需求，一时之间也弄得风生水起。

与此同时，韶关根据形势的发展，采取了"老厂孵新厂""一厂带多厂"的方法，发展了一批新企业。这种类似"细胞分裂"的做法，至今还被人津津乐道。

1965年，广东省把韶关作为广东的"小三线"，进行基础工业建设，使韶关机械工业进入了一个新的发展时期。

第三个五年计划期间，全市机械企业逐渐减少，到1970年底，全行业只有189家企业，但由于韶关柴油机厂、韶关水轮机厂、广东省油泵油嘴厂、韶关齿轮厂等骨干企业分别从佛山、广州、梅县等地迁来韶关，给韶关市机械工业平添了新的活力；另一方面，韶关市采取以"老厂孵新厂"的方法，分设了韶关铸造厂、韶关铸钢厂、韶关仪表厂等一批企业，并投资新建了韶关模具厂、韶关市通用机械厂等，整个机械工业的生产规模进一步扩大，成为韶关市最大的工业门类之一。

这些实力雄厚的省属企业加盟，为韶关机械工业的发展注入了新的活力，同时也带动了韶关铸造厂、韶关铸钢厂、韶关仪表厂等一批新兴企业的崛起，韶关机械工业的生产规模和影响力使其成为粤北地区最大的产业部门，雄踞一方。

缤纷的女儿国

一位作家曾将韶关棉纺厂比喻为："缤纷的女儿国"。

他写道：

这是一个色彩缤纷的世界，又是一个少女和鲜花的世界。

踏进厂门，到处是玲珑的花圃，小巧的草坪。花圃里满目芳菲，草坪上绿草如茵。整个环境初看不像工厂，倒像一座别致的花园。谁也无法想像，若干年前，这里不过是一片杂草丛生的荒坡野地；这是一座在乱坟岗上建起来的现代企业！

最为美丽，最引人注目的却是那数以千计的纺织女郎。在这里，年轻漂亮的女性几乎占了绝对优势。

每一个角落都闪动着女性姣美的身影，每一寸土地都洋溢着女性温馨的气息。这是令人神往的"女儿国"。

这也许是稍显夸张的描写，但20世纪80年代的纺织工业，的确风光无限。

是的，纺织工业也是当时韶关工业系统的一张名片。

那么，纺织女工真正的工作状态是怎样的？

2018年6月，我们采访了全国劳模、韶关棉纺厂女工袁湘兰。

她对我说：

我参加工作时是韶关棉纺厂筒摇车间的挡车工。我1952年在韶关出生，老家是湖南醴陵的。1969年，我在韶关铁路一中初中毕业。刚毕业时，韶关"小三线"建设正如火如荼。此时，我们接到学校的通知，得知韶关第一棉纺厂要在我们学校招一批纺织女工。听到这个消息，感觉自己能够为祖国纺织工业献出一分力量，觉得十分开心。

一天早上，棉纺厂就派车来接我们了，我们这批去棉纺厂的学生就有

70多人，我和这些姐妹们坐在车上说说笑笑，每个人心里都憧憬着美好的未来。当时，和我同批的应届初中毕业生有270人，到厂后的日常起居全部实行军事化管理。我感觉那时生活紧张有序，每天都很开心。

我们刚来到棉纺厂，由于棉纺厂1966年建成，但很多设备还没有安装好，我们就和安装师傅一起安装设备。棉纺厂很多设备都是青岛运来的，由于棉纺厂是靠空调调节湿度和温度的，安装空调是一项很重要、也很细致的工作，我们为做这些力所能及的工作而兴奋不已。

当时棉纺厂有棉纺、细纱、筒摇三大车间。设备安装好后，我就被分配到筒摇车间，做了一名挡车工。我的师傅是一位归国华侨，叫李招娣，是郑州市国棉厂调来的。她耐心细致地手把手教我如何接细纱头。她说：采用"平接头"方法，接头要做到：一好、二轻、三准、四短、五结合、六快。一好就是接头质量好；二轻就是接头动作轻；三准就是卡头长度准，接头位置准；四短就是引纱短，提纱短；五结合就是插管、绕导纱钩、卡头交叉结合；六快就是拔管、找头、挂钢丝圈、套气圈环、插管、绕导纱钩快。

通过师傅的传、帮、带，加上我自己不断地刻苦练习，细纱接头，开始我用手工打一百多，后来就快多了。我手疾眼快，及时发现断头，而且接头速度也快。师傅也打心眼喜欢我。经过多年的努力，慢慢地我的接头技术在全厂也小有名气了。

我们挡车工分前纺、后纺和织布。前纺的又分清花、梳棉、精梳、并条、粗纱。后纺的分细纱、络筒、并线、拈线、络纬；织布的分整经、浆纱、织布、整理。我的细纱岗位是比较重要的。当时国家实行的是供给制，群众凭布票买布，我们作为纺织工，应该尽量满足群众的需求，争分夺秒为国家多织布、织好布。

开始我看一台细纱机，就是216个纱锭。由于我肯学、肯钻、肯练，而且我平时还注重机器的保养，每天上班前都给细纱机加润滑油，我纺出来的纱不仅均匀，而且质量也很好，受到了车间和厂里的表扬。通过勤学苦练，我摸索出管理机器的方法，由原来216个纱锭增加到400多个纱锭。每天来来回回我就这么走，就这样每天要走十多公里的路程。

在恒温、封闭的车间工作，夏季酷热，很多人因发低烧、患上风湿病请假，产品一时堆积如山，于是厂里就组织我们大战100天。当时运转班的每条生产线要4名女工同时操作，每人负责25个纱筒，温度、湿度不够时纺纱就容易变形，我必须要在25个纱筒间来回走动。尽管这样，姐妹们也没什么怨言，个个争先恐后，下了晚班还要加班加点，也不休息，一直坚持在生产一线。

1975 年至 1976 年，我两次参加全国纺织行业大比武，获得了好成绩。1975 年，我被评为韶关市劳动模范，1976 年，我被评为全国劳动模范。1977 年我参加了全国工业学大庆会议。后来，我又去了大庆参观学习，见到了全国人民的学习榜样"铁人"王进喜……

我在韶关图书馆查看了韶关工业的相关资料，看到 1952 年全市纺织工业产值为 21 万元。1953 年至 1962 年，第一、第二个五年计划时期，韶关市纺织工业的建设远远落后于冶金、电力、机械等重工业部门，其间没有建设大中型骨干企业，主要从事小规模的手工织布。

当时外界对韶关纺织工业的评价是：行业单一，设备陈旧，技术落后，产品低端。

那时，生产的主要产品仅有汗巾、棉带、元灯带、豆腐布等。

1962 年，全市纺织企业 20 个，年产值 62 万元。1963 年至 1965 年，随着国家农、轻、重比例关系的调整，韶关市纺织工业得到较大的发展。

1965 年，韶关市组建成立轻纺工业公司后，开始了韶关纺织工业的建设。

当年，在广东省政府的支持下，广州的一批针织企业先后迁至韶关落户。与此同时，广东省民族事务委员会拨款在连山兴建起第一家生产瑶族用布的连南民族织布厂。虽然纺织企业在调整中减少到 16 个，但企业生产能力普遍增强，纺织工业全年完成工业总产值 484 万元，比 1962 年增长 6.8 倍。

1966 年至 1970 年，第三个五年计划期间，纺织工业产值继续以高速度增长。1970 年，纺织工业总产值 3 893 万元，比 1965 年增长 7 倍。

这一时期，韶关地区投资新建了韶关棉纺厂、乐昌棉纺厂等企业，进一步扩大了韶关纺织工业的规模，提高了生产能力，奠定了以棉纺为主体带动整个纺织工业全面发展的坚实基础。

韶关棉纺厂创建于 1966 年 5 月 16 日。生产规模为 30 000 锭，投资 700 万元。1967 年 7 月，韶关棉纺厂正式动工。1968 年，经省委同意，棉纺厂先后从郑州纺织系统商调来各工种技术人员 200 多人。1969 年 10 月 1 日，一次性试机生产成功，1970 年 7 月 1 日正式投产，生产出第一批帘子布。

帘子布是制造轮胎的重要辅料，是轮胎的"钢筋"。20 世纪 70 年代以前，帘子布生产在广东是一项空白。当时，广东需要的帘子布都从千里迢迢的河南、山东等地调运。1971 年初，韶关棉纺厂派人到省里请缨，要求上帘子布车间。派去的人拍着胸脯说，只要给我们设备，一年之内保证拿出帘子布产品！

省里果然给韶关棉纺厂拨了 50 多万元，而这仅仅够购买设备。

一些当事人记得，棉纺厂偌大的厂房完全是用双手垒起来的。那时候，除了临时组织的突击队，所有工人都是一下班就往河滩、石场、工地跑。义务挑沙石，填水塘，制土砖……这是女工们干的活啊！经过大半年的苦干，车间终于建起来了，这时她们才真正认识到自己的价值。

第三章　改革开放前后的兴盛繁荣

盛极而衰，衰而不哀。
期待触底反弹。
期待浴火重生。

一台风扇转了多少年?

自 20 世纪 70 年代开始，伴随国际形势的逐步回暖，特别是 1972 年中美关系的解冻，中苏两国紧张关系也有所缓和，加上国家经济能力的制约，广东基本建设规划有了一个较大的改变。

这种改变是，"四五"计划的后期，韶关工业建设基本上没有上马较大型的工业项目。而在建的"小三线"建设项目，主要放在"集中力量，使在建的工业工程，尽快投入生产上来"。这一思路无疑是正确的。

为促使韶关工业发展尽快投入生产上来，并使已建成的企业迅速提升产能、创造效益，这样一来，对众多在建企业进行技术改造成为题中之意。

韶关工业建设改造的目标、任务十分明确：

一是完善企业产能，生产配套建设，采取以"老厂孵新厂"方式，兴建配套生产企业，形成行业生产规模；

二是立足于企业"革新、技改、挖潜"改造，提升企业产值、效能。

于是，韶关地区的中央、省属企业，以及韶关市、县属企业，陆续开展实行了"革新、技改、挖潜"的全方面改造。

可以说，企业"革新、技改、挖潜"改造，是 20 世纪 70 年代初期韶关工业企业为扭转亏损，扩大企业生产能力，采取的一系列企业增产、增效的切实可行的改造措施。

通过一段时间的"革新、技改、挖潜"改造，韶关工业系统涌现出了一批先进企业和优秀产品；部分亏损企业也在改造中开始实现"扭亏增盈"。

企业的领导层终于领悟到，在高潮迭起的工业浪潮后面，是需要调整和磨合的。这种举措虽然不可能治本，但可以治标。

事实证明，终止过度膨胀带来的滑坡，是可以做到的。

韶关工业企业的改造，主要集中在电力、冶金、机械、医药、化工、纺织、电子、建材等行业。而其时计算机、电风扇、洗衣机、黑白电视机相继问世，成为广东之最。

韶关电风扇厂（后改为韶关第二拖拉机厂）曾经有一件事情让人赞叹不已：为了展示风扇质量，他们让一台风扇在产品展示厅全年度、全天候转动，而风扇内外布满了象征岁月风尘的污垢。尽管冬天吹着难以接受的冷风，但客户看到的是过硬的质量。

客人："这台风扇转多久了？"

主人："生产出来之后它就转了。"

客人："多少年了？"

主人："好像有好几个年头了……"

客人是惊讶的神情。

主人是骄傲的神情。

一台几十块钱的风扇用得着像做飞机、火箭那么认真吗？

别说外面的人，就是风扇厂都有人颇不以为然。

日历一天天撕去，而这台风扇依然固执地旋转着，仿佛向人们表明这样一个道理：质量是用时间来证明的。

是的，经过技术改造后的产品质量有了质的飞跃，这可是代表韶关工业水平的产品，代表了"广东第一台"的产品。

每当这时，人们总是在风扇标牌上认真地看一眼。

——广东韶关生产。

特定的时代背景使韶关工业红极一时。

韶关电力行业改造建设迈出了坚实的第一步。

为了满足韶关工业发展的需求，早在 1970 年，韶关发电厂续建两台 5 万千瓦发电机组；1972 年，第一台发电机组正式建成投产；第二台发电机组也于 1973 年 12 月正式投产发电。

与此同时，乳源的南水水电厂于1970年5月正式动工兴建泉水分厂。按照分厂建设规划，该厂共建设4台发电机组，设计年发电量为1.13亿度。到1972年，4台发电机组陆续并网发电，总装机容量达到2.4万千瓦。

英德县境内的长湖水电厂，延续"小三线"水电厂建设，到1973年3月，第一台发电机组正式并网发电，1974年6月再续第二台机组投产发电。

冶金行业是创造业绩的大户，其改造建设也是围绕节能、提速、扩能进行。1970年，经历了第三个五年计划实施的"小三线"建设，让韶关的冶金工业有了承续"华南重工业基地"建设的良机。

在中央和省相继投资建设凡口铅锌矿、大宝山铁矿、韶关钢铁厂等一批大型企业后，韶关的冶金工业重新步入正轨，在有色金属开采、钢铁冶炼等方面，率先成为韶关工业重要的骨干力量。

为进一步扩大韶关矿冶工业生产，提升韶关冶金工业产能，发挥"三五"期间新建大中型企业的潜力，冶金行业对包括有色金属加工业进行了以扩大生产能力为主的工业改造建设。

1970年，为配套凡口铅锌矿铝矿开采生产，经省冶金工业总公司批准，在仁化兴建了广东省大岭冶炼厂，生产包括电解铝（纯铝锭、合金铝锭及纯铝、合金铝型材）和碳素制品（人造石墨制品和糊类制品）等。同年，为配套英德硫铁矿开采生产，由广东省冶金工业总公司在英德沙口镇兴建广东省铁合金厂。

1971年，进入第四个五年计划实施时期，随着韶关冶炼厂等企业建成投产，外延生产进一步扩大。1975年冶金工业完成工业总产值达24 696万元，比1970年增长96.9%，平均年递增14.5%。

20世纪70年代初期的工业改造，使韶关工业有了一个较大的质量提升，并形成冶金矿产、农用机械、电子计算机、机械加工的整体格局，有些企业还打出了产品品牌。

设备先进、门类齐全的韶关工业引起了广东乃至全国的瞩目。

韶关的工业优势持续了将近二十年之久，以傲人的战绩一直领跑，成为全省工业发展的第一方阵。

特定的时代背景，使韶关工业显赫一时。

1965年至1975年，由于韶关工业获得大规模"移入式"发展机遇，中央、省大量兴建一批大中型企业，"小三线"企业也相继崛起，年增长18%，全省位次提高到第6位，其中重工业提高到第3位；1978年，韶关工业总产值全省位次提高到第 5 位，重工业仍然保持第 3 位。也就是说，韶关重工业在全省的位置，排在省会城市广州和珠三角的"龙头大哥"佛山的后面。

不言而喻，通过指令性计划分配资金、物资和多层结构的行政管理，是我国传统经济管理体制的两大支柱。但这种体制的根本缺陷在于漠视商品生产和价值规律在经济活动中的杠杆作用，因而抑制了企业的生机和活力。

成也萧何，败也萧何。

水可载舟，也可覆舟。

有人说，韶关工业受惠于计划经济，同样也受损于计划经济。

是的，辉煌属于过去，历史不容等待！

韶关人的汽车梦

让我们引用著名报告文学作家李延国在《走出神农架》中的文字：

1886 年，法国人特利·戴姆勒发明了用高速内燃汽油引擎，开创了将这种崭新动力应用在车轮上的新纪元。他的汽油机车在巴黎街道上表演时惊吓得行人尖叫着抱头逃窜，人们纷纷到法院控告这个驾驶着钢铁怪物横冲直撞的人。

在这同时，在卡尔·马克思的故乡，卡尔·本茨也制造出第一辆燃用汽油的两座三轮式汽车，并获得了专利。他们正式向世界宣称汽车的定义：以使用液体燃料的内燃机作动力，有三个或四个轮子用来承载人的运输工具。

汽车的纪元开始了！

某种意义上，汽车工业是一种制造效率、制造速度、延长生命的工业。

早在 1969 年，韶关人就做起了汽车梦。有人论证了韶关制造汽车的必要性和可行性。韶关市政府对这一论证给予了首肯。

1970 年，韶关机械行业的"龙头大佬"韶关挖掘机厂就开始动手了，他们为开拓韶关的汽车制造业，将其汽配车间从生产主体中独立出来，与韶关机械厂、韶关铸造厂、韶关锻造厂三家合并，组建成韶关通用机械厂。

很显然，成立韶关通用机械厂的目的是制造汽车。其目的是圆韶关人的汽车梦！

1974年，韶关挖掘机厂汽配车间与韶关通用机械厂合并，组建韶关汽车配件厂。这一组合更加逼近了原以为遥不可及的目标。

一辆"南粤"牌货车从车间缓缓地开了出来……

鲜花簇拥，鞭炮齐鸣。

在摄影机镁光灯的闪耀中，这一消息上了报纸和电台的头条。

自此，汽配厂开始进入货车批量生产。

韶关汽车制造工业开始了新的征程。

就这样，在以农机生产为重点的传统机械制造业里，"半路杀出程咬金"，新兴的"南粤"牌货车制造业异军突起，并形成了韶关汽车制造工业的生产链条。

然而，人算不如天算。

在一年一度的"广交会"的展示厅里，"南粤"牌汽车始终占不到位置。韶关人有点不服气，托人找了关系，但人家却说："老兄，不是我不帮你，你那车子实在没名气，你叫我怎么帮？"听到这种回答，韶关人只能哑然失笑……

由于国内汽车市场价格混乱，产品质量不尽如人意，各式牌子鱼龙混杂，更重要的是，韶关汽车制配厂生产的货车，不为人识，无人认可，汽车生产一直处于亏损状态。

"南粤"牌汽车不争气，干的是赔本生意。

春去秋来，仍没见起色。

政府有人出面了，说：企业挣不到钱，那就停了吧。

就这样，韶关人刚点燃起来的汽车梦，昙花一现，就黯然谢世了……

事隔几十年，我们走访了一位不愿透露名字的当事人，对方仍耿耿于怀说："政府不做大投入，只靠企业自己支撑，能干成大事吗？"

也有人很冷静地说："我们做出来的汽车，确实不如人家的，没有高精尖的专家团队，没有雄厚的资金作后盾，注定要失败。市场竞争嘛，优胜劣汰是正常的。"

这些话正确与否，我们不作评价，但汽车梦破灭，却是不争的事实。

"北回归线"南移

1978年12月18日，中国共产党十一届三中全会在北京召开。

浩荡的春风唤醒了中国人无穷的智慧和磅礴的力量。

解放思想，改革开放成为这次会议的主题词。

建立中国共产党、成立中华人民共和国、推进改革开放和中国特色社会主义事业，是五四运动以来我国发生的三大历史性事件，是近代以来实现中华民族伟大复兴的三大里程碑。

1978年12月22日，会议通过了十一届三中全会公报，公报明确提出：全党工作的重点应转移到社会主义现代化建设上来。

12月23日，邓小平同志在全会上作了题为《解放思想，实事求是，团结一致向前看》的工作报告。报告指出："当前最迫切的是扩大工矿企业和生产队的自主权，使每一个工厂和生产队能够千方百计地发挥主动创造精神。"

1978年12月25日，《人民日报》发表社论："把中心工作转移到现代化建设上来，动员全党全军全国各族人民同心同德，鼓足干劲，全力以赴，为把我国建成现代化的社会主义强国而奋斗，这是当前和今后一个长期内最大的政治。"

地处沿海、毗邻港澳的广东闻风而动。

深圳：集国内外的资金、技术、人才优势，成了中国改革开放的特区，先行先试。

佛山：负债经营，大投入、大产出、大收获，成了广东的新霸主。

南海、番禺、顺德、东莞、中山、珠海……他们充分调动华侨资金优势和经营优势，能独资则独资，能合资则合资，只要有经济效益，什么经营模式都可以用，什么"擦边球"都可以打……

南线建设风风火火。这里没有传统做派，只有新招、奇招迭出。这种沸腾到一百度的经济热潮，让全国乃至全世界瞠目结舌！

而粤北韶关呢？是麻木不仁还是静观其变？

的确，是麻木，是姜太公钓鱼的悠闲韵致。

的确，是静观，是坐井观天的"老大"自居。

从韶关的地理位置看，浈江、武江源源南流，流进了更大的北江；北江源源南流，流进了更大的珠江……

然而，失去向心力的韶关也暗合了自然规律的作用，项目南流、专利南流、人才南流、利益南流、优势南流……

此时，一切的一切都向珠三角流动！

曾几何时，韶关从一个工业梦想破灭的荒芜之地建设成为广东引以为豪的"华南重工业基地"。如今，随着"北回归线"的南移，人们不禁要问，一个千辛万苦打造出来的工业重镇在新的经济大背景之下，竟成了"水中月、镜中花"？

"王大炮"与"王老虎"

广东作家林经嘉在中篇小说《急流》的开篇这样描写他笔下的主人公：

> 太平洋之西有一个南中国海。南中国海北面是广东省。广东北部有一座南华市。城市北郊是新工业区。工业区北靠独峰山。山顶孑然地立着一个人。

> 他叫丁一，连名带姓只有三划。

> 他身材魁梧，H等于一点七米，G等于八十公斤。梯形脸上两颊丰腴，中央耸起一座高高的鼻峰，两道又大又深的"法令"，从鼻子两侧开始，绕过两边嘴角，直达下颌底端，成了他威严相貌中最显著的特征。

> 他今年五十一岁，刚摘下空军某部作战处长的冠冕，又接过南华齿轮厂党委书记任职通知书。

> 南华齿轮厂就在山脚下。今天，他未曾到任，他来登高。作战处长嘛，他以天马行空的气势，鸟瞰这明天的用武之疆。

> 他站在这高高的山顶，脚下的"南齿"尽收眼底。八座一样大小的厂房，八个车间一字儿排开，就象束装待命的八路兵马，列队接受他的检阅。车间过去，一栋崭新的办公大楼横亘于前，那无疑地是他的司令部了。大楼前面，雄伟的厂大门正完全敞开，仿佛已在等候着他的到来。一个意识如此鲜明强烈：他当主官了！

林经嘉是汕头人，是当年的"老三届"，当过下乡知青，后来到韶钢做过工人、团委副书记，1981年他写的短篇小说《选举》获得广东省首届新人新作一等奖。接着写了几篇反映韶钢工厂生活的小说，发在《花城》《作品》上，他便成了广东省作协的专业作家，为深入生活，他挂职来到韶关齿轮厂，而《急流》是他挂职时的创作成果。

作家笔下的丁一是实有其人的，不过他的名字叫王茂才，外号"王大炮"，确是空军转业干部。1978年秋天，王茂才穿着一身没领章的空军制服来到韶关，他选择了当时条件不怎么样的韶关齿轮厂当党委书记。理由很简单，他要让一个不怎么起眼的齿轮厂变得令人刮目相看。

第一部　千年奏鸣曲

韶关齿轮厂是 1966 年 12 月，从梅县汽车配件厂分出干部、工人、学徒共 192 人，又以"韶齿"名义在梅县招收 50 名学徒，从梅县整体搬迁搬迁至韶关西河一带办厂的。

该厂于 1967 年 1 月正式动工兴建。经过近 5 个月时间的奋战，是年 4 月中旬进入试产期。1968 年 3 月，企业生产出第一批"工农 10 型"手扶拖拉机齿轮。自此，1972 年形成年产 20 万件生产能力。1972 年至 1976 年间，经过对第一期工程的填平补齐和技术改造措施，形成年产能力 50 万件的设计水平。

王茂才到任后，调整了企业思路，由当初的生产型管理转变为生产经营型管理，调整了职能部门，新组建了销售经营部、新产品开发小组，推广 TQC 办公室等，充实了机构职能，增强了企业的市场应变能力。

1980 年，是企业最困难的一年。由于国民经济调整，农机产品严重滞销，迟至 4 月份才接到 170 万元的计划任务，只相当于以前一个季度的生产量。同时，由于前几年计划管理跟不上去，产销脱节，年初清产核资时，才发现企业积压的原材料和在制品达 300 多万元。

在这种情况下，王茂才带领全厂职工不等、不靠、不要，让"皇帝女不愁嫁""大鸡不吃小米"的旧观念靠边站，放下架子，树立市场观念，从各车间抽人，先后派出 147 人次走访 24 个省、市，进行市场推广，争取到 470 万元计划外订货。并及早转产民机齿轮，试制投产 94 个新品种，满足了市场，渡过了难关，救活了企业。

接下来，说说同样是机械行业排头兵的韶关工具厂。

韶关工具厂创建于 1969 年，根据广东省机械厅下达的在韶关新建刀具厂的指令，韶关市革委会决定，由韶关齿轮厂负责筹建韶关刀具厂。

客观地说，韶关工具厂起家的基础力量是广州军区派出的两个基建工兵连。

1970 年，这群拿惯了砌砖刀、扛惯了木梁的军人，脱下军装当起了精密刀具的生产工人，别说外人不相信，他们自己都不敢相信，但他们的工作目标却是"机械工业部的在中南地区生产复杂刀具的重点企业"，执行的是国家最高的生产标准，必须成为国家一级计量单位。

广东话说"落手打三更"。半夜点灯读天书，半路出家拜大神，这头继续操起老本行——建厂房；那头驾起祥云去取经，他们的取经方式同样也像西天取经的孙大圣，选出的一批技术骨干，一个筋斗就翻到了"哈军工"，拿出打仗的气势学技术。

在一个技术学习被视为"白专道路"的年代，他们缠着教授、讲师要

"学问"，好在当时他们都是"领导一切"的工人阶级，学技术也是为了"领导一切"，硬是以"短训"的方式学会了精密的技术要领，一双双厘米级（砌墙）的手，把刀具生产水平稳定在了"丝"级（1%毫米）的标准上，让工具厂当之无愧地成了中南"第一刀"。

韶关市副市长杨春芳原是韶关工具厂的技术人员，她在接受采访时说，当年创业时的情景历历在目，令她最为感动的是"韶工精神"。

杨春芳说，韶关工具厂实现了当年建厂、当年投产的目标，完成了被认为不可能完成的任务。他们靠的是什么？靠的是在很短时间内凝聚的精气神，而这股精气神就是全厂上下用行动创下的"韶工精神"——严谨、精诚、求实、开拓，这种精神成为人们行动的座右铭，一直贯穿工具厂创业发展的始终。

如果说，韶关齿轮厂有个"王大炮"，那么接下来我讲的是韶关铸锻厂里的"王老虎"。

韶关铸锻厂的党委书记王学田也是军人出身，他曾就职于炮兵部队，跟炮打过多年交道，性格中就有许多像炮一样的特点，外冷内热，一鸣惊人。有点意外的是，空军出身的王茂才得了个外号"王大炮"，而炮兵出身的王学田却叫"王老虎"。

这些"阴差阳错"的绰号，并不妨碍他俩的"自然属性"：见到不平就开炮，见到困难就似猛虎扑上前……

1982年7月，王学田顶着粤北酷热的烈日，迈着军人的步伐，挺着山东大汉的身板，踏进了韶关铸锻厂办公大楼的门槛。那天他没有穿部队那种铿锵有声的校官皮鞋，而是套上一双山东老家那圆口厚底的黑布鞋。

韶关铸锻厂于1969年投产，到1982年一直是亏损的企业，仅1982年亏损就超过100万元，累计亏损达700多万元，更要命的是这家企业人心不和，一盘散沙似的。这家企业坐落在韶关市区北郊的十里亭，除了一个街道式的小集镇，附近还有从外地迁来的"三线"厂，而四周是旷寞的荒野。

王学田上任的第一板斧是换班子。他想，要么别来，要来就干个痛快。军人就是这样，大炮就是这样。王学田不是那种身怀绝技的专业高手，作为管理者，他的责任就是让专业高手的绝技得以施展，变成企业实实在在的效益。

第二板斧是分而治之，自负盈亏。

第三板斧是严格各项规章制度。

有三个中层干部，口碑不好，王学田早就想把他们换下来了，可他们不吃王学田这一套，变着法子与王学田"玩花招"。王学田心头一火，一拍桌子吼道："撤！"把这三个人撸下来了。此时，大伙心里舒展多了：我们的头好样的！

就这样，"王老虎"的外号传开了。大伙也知道"王老虎"的虎威在于：雷厉风行，当机立断。

20世纪七八十年代，以机械行业为"龙头"的农用机械、化工机械、冶金机械、矿山机械、机电机械、煤炭机械等，占据了韶关工业60%以上的份额，并涌现出韶关柴油机厂、韶关油泵油嘴厂、韶关水轮厂、韶关挖掘机制造厂、韶关工具厂、韶关铸锻厂、韶关齿轮厂等骨干企业，并形成韶关市机械工业的支柱产业群。

虽然这些企业在改革开放的大潮中，受到各种各样的冲击，但他们仍顽强地坚守着自己的阵地，他们试图以自身的完善来保卫企业的利益，然而最终难以摆脱转产、改制、破产、迁走等命运的结局。

所幸的是，韶关机械行业仍保持了应有的底蕴，有的借助外力和优惠政策开始了成功的升级转型，虽然无奈地"改名换姓"，但也走出了一条"自救"的新路。

电子行业是工业的"晴雨表"

电子行业是当初令韶关人引以为豪的"工业族群"。

电子工业是制造电子设备、电子元件及其专用原材料的工业部分。

我国的电子工业出现于20世纪20年代。1929年10月，国民党政府军政部在南京建立"电信机械修造总厂"，主要生产军用无线电收发报机。新中国成立后，政务院在重工业部设立了电信工业局。1963年，国家成立第四机械工业部，专属国防工业序列，这标志着中国电子工业成了独立的工业部门。1983年，第四机械工业部改称电子工业部，中国的电子工业已成为具有相当规模，专业门类比较齐全的新兴工业部门。

韶关的电子工业在广东起步比较早，规模也比较大，仅次于广州。自20世纪60年代后期发展起来后，到70年代后期已有6家无线电厂，生产规模及产品种类、质量都得到省内同行称赞。

1973年，在广东省组建电子工业局后，韶关市革委会成立了电子工业公司，为推进韶关市电子工业的发展与体系形成，电子工业公司按照市革委会的指示，以电子计算机生产为"龙头"，立足于"韶关无线电厂"重点研发电子计算机产品，以"老厂孵新厂"的方式，先后组建包括无线电二厂、三厂、六厂等韶关电子工业企业。

1974年，市无线电四厂生产出广东省第一台黑白电视机，并投入批量生产，虽然产量不大，但其影响力和效果远远超过了产值带来的效益，它让人们看到韶关电子工业在广东的实力和广阔的发展前景。

1978年，市无线电三厂生产出广东省第一台鸿运扇，这种新型的电风扇品种又让人们看到了韶关电子工业的创新能力。

事实上，韶关电子工业从1973年就进入了代表世界先进科技水平的电脑工业时代，到1980年，经过7年的摸索研究，生产出当时在国内也尚属顶尖级别的微机汉字系统——金叶电脑，这使得广东电子业的同行们难以望其项背而啧啧称奇。

据调查，其他电子产品也完成了堪称一流的跨越：8位和16位计算机、小型计算机、灵巧型计算机、工矿遥控设备、收录机、广播发射器、电视差转机、电子玩具、电解电容、玻封二极管等，开发的品种众多，品质优良。

据调查，使用韶关生产的计算机的用户遍布全国各地，包括北京、上海、天津、辽宁、四川等地的许多大型厂矿，甚至清华大学、武昌造船厂、国家地震局地球物理研究所等高等科研机构。

韶关电子工业的飞速发展，呈现出四大特点：一是广东省电子工业主管部门在韶关境内投资办厂，带动了地方电子工业发展；二是以韶关无线电厂为基础，电子工业实现由弱到强的转变，新建企业成为韶关电子工业的主要力量；三是在包括连阳地区等县办的电子厂点积极生产可控硅和电阻器等产品；四是涌现出了一批电子名优产品。

在七八十年代的工业系统里，电子工业是最具科技含量的行当，有人生动地形容：电子行业是工业的"晴雨表"。有人说，一个地方工业行不行，全看电子工业发达与否。

电子行业的决定因素是人才。在韶关，电子技术人才方面基本形成了梯次的合理结构：有50年代留苏的资深电子专家；有60年代起逐渐充实进来的大学毕业的少壮派技术骨干；也有70年代冒头的专业才俊。据初步统计，在整个电子系统中，每10个职工中就有1个电子专业人才。这个比例大大超出了当时沿海地区电子行业的平均值。当年，省里有一位来韶关调研的专家说：在广东，如果韶关的人才加上珠三角的经济实力，什么问题都可以搞定。

技术革新和发明创造是韶关电子行业领先其他行业的"秘密武器"。员工们在奋发钻研业务中总结出这样的"金句"：简单的事情重复做，你是行家；重复的事情认真做，你是赢家；复杂的事情简单做，你是专家。

由此，技术革新犹如烂漫之春花，繁茂之夏树，丰硕之秋野，气象万千，蔚为大观……

"难堪"的主题词

1978年，神州大地吹响了改革开放的号角。

1979年以后，北江机械厂、星光模具厂、利华加工厂、省半导体器件厂、红权机械厂、先锋机械厂等省属军工企业陆续"出山"，纷纷迁往珠江三角洲。

接着，广东综合塑料厂、利民制药厂、挖掘机厂等一批中央、省属企业陆续下放给韶关地方管理。

为贯彻执行国民经济调整以及"改革、开放、搞活"的方针，韶关对企业进行整顿，推行厂长负责制、承包制及全面质量管理，积极引进国外资金和先进技术对企业进行改造，发展国内横向经济联合，工业经济效益显著提高。

20世纪80年代，韶关工业建设发展如火如荼。这一时期，采选、机械、纺织、冶金、电子、化工、木材加工业成为韶关的支柱产业。

1983年，韶关各级政府贯彻国务院和煤炭部关于发展小煤矿和放手发展地方煤矿的指示，发动广大农民在完成农业生产任务的基础上兴办小煤窑，使煤炭生产出现了"国家、集体、个人一起上，大、中、小矿一起搞"的火热场面。

1986年10月，韶关市政府为改善韶关交通环境，报请中央军委批准，利用军用桂头机场作为民航飞机起降点，投资15万元装修候机大楼、购置修机设备。1987年2月，开通韶关至广州民用航空线，每周2~3个航班，往返广州和韶关之间，开创了新中国成立后韶关市空中运输的第一条航线。

1987年，韶关工业总产值达33.58亿元，列广州、佛山、江门、深圳、汕头、惠阳之后，居全省第七，其中有色金属开采业、煤炭采选业仍居全省首位。

古希腊哲学家赫拉克利特曾说："人不能两次踏进同一条河流。"

20世纪90年代初期，韶关的工业生产在资金紧缺、市场疲软的双重重压之下，一度形势极为严峻。1990年工业增长仅为1.7%，在全省地级市排行中倒数第一。

在这以后，韶关还出现了工业生产的负增长，许多企业陷入难以挣脱的困境。这正应验了那时的一句话："在计划经济中陷得越深的企业，在市场经济大潮中就越难以生存。"积重难返成了严峻的现实，历史的欠债终于到了清算的时候了。"关、停、并、转"成了那时韶关工业"难堪"的主题词，韶关工业进入了历史的最低谷。

人们渴望……

人们期盼……

第四章　从崛起的辉煌到式微的滑落

对于广东而言，韶关是一座老工业城市，早在"一五"计划和"二五"计划时期，以及"三线"建设时期，国家就把韶关市作为"华南重工业基地"来规划、来建设。

在几十年的建设发展中，韶关已经拥有冶金、机械设备、有色金属、能源、电子、化工、建材、纺织等多种工业门类。

这座千年古城在中华人民共和国的建设发展史上，曾经为广东省和华南地区的社会经济发展做出过不可磨灭的重要贡献，历史已为它写下浓墨重彩的一页。

然而，在改革开放以来，韶关境内的一部分企业陆续迁移到珠三角地区，有的则在改制过程中实施破产，有的在转型升级中"改名换姓"……昔日"华南重工业基地"的区域中心优势已逐渐消失。

面对韶关工业从辉煌到式微的现实，我们有理由对这个重要课题进行深入探讨。

引以为豪的若干个"第一"

让我们盘点一下韶关在全省乃至全国工业中的若干个第一：

韶关作为"华南重工业基地"，有着众多的全国和全省之最。如全国第一座土法铀水冶厂在韶关（国营 741 矿）建成，为我国第一颗原子弹研制成功做出了重要贡献；

全国第一台 800 千瓦全封闭绕线式异步电动机；

全国第一座 80 型快速高热水锅炉；

全国第一座双曲拱薄壳水库大坝；

全省第一台 16 位数分立文件台式计算机；

全省第一座封闭式轻钢结构棉纺主厂房；

全省第一座卡普兰式低头水头转浆；

全省第一座双调式机组水电厂……

在计划经济时期，韶关的工业经济地位是全省其他任何地区都无可比拟的。长期以来，韶关就是全国著名的有色金属产区和全省最大的煤炭生产基地。请看下面的数字：

1978 年全市有色金属产值占广东省的 68%（其中铅锌、钨、锑等 10 种有色金属占全省 90%）；

煤炭生产量占全省的 64%；

生铁产量占全省的 42%；

电力生产仅次于广州市，位居全省第二。

副市长畅谈韶关工业

杨春芳是 20 世纪七八十年代韶关主管工业的副市长。2018 年 5 月，我采访了这位老市长，她爽朗地向我讲述了自己对韶关工业的整体感观——

纵观韶关的工业发展，在七八十年代，其发展势头是不错的，是与整个改革开放的大好形势同步的。

就拿韶关铸锻厂来说，当时亏损 700 多万元。时任党委书记的王学田立下军令状，决心三年扭转铸锻厂长期亏损的状况。原来，铸锻厂一盘散沙，劳动纪律比较涣散。他到了这个厂后，狠抓劳动纪律的管理。每天一大早，他提前半个小时出现在厂门口，工人看到后都不敢迟到。"王老虎"的外号就是那时被人叫出来的。铸锻厂在王学田的严格管理下，一跃成为全国专业铸锻行业厂家之一。

水轮机厂，是全国水电制造业中的"八大金刚"之一，为振兴韶关的工业做出了积极的贡献。齿轮厂，是"三线厂"，从梅县搬来的。在改革开放时期，由于全面质量管理工作成绩显著，工厂的产品曾经获得改革开放放权试点单位，同时，工厂齿轮箱产品是东风集团"二汽"的免检产品。

纺织系统的一棉、二棉、针织厂、毛巾厂、乐棉等企业，其纺锭拥有量仅次于广州，全省排名第二。这些企业充分发挥自身企业的优势和特点。如二棉的拉舍尔毛毯，由于结实耐用，在同行中很有口碑。棉纺行业，出了一个全国劳模叫袁湘兰，给我们带来了许多荣誉。

韶关拖拉机厂生产的"工农12""丹霞"型的拖拉机，在全国很有名气。由于适合山区耕作，深受广大农民的喜爱，其产品畅销省内外及出口东南亚。1970年，全国机械工作会议在韶关召开，代表们对我们的产品评价很高。

在80年代，我们曾经成立了汽车工业总公司。早在60年代末期，生产了韶关第一台"南粤"牌汽车。当时，汽车总公司将内燃机拿到柳州市微型汽车厂，经检测，各项性能指标均达标。当时，我管工业，我就认为韶关要发展工业，必须要有自己的龙头产品。韶关搞汽车发展，就会成为龙头，带动其他产业。汽车里齿轮箱需要铸造，轮胎需要橡胶，还需要油泵油嘴、帆布、蓄电池等，就会形成多条涉及各种门类的生产线。原来设想和德国一家公司合作生产汽车，后来由于其他原因，导致韶关汽车梦破灭。在这一时期，工程机械厂也生产了一批广通汽车，后来打不开市场就停了。

当时韶关的机械行业，你追我赶，百花齐放，一片生机。他们根据自身企业的特点，生产了很多产品。如矿山通用机械厂当年生产的粉碎机，质量也是很好的；铸锻厂生产的鳄式破碎机，供不应求；拖拉机厂制作的塔吊，也不错，生产的小型拖拉机在当时质量都很好，既能耕作，又能走烂路和爬坡，农民喜欢得不得了。

电子工业方面，韶关有五个电子厂。他们生产的电容、锗二极管质量不错。其中，无线电一厂生产120小型计算机，后来转型后，生产家用电器。我们还生产出韶关第一台电视机。水轮机厂还生产出第一台负离子空调，等等。

利民制药厂，当时的产品抗生素供不应求，产品销路很好，药厂改制后，当时负债60%，由于没有钱进行企业改造。我们就和丽珠得乐合作，才使企业重新走向振兴。夏桑菊是韶关中药厂最早开始生产的，由于没有生产许可证，导致企业举步维艰。活力啤酒厂，折腾来折腾去，最后被青岛啤酒收购，如今生产青岛啤酒了。韶关在日用化工方面比较薄弱，只有一个肥皂厂。后来，引进资金，建起一个洗衣粉厂，生产浪奇洗衣粉。

合成氨厂尿素生产势头很好。工厂准备需要700万元资金进行改造升级，我在广州跑了一天，跑化工厅、财政厅，最后把700万元资金弄到手，企业得到了升级改造。后来由于种种原因，导致合成氨厂每况愈下。

大宝山矿、凡口矿、韶钢、韶冶等大企业，这些大厂矿是韶关的支柱，同时也是韶关的龙头企业。市委、市政府在政策方面给予他们大力支持。这些大企业在生产和管理方面比较先进，有的已经达到国内水平，有的甚至达到国际先进水平。

我认为，韶关的企业在80年代优势是明显的，干部职工齐心协力，有一股闯劲；企业充满活力，市场的竞争力也是很强的。

韶关工业优势逐渐丧失有何原因？

韶关作为"华南重工业基地"，曾经显赫一时，然而随着改革开放的深入发展，当年那种"鹤立鸡群"的优势逐渐丧失了。

这是什么原因？

为写这部报告文学，我查阅了许多资料，终于找出了一份较为满意的答案。

韶关学院经济管理学院教授王发兴在2009年第1期《韶关学院学报》发表的论文《振兴韶关华南重工业基地的对策研究》写道：

韶关重工业基地地位逐渐丧失的制度分析

（一）国家区域发展政策的调整

计划经济时期，国家实行的是均衡布局生产力的区域发展战略，国家建设和投资的重点主要是内地的中部和西部地区。当时韶关成为华南的重工业基地，也是在这种指导思想下而实现的。改革开放以来，在邓小平的"让一部分地区、一部分人先富裕起来"的思想指导下，国家实行的是"非均衡"区域发展战略，沿海地区，以及有利于吸引外商投资的区域，被确定为优先发展的地区，对这些地区国家实行优惠的倾斜政策。相比之下，解放初期和"三线"时期作为战略重点布局的工业基地等区域，便不在国家战略布局重点和优先发展区域的范围之内。一方面，沿海地区（如珠三角地区）在国家的优惠政策扶持下，集全国的人、财、物优势资源，在巨大的"极化作用"下，如虎添翼般地发展，迅速地成长为全国的经济发展中心之一；而另一方面，在"极化作用"背面的"回程效应"所带来的负面效应，又使得像韶关这样的老工业基地，成了支持珠三角等沿海地区发展的战略后方，包括人才、技术、产品、资金、市场等都呈逆向流动，从而导致韶关市域经济发展相对落后的现象。

（二）珠三角地区"极化效应"的负面影响

改革开放以来，由于国家实行的是"梯度开发、东部倾斜"的区域发展政策，广东珠三角地区因特殊的地理位置以及国家的优惠扶持政策，生产力要素得以聚集和极化，使其迅速成长为强大的区域经济中心（全国的三大经济增长极之一）。然而，在打造经济增长的同时，其"回程效应"所带来的负面影响也是显而易见的。粤北山区作为支撑珠三角地区经济高地快速发展的大后方，其人才、技术、产品、资本、市场等生产要素，在市场经济发展的巨大洪流中纷纷向珠三角地区倒流，昔日国家（华南地区）重工业基地的"鸟巢"如今大有被掏空之势。2000 年全国第五次人口普查数据表明，自 1990 年以来，韶关市户籍人口净减少了 37.8 万人，与珠三角地区的深圳、东莞等新兴移民城市相比，形成强烈的反差。

（三）错失改革发展的机遇

与沿海改革开放的前沿地带相比，作为粤北山区的韶关人，其改革开放的思想观念相对落后。主要体现在：一是抱着计划经济时期"全省工业老基地""瘦死的骆驼比马大"的老大哥思想，缺乏改革意识和创业精神，痛失了改革开放以来的几次"思想大解放、经济大发展"良好机遇期。突出表现为一些在后来被证明具有广阔市场前景的轻工业产品，如鸿运扇、洗衣机、空调机等，已在韶关相继开发出来，但没有引起人们的普遍关注和重视，没有进行投资和扩大再生产，使其最终离开了韶关，落户珠三角等其他地区；二是在改革攻坚时期（即主要是 20 世纪 90 年代初期）对老工业基地传统产业改造升级的力度不够，待全国国企改革的浪潮袭来，致使一大批企业在激烈的竞争中相继退出市场。

（四）区域发展环境缺乏市场吸引力

就市域环境而言，韶关市地处粤北内地山区，一方面由于人们改革开放意识不够强，思想不够解放，投资发展软环境不够宽松，招商引资工作未能形成破竹之势。另一方面，由于社会经济发展滞后，市级财政尤其是县（市）级财政薄弱，投资不足，基础设施建设滞后，对外发展的硬环境也缺乏优势。在市场经济浪潮的冲击下，企业外迁已成为大势所趋。

期待涅槃后的浴火重生

"无边落木萧萧下，不尽长江滚滚来。"

进入新世纪以来，韶关的工业企业在新的经济大潮中整合、重组、嬗变。

在经济转型升级时期，韶关积极树立新发展理念，主动适应新时代新要求，改革创新、务实求进，推动着韶关工业实现持续发展。

一方面，对污染大、效益低的企业进行关闭整顿，重点开展煤矿整治，炸封无证小煤窑，先后关停了曲仁、煤田、坪石三个矿务局及多家企业；另一方面，加大转型升级力度，推动传统优势企业，如韶钢、韶冶、大宝山矿等的改造升级，扶持韶关液压、韶铸、中机重工等企业做大做强，推进乳源东阳光药业、韶能生物发电等战略性新兴产业项目建设。

韶关工业就像凤凰涅槃后的浴火重生！

韶关工矿企业在困境中挣扎；韶关工矿企业在改革中奋起。让我们展开 20 世纪韶关工矿风云图，去领略改革开放大时代的风采，去感受改革开放大时代的脉动，去聆听改革开放大时代的壮歌吧……

第二部
钢铁进行曲

1

远古的足音
惊醒了传奇的群山
踏着晨露
披着晨风
我们寻找大宝山千年的炼铜遗址
50 年代的艰难创业
高歌猛进遇上"倒春寒"
60 年代的激战青水河
写下了迟来的春之曲
一对沙场上降生的儿子
名字就叫"奋发"与"图强"
70 年代的风云际会
业绩之后的奇迹
如春花扑鼻香
80 年代勇立潮头
企业发展弹起了"三重奏"
90 年代"春天的故事"
写就了大时代的群英谱

2

火红的年代
记录了十里钢城的沉重起飞
大风歌、颂阳歌、创业歌
组成了唱入云霄的凯歌
暮春,吹响了大会战的号角
仲秋,拉开了大会战的序幕
一支绚丽之笔描绘了
最美钢城人的画廊
一架用钢城构筑的巨大钢琴
演绎着初心不变的钢铁之魂

第一编　"千年矿都"的华丽转身

在山峦起伏的粤北山区,在清波荡漾的岑水河畔,在距离韶关市东南方向24公里处,屹立着一座有半个多世纪历史的大型综合矿山,像一颗璀璨的明珠镶嵌在南国的天际上。

大宝山以其起源于北宋的炼铜术而闻名于南粤,也由于其蕴藏着丰富的铜、钨金属矿产资源,如今已成为华南地区最大的铜硫矿生产基地。

这是长盛不衰的"千年铜都"啊!

千年的铜都,满载着千年的梦想和无限的潜能,书写出矿山的现代传奇。

悠久的历史,崭新的篇章,矿业明珠把光芒和热量投向四面八方……

从历史上的"千年铜都"到当今的"南国矿业明珠"——广东省大宝山矿业有限公司(以下简称"大宝山矿"),经历北宋以来的千载风雨,在铜矿、铁矿的历史转换中完成了一次次的华丽嬗变……如今,古老的大宝山焕然一新,新一代的矿山人站在时代的新起点上,通过转型升级,迎来了可持续发展的新里程!

时间与空间聚焦,历史与现实交汇,迸发出绚丽的火花。

有位诗人这样赞美大宝山:

> 大宝山群峰竞秀,
> 大宝山绚丽纷呈。
> 南国的明珠,
> 绽放璀璨的光芒。
> 谁持彩练当空舞,
> 顶天立地宝山人!

第一章　五十年代的艰难创业

唯其艰难，方显勇毅。

唯其磨砺，始得玉成。

——题记

拓荒者之路

岁月是一条永不干涸的河流，流到了 1958 年这个时间的渡口。

那一年，党中央提出了"以钢为纲，全民大炼钢铁运动"。顿时，"大跃进"的时代号角，响彻神州大地。中共中央、中南局和广东省委决定将韶关建设成为华南重工业基地，一种鼓舞人心、催人奋进的力量，激励着大宝山拓荒者燃烧起创业的激情。

1958 年 5 月 5 日，地质部门发现大宝山南部铅锌矿很丰富，决定开发这里的矿产资源。此时，韶关地委任命长征干部张家伟为铅锌矿矿长。两个月之后，在沙溪镇通往凡洞的崎岖山路上，一支由 20 多人组成的建矿小分队举着红旗，头顶烈日，身背沉重的行囊，肩扛铁锹、大锤、钢钎等物品，沿着陡峭的山路艰难跋涉。

原始森林是潮湿、幽暗、变幻莫测的。大森林里，生物们以各自的姿态潜藏突现。鸟鸣声声，此起彼落。几只野兔窜出草丛，用惊奇的目光注视着闯进它们巢穴的不速之客……

探矿小分队脚步匆匆，气喘吁吁。一阵阵清爽的山风，带来了怡人的凉意。行进的队伍中，一位爱唱歌的小伙子带头唱起了《勘探队员之歌》：

是那山谷的风

吹动了我们的红旗

是那狂暴的雨

洗刷了我们的帐篷

我们有火焰般的热情

战胜了一切疲劳和寒冷

背起了我们的行装

攀上了层层的山峰

第二部　钢铁进行曲

我们满怀无限的希望
为祖国寻找出富饶的矿藏

这首歌在当时是很流行的，所以大部分人都会唱。

这时，一幅地质工作者穿行在崇山峻岭、为祖国寻找矿藏的画面出现在人们的脑海。他们虽然不是地质队员，却是建矿夺矿的尖兵，为祖国做奉献是他们责无旁贷的天职。

张家运是位参加过长征的老红军，他掏出一块战争年代遗留下来的铜制怀表看了看，对大伙说："同志们，从中午 12 点出发，到现在已经是下午 4 点，我们走了十几公里山路了，还有半个小时，就到凡洞了。大家先休息一下吧。"

在山路边的空坪上，大家放下身上的行囊，席地而坐。

张家运拧开军用水壶，咕噜噜地喝了一口水，然后打开一张矿山矿产分布情况规划设计图仔细端详；几个爱吸烟的人，拿出铁盒子里的黄烟丝，卷起了"喇叭筒"，一股烟草味随即向周围扩散……

"矿长，刚才我去那边走了一下，发现前面不远处有两块石碑。"一名工人跑回来向张家运报告说。

"咱们过去瞧瞧。"几个人跟着矿长走了过去。

"听中南地质局的同志说，这两块墓碑下埋着地质队勘探组两位队员的英灵。1956 年 11 月他们来矿区进行矿产普查。一个工人在挖槽，槽垮了，人埋在里面了；还有一个就是 211 地质队队员，搞水文技术的，在下坑道的过程中，矿车突然脱轨，硬生生地把他砸死在里面。"张家运低沉地对大伙说。

山泉潺潺，松涛悲泣……

众人用路边的野花编织成花环，放在地质队员的墓碑前，静静地默哀三分钟。

"咱们继续赶路吧！"张家运说。

大家背起行囊，继续向目的地进发。

张家运一生戎马生涯，饱经战火熏陶。虽然岁月给他宽阔的眉宇增添了几缕鱼尾纹，但他的心头仍然燃烧着青春的火焰。他用曾经扛过枪的肩头，又一次扛起了建设大宝山的责任……

下午 5 时，队员们终于到达目的地——凡洞。

在靠近山泉水的地方，大家卸下行囊，开始安营扎寨。

"大家抓紧时间，搭好帐篷，生火做饭。"张家运一边说，一边拿起铁锹，和大伙一起开挖帐篷的排水沟。

队员们按照张家运的吩咐，有人平整地面，有人去砍竹子，经过一阵忙碌，两顶大帐篷支撑起来了。

此时，炊事员到山沟里提了几桶山泉水，一位工人捡来干枯的树枝，然后支起了一口铁锅，不一会儿，铁锅里散发出香喷喷的米饭味。炊事员把带来的大陶罐打开，往每个人的碗里夹咸菜。张家运说，今天在沙溪镇，我叫炊事员特意买了一些猪油渣，也好让大家解解馋。

晚饭后，夜幕降临了，原始森林万籁俱寂。帐篷里，马灯点亮了。大家把干松枝的叶子铺在地上，又在上面垫上一块雨布，一张简易的床就算铺好了。

晚上8点，建矿夺矿的战斗动员第一次会议，就在简易帐篷里召开。张家运对大伙说："从今天开始，我们正式拉开大宝山建设的序幕了！"

每个人手里都拿着一把扇子，一边驱赶着指头粗的蚊子，一边仔细记录着张矿长的讲话内容，帐篷里不时听见"噼噼啪啪"拍打蚊子的响声。

接着，队员们听取了基本建设科邱儒光汇报矿山建设的基本情况。最后，张家运说："为了贯彻党中央关于大跃进的指示精神，大宝山有丰富的矿产资源，要充分利用，发展地方矿业生产。因此，矿山基础建设必须先行。在接受办矿任务后，我仅领了1 000元开办费，向工业处要了一张旧办公桌，一把旧算盘。这就是我们全部的家当。现在我们白手起家，一切都要靠自己的双手了！"

一位副领队大声说："从明天开始，我们要建宿舍、建办公室和食堂。抽出部分人员到山上砍伐竹子和烧木炭，做好开工前的准备工作。今天大家爬山累了，洗完澡，早点休息。"

队员们在大帐篷里刚躺下，山蚊们就像轰炸机发出嗡嗡的声音扑过来，不停地在他们身边狂轰滥炸，一些队员的手上、脸上被叮得又红又肿。有人用手反复抠痒，立即出现了一道道血痕……

张家运在帐篷里辗转难眠。虽然转业到地方，但张家运依然保持部队睡觉前查铺的习惯。于是，他轻手轻脚地翻身起床，穿上衬衣，手里拿着手电筒，从这个帐篷走到另外一个帐篷，他细心地给工人们披好蚊帐。当他看见有人把腿和手伸出蚊帐外时，就轻轻地将其放回蚊帐内。

夜空繁星点点，四野一派苍凉。

张家运坐在帐篷外，点起一根烟，他抬头望着天上的北斗星，仿佛是一双双逝去战友的眼睛，一眨一眨的，深情地注视着自己。此时，他脑海中回闪着一幅幅与敌人浴血奋战的画面……

第二部　钢铁进行曲

长征路上，一个个年轻的生命在经过沼泽地和雪山时，既要忍受饥饿，又要与围追堵截的国民党军队展开殊死的搏斗，他们流尽了最后一滴血……

张家运清楚地记得，第五次反围剿打阻击，一个连100多号人全部阵亡。自己脚受伤后侥幸死里逃生，靠着对革命的执念和对党的忠诚，一瘸一拐地寻找主力部队……

在过草地时，一位江西籍的小战士，临死前紧紧地握住他的手说，我还年轻，我不想这么快死，我要解放全中国……这位不满16岁的小战士没有等到那一天，却长眠在草地里了……

抗日战争、解放战争和东北剿匪中，张家运经历了无数次的大小战斗，身上还有两颗没有取出的子弹。一次次与战友的生死诀别，一场场的血火突围，战友之情越来越深……

每每此际，张家运的泪水便夺眶而出。

张家运明白，虽然现在自己的角色转换了，但军人的本色不能变，他决心要带领矿工们继续进行新的长征……

面对怪石嶙峋、荆棘众生、山高草密、野兽出没的大山，张家运心里想，既然组织把我派到这个岗位，就是信任我，任何艰难险阻，都不能阻挡我们前进的步伐。只有把自己的理想和时代的需要紧密联系起来才能破茧成蝶，创出新天！

是啊，我要踏出一道拓荒的车辙，让源源不断的车队驶进深山……

想到这里，张家运热血沸腾起来了。

大家匆匆吃过红薯稀饭后，马上投入建房子的战斗中。砍竹子的小组负责编土箕做扁担；盖房子的负责搭棚做竹梯；伐木组负责砍树烧木炭打钢钎。一切工作正在紧张有序地进行。

经过10多天披荆斩棘、挥汗如雨的战斗，山坡上盖起了宿舍、办公室、饭堂融为一体的大茅棚。拓荒者们终于有了安身立脚之处。

张家运心里清楚，接下来的任务更加艰巨。要挖出铅锌矿，必须先要打通老窿洞；要想打通老窿洞，人工打眼放炮，粉尘大，就必须要解决通风问题。大家集思广益，想出了一个既简单又实用的土办法：利用山上比碗口还大的毛竹做通风管，每一节管的连接用报废的汽车轮胎做弯头；用山藤当绳子，绑上一块大橡皮，装在"通风管"里，两人各站在大毛竹的两端，一来一回拉山藤……

张家运说："这个土办法很好，这不就解决通风问题了吗？明天派一个人下山，到汽车修理厂把旧内胎以最低的价格买回来。山上的蚊子实在太猖狂了，顺便买些清凉油给大家涂涂。"办事员点点头。

清晨，向老窿洞夺矿的战斗打响了。

在长长的山洞里，众人在张家运的指挥下，分成几个小组，有的手握钢钎，有的挥动大锤，由于岩石坚如铁，一上午只打出几个炮眼。没有电灯照明，他们就点亮大马灯。有时为了节约煤油，他们就利用镜子反射阳光照明。

一天吃早饭的时候，张家运向大伙宣布："通过几个月的日夜奋战，我们挖出了一千多吨铅锌矿，并卖给了湖南水口山矿，上级部门对我们的工作很满意。韶关专署直属机关陆续抽调了一批干部职工马上就要来到大宝山，我们马上增加到一百多人了。另外，我们自筹资金购买了一台4立方米的空气压缩机和一台24千瓦的柴油发电机。明天下午上级拨来两台汽车。我们的生产规模要进一步扩大，工作面由原来的2个准备增加到4个。"

张家运一番话，立即引来了众人的欢呼声。

霎时间，宁静的群山仿佛摇动起来了……

高歌猛进遇上"倒春寒"

1958年10月，被铁帽峰沉重地压在下面的大型钼铅锌硫化矿床发现了。

凡洞铅锌矿改由广东省投资，更名为大宝山铜铁铅锌矿。

而矿部从凡洞搬到沙溪。

当年12月，大宝山铜铁铅锌矿改名为大宝山铜矿。

中央和省委决定将韶关市建成为华南重工业基地之后，大宝山铜矿被列为韶关市新建"八大厂矿"之一。

1959年3月，广东省委批准成立中国共产党大宝山铜矿委员会，以加强对矿山建设的领导，张家运任矿长，谢光任副矿长。

这是在矿区茅草棚召开的会议。会议按照广东省委的要求，以"大宝山建设规模为日处理原矿3 000吨的铜铅锌矿和日处理500吨铜硫矿（总量115万吨/年）的采选联合企业的施工图设计"为方针，对铜铅锌矿选厂的选址，矿区排布情况以及地形利用、土建、供排水等问题进行了部署，并就施工的职责分工作了仔细的安排。

然而，面对困难，张家运心里很清楚，这又是一场硬仗。

"同志们，我们创业就是要有'红军不怕远征难'的精神。我今天挑起这副重担，是省委、市委对我的信任，是历史赋予的光荣使命。为了把矿山建设好，打响日处理 3 000 吨铜铅锌矿的第一炮。共产党员、革命干部要起模范作用，就算每人掉十斤肉，都在所不惜！"

张家运一席话落地有声。在矿山基建过程中，"白加黑""连轴转"已经成为张家运、谢光等矿领导的"标准"作息时间。他们既当指挥员又当战斗员，和广大干部职工一起挖沟、修路、搬运机器。

工地上，人们看到的是干部们忙碌的身影。

在矿领导的感召下，施工现场的干部、职工赤膊上阵比速度，劳动竞赛比质量。大家有的运水泥，有的推斗车。为了赶工程进度，工地上出现了你追我赶的感人场面。

一时间，各种建筑材料在这里聚集，各方力量在这里融合，各种创新的激情在这里飞扬……一股强大的合力为铜铅锌矿的早日投产而汇聚、迸发。

随着矿山职工队伍迅速壮大，一些家属也随之而来。矿领导为了解决近千人的住房问题，号召大家发扬"自力更生，艰苦奋斗"的精神，陆续在山坡上建起了 3 栋砖瓦房，告别了四面漏风的茅草棚。

天有不测之风云。就在大宝山铜矿建设者干得热火朝天之际，矿领导接到了上级关于大宝山铜矿缓建的指示。

这犹如熊熊燃烧的火炭里，被人泼了一盆冰凉的冷水。

在大宝山铜矿缓建期间，矿领导根据广东省重工业厅的指示，实行"以矿养矿"的方针，广大职工自力更生，克服困难，继续开采铅锌矿卖给国家。虽然基建工程停下来了，职工们还要积极采选铅锌矿，增收节支，力图用这种方法养活自己。

大宝山铜矿建设这一重大课题，始终牵动着各级领导的心。

1957 年 7 月，冶金部做出一系列指示：

一、韶汕铁路建设项目停建。

二、连平铁矿建设暂时推迟。

三、大宝山铜矿划归韶关钢铁公司。

四、大宝山铜矿改名为大宝山铁矿。

1959 年 8 月 31 日，广东省委给国务院副总理李富春写了专题报告，要求加快韶钢大宝山矿的建设步伐。

韶关钢铁公司领导立即做出决定：连平铁矿与大宝山铁矿合并。

9 月 11 日，中共韶关钢铁公司大宝山铁矿委员会成立，张家运任党委书记兼矿长，叶子先、欧阳源任副矿长。

两矿合并后，党委书记兼矿长的张家运立即召开了科级以上干部会议。他在会议上说：两矿合并，这是大宝山铁矿的一次发展机遇，是考验我们共产党人能否迎难而上的关键时刻！1959年，我们既要建设3 000平方米的职工宿舍，同时又要完成出售硫化铁及铅锌矿5 000吨的任务。因此，任务是艰巨的。只要大家齐心协力，明年矿山的发展必定迎来新的发展机遇。

与会人员向张家运投去赞许的目光。

会议结束了，张家运打开会议室门，一阵清爽的山风吹来，他思绪万千……

1958—1960年，大宝山唯一的矿山公路捷报频传。

捷报一：沙凡公路由705地质队施工，前后经历一年时间，在1958年4月简易通车。

捷报二：沙船公路从开始施工到简易通车前后用了三个月。1959年2月简易通车。

捷报三：沙溪公路大桥，1959年开始修建，1960年通车。

然而，矿山的发展突然来了"倒春寒"。

1959年6月，在315平洞的采矿战斗中，采用大面积掘进一次成巷法施工，由于洞口大塌方导致无法掘进被迫停工。

630平洞，自1959年开始施工，是掘进难度最大的平洞。当工人们掘进到180米时，地压一天比一天增大。

怎么办？工程师黄克容针对630平洞掘进曾遇到流沙的问题，提出了小断面掘进，双断面同时进行，后扩大成巷的施工方案。工人们想尽一切办法，尽管把支柱间距由0.7米加密到0.3~0.4米，最后工人们改为四面支护，但仍然无法承受巨大的地压压力。

更为严重的是，当掘进到230米时，偏偏又遇到老窿出现大塌方，导致大量的流沙不断喷出，冲出洞口8米多远，幸亏没有造成人员伤亡。

流沙无情，地压不断地增大。

630平洞眼看就要被流沙吞噬了……

630平洞告急！

"立即组织抢险。"张家运和副矿长谢光沉着冷静，在察看了现场后，果断下达了抢运流沙的战斗指令。300多人迎着流沙冲了上去！

工地上，工人们挥汗如雨地用铁锹和簸箕往矿车里装沙子，在连续奋战三天三夜后，由于流沙不断涌出，始终未能清理完平洞里的流沙。

630平洞出现塌方后，广东省重工业厅副厅长关开兴闻讯后，火速从广州连夜驱车前往大宝山矿做出指示：暂时停止平洞施工。

20 世纪 50 年代，是大宝山人艰苦创业、努力拼搏的艰苦岁月。创业者在一片荒山上建起了初具规模的现代化矿山，用汗水浇灌成一首首铿锵激越的战歌。

艰苦奋斗的种子在这片沃土发芽、茁壮成长，大宝山人梦想在这片荒芜的土地上建设南粤最大的工业基地……

第二章　六十年代激战青水河

大会战号角声声响，
南泥湾精神美名扬。

——题记

春之曲

1960 年的早春二月，粤北大地还是春寒料峭。

位于矿区东侧的宝水、矾水、铁水、春水四条潺潺流淌的山溪水，寒气袭人。四股涌动的春潮汇合后便称为青水河。青水河与凡洞河交汇后折向东南流入翁江，又缓缓注入奔腾的北江……

有上千米海拔的大宝山虽然天气寒冷，却奏响了大施工的序曲。工地上随处可见迎风招展的鲜艳红旗，矿山的发展迎来了前所未有的新景象。大宝山铁矿建设大施工，无疑是早春的一声惊雷。

张家运眺望连绵起伏的群山，心潮起伏……

多少次，大宝山人在这片土地上憧憬着拔地而起的大厂房；多少次，他们期盼用长满老茧的双手重新撑起大宝山这座欲倾大厦。

工业化是人类历史进程中快速成长的有效手段。矿产资源作为现代工业的血液，是国家经济发展的原材料，其保障程度直接维系到国民经济的安危。

张家运明白，抓住矿山发展的机遇，只争朝夕，时不待我！

新年动员会召开了，人们来到了会场。大家关注着矿领导班子提出的新年举措。张家运在大会上向干部职工传达了一个令人振奋的好消息：冶金部决定重新开启大宝山铁矿建设。

1961 年 3 月 20 日，冶金部又一次电报指示：韶关钢铁公司为加快矿山建设，机构要紧缩，抽调干部职工充实大宝山铁矿大施工。在短短 3 天时间里，1 500 多名来自韶关地区的干部职工、技术员脚步匆匆地来到矿山报到。他们的到来，为矿山注入了新的活力，矿山大会战即将打响……

"640" 攻坚战

在音乐家眼里，七个音符就可以谱出美妙的歌曲；在商人眼里，数字就是金钱，燃烧着进取的欲望；但在矿山工人心里，数字彰显的是掘进的标尺，包容着建设社会主义的博大情怀。工人们习惯用数字说话，用数字比喻成果。

640 平洞位于大宝山 640 米标高水平的山峰上，山上云雾缭绕，树木郁郁葱葱。640 平洞设计为三心拱平巷，断面面积 19.494 平方米（3.61 × 5.4 米），全长 1 628.36 米。640 平洞从凡洞穿山而过，是大宝山铁矿石运输的重要工程。

回顾 1959 年 315、420、630 平洞在掘进中遭遇的困境，每一次的掘进都是一场硬仗！三工区掘进队长鄢海桂对张家运说："你就放心地领着大家干吧，困难再大，咱们一起顶着！"

1960 年 2 月，640 平洞汇聚了两路精兵强将，从东西两面拓展贯通 640 平洞的战斗打响了！风钻声、爆破声，以及各种机械设备的轰鸣声此起彼伏，如同激昂的交响乐。

负责东口施工的凡洞掘进三工区，是掘进队长鄢海桂带领的掘进队。鄢海桂身先士卒，由于风压、水压一起开，他手里的风钻十几公斤重，打起钻来剧烈地震动，人也跟着一起抖动。钻出的水雾劈头盖脸地朝施工人员袭来，一个班下来，活脱脱像个泥人……

爆破的炮声刚过，为抢时间，争进度，没等硝烟散尽，大家就争先恐后地冲了上去。有人被烟尘熏倒，醒来后继续呼哧呼哧地装运石渣。掌子面里灰蒙蒙看不见人的脸部表情，嗓子喊哑了，人与人之间的交流只能靠打手势。

矿部在 3 月召开了一次安全生产会议，针对工人抢时间、争进度，忽视安全生产的苗头，以及 420 平洞事故的前车之鉴，大家畅所欲言，各抒己见。张家运说，咱们整天和石头、炸药打交道，稍不留神就会出大事故。抢时间、比进度没有错，但要以安全为前提，人命关天。进度与人命比，哪个更重要？大伙心中有数。

安全生产达成共识之后，全矿从上到下，立即掀起了抓安全、促生产的高潮。

矿里实行干部参加跟班劳动，和工人一起三班作业；开展劳动竞赛，坚持班前班后评比、总结等措施，使工程得以顺利进行。

在贯通 640 平洞的过程中，张家运在矿召开大会，及时推广了马万水掘进队"四八交叉作业循环"和"药包倒掌子技术"。

张家运说，马万水是新中国成立以来首批全国劳动模范，曾任河北龙烟铁矿"马万水小组"组长，是第一、第二届全国人大代表。20 世纪五六十年代，在百废待兴的年代里，马万水带领"马万水小组"艰苦创业，多次创造全国黑色金属矿山的掘进最高纪录，为新中国矿山建设做出了重要贡献。

张家运继续说，我们要学习"马万水平巷掘进一次推进法"，要研究爆破效果，摸索治理各种岩石的做法，利用岩石的节理、层理和裂隙，不断探索先进的施工方法。

学习"马万水工作法"后，两个掘进队出现了你追我赶、龙腾虎跃的新局面。工效由原来日掘进 2.5 米一下子提高到 4 米。

三工区鄢海桂掘进队曾创月掘进 90 米的纪录。

1960 年 12 月 20 日，早上 8 时，矿领导分别到东西两个施工点为大家加油鼓劲。

鄢海桂抑制不住激动的心情用耳朵贴着掌子面，然后向张家运汇报：我们已经掘进到 912 米了，再过几个小时，640 平洞就打通了！

张家运鼓励大家：加把劲，与西口施工的二工区会师！

中午 12 点，为期 10 个月的紧张施工，640 平洞终于全线贯通！

拥抱，握手。

握手，拥抱……

两个工区的工人们欢呼雀跃，热泪盈眶，他们终于相聚了。

经过技术员全面测量，东口施工的三工区完成工作量 913.3 米；负责西口施工的二工区完成工作量 715.06 米。

紧接着，矿党委在现场召开了 640 平洞工程全线贯通祝捷大会。祝捷的鞭炮声久久回荡在山野。这震耳欲聋的声音，是全矿干部职工汹涌澎湃、豪气干云的情感抒发，也是胜利喜悦的淋漓表达。

矿长张家运在祝捷大会上作了热情洋溢的报告。他说："同志们，经过 10 个月的艰苦奋斗，640 平洞工程终于全线贯通了！我代表矿党委领导班子向全体参加 640 平洞的干部职工表示亲切的问候和崇高的敬意！640 平洞的顺利贯通，为大宝山的发展创造了良好的条件，涌现出一批为矿山乐于奉献的劳动标兵。希望大家以贯通为契机，继续发扬成绩，再接再厉，紧抓剩余工程的后续施工，为大宝山的建设再创佳绩！"

黄建华在接受采访时说，开凿 640 平洞，当时由于缺少现代化的机械设备，只能靠人工掘进，工人们在这种情况下，发挥"愚公移山"精神，用铁镐、大锤等原始工具凿洞，采用人背肩扛或者用小推车，一车车把石头和泥土运到山下。在当时来看是奇迹，现在来看也是奇迹！

10 个月艰苦征战，交出的是一张令人满意的答卷。

大宝山人的汗水洒满了 640 平洞全线。

每掘进一寸，都是理想与信念的坚守；每一次掘进，都是激情与智慧的绽放……

名字就叫"奋发"与"图强"

这是一个艰苦奋斗的年代。

这是一个乐于奉献的年代。

这是物质异常匮乏而激情异常丰硕的年代……

那时候，矿山的生活简直是"一贫如洗"，工人们长年累月难得吃上一顿猪肉，咸菜送饭是常态，有时甚至连饭也吃不饱，只有饿着肚子拼命干。

在餐桌上，无论是省部级领导还是地区领导来矿视察工作，都是用"无缝钢管"——通心菜作招待。干部们也乐呵呵地说，大宝山的通心菜清甜爽脆，维生素多。

矿山的干部职工住的房子也十分简陋。技术员吴圣忠在自己的日记本上写下了一首风趣的打油诗：

> 竹做房，
> 竹做床，
> 高高大宝山，
> 一片竹子房。

纵眼看去，整个凡洞工地、船肚工区、东华工区都是一片竹笪棚。冬天，四面通风，冻得不能入睡；夏天，蚊叮虫咬，闷热得难以入眠。

当时，矿里一位领导的爱人生了双胞胎，这对夫妻喜忧参半。有人出于好心，劝说道："现在生活困难，又添一对男孩，生活怎么过得下去呢？

送一个给别人养吧。"

这位领导思潮起伏，他对这位好心人说："孩子多，生活确实困难，自己是共产党员，在国家困难的时候这样做，不但对不起党，而且对群众产生不好的影响。没有啥办法，只有奋发图强啊！"于是他们给孩子取名，一个叫"奋发"，另一个叫"图强"。其寓意很明显，就是在艰苦的日子里，要奋发图强地建设社会主义。

大宝山人在矿党委的号召下，为了改善职工生活，发扬南泥湾精神，组织员工在山脚下开荒种地，办起了农场、养殖场。

矿领导和干部职工一边工作一边唱着：

> 花篮的花儿香，
> 听我来唱一唱。
> 唱呀唱，
> 来到了南泥湾。
> 南泥湾好地方，
> 好地呀方，
> 好地方来好风光。
> 好地方来好风光，
> 到处是庄稼遍地是牛羊，
> 到处是庄稼遍地是牛羊！

开荒种地后的第一个秋天，山坡上、田野里处处呈现出一派猪牛肥壮、五谷丰登的新气象。

接着又经过多年的努力，大宝山矿的农副业生产有较大的发展，至1961年11月机构变动前，矿农场拥有：牛65头，猪277头，羊150只，兔100多只，三鸟300多只，木薯、红薯500亩（以亩产400斤计，约有20万斤），稻谷、麦子收获也不少，职工生活得到了初步改善。

创业者把大宝山矿区装点得美如画。

晨风轻轻吹，山坡上，各种颜色的瓜果散发出诱人的清香。夕阳下，牛羊在悠闲地吃草，放牧工人吹响了晚归的短笛。青水河烟雨朦胧，宛如一幅清新的水墨画。缓缓流淌的河水静静地聆听南华寺传出的晨钟暮鼓，一片诗情画意……

踩着时代的鼓点

梅花，不畏严寒，独步早春。它总是赶在春风之前，向人们传递着春的信息……

1967年2月28日，省计委根据冶金部和广东省委指示，决定将大宝山矿移交给韶关钢铁厂基建指挥部领导。

大宝山矿区具有矿种多，储量大，品位高，地处高山落差大，共生贵重稀有元素丰富，分选和综合利用技术条件复杂等特点。如何充分利用国家资源，力求达到最佳经济效益，便成为矿山生产建设的重大研究课题。

一时间，各种方案接踵而来。

是铁铜分采还是铁铜兼采？

是露天开采还是地下开采？

是大露天还是小露天与地下相结合？

是一次建成大型联合企业还是先小后大？

内部运输采用何种方案最为经济实惠？

…………

在此期间，有过许多争议，做过许多方案，也取得了许多重要成果。但由于科研力量跟不上，仍然有许多问题没有解决或者无法解决。广东省建委认为，这些问题的叠加，既是过去设计多变的重要原因，又是筹建阶段至今后长期科研的重要课题。建设规模和初步设计方案一俟决定，便是组织大规模的施工。广东省建委指示筹建处要主动搞好和设计、科研单位的协作，配合工作，并和上级保持密切联系，尽快组织制订和实施基建施工计划。

然而，广东省重工业厅、韶钢指挥部、长沙设计院会同设计院工作组和矿山干部、工程技术人员以及工人代表，现场实地察看和反复研究，决定仍然维持原窄轨—卷扬运输方案。

1969年5月，冶金部批准了矿山建设规模及开拓运输方案以后，为加速矿山建设步伐，冶金部和广东省采取了许多积极措施，以实施矿山建设计划。

毛泽东说："政治路线确定以后，干部就是决定的因素。"

而此时，加强矿山的领导班子势在必行。广东省重工业厅正式任命：武正之为矿革委会主任兼革委会党的领导核心小组组长；于进福、刘思明、周宽、蔡耿丰、林武森、郭训之、刘少力、李海涛等为矿革委会副主任、党的核心小组成员。他们是从韶关地区"五七"干校、省霄雪岭干校、曲江县干校调过来的。

有了坚强的领导班子,"梦想号"的船开始起航了。

广东省把大宝山矿建设列为国家建设和省重点建设工程之一。省革委会紧锣密鼓地组织施工力量,加快工程进度。1969年下半年批准将原广州军区后勤部建筑大队三工区的180多人,按原建制拨归大宝山,作为矿山建设施工队伍的骨干力量。批准汕头工程团1 500多人从湖南调回广东,参加大宝山建设,以接管省五建承建的工程及新开工程。

批准从佛山地区组织民兵团支援"三线"建设,先后从中山组织了一个民兵团,高鹤组织了一个独立营,共1 300多人,进入矿山施工现场,参加矿山建设。

从1969年至1971年,批准矿山每年有近千名的招工指标,先后从粤东的大埔、海丰、揭西;粤北的清远、英德、连县、南雄、翁源、曲江,以及珠三角的中山等地招来大批职工,形成了气壮山河的"挖宝"方阵……

由于冶金部、广东省的高度重视,矿山建设不但确定了建设规模及开拓运输方案,而且有人、有钱,也有了物质供应保障。

万事俱备,只欠东风。

春风来了,万山遍绿。

一时之间,矿山建设出现了一派茁壮生机……

第三章 七八十年代的风云际会

> 人拉肩扛脚踏实地,
> 咬定青山气壮山河。
>
> ——题记

大会战写就的业绩

英国诗人雪莱有句诗:"历史是一首时间写在人类记忆中的回旋诗歌。"

翻开20世纪70年代大宝山铁矿的发展史,沿着矿山发展的曲折轨迹,可以触摸到它跳动的脉搏。

它像一首有着音乐节奏的史诗，记录着挫折、奋起与凯旋……

1970年的初春，一个个奋发图强的画面在大宝山铁矿的展现，掀起了一股围绕"五个一六项投产"的生产浪潮。要知道，1970年是矿山"三小工程"建设关键性的一年，也是争夺230万吨铁矿的一年。

1970年元月，冶金部指示广东重工业厅：在建设中首先满足广东省需要的50万吨矿石。

广东重工业厅根据冶金部的指示精神，向矿革委会做出指示：大宝山铁矿必须抓紧建设进度，力争在1970年年底前出矿，1971年底前全部建成投产。

矿革委会和有关施工单位立下军令状，以豪迈的气概接连使出"打歼灭战"的狠招，制订1971—1973年规划蓝图以及攻坚克难的时间表。

1970年6月26日，是大宝山人欢欣鼓舞的日子。这一天，毛泽东主席亲自批准的中共中央中发（70）48号文，把大宝山矿的建设和选矿试验列为国家重点项目。8月下旬，文件发到矿山，广大干部、技术人员和工人深受鼓舞，决心加快矿山建设速度，早日为国家做出贡献。

矿长武正之满怀信心地说，在人力部署上要集中兵力打"歼灭战"，在时间上要只争朝夕，发扬主人翁精神，为社会主义建设多出矿，早出矿！

武正之的一番话拉开了大宝山打"歼灭战"的序幕。

建设年处理50万吨矿石的小破碎厂，碰到的第一道难题，就是设计上的难题。

小破碎厂的设计工作，原来由设计院负责，但冶金部决定矿山建设规模扩大到年产量230万吨以后，设计院便着手搞这项大工程设计了，50万吨规模设计便束之高阁。

广东省重工业厅来电反复嘱咐：1968年关于铁矿近期年产量50万吨成品矿石的规模，是经中央和省委批准的，是铁板钉钉的死任务，无论如何都不能变更！

情况紧急！怎么办？

武正之在会议上对大伙说："我们要以大庆油田王进喜'有条件要上，没有条件创造条件也要上'的精神去搞矿山建设。这场'歼灭战'我们不能遇到困难就打退堂鼓啊！"

正当"山穷水复疑无路"之际，矿革委会领导核心小组立即成立了一个由胡文麟、余悦荣等为主的干部、工人、技术人员参加的"三结合"设计班子。

爱因斯坦说："一个人的真正价值首先决定于他在什么程度上和什么意义上自我解放出来。"

设计组根据长沙设计院的总体设计，不在办公室里闭门造车，而是深入工地进行现场设计。经过一个月夜以继日的连续奋战，一张张渗透着设计组心血和汗水的设计图纸画出来了。

大家长长地舒了一口气。

"咱们把设计图纸拿给矿革委会报喜吧！"胡文麟提议说。

大伙异口同声地说："好！"

身处凡洞高处，眺望如黛的远山，仿佛看到 50 万吨小破碎厂即将呼之欲出……

有了设计蓝图，矿山便开始了土建施工。

然而，第二道难题又出来了——设备到哪里找？

"立即派人去找旧设备，对旧设备进行改造。"武正之说。

在无路可走的情况下，只有以旧代新。

正所谓"一方有难，八方支援"。

在关键时刻，海南铁矿支援了一批旧设备，解决了设备缺乏的问题。通过对旧设备进行改造，既满足了生产需要，又为国家节约了大笔资金。

在革命战争年代用简陋的武器装备，何尝不是克敌制胜的法宝？

承建 50 万吨小破碎厂的是大宝山矿建筑工区土建队。这支过去一直在城市搞民用建筑的"土八路"，在海拔上千米的山上建设厂房还是第一次，大部分人连破碎厂是用来做什么的也弄不懂。

正当土建施工干得热火朝天之际，由于施工气温在零度以下，不能浇灌混凝土，导致浇灌失败。

经过反复试验土建队采取了措施，又在捣制混凝土时加进了促凝剂，并盖上稻草加强保温，使浇灌得以顺利进行，经检查验收，混凝土质量符合设计要求，保证了工程质量。

在进行安装屋架和铺盖瓦顶的施工时，又遇到连日暴雨。工人们不畏寒冷，穿上雨衣爬上高空进行作业。当工人们从高空下来时，冻得瑟瑟发抖。这时，矿革委会后勤保障组的炊事员给大家送来了热气腾腾的红糖姜汤，大家连喝几碗姜汤后，驱散了身上的寒气，顿时感到浑身暖洋洋……

经过几天的紧张施工，铺盖屋架瓦顶的施工大功告成。

经过 4 个多月的艰苦奋战，一座年处理 50 万吨矿石的破碎厂拔地而起。

1970 年的国际劳动节，年产量 50 万吨的破碎厂剪彩投产。

彩旗猎猎，鞭炮骤响。

矿山一下子沸腾了。

矿山人把欢庆的锣鼓敲得震天响，心中的歌儿飞上天！

此时，一封封贺电纷至沓来，声声问候暖人心。

广东省经委副主任黎明来到矿山剪彩时，连声称赞并竖起大拇指；

武正之手捧投产后的第一批产品喜形于色；

山欢水笑人兴奋，轰鸣的马达奏欢歌啊……

当一台台大卡车把矿石运送到祖国经济建设的大动脉时，大宝山人看到了矿山发展的灿烂曙光。

大家心里明白，年处理 50 万吨矿石的小破碎厂建成投产，必将掀起矿山工业发展的新浪潮……

一天也不能等

青水河，日夜奔流。

大宝山，万物复苏。

岁月的河流荡漾起记忆的涟漪；

泛黄的日历记录着创业的艰苦与功勋……

在建设日处理 250 吨的铜选厂与破碎厂基建安装的同时，铜选厂厂房的建设施工也在紧锣密鼓地进行。

破碎厂建成投产后，安装队伍马不停蹄转入铜选厂的设备安装工作。

根据矿革委会领导核心小组的计划要求，要在 40 天的时间内把上百吨的设备安装好。

机电连和铜矿连临危受命，承担了铜选厂设备的安装任务。

时间紧迫，没有起重设备，没有专业安装队伍，要从 15 公里的山脚下把上百吨的设备运到山上谈何容易？

为了早日建成铜选厂，使铜矿早日投产，机电连和铜矿连的职工就地取材，因陋就简，采用简单的起重设备：手动葫芦、滑轮、圆钢管，以减小运输时的摩擦力。

没有起重设备，自己做！

于是，出现了以下感人画面：

机电连的厂房机器轰鸣，焊花飞舞；工人挥汗如雨地正在焊接简易的起重设备，广播里传来毛主席"下定决心，不怕牺牲，排除万难，去争取胜利"的语录歌……

面对挑战，机电连和铜矿连的工人师傅迎难而上。

机电连的电焊师傅终于用钢板焊接好两个上下直径将近 2 米、高 1.3 米的大转盘，再焊上圆手柄。一个简易的人工卷扬机制造成功了。

如何把设备拉上山，是意志的考验，更是智慧的体现。

怎么去做？从何入手？

必须在荆棘丛生的山坡上开辟出一条上山的路来。

蜿蜒的山峦，小鸟飞翔。

满山的野花，争妍竞秀。

推土机"轰隆隆"地在前面开路，泥土和碎石顷刻间被推倒在路旁。

一阵狂风吹来，扬起一股黄色的尘土。

工人把绳子绑在破碎机、皮带输送机、给矿机、球磨机、浮选机等设备上，一双双显露青筋的粗壮大手像铁钳般移动着设备，一步步地往山上挪。

静谧的大山里，回荡着工人们"嗨、嗨、嗨"雄壮的号子声。

几个工人来回跑动将滚筒抽开，又铺在前面的路上……

豆大的汗珠从工人们黝黑的脸庞滚落，他们用衣袖擦了一把汗，咕噜噜喝了一口山泉水。

经过十多天的奋战，工人们脸上绽放出胜利的微笑。

铜矿连的工人们就是靠着人拉肩扛的土办法，把设备全部运到山上，然后在规定的时间里把铜选厂的设备全部安装完毕。

矿山发展的历史刻下了机电连、铜矿连闪光的足迹。

人拉肩扛强化了人类的本能，也铸造了工人们征服困难的勇气和信心。

板式给矿机是铜选厂的一台主要设备，其中的链板是连接的主要部件之一。

由于是委托外单位加工的半成品，厂家不给装配链板，而链板的加工精度要求非常高，矿里又没有专门的加工设备，如果外协请人加工链板，仅一套模具就要 3 000 元，而且厂方答应三个月才能交货。

三个月？不能等。

一天也不能等！

武正之一个电话打到了机修连，连长知道事情的缘由后，拍着胸口说，机修连主动承担链板加工的光荣任务。

在任务面前加上光荣二字，可见工人们的博大情怀。

机电连和铜矿连是兄弟连，"兄弟同心，其利断金"。

春花扑鼻香

像青水河穿过崇山峻岭一样，创业的路也是迂回曲折的。

进入70年代，在全国推广甘肃白银厂最先试验的旋涡炉炼铜工艺流程的生产过程中，大宝山矿采用了上述生产工艺，1970年2月开始筹建800吨冶炼厂的建设并对该项目自行设计、自行施工。由于各部门齐心协力，到8月底基本完成了火法冶炼工艺流程及厂房与设备的安装。

1970年9月，大宝山采取火法冶炼工艺炼出了少量粗铜，迈开了第一步。但是，矿革委会领导决策层并没有被胜利所陶醉。实践证明，这个工艺流程存在着产品质量不稳定、成本高、烟气不能制酸等问题。

此项工艺没有取得预期效果。同年10月停止了生产。

矿领导认为，要对目前的冶炼工艺流程进行改造，才能提高企业的应变能力，要推动企业快速发展壮大，必须站在际高点上去谋划。如何描绘一个经济效益持续发展的绚丽画卷？如何走进生机勃勃的企业新天地？

在停产的岁月里，矿山人在等待着复产的黎明……

矿山人终于等来了曙光。

1972年，广东省计划委员会批文指示，决定对冶炼工艺流程进行改造，把火法冶炼改为湿法冶炼。

科学技术是第一生产力。

技术改造就是生产力中最重要的制胜之道。

武正之大手一挥说，没有过不了的坎，没有涉不过的河，咱们走自力更生之路！

经研究决定：铜冶炼厂工程由矿技术科负责设计，矿建筑安装公司负责施工和安装设备。

湿法冶炼改造，一切从零开始。

此次技术改造，技术人员起到关键作用。

技术改造要点之一：

为加强设计力量，矿革委会领导小组从马坝冶炼厂调入了7名干部和23名技术工人。由林良驹、强炳环、胡紫英、康家淑、梁元三等人组成"三结合"设计小组，并负责湿法冶炼工艺流程的改造设计。

设计人员懂得：技术改造是关系到矿山是否可持续发展的大事，他们更清楚毛主席"没有调查就没有发言权"这条语录的含义。为了更详细地了解湿法冶炼工艺情况，设计人员专程到马坝冶炼厂进行了实地考察，并搜集整理出改造的实施方案，为下一步的设计奠定了基础。

技术改造要点二：

在湿法冶炼改造施工初期，马坝冶炼厂的工人看到施工队伍干得热火朝天，自己却在"隔岸观火"，心急如焚。为了加快施工进度，他们在厂领导的组织下，立即加入紧张施工的队伍中。在一个月的时间内，马坝冶炼厂的工人战绩显著：除完成 3 000 多立方米土石渣坝的砌筑工程外，硬是从距离厂区几公里远的地方用手推车，一次次地往返奔波，运回 300 多立方米的花岗岩片石。不但为矿山节省了工程开支，而且也加快了改造工程的进度。

1973 年，春暖花开，满山遍野散发着扑鼻的花香。

这时节，铜冶炼厂冶炼系统基本建成。

八月，桂花飘香。

制酸系统改造完成并投入试产。

数字的力量

"风舞帆樯旌旗动，一闻战鼓意气生。"

1972 年盛夏，在建设铁矿 230 万吨大破碎厂过程中，矿山急需的卧式破碎机从沈阳矿山机械厂运到了数千里之外的曲江沙溪。

这台大型破碎机是我国自行设计、自行制造的，总重 250 多吨。

面对这样的大型设备，工人们喜忧参半。

喜的是看到了矿山未来的前景，忧的是如何把这台笨重的庞然大物运到山上？

大伙围着这台设备议论纷纷。有人说，除了把设备分成五大件外，再也不能解体了。当时，全矿最大的载重汽车是 15 吨，要把这样的庞然大物运上 15 公里远的山上，且山路弯多坡陡，有劲使不上——英雄无用武之地哪！

面对困难，怎么办？

愚公移山。我们也做一回愚公，将如山的设备运上山。矿革委会群策群力，很快成立了由王济平、屈锦周、董镇嵩、贺春华、胡荣、胡松林等人组成的"三结合"抢运设备的攻关小组。

一场围绕搬运大型破碎机的大战拉开了序幕。

根据实际情况，"三结合"抢运设备的攻关小组决定把 15 吨法国造贝利特汽车改装成大平板车。

在施工现场，人声鼎沸，号子激昂，焊花映红了半边天……

经过几昼夜的紧张奋战，大平板车改装成功了。

接下来，设备抢运小组又对沙溪至凡洞公路的 5 座大桥以及每段路基进行了实地勘探，以确定采取何种运输方案。

运输开始，一部 180 匹马力推土机在平板车前作强力牵引，一部推机在后面作推车助力。

伴随着"嘟嘟"的哨子声，在指挥旗的舞动下，平板车缓缓地前行。

领导干部、技术人员和工人徒步跟车检查，后面跟着食堂的送水送饭车。

工人们头顶烈日挥汗如雨奔忙在旷野之间。

早出迎朝阳，晚伴彩霞归。

工人们仅用了几天时间便完成了抢运工作，把整套设备分批次运到了破碎厂工地上。

接着，矿建安公司安装队钳工二班，投入了紧张的设备、电器安装调试，使工程得以顺利进行；浓缩池、厂房建筑等土建工程也夜以继日地推进。

1975 年 4 月 17 日，230 万吨大破碎厂建成投产。

1976 年 1 月，矿革委会提出了大干一个月，实现"开门红"。新年伊始，果然是开门一炮，红遍山窝。

当月战绩：完成铁矿石 8.032 4 万吨，北采完成采剥总量 28.548 万吨，完成铜精矿 41.7 吨，完成基本建设投资 100.47 万元。

一个数字就是一个音符。

一串数字就是一首战歌。

在"开门红"活动中，涌现出一批用劳动之手做画笔，描绘着矿山建设美好画卷的先进单位和个人。矿里通过广播、黑板报及时报道了这些先进单位和个人，掀起了"学先进、赶先进"的活动。

一个"比学赶超"的劳动竞赛正在矿山掀起。

一时间，矿山到处升腾着你追我赶的滚滚热浪。

凡洞铁矿汽车队和北采工区开展了"一条龙"社会主义劳动竞赛。当年提前一个月零一天完成了采剥总量计划，全年生产成品矿 80.15 万吨，销售 78.22 万吨，工业总产值 1 863.96 万元，实现利润 270.86 万元。

大会战热火朝天。

全矿上下一盘棋。

大会战首战告捷，头一天三班共采矿 4 026 吨，平均班产 1 342 吨，产量比平时大幅度增加。

1975 年全年完成采剥总量 278.37 万吨，生产成品矿 60.18 万吨。

运出商品矿 54.29 万吨。

200 型潜孔钻单机平均台年进尺为 3 844 米。

4.6 立方米民铲平均台年产量为 52.90 万吨。

主要运输汽车 44 台，年运量为 912 万吨公里。

索道全年运输 51.14 万吨，平均每条运输 28.57 万吨。

数字是指标。

数字是成果。

数字是汗水。

数字是心血……

在建设架空索道运输线的战斗中，在第十六冶金建设公司、省电力基建公司以及汕头工程团、佛山民兵团的大力支持下，建设者们克服了线路长、跨距大、地形险要等诸多困难，以百折不挠的坚毅和骁勇，终于在 1974 年 4 月架起了第一条索道，成为大山中一道力与美交织的人工彩虹……

严寒无所惧，抗冰保生产。

1975 年 12 月 10 日，气温突然下降，然后开始冰冻成块，四野是雪的世界。

11 日晚上北场的气温下降到了 -8℃，采场被停产。13 日，气候继续恶化，气温还在下降，大雪纷飞，山上积雪有 7~8 寸厚。整个矿区成了一片白茫茫的银色世界，沙溪地区积雪有 3~4 寸厚。

这是大宝山 1969 年初春以来的又一场弥天大雪……

采场上的水泥电杆、电线绝大部分被折断，水管部分爆裂，造成水不通、电不通、路不通，凡洞铁矿被迫全面停产。

当月 11 日，矿党委成立了防寒抗寒指挥部，连日来召开常委会议和常委扩大会议，研究和部署了防寒抗寒以及恢复生产的工作。13 日，由矿领导胡明带领各二级单位负责人参加的慰问团，带着救灾物资，分赴生产第一线和各工地进行慰问。干部、工人冒着刺骨的寒风，破冰铲雪，抢修线路、设备，很快恢复了正常生产。

70 年代的大宝山，虽然被不正常的政治气氛笼罩，仍然呈现出勃发生机。

建设百年矿山的梦想，在大宝山人心中伸展出飞翔的羽翼……

第四章 九十年代"春天的故事"

那是一个春天，

有一位老人在中国的南海边写下诗篇。

天地间荡起滚滚春潮，

征途上扬起浩浩风帆。

春风啊吹绿了东方神州，

春雨啊滋润了华夏故园……

改革的大幕在南粤大地拉开，《春天的故事》在神州唱响。

中国市场经济的总设计师邓小平正以恢宏的气度打开中国经济通往世界的大门，响亮地喊出"发展才是硬道理"的社会主义市场经济理念，为中国的改革开放掀起了第二次浪潮。

"发展才是硬道理"，这一时代强音如阵阵春雷，激励着大宝山人重新燃起创业的激情。于是，大宝山人又扬起风帆，迎着第二次改革的风浪，进行了驾驭追潮的创业之路。

当年10月，党的十四大召开，明确了我国经济体制改革的目标是建立社会主义市场经济体制。大宝山矿乘着广东改革开放的浪潮，大力推进企业内部改革；苦练内功，加强内部基础管理；激发广大员工发扬大宝山精神，绘就大宝山美好未来。

然而，矿山发展道路是崎岖不平的。1992—2001 年，矿山的生产经营经历过攀上高峰的狂喜，也有跌落低谷的沮丧；有令人振奋的佳绩，也遭遇了预想不到的困境……

曾几何时，矿山的外部条件比较好，效益翻番。但到了90 年代初，由于种种原因导致生产经营欠款较多，但也还未对采掘部署造成太大影响。总体生产经营形势较为平稳。

世事难料，矿山的前路再起波澜。

在布满了坑坑洼洼的泥泞道路上，大宝山矿也留下了一串串深深的、挣扎前行的足迹……

由于外部条件发生急剧变化，生产经营再次遇到了前所未有的挫折：税制改革后，税种增加，税费大幅度增加；三角债如滚雪球越滚越大，资金紧缺；铁路货物车辆供应严重不足，铁路外运受阻；进口矿、民采矿倾销，矿产品市场低迷；民采泛滥，矿山资源遭受严重破坏；内部采剥比例失调。剥离严重欠账，影响层面开拓……

面对重重困难，大宝山矿以张健、曾润权、李应儒为首的两届领导班子，带领职工笑迎压力，大刀阔斧进行了一系列改革创新，渡过了一个个难关，促进了生产经营的和谐发展。

矿山面临的第一个难关是税制改革带来的沉重税负。

1994 年国家进行税制改革，矿产资源税大幅度增加，由原来的 2.1 元/吨，上升到 23 元/吨，比上年增加 10.95 倍。产品税原按 3% 征收，改为增值税后，按 17% 征收，比上年增长 56%。

此时，又一道难题出现在面前。

矿山要生存、矿山要发展——出路在哪里？

他们迅速采取相应对策。

矿领导先后 8 次向省领导和冶金部领导汇报矿山负税情况，提出了减轻矿山税负的理由和具体要求；先后 14 次向省政府、省有关部门和国家财政部、国家税务总局、国家经贸委、冶金工业部等有关部委写专题报告，反映大幅度增加矿山税负的不合理性和矿山当前面临的重重困难……

终于，这些合情合理的要求起到了作用。

从 1994 年 5 月 1 日起，增值税由 17% 改为 13%，资源税由 23 元/吨改为 13.8 元/吨，比最初规定的纳税指标全年减税 1.558 万元。这些举措一定程度上减轻了矿山负担。但这一年上交的税费同比还是增加了。利润仅有 201.7 万元，大部分利润转为税金。

一波未平，一波又起。第二个难题又摆在矿领导面前：

三角债困扰，资金紧缺。

三角债困扰，是当时全国各地企业的普遍现象。

1994 年用户欠矿货运款 8.4 万元，1996 年达 1.6 亿元，到 2000 年初高达 2.08 亿元。应收的款收不回来，造成资金紧缺，严重影响生产的投入，制约着矿山的经营和发展。

为有效遏制用户欠货运款攀升的问题，除加大催欠力度外，矿领导适时调整营销策略，执行"以货运款回笼定销（来款发货，新货款不欠，老货款逐步还）"，"以销定产"的方针；同时采取了"以物抵债、三角债划账"等办法。这些措施的实施，一定程度解决了货运款回笼锐减的问题，缓解了资金紧张的状况，维持了生产经营的正常运作。

矿山面临的第三道难题是：铁矿石市场需求不旺。

铁矿石市场需求持续低迷，由于大量进口矿石以及民采矿倾销冲击市场，致使矿石销售受阻。

有一段时间，大宝山矿销售部门派出队伍到处上门求用户，然而，销售仍然一路走低。再加上铁路货物车辆供应减少，销售锐减。从1993年销售铁矿石141万吨，下降到1995年的84.149万吨。用户对铁矿石品位和杂质含量的高要求，也促使矿山在矿石采选运输流程上进行不断改进。

第四个难关是矿产资源受到严重破坏。

20世纪80年代中期至21世纪初，社会上的"民采"泛滥，在采矿区乱采滥挖，采富弃贫，资源浪费损耗严重，到90年代中后期达到顶峰，偌大的大宝山山体被挖得千疮百孔……

据初步统计，矿山储量价值13亿元（按1990年市场平均价）的南部铅锌矿体遭到彻底破坏，已失去开采价值。铜硫资源大量流失，1994年"民采"疯狂期，矿区周边有103条"民窿"日夜采掘。"民采"的破坏极大地影响了矿山的经济效益，缩短了矿山服务年限。

事实上，"民采"一开始，为了国家和矿山利益，保护国家资源，大宝山矿为整治"民采"做了不懈努力；广东省政府多次派出工作组处理此事，但由于种种原因，经处理后，得到有效整治，但风头一过，又死灰复燃。直至2000年下半年，省政府部署全面整治"民采"，至2004年，大宝山周边"民采"108条"民窿"才被炸毁和封闭。2005年8月，广东境内发生重大煤矿事故后，省政府对全省违法采矿进行全面整顿，大宝山矿的"民采"现象才得到较好的整治。

大宝山的天空，出现了蔚蓝色，和风吹过，满山的松涛低语吟唱……

第五章　大时代催生的群英谱

一个个质朴无华的人物，
挺起了大宝山矿的脊梁。

——题记

在大宝山矿的建设史上，从1966年至1989年，涌现出了刘佛金、邱儒光、胡瑜、陈荫棠、林木坤等可歌可泣的英雄人物。

他们是矿山数十年来劳模、标兵的缩影。

劳动之手缔造出一幅幅伟岸的英模雕像……

前不久，我们看到了 20 世纪 90 年代大宝山矿文联编写的报告文学集《宝山英雄谱》，一个个鲜活的人物呼之欲出。他们以无私奉献的精神力量在平凡的岗位上创造了非凡的业绩，以宝山人的风骨挺起了一座企业的脊梁。

透过这本小册子，我们不仅能看到普通矿工的精神风貌，还可以触摸到矿山发展的脉络以及时代印记……

刘佛金：跑得比地球还快的人

自然界的伟力可以改变山河，人类的精神永远不会失落。

奉献与耐劳的精神，将超越时空，成为矿山人永恒的记忆。

也许，时间会冲淡记忆，但矿山人不会忘记，在大宝山艰难创业的历史进程中，有一位享誉矿山的"拼命三郎"，他的理想、信念、精神，使人为之震撼。

他是一名普普通通的汽车司机，却成为大宝山汽车队屹立不倒的旗帜。他把满腔的激情洒在矿山上，他是矿山山水养育出来的最勤奋、最称职的员工。

在矿区工地，人们总会看到一辆"540A"的别拉斯重型汽车满载沉甸甸的矿石在弯曲的盘山公路上爬行和驰骋。

北采场，电铲车高扬着抓斗，一次次地给来回的车辆装上矿石。等汽车装满矿石后，一位黝黑皮肤、精瘦灵敏的中年男子拿起粉笔，在驾驶室门的上方，划上一道记号，今天已经画上 4 个"正"字了，坐在驾驶室的学徒说，看来师傅今天可以拉 30 车了。

"30 车？太少了！照师傅这个速度，今天可以拉 40 车。"

看着师傅信心满满的样子，在一旁的徒弟不禁伸出大拇指，会意地轻轻点头，发出舒心的微笑。

这位师傅就是刘佛金。

1976 年，刘佛金从部队复员后，来到大宝山矿铁矿生产车队当上了一名司机。他驾驶着 27 吨的重型自卸车奔驰在环境恶劣的采场上，在海拔数百米的采场一干就是 19 个春秋。

自 1985 年以来，他连年超额完成运输任务。1991 年别人的运输量在 9 000 车左右，而他完成了 17 368 车；1993 年，他克服采场层面变化大，运输距离远等困难，完成了 14 611 车。由于他连续多年完成任务占矿山下达任务的 250% 以上，司机们称赞说："地球跑一圈，刘佛金跑两圈半。"

随着采场层面的变化，运输距离越来越长，路面坑洼不平。为了保持生产的优质高产，刘佛金通常起早摸黑。对于他来说，不存在星期天、节假日，他是车队党支部委员、矿职工代表、浈江区人大代表，各种会议和社会事务较多，可这并没有影响和耽误他的正常工作。即使白天开会，会后他也要赶回矿上晚班。

有一次，刘佛金到沙溪参加两个月的脱产学习，白天学习一天已经够累的了，可是他晚上还要赶回凡洞上中班。两个月的学习，他不但没有缺过一节课，相反还上了45个台班，比一般司机的正常出车台班还要多。

难怪有人说，老刘同志真是一头不知疲倦的老黄牛。

在采场剥离大会战中，按正常全年280个工作日，刘佛金却上了460个班。年计划运输矿石9 584车，他实际完成14 511车，为年计划的151.4%。

刘佛金每天除了早出晚归，出满勤、干满点、多拉快跑外，还要照顾患有狂躁型精神分裂症的妻子，有人说刘佛金的一天是"紧张的一天，战斗的一天，难得喘息的一天"。

刘佛金要上班，又要买菜做饭，奔波和劳累可想而知。

每天，天没亮他就得起床，煮好早餐和午餐，安顿好妻子和两个上学的孩子以后，他就提早上班去了。在中午吃饭的一个半小时，他要到市场把菜买回来，然后洗菜炒菜。吃完饭再把全家的脏衣服洗干净晾好，然后才去上班。

人们不会忘记，1976年9月，在部队当了四年汽车兵的刘佛金和四十多位退伍兵来到了大宝山凡洞铁矿。当他们来到这山沟沟里时却傻了眼：住宿，七八个人挤在一间简易草棚；上班，山高路陡；采场，尘土飞扬。刘佛金驾驶着汽车，一个班下来，身上汗流浃背，脸上尽是灰尘。

对于这些从海南岛退伍回来的人，更大的考验是难熬的寒冷天气。这里的冬天特别冷，矿山的采场银装素裹，刘佛金的脚趾长了冻疮，十个脚趾肿得像胡萝卜似的，拿起鞋子就是穿不进去，只有使劲往里挤，这一挤，真是十趾揪心痛啊。

面对恶劣的环境，有的人想打退堂鼓，准备溜号走人。有人说"真不是人待的地方"；有人在工资表上领了两次工资，就"黄鹤一去不复返"。

刘佛金认为，退伍不褪色，当兵的性格永远不会改变。

他没有被困难吓倒，凭着一股坚忍不拔的毅力，凭着一个共产党员应有的觉悟，他选择继续留下来。

可能有人会说，刘佛金没有选择离开矿山是不具备走的条件。1988年

第二部　钢铁进行曲

夏，一位老朋友从家乡梅县写了一封挂号信寄给刘佛金，这位朋友在信里动员他回家乡开进口小车，并答应给他800元的高额月薪，另外还有奖金、外快等。这在当时是不小的诱惑！

然而，面对诱惑的刘佛金没有动心。过了一段时间，这位朋友迟迟没有等到刘佛金的回信，就从梅县坐汽车专程来到凡洞，当他来到刘佛金家里时，就说："你看你的家里，连一件像样的家具都没有，难道你想一辈子待在这山旮旯熬苦受难吗？跟我走吧，用不了几年，你家里彩电、冰箱、家具全都有了。"

"为什么总把金钱看作是人生的最高目标？我的开车技术是在部队学的，不像现在有些人是自己花钱学来的，所以情况不同，再说我是一个共产党员，怎么能够哪里好就往哪里跑呢？"

刘佛金时刻把握住人生的方向盘。他认为，有价值的人生，绝不是金钱和欲望的堆砌！

就这样，这位朋友带着失望和困惑，登上了回家的长途汽车。

而此时的刘佛金回到矿山的家里思绪万千……

他想：虽然矿山的工作节奏快，但也给他带来人生的快乐。没有党和人民的培养，我这个粤东山区的放牛娃，今天怎么能够成为一名汽车司机呢？一种男子汉大丈夫成就事业的雄心壮志，又一次坚定了他继续留下来的决心。

瞧，刘佛金驾驶着汽车又出现在采场。他紧握着方向盘，滚滚车轮扬起的尘土被一阵风吹过，留下了一行清晰而又不偏不倚的车辙……

一段时间以来，大宝山矿由于多种因素的影响，生产经营遇到了困境。刘佛金理解企业面临的困难，主动为企业分忧解难。他用自己的先锋模范作用带动车队的其他工友。

每天，他第一个提前到工地，精心维护车辆，始终使车辆保持在良好的运行状态。

刘佛金在部队时开的是解放牌汽车，开始到矿山时，由于他身高只有一米六，总感觉重型汽车的坐垫矮了许多，他就用木块做了一个小坐垫来加高座椅。

徒弟小郑好几次看见刘佛金用方向盘顶住腹部，豆大的汗珠从他脸上滚落。他强忍着疼痛，喝了几口装在保温瓶的中药汤后，就对徒弟说："小郑，你来开车，我歇会儿。"

"师傅，你要去医院检查一下，长期这样下去，会影响身体的。"

"小郑，师傅喝了药就没事的，放心吧！等剥离大会战结束再去医院检查。"

后来大会战结束后，刘佛金由于整天忙于工作，把去医院检查身体的事情忘得一干二净。也许是对自己身体置之度外的原因，当他到医院正式接收检查时，发现他已经身患绝症了。

尽管刘佛金过早地离开人世，但他生前的事迹都成为人们不忘的记忆……

1991—1994 年，刘佛金完成运矿量分别是下达计划的 289%、277%，从 1976 年至 1995 年，由他驾驶的"540A"别拉斯重型汽车，共计节约汽车大修费 56 万元。他个人保持安全行车 106 万公里无事故的记录。

为什么刘佛金开的是旧汽车，却几十年如一日保持着高产、稳产？

车队队长陈光辅说："一是靠共产党员的先锋模范作用，二是靠对车辆设备勤检查、勤保养、勤维修，多年来，他就是这样提高出车率的。正所谓，勤能出产量，勤能出佳绩。"

这就是刘佛金取得骄人业绩的秘诀。

19 年来，刘佛金 14 次被评为矿标兵，两次被评为韶关市劳模，两次荣获广东省劳动模范的称号。1995 年，他获得全国劳动模范的光荣称号。

英国前首相丘吉尔说：伟大的价值就在于完成责任。

刘佛金用青春和汗水诠释了一个共产党员的责任，闪烁出人生的光芒。

邱儒光："贴心人"的故事

1954 年，年轻的共和国急需发展钢铁工业。

为了发展钢铁工业，25 岁的邱儒光告别了潮安的父老乡亲，登上了去粤北报效祖国、建设矿山的旅程。

长途汽车载着他一路向西北方向疾驶而去。车窗外，油画般的景色一幕幕掠过；奔腾的北江河、高耸的青山、金黄色的稻穗仿佛向他点头称赞……

邱儒光热爱祖国的山山水水，但此时此刻他顾不上欣赏这些美景，他在思索未来的路径，他的一颗心早已飞向韶关。

邱儒光被分配在韶关地委工矿科工作。由于年轻有为，加上在普查勘探矿产资源方面吃苦耐劳、成绩显著，不久，被提拔为工矿科副科长。

找矿，这是一项多么光荣而又艰巨的任务。

此时，一种责任感和使命感在他心中油然而生。

第二部　钢铁进行曲

1955 年冬的一天，曲江县工业局转来大宝山凡洞村一位农民报送来的矿石。邱儒光立即被眼前这块闪着乌黑色光芒的矿石吸引了。在他心中，这矿石有着金银珠宝也无法比拟的诱惑力。

"走，咱们去凡洞村探探虚实！"

当时，韶关地区工业处没有地质技术员，怎么办？

邱儒光灵机一动说："连县中学有一位地理教员，咱们可以请他过来帮一下忙。"

地理教员请来了。大家一起坐班车到沙溪镇后，又请了两位农民帮挑行李。那时，从沙溪到凡洞尚未通公路，15 公里的羊肠小道，杂草丛生，不时还有野兔窜出草丛。

邱儒光和地理教员一行几个人花了 4 个小时才赶到凡洞村，然后心急火燎地寻访这位报矿的农民。好不容易找到这位农民，可是那位农民却支支吾吾，讳莫如深。

邱儒光心里想，这其中必有缘由。

"走，找多几位农民了解了下情况。"

经过一番打探，原来是报矿的农民怕将来矿山开矿破坏村里的风水，招致灾祸降临。邱儒光一番晓之以理、动之以情的话语感动了这位农民。

"看你们现在上下山多累人，如果你们村能开矿，必先修公路，这公路一通，你们就方便了。到那时，汽车半个时辰就把你送下山啰！"

"那倒是。"

"开矿嘛，首先要三通：路通、电通、水通。到时给你们装上电灯、自来水，有了电，再也不用天一黑就睡觉了。水龙头一拧，水哗啦啦地流，多痛快！"

"是吗？"老农有点将信将疑。

"那当然，我们开矿还要招你们村的年轻人当工人呢。"

"哇！"老农喜笑颜开。

邱儒光继续说："开矿是国家的大事，保证你没灾没祸，现在全国都在响应毛主席的号召到处开矿，没有听说开矿会破坏什么风水，你就放心吧！"

邱儒光一番话打消了老农的顾虑。接着，邱儒光从口袋里掏出 50 元钱，对老农说："你积极报矿，这是一点小奖励，将来开矿后还有大奖励。"

老农接过钱后一脸笑眯眯的神情。

"走吧，带我们去找你发现矿石的地方。"

于是大伙跟着老农来到了一处山坡上。老农说，就是在这里发现矿石的。他拨开几十公分厚的腐朽落叶，一大堆渣石混合物出现在眼前……

地理教员说，这里不知道何年何月曾经有人炼过矿。邱儒光捡了些矿渣带回去后，又到马坝翻阅《曲江县志》，果然，在宋朝就有人在此炼铜铸过钱币。邱儒光坚信，这一大片矿渣便是前人炼铜及铅锌的遗址。

这一发现，令邱儒光兴奋得一夜没有合眼。在朦朦胧胧的睡梦中，他梦见了一幅人欢马叫、钻机轰鸣的矿山欢腾景象……

此后，邱儒光又来过凡洞好几次，到处寻找有矿渣的地方。

第二年，地质队来勘探，查明了矿床资源分布情况。不久，根据韶关地委领导的指示，邱儒光带领着30名下放干部来到了凡洞安营扎寨。在那段艰苦的岁月里，他们吃的是粗茶淡饭，睡的是竹子搭的茅草棚，却凭着一股冲天的豪情和吃苦耐劳的毅力，土法上马办起了小铅锌矿。

小铅锌矿搞出眉目后，邱儒光就把这个矿交给了前来上任的张家运矿长。

为了普查找矿，邱儒光不断地在青山与乡镇之间跋涉，寻找矿产资源。他踏遍了粤北的山岭，足迹遍及18个县的近百个乡镇。

在火红的年代里，邱儒光用自己闪光的青春书写了为祖国寻找矿源的人生答卷……

邱儒光1980年任大宝山矿工会副主席，他分管劳动竞赛和生活保险。对于全矿竞赛，他抓得紧，也抓得扎实。

1989年的第一季度，持续不断的低温阴雨天气以及长时间的缺电，导致铁矿石生产和运输造成极大的困难。

面对恶劣的气候环境，邱儒光心里盘算着：上半年的任务能否完成，4月份是个关键月份。

要把前几个月的生产欠账补回来！

矿领导班子决定开展夺高产的"铁系统一条龙"突击赛。具体的组织工作自然就落在工会头上。而分管劳动竞赛的邱儒光此时真有燃眉之急啊！

熟悉邱儒光的人都知道，他是一位办事作风极具人情味的人。每逢遇到生产上出现问题或搞劳动竞赛，他都喜欢到职工中去，和他们聊工作、聊生活、聊家庭，并力所能及地为他们排忧解难。

邱儒光和生产骨干共商开展劳动竞赛夺高产的大计，在会上，北采工区主任杨志冬说："铲机故障多，配件又供不上，车队人员少，这次任务很难完成啊！"

第二部　钢铁进行曲

邱儒光在会上说："你这种情绪不利于打硬仗，既然竞赛总方案已经出来，我们就必须拿出信心和勇气去实现竞赛方案，任何消极情绪是要不得的。"

会上，大家畅所欲言，各抒己见。

这时，有人放大嗓门道："任务完成了，矿领导能否请大家喝茅台酒？"会场上立即有人应声附和。

邱儒光一听此话，是个好兆头！他用胳膊肘轻轻捅了捅坐在旁边的工会主席曾润权："就看你的了！"

曾润权思考了一下，马上爽快地说："在大宝山矿，就是矿长请客也不许上茅台，但现在要破例了！只要你们完成任务，请你们喝茅台完全没有问题！"

一位车间领导说："工会领导信任咱们，我们豁出命来也要完成任务！"

邱儒光从筹建矿山之初就和工人们摸爬滚打，他熟悉工人们的性格，能和他们打成一片。

邱儒光平时爱穿一件旧式干部装，发型不加修饰，蓬松着似一团乱草，然而说话有号召力，工人们也打心眼里喜欢他平易近人的作风。

在邱儒光的影响和带动下，职工们心里奔涌出一股无穷的力量！

北采工区4月战果辉煌，生产成品铁矿石10.89万吨，比一季度月均增产1万吨。在矿招待所，邱儒光给大家摆上庆功酒。他实现了当初的诺言。然后，他与大家齐举杯，共享胜利喜悦……

一段时间以来，凡洞铁矿破碎厂由于备品备件紧缺，加上一些热处理又过不了关，一度影响了生产。

邱儒光知道后，把工会技协退休老工人组织起来，对矿卡轮和箕斗卷扬轮进行了修旧利废的改造，既缓解了配件供应不足的问题，又保证了生产的正常运作。

邱儒光对破碎厂副厂长郑仕强说："说实话，我帮不了你们多少忙，但我可以在马尾巴后面点鞭炮，催你们赶紧往前跑。"

"邱主席，你就放心吧！"郑仕强又拍拍胸脯说："你亲自上山关心、支持我们，还和退休工人一起干，我们很感动。纵有天大的困难，我们也要咬咬牙战胜它！"

只要是搞劳动竞赛，邱儒光总是忙个不停。在索道筛分厂，他和车间的工人商量如何保障矿斗正常运转和抢修矿斗的奖励办法。根据他多年搞劳动竞赛的经验，他计划拿出3 000元给关键岗位做超额奖。他认为，竞赛以精神鼓励为主，但给大家适当的物质鼓励是理所当然的。

"只要职工有困难，就有邱儒光的身影。"职工们如此评价他。为进一步帮助困难职工解决实际困难，平时，他对困难职工建立档案，并坚持不定时走访，随时掌握他们的生活情况。

邱儒光对职工生活疾苦十分关心，经常东奔西走，深入家访，为他们排忧解难。每当他从一个困难职工家里出来，他的脸色总是凝重的。因为困难职工的事儿已挂在他的心头了……

邱儒光面对全矿 600 多名退休工人，其中有 103 人是硅肺病人。100 多人居住矿外，分布两广、湖南、湖北、四川、东北等省。

凡重点困难户，或是去世职工家属，他都要去看望。邱儒光多年来已不知访问了天南海北多少户人家。他曾三下黄石看望建安公司退休工人谈会智。1985 年，谈会智生活困难，无钱看病，邱儒光去黄石帮助他联系了一家医院，由矿工会和医院直接建立报销制度，自此谈会智可以安心看病了。

1985 年，清远遭水灾，邱儒光带领两个慰问组去灾区慰问，两个星期，他就跑遍 5 个公社、20 多个大队、40 多个自然村。当时，许多村里水未退尽，小路泥泞，他举着雨伞，穿着雨靴，不辞劳苦，及时把矿山的温暖送到了千家万户。

邱儒光抓劳动竞赛年年都有新花样。他善于博采众长，为我所用，无论是"六杯赛"、系统"十旗"赛、班组"五高五好"升级赛、个人"先进、十佳、标兵"赛，还是双增双节"百题攻关"达标赛等，五花八门的点子他出得最多。他把各行各业五千名职工有条不紊地组织了起来，凝聚成了一个有机的集体。

在矿领导的统筹规划下，邱儒光亲力亲为，奔波张罗，使大宝山矿的劳动竞赛春雨飞花，连续三年被评为广东省"立功创先"竞赛先进单位。

胡瑜：从大西北来的技术精英

当你驱车在矿区的路面行驶时，眺望一座座连接各个山头采场的跨箕斗道矿石运输线时，你一定会被其壮观的场面所吸引。请你记住在矿山建筑安装史上树起丰碑的单位——大宝山矿建安公司。

炎炎夏日，在矿区箕斗道旁的山坡上，有一位黝黑皮肤，身材瘦小，衣着简朴，头戴安全帽的中年男子。此刻，只见他一边看设计图纸，一边与几个人交谈着，就像前沿阵地的指挥员，和战友们谈论着战斗方案。

第二部　钢铁进行曲

胡瑜，大宝山矿建安公司主任工程师，他指挥过多次矿山施工的"大会战"，他知道，留给他的时间仅有 8 个月，要在 1989 年"五一"劳动节前完成箕斗道工程并交付使用，否则将影响铁矿石的产量。他感到身上前所未有的压力。面对松软黄土的地质构造，对于一名建筑工程师，他心里清楚，未来的施工即将是一场攻坚战！

建安公司的设计师们在挑灯夜战。

"兵马未动，粮草先行。"面对一个棘手的工程，只有方案先行才能少走弯路。

夜深了，胡瑜家里还亮着灯。他面对大家讨论的设计方案以及一大摞图纸进行综合分析，从中寻找箕斗道工程施工的最佳方案。

胡瑜点燃一支香烟，揉揉连日熬夜而充血发涩的眼睛，脑海中一连串的问题接踵而来：时间进度、技术措施、安全措施如何保障？人力投入、材料需用量、堆放场地、运输方式、水电来源如何选择突破口？

这项工程包括箕斗栈桥两个信号室，变向轮及绳轮基础，矿斗斗口安装工程，还有栈桥连接的南段、北段公路和平台。

由于工程土方量大，混凝土的灌注量也相应增大。加上场地的限制，都会给箕斗道运输工程材料带来极大的困难。

时任党委书记、矿长陈冰来到设计室，他满怀期望要求大家以高度的责任心去组织施工。随后他拍拍胡瑜的肩膀说："这项工程交给你去组织施工，相信你一定能够带领大家克服困难，按时完成任务！"陈冰一番殷殷话语，鼓舞着大家战胜困难的信心。

组织施工搞方案，不但要反复计算很多数据，而且还要画很多设计图纸。

一天，胡瑜在办公室上班，总感觉肚子不舒服，他捂住肚子吃了"保济丸"也无济于事。大家看他趴在桌子上痛苦的表情，都劝他去医院检查。在大家的搀扶下，到医院检查后，发现是得了肝吸虫病。医院给他打针吃了药后，嘱咐他矿山医院不具备医疗条件，要求他立刻去韶关的大医院住院检查治疗。

胡瑜想，施工组织方案还没有出来，可不能再拖延了。这里需要我，我不能走。

不知经过多少个苦累交加、挥汗如雨的日日夜夜，一个较为成熟的箕斗降段施工组织方案在胡瑜的脑海中渐渐清晰起来了。为了方便了解地质情况，减少各种干扰，他铺盖一卷，带上一些洗漱用品及药品，索性搬到凡洞建筑队住下了。

1988 年 8 月 31 日，箕斗降段工程正式拉开序幕。而此时的胡瑜正在韶关大医院治疗肝吸虫病。从住院的第一天起，他就心系工地，总是迫不及待地问医生，什么时候可以出院？

医生说："别急，一个星期就可以治好。"可对他来说，这一个星期简直是度日如年。

由于治疗药有些副作用，出院后，医生给胡瑜开了几大包滋补的中药，要他在家好好休息。可他早把医生的话抛到九霄云外，刚回到家就心急火燎地赶往箕斗工地。

12 月初，秋风渐凉。胡瑜卷起铺盖又搬到海拔上千米的凡洞住了。这时，正是挖基础桩洞的重要阶段。白天，他指挥施工；晚上，研究施工中遇到的问题。尽管累得心跳加速，吐了好几回，但他仍没有搬到山下住。

由于山坡土质松软，承受力低，胡瑜要求 31 个直径 1.2 米的基础桩洞必须挖到十几米深。凡不符合要求的桩洞，必须继续挖到符合尺寸。他用皮尺一量，有个别桩洞离地表十八九米。工人们汗流浃背地在洞下挖土，洞内湿度大，空气稀薄，挖一阵就气喘吁吁，只能轮流上阵。

在施工中，遇到了不少问题。

"胡工，这个洞遇到大块矿石，怎么办？"

"我下去看看！"

"胡工，这个洞冒水啦！"

"我下去看看！"

…………

耳听为虚，眼见为实。这里胡瑜的做事原则。胡瑜下到 10 多米深的洞底，仔细检查工人挖的洞是否符合设计要求。然后抓住绳索从洞里出来后跟大家说："尚未达到设计深度的，必须用风镐凿掉矿石，继续挖；到了设计深度，但土质状况与原来设计不符合的，需及时研究处理；洞里冒水的，用水泵边排水边挖。"

在运输安装工程中，钢筋又长又重，给水平、垂直运输带来不少的麻烦，胡瑜及时果断地处理出现的问题。

1989 年元旦刚过几天，箕斗工程的战斗打响了。

正当工程进入浇灌混凝土的关键时刻，栈桥北段出现了质量事故。胡瑜心急如焚，立即召开事故分析会。这次质量事故是某施工员在灌注混凝土时，不按技术规范操作，导致混凝土出现"蜂窝麻面"现象。

胡瑜发火了！只见他端起茶杯大口大口地喝水，然后将茶杯重重地搁回桌面上，茶杯顿时飞溅出水花。他点燃一支香烟，猛吸几口后，又将这支香烟用脚踩灭……平时温文尔雅的胡瑜此刻犹如一头怒狮！

会场上鸦雀无声。

胡瑜反背着双手，在会场上沉重地踱步。

少顷，胡瑜指着这位施工员大声斥问："你是怎么搞的？我三番五次在会上讲，百年大计，质量第一，你把我的话当耳旁风！你想过没有，出了问题，给国家造成巨大损失，你我都要判刑坐牢的。为了保证施工质量，你明天必须全部把混凝土凿掉，重新灌注！"

胡瑜脸色铁青，嘴唇不住地抖动。

会场上，有人小声说："从来没见胡工发这么大的火。太吓人了……"

"胡工质量管理抓得严，没点火气，怎么能搞好工作？"旁边另一位干部说。

第二天，凡洞地区气温剧降到零下五六度，北风狂啸，风刮在脸上似刀割般疼，这时，天空还下起了噼哩啪啦的细雨。胡瑜穿上雨衣，和大家一起加入到扎钢筋的队伍里。

手套被雨水淋湿了，风一吹，两双手冻得不听使唤，脱掉手套不久，手指就立刻被磨破了。大家时不时把手放在嘴边呵几口热气，有人把手放在腋窝里，有人把手放在大腿内侧取暖。然后接着扎钢筋，很多人的手冻得像胡萝卜一样肿了起来……

1990年1月中旬的一天，封栈桥桥面的攻坚战又打响了。

两台搅拌机在细雨浓雾中轰隆隆地转动，混凝土一车一车倒入木模中，工人们手拿振动棒，在不停上下搅动。

由于气温低，胡瑜和机关干部抱来稻草，用油毛毡、塑料布把浇灌好的混凝土盖严实。这天的北风刮得很猛，加上箕斗处在风口，刚铺好的稻草、油毛毡顷刻之间被风刮跑了。

胡瑜就和工人们一道重新用木头、钢筋、砖块等物将油毡纸压住，以免再被风吹走。

"胡工，你不想调走吗？"有人说。

"我也想过，怎么不想呢？可我事业的根基是在大宝山，我在这里才能派上用场。"胡瑜说。

于是，他婉言谢绝了来人的一番好意，继续以火一般的热情投身到矿山建设当中。

5月1日，竣工的箕头栈桥彩旗飘扬，雄伟壮观的栈桥飞跨南北。栈桥信号室大横幅写着"热烈庆祝箕斗降段工程竣工投产"。

矿领导陈冰、张健等领导和建设者一一握手。胡瑜露出了舒心的笑容。

而此时的胡瑜，并没有完全沉浸在快乐之中，过往的一幕幕景象在他脑海中回放……

1939 年仲秋的一天，胡瑜出生在甘肃酒泉的一个普通家庭里。他的父亲是一位中学美术教师。在父亲的耳濡目染下，他喜欢上了绘画。父亲为了养家糊口，常常为城里的戏剧团画舞台布景，忙得不可开交。他不希望胡瑜像他那样忙忙碌碌，要他学好数量化，胡瑜听父亲的吩咐，放弃了喜欢的美术，慢慢对数理化产生了浓厚的兴趣。

胡瑜几次登上嘉峪关，雄伟壮观、工艺精巧的建筑，给他留下了深刻的印象。他暗暗想：等我长大了，一定要造出比嘉峪关更壮观的建筑物！

有志者事竟成。1958 年，胡瑜当一名建筑工程师的梦想实现了。他以优异的成绩考上了西安建筑工程学院建筑系。

1963 年，胡瑜大学毕业，被分配到北京冶金部建筑研究院。按研究院要求，新分配来的大学生都要到鞍钢实习半年。在实习期间，他结识了女青年李秀芬，两个年轻人情投意合，结为伉俪。

婚后他们分居两地，劳燕分飞。

分配在北京工作的胡瑜，按理说应该心满意足了。在研究院干了 7 年后，胡瑜觉得，作为年轻人，总浮在上面学不到真本领，自己这个年龄是干事业的时候了。此时，一个坚定的信念在脑海形成：走，到基层去！

1970 年胡瑜与妻子商量后，果断地打了一份要求到基层的申请报告。

很快，报告批下来了，他去的单位是广东省大宝山矿。

于是，胡瑜与妻子一起来到了大宝山矿。

汽车在崇山峻岭中穿行，当他们来到凡洞工区，看到几排简易低矮的平房和工棚时，妻子一下车就捂住脸"呜呜"地哭出了声。

她心里想，这么荒凉幽深的地方，怎能待得下去呢？

一连几天，妻子吃不下饭，眼睛里直淌泪水。胡瑜安慰妻子说："既然来了，我们就不能打退堂鼓，要面对困难，相信一切都会改变的！"当晚，胡瑜对妻子说了很多话，妻子终于点头了。

箕斗降段改造工程完工后，公司还有 90 万吨强磁选厂工程配套项目，还有 9 000 多平方米的职工住宅楼等待建设。

在磁选厂二期工程初期，胡瑜放弃了去北戴河疗养的机会，和机关干部奋战在工地上。就这样，强磁二期工程顺利完工。9 000 多平方米的职工住宅楼拔地而起。

陈荫棠：荣誉意味着什么？

1970 年，年仅 34 岁的陈荫棠正值人生鼎盛时期。他拖儿带女、风尘仆仆地来到了大宝山矿凡洞铁矿机修厂。

这时，大宝山矿购进了一批东风 200 潜孔钻，大家心想，有了这种设备，定能加快掘进速度。

可是，意想不到的事情发生了，设备安装后却无法使用。矿领导心急如焚。陈荫棠望着这些新设备，心里想，问题到底出在哪里呢？

这时，矿里马上组织攻关小组，陈荫棠成了攻关小组的成员之一。

陈荫棠虽然不善言辞，但遇到问题，他总爱开动脑筋，终于，他发现了东风 200 潜孔钻安装后不能使用的原因。在他的带领下，攻关小组经过十多天的检修，潜孔钻终于可以交付使用。与此同时，由他负责的其他几个项目也如期完成。这几个项目，被矿里评为技术革新一等奖。

陈荫棠出名了！北京铁矿特邀他去介绍经验。

哪里有问题，他就出现在哪里。

方圆几十里的矿区处处留下了他的身影。

进入 80 年代，矿山擂响了"大打矿山之仗"的战鼓。

号角声声，催人奋进。

想不到的是，铜矿工区 1 号球磨机轴承突然烧坏了，生产告急！

接到通知后，陈荫棠火速赶往铜矿工区。面对被烧坏的轴承，当时铜矿工区的领导与外单位联系，对方一开口就要几万元。矿领导经过反复研究，最后还是把这个任务交给了铁矿机修厂。

面对这庞然大物，首先要解决的是起吊问题。陈荫棠因地制宜，土法上马，用手动滑轮组和简易工具，成功地把轴承盖打开了。

接下来就是对损坏的主轴进行金属喷涂，再拿到大型车床上进行精细加工，直到主轴公差配合符合尺寸要求为止。在工地上，他憋足劲对巴氏合金轴承进行铲刮，再和主轴一起研磨，凭着娴熟的钳工铲刮技术，经过夜以继日的奋战，设备修好了。恢复了生产，而此时，陈荫棠却病倒了。

1984 年，机修厂领导反复考虑，最后决定由陈荫棠全权把关机修厂四机的修理质量。此时，陈荫棠也想过，四机修理质量的好坏关系到全矿的生产，而且现在生产又与经济效益挂钩，万一出了差错影响生产，后果不堪设想。他对领导说："谢谢领导的信任。我会尽自己的努力，把工作干好！"多年来，经他把关的四机检修的每一个项目都按质按量完成，没有出过差错。

陈荫棠能安心工作，得益于有一个善解人意的妻子。妻子是一位典型的农家妇女，她对来家访的车间主任说："我和荫棠只是分工不同，他干'大家'的事，我操持的是'小家'的事。"一番话，使得陈荫棠心里更踏实了。

1986 年 6 月，北采区 10 号电铲中心轴铜套出现裂缝下沉，当时采场正值酷暑天，气温高达 40℃，他却整天泡在工地里，星期天也不休息。铜套修理检测工作繁重，他的身体渐渐地消瘦，双眼深陷，胡子长了也没工夫去刮。

妻子看在眼里疼在心里。

他累吗？累。

说真的，如果没有抢修任务，陈荫棠真想好好休息几天。

也正是在这个时候，年迈的母亲病重躺在床上盼儿归。然而，母亲没有等他回来就永远闭上了眼睛。

陈荫棠在母亲的床前跪了下来，泪水夺眶而出……

有一年，凡洞铁矿机修厂帮助连南铁矿选矿厂安装设备，这是一项扶贫项目。在这支扶贫队伍里，陈荫棠年纪最大。但是，他干起活来一点儿也不比年轻人差。经过几个月夜以继日的苦战，终于以优质工程的标准，提前完成了安装任务，并受到了连南铁矿领导的赞扬。

连南铁矿矿长对陈荫棠求才若渴，几次对他说："陈师傅，到我们这里来吧，我给你加两级工资。"

陈荫棠摇摇头，一笑了之。

1989 年，受内外各种因素的影响，企业面临困境。

陈荫棠经常在想，作为一个共产党员，自己应该为企业排忧解难。他把全部工作热情倾注到工作岗位上。

在四机修理检测过程中，他一共处理了 26 项大小事故，经他处理的设备有效率达 100%。为企业创造了效益、渡过了难关。

由于陈荫棠精明能干，勤勤恳恳，30 次被评为先进生产者，4 次评为矿标兵，1989 年被评为矿十佳操作能手。

这些荣誉意味着什么？

陈荫棠说，意味着过去所做的贡献，也意味着今后的责任。

林木坤：画出一道最美的弧线

巍巍宝山，云遮雾罩；

滔滔青河，碧波荡漾。

在大宝山上，除了采矿工人，还有一支矿山设备维修的队伍，其劳可大，其功可彰。

林木坤是冶金化工厂钳工班班长。1968 年参军，1970 年退伍后一直在冶化厂工作，是矿里"工大（工农兵大学生）"的第一期学员。

林木坤原在厂机关科室工作，有一个较为舒适的工作环境，但他不安于现状，主动向领导提出要到生产第一线。

就这样，他在冶化厂当了一名普通的修理钳工。

在冶化厂生产线建设的四年中，为了工程早日上马，常常一干就是十多个小时。有人统计过，林木坤和他的班员，在这 4 年时间里等于干了 7 年的活。

4 年里，组织上曾三次安排他去疗养，然而为了赶进度，前两次疗养都被他放弃了。对组织的关心，林木坤说："我是一个班长，在工程的关键时刻，我不能离开岗位，把疗养指标让给其他同志吧。"

1985—1988 年，作为兵头将尾的林木坤，和工友们承担了精锑冶炼、电解铜生产线的设备安装调试等大部分工作，为冶化厂的早日投产立下汗马功劳。

在仲钨酸铵生产线的安装过程中，工程安装遇到了难题。双封头是离子交换柱所需要制作的配件。在时间紧，任务重的情况下，怎么办？

天无绝人之路。林木坤开动脑筋想办法，利用土办法制作模具，他采用地炉加热的方法，成功地制造出完全符合要求的双封头，满足了生产线的需要，使工程得以顺利进行。

林木坤解决了一个难题，又遇到新的难题。

工程中急需 150 个直径 50 毫米的无缝钢管衬胶直角弯头。由于弯管直径小，加上弯管半径小于直径的 4 倍，技术要求较高。厂里曾多方联系准备外协加工，都因加工难度大，没有一个单位愿意承接。

关键时刻，林木坤自告奋勇，主动承担了这一艰巨任务。

他设计出一台土弯管机，利用固定模限制弯管半径和管的直径，接下来采用杠杆原理，旋转外模，迫使管件弯曲变形，再往管内灌沙，采用炉火加热的办法一次成型，经过试验，最终做出了高标准、高质量的弯头。

当时，从外地请来的一位衬胶师傅看到这一幕，对厂领导说："如不是我亲眼所见，真不敢相信如此高质量的衬胶直角弯头竟出自这位普通维修工之手。不可思议，不可思议啊！"

精锑冶炼车间的工人劳动强度相当大，他们把上千度高温的锑融液，用人工一瓢瓢地舀到模具里。高温将人的皮肤烤裂，将人的嘴唇烤干。一个班下来，工作服可以拧出水来，第二天便沾满白茫茫的盐渍……

自动铸锭机是精锑冶炼的关键设备，预算价格为15万元。当时工厂没有这种设备，只能采用人工浇铸。

看见用人工舀制的锑锭经常出现不合格的产品，林木坤想，如果有一台自动铸锭机，既可以减轻工人繁重的劳动强度，又可以稳定地保证锑锭质量，那该多好啊！

由于该设备要求运转十分平稳，如果有一点轻微的晃动，就会导致产品出现重量不一、厚薄不一的质量问题。厂里委托外单位加工，一看链板条需要加工的地方公差范围只有0.05毫米，人家就摇头了。

关键时刻，林木坤挺身而出，他代表钳工班向厂里请战。

做铸锭机的请求，厂领导批准了。厂里即刻派了几位师傅到设计样机的单位参观学习。

要知道，在此之前，铸锭机是什么模样，林木坤没见过。

林木坤和他的同事们对着图纸，一边讨论，一边在笔记本上记录重点事项。遇到不懂的地方就请教工程技术人员和老师傅。回到厂里，大家热火朝天地干开了。

制作铸锭机最关键的部位是链板条的制作，链板在热胀冷缩的情况下，要保证模具平稳，是一个高难度的技术问题。这也是林木坤和他的同事们在制作时遇到的最大"拦路虎"。

功夫不负有心人。林木坤在查找了大量资料后，终于做出了可行的方案。经过几个月的连续奋战，自动铸锭机研制成功了。

铸锭机在试机的过程中，经检测各项技术指标符合设计要求，并得到了有关部门的认可。当时，湖南湘西金矿的样机设计者也在现场，他举起大拇指连声称赞："真了不起，超出了样机水平。"

这是对林木坤的赞扬，也是对技术创新的肯定。由于铸锭机是自行制作创新，林木坤为厂里节约了7万多元的费用。

1988年12月，2号30千瓦风机基础断裂，影响了生产。按照常规，应该重新建基础，但需要停产半个月。眼看全年生产任务就要泡汤了。最为要命的是，与外贸部门签订的合同如果无法按时交货，不仅要赔违约金，还会影响工厂的信誉。一时间，分厂领导急得如同热锅上的蚂蚁，他们将目光投向了林木坤。

林木坤在察看现场后，提出用钢板联结螺栓，并加以胶垫防震，这个大胆方法，得到了技术部门领导的认可。就这样，林木坤用 18 个小时便快速、成功地处理了故障，为锑冶炼厂全年生产任务的完成，做出了重要的贡献。

1988 年，林木坤以优异的成绩考上了技师，成为矿山第一批机械技师。由他带领的钳工班，连续 4 年被评为矿"双文明标兵"班组。

汗水浇灌，春华秋实。

林木坤被多次评为"优秀共产党员"和矿双文明标兵，1985 年、1989 年，被评为省冶金系统先进个人。

一个普普通通的共产党员，在矿山发展的天空中，画出了人生最美的弧线……

第六章　在新世纪的阳光下

岁月如歌江河行地，
千年铜都再奏凯歌。

——题记

2003 年关键词：誓与天公试比高

勇立潮头，创业的传说在宝山诞生辉煌；
救灾复产，挺起的脊梁在宝山屹立不倒！

时光荏苒，进入新世纪，宝山人不会忘记 2003 年春节期间冰雪灾害给矿山带来的巨大损失。

2003 年大年三十，特大冰雪直袭大宝山。面对罕见的冰雪天气，全矿上下把抗击冰冻灾害天气作为压倒一切的首要任务。

宝山人全矿出击，众志成城，浴"雪"奋战，打响了一场破冰除雪保家园的气势磅礴的攻坚战，奏响了一曲宝山人齐心协力抗冰灾的浩然壮歌。

暴风雪是考验，是锤炼，它让大宝山精神充分彰显出来，并再次升华、转化为矿山建设发展的强大驱动力。

大雪压青松，青松挺且直；
要知松高洁，待到雪化时。

风雪中，党员干部和职工手挽手，肩并肩，心连心，用真情和锲而不舍的毅力构筑起了一道推不倒、摧不垮的钢铁长城。他们可歌可泣的壮举，永远铭刻在宝山的丰碑上……

2015 年关键词：华丽转身

2018 年 4 月 27 日，是一个春光明媚的天气。我们一行沿着蜿蜒的山路来到大宝山矿，只见数十台卡车穿行在采矿场，机器轰鸣声不绝于耳，处处呈现出一派繁忙的景象。

2015 年 1 月 8 日，一个迈着刚健有力步伐的中年人走进了宝山人的视线，他便是大宝山矿的董事长、党委书记的吴泽林。面对他的到来，矿里的干部、工人揣摩着：这个理着小平头、身材魁梧的掌舵者会给这个有着近 50 年矿山开采史的大型国企带来什么变化呢？

吴泽林走马上任的第一件事情就是召开党委会，听取生产部门对大宝山矿的情况汇报：

一是生产亏损，区域环境污染严重，矿山濒临停产，省环保厅亮出红牌；

二是设备陈旧老化，矿井超期服役，职工的收入普遍有所下滑；

三是铁矿石资源濒临枯竭……

听完汇报后，吴泽林感觉形势严峻。

他推开门，透过玻璃窗，眺望远方。

几台残旧的大型挖掘机在喘着粗气，选矿厂的烟囱冒出浓浓的黑烟。

此时此刻的大宝山矿，正面临着一次艰难的"转身"。

如果不迅速改变这种状况，企业随时都会面临停产。

他烦闷而愁眉不展。

夜深人静时，吴泽林打开手机，一首《多情的土地》听得他心潮澎湃。他在细细地品味每一句颇含意韵的歌词：

> 我深深地爱着你
> 这片多情的土地
> 我踏过的路径上
> 阵阵花香鸟语
> 我耕耘过的田野上

一层层金黄翠绿

我怎能离开这河汉山脊……

是的，他没有理由离开大宝山。硬汉的品格是迎接挑战。

目睹矿山如今的状况，他要挺起腰杆迎接严峻的挑战。

吴泽林明白自己肩上的责任，他被广东省广晟资产经营有限公司委以重任，就意味着披荆斩棘，迎难而上……

他所要做的，不仅仅是让大宝山矿摆脱困境，还要重构矿山的生产秩序，让企业奔跑起来！

一股燃烧于心的使命感在吴泽林心中蕴成拍岸的春潮……

时间一晃几年过去了。通过对遗留问题的治理，安全环境的综合治理，李屋外排水处理扩建工程，铜、硫矿大开发，吴泽林用咬定青山不放松的定力，把企业带到了一个"柳暗花明又一村"的新境界。矿山一改往日的步履蹒跚，伴着雄壮的乐曲开始华丽转身……

这几年，吴泽林拿出"壮士断腕"的勇气，通过技术开发，增加科技含量和产品转型升级，走绿色矿山安全环保发展之路，为大宝山矿安装上了大马力的推进器……

现在让我们看看吴泽林打出的一系列令人耳目一新的"组合拳"吧。

组合拳之一：安全环保双管齐下

大宝山，名如其名，满身是宝。

从 20 世纪 80 年代中期开始，除了正规合法的国营开采外，无序民采、非法盗采等掠夺式、破坏性的开采时有发生，使大宝山矿产资源得不到充分利用，区域环境变得食愈来愈恶劣：山体崩塌，污水横流，千疮百孔……

眺望矿区，旧貌变新颜，空气清新，换上绿色新装。源头上，打击了"民采"盗采，开展了土壤修复；阻断了入库雨水，止住了废水外排；末端治理上，处理了外排废水……这一系列精细化措施，扼住了重金属源头污染的咽喉，使大宝山区域走上了绿色、协调、可持续发展的康庄大道。

在吴泽林的办公室，我看到墙上赫然醒目地悬挂着一幅"励志创新、行胜于言"的篆体书法作品。笔墨中流淌着曲径通幽的意蕴，也饱含着"踏石有声，抓铁有痕"的坚毅无畏。

凝视这幅书法作品，一位企业家的战略目光与海纳百川的博大胸怀从字里行间幻化出一个直观的画面：坚实的肩膀，饱满的前额，宽阔的脸庞，言谈举止中透出平和雅气；斯文的外表里透出男性的阳刚大气。在与我交谈中，他举重若轻地把企业文化与经济发展战略于谈吐间融会贯通和盘托出。

吴泽林说："一家企业的发展史就是一部沉甸甸的文化史。韶关要振兴，目前还处于艰苦创业的阶段。我们要形成后发的优势，除了经济上的短板以外，形成特有的工矿精神与工矿文化，这也是独具慧眼、振兴韶关经济的大举措。我认为，企业文化的好坏跟一个企业的兴衰是紧密相连的。"

吴泽林又说，整理挖掘韶关的工矿文化、工矿精神，对促进韶关的经济发展将会起到十分重要的作用。韶关是欠发达地区，资金投入比起珠三角地区严重不足。就拿大宝山来说，20世纪60至80年代，是大宝山辉煌创业的阶段。这一时期，也成就了大宝山矿独特的企业文化。后来，由于不重视企业文化的建设，不重视弘扬企业精神，导致企业逐步走下坡路。

风险与利益并存，压力与挑战同在。

转型升级说起来容易，而实施过程相当艰难，大宝山矿又该如何实行转型升级呢？

以吴泽林为首的大宝山矿领导班子冷静分析了矿山的现状后认为，大宝山矿长期以来以铁矿石生产为主，经过几十年开采后，资源面临枯竭，其开采最多只能维持3年左右，而且铁矿价格这些年呈断崖式下跌，这使得大宝山矿不仅难以摆脱亏损的困境，甚至发展前景堪忧。

老路子不能再走。

而新路子又在哪里？

困境中，大宝山人终于看到了天边露出来的绚丽曙光……

事实上，大宝山是一座特大型多金属矿山，目前已经探明的铜、铜硫、钨、钼等矿资源储量十分丰富，仅铜硫矿就可开采20年以上，且经过这么多年的开采运营，铜硫矿已经具备了规模开采的条件。

丰富的矿产资源为大宝山实现转型发展创造了极为有利的客观条件。

也是大宝山矿再创辉煌的唯一出路。

企业转型升级，不仅要解决"钱"途问题，还要解决环保问题，并且只有环保问题真正解决了，"钱"途才有保障，发展才有可持续性。

有人担心，企业要转型升级，环保再成难题，则无法向世人交代。

矿领导班子认为，如果前怕狼后怕虎，再不抓住机遇，企业就有可能走向夕阳之路……

"沧海横流安足虑，鲲鹏击浪从兹始。"

决策定下来后，大宝山矿着手开展矿区及周边地区环境污染治理，先后投入近9亿元进行区域环境整治，短短几年时间便完成了矿区范围内11项环保整治工程。

五大环保项目的大手笔投入，技术开发的启动，转型升级的递进，矿领导班子义无反顾地坚定了"青山绿水就是金山银山"的理念，走绿色发展之路，使环保治理见成效，转型升级天地宽。

一棋走对，全盘皆活。

组合拳之二：直击臃肿机构

在人们关注的目光中，大宝山精简机构的路该如何走？

大家将所有目光都聚焦在公司掌舵人吴泽林身上。

在机构精简的会议上，吴泽林振聋发聩的声音仍在耳畔：在一个越来越充满竞争的世界里，一个企业要想长久地生存下去，就必须保持自己长久的竞争力。企业竞争力的来源在于用最小的成本换取最高效的效率。说白了，就是要求企业必须要做到用最少的人做最多的事。

内部改革需要勇气，更需要智慧。

怎么精简？

从何入手？

在机构精简会议上，吴泽林与公司领导班子一致认为，只有机构精简，人员精干，企业才能保持长久的活力，才能在激烈的竞争中立于不败之地。

精简机构，就是要压缩机构编制，解决机构臃肿、人浮于事、工作效率和劳动生产率低下的问题。

这既是搞活大中型企业的重点，也是难点。

事实证明，不少国有企业经过深化改革，精简机构，减少冗员，已逐步摆脱了困境。

在大宝山矿发展方向确定、环保问题得到有效解决后，要拿下的另一个"拦路虎"，便是建立与现代企业相适应的体制机制。

与其他老国企一样，大宝山矿也不同程度地存在着旧体制束缚、富余人员较多、缺少活力等制约企业发展的难题。

机构改革，势在必行。

锁定目标，气纳丹田。

为此，大宝山矿又打出了一套刚健有力、精准到位的组合拳：对企业劳动人事制度进行了大刀阔斧的改革。

——盘活人力资源，精简机构。

把机构从 30 个减少到 18 个，人员从 1 900 人减少到 1 200 多人，劳务用工从 700 多人减到 300 多人。全公司共有 10 多名中层以上领导干部实行内退。

概括地说，就是改革分配制度，优化分配理念，做到精准发力，妙到毫巅。

分配上向高科技含量、任务繁重、条件艰苦、生产一线倾斜，向对企业效率、效益提升贡献大的岗位倾斜。

实施人才战略。不拘一格降人才，大胆引进人才，大胆使用人才。同时，加大人才交流的力度。

近两年来，大宝山矿中层正职干部 90% 实行了轮岗，根据各人的专长、能力、实践经验，交流到合适的岗位上去。基本做到留者安心，去者满意，进一步盘活了内部人才优势。

吴泽林说："通过打破官僚式的分配体制和体系，为企业瘦身健体，提质增效；通过选出大宝山矿最优秀的人才，并给他们提供展示自己才华的大舞台，有效强化了队伍建设，使企业的整体精神面貌焕然一新，激发了大家的工作激情。"

大宝山一位业余诗人写了一首顺口溜：

> 转型升级铺金道，
> 环保安全并驾行。
> 内部改革添活力，
> 千年铜都美名扬。

创业激情与守业智性

旌旗猎猎，号角声声。

党的十九大胜利召开后，大宝山矿党委紧跟新时代步伐，将党建放在与生产经营同等地位抓紧抓好，制定出"改革创新、强党强企"的党建新思路，将习近平新时代中国特色社会主义新思想、新理念、新论断融入生产经营和改革发展当中。

大宝山矿党委为打造一支务实担当、清正廉洁、敢于攻坚克难的队伍，打造党建新品牌，决心让党员先锋模范作用和支部战斗堡垒这面旗帜永远飘扬！

转型升级，指日可待。

宝山宏图，百年绘就。

热血，奔涌着宝山人的创业激情；

热血，沸腾着宝山人的守业智性。

是啊，大宝山人一幕幕创业故事似海涛涌动地激荡着我们的心房；每一个采场、每一口矿井都留下了老一辈创业者的闪光足迹，铭记了他们不朽的功勋……

让历史书写过去——

大宝山在峥嵘岁月里，有过创业的艰难，有过可歌可泣的诗篇。

大宝山矿领导根据企业实际，与时俱进地制定了"四新"发展战略，即"以实干求进步，以业绩论是非，以创新谋发展，以实力树形象"的新理念；整体管控自主经营和市场外包，以及实现产权多元化、资产证券化、治理规范化的"一体两翼三化"新机制；"精耕细作、转型发展"新方针；利润超1亿元、重大安全环保事故为零的新目标。

"四新"发展战略为大宝山矿确立了新坐标，描绘了新蓝图。

新的起点，新的征程。

走绿色矿山发展之路，全国最大的重金属污水处理厂拔地而起；转型升级，华南地区工艺最先进、规模最大的铜硫选厂建成投产。

2015年至2017年的转型升级，使大宝山浴火重生、凤凰涅槃，实现了华丽转身。2017年公司净利润达到7 000万元，更是一举刷新了大宝山建矿50年来的新高！

让历史书写未来——

从2018年至2020年，力争把大宝山建成全国同类矿山企业中绿色矿山的典范。

瞧！一部新的历史篇章开始谱写了。

大宝山人以华丽的转身，在粤北大地上延续"千年铜都"的神韵，伴随着青水河的阵阵涛声，一路高歌猛进……

第二编　"十里钢城"的火红年代

松山麓之春，细雨霏霏。紫荆树连绵的柔绿，像一首朦胧的抒情诗。而那挺立于骄阳中的支架，耸入云霄的高炉，巍然屹立的庞大塔体，如同一张矗立在大地上的五弦琴。

远望高炉，金色的铁水奔流，钢花怒放，映红了演奏者——韶钢人一张张坚毅而又自信的古铜色脸庞，他们正潜心演奏着一支响遏行云的命运交响乐……

如果说，50 多年前，历史选择了这片神奇的土地，韶钢人在梅花河畔成功地炼出第一炉钢水的话，那么，进入 21 世纪的今天，这里已经崛起了一座现代化的十里钢城。

让我们回首韶钢 50 多年来走过的峥嵘岁月……

第一章　沉重的起飞

韶关钢铁厂是一座屹立于粤北境内的大型钢铁企业。自 1966 年开始重建，到旭日东升的新世纪，已经走过了 50 多年的艰苦历程。可以说，韶钢的历史是一部曲折发展的奋斗史、实干史、卓越史。

韶钢的前身要追溯到原韶关钢铁公司、广州市夏茅钢铁厂。韶钢是原广州市夏茅钢铁厂拆迁到 1961 年停建的原韶关钢铁公司旧址上重建的一座钢铁企业。

根据广东省委指示，省计委基建局长谢均到广州市夏茅钢铁厂找副厂长赵乃仁谈话，提出了省委决定在粤北重建钢铁厂的设想。

随后，省计委发了文件，根据文件要求组成了勘查组，由赵乃仁带领葛弘毅、梁延龄、林正华、许兴隆等 5 人前往韶关市，在中共韶关地委的支持下，反复对可供选作厂址的马坝（原韶关钢铁公司旧址）、坪石、乐昌等进行了实地踏勘。

勘查组认为，马坝距离韶关市最近，有城市基础可供利用，运输、资源和能源条件较好，况且马坝是原韶钢的旧址，有现成的基础可供利用。

第二部 钢铁进行曲

1966 年 2 月 19 日，机遇不期而至。广东省人民政府向省计委、省纪委、省燃料厅、省有色金属管理局、广州市夏茅钢铁厂发出了《关于建设韶关钢铁厂有关问题的通知》。

广州市夏茅钢铁厂地处广州市北郊石井镇夏茅村，是 1958 年在全民大办钢铁的群众运动中，由中国人民解放军广州军区所属部队抽调部分指战员组建起来的一家军工企业。不到 3 个月时间，夏茅钢铁厂的主要设备和人员全部迁到韶关。

然而，当40多吨重的天车和电炉炉体从夏钢拆迁到韶钢工地时，这里仅有的一台 5 吨吊机，人们眼瞅这堆庞然大物，只能望而生畏。这时，从老韶钢留下来的老工人、吊装班长李昌福站了出来，带领起重班，发扬人拉肩扛的精神，用木头垫，用钢丝绳拉，硬是凭着双手把天车和炉体从火车上卸下来，拖到施工现场安装就位。

万事俱备，韶关钢铁厂掀开了新的历史篇章。

1966 年 5 月，韶关钢铁厂基建指挥部正式成立，立即对韶钢建设进行了总体部署，决定组织三大战役。

第一战役，打好"七一"铁路通车、八月电炉出钢的"歼灭战"；

第二战役，打好轧钢车间在建工程和设备安装的"歼灭战"；

第三战役，打好锻钢车间和高炉主体安装工程的"歼灭战"。

韶钢建设根据当时的实际情况，采取了"边设计、边施工、边生产"和"先生产后生活"的方针，韶钢工地没有宿舍，没有自来水，更没有先进的施工设备，建设韶钢的干部、工人和工程技术人员不畏艰险，不怕困难，他们睡窝棚、喝沟水，不计报酬，连续作战，为早日建成韶钢，洒下了辛勤的汗水。

5 月 8 日，一个注定要打动创业者心扉的日子，韶钢人书写了创业史的第一页！

电炉车间破土动工，经过 105 个日日夜夜的艰苦奋战，于 8 月 22 日建成投产，并成功地炼出了第一炉钢水。

首战告捷韶钢人，为新韶钢的诞生而欢欣鼓舞。

韶钢在特殊的历史时期，始终没有停止过生产，而是在曲折、艰难的道路上缓慢前行……

1976 年 10 月，韶钢和全国一样进入了一个新的历史发展时期。

1977 年，在开展学大庆群众运动中，韶钢党委认识到加强企业管理的重要性，1978 年开始酝酿如何加强工厂的企业管理，并从 1975 年的整顿中学到了经验，着手在全厂进行恢复整顿。

1978 年 10 月，650 车间、2.9 万平方米中料场建成投产。

1979 年 3 月，大山塘矿开始建设。同年 10 月，烧结车间 1 号烧结机建成。

党的十一届三中全会以后，韶钢真正实现了工作重心的转移，生产形势开始好转。1979 年 4 月，中央工作会议提出了对整个国民经济实行"调整、改革、整顿、提高"的方针，随后又提出了对企业实行"关、停、并、转"的政策，韶钢经过前几年的发展，生产虽有长进，但变化不大，长期处于亏损的状态，使韶钢在国民经济进行调整的新形势下处于十分艰难的境地。

面对新形势发展，厂领导依靠党的政策，从本厂实际出发，发动全厂职工开展"韶钢如何求生存、求发展"的热烈讨论，在集思广益的基础上，果断地做出了两项重大决策：

一是旗帜鲜明地向全厂职工和党员提出扭亏为盈是韶钢当前一切工作的中心；

二是在生产建设上，从以外延发展转向以内涵发展为主，依靠内部挖潜筹集资金，完成配套、收尾和改选任务扩大再生产。

这一方案上报以后，受到了广东省委高度重视，刘田夫、王全国、李建安等省领导，听取了韶钢的汇报，组织有关部门做了反复研究，于 1980 年 9 月，省计委、省纪委、省财政厅联合发出《关于韶关钢铁厂实行生产计划和亏损定额包干的通知》，决定从 1980 年起，韶钢实行生产和亏损两包干，4 年不变。

这一包干政策的贯彻实施，打破了长期"吃大锅饭"的局面，为韶钢搞活经济，发展生产，扭亏为盈，提高经济效益，改善职工物质生活和精神生活创造了条件，大大激发了广大职工的生产积极性。

也就是这一包干方案，成了韶钢崛起的历史转折点。

于是，广东钢铁业的鲲鹏大鸟开始了艰难而又沉重的起飞……

谈到韶钢 20 世纪八九十年代的发展，韶钢一位负责人说，80 年代初的 1980 年到 1983 年，韶钢作为广东省"厂长责任制"的第一批试点企业，第一年就赚了 9 000 多万，第二年赚了 7 000 多万。韶钢把赚到的钱用到企业的发展上。第二轮韶钢与省里签订的承包合同是 1984 年至 1990 年。省政府对韶钢实行第三轮承包经营是 1993 年至 1995 年。通过三轮的承包经营，韶钢的变化可谓翻天覆地。

如果说以交响曲组成了韶钢的雄壮的乐章，那么以大风歌、颂阳歌、创业歌交织成唱入云霄的凯歌，却是乐章的重要元素和铿锵音符……

让我们看看韶钢的变化——

1980—1983 年，韶钢自筹资金完成一期工程的收尾配套项目，形成了综合配套生产能力，1983 年钢产量达到 22 万吨；实行承包经营的第二年，就摘掉了亏损帽子，实现利润 114 万元。

1984—1990 年，韶钢自筹资金近 4 亿元，进行配套改造，提高了技术装备水平，迅速形成综合生产能力。1986 年至 1990 年建成的主要项目有：两座 15 吨电炉、1 号高炉大修扩容改造等。1990 年产钢量突破 50 万吨。

1991—1995 年，广东省政府批准韶钢与粤海企业（集团）有限公司合资经营韶钢有限公司。韶钢嫁接外资进行老系统 65 万吨钢工程改造，提高了技术装备水平和综合生产能力。

由此，韶钢一跃成为具有年生产能力 100 万吨的大型钢铁联合企业、国家二级企业、中国 500 家最大企业之一。

事实证明，韶钢从 1980 年起，开始摆脱生产经营亏损的被动局面，逐步走上稳步发展的轨道。众多的生产车间从冶炼到轧材，集中在曲江县马坝地区演山和小岗山之间的狭长地带，纵深十里，成了粤北大地的"十里钢城"，生产经营呈现出前所未有的繁荣兴旺的景象……

第二章　不变的初心

炎热的夏天，为了采访韶钢的历史见证人，我走进了韶钢新闻中心的小楼里。当新闻中心邓主任知道我的来意后，从图书室拿出了两本《韶钢人》2006 年合订本，他说，你要找的资料都在这里。

是的，我要找的是"40 位韶钢人的故事"。

十多年过去，这组文章仍让人们记住韶钢曾经发生过的历史片断……

房国章：我们是这样干过来的

房国章，1945 年参加革命，曾任东北骑兵纵队警卫员、班长、步兵学校学员、排长、连长、四级参谋，1959 年到广州夏茅钢厂；1966 年 8 月到韶钢，曾任韶钢基建指挥部领导小组副组长、基建主任、韶钢党委常委、副厂长、韶钢调研员、产业开发办主任；1992 年离休。

房老年过八旬，看上去鹤发童颜，精神矍铄。他 1966 年从广州夏茅钢厂来到韶钢，就开始参与韶钢的发展建设，1992 年离休，离休后一直生活在韶钢，可以说，他见证了韶钢的昨天和今天。

问：房老，您 1966 年来到韶钢，还记得刚到韶钢时的情景吗？

答：当时到处破破烂烂，根本没有什么东西，到处杂草丛生，还有稻田。1958 年"大跃进"，大炼钢铁，那个时候中央决定在韶关建设一个年产有相当规模的钢铁企业，就是韶关钢铁公司。以后，由于钢铁企业自身和国家政策等原因，就把它停建下马了。

问：那你来到韶钢主要负责什么工作？

答：当时组织机构没有分得那么细，成立了一个基建指挥部。我在调度室，那时没有生产，就是搞建设，我来的时候，韶钢就投入小电炉的建设。

问：也就是说你一来到韶钢放下背包，就投身小电炉建设。

答：对，来了以后，就不要提什么住的了，啥也没有。我们住在三村，上下班都走路，以后为了工作住近一点，就住草棚，那个时候没有怨言，白天黑夜都扑在小电炉的工地里。

问：请详细谈谈。

答：韶钢从 1966 年 2 月开始建设小电炉，是韶钢建设的第一项重点工程。经过 105 个日日夜夜的连续奋战，小电炉在 1966 年 8 月 22 日炼出了韶钢第一炉钢水，后来被定为厂庆日。

问：小电炉一度投产，生产状况正常吗？

答：不正常，设备是七凑八凑凑起来的，也没有什么技术力量，水呀、电呀，不是停这，就是停那。又没钱，没人才。

问：韶钢的生产经营从什么时候开始走向正轨，有较大的转机呢？

答：1979 年省里给韶钢亏损包干政策，叫 9987，四年，允许你第一年亏 900 万元，第二年亏损 900 万元，第三年亏损 800 万元，到第四年是 700 万元，到 700 万元时，都换届了，韶钢也开始逐步好转了。给了韶钢政策以后，怎么办？对韶钢也是有一定压力的，你要少亏，那好办呀，亏过头，怎么办呀？

问：既然有了宽松的政策，做事的干劲是不是更足了，当时建设了哪些项目？

答：当时是上了几个项目，但是，由于设备制造太粗糙，生产出来的产品质量过不了关，市场上根本没法销售。首先一个中板，生产还马马虎虎，那个薄板完全是废品，轧出来的产品像干面似的，皱皱巴巴的，尽是波浪纹，谁要呀？后来，听说省里有一套线材设备，轧 6.5 毫米、8 毫米的线材。

问：后来呢？

答：当时，书记是任荣，厂长是商广祥，我是管生产的，党委决定，拆掉原薄板车间设备，三个月把线材车间建成。任荣问我："房老，有没有把握在 3 个月内把厂子搞好？"我说："努力吧，可以保证！"

问：这 3 个月你们是怎样干的？

答：我们利用薄板车间原有的厂房，把旧设备拆除，把新设备安装进去。说得简单，可困难大啊。我们一边改一边施工，组织了 40 来个人在现场不分昼夜地干，日夜加班也没有加班费，顶多晚上喝一点稀饭。虽然条件很艰苦，但大家都没有怨言，都是一心一意干工作。就这样，三个月都不到，硬是把它拿了下来。我整天都在工地里，施工、材料、人员、安全什么事都要管，其中有两个月都没有回过家。线材工程按期投产，下半年就赚了 300 多万元，救了韶钢的命。

问：过去的韶钢条件很差，但几万名建设者呕心沥血，艰苦奋斗，发展生产，能够生存下来很不容易，你们老一代韶钢人为企业付出了不少，像你吧，把自己的大半生都献给韶钢了。

答：是的，我对韶钢确实有感情，一个人能活 80 岁左右的话，在韶钢 40 年，一半的时间在韶钢就这么过去了，从第一个到以后一个一个的项目，我都是在前线指挥部组织大家搞起来的，真是有感情，舍不得离开韶钢。

问：是呀，那个时候，你经历了那么艰苦的条件，韶钢经过建设者们艰辛的建设，能够有现在的规模，你是怎样看现在的韶钢的？

答：天上和地上之分。那个时候，没有钱，没有技术人才，没有先进设备，管理又落后，炼点钢又跑了、冒了，都弄渣厂去了，生产出来的东西都过不了关。现在的韶钢是大不相同了，韶钢从我们下来以后，一届一届的领导都是很有头脑的。我说呢，韶钢这些年办了很多好事，而且对钢铁行业起伏认识超前。现在的管理更加现代化。原来大家都啃那几吨钢，现在真正在岗的就一万多人，人员减少了，效益提高了。现在抓节能降耗从自身抓起，我认为抓得很对，应该这样抓，国家都提出建立节约型社会，更何况现在国际上矿石资源的价格不断升高，在这种情况下，我认为韶钢抓的路子是对的。

葛弘毅：我见证了韶钢的上马和发展

葛弘毅，1939年出生，祖籍浙江宁波，1961年上海交大钢铁冶金专业毕业，分配到广州冶金设计院，后调到广州夏茅钢铁厂。1965年进入韶钢，先后在基建指挥部、建设公司、转炉车间任职。1981年任韶关钢铁厂副厂长，1983年调省冶金总公司任职。

问：葛厂长，请你谈谈当时韶钢建厂的选址情况吧。

答：1965年9月，广东省委决定建设"粤北小钢铁厂"，组织了"五人勘察小组"进行勘察选址工作，我参与了这项工作。当时建设的动机是"备战、备荒、为人民"。国家搞大三线建设（如攀钢、酒钢等），各省也仿照搞了"小三线"建设。"粤北小钢铁厂"就是省里的"小三线"建设项目。当时"小三线"建厂选址要"越快越好，越山越好，越交通不便越好"，要让"敌人找不到，自己人也很难找到"。实际上当时省委已在乐昌坪石铁路沿线及南岭煤矿站附近定了火烧烤坪、关溪、狗牙洞、包公庙四个点，只是让我们去挑选一个。

问：特殊环境的做法。

答：当时我们很矛盾，省里定的厂址一个没有选上，那时定的原则是"备战"，要求越隐蔽越好，结果我们选的地方最不隐蔽，这里靠近京广线和国道，地域开阔。

问：那为什么还要选这个地方呢？

答：因为这里水、电、交通条件好，附近有城镇、部队，建厂条件好。

问：那怎么上报呢？

答：现在回想起来，我们的勘察小组组长赵乃仁是个好领导，虽然技术问题他不懂，但非常民主，他听取了大家的意见后，到省里作了汇报。当时省里没有立即推翻勘察小组的意见，但还是想坚持原来的意见，并且让包头设计院的先遣组又去勘察了一趟。结果包头设计院还是赞同"五人勘察小组"的意见，最后省里才决定选址马坝附近（现韶钢）。

问：当时省里对韶钢的生产规模、建厂目标等有什么规定？

答：最早的决定，一是生产规模"4、4、3"，即年产钢4万吨，铁4万吨，材3万吨；二是基本搬迁广州夏茅钢厂；三是1966年要出钢；四是确立了让韶钢困惑了十多年的"先生产后生活"的建厂方针。

问：韶钢自 1966 年投产至 1979 年的 14 年间，建了一个韶钢，亏了一个韶钢，那韶钢从什么时候开始盈利？

答：韶钢真正开始盈利是在 1980 年。

问：能摘掉亏损帽子靠的是什么？

答：概括地说，一靠政策，二靠职工队伍。党的十一届三中全会后以经济建设为中心，企业、职工的生产积极性被调动起来，企业通过省里补贴，加上自筹资金，进行生产和技术改造，加强企业管理，提高了劳动生产率，通过全体职工共同努力，实现了扭亏为盈。

问：这些年韶钢实施了哪些重大改革？

答：一是建立和完善企业管理制度，把每一位职工与企业生产经营有关的行为用规章制度规范起来。这些工作很烦琐，我们搞了三四年时间，不断制订、修改、完善企业的各项规章制度。二是推行经济责任制。党的十二届三中全会提出要让社会每个人付出的劳动与其经济地位、政治地位相适应，而不是以前那样"做多做少一个样""做得多错得多"，应该让做得好的人有好处。当时，韶钢的经济责任制处于起步阶段。厂里对车间，车间对工段，工段对班组，按照经济责任制打分，分高的就资金多，得表扬，评劳模，而且每年不断调整经济责任制目标。三是建立企业自我发展体制。以前企业要搞什么规模，都是上级定的。企业一定要有自我发展的愿望和机制。有句话叫"糊涂的领导带出糊涂的兵"，上级不叫你发展，你就不发展，等到要发展时，又错过了时机。所以我们自己搞规划、设计，提出企业发展计划，不断上报省里，去争取审批通过。我这个理念是从我们的老书记任荣那里得到启发的，他说过，钢铁厂的改造是一辈子都停不了的，你进了韶钢就别想闲着。我们没有停，实际上韶钢现在也没停，今天都发展到这么大了。

问：葛厂长说得有道理。

答：用制度管人管事，实行经济责任制这两方面是企业管理的根本之根本，任何企业把它做好了，再怎么向上发展都不怕，实际上韶钢现在继续在搞，也很重视，我看了很高兴。

问：您离开韶钢后，有没有回来看看？

答：经常回来看。韶钢的变化很大。

问：看到韶钢的变化后有什么感受？

答：今天的韶钢，就是我们曾经规划过，曾经梦想过，曾经憧憬过的新韶钢，看到它，我感到非常高兴。

冼业宏：第一炉钢出自我的手

冼业宏，1959 年从部队退伍后，进入广州夏茅钢厂当炼钢工，后成为公认的炼钢好手。1966 年 6 月，他随着夏茅钢厂搬迁来到韶钢，任 1 号电炉甲班班长。1989 年 8 月从电炉岗位上退休。

问：冼师傅，请讲讲当年出钢的情景吧？

答：那天出钢前，班长指挥炉前工站好队，然后车间领导说了几句话，交代注意安全，就开炉冶炼。当天 2 号炉甲班凌晨 4 点左右开始装料，乙班接班后继续炼钢。开始冶炼并不顺利，电极老是烧断，先后断了 12 条。这时，工段长把我从别处拉了过去，组织炉前操作。

问：为什么工段长会来找你呢？

答：可能是我以前炼过钢吧。我当时在 1 号炉干活，中午我都准备去吃饭了，因为 2 号炉出不了钢，工段长走过 1 号炉来拉我过去炼钢。我当时很不想过去，因为我没有什么文化，那边有工程师、技术员，又有另一个班的人，我怕别人说我："就你会呀？"既然工段长叫我去，我说："那就要听我指挥，不然就算了。"工段长说："好，大家听他指挥。"

我虽然没有什么文化，但是记性好，在夏茅钢厂参加过炼钢培训，在上海也学习了半年，别人怎样炼钢，我都记住了。过来 2 号炉，我对工段长说："工长，我大老粗讲的话你听不听？电极的接头上有水，一通电就会烧断，要先把电极烘烤干，再来通电。"大家照我说的做了，果然情况好转。我看到钢水温度太高，叫电工换四级电压（最低一级），钢水温度降下来了。我又指挥："扒渣！"渣扒干净后，钢中磷有 48 个（0.048%），超过要求的 45 个（0.045%），我说："拉半车氧化铁皮来，再加入石灰。"过了几分钟，"吹氧"果然，磷含量降到了 20 个（0.02%）。这时，我就说："出钢了！"工段长还有点怀疑："可以出钢了？"我说："可以出钢！"就这样，这一炉钢炼出来了。现场的工程师称赞我："看不出来，这家伙真有一套。别人都不敢送电，不敢操作，还是他行！"

问：炼出了钢，你们很高兴吧？

答：出了钢大家都很高兴。那天车间、工段领导把炉前各个班的工人都调到现场，现场人很多。我肚子早就饿了，炼完这炉钢我就去吃饭了，一餐我就吃了一斤米饭。

问：现在小电炉的生产条件，与创业初期对比，有了很大变化吧？

答：现在炼钢舒服多了，没有什么体力活。以前装料没有大斗，只能一块块料搬上铲，两个人扶住大铲推入炉，等料熔化完后再装一次，一炉料要装三四次。装完料马上又要检查下一铲料，忙得吃饭时间都顾不上。3个多小时才炼到一炉钢，一天就炼四五炉钢20多吨，那时的口号是"用汗水来换钢水"。

沈勋：创业·奉献·无悔

沈勋，高级工程师，1941年3月出生，北京人，1965年毕业于北京钢铁学院冶金炉热工专业，中共党员。曾任韶钢规划设计处副处长、能源处副处长、计划部副部长等职，在韶钢冶金热工、工业炉窑的设计、施工、现场管理等方面卓有建树。2001年3月退休。

问：沈老，您是哪一年来到韶钢的？

答：我1965年毕业后就被分配到夏茅钢铁厂。当时广东省委规定大学生要参加一年的"四清"运动。一年后，也就是1966年，广东省委、省政府发文建设韶钢，成立韶钢基建指挥部，而且决定夏茅钢厂整体搬迁到韶钢。所以，1966年七八月份我就来到了韶钢。

问：你在北京长大，五年大学后，为何选择来到广东？

答：国家分配啊，五六十年代国家统一分配，那时学生心里想的就是绝对服从国家分配。当时老师说，广东的钢铁工业是很薄弱的，需要建设人才。

问：当时韶钢的情景是怎样的，你记得吗？

答：当时韶钢荒芜，没有什么建筑，就大坑塘有四栋房子，那是空军后勤部留下的仓库，我们叫它老四栋。基建指挥部成立后，人员进来后就陆续建房子了，我到韶钢时，韶钢的第一个生产厂电炉车间正在施工。作为设计人员，我住在一村，与包头设计院工程技术人员一起住。吃饭要到三村，要翻越两条铁路，一日三餐，一年365天风雨无阻，天天如此。到工地也靠走路，那时很少通勤车，有时还赶不上趟。我1972年才买自行车，从北京托我姐夫买了托运过来，一是没钱，二是有钱也没指标买，物资紧缺啊，不仅我买，我还帮了几个人买。

问：你最早承担的设计是哪一项，记得吗？

答：第一个设计项目就是1967年2至4月锻钢车间的5.9平方米室式加热炉。

问：承担最大的设计是哪一项？

答：那是在1970年，我独立承担了中板车间90平方米连续式加热炉主体设计，是我独立承担的大工程之一。当时我们设计室给了我一个很好的机会，鼓励我做一次主体设计，该工程于1971年底顺利投产。以后我就独立承担了很多项大工程设计。线材车间的设计是1980年，近20个专业全是设计室自己承担，这是设计室承担的很完整的一个项目、一个代表作。我参加工地施工的第一个工程是一组焦炉，那是我在工地参加施工管理的，1968年10月开始施工，1969年七八月投产，那时都住在工地，领导、房老他们都住在工地，只要有事就得去现场解决。吃饭是食堂送，有时自己开灶，最典型的是"切粉炒牛肉"。

问：当时的具体情景给我们说说吧。

答：当时没有什么经验，技术资料缺乏，包头设计院给了我们很大支持。当时，搞设计工作不仅是个脑力劳动，也是个体力活儿。小图可以坐着画，大图就得站起来，趴在大图板上画。有时要连续10多天趴着画图，累得够呛。现在我到设计院看看，变化真大。所以我说非常羡慕你们，全部用上了电脑画图，效率又高，完全摆脱了繁重的体力劳动。总结一生工作，我简单概括为：一个行业（冶金）、一个企业（韶钢）、两个专业（热能工程、冶金能源）、四个岗位（设计、能源、计划、机动）。

问：您能谈谈家里的情况吗？

答：我一生最遗憾的事就是对母亲的去世感到内疚。母亲在北京生活了几十年，我到广东工作，她就住在北京的姐姐家里。1993年初，我把母亲接到韶钢，但因气候、水土不服，她患病去世了。我没想到她老人家走得那么快，想起来心里十分难过。

问：你后悔吗？

答：不后悔，回首这几十年可以用"创业、奉献、无悔"六个字来总结我所走过的路。

肖楚坚：我是韶钢培养的专家

肖楚坚，1950年出生，1970年进韶钢参加工作，1974年起从事设备管理工作（韶钢炼钢分厂维修车间计划调度），1976年3月至1979年3月在韶钢职工大学（原名韶钢"七·二一"工人大学）学习工业企业电气自动化专业，毕业时被任命为电气技术员到电炉车间（即后来的二钢厂）从事电气自动化工作，先后担任二钢厂设备股副股长、股长、副厂长，韶钢副总师办公室主任，工业电气自动化高级工程师。

问：请您回忆一下当年在"工大"的学习生活好吗？

答：我年轻时刚好碰上"文革"，高中毕业没能上大学，1970年进韶钢参加工作。1976年"文革"结束，当时上海机床厂办了所"七·二一"工人大学，毛主席专门作了批示，肯定了上海机床厂办大学提高职工文化素质的做法，于是全国有条件的工厂都兴起了办大学之风。在此背景下，韶钢于1976年3月创办了韶钢"七·二一"工人大学，设工业企业电气自动化和冶金机械两个专业，学制三年（脱产），毕业后学历为大专。当时两个班共有学生32人，教职员工11人。由于我工作以来一直好学肯干，因此被作为单位唯一的推荐对象参加了韶钢"七·二一"工人大学工业企业电气自动化专业学习。虽然当时学习、生活条件很艰苦，教室是平房，十分简陋，住的是教室附近几间茅草房，但我们非常珍惜这次继续学习的机会。

问：毕业后您又回到原单位，工作起来得心应手吧。

答：毕业时学校本来要我留校，但我迫切希望把所学知识应用到生产实践中去，所以我又回到了原电炉炼钢车间。在二钢，我作为全厂唯一的电气技术人员，负责了全厂的电气设备技术管理和技改技革工作，编写职工培训教材，给职工上专题课，提高全厂员工技术素质，培养了一批电气技术骨干。

问：您在二钢进行了多少项技术革新？

答：1993年4月29日，韶钢召开二钢技术改造会议，由我担任"二钢连铸工程"负责人。我全身心投入，1995年6月建成投产，8月12日正式投入生产。它的投产为韶钢向年产80万吨钢冲刺、节能降耗、提高效益提供了有利条件。1996年，因公司小型棒材连轧生产线建成，需要10米长钢坯，公司决定将二钢连铸生产由3米坯改为10米坯，改造工程由我负责。改造在保证连铸机正常生产情况下进行，我们攻克了技术难题，保质保量按时完成了任务。连铸生产能力上来后，为提高二钢产量，降低成本，实现4炉对1机全连铸生产，1996年至1998年，我们先后组织完成了4座炉的扩容改造迈上30万吨台阶。

问：随着科技的发展，小电炉的生产受到明显限制，在这种情况下，你们又是如何去寻求突破的？

答：我们始终把电炉发展放到集团公司发展的大局中去定位，经过认真思考，我们向公司建议实施电炉易地改造。1996年，我参加了副总师室、韶钢设计院等单位 7 名技术人员组成的韶钢大电炉考察小组，到国内大型 UHP 电弧炉炼钢厂和设计单位进行技术交流。1997 年 11 月 8 日至 12 月 10 日，我参加了集团公司总经理率领的 8 人小组前往西班牙、意大利、卢森堡、比利时、瑞士和美国，与多家外国公司开展询价、技术交流。经过详细的调研考察和技术交流，我们认为，根据韶钢实际情况，先上短流程生产线，采用世界先进技术，实现大型高功率电弧炉连续炼钢—炉外精炼—高效连铸—小型连轧"四位一体"的 90 年代国际先进冶金技术，是推进韶钢炼钢技术进步、提高产品质量、增强企业市场竞争的迫切要求。

问：在大电炉筹建过程中，你主要承担了什么工作？

答：作为大电炉筹备组的副组长，我主要参与了工艺生产方案的论证和选定；参加工艺设备设计选型和技术谈判；负责电气工作，进行广泛的调研、考察、收集先进的电气技术和成熟的经验；参加电气全部设计方案的选定和审查。1999 年 11 月到 2000 年，我两次出国到意大利德兴公司对 COZ—STEEL 电炉进行初步设计联络、详细设计联络，解决和明确工程设计、工程建设中电气方面的一系列问题。

问：多年来在设备管理、技改技革上奋战，你个人收获最大、体会最深的是什么？

答：设备管理是企业生产经营的基础工作。虽然设备是固化的，但设备管理绝不能固化。加强设备管理的第一层面是要管好、用好设备，为生产提高效益创造条件；其次是要结合生产经营情况，积极主动实施技术改造，改善职工作业条件，解放生产力。

第三章 最美钢城人画廊

有文学家说，文学就是人学。

因为人物组成文学的世界。

对于一部企业报告文学来说，如果静止地描述企业的发展，只是技术的罗列，没有人的行为，没有人的思想，没有人的情感，绝对是平面的、枯燥的，难于卒读的。当然它的传播力一定大打折扣。

人在企业运行中显示出来的温度、情感、激情，构成文学作品的基本元素，自然是报告文学的题中之意。

我在对韶钢的采访中，有幸找到了两本记录韶钢人业绩的通讯集——《钢城人》《党旗在韶钢飘扬》，尽管这两本书结集于不同年代，却展现了同一个主题：韶钢人的精神风貌。

字里行间，我看到了一组最美钢城人的画廊……

钟桂荣：像一根燃尽自己的蜡烛

钟桂荣 1958 年就来到韶钢。

他是韶钢第一个全国劳模。

他曾在 4 年里，干了 6 年的活，被工友们称为"永动机"。

1979 年，正值 3 号高炉大修，钟桂荣想着为减少停产损失，主动找活干，他带领 3 号高炉的职工承担清理了一条 800 多米长、2 米多宽、3 米多深，连民工都不愿干的全厂主要排水沟，保证了全厂排水畅通，一改以往由于水淹料坑被迫停产，用消防车抽水的状况。从而避免由此造成的停产损失，这一举措节约了民工费用 1 万多元。

平时，钟桂荣十分注意节约，对每一块废铁都要捡起来，几年来他和职工一道回收废钢铁 100 多吨。同时，他还结合生产实际提出了十多条有关节约的合理化建议。如回收旧耐火砖，经车间采纳后，共回收了旧耐火砖 28 180 块，节约成本 6 万多元；再如在下渣沟挖残铁坑，利用铁和渣的比重差距来减少一起跑失的铁和渣；还有诸如回收干渣、加强各方面管理等。所有这些建议对车间的生产和工作都起了很大的作用，使车间提前半个月完成了全年生产计划。

1981 年，全厂环境卫生工作上不去，影响文明生产，组织上研究后决定派钟桂荣去抓这项工作，实际上是到环卫队当队长。他接到通知后，马上到新岗位报到。有人笑他，他却说："北京时传祥拉大粪，不是一样光荣吗？"在环卫队的一年里，他脏活重活抢着干。工作打开局面后，他又被调回炼铁车间抓日常生产。对此，他二话没说，回来后又和工人们一起干了起来。

1985 年，炼铁车间实行经济责任制，身为党支部书记的他提出搞劳动竞赛，在车间内形成你追我赶的局面，促进了高炉生产的发展。

在高炉生产中，风口小套是比较容易被烧坏的，用最短的时间把被烧坏的小套换下来，不仅可以赢得生产时间，而且还有利于炉况的稳定。为此，他组织了换风口小套看谁速度快、质量好的对手赛，并因此创新了 8 分钟换好一个风口小套的纪录，这比平时换小套的一般速度缩短了约 30 分钟，赢得了生产时间。

由于当时炼铁车间的两座高炉都处于一代炉役的后期生产，如何在这种情况下"夺铁降焦"是摆在他们面前的课题。为此他多次召开工长会，根据两座炉子的实际情况，制定了不同生产方案，大力开展 QC 活动。由于措施得当，在 2 号炉的冶炼过程中，有效地控制了"炉瘤"的形成。

在这一年中，钟桂荣带领高炉工段的干部职工克服了一个个困难，使两座处于炉役后期生产的 255 立方米高炉提前 44 天完成了 25 万吨的攻关计划，与 1984 年相比，年产量增加了 36 846.28 吨，增长了 14.86%，共产铁 280 753.8 吨，为韶钢多炼钢、多轧材创造了条件。

当年 7 月，3 号高炉上部孔吹开，冒出大量煤气火焰，火将入孔周围的炉壁都烧红了，严重影响高炉生产。他二话不说，带着几个工人，冒着高热浪和呛人的煤气，提着水到 30 多米的高空去处理入孔事故。

其时，由于高炉内出现塌料，强大的煤气流火苗及蒸汽从入孔喷出，冲在最前面的他面部大面积烧伤，但他仍坚持处理完事故，才被工友们送到医院治疗。疗伤期间，他一直挂念着车间的生产，每天用绷带包着脑袋往车间跑。

9 月下旬，2 号高炉要更换撤渣器，原计划要 4 天完成，其中清理残铁是一项艰苦作业，而钟桂荣通过连续三个班的奋战，带领职工提前两天完成了这一任务。9 月底，在清理一号水泵房污水池的工作中，又是他第一个跳进齐腰深的污泥、臭水中，一干就是三个多钟头。

钟桂荣的家庭负担较重，爱人、小孩在企业农场，没有正式户口，且爱人身体又有病，无论在经济上或家务上压力都很大，但他从不向组织开口和伸手，提任何条件。组织上考虑到他的身体条件，曾多次安排他到省和地区疗养院疗养，都被他一一谢绝，他常说："现在不干，再过几年想干也没有办法干了。"

正是由于钟桂荣各的优异表现，他多次获得厂、市、省、部的表彰。在荣誉面前，他总是谦虚低调；在工作面前，总有一股使不完的劲。每次开会回来，他总是千方百计地把耽误的时间补回来，竭尽全力为韶钢多作贡献。

1989 年 6 月 19 日，身患重病的钟桂荣因抢救无效，不幸去世。

钟桂荣虽然已经离开工友们二十多年，但一提到他的名字，大伙不禁潸然泪下。人们感叹到，钟桂荣好似一根燃尽自己的蜡烛，将亮光留给了别人……

蓝荣坚：与"难题"打交道的劳模

蓝荣坚是个大忙人。

瞧，他骑一辆老式自行车，穿一身工作服，风尘仆仆，脚步匆匆。很难想象这就是刚从北京载誉归来的全国冶金系统劳动模范蓝荣坚。但即使是这普普通通的外表，也一样难以遮掩这位钢城人质朴的风采。

蓝荣坚是广西壮族人，1963 年毕业于广西大学。1967 年，为支援广东"小三线"建设而调来韶钢，从事基建、技改工作的设计和施工工作。

这一干就是 40 多个春秋。

他来韶钢的第二年，韶钢第一代 1 号、2 号转炉开始动工，蓝荣坚便鼓足干劲投入到建设者的行列。几十年后的今天，转炉改造工程还是由他来主持。多年来，他没有看过一场电影，没为家里买过一捆菜，没认真辅导过孩子的功课，而妻子承担了几乎所有的家务。他把全部的身心投入到韶钢的建设中去了：转炉、电炉、连铸、薄板、废钢、焦化、650、焙烧、1 号烧结、308 高炉、中心热电联供、一总降扩容改造、一轧螺纹钢出口改造等工程，无不洒下他的汗水。

1991 年 9 月，蓝荣坚接受了一项艰巨的任务：担任投资近亿元的转炉系统改扩建重点工程的总负责人。

从此，转炉成了他的家。

无论春夏秋冬、严寒酷暑，他都提前上班，推迟回家；为了设计一个方案，他经常带领工程技术人员深入现场调查、勘测，反复比较设计方案。别人都下班了，他还在现场仔细观察；为了寻找最佳的设计方案，晚上回到家中，他还独自关在小房间里挑灯夜战，苦苦求索；他天天在现场处理问题，甚至老父亲去世了，他也没能赶回老家奔丧。

谁也无法计算，他究竟放弃了多少个节假日，加了多少个班，熬过了多少个不眠之夜……

几十年风风雨雨，蓝荣坚身边的同事大部分调走、改行，而蓝荣坚却一如既往地在自己的岗位上奉献着自己的光和热。韶钢每一项技改工程都倾注着他的心血和汗水。

学冶金专业的蓝荣坚要在基建线上从事设计和施工工作，可真有点勉为其难了。专业不对口，他就边干边学，边学边干，从头学起。于是，收集资料、翻阅书籍、查阅图纸、找专家请教，就成了他生活的一部分。

经过数年的努力，蓝荣坚硬是凭着一股百折不回的进取精神，在没有接受任何进修培训学习的情况下，自学了大量有关基建、技改工程设计和施工的技术书籍。而且由于他参与韶钢建设项目较多，善于在干中学，在学中干，积累了丰富的经验，终于从外行变成了内行，练就了一身"难不倒"的本领。

他不仅对土建、机械、排供水、燃气等专业知识有较全面的掌握，而且还能独立完成炼钢流程的工艺设计，在转炉、电炉、连铸及废钢工程设计中也屡创佳绩。

1989年，蓝荣坚担任2号连铸工程总负责人，组织工程设计、施工、试车、验收，处理了200多个问题，使工程一次投料试车成功，达产率接近200%。

1992年，集团公司引进两套直读光谱仪，转炉化验室风动送样系统采用PC控制，投资70多万元。蓝荣坚接到设计图后，及时与一钢厂共同修改设计，采用管道送样，既满足了生产需要，又简单、实用，节约投资约60万元。

1993年，转炉散状料原设计为直桥上料，只满足了3号炉需要，2号、4号炉建成后改为全皮带通廊式供料系统，施工时影响了3号炉一个多月的生产。为此，蓝荣坚集思广益，博采众长，决定取消直桥方案，采用全皮带供料方案一次到位，避免重复投资50万元。

白驹过隙，岁月留痕。

一个个难题迎刃而解，而"难不倒"的蓝荣坚由于日夜操劳，增添了不少华发，但他为韶钢做出的贡献却是有目共睹的：

1978—1979年，他连续两年被评为韶钢劳动模范和韶关市先进工作者；1980—1982年，他连续三年立功受奖，保持先进工作者称号；1983年至今，他多次被评为厂（集团公司）先进工作者、优秀共产党员；1994年，又被评为全国冶金系统劳动模范。

但在采访中，蓝荣坚谈得最多的不是自己，而是在工作中的感悟。

当有人问他参加劳模表彰大会有何感想时，他谦虚地说："能参加这次表彰大会，我终生难忘。面对国家领导人的亲切慰问，我问心有愧，总在心底自问，我到底做过什么？"

听着他的自我叩问，我从他身上看到一位劳模的闪光之处。

袁仿尧："火眼金睛"是怎样炼成的？

看看这幅人物素描——

第二部　钢铁进行曲

头戴藤制安全帽，身着黄色工装，脚踏翻毛工作皮鞋，左手拿着测温仪，右手紧抓炉盖钩。一米六几的小个子，全副披挂起来，在阳光的照射下，越发显得神采飞扬。

盘旋而上的楼梯一直延续到焦炉顶，连续到高耸半空中的煤塔。有力的脚步，震得楼梯咚咚响。黑脸庞小个子的身后跟着六个着装一模一样，但高矮不一的伙伴，朝着焦炉炉顶鱼贯而上……

他就是第一焦化厂调火白班班长袁仿尧。

1979年，袁仿尧自参加工作起，就踏上岗位自学成才路，在焦炉的龙头岗位——调火班开始了不倦的追求。那一年，20岁的袁仿尧加入了韶钢建设大军。焦炉的一切对刚走出校门的学生来说都是新鲜的。但是工艺落后，加上管理不善，66型焦炉（二焦）尽管才运行10年，却已是烟火弥漫，一股股的煤气辣眼呛喉，令人感到窒息，电影、画报、照片上钢铁工人高大威武的形象，与这些又脏又臭的炼焦工简直判若两人。

此时，一些与袁仿尧同时到焦化报到的新工人望而却步，"身在曹营心在汉"，有的甚至打起退堂鼓，千方百计想离开焦炉……

横排温度、直行温度、蓄热室温度，连废气也要讲温度。

炭化室、直火道、斜道口，连炉门砖的排列也都有规律，焦炉的一切都引起小袁浓厚的兴趣，促使他去寻根究底。

"我一定要弄懂它，当个名副其实的调火工。"袁仿尧暗暗地想。

白天小袁跟师傅学测温，练看火，别人休息了小袁还在摆弄测温仪，对比昨天和今天同一火道的温度差别，看着《炼焦工艺学》整理笔记本。

师傅看得心里喜滋滋的，这小伙子是块料。

晚上，尽管劳累了一天，腰酸腿痛，但小袁还是振作精神，遨游在充满数据、专业术语的《炼焦工艺学》《焦炉调火》《炼焦生产工艺》等知识海洋。

这对于没有受过专业培训的高中生来说，确实是隔着一堵墙，看不懂的，似懂非懂的，一头雾水的……使小袁进了一个大迷宫。

一只只拦路虎被袁仿尧捕获进了小小的笔记本里。

第二天，这些拦路虎又被小袁抓到师傅或工程技术人员的面前，只见他们三下五除二就像景阳冈上的武松把拦路虎降服了。

袁仿尧佩服得五体投地，敬佩的眼神里流露出一种坚定的信念：一定不辜负老师的教诲，攻下难关——当调火工里的佼佼者，练就一双孙悟空似的"火眼金睛"。

士别三日，当刮目相看。

同班的工友都发觉袁仿尧对焦炉，特别是对调火工作每天都有新的理解。在技术上小袁一直跑在工友们的前头。

参加工作第 6 年，袁仿尧挑起焦炉龙头岗位——调火班班长的重担，这年他才 26 岁。

随着焦炉服役年龄的增长，炉体开始老化破损，炉温也变得捉摸不定，焦炭质量在煤质和炉温等因素的影响下也随之波动。

为稳定焦炭质量提高冶金焦率，调火班成立了焦化厂第一个班组 QC 小组，开展了"稳定炉温，提高冶金焦率"的 QC 攻关。在袁仿尧和他的伙伴们的努力下，原来堵塞的立火道被他们采取风镐打洞的办法，经过了近一个月上万次的钻击，终于打通了，稳定均匀的炉温为炼焦提供了最基本的保证。攻关的结果是，1992 年冶金焦率比 1991 年提高了 1%，增焦近 2 000 吨。

牛刀小试，调火班果然名声大振，袁仿尧决心夺取炼焦工岗位能手桂冠。他日练夜读，那份艰辛不在话下，却也应了"一分耕耘，一分收获"的誓言。

大比武开始，袁仿尧鳌头独占，以优异的成绩，摘取了第三届韶钢青工技术比武炼焦工桂冠。

两年后，调火白班又双喜临门，袁仿尧再次登上第五届韶钢青工技术比武炼焦工冠军宝座，调火 QC 小组"降低炼焦耗热量"QC 课题取得成功。吨焦热量比考核指标的 2 590 千焦/千克降低 250.4 千焦/千克，焦炉全年多供出煤气一百多万立方米。

而袁仿尧带领的调火班成了焦化的标兵班组，他本人也成为青年职工岗位成才的榜样，被授予广东省青年职工岗位成才的青年技术（业务）能手称号。

袁仿尧的成长说明一个问题："火眼金睛"是这样炼成的！

丁泳：技改成了她最大的乐趣

丁泳是一位长期"泡"在生产一线的女高级工程师。

这位 1968 年毕业于北京航空学院的高材生，1989 年来到了韶钢，而之前她就获得了"平顶山市善于改革、勇于开拓女能人""舞钢三八红旗手"等荣誉。

初到韶钢，丁泳尽管已有 40 岁了，但她看到中板的设备大多较为陈旧、落后，一股强烈的责任心驱动着她，觉得自己作为技术骨干，有责任推动企业的技术进步，依靠技术进步来改造落后的设备状态，于是，她全身心地投入到提合理化建议和技术改造中去。

1992 年，在开展提合理化建议工作中，丁泳常常深入到生产现场，细心观察、研究设备的运行状态，及时发现问题，向厂里提出设备技术改进方案的建议，并进行改造。如在 3 号冷床东侧安装了打印机后，造成了 3.5 米以下的短板不能输送，工人必须在 10 米左右的冷床上来回进行喷漆，既增加了劳动强度，又危及安全，造成生产线堵塞。若再装一排拨爪，则地基、转动主轴等都要更换，得耗资数万元。于是，她苦熬了许多日夜，仅花了 1 200 元，就自行改造完成这个技改项目，为厂里节约了一大笔开支。

在丁泳的带动下，精整工段群众性的提合理化建议活动开展起来了，有效地推动了技术进步。1993 年，精整工段提出有价值的建议 22 条，如原 3 号剪在生产过程中常给职工带来一些麻烦，主要原因是 3 号剪宽度尺水平放置，离划线工较远，划线工不易看清，常常因此而写错尺寸，造成一定的经济损失；3 号剪花辊没有护板，短板行到 3 号剪时，其一头易掉入地沟，后面钢板不能运行，造成堵塞等。面对这种状况，丁泳与工段骨干、剪机工、小维修班的同志经过一段时间的观察、研究、讨论，提出 3 号剪区改造方案的建议，经厂技术办审查，予以采纳，该工段又自行完成了这项改造任务，取得了良好的效益。

丁泳还针对原来的喷字盘存在的诸多问题，如十分笨重，很不便利，黏附的油漆不易去除，堵塞字孔，喷出的字模糊不清，严重影响产品外观质量，且必须用火来烧黏附的油漆，弄得生产现场黑烟滚滚，损害工人健康状况等，她亲自制作排列合理、轻巧方便的字盘，并提出新工艺，使粘上的油漆一揭就掉，获得韶钢技改奖。

提高中板外形尺寸合格率是减少废品的重要途径。以前中板外形尺寸合格率为 95%，不合格的钢板需要重新改尺寸、回剪，造成成品收得率减少，按每天生产钢板 10 多万吨计算，损失相当惊人。针对这个亟待解决的问题，丁泳统计生产中出现的实际情况，分析影响因素，提出工艺、操作、设备三方面的综合整改措施，并不断总结，不断改进，终于使钢板外形尺寸合格率由 95% 提高到 99% 以上，使企业每年减少 20 余万元的经济损失。

1994 年，丁泳针对二轧厂原生产钢板的宽度一直执行国标中 50 毫米进位制，现国际改为 10 毫米进位制，这对节约钢材，提高成材率十分有利，但剪机上原尺寸指示不出十进位制的尺寸，需人工一块块地去量，这不仅增加了岗位定员，而且影响了生产速度。她提出制作数字显示器，亲自动手制作，在工人的配合下完成制作任务，大大增加了成材率，每年可创经济效益 6 万多元。

自 1995 年初丁泳被抽调到中板改造现场组工作后，她更是忘我工作。她负责清点所有图纸，建立了档案，使指挥部的资料管理走上正轨；她查阅了工程的所有图纸，尤其是对上料推钢机、四辊轧机、水处理系统工程等进行了仔细阅读，收集了较多资料，为轧辊定资及设计改造付出了心血。

丁泳不仅善于发现问题，解决问题，而且善于总结，近年来撰写的《抽样检查法是控制中板长度剪切质量的有效管理方法》论文，获省金属学会轧钢学委会优秀论文三等奖，并获韶钢企业管理现代化成果奖，还被冶金部管理研究会选取参加冶金基层管理学术会议，并发表于有关企业刊物。她撰写的《提高外形尺寸合格率》《控制生产过程，提高剪切质量》等 QC 文章，荣获冶金部、广东省冶金总公司、广东省优秀 QC 小组称号，为二轧厂的 QC 小组活动争得了荣誉。

常在丁泳身边工作的人都会感到，技改成了她最大的乐趣。

李小虎：干工作就要有一股虎劲

李小虎并不似他的名字一样，使人产生畏惧感，而是一副亲和的笑意。

他在第一炼钢厂连铸工段工作了 20 个年头，岁月早已将他丰富的成长经历和连铸工段的光辉历程融为一体。

李小虎在长期的基层生产技术、生产管理工作中，不但积累了丰富的实践经验，而且对连铸系统的理论基础、生产工艺设备原理都有较为全面、系统的研究。

1997 年至 1999 年间，1 号、2 号方坯连铸机的 500 吨剪机经常出现故障，对铸机的生产运行影响很大，只能采用人工割坯，既费时又费力，还造成很大的人身安全隐患。

这个问题成了铸机维护的"老大难"，也成了制约铸机产能的"瓶颈"。大家的心里都非常着急，采取多种措施效果都不佳，有时被迫将剪机送回千里之外的厂家进行维修，一来一去就是大半个月，对生产造成极大的影响。

2000 年，李小虎和技术人员、技师一起组成"剪机故障攻关小组"，全力以赴进行技术攻关，为了早日解决问题，李小虎和小组其他成员一起，夜以继日地忘我工作。

4个月过去了，在进行了大量的调查研究和事例分析后，最终找出了造成剪机高故障的三大根本原因。接着他们又马不停蹄地寻找解决方案，经过多方论证，制定出三条针对性的措施，从而攻克了这个难题。

此后，1号、2号铸机的作业率迅速提高，为实现高产打下了良好的基础。2002年，担任工段长的李小虎带领工段人员，创造了方坯1号、2号铸机年产60.5万吨，单流突破15万吨的同类型铸机新纪录。

这些年来，李小虎参加了多项技术攻关、改造项目，有人曾问他到底参加过多少次，李小虎说："我也不知道，只要有问题就想办法解决，最重要的是解决问题，其他都是次要的。"

认识李小虎的人都知道，他有一副热心肠，总爱帮助别人。

2002年，李小虎发现一位姓王的师傅有段时间上班时无精打采，情绪低落，于是主动和他聊天，问他有什么困难。王师傅面对领导真诚的关心，终于说出了事情的原委：他的妻子不幸患了严重的尿毒症，而他上有老，下有小，全家只靠他一个人的工资支撑家庭生活，昂贵的药费实在是难以承受，看着妻子饱受病魔的折磨却无力医治，对此王师傅非常焦虑……

李小虎了解情况后，一方面安慰王师傅认真工作，不要有太大的顾虑，另一方面发动工段内部员工伸出援助之手，向这个不幸的家庭捐款。为了充分利用组织的力量帮助王师傅，李小虎为王师傅向厂工会申请了困难补助，在李小虎的带动下，全厂掀起了一股捐款热潮。当李小虎和厂领导把捐款送到王师傅家时，王师傅感动得热泪盈眶。

李小虎不仅对老员工如此照顾，对新员工也是关怀备至。2004年7月，有三位刚毕业的大学生分配到第一炼钢厂连铸工段实习。李小虎担心他们不适应现场的工作环境，就经常找他们了解情况，打消他们的思想顾虑，鼓励他们向老员工学习，尽快融入新集体。在他的帮助下，新来的大学生们很快就适应了新环境，并积极学习现场工艺及设备知识。

李小虎常说："一个男人责任大，当一个领导、做一个党员责任更大！"他还说："衡量自己的价值不能看获取了多少物质，而是看为社会创造了多少价值。"

2002年6月11日下午，李小虎像往常一样在连铸生产现场进行巡检，当他走到连铸台下，看着厂房外下个不停的大雨，心中闪过一丝担忧。

到了下午5点多，雨势越来越猛。雨水在路面越积越多，发狂的洪水冲向地势较低的地方，最终李小虎担心的事情发生了：洪水冲进了厂房内的连铸台下。

由于1号、2号、4号三台方坯连铸机均属于半地坑式的地面布置方式，洪水冲进这样一个"大地坑"后，迅速地淹没了铸机的冷床设备上面还尚未完全冷却的红坯。

紧急关头之际，李小虎一边下令1号、2号、4号机立即停机，同时将情况报告给厂领导。厂里迅速成立了临时排洪抢险指挥小组，一边组织人员参加紧急抢险行动，一边从仓库调来各种抢险物资和沙袋、水泵等设备。李小虎在与指挥小组敲定了"作战方案"后，马上和赶来参加紧急抢险行动的同事一起投身到与洪水的搏斗中。

这时正是吃晚饭的时间，李小虎带领大伙顾不上吃饭，忍着饥饿，忘记工作一天的劳累，在雨中搬运沉重的沙袋堵住洪流的缺口，用水泵在积水严重的地方排水。

员工们看到李小虎一把汗水、一把雨水地搬沙袋，都被感动了。大家更加坚定了击退洪水的决心，汗水和雨水交织在一起，现场的呐喊声和暴雨雷鸣声交错在一起……

第二天凌晨，洪水逐渐退去了，不少同事回去休息了，而李小虎却顾不上休息，马上又组织人员抢修被洪水破坏的铸机设备。

有人对他说，你干吗要那么卖力？命不要了吗？

李小虎毫不含糊道：我是共产党员，干工作就像我的名字一样，要有一股虎劲。

马欢：炼出中国赛区总冠军

一听到马欢这个名字，人们的眼前就会出现这样的画面：人跃马欢。这种欢腾和跃进的寓意，使马欢这个小伙子带来了吉祥之气。

可不？他捧回了冠军奖杯。

是的，炼钢工马欢荣获第12届世界模拟炼钢挑战赛中国赛区总冠军，他将代表中国参加在印度孟买举办的世界模拟炼钢挑战赛总决赛。

由世界钢铁协会主办的世界模拟炼钢挑战赛每年举行一届，分为地区锦标赛和世界总决赛两个阶段。第12届世界模拟炼钢挑战赛第一轮地区锦标赛于2017年11月29日在线举行，共有来自50个国家1 515名选手参赛。

此次挑战赛采用在线钢铁大学开发的二次精炼模拟系统，选手的主要任务是以最低吨钢成本冶炼符合大赛要求特定级别的钢种。在 24 小时比赛期间，选手可以不限次数地进行模拟炼钢，系统会自动选取选手的最好成绩。全球共分四大赛区，马欢在职业组中国赛区脱颖而出，夺得第一名。

韶钢新一代的炼钢人，在新的挑战面前，"玩"出了国际水平。

马欢 2015 年从辽宁科技大学金属材料工程专业毕业后到韶钢工作，分配在炼钢厂炼钢分厂转炉炼钢岗位。在参加工作两年多时间里，小伙子成绩显著，先后获得韶钢 2015 年优秀团员、2015—2016 年度韶钢青工"五小"成果一等奖、韶钢 2016 年韶钢转炉炼钢职业技能竞赛第一名、2016年韶钢自主管理成果发布金奖、韶钢第 21 届"十佳文明青年"、"广东省技术能手"等荣誉称号。

说起此次比赛夺冠，马欢感触很深："真的来之不易。从孤军奋战到屡战屡败，从屡败屡战到奋勇追击，并最后夺冠，夺冠之路让我深刻感受到专注和坚持的可贵！"

根据第 12 届世界模拟炼钢挑战赛报名条件（职业组参赛选手要求在钢铁行业的工作经验不超过 5 年），韶钢炼钢厂只有马欢一人符合条件。报名后，他才发现自己是韶钢精炼岗位仅有的一名选手，而且自己没在炼钢岗位工作过，缺少理论知识和工作经验，甚至连钢铁大学开发的二次精炼模拟系统都不会操作，而他所要面对的却是全国甚至全世界钢厂的专业精英选手。

难度之大可想而知。

马欢之前没有接触过精炼岗位，演练比赛刚开始时感觉特别吃力，成绩一直都不理想，而其他钢厂的选手却屡战屡胜，成绩越来越好。面对越来越大的差距，他失去原来的信心，甚至一度产生了放弃比赛的念头。

就在马欢想放弃比赛的时候，炼钢厂团委一位领导来到他宿舍，跟他说："选择放弃很容易，要比日复一日的坚持容易得多，但是选择放弃，若干年以后就可能会为这次放弃感到后悔，因为你这样的机会不是每个人都会遇到的。"

正是这番分量十足的话语，让马欢重新拾获了信心，跨上飞驰的战马……

炼钢分厂马上安排精炼骨干，帮助马欢学习精炼岗位技能，使马欢的精炼岗位技能得到快速提升。经过一段时间的努力，马欢不仅提升了技能，找到了方法，更找回了状态。

果不其然，在系统的四个钢种当中，马欢有三个钢种的成绩已经达到集团选手最佳成绩，但因管线钢技术含量最高，差距仍然较大，当他还在为吨钢成本降到 35.87 美元感到自喜时，八一钢厂已传来吨钢成本为 19～22 美元的消息。对此，他马上分析原因，向师傅们学习、讨论，从合金加入方面入手，不断研究改进，当他的管线钢的吨钢成本降到了 20 美元左右时，此时别人已将成本控制到了 17 美元……

对此，他毫不气馁，继续潜心钻研，将成本控制在了 17 美元，而此时别人将成本控制到 15 美元，虽然一直追赶，但别人也一直在进步。

这种你追我赶的"网上生死时速"，如果没有定力，没有底气，一定会崩溃。可是马欢却没有，他依然故我地每天用大量的时间坚持练习，寻求突破，寻求改进，他相信只要坚持攻关，就一定能超越其他选手取得最后胜利。

第一轮地区锦标赛正式开赛了。比赛钢种是工程钢，此钢种合金量很大，而且种类很多，此外举办方还增加难度，对钢中气体含量和硫含量有严格限制，难度极大。

马欢凭着两个多月摸索和实践出来的经验，找到最低成本的操作方法，并最终以吨钢成本 221.46 元的成绩独占鳌头。

第 12 届世界模拟炼钢挑战赛中国赛区总冠军由此产生。

他就是韶钢新一代炼钢人马欢！

薛自力：钢城明星

在韶钢，薛自力是一个响当当的名字，他是继罗东元之后，来自生产第一线的全国劳模，也是韶关市首届"十大杰出工匠"。

人们记得，2005 年 11 月 14 日，在集团公司技术专家、技术能手颁发聘书暨表彰大会上，当集团公司总经理宣布"韶钢特级技术能手薛自力"时，全场顿时一片雷鸣般的掌声，在钳工岗位奋斗了近 20 年的高级技师薛自力，终于在职业生涯中攀登上了一个新的高峰。

1987 年 12 月，刚出校门的薛自力参加招工考试，选择了报考钳工。在 200 多名考生中，薛自力考试综合成绩第二名，钳工工种第一名，被分配到机修厂当学徒。

也许是天生禀赋，薛自力从工作第一天起就对钳工具有浓厚兴趣。学徒阶段，一般人只是按照师傅的指点去做就可以了，可薛自力总是像小孩似的打破砂锅问到底，每个问题都力求学懂弄通。为了提高自己的专业技术水平，薛自力工余时间经常到厂图书馆借书攻读，几年中，他学习了《钳工工艺学》《机械传动》《机械制图》《公差配合与测量》《机械零件加工工艺》《材料力学》等专业书籍，还了解了铆焊、电工、液压、起重等其他工种的基础知识和技能。

师傅看到薛自力勤学好问，也非常乐意传授技艺。每次干活，师傅都讲得很仔细：机器产生故障的原因，处理的方法和步骤，注意掌握的要领，事后如何总结。在此期间，薛自力参加了机床、龙门刨、天车、铆焊卷板机、剪板机的各项维修工作，积累了丰富的工作经验。

勤学苦练，熟能生巧。机床导轨当时要靠手工铲刮，要求刮出燕尾形、月牙形等花纹，一来可储油改善润滑，二来日后根据花纹就可判断导轨磨损程度。为了练好刮板技术，薛自力废寝忘食。他用腰胯顶着刮刀，一遍遍地在生铁板上练习，一块块板被刮出了美丽的花纹。不知不觉中，他的腰胯被刮刀顶得乌黑青紫起来……

薛自力有空就动手制作刮刀、錾子、圆规、划针……为了磨好刮刀，他甚至用了两三天时间，硬是把四方形的车工高速钢刀磨成了三角形刮刀。

在磨刀霍霍、叮当敲打声中，一个钳工新星逐渐崭露头角。

1989年10月，韶钢举办了首届青工技术比赛，各工种竞赛的优胜者将得到奖励、晋级、评定职称，获得参加省市、行业组织的青技赛资格。薛自力工作不到两年，他抱着试一试的想法报名参赛。

结果理论考试他在40多名参赛者中考了第1名（81分）；实操竞赛中，初出茅庐的他虽有些紧张，但还是发挥了正常水平，获得第6名，最终以综合成绩第1名获得钳工竞赛冠军！

初次参加比赛就夺冠，消息传来，薛自力不敢相信这是真的，也有不少人大感惊讶。当年，初出茅庐的薛自力被授予了"韶钢青年技术标兵"称号。

这次夺冠对薛自力的影响和鼓励很大，更坚定了他学好技术、岗位成才的信心和决心。由于薛自力的出色表现，原定三年学徒期，他只用两年就提前获得转正了。

在日渐功深的操作中，薛自力时常感到知识不够用，有些复杂的机械图、钳工装配图看不明白，金属材料热处理、理论力学等科目需要进一步学习和深究。1990年9月，薛自力考取了韶钢职工大学，学习冶金机械专业。两年的职大研读，极大地丰富了他的理论知识，为今后开展更具技术含量的工作奠定了良好的基础。毕业后，薛自力又回到了机修厂，从事维修老本行。

"万能的钳工"，说明了钳工涉及的工作范围之广，也说明了这一工种在机械行业的重要性。薛自力明白，要想成为一名优秀的钳工，就需要掌握各种理论知识和操作技能。要想获得成功，除了勤奋学习、刻苦钻研，别无捷径。

薛自力常想，我并不比别人聪明，我只是有一颗努力学习的恒心，停止学习就是退步的开始。于是，他不仅平时注意学习各种理论知识，不断提高专业理论水平，还利用空闲时间练习相关操作技能。

事实也是这样，薛自力在干活时开动脑筋，勤于思考，不满足于仅是处理好设备故障的表面现状，还要仔细分析产生故障的原因，避免相同的故障再次发生。检修后，他还对设备的运行情况进行跟踪了解。他虚心向同行学习，常常到现场观摩，了解别人的检修步骤和方法，学习别人的操作技能和检修经验。

积水成渊，聚沙成塔。

在钳工岗位摸爬滚打的近 20 年中，薛自力不断丰富知识积累，上万页的工作笔记，记载了他学习技术的艰辛历程，也见证了他不断成长的足迹。

2001 年下半年，当时已是助理工程师的他参加了韶钢高级工和技师的考评。他对别人说："我喜爱干钳工，适合在生产检修一线工作。干了多年钳工，我最大收获就是每当看到经过检修后的设备试车成功正常运转，我就感到很高兴，有自豪感和成就感。并不是每个人都要当工程师和管理干部才能发挥作用。我在基层干活，更能将所学知识派上用场，更有利于提高技艺，在平凡岗位上一样能体现自身价值。"

薛自力平时较好掌握了理论知识，所以考技师得心应手，他不到半小时就答题完毕交卷，最后成绩 96 分。上午刚考完技师，下午就考高级工，结果两个都顺利通过。在不到两年时间里，薛自力还考取了轧钢工中级等级证书，电焊、气焊以及电工等操作证书。薛自力的优异表现被工友们称为检修线上的多面手、钳工专家。

厚积薄发，一飞冲天。

2003 年，薛自力参加了韶关市首届职工职业技能大赛，获得钳工比赛第 1 名，同年参加广东省职工职业技能大赛，获得钳工比赛第 6 名。2005 年 12 月，经过严格的评审，他被集团公司聘为"韶钢特级技术能手"。

在韶钢，人们欣喜地发现，在十里钢城再次升起一颗璀璨的明星……

第四章　大会战诗篇

艰苦奋斗，几乎是中国所有诞生于 50 年代到 90 年代企业的共同命题。

在没有资金、没有技术，只有雄心和壮志的情况下，一切从零开始，唱响令人崇敬的创业之歌。

企业运行后，要保持高速发展的态势，就要进行技术改造，走内涵发展的道路。

韶钢，这家有着中国鲜明特色的大型国企，毫不例外地走上技术改造的道路。

技术改造，又成了企业再上台阶、再创奇迹的诗篇！

让我们回首韶钢两场饱含智慧与热汗的大会战壮怀激烈的画面吧……

仲秋，拉开了大会战的序幕

日朗风清的仲秋。

当卢森堡 PW 公司副总裁从大西洋彼岸飞抵中国广东，莅临韶钢小型连轧工程建设工地时，面露喜色，连说："OK！"

若不是亲临现场，这位来自西欧袖珍王国的副总裁无论怎样都难以相信，韶钢人竟会在不足 10 个月的时间里，平地建起一座现代化的厂房。

十里钢城，以她独具的魅力，令来自异邦的副总裁神迷心醉。临行时，他说了一句意味深长的话："我到过中国许多地方，韶钢是最好的！"

的确，韶钢人可以创造奇迹。

让我们回首韶钢在 90 年代进行中板改造、小型连轧、1 号高炉易地大修"三大工程"建设如火如荼的岁月，见证韶钢不断强大的过程……

韶钢曾有过值得骄傲与自豪的光荣历史。

30 年前，粤北重镇曲江松山下的梅花河畔，聚集了韶钢第一代的创业者。

在第 106 个黎明轻轻叩响创业者简陋的门扉的时候，第一条铁路连接了山里和山外的世界，第一炉钢水，揭开了韶钢发展史上具有划时代意义的一页。

改革开放的春风遍拂梅花河畔，使占地面积 8.32 平方公里的韶钢，迈上了经济高速发展的快车道。"八五"计划末期，全国 56 家地方钢铁企业只有 12 家年产钢 80 万吨，韶钢就牢牢地占据一席，技术经济指标也一路升至全国同行业中上水平；产钢已突破 90 万吨，创历史最高水平。

然而，进入 90 年代第四个年头以后，韶钢历届决策者都感到了沉重的生存危机：尽管中国的钢铁产量已跃居世界第二位，但国内房地产业的急剧降温令钢材价格大跌；而走俏市场的 27 毫米以上的大规格螺纹钢，中南地区仅两家工厂占有市场份额；国内一些著名厂家也以品种优势，大举抢滩登陆广东。

显然，靠现有的产品产量、品种，韶钢很难在市场中与群雄角逐，而且有被淘汰出局的危险。

形势严峻，警钟骤响！

经历市场经济大潮洗礼的韶钢决策者站在未来大趋势的高度，重新审视企业经济发展的谋略，思路渐渐清晰：在当今全球经济一体化的大趋势下，必须将企业置于全省、全国乃至全世界的大格局中定位，增加投资力度，大规模进行技术改造，提高科技含量，提升产品档次，才能实现本世纪末产钢 150 万吨的宏伟目标。

思路决定出路。

出路就在眼前。

1994 年 7 月，韶钢人打下了中板改造工程的第一根桩基，拉开了"第二次创业"的序幕。

初春，正当中板改造工程紧张鏖战之际，韶钢决策者几经酝酿，多次论证，在逆境中又做出了关系到企业未来命运的重大而前瞻性的抉择：实施小型连轧和 1 号高炉易地大修工程，与已进行的中板改造工程统称为"三大工程"。

在当时流传这样一句话："不技改，等死；技改，找死。"小发展大困难，不发展更困难，要敢于超越自己，寻找企业腾飞的最佳之路。

韶钢人在自筹资金的同时，与香港粤海企业集团有限公司喜结"姻缘"，合作组建韶关钢铁有限公司，拓宽了极为宝贵的融资渠道。粤海公司立即注入一批资金，三大工程建设如虎添翼。

据测算，三大工程投产后，韶钢可形成年产 130 万～160 万吨钢材的能力，主要装备水平世界一流，产品质量、品种、效益优势明显增强，将成为韶钢新的经济增长点。由此，职工亲切地称之为"韶钢的生命工程"。

抓住有利于决策实施的机遇，是打开市场大门的金钥匙。上帝永远垂青于捕捉机遇的决策者。

4 月，韶钢获知了台湾丰隆钢铁厂从意大利达涅利公司购买了一套全新小型连轧设备，因故依然闲置的信息。韶钢决策者顿觉眼前一亮，火速与台湾方面取得联系。

一切都在飞速地进行。

5月，进入技术交流；7月，签订合同；10月，小型连轧工程破土动工。

在此期间，发生过这样一段有趣的故事：盛夏的一天，韶钢有关领导在广州花园酒店宴请意方合作公司董事长达涅利夫人。席间，达涅利夫人对粤式白切鸡的调料生姜情有独钟，带着口中余香满意而归。

而与钢铁打了一辈子交道的韶钢人竟也有侠骨柔肠、心细如丝的一面，随后将一篮精心包装的生姜，托意方公司驻京代表捎给远在欧洲的达涅利夫人。

不久，一纸充满感激之情的电传摆在了集团公司总经理的案头：非常感谢你们的深情厚谊，愿合作成功。

蓝图已经绘就，战阵已经摆开……

"要用一流的速度和质量，建设一流的工程，早日投产，早日见效。"这是韶钢人在"三大工程"建设中立下的铮铮誓言。

从指挥中枢到处室，从施工现场到各厂、科及行政部门，千军万马在现代化大工业的召唤下，演绎着创造奇迹的壮丽诗篇……

让我们将镜头拉近——

宽敞明亮的中板厂一隅，已安装好的中板主轧机两片牌坊恰似钢铁巨人，透着几分威严，而那段与庞然大物交手的经历，至今让人们记忆犹新。

用承载125吨的天车，吊装每片重达185吨、高10.6米、宽4.2米的牌坊，似乎天方夜谭。那一瞬间，工人们对"拦路虎"的内涵有了更深刻的体验。可是，时间、任务紧迫，不容多想。

天下没有办不到的事，只有想不到的事。集团公司有关领导几次召集"诸葛亮"会，商议吊装方案，工人们的聪明才智在生产实践中再次擦出火花。

负责该项目施工的四公司钳工（5）班和焊工（2）班通力合作，运用倍率原理，用125吨天车先吊牌坊头部，再吊尾部，巧妙地左移右挪。20天过去，硬是从30米之外的地方，让这"铁金刚"乖乖就位，不差分毫。

事后，人们觉得不可思议：平凡的人真能做到不凡之事，奇迹往往就诞生在普通工人手中。

远天一片湛蓝，白云悠悠地在苍穹中缓缓飘动。地下也有一片湛蓝与纯白色彩的交汇,那是一座外形酷似航船的现代化厂房。

三大工程中装备水平最为先进的小型连轧工程主体设备就在此安营扎寨。然而 13 个月前,这里还是堆满废钢的旷野。

粤北的冬天,朔风肆虐,细雨绵绵,寒彻肌骨。承担厂房桩基施工任务的韶钢建设公司一工程公司职工,站在 20 米高的排棚架上,24 小时轮流作业。

在"小雨大干,大雨小干,没雨豁出去干"的拼搏中,139 条厂房砼柱安装,只用 50 天即全部完成。而过去像这样的施工,没有 5 个月时间休想喝庆功酒。

在韶钢的建设史上,记载了工人们许多"零"的突破:

韶钢建设公司一、四、五工程公司最先打响战斗,出动三四百人联合作战,拿下了从未吊装过、重达 2 000 多吨(每个构件长 30 多米,重 10 多吨)的小型连轧厂房屋架构。

现场群情鼎沸,10 多台天车齐声轰鸣,工人们手拉肩扛,场面甚是壮观。当最后一个构件与它的兄弟"相吻",凸现出雄伟的厂房轮廓时,时间刚好是 3 个月,比原定工期足足提前了 47 天!

难怪有位台湾商人闻知上述两件事,惊讶不已,张开的嘴巴半天才合拢。末了,他似乎不相信这是事实,连说:"这不可能!这可能么?!"

仿佛高大的厂房含笑而语:可能。一切皆有可能!

十里钢城有一座绿树掩映的小楼——韶钢设计院。

小楼看似普通,却集中了韶钢众多的科技精英,他们在没有星光的夜空,点燃起醒目的科技之火。

告急!这里笼罩着凝固似的气氛。

韶钢决策者为随进口设备一同到来的几千张英文资料心急如焚:外商静候韶钢决策者第二天即去广州谈判,这数千张英文资料必须连夜翻译出来。

那一夜,设计院小楼内灯火通明。40 名专职、兼职翻译大会师,伏案进行了"会战"。

夜色浓重,家属区灯火一盏盏渐次熄灭。唯有小楼的窗口仍亮着灯……

晨曦悄悄爬上小楼的窗棂,几千张资料全部译好,静静地摆放着。

这一切似乎是一个温馨的故事,哪能说是会战啊?!

中板、小型连轧工程相继兴建,跃升的钢材产量,需要更多的钢和同等的生铁吞吐量。4 月动工,起步较迟的 1 号高炉易地大修工程就变得非常急迫。

以往的建设史表明，建一座类似的高炉，从设计到建成投产起码需要3年时间。

1号高炉易地大修工程，从开始便被一双无形的手推向了奔跑的轨道！

关键时刻，集合起一群无畏的勇士。他们操着不同的口音，来自省内外的27支施工队伍，加入1号高炉易地改造工程建设大军。"团结、理解、协调、高效"成为统领这支"多国部队"的铁律。

各路好汉试比高低，设计、原料供应、运输等部门密切配合，终于用6个月的时间完成了三年的工作量，拿下了这个高炉容积350立方米、年产铁28万吨的"咽喉"工程。

韶钢人以精湛的技艺、一流的速度，创下了全国同行业小型高炉建设史上的新纪录。

11月28日，1号高炉正式投产，为韶钢跻身年产钢百万吨以上大型钢铁联合企业行列，奠定了坚实的基础。

更令人称奇的是，在三大工程建设的"字典"里，找不到"合格工程"4个字，只有"优良工程"和这支业务精良、纪律严明、特别能吃苦、特别能战斗的钢铁队伍相随相伴。

在将蓝图变为现实的拼搏之中，奇迹伴随着韶钢人的心血、汗水和智慧一同成长。创造奇迹的人们，就是支撑起现代化钢城大厦的每一块基石。

盛夏，太阳好似一个巨大的火盆，无情地将全部热情倾泻下来，把柏油路面炙烤得发软，透出一股难闻的怪味。

这天，一个可爱的小女孩缠着工人叔叔，非要上给工地送饭的汽车不可。

"我要看爸爸。"女孩口齿伶俐地对询问她的叔叔们说，眼里流露出与年龄极不相符的焦虑。

女孩的爸爸叫吴振岳，是六公司的施工员，他日夜操劳累得胃出血。医生让他立即住院治疗，他嘴里应着，人却依然往工地上跑。

吴振岳心里清楚，眼下正值1号高炉料仓施工，结构复杂，工作量大，他不愿也不能在这个时候离开工地。他咬牙忍着阵阵剧痛，吃下几片镇痛药。

每天吴振岳离开家门，女儿还在酣睡。待他披着满天星斗归来时，女儿早已进入梦乡。

在三大工程建设中，何止一个吴振岳！

为了赶工期，8小时工作制被工人们自觉地拉长了，他们在"义务劳动"中绽放出社会主义价值观的光彩。

一次，集团公司副总经理黄旭明到工地，适逢工人们吃午饭，半斤米饭几口就扒光了，再添，又是一阵"风卷残云"。吃罢，平素在工地生龙活虎的工人们有些腼腆，轻轻地拍拍肚皮说：不好意思，这里都快撑破了。

黄旭明听了，心里一阵颤动。他本想说什么，却感到喉咙有些哽咽，发不出声来。饭量陡增的背后，是三大工程建设的突飞猛进啊！

黄旭明突然觉得在这些朴实而又豪爽的工人面前，他只能仰视，因为在人生的高地上，他们已经跃上了新的高度！

站在小型连轧厂写着"在平凡的岗位默默奉献、在默默奉献中体现价值"的横幅前，渐渐地，你会觉得眼前一团团鲜红、跳动的火苗在燃烧、蔓延，融入十里钢城那奔腾不息的铁流之中……

工程师朱晋庆身穿沾满油污的灰色工装打量着高大的炉体，一副磨白了边的眼镜后面是一双清澈的眼睛，闪动着智慧之光……

这位1987年毕业于东北工学院液压机械专业的高材生，是一个用行动证明思想、用思想穿越时光的人。

朱晋庆分配到韶钢第一炼铁厂后，在九载春夏秋冬的更迭交替中，在确保维修任务圆满完成的间隙里，他以刻苦钻研技术的一股"牛劲"，以敢于向科技高峰攀登的精神，亲手设计了7套液压站，性能不仅优于厂里已买的同类产品，还为国家节省了大量资金。

知识与实践的完美结合，使他从当初进厂时的白面书生，成为生产一线的行家里手，并挑起了维修工段长的重任。

9月，天气依然炎热。1号高炉易地改造工程进入冲刺阶段。

白天，朱晋庆带领工人维修高炉。晚上，他挑灯夜战，思考、设计1号高炉液压站方案。他累倒了，扁桃体发炎，牙齿肿痛，连着10多天高烧不退，在医院打完吊瓶，他又赶回工地安装。

实际上，这些年来朱晋庆领着一份工资，干着两样工作，却从未拿过一分钱加班费……

他被职工推举为9月一铁厂"最光彩的人"。

集团公司曾想调朱晋庆到机动处工作，这是许多人痴心迷恋的位置，可是朱晋庆仍在当他的工段长。

他说："在基层干点实事，是我多年的追求，自己运用学到的知识，为厂里创造了效益，我个人的价值也得到了体现，这比任何奖励都值。"

在太平盛世，难以再现那种血流成河的悲怆景象。但经济建设是没有硝烟与厮杀的战场，同样需要人们以自己的血肉之躯实践战士的誓言：牺牲与奉献。

三大工程建设的每一个平凡的日子，因韶钢人的无私奉献而变得真实而又伟大，定格在韶钢发展史的底片上……

暮春，吹响了大会战的号角

阳春三月，莺飞草长。

粤北钢城，春意盎然。

3月22日，这是一个激动人心的日子。在全体韶钢人的热切期盼下，在建设者500多个日夜拼搏下，韶钢大转炉工程第一座炉——2号炉于这一天进入热负荷试车。

通红的铁水倾注炉内，韶钢董事长、党委书记点击鼠标，亲自开炉，兑铁、冶炼、出钢、精炼、铸坯——热负荷试车一次成功！

刚刚试车生产的大转炉，使得人心备受鼓舞。时任广东省省长黄华华视察韶钢，风尘仆仆地来到大转炉。在宽敞、现代化的炉前操作室，黄华华轻点鼠标，亲自炼钢。在电脑的操纵下，炉门缓缓关闭，氧枪徐徐而下，钢花轻溅，炉膛奏出雄浑的乐章……

此时，黄华华竖起了大拇指，连声称赞："现代化炼油钢！了不起啊！"

在全新的工艺面前，韶钢人激情勃发，迅速搭建起年产300万吨钢生产的新系统、新平台。

5月7日，大转炉成功开发Q345钢新品种。

5月22日，2号大转炉实现3 000吨日达产目标。

6月11日，大转炉1号炉顺利实现开炉。

6月28日，大转炉一期工程全面竣工投产。

这是一组美妙的画面：鼠标轻点，钢花飞溅，钢瀑奔流……

大转炉工程的竣工投产，标志着韶钢炼钢系统设备大型化、高效化、现代化改造基本完成，从此迈向"跨越发展"的崭新时期。

历时19个月建设的大转炉工程，是韶钢致力技术装备"脱胎换骨"，用高新技术改造传统产业，用信息化带动工业化的又一重大举措；是韶钢建立300万吨钢生产平台，实现跨越式发展的又一起点和基石；是韶钢坚定发展信念，为做优做强广东钢铁工业树起的又一座丰碑！

　　1995 年以来，韶钢的决策层在风云变幻的市场博弈中，以强烈的忧患意识，把韶钢放在全省经济发展的大局中去定位，放在市场经济的大潮中去定目标，对国有企业落后的思想观念、管理制度、技术装备进行"脱胎换骨"式改造，规模恢宏，史无前例地进行"三大工程""四大工程""两炉工程"建设，使韶钢悄然巨变，步入了飞速发展的快车道。

　　大转炉一次烟气、二次烟气、混铁炉烟气、铁水脱硫烟气、扒渣烟气、LF 精炼炉烟气等各主要烟尘点均采取净化除尘，并对蒸汽、煤气等进行高效回收利用。

　　一个先进文明、卫生环保的清洁工厂展现在人们面前，这是魂牵梦绕几代韶钢人的宏图伟业啊！

　　人们不会忘记这里原本是一座山头，是韶钢人早期生活的一片平房区。或许谁也不曾想到韶钢人会用冲天的干劲把它夷为平地，启动大转炉、大高炉工程，建设起恢宏的厂房。

　　这是何等的壮哉啊！

　　恢宏的画卷饱含了韶钢人大发展的激情。

　　而奋进的激情，挥洒出韶钢人又一大手笔。

　　2001 年初春，韶钢两位主要负责人专程赴重庆钢铁设计院指导初步设计工作。有着多年合作经验的重庆钢铁设计院深知这一项目对韶钢的意义，仅用两个月就完成了半年才能完成的设计工作。

　　不到一个月，转炉炼钢厂易地改造工程项目管理部成立，标志着大转炉工程正式启动。同年 8 月 11 日，大转炉工程开工奠基仪式举行。

　　这是一个共树丰碑、同展风貌的舞台。

　　韶钢所属的建设有限公司、技改部、设计院、设备备件公司、设备检修公司、炼钢厂，以及重庆院、北京院、监理公司等厂内厂外单位倾力协作，谱写着韶钢工程建设新的华章。

　　打桩机、搅拌机、起重机与生产厂的机器声交相轰鸣；

　　建设工地的焊花与出炉的钢花一起飞舞……

　　在工程进入热试倒计时冲刺阶段，建设者与各有关部门科学地利用时间、空间交叉施工，发扬团队精神，拧成一股绳，形成命运共同体、利益共同体，坚定不移贯彻韶钢对工程的目标要求，克服了许许多多常人难以想象的困难。

　　大转炉工程在智慧和汗水的挥洒中如期竣工投产了。

　　大型化、自动化、现代化的新型工厂以其矫健的雄姿耸立在人们面前。

从此，新世纪骄阳下的韶钢跃上一个崭新的平台，展现出更加迷人的风采。

第五章　新的起点，新的挑战

"沧海横流，方显英雄本色。"

这是韶钢峥嵘岁月的真实写照。

在韶钢工作 10 年以上的"老韶钢人"，见证了韶钢辉煌的一幕幕：

1996 年，小型连轧工程建成投产，被誉为"创造了世界第一"。

1997 年，"韶钢松山"创造了神速上市的奇迹。

2003 年，韶钢跻身世界钢铁企业 100 强。

2004 年，"韶钢松山"被评为"中国最具价值上市公司"。

辉煌的业绩，满载的荣誉。

韶钢人不曾想到征途上还会有数不尽的拦路虎、绊脚石。

正如一位干部对我说："以前市场对钢铁品质要求不高，钢铁有产量就有收益，是皇帝的女儿不愁嫁。钢厂工人的工资收入相对其他行业来说也是较高的，工人们的优越感特强，走路都是昂首挺胸的……"

这并非妄言。

早些年，不少钢铁厂都是以产量论英雄，在工业行业中，钢厂常以"老大"自居。韶钢在辉煌时期对韶关的 GDP 贡献颇大，当地传言：韶钢"感冒"了，韶关都会"打喷嚏"。

此传言虽有些夸张，但韶钢在韶关社会经济发展中所起的重要作用有目共睹。

然而，"老韶钢人"在见证了韶钢的一度辉煌后，也痛苦地经历了风刀霜剑的"寒冬"：钢铁业盲目扩张使整个钢铁业产能严重过剩，钢铁行业开始进入亏损时代。

2008 年全球金融危机后，以普钢为主打产品的韶钢危机四伏，经营绩效每况愈下，其中 2008 年、2011 年、2012 年、2014 年四年累计亏损达 56 亿元，竞争力大幅下降，尤其是 2014 年、2015 年连续两年的亏损更让上市公司韶钢松山带上 ST 的"帽子"，面临着被摘牌的危机。

一旦被摘牌，韶钢就失去了融资的主要渠道，可谓雪上加霜，危如累卵！

曾经风光无限的韶钢，此时悲壮地走在了悬崖边上。韶钢能远离生死边缘，走向美好明天吗？

这是韶钢人的疑问。

这是韶钢人的担心。

这是韶钢人的期盼……

关键时刻，韶钢的"东家"——宝钢（现在的宝武）集团站出来发声表态了。

2014年岁末，时任宝钢集团董事长徐乐江来到韶钢，掷地有声地表态："韶钢进入宝钢集团后，集团会对韶钢负责到底，除非是自己没管理好、没干好，否则宝钢集团内的企业不会在行业中先倒下。我们不会放弃，不会言败。"

宝钢集团掌舵人言必信，行必果。

2015年，集团总经理陈德荣亲自策划，指导宝钢股份专家支撑团队"嵌入式"进入韶钢各管理和技术岗位，全工序、全流程支撑韶钢发展，把先进的管理方法、技术经验以及优秀的"特钢精品文化"植入韶钢。

宝钢集团对韶钢"创纪元"的支撑，为韶钢结构调整和转型升级提供了最直接、最有效的保障。

韶钢现任党委书记、董事长李世平走马上任了，他开始对"身患重疾"的韶钢进行"望闻问切"，以期能妙手回春，让老态龙钟的韶钢重焕活力。

面对韶钢的巨额亏损和大额负债，在宝武集团任职多年的这位韶钢新当家人的改革思路十分清晰：对单一的产品结构进行转型升级；提高生产效率和人事效率；解决环保欠账。

新官上任三把火，烧出了韶钢的新天地。

李世平向采访记者阐述了他的改革新思路："除了受大环境影响之外，韶钢亏损的主要原因便是产品结构单一，已跟不上时代的步伐。韶钢改革和转型的方向就是实现普钢生产向优特钢生产的转变，加快提升优特钢的制造能力和规模比例，由单一产品转向高端制造。另外，国企的'毒瘤'就是极低的生产效率和人事效率，必须精简机构和人员，提高效率。此外，环保是制约钢铁行业发展的问题之一，我们要破除钢铁行业污染重的传统印象，向清洁高效制造转型……"

于是，在这种改革思路指引下，韶钢出台了新的规划：以钢铁业为核心产业，以市场需求为导向，充分利用区域市场和资源优势，以不新增炼钢产能为原则，大力调整产品结构，聚焦中高端棒线，致力于将韶钢打造为华南地区最具竞争力的钢铁产品及服务供应商，成为宝武集团高端棒线材制造基地。因此，韶钢规划期内的首要任务是减损、止损，为生存而战。

在钢铁主业，遵循"绿色、智造、成本、协同"发展思路，确保每年铁、钢、材产量分别稳定控制在一个经济、高效的生产水平，各项技术经济指标达到行业先进、周边同行领先水平。

在多元板块，遵循"聚焦、整合、创新"发展思路，以稳健经营为原则，立足于存量资产和现有业务的盘活增值，利用自有现金流求发展，提高多元产业在公司营业收入中的比重。

改革思路和方向明确后，"身患重疾"的韶钢被实施了一系列"改革手术"：制度改革、技术革新、产品结构优化、人力资源优化、主动对接珠三角……

此时，十里钢城吹响了"为生存而战"的号角！

"韶钢朝特钢发展的前景被看好，未来三年将逐渐提高特种钢、优质钢等高端产品所占比重，目标定位逐步成为华南地区唯一的高端优特钢生产基地，为珠三角配套优特钢。同时，以韶钢为中心，韶关将吸引钢铁产业链的上下游企业及其相关的服务业等加入其中形成动态联盟，初步形成集产品采购、生产、销售和服务于一体的上下游产业体系。依托韶钢特钢产品优势和韶关汽车零部件、装备制造传统产业基础，以汽车零部件、紧固件、精密模具、机械制造等为重点发展方向，加快建设华南先进装备产业园，延伸钢铁产业链。"李世平踌躇满志地介绍道。

"特钢"，无疑是韶钢的"希望之星"。

韶钢一改以前主要生产螺纹钢等普通建筑用材的经营模式，按照"普转优，优转特，不断扩大优特比例"的发展思路，大力发展特钢产业。

2013年，宝钢特钢韶关有限公司（简称"宝特韶关"）建成投产，经过近几年的大力发展，作为广东唯一的特钢生产基地的"宝特韶关"如今是虎虎生威、活力四射。

站在全国的制高点上，李世平的眼光看得更远。他告诉我，珠三角地区对特钢的需求量大，但长期以来一直主要靠外地钢厂提供。这是韶钢发展的短板，更是机遇。特钢能充分发挥韶钢在华南先进装备产业园建设中的基础支撑作用，吸引更多企业落户产业园。

"潮平两岸阔，风正一帆悬。"

韶钢，在经历了大起大落之后，砥砺奋进，而今再立潮头……

2017年2月16日，宝武集团党委书记、董事长马国强在韶钢调研时提出"韶钢要干就要干到最好"。这是宝武集团对韶钢最真挚的嘱托。

　　"韶钢能够度过寒冬，迎来发展春天，除了我们自身进行的系列改革外，更主要是得益于国家供给侧结构性改革的政策红利。党的十九大胜利召开，供给侧结构性改革一定会有新部署，这对国企是新利好新期盼。"李世平充满希冀地说。

　　他表示，韶钢正努力走出一条质量更高、效益更好、结构更优、优势充分释放的发展新路子，韶钢人永远不会停下前进的脚步。

　　展望未来的蓝图，李世平充满信心道："我们现在正朝着打造华南地区最具竞争力的钢铁产品及服务供应商、宝武集团高端棒线材制造基地的目标全力进发，韶钢有信心在未来的发展路上走得更稳健、更雄壮。"

　　韶钢的明天会更美好！

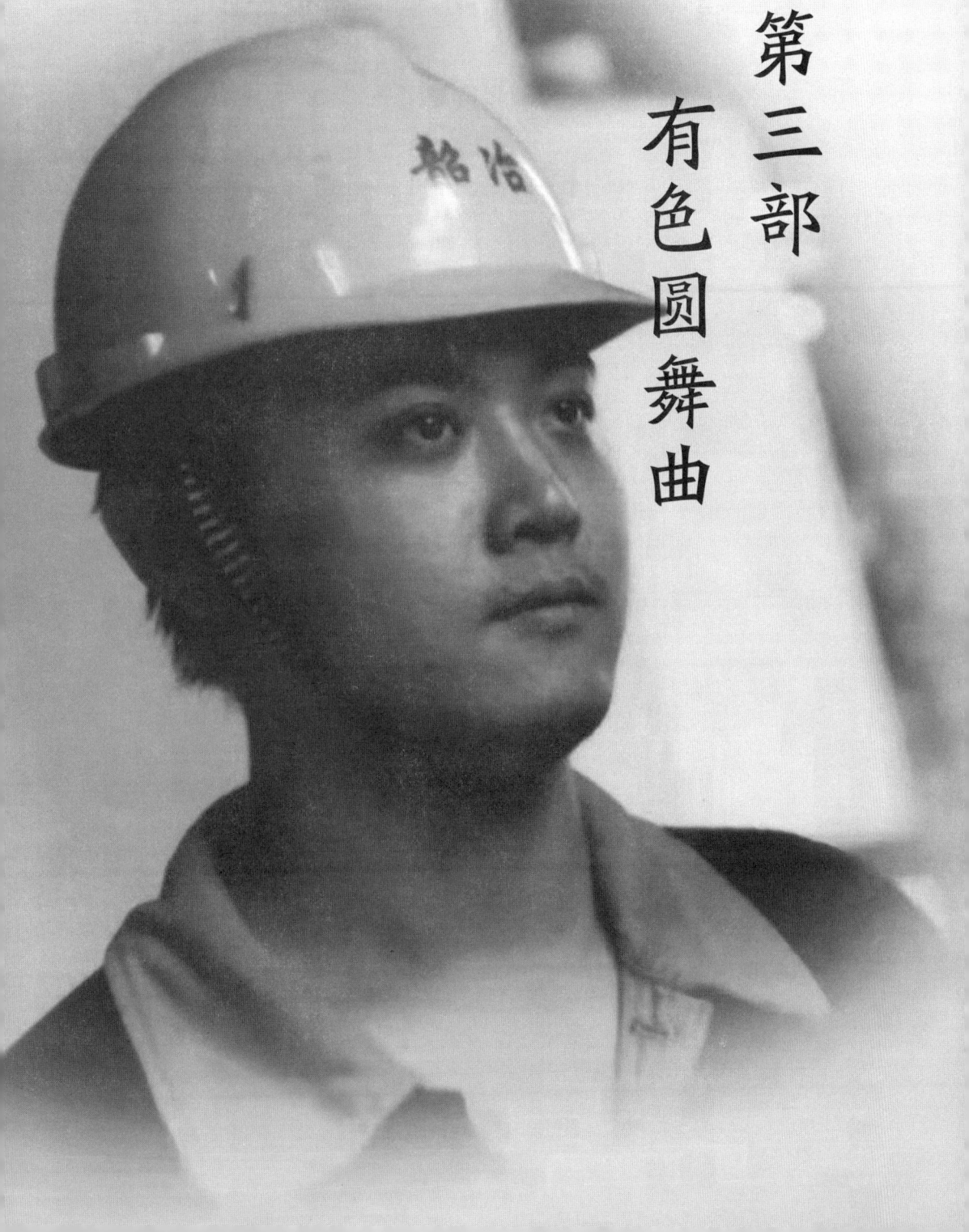

第三部
有色圆舞曲

第一编　　中国采矿史诗：续写矿山传奇

1

是神话还是传说
纵然地层深处有"水老虎"作祟
依然有凡口"治虎记"的武松
穿行在地层深处的勇士
获得了无数诗行的歌吟
前奏与后路
企业家必须操作的课题
谁是定音鼓
党委书记在微笑中亮相
矿工风采图
来自于"油泵大王"的一双灵手
抓铁有痕，显现北方汉子的匠心
踏石有印，小伙子解决了大难题
敢打硬仗，地层深处的英雄群体
举拳宣誓，大情大爱男儿垂泪
这是中国的采矿史诗啊
用数十年的岁月续写矿山传奇

2

燃烧的岁月

来自天南地北的建设者

为了共同的目标

特殊时期的"混血儿"

浓烟四起

大干出来的"争气炉"

四处漏气

绝处求生

用"翻身仗"赢回的"救命金牌"

让小鸟飞回来了

鼓风炉的变迁

令外国专家侧目

火的群雕

源自罗丹的《思想者》

"杯子理论"

源自"精神之剑"

三次大跨越

演绎了命运的大抉择

中国冶炼史诗啊

解开了世界性的 ISP 之谜

美丽而又富饶的岭南大地，到底蕴藏着多少有色金属的宝藏？

光看这一串名字，便令人有感其姿彩纷呈，目不暇接：红锡龙锡矿、黄龙山钨矿、蓝关钴矿、白石岗钼矿、燕子岩铍矿、鲤鱼铋矿、黄獍坑铅锌矿、蓬莱铝土矿……它们就像流行于岭南一带的民间音乐采茶调、花朝调、春牛调、客家山歌那样，纵然美丽、悠久，但还不是一部大型交响乐曲。直到凡口铅锌矿和韶关冶炼厂在南粤大地迅速崛起，广东的有色金属才奏出了一曲雄浑壮美、动人心魄的圆舞曲……

第一章　凡口"治虎记"

如果说，凡口的地下水是张开血盆大口的猛虎，那么，凡口人就是骑在虎背上英雄——武松。

硫黄厂：凡口矿的前身

凡口矿位于粤北重镇韶关市东北角48公里的仁化县境内。据有关文史资料记载：早于夏禹时代，便置仁化为乡，属曲江县。唐垂拱四年（688年）始以仁化、光宅、青化、潼阳四乡置仁化县。

可以肯定地说，早在很久很久以前，这里便露出蕴藏富矿的端倪，点燃过仁化古代文明的星星之火。可不，延绵到这一带的南岭诸广山山脉南麓，至今仍隐约可见一顶顶的"铁帽子"戴在绿色的植被之上。而在凡口的圆墩岭一带，仍遗留着许多古代冶炼后废弃的炉渣……

相传远在公元10世纪的宋朝时代，凡口这个地方就有过开采和冶炼史。

1955年3月，广东省开展了群众性的报矿运动，中共粤北区党委城市工作部、粤北行署根据中共仁化县城市工作部部长钟振权提供的炼铅渣矿样，区党委城市工作部部长钟俊贤亲率该部干部黄汉彪和行署工业处丘裕光工程师、欧永典等人到凡口水草坪现场考察后，拨资3 000元，派人到这里进行了三个月的地质普查，并从英德调来炼硫工人张可方、苏生等人准备建设炼硫厂。同年7月始建仁化凡口硫黄厂，全国各地陆续有工程技术人员、工人被吸引到这里来，成为凡口铅锌矿第一代的艰苦创业者。

在凡口矿档案室里，我们有幸翻阅到以下的史料，这是许多离世老人当初留下来的原始记录：

彭桂华（退休老矿工）：我的老家在湖南，1956年3月份从白水磷矿调过来的，刚到这里时，只见到处都是荒山野岭，金星岭、狮岭一带的树木很高，很密，不像现在这样被砍光了，公路还没有修起来。韶关通过来的小路，只修到董塘。我们沿着荒僻的小路，走了4公里多，才来到凡口。

我是个三级采矿工，每月工资32.5元，住的是竹笪茅草为墙、杉皮盖顶的大棚舍，舍内是竹子架起分上下两层的通铺，一间棚舍得住数十人。

第三部 有色圆舞曲

用水困难，靠手摇辘轳从深井取水。硫黄厂成立后，首先在庙背岭露天开采硫铁矿，完全靠人力用锄头剥离，用手锤凿岩土法采矿，用肩挑的办法挑运矿石和泥土。冶炼办法，也是极其原始的，就是将硫铁矿碎成细砂，装入鼓型小口的硫黄煲内，用泥巴封闭罐口，倒扣在一只大口的瓦罐上，两个罐口相接，数十罐排放在炉池里，面上盖上块煤烧炼，使硫黄渗出流在罐底里，然后用水冷却成为粉状硫黄。还有一种冶炼方法，就是筑起拱形的大窑，将矿石和煤块分层装入烧炼，矿石加热后排出二氧化碳气体，通过窑顶气孔进入冷却缸成为粉状。

那时，我们这里没有公路，更没有汽车，炼出的硫黄便由人肩挑至董塘处，挑一担成品出去，又挑一担空坛子（罐）进来，一担挑出，一担挑入。有家属的矿工为了养活老婆孩子，往往下班之后，摸黑挑一担硫黄进董塘，每天能比别人多挣三四毛钱，就很了不起啦！

颜学惠（矿安全处干部）：我也是从湖南来的，老家在郴州过去一点。当时老家很穷，听说这里有工作，便带了几块钱上路，一直走路到凡口来的，刚到这里，就被硫黄厂招收为工人。当时露天采矿，要剥掉表土，每天有上千人挑土、挑矿，叫作担挑加工算，每天工资1.4元。那时国家困难，连火柴也要进口，矿工的劳保条件，自然就很差啦！采矿担土、挑矿的工人，每天发一顶竹笠、一件蓑衣、一块垫肩和一双草鞋。冶炼工人每人发一顶竹笠、一对袖套、一个口罩、一对解放鞋。辅助工人除发一顶竹笠外，别无其他。如在水里工作的，上班时，穿一双水鞋，下班后，水鞋要除下来，交给换班的工人穿，没有一点闲置的时候。到了1958年，开始发放工作服，不过得两人共用一套，你如穿上身，便将裤子留给别人。

冯梅（矿科研所主任工程师）：我原来是广西人。1953年进中南工业大学，是采矿专业的第一届毕业生。毕业后分配到东北本溪工作，后来又调到鞍山钢铁厂搞地质工作，1957年到了广东英德硫铁矿。

当时凡口的仁化县硫黄厂，露天开采硫铁矿冶炼，因设备差，技术人员少，1956年发生了一起安全事故，死了好几个人。于是，韶关地委跟我们硫铁矿党委研究，要借一个技术员过来，把仁化硫黄厂搞得正规一点。

来到凡口后，先是露天开采，然后转入地下开采，但生产条件极差，矿井使用煤油灯照明，抽水便使用汲水筒、龙骨车。不过那时的铅锌矿还没有发现。铅锌矿是"盲矿"，在地面看不见。这里的地质情况非常复杂。听说一百多年前就曾在水草坪那边开采过一个银矿，我到的时候已塌陷成一个水塘，说是有妖怪，经常闹得人心惶惶。

我到硫黄厂后的1957年，已是硫黄厂生产的鼎盛时期，完成投资34.3万元，职工有2 000多人，采矿开辟了金星岭、庙背岭、圆墩坳、龙虎坳、富屋、铁石岭等6个矿湖，年产硫黄达600多吨，年上缴利润达30万元。1958年，硫黄产量达7 000多吨，被列为全国三大产硫黄基地之一。

在冶炼过程中，我们发现矿石除了硫黄之外，还含有铅锌，曾建议有关部门把铅锌回收。后来，我们将一批矿石卖给了水口山选矿，发现铅锌品位果然很高。

地层深处的"水老虎"

1955年3月，韶关专员公署工业处曾派员前往凡口，进行了为期三个月的矿点检查。凡口硫黄厂的迅速发展，引起了国家对这个矿区的重视，1956年被正式列入地质部门的勘探计划。同年4月，化工部343勘探队4分队对凡口矿区进行普查和详查工作。1957年对矿区远景做出了初步评价。同时，广东省地质局也于1956年开始，派出706地质队前往凡口，对水草坪矿床以及外围的几个矿点凡口岭等展开大规模的勘探普查，结果发现：凡口矿区包括水草坪、铁石岭、富屋、凡口岭四个矿床，其中以水草坪规模最大，其余各矿床规模较小。水草坪矿床地表至400米以上共发育大小矿体174个，分布在狮岭、金星岭、庙背岭、圆墩岭等四个地段。矿储量达3 000多万吨，含铅锌金属513万吨，平均品位15.7%，最高品位达33%。

经过对勘探标本的抽样统计分析，爆出了一个令人精神振奋的特大喜讯：凡口矿铅锌储量全国第一！凡口矿铅锌品位全国第一！

一个令人垂涎的富矿，是一个多金属共生的矿床，除了铅、锌、硫资源丰富外，还伴生有金、银、汞、镉、镓等多种贵重稀有金属。

人们不由联想，女娲当初遗失的那块用来补天的五彩宝石，或许被埋藏在这里。

人们仿佛已经窥见了它美妙的姿彩。

人们仿佛已经听见了它淡远悠扬的前奏曲……

千百年来，这一座只响着钢锤敲打钢钎单调而寂寞的叮咚声的落后矿山，立即沸腾了！

请看《凡口铅锌矿志》几段记载：

第三部　有色圆舞曲

1958 年 2 月，国家将"仁化硫黄厂"改名为"凡口铅锌矿"，同时成立矿党委，隶属于韶关专署。

1958 年建矿后，矿里只有一台残旧的汽车，采矿生产仍靠手掘肩挑的土办法进行露天开采，为了减轻劳动强度，工人又自制木斗车，采用木轨道（即木头面上钉竹片，后改为铁钉皮）取代了扁担土箕，改善生产条件。

1959 年，矿成立了采矿坑口，露天开采工作限采，转入正式基建阶段。

1963 年 3 月，矿山专用铁路开始施工，同年，在龙凤岭矿湖底往南打第三口斜井，因滴水过大没有成功。

1960 年 2 月，在矿区金星岭东部兴建第一个竖井，因地质条件恶劣，下掘 6 米后报废。

1961 年 7 月，根据长沙有色冶金设计院的布置，重新在金星岭开拓竖井。至 9 月下掘 16 米时，又因工程地质与水文情况没有搞清，井筒下塌，施工设备不齐而停止了掘进。

基建初期，露天矿坑和斜井曾几次突水发生淹井事故；原东风井在施工中遇溶洞涌水发生偏斜面报废。

…………

这里横亘着一只拦路虎：水！水！水！

难道天下的宝藏，都需获得阿里巴巴的神秘口诀才能开启？

凡口地下的巨大宝藏，又是由一群什么样的拦路虎守护着？

凡口矿水草坪矿床上，覆盖着一个巨大、深厚的含水层，若打一个蹩脚的比喻，就是像将桂林市的熔岩地貌倒扣在凡口的矿床上，使深埋在地下的矿体上方，戴着一顶 150 多米厚、溶洞发育、含水量达 9 600 万吨的水帽子！

凡口有地下河，无法开采！

凡口矿床浸在水里，无法开采！

凡口水文地质复杂，无法开采！

守护着凡口地下巨大宝藏的是一群青面獠牙的"水老虎"！

专家们议论纷纷，失望、惋惜之情，像洪潮般夹裹而来。曾经来这里"支援"过的专家，带上图纸撤走了。

也就在这时——一个深夜的晚上，矿区轰隆一声，突然塌下一个直径 35 米的大地洞，把一栋 60 平方米的洗澡房全部吞没下去，无影无踪。

一时之间，凡口人心惶惶。

接着传来了冶金部决定缓建凡口矿，停止投资拨款的消息。

缓建是否等于下马？凡口矿面临着被抛弃的厄运！

矿党委十分重视这一问题，认真研究对待。全矿职工十分珍惜凡口这一得天独厚的矿山，以坚定的态度和巨大的决心力争维持凡口铅锌矿的建设，并提出了一条"以矿养矿"的建议，得到了上级党委的支持。

可幸的是，矿山恢复元气之后，在706地质队和凡口铅锌矿众人的共同努力下，补做了水文地质工作，先后进行了群孔抽水和井下疏干放水试验。

最后认定，凡口矿水文地质条件虽然复杂，但地下水是可以疏干的。也就是说，"水老虎"是可以制服的。

京城传来电报：凡口铅锌矿立即上马。

长沙有色冶金设计院开进凡口，开始绘制蓝图。

十六冶巷道公司开进凡口，打响了基础建设第一炮。

凡口，你终于在艰难中挺起了腰，伸展出崛起的腰身……

凡口"治虎记"之一

凡口铅锌矿的地下涌水量之大，在当时我国有色矿山中实属罕见。

这个问题几经专家考察，都被认为是无法破解的难题。设计部门以凡口铅锌矿的设计基础资料不全而无法施展拳脚。

凡口铅锌矿与有关地质部门补作了水文地质工作之后，掌握了开启地下宝藏的钥匙，使冶金部的领导看到了凡口铅锌矿呈现出来的转机。

冶金部部长吕东曾到凡口视察，当了解到凡口铅锌矿的地下水被喻为"水老虎"之后，在北京冶金部亲自主持研究了凡口铅锌矿的建设问题，会上明确决定："就算是老虎屁股，我们也要摸一摸！"

于是，一个"专用截水巷道与分中段超前疏干相结合"的疏干地下水方案被提出来了。时任凡口矿地测处处长袁锡蔡，风趣地将这个方案称为"御敌于国门之外"与"关门找狗"，且将它改称作"关门打虎"罢了。

俗语说：老虎屁股摸不得。敢摸老虎屁股的就是武松。

1965年6月，凡口开始实施第一阶段疏干工程时，刚刚摸了"水老虎"屁股一下，它果然发起了淫威，怒吼一声，一蹦老高……

由于事先没有预兆，更没有警报，在0米中段南部放水巷道薄弱岩层处，"水老虎"突然张牙舞爪，以郁积日久的暴怒，猛然撞击地层，冲溃崖壁，夹带大量泥沙，前 6 小时以平均每小时 4850 立方米流量涌入巷道，转眼间水深齐腰，经奋力抢救，虽然作业人员全部脱险，但仍造成已开拓的 0 米、–40 米、–80 米三个中段全部被水淹没……

凡口矿工程师潘保琰从 1963 年开始，就主持凡口矿的水文地测工作。

他说："我从 19 岁开始从事有色行业，权当卖给凡口矿了。"老潘是地道的广州人。1951 年在广州市一中毕业后，参加了军干班，同年 8 月调入潮梅矿务局。当时国家要开发有色金属，他便被送到江西培训，一边工作，一边学习地质勘探。没来凡口时，他便听说这里的"水老虎"厉害，整个冲凉房一夜之间突然塌陷下去了；又听人说，"若待在凡口，不知哪一天会掉到地洞里将命送掉"，听得老潘心中直发毛。

岂知老潘是虎年出生的，明知山有虎，偏向虎山行，成了凡口庞大的"打虎"队伍的干将之一。

事实上，为了实施"御敌于国门之外"和"关门打虎"这个疏干矿床地下水的方案，早在 0 米中段遭遇水淹之前，凡口矿已经付出了行动和代价，实施这样大的治水试验，一无前人经验可以借鉴，二无专业技术队伍，三无足够的仪器工具。在这种情况下，毛主席关于"大打人民战争"的思想，给了他们工作的灵感……

那时，全矿上下都动员起来了，一支由井下工人、机修工人、选矿工人、运输工人组成的庞大的观察队伍，日夜在方圆 43 平方公里的范围内的 105 个钻孔观测点、31 个河流观测断面、205 个沉降观测点，日夜进行观测，故称："监测虎情"。

而工人、干部们则开玩笑地称之为：在水中"钓鱼"。可这"钓鱼"并不轻松，每天起码"钓"上十二三个小时。

经过几个月的日夜奋战，收集了 3 000 多个观测数据，初步掌握了地下水的活动规律，在做好了放水试验的一切准备之后，又分别在西部和北部地段进行试验，水位观察孔钻了 90 多个，控制范围 25 平方公里。

在西部放水试验中，仅利用一个峒室的五个放水钻孔，在 34 天内，就形成了一个中心点下降 36 米、平均每日放水量 5 100 立方米、影响半径达 1 000 米、疏干体积 520 万立方米的降落漏斗。

在与"水老虎"大打攻坚战中，矿里立即制订了一个"强烈排水、恢复矿井"的战斗方案。

工人们在狭窄的竖井里用吊盘悬吊巨大的水泵和马达，加上粗大的水管和电缆以及水管内的水柱，足有 20 多吨的重量。在排水时还得考虑突然断电的水锤冲击力。而竖井最大的吊车只能悬吊 8 吨重。后来终于想出了一个用 4 部吊车同时悬吊的办法。

强力排水之战打响了。

一时之间，悬吊而起的水泵、马达开动起来就像一群狂奔的野马，吊盘上没有落脚的地方，操纵水泵的工人只能蹲在马达上，像按住狂奔的马头，连续 8 小时颠簸，连饭也不能吃，稍不留意就会被抛入井底……

井底，"水老虎"张开"血盆大口"……

这是一场怎样惊心动魄的战斗啊？

很难描述，语言显得有点苍白无力了。

总之，经过 52 天艰苦奋战，终于处理好了突水事故，又用了 4 个月的时间，修复了井下机电设备，清出了几万车泥浆，全面恢复了矿井基建施工。

在"水老虎"疯狂施虐之际，工人们并未惊慌失措。

"水老虎"第一次低下了狂暴的头颅，在凡口人面前俯首称臣。

但"水老虎"会善罢甘休吗？

没有。

请看——

1965 年开始第一阶段疏干放水以来，至 1985 年底，因"水老虎"在地下施虐，造成疏干漏斗范围内（南约 2 700 米、北部到隔水河边、西过凡口河）产生了不同程度的沉降、开裂、塌陷；塌陷范围达 550 余万平方米，塌陷点达 1 957 处，总体积 133 111 立方米，致使凡口矿地面遭到严重破坏，农田受损面积 1 000 余亩，建筑搬迁 7 000 平方米，报废铁路 4 公里，公路 1.5 公里，后来仅塌陷处理费每年就达 49.8 余万元（不包括填陷材料及农作物赔偿费）。

但凡口矿的水文地质工作者早已摸清了"水老虎"的"作案"规律，继续进行第二阶段（1971—1979 年）及第三阶段（1979—1985 年底）的疏干放水工程。

凡口人在第二阶段的战役，再次将"水老虎"按倒在地，让它动弹不得。

潘保琰说，为了创造狮岭采区安全的采矿条件，凡口矿地测水文组根据历年经验，提出了截流疏干补充方案，经与长沙设计院协商并受其委托承担了本阶段（即第三阶段）疏干工程的设计工作。老潘便主持了凡口铅锌矿 -40 米中段截流疏干补充工程扩大初步设计。1983 年 10 月 7 日至 11 日，邀请了参加过凡口勘探、设计和施工的各兄弟单位有关专业技术人员评议，一致认为截流疏干补充工程设计合理，截水效果显著。

凡口人经过 20 多年与"水老虎"的反复较量，在疏干工作上积累了第一手资料，取得了丰富的科技成果。1978 年，《凡口矿的矿床疏干》荣获全国科学大会成果奖。

就这样，由天神施放的"水老虎"，终于夹着尾巴逃跑了……

凡口"治虎记"之二

凡口与韶冶，一个是原料供应单位，一个是生产冶炼单位。一定程度上说，它们是相伴而来的。因为它们是国家计划经济的组成部分。

为了消化凡口生产的原料，韶关冶炼厂的 ISP 早已应运而生。

一条公路，一条铁路，迅速地碾平了创业者们早期留在这崎岖小径的足迹，仿佛一下子缩短了凡口与韶冶的距离。

拥有英国专利的 ISP，落地于南中国，后来中国工人将这批设备改造成"争气炉"。

如今"争气炉"嗷嗷待哺……

凡口，你每天能通过这条公路、这条铁路，向"争气炉"提供多少乳汁和粮食？

开始时，凡口好像不那么慷慨爽快。它好像有许多难言之隐。难道是被驱逐的"水老虎"又卷土重来，施展虎威，要将丢弃的宝藏夺回？或者可能是，"穷"惯了的凡口人，见到"水老虎"甘愿将宝藏拱手相送？

不是。

都不是……

那是一个薄暮初罩的黄昏。经过一天紧张日班劳动的凡口人，该吃饭的吃饭，该休息的休息了。沿着田间小径散步的人们，举头遥望到了东南方丹霞山的雾霭彩云，期待这神秘之处瞬间幻化出阿霞一样美艳的仙女……

突然一个消息像惊雷般炸开：金星岭二号副采场大冒顶了！人们发狂地向金星岭奔去——有 9 个阶级兄弟埋在井下啊！他们的工作单位写着：凡口。他们是我们凡口的亲兄弟啊！人们在狂奔中祈祷兄弟们安然无恙……

1977 年 8 月 12 日 16 时，采矿班长黎革带领作业人员进入采场，打钻孔、装炸药，一阵轰隆隆的爆破后，他们再次进入采场准备放矿，突然发生了大面积冒顶，有 170 吨左右的矿石，重重地压在了黎革等 4 名采矿工身上……

采矿工人钻进了深深的坑道，忍受着长期与太阳分别的感伤，忍受着长期与月亮分别的惆怅，流着一身酸臭的汗，吃进无数的粉尘，为的就是让你走出深深的坑道，叩见太阳，叩见月亮，然后到人间去创造五光十色的奇迹，让生活奏响"鲜花盛开的村庄"的美丽乐章……

矿工们常抱怨说：采矿是四块石头夹着一片肉。

那一片肉就是矿工们的血肉之躯啊！

"水老虎"肆虐几十年，倒没有伤害过一个凡口人。

有人做过统计，从1965年到1980年，已经有十多名阶级兄弟被"矿难"吞噬了！

凡口矿水文地质复杂，地下遍布溶洞。进行疏干地下水，使得地压活动更加频繁和复杂。整个矿区，不是曾出现过近2 000处的塌陷吗？矿工们在地下坑道采矿，就要承受巨大的压力！

在"水老虎"横行、肆虐的年代里，凡口人在地层深处，用生命作代价地坚守着"国家的使命"。

我们再看一看凡口的采矿方法沿革。

从仁化县硫黄厂开始，及至铅锌矿建矿之初，采矿一直还是沿用不知哪代祖先发明的土办法：钢锤打钢钎。这种原始的操作方式，不仅采、出矿效率低，而且极具风险。当然，也会动摇地下掘宝人的军心。要想顺利获取宝藏，首先得保障掘宝人的生命安全。于是，凡口人在向"水老虎"挑战的同时，也与"死神"展开了殊死的搏斗。

挑战死神的序幕，是从革新凡口的采矿工艺拉开的。来自冶金部的研究院率先进行地压协作研究，将地压管理工作引入了新的阶段。一年多来利用有限元法、声波监测，光应力为"V、S、R"法采场稳定性进行研究，并取得理想的效果。后来又进行了降低水泥耗量的试验研究，同时购置了美国的S、Y、C—1型声波等仪器，使矿山的地压管理逐步走向正规化、现代化。

显然，埋在地下的五彩宝石不但脾气大、难伺候，而且是个被"水老虎"娇惯了的淘气宝贝。好在它们也有那么一点"崇洋媚外"的天性，当凡口人用土办法外加洋办法"对症下药"时，便开始变得循规蹈矩，死神也就不敢张牙舞爪了。

不过，它还时不时躲在宝石背后的阴影中，准备随时袭击那些掉以轻心的掘宝人。于是，人们在心灵上筑起一道坚强的防御大坝。在劳动保障和采矿技术上，织起一张与死神较量的天网。

天大的喜讯是：经过全矿上下七八年的艰苦努力，这道防御大坝筑起来了，这张擒拿死神的网织起来了！

1987 年 8 月 14 日，凡口铅锌矿锣鼓敲得震天响。这是矿里连续 7 年实现安全生产的大喜日子。这一天，矿里被中国有色金属总公司评为"安全生产先进单位""安全生产红旗矿山"；也是在这一天，国家劳动人事部、中国有色金属工业总公司、中国机械冶金工会全国委员会授予矿山"安全防尘先进单位"等多项称号。

凡口人深知：这是来之不易的荣誉。要保持这个荣誉，任重而道远。

攻坚克难的凡口人

多少年来，凡口人在与"水老虎"和"死神"的较量中殚精竭虑；

多少年来，凡口人在与"水老虎"和"死神"的较量中颇为悲壮。

他们被社会的责任与国家的义务所激励。

他们被一块磁石强烈地吸引着。

这就是振兴我国落后的有色金属事业。

早在 1977 年，当韶冶的 ISP 试车成功，到处"冒火、冒烟、冒气"，凡口便派出了自己的专家队伍，先后到了加拿大、澳大利亚等国家，考察了他们的同类矿山，引进了西方 20 世纪 70 年代新兴的"盘区机械化胶结充填采矿法"进行试验，并引进了高效铲运机等一系列先进的采矿、出矿设备。

1980 年，选矿车间开始系列引进试用了当时世界第一流的采选工艺流程，既提高了产品质量，又解决了回收银、硫等多种金属问题，力争经济效益最大化。

在未进行盘区开采之前，采、出矿日产矿石总量在一千吨，年产金属在 4 万吨上下徘徊，年产金属 6.7 万 ~7 万吨，年利润达 3 500 万元。

凡口人仍未满足。不久，他们又盯住了一个新目标。1982 年，他们会同长沙矿山研究院、北京矿冶研究总院，将世界上 20 世纪 70 年代中期发展起来的 VCR 采矿新技术引进国内，通过近 3 年的艰苦努力，应用理论分析、模型试验、电子计算机模拟、岩石力学和爆破效应、地压观测与分析等综合研究，终于获得成功。

就这样摇身一变，"VCR"法变成了"FDQ"法，即"凡口矿垂直深孔大爆破采矿法"，获中国有色金属工业总公司"六·五"国家科技攻关项目一等奖、国家科技进步二等奖。

他们引进了高风压潜孔钻机并加以消化改造，试验联合崩矿新技术，用铲运机在采场下部中段出矿，遥控铲运机出采场残矿。在这种情况下，采、出矿人员不用进入采场，而综合生产能力比普通法高出千倍以上。这项技术于 1985 年开始应用于生产过程，该年度便实现利税 6 100 万元。

实践证明，这套工艺已跻身世界先进行列，试验的技术经济指标已达到世界先进水平。

瞧，他们都是普通人，没有特别的模样，也没有张扬的个性，头戴安全帽、身穿工作服。但他们又都是一批有真材实料的科技人员，既有严格的科学态度，又有忘我的献身精神。正如时任矿长冯秋明所说，他们在自己所从事研究的领域里，堪称全国知名的专家。

令人感慨的是，他们中的绝大多数人，都是唱着"到农村去，到边疆去，到祖国最需要的地方去"这支令人血脉贲张的战歌来到凡口的。

"要发展我国的有色金属工业，总要有一部分人做出牺牲。"在凡口，你可以到处听到人们说这句话，而口气是淡淡的，好像是天经地义的。他们没有漂亮的别墅，没有诱人的高薪，然而他们许多人却干得更卖力、更认真、更欢快！

穿行在地层深处的勇士

有这样一个人，他也许算不上是严格意义上的专家，却是实打实的行家。

有一次，一位女作家要写一篇报告文学，看了材料后，决定采访他。

那时他 50 岁开外，身材魁梧，够得上标准的美男子，神态却有点腼腆、憨厚。女作家不问话，他便不吭声；女作家问一句，他也就答一句。一共说了几十句话，就完了。大意是他老家在广东揭西，1951 年就开始进有色系统搞采矿了。1965 年 1 月份，他调到十六冶井巷公司，在凡口搞掘进；1977 年才正式调进凡口矿。他仍然在掘进队，作采矿的排头兵。

他还说，他有孙子了。

"哟，真幸福！"女作家笑道。

他报以女作家憨厚一笑，便没话了。

女作家细眉轻锁，颇感失望。

当天晚上，一位凡口矿的文学青年拿来一叠报告文学稿件，请女作家指教。女作家一看题目，咦，写的不就是他吗？这个沉默无语的人。这个已经当爷爷、外公的男人。

正是他，担任着采矿坑口深孔队的队长，在几百米深的主溜井爬上爬下，有如高空中走钢线，没有丝毫怯意。

——几十年的矿山井下生涯，干过风钻工、爆破工，担任过班长、值班长、队长、区长、支部书记。不论在哪个岗位，他始终都不离开井下第一线，像乌金一样，在矿石群中闪闪发光。

——岩石坚硬，他比岩石还硬。工人们说："队长骨质里含钙、含铁、含金。"井下作业几十种，要数打天井最危险：作业的地方，是一条钢丝绳拉的小罐，人站在上面，悠悠晃晃；青年人打一槽炮眼就支持不住了，他却要打两槽炮眼。

——爆破后，顶上残留松石，抬眼望去，险象环生，裂隙里死神在朝他嘿嘿狞笑。每当这时，他就咬紧钢牙一马当先，细心选择比较安全的一尺方地，让吊罐把自己高高托起，寻找岩石的缝隙，屏息谛听钢钎跟岩石的碰撞声；然后挥舞钢钎，巧妙地让一块块松石坠落，再坠落……

——在凡口矿进行技术改造，采矿坑口出现故障：矿石粉矿突增25％，泥石流般从溜矿系统汹涌而来，堵塞了溜矿井口，淹没了运输巷道。4个月过去了，全矿生产任务只达到年计划的10％。在这关键时刻，他站了出来：别忘了我们掘进二队！

需要装振动出矿机制止"屙矿"现象，他又像勇士一样出现在该出现的地方。

主溜井上下几百米深，直径5米，空空荡荡，周围阴冷险峻的水泥峭壁，毫无立足之地。下边黑咕隆咚，深渊处仿佛死神张开血盆大口。

许多人别说下去，就是往下望一眼，也会头皮发麻，腿肚子直打战……

有人曾形象地说：若将一根针往井下扔去，其尖锐度一定能将人体穿透。何况当时溜井四壁上，残留着无数大小矿块。稍有不慎，矿块将如雨点般洒下，定将人砸成马蜂窝……

"我下去！"他说出的话如闷雷滚过，安全帽扣在铜铸般的脑袋上，他别好凿子和铁锤，挎上电筒，系好安全绳，缓缓地从井壁下滑。脚下，不断有碎石坠向深渊，发出令人胆战心惊的噼啪声……

他下去了。

下到了黑暗处。

黑暗吞噬了他，但吞噬不了他闪光的身子。

那是铁锤敲打柱窝的声音，像他讲话那样短促、沉着。

怎么没有声音了？

死一般沉默。

黑暗向上升腾、弥漫，吞没了一丝光明……

有矿块掉下去的隆隆声响。

人的生命也许在地层深处，被一块飞来的矿块瞬间结束，融进了无边的黑暗中。

人们捏了一把汗，屏息静气，不敢动弹。

一小时过去了。两小时过去了。三小时、四小时过去了……

升腾、弥漫的黑暗忽然往深井退去。光明浮出来了。

冒出一个人来。

是他。

他艰难地爬了上来。

憨厚地咧嘴笑笑，吃了饭，吸根烟。

他又下去了，终于将安全平台架好，让同伴们顺利地安装好振动放矿机。

这仅是他平常生涯的一件平常事，一缕对他来说不足挂齿的轻烟。

他拿过许许多多的荣誉。

他难道不是穿行在地层深处的勇士吗？

按我的理解，牺牲大概有两层含义：

一是刹那间的献身；二是在长期的煎熬中无私奉献。

而凡口的矿工们所做出的，无疑是后一种牺牲。

让我们再看看这样一种场景，这似乎是遥远而又陌生的世界——

偌大的地下矿山，像一座奔流着的地下城市，更像一栋结构完整的楼宇。1米、-40米、-80米、-120米……每一个地段都布置着整齐的长廊与房间，地段与地段之间，倾斜的坡道有楼梯相通。它为地下采矿创造了良好的环境和条件，使得采场与采场之间不再像过去那样与世隔绝；工人与工人之间，不再孤单无援，远离寂寞，人们时常感到身边有生命的存在。亮着大灯的汽车开进来，运载矿石，一些大型设备也可以气势昂扬地开进来，又满载货物冲了出去……

看，在地层深处，一个英俊的小伙子，正操纵着一台凿岩台车，让它扬起孔武有力的机械手，向前、向上、向坚硬的矿石作有力的穿透，穿透……哦，原来这就是机械化盘区开采的一个环节。现在矿山的生产已有三分之一采用此法，令全国有色矿山系统的人羡慕不已。无论谁来到凡口，第一件事就是穿靴、戴帽、换衣服，奔到井下去看看——这陌生而又令人亢奋的地下采矿世界……

除了这些，人们还羡慕凡口地下的楼宇、地下的街市。

那是一个怎样的街市啊——虽然没有太阳，却有光明和温暖；虽然没有月亮，却有流泻的银辉和透亮的柔和。

对了，只要你跟铲运矿石的车溜达一圈，隆隆的机器声，便会令你听到一组组动感十足的原音符；只要你跟着灯光照射的方向望去，环视采场四壁，便会发现夜市的光芒，竟能穿透那五彩宝石，剥掉其沉重的铅灰色外衣，露出星星点点的晶莹灿烂的本色……

灯光闪烁不定。

声波此起彼伏。

星河争相辉映。

第二章　前奏与后路

一个优秀的企业家群体，关注的不仅是拉开序幕后的前奏，还要为企业谋划遥远的后路。

是的，人生的目标，不是眼前的苟且，而是诗和远方……

企业家的一天

有个冶炼工人曾经这样描写过企业家的一天：

清晨，你繁忙一天的开始。

你呼吸一口清新的空气，跨进办公室……

从此，开启你逻辑思维的马达，驾起想象的风帆，驰骋在八小时以内有限而无限的时空里……排列、组合……浓缩、分解……概念、判断、推理、界定问题、把握机会、确立目标、拟订方案、反馈调节……你时而像一位数学家一样严谨周密；时而像一位化学家一样精于辨别；时而像一位哲学家一样充满哲理和思辨。哦，这些都是你气质中的一部分，你比他们拥有得更多，胸怀更广阔，目光更深远。你以中国企业家的胆魄和稳健，智慧和识见，与千千万万企业家一道，驾驭着数千个大中企业沿着社会主义的轨道，推动着整个社会经济呼啸向前……

时光流转，回到 20 世纪 80 年代后期的办公场景。

这是一座颇具气派的厂部办公大楼里的一间会议室，绿色的地毯、绿色的绒沙发、茶褐色的进口玻璃茶几。在整洁的四壁上，左边挂着《凡口矿开拓系统示意图》《盘区开采立体示意图》《FDQ采矿示意图》《选矿车间设备配置示意图》；右边则挂着《矿生产经营进度表》《安全值日领导》。

这一切都颇具作战指挥部的气派。

只要你细细打量，全矿的矿藏量、已开采量、采选方法等，就一目了然。

在这里，矿党委书记陈先燊，矿长冯秋明，副矿长龚天培、贺辉远、周加和、赖堂桂、张拥军、罗国魁，他们相貌平凡，神态自若，哪里看得出数学家严谨周密、化学家精于辨别、哲学家充满哲理的气质与风度？

不过，当你坐下来仔细聆听了总调度的全矿生产进度汇报之后，就有另一种感觉。听了采矿坑口报告当天出矿量、矿石品位、消耗电能，听了各位副矿长互相交流自己主管部门情况，听了矿长等人进行的综合、分析、平衡、决策之后；待你阅读了他们各人发表在《凡口企业管理》上那一篇篇充满真知灼见的科技论文之后，你就慢慢地形成一个全新的印象：这班人首先是一群精明的实干家，也融进了数学家、化学家、哲学家们的特质。

由此你就可以得出这样的结论，《企业家的一天》的作者，将企业的领导者们描写成数学家、化学家和哲学家，是一种归纳和升华。

当然，也是来自心底的赞叹。

那时的凡口矿管理层，的确有一批真抓实干的企业家，他们以各自的风度构成了一组群像。

龚天培，副矿长，主管人事和政工，细高个，眉清目秀，看上去就像一介书生，沉静而稳重。说起话来，慢条斯理，抑扬顿挫，极有韵律。他爱好文学，擅长书法，且能歌善舞，甚至还会设计缝制新潮时装。

矿青年文学沙龙的刊物《新月》的发刊辞，正出自龚天培之手。1968年，他从江西冶金学院毕业后就来到凡口，在这里度过了20多个春秋，用他的话来说，就是将一生中最灿烂的年华奉献给矿山了……

贺辉远技术水平高，性格深沉内向。在人生经历中，他感到最得意的是事业取得了成就，同时得到了社会承认。当工作得不到他人和社会的理解时，他感觉最痛苦。他最大的愿望是以自己的智力和体力为凡口建设贡献力量。

周加和主管对外经营，交际能力很强，踏实稳重。在人生的经历中，他感到最得意的是，凡口矿对国家的贡献成几何级数增长。他感到最痛苦的是，矿里发生过的工伤事故。他最大的愿望是，企业外部单位及企业主管部门按国家政策办事。

赖堂桂两届连任，擅长处理工农关系和管理后勤。在人生的经历中，他感到最得意的是，自己从一个普通工人成长为一个副矿级领导，同时又有一个和睦幸福的家庭。他感到最苦恼的是，在改革开放、搞活企业的时代中，由于自己缺乏经营管理知识，导致工作压力大。他最大的愿望是，矿山有一个团结协作的领导班子，自己有健康的体质和旺盛的精力……

冯秋明矿长，中等个子，模样敦厚，说话实在。因为他在中秋节出生，父母便给他取了这个有诗意的名字。他老家在番禺，后来又迁到南海，那是珠江三角洲最富裕的地区。

1960 年，他在广州华师附中毕业后，便到衡阳矿冶工程学院采矿系上学。1965 年又考上了东北工学院研究生。他是学习的尖子，但在"文革"中并未碰上好运，1969 年调到凡口矿来做一个普通的采矿工人。以后当过班长、调度员、技术员、技工学校教员、采矿坑口工区长、矿生产科副科长，然后又回采矿坑口当副坑长，他是一步一个脚印地走上来的矿领导。

由冯秋明和他的副手们组成的矿领导班子，实在是个年轻又富于朝气的班子，他们就是演奏中国有色交响曲的"主乐手"！

我翻阅了矿里自 1985 年以来的部分工作总结、大会文件、汇报材料、动员报告、经验介绍等，给我的感觉是：焦灼感、紧迫感、危机感、挑战感与拼搏感并存。

当初，以冯秋明为代表的一批知识分子唱着"到农村去，到边疆去，到祖国最需要的地方去"来到粤北，为的是发展、振兴我国的有色金属事业。而现在，由于时代的更迭，虽然围绕着同一个目标，却又有了不同的形式和内容：他们的奋斗精神，不再是过去提倡的那种有失偏颇的"革命加拼命"，不再是单一的"吃大苦流大汗，自力更生、艰苦奋斗"，而是科学、是技术，是商品、是经济，浓缩为一句话，便是"背水一战，探索建设矿山新模式"！

所谓创新，就是意味着向旧的模式发起挑战。

在旧体制沿革下来的企业中，不可避免地充斥着许多旧的观念、旧的做派，有的是合理的，有的要被时代淘汰。

摆在他们面前的是——旧的条条框框需要打破，旧的生产观念需要打破；庞大的队伍需要精简；旧的分配方式需要"另辟蹊径"。

看着这些泛黄的资料，我的眼前浮现出以冯秋明为首的 20 世纪 80 年代的凡口领导班子的群像。

我看到他们的执着。

我看到他们的奋勇。

我看到他们的无私。

我看到他们的无畏。

这是那一代人的历史，这段历史的精华正被新一代人传承和光大……

前奏

凡口矿的领导层首先确立了一个总目标：把凡口矿办成技术一流、管理一流、经济效益高、精神文明好的现代化新型矿山。

他们的口号是响亮的："达产、改造、勇创一流！"

他们的目标是明确的：1988 年跃上国家二级企业，1989 年达到国家一级企业，向国家特级企业奋进！

这就是凡口矿为广东有色交响圆舞曲定下的主旋律。

凡口矿在国内同类矿山中，不是已经达到技术一流、经济效益一流了吗？那发展空间在哪里？

在对外开展的经济技术交流中，他们了解到瑞典律纳铁矿等世界几个著名大矿山的特点：一是机械化、自动化程度高；二是职工人数少；三是劳动生产率高；四是生产成本低；五是经济效益好。

凡口矿的采选技术虽然也属于世界先进水平，但是管理水平却不是世界一流的，劳动生产率不是世界一流，经济效益也不是世界一流。

这种"不是"，让凡口人看到自己与世界一流的巨大差距。

有了这种比较，行动便有明确的目标。

要提高矿山的劳动生产率，唯一的办法是消肿！

凡口矿决策层提出：力争以最短的时间，最少的人力在"七五时期"达到设计的日处理矿石 3 000 吨的能力。

首先拿矿机关开刀，本着理顺、精简、效能的原则，把原来的 18 个行政处室调整为 12 个，如党群系统，设政治处，撤销党委组织部。其结果是将非生产性人员裁减了 22%。

在精简的同时，还实行了"行政分级干部层层聘任制实施办法"，将原 18 个行政处室的干部进行层层聘任。聘任中，根据定级及民主考核，解聘了 11 名科级以上干部。另外，在 188 名处室管理人员中，裁减了 42 名干部。这些富余人员，主要通过五条渠道进行安排：一是转岗到集体所有制的劳动服务公司、建筑安装工程公司等单位；二是充实到基层车间、分厂；三是充实到开展多种经营的部门；四是从事力所能及的其他劳动，如绿化队、苗圃培育管理等；五是调出本企业。

另外，他们根据精简效能、合理的管理幅度、业务性质的不同、便于分灶核算等原则，实行生活与生产分离，使凡口这个庞大的"小社会"，分为直接生产系统、辅助生产系统、社会性服务系统、既为生产系统又可面向社会的系统，另有以矿部为中心的决策指挥系统。

直接生产系统，不言而喻，就是矿山采矿、掘进、充填、选矿等主体部门，为提高劳动生产率，创造较高的经济效益，在现有的 1 643 人基础上减少 243 人，全员实物劳动生产率由每人 123 吨/年，提高到 275 吨/年。

减员只是提高劳动生产率、增加经济效益的手段之一。而合理的分配方式，更能刺激和提高劳动者个人和生产单位的积极性。于是，"承包"二字，赫然出现在 20 世纪 80 年代的凡口矿面前。

当然，承包绝不是凡口矿的独创，它是在全国深化企业改革大潮中的必然产物。

1987 年 10 月 20 日，凡口铅锌矿与中国有色金属总公司签订了"核定基数、定比上交、超收多留、一包四年"的经营承包责任合同书。

那么，凡口矿下属各单位又是如何进行承包的？

我翻阅了国务院于 1986 年 12 月 5 日发布的《关于深化企业改革增强企业活力的若干规定》，发现第二条提到："全民所有制小型企业可积极试行租赁、承包经营。选择一部分亏损或微利的全民所有制中型企业，进行租赁、承包和试点。"

显然，那时的改革力度在于"亏损"和"微利"二字上。

凡口矿首先将属下的水泥厂包出去。水泥厂是为井下采空区充填提供胶结材料，1977 年建厂，是矿里长期以来的"亏损大户"。承包之后，职工们深切感到只有打破大锅饭、铁饭碗，才能生存，才有发展，才能增加自己的经济收入，于是人人关心厂的生存和出路，关心厂里的生产、销售和原材料供应情况。

压力变成了动力。

动力变成了活力。

他们重点抓了两项措施：

一是降低散装水泥成本。他们采取多掺混合料的方法，每吨节约熟料 76 公斤。按 1987 年销售 14 万吨水泥计算，仅此一项就节约了 20 万元。

二是面向社会，打开销路。水泥厂主动联系，签订了一批产品外销合同和原材料供应合同。

紧接水泥厂的承包之后,选矿厂、采矿坑口、机修厂等单位纷纷与矿签订了承包合同。有集体租赁承包、横向承包、"分灶吃饭"承包多种形式。

事实证明:承包与不承包,大不一样。

竞争意识在"承包大潮"中生长,成为广大员工的"心灵反应"。

商品经济观念也在"承包大潮"中生长,成为融入当今社会的"黏合剂"。

昔日钢锤敲着钢钎,叮叮咚咚;挑一担硫黄矿石,站在狮子山头,怅望西边落日,然后一步三扭走下山来的古老日子,成了凡口历史上不堪回首的记忆,也成了翻阅的"旧皇历"。

机遇、挑战、速度、效率,这些新时代萌生的热词,转换成了凡口20世纪80年代的节奏和惯性!

谁是定音鼓?

现在让我们说说凡口铅锌矿党委书记陈先粦。

他出生于广东梅县一个农民家庭,父亲打石头,母亲种田,在兄弟姐妹中供养出三个大学生。这在粤东农村是一件铭记在族谱上的莫大荣耀。

1960年,他在北京大学无线电专业毕业后,分配到了北京钢铁研究院工作。不久,又调来凡口铅锌矿当电工,天天背着电工袋三班倒,"接受工人阶级再教育"。1973年转正后,先后在选矿厂、基建科、水泥厂等当过电器技术员,后来又当了水泥厂的副主任,1985年,调任矿党委书记。

我在照片上细细地打量了他:魁梧的身材,圆圆的脸形,浓眉下一双眼睛显得特别有神,举止干脆利落,大方得体。直觉告诉我,他是一个目标十分明确的人,有勇有谋,且有相当的大局观。

党的十一届三中全会以后,企业开始提倡在党委统一领导下的厂长负责制。陈先粦于1985年接手之时,主动提出让冯秋明全力抓生产经营管理,抓住财政、人权,贯彻"一支笔(批文)"的精神,不搞多头制。

随着企业内部改革的不断深化,党政分家了,实行厂长全面负责制。

他陷入深深的沉思……

沉思过后,他怀着欣喜的心情,投身到深化企业改革的大潮中。

两年多来,他摸索出一套尚算成功的经验:

在企业的领导地位上,他从不计较权力的大小,主动还权于政。他在全矿生产班长以上的干部大会上,郑重宣布矿长是矿里的法人代表,是全矿行政和生产经营工作的领导中心，有关行政生产上的问题，一律请示矿长。在实际工作中，他带头维护矿长权威，积极支持矿长工作，主动帮助解决深化改革过程中的问题。

实行矿长负责制后，企业党委和行政的职责与职权，都与过去不同。陈先舜组织了有关部门制定贯彻矿长负责制的各种制度，把党、政、工的职责、职权加以明确。

但是，他们分工不分心。围绕企业生产经营目标，围绕实现矿长任期目标，针对矿党风方面存在的问题，重点抓党风建设，以好党风带出好的矿风。在职工中，广泛开展形势和政策教育，普及法律常识教育、思想和纪律教育、文化技术知识教育、政治理论教育等"五种教育"和立功、创优、争先竞赛、合理化建议、建设文明岗等"五种活动"，帮助职工树立"凡口精神"，激励全矿职工努力完成企业各项改革和生产任务。

分权不分家。围绕企业生产经营这个中心，与矿长同唱一台戏。尤其在生产遇到困难时，党委书记挺身而出，排忧解难。有一次，供电部门把凡口矿每天用电减少一半，严重影响生产正常进行。当时全矿生产处于节骨眼上，矿长外出不在，副矿长们又脱不开身，在这个节骨眼上，陈先舜主动揽过这项工作，及时与韶关市委及供电部门联系，争取到了上级和供电部门的支持，使缺电难题迎刃而解，保证生产正常进行。

在企业改革中，他敢于扮演主角。

是的，改革不仅是行政、矿长的事，也是全党的事业。作为党委书记，就要敢于演主角，当改革的开拓者，做改革的带头人。也就是说，党委书记所处的位置虽然没有钢琴家、首席小提琴手那样重要，却掌握、控制着乐曲主旋律的节奏与变化。

陈光舜心里明白，党委书记在企业经济运行中，虽然表面上弱化了，却掌握着企业改革进程的节奏与速率。

党委书记的位置，处在时代的定音鼓上！

寻找"后路"

一个人，最令人羡慕的是他青春的风采。

一座矿山，最令人羡慕的是它蕴含着丰富的矿藏。

一个人会老，会失去昔日的风采，但如果他有内涵、有气质，就有深厚的韵致和迷人的风度。

一座矿山，随着年复一年的奉献，也会完成自己的使命。

于是，在凡口便出现了一方面促使矿山热情奉献，一方面又"另寻出路"的躁动。

矿长冯秋明未雨绸缪，他拨动着自己的算盘：凡口铅锌矿从成立起，采选能力逐渐走向成熟。目前矿体仍保留有铅锌矿石近3 000万吨，含铅锌金属400万吨左右，含银4 000吨，另有品位37%以上的单体黄铁矿600多万吨。如果说，凡口矿现在正处于"青春期"，那么，它再发展20年才到达它的"巅峰期"，巅峰期过后，便开始走下坡路，进入不可逆转的"夕阳期"了。

这是大自然的规律。

如果在外国，矿山的枯竭期一到，就宣布："闭坑！"矿工们就自谋出路，另寻去处。

然而，中国有中国的国情。

中国的矿山也有自己的"山情"。

一个大型国企，有派出所、银行、粮站、医院、学校、百货商店……样样齐全，缺一不可，有人开玩笑说："就差没有火葬场了。"

副矿长龚天培说：我们有多少个矿长就有多少个矿长的烦恼。有一天晚上，找他解决问题的干部职工达13人次。

是的，矿长们的烦恼除了生产之外，还得管生老病死、柴米油盐、娱乐治安、教育就业……无所不包，又要无所不能。

每年，外国总有十二三批矿山专家来凡口，他们惊叹这里居然有一个储藏量这么大的矿山（全世界只有几个，最大的在澳大利亚和韩国），也惊讶凡口居然拥有技术一流的采选设备。

但是他们对凡口的人口问题更惊讶，禁不住问："你们闭坑以后怎么办？"

冯秋明答："搬到新矿山去呀！"

其实，冯秋明心里也明白，我国的有色金属资源有限。20年以后，许多矿山要闭坑了，但接替的矿山，很多跟不上，或找不到。凡口这个有着2万多人的大企业，能够搬到哪里去？

一种新的挑战，摆在凡口人面前。

一种新的焦灼，袭上凡口人心头。

那就是凡口矿要趁着目前往上走的时候，开始寻找自己的"后路"。他们不再只搞矿石采选的单一经济，而是多元发展，利用富余资金组建横向经济体系。

从1986年开始，他们先后投资了1 000万元参与扩建广州立德粉厂，签订了由凡口供应原料 15 年的合作契约，安排了矿工子弟 120 多人进该厂工作，每年返回凡口的利润达 150 万元。

另外，他们还以股份集资的形式，参与了肇庆市啤酒厂、翁源县电池厂等建设，安排矿工子弟就业。在矿内发展集体企业和多种经营，安排从现有职工中裁减出来的富余人员，以及矿工子弟就业，逐渐减轻矿山"小社会"的包袱，通过现有经济实力，逐渐安排、解决矿山闭坑的出路。

凡口矿安排"后路"的另一招，便是使用农民轮换工。

这跟企业承包制度一样，并不是凡口的独创，是国家作为一项政策提出来的。自 1984 年至 1985 年，凡口矿先后招收了 200 名农民轮换工，他们年轻力壮，有一定的知识文化，思想较活跃。如今，这批轮换工已成为矿山建设中一支不可缺少的生力军。

居安思危，危中寻机。

雄浑、壮美的广东有色圆舞曲，却如此艰辛与沉重……

下一盘风险颇大的棋

时光回闪至 1992 年秋。

"93 凡口矿铅锌精矿订货会"在当时号称"韶关第一楼"的物资大厦赫然举行。会议档次之高及成果之丰硕，令与会厂家代表为之哗然。

然而，老成的凡口矿决策者们并未因此而沾沾自喜。他们深知，对当时仍在计划经济与市场经济的交界处，摸着石头过河的中国企业而言，合同本身的伸缩性犹如如来佛祖的巨掌，"翻手为云，覆手为雨"。

据《北京青年报》载文称，1993 年我国外贸出口合同的兑现率只有30%。国与国之间尚且如此，企业间就更不必说了，尤其是对在计划经济中诞生、发展、壮大的有色金属厂家来说，参与或举办这样的订货会，很大程度上是一种尝试。一种成功与不成功同时并存的尝试。

果然，后来的事实验证了凡口人的预言，1993 年的产品销售远未像合同书上写的那样使人赏心悦目、高枕无忧，而是充满着火药味。

请看：第一季度，当凡口人好不容易搞来车皮时，产品却投靠无门，人家嫌他们的东西"贵"了；到了第二季度，市场稍有松动，运输车皮却又变得特别稀罕起来。

半年过去了，任务却未过半，外销计划仅完成 42%，这样一拖，后半年全矿变得像一根绷紧的弦。

就在冶炼厂与矿山和供货价格较劲的时候，凡口矿突然调转枪口，杀进了国际市场。这一大胆举动被报界披露后，冶炼厂家慌了手脚。他们明白，一个占总公司直属矿山产量四分之一，占全国总产量六分之一的大户把产品瞄准国外市场意味着什么？

当然，也有厂家认为，这一招只是凡口矿的冯老板（即矿长冯秋明）虚晃一枪而已，但是，他们错了，用两条腿走路，恰恰是凡口矿领导者们的用心所在。

以凡口矿这样质量上乘、含杂率低且稳的产品去冲击国际市场，凡口人有足够的把握和底气。

果然，凡口矿全年的产品出口额占其外销量的近四分之一，价格方面也比国内市场理想得多，而且根本不存在货款回收这一令人头痛的难题。

这与其说是一种策略，不如说是一种战略。

近处不收，往远处发。

本省不要，往外省拉。

国内不行，凡口人就让自己的产品漂洋过海……

这一切在凡口人手中，有如变戏法一样，"我自岿然不动"的大家风范尽显其间。

1993 年，对凡口矿来说，似乎是苦日子来了，矿里的"财神爷"当着《南方日报》记者的面直言不讳："一个没钱的财务处长，难当！"

按原计划，凡口矿每个月的资金回笼应为 3 000 万元，但 1 月至 10 月，平均每月只能收回 1 500 万元。一方面，企业间的三角债日趋复杂化，凡口矿全年就被拖欠了 1.7 亿元，负债最高的一家企业竟欠凡口矿货款 3 000 多万元；另一方面，有关部门截留资金现象也严重起来，某企业汇往凡口矿的 30 万元人民币，9 月汇出，11 月才到，中途滞留了一个多月，而这一个多月的利息是以万元为计算单位的。

进入秋收季节后，中央发了话：决不能再给农民兄弟打白条。

于是银行方面积极响应，首先保农民，然后保职工，好在凡口矿 5 000 余名职工的工资、奖金始终不至落空，但机关工作人员却开始按月领取"白条子"——存折。

凡口矿从未如此紧张过，真可谓捉襟见肘。

这叫真正的"过紧日子"——矿供应处的储备资金一降再降，库存降到了警戒线以下，整个下半年，供应处总仓库货架上几乎空空如也，原计划的一些技改项目、设备更新只好暂停下来；选厂破碎用的大圆锥只能就地在韶关加工；井下大型铲运机的耐磨轮胎也因没钱进货而只好用普通轮胎顶替……

第三部　有色圆舞曲

这一头资金难到位，而那一头原材料、能源却一个劲地猛涨。算一算吧——牌价电取消了，每一度电净涨 8 分，仅运输费和用电提价，全年预计就多支付 2 000 万元。硫精矿滞销、积压了，而且全年未见好转。1993 年，国内有三家大冶炼厂就曾高价从国外进口精矿，形成了事实上的联合阵势来对付本国矿山。

一时间，铅、锌市场刀光剑影、硝烟弥漫。

于是，矿山与冶炼厂间便滋生出一层谁也不甘心首先捅破的"窗户纸"。这种难分胜负的较量，说到底是两败俱伤。其实，凡口矿并非想同谁过不去，仅是企求自身的那个合理价格而已。用凡口人自己的话说："我们希望合作，不想对抗。"

"天要下雨，娘要嫁人。"凡口的决策者们照样运筹帷幄，指挥若定，索道照走球磨照转。尾矿延伸了，尾矿坝筑起来了，工资涨了，一切都按部就班地进行和实施。

中国的电力供应紧张，尤以广东为甚，即使大工业用电也是有计划配给的，缺口怎么办？一方面，凡口自 1986 年起投资 770 万元参与集资办电后，目前每天可有一定数量的供电指标；仁化锦江电站一号机组并网发电后，按照"谁投资谁受益"的原则，每天也可向凡口矿供电若干度，另外，韶关市供电部门一年来给予了凡口矿大力的支持和配合。

另一方面，凡口人在供电十分紧张的 1993 年里，无论是电力部门或是各个用电单位均表现出高度的自觉性和牺牲精神。

选厂破碎：避峰调荷，毫不含糊。

水泥煤磨：有令则止，不打折扣。

还有镀铝厂、磨砂厂、井下水泵等，一切听从调度指挥，许多非关键岗位、设备，自觉选择 0 点至 8 点这段峰期避开用电，这不仅为矿节约电费，更重要的是保证了关键作业正常运转。

俗话说，电是工业的血液，凡口人节能降耗更是挖空心思。

走过来了。

终于走过来了。

这源于一种经久不衰的企业精神。那就是，凡口人在困难面前所表现出来的以大局为重的精神是难能可贵的。

运输和销售、资金、供电这三大关口，凡口人勇敢闯过来了，那么"三难"呢？企业与政府部门、企业与企业、企业与职工这三大难处理的关系及其矛盾，凡口人同样处理得顺顺当当。

这一切可以用一句话来概括："沧海横流，方显英雄本色！"

第三章　矿工风采图

　　我曾看过这样一幅油画《矿工风采图》。在苍山如黛、重峦叠嶂的背景里，屹立着一群青春焕发、斗志飞扬的矿山工人，他们有男有女，橙黄色的安全帽戴在头顶上，手上执着一件件乌黑闪亮的工具，在他们饱满的胸膛里燃烧着振兴中国有色金属的熊熊大火……

"油泵大王"的一双灵手

　　这是一双粗糙的手。

　　这双手长在一位女人身上，仿佛显得特别有灵性。

　　一位普通的油泵修理工，每天和油污打交道，双手皮肤粗糙，毫无光泽，上面布满数不清的铁屑划过的伤痕。

　　正是这双手，每月修好几十个油泵，凡是她修过的油泵，总是那么经久耐用。

　　她叫冯金莲。

　　这双手书写了一位女工不平凡的业绩。

　　油泵，是汽车的心脏。

　　她，凭着女性的精细，修复过无数个这样机械的心脏，让它们重新获得生机和活力……

　　她，付出辛勤的汗水，放飞无数辆钢铁活物，让它们尽情地奔驰在大江南北。

　　修油泵这一行，并非每一个人都能干、都愿干。

　　尤其是女性，平时闻到汽油或柴油味，便难以呼吸。更别说爬车头、钻车底、拆油泵，洗那几百个零件，双手浸在柴油里，全身被挥发出来的汽油蒸着、熏着让人心跳骤快、喘息加速……

　　有许多人，以"油污过敏，皮肤溃烂"为由，跳槽走了。

　　而她，不但留了下来，而且一干就是十多年。

　　春夏秋冬，漫漫人生。

　　不管是汽油泵、柴油泵，还是铲运机的高压油泵，也不管是国产，还是进口的，她修起来得心应手，顺顺当当。她可以根据发动机的功率和转速立即测出车的油量来，甚至只需要观察一下运行中的车辆排出废气的颜色，听一下发动机的声音，就可以断定这车出了什么毛病，想出解决问题的方法。

三百六十行，行行出状元。

她掌握了一手修油泵的绝活。

德国铲运机后桥摆动轴座孔加工是矿山多年未解决的一大难题，价值几十万元的铲运机，摆动架重达 6 吨，轴孔位于中间，镗孔机械进不去，整个韶关市都无法用机械加工。如果一出问题，庞然大物瘫痪，便成了一堆沉重的废铁。全国最大的铅锌生产矿山，每天 4 500 吨的出矿量也将会直线下降，这可急煞了矿长！

大修厂重金悬赏，贴出招贤榜。

她看着招贤榜，想到井下百万吨的矿石，便高举双手，毅然揭了榜。她把沉重的责任揽了下来，把全矿 5 000 多名职工的期盼放在了自己的肩上。

利用厂里的设备修复铲运机后桥摆放轴座孔，是她的抢修方案。于是她用了整整三天三夜，白天在厂里，晚上在家里，反复设计演算，把锈死的设备改装成扩孔机。接着她又用 20 天时间，一举攻克铲运机修复难题。

这是怎样的 20 天啊！

食不知味，睡不安稳，她头脑里想的全是铲运机修理的细节，好几次，她梦见修复后的铲运机在井下大显神威，迅速刷新出矿的最高纪录……睡梦里，她亮开嗓子的欢呼声吵醒了家人……

铲运机修好了，她却明显地瘦了一圈。

真诚，如风雪中的熊熊炉火，温暖人心；真诚，如漫漫沙漠中的甘泉，滋润心田。

一个夏日的晚上，她正在家和亲人欢聚，一辆湖南汝城拉香蕉的货车路经仁化县城熄火了。车主拆下油泵，找到附近几家修理厂求助，但别人嫌生意小而不愿接，听人介绍凡口矿汽车大修厂有位修油泵的高手，便踏着浓重夜色找到冯金莲的家。对方话音刚落，她立刻和车主步行 6 里路来到厂里，挽起衣袖，一直忙到时过午夜。

车主见她两手油污，一头汗水，除付给她的修理费外，坚持要给她一笔"小费"。她执意不要，并催他快上路，别误了时间坏了水果。她那真诚的态度，真诚的笑容，让车主感动得泪花闪闪……

又是夏日的一个中午，她收拾工具刚要下班，一辆摩托车载着货车司机和柴油泵，风风火火地赶来。货车司机满脸焦急，他说他拉一车生猪从湖南到广州，行驶至 107 国道仁化路段时，油泵出问题了，如不及时修好，大热天的,生猪会变成死猪,损失可就大了。

前几天,她刚参加过一项抢修任务,连续三天四夜没有休息好,脑袋沉甸甸的,身子似乎要散架。看到车主期盼急切的目光,她一下子忘记了劳累,电话也没给家里打就忙开了。

几小时后,油泵修好,她只按标准收费,不多要一分钱。车主以为听错了,直到值班领导再次告诉他才相信。车主异常激动,紧紧拉住她的手不放。

真诚,使人的关系变得更加纯洁,使人的形象变得难以忘怀。

家是幸福生活的港湾,事业成功的支柱。她的家温馨和睦,独具特色,别有情趣。女儿晓俞,独立性强,在所有同龄孩子中最早离开母亲温暖的怀抱,也最早学会自己洗脸、洗澡。

丈夫天生怕闻汽油和柴油味,但一起生活久了,也就习以为常了。丈夫时常对来家做客的人笑言:"我们烧的菜不用放油,夫人的手可以滴出油来。"

丈夫身为教师,书架上教学参考书应有尽有。身为工人的她却拥有《汽车修理大全》《高压油泵原理》等实操性的书籍。丈夫感到惊奇,那些枯燥无味的机械书籍竟然令她陶醉,令她痴迷。她忙完每天的在职工作后,竟又全身心投入阅读这些书籍……

一次,全家人在吃饭,她的脑细胞还畅游在知识海洋里,乐不知返,手端着饭碗,筷子却伸到女儿的碗里,惹得一家人乐得喷饭。

她读书思考的痴迷劲,一时成了佳话。

她修油泵出了名,许多司机把她的名字和绝技传至千里之外——深圳特区几家国有或私营企业,以高薪聘请她前往,几次三番,她露出真诚的微笑,婉言谢绝说:"矿山养育了我,我的岗位在矿山,敬业爱岗是工人的本分,我不能为了高报酬而忘却了本分。"

可贵的品行,崇高的境界。

她连续被评为"凡口矿十大标兵""韶关女杰""广州有色金属工业公司先进个人""南粤巾帼十杰""全国先进女工",还当上了韶关市人大代表,面对一个个接踵而来的荣誉,她没有因此而陶醉。

她还是她,每天身穿工作服,双手油污拆油泵,洗那几百个零件,丝毫看不出她就是粤北山区的"油泵大王"。

"王牌"风钻工

廖观寿，凡口矿一位普通的风钻工。自参加工作以来，他就干这个行当，一干就是30年。30个酷暑，30个寒冬。他一直在没有昼夜交替的矿井下摸爬滚打；一直在"急、难、险、重"的采场作业。他攻下一道道难关，取得了一项项成绩，获得了一次次荣誉，矿工们都称他为"王牌"风钻工。

了解廖观寿的人都知道，不管工作条件多么艰苦，他总是乐呵呵地面对。他常说："只要哪里有矿，不论再难再险，自己流多少汗，使多少劲都要把矿采出来，为国家建设多作贡献。"

井下200米中段13号底柱采场是坑口重点采场，安全难度大，经常冒顶、坍塌。为了安全稳妥，早日完成该采场的采矿任务，坑长决定动用廖观寿这张"王牌"。

1998年底的一天，坑长带领廖观寿，以及一工区区长、安全员等一行人来到采场，研究制订安全抢采方案。面对该采场复杂的场地，在场的人不禁替廖观寿捏一把汗。廖观寿仔细地观察周围的环境后，说道："没问题，我有把握将它拿下。"

于是，老廖率领着徒弟们进入采场了。他认真仔细地检查采场顶板、边帮、漏斗等，召开班前碰头会，制订作业程序，给大伙指出哪里安全哪里危险。他一一地向大家交了底。

在每天的作业中，他为了取得良好的爆破效果，采用了光面爆破技术。凭着一流的技术和高度的安全责任感，仅用12天就拿下了这个危险采场。

一工区以专攻残采、难采、危险采场而闻名矿区。而廖观寿在这个工区里始终是铁打的排头兵，哪里最难、最险，他的身影就在哪里出现。

据统计，在两年时间里，老廖带的班组在残采、难采的采场采的矿石达62 288吨，抢出矿量60 200吨，施工进度均为其他班的两倍。他带领的班组创下28 475吨的矿石产量，占全工区产量的30%。

老廖在生产一线奋战了30年，在条件极为艰苦、环境极为恶劣的一线工作中，从无发生过伤亡事故，堪称奇迹。

老廖常说："安全是生产的前提，安全搞好了，产量才有保证。"

每次作业前，他都要亲自认真检查采场的每一个角落，注意每一个细节，主持现场碰头会，第一句话就是"安全"二字，从不含糊。有一天早班，老廖带领作业人员到井下 40 米的采场采矿，开钻前发现采场顶板岩石结构松散，有渗水和断层现象，他马上叫停大家，在现场定下了四条安全作业措施，并指定专人负责现场安全监护。

在凿岩过程中，监护人员发现顶板有掉砂粒现象，老廖当机立断停止作业，下令全部人员撤出采场，仅过两分钟，作业顶板就滚下了 800 多吨矿石，正好砸在作业人员刚站过的位置上。大伙抹了一把前额的冷汗后，纷纷伸出大拇指称老廖"火眼金睛"。

在矿山实行严格的计件工资制后，廖观寿不论面对怎样艰难的作业，从不向领导讨价还价，也从不计较个人得失。

多年来，他被评为"先进生产工作者""凡口矿先进生产工作者标兵"；被评为韶关市"文明建设先进工作者"；获得广东省"五一劳动奖章"和"全国五一劳动奖章"称号。

凡口人说，"王牌"风钻工名不虚传。

下辈子也要与风钻为伴

王开荣高中毕业后，就当了一名钻探工。

他与同事们一道，天当房地当床，走到哪里，钻机就打到哪里。不到 5 年，他就成为钻探技术能手，被地质队聘为技校教师。不久组织决定晋升他为技术干部，可他却摸着脑门说："还是干钻工实在。"从此，他一心一意咬定这一行当，无论在荒野，还是在矿井下，他都干得欢。

1986 年，领导将他调到办公室搞钻探设备管理，他连板凳还没坐热，就找领导要求调换工作，他说："不让摆弄钻机，实在受不了。"领导熬不过他，只好让他进老年班。在老年班，他身先士卒，埋头苦干，与其他同志并肩奋斗在矿区内外。

5 年的时间里，老年班完成地质勘探工程 20 余项，获得效益 30 余万元。当昔日的同志和朋友看到他仍然在风雨中滚打操劳时，都关怀地问道："老王，一辈子打钻，不后悔？"

他微笑回答："既然是自己的选择，就绝不后悔。"

长期的野外生活，王开荣患上了风湿病。为了能缓解病痛，不喝酒的他，也成了酒的"好朋友"，"国公酒"能治风湿，只要是到野外工作，他就随身带上一瓶。记得 1989 年 7 月，在韶关南郊施工时，汽车钻机的变速箱出了故障，他一头钻进车底盘抢修，一干就是一个下午。

三伏天，刚停机的汽车底下的气温高达 40℃，变速箱修好了，可他的腿和腰却痛得直不起来，晚上痛得连觉也睡不着，只好借助"国公酒"的威力，减缓痛楚，不巧的是"国公酒"用完了。一位同事连夜赶到市区买此酒，可是找遍大小商店都没有，只好买了一瓶貌似的酒，将旧瓶上的标签撕下送给他。他喝了这酒，腰果然不痛了连声道："这酒真不赖，名牌货。"

此事一时间成了笑谈。

王开荣20岁就入党了，可他从不摆"老资格"。从他举手宣誓那天起，就没有忘记"为共产主义奋斗终生"的誓言。30多年来，他手把手带出一大批技术过硬的徒弟，凭他的条件，完全可以住进宽敞明亮的新房，可他仍然安居在低矮的平房里，他说："这房挺好的，以前不是常住帐篷吗？"

他连年被评为"先进生产工作者"，多次被评为"优秀共产党员"。当他退休离开工作岗位，离开那朝夕相处的钻机时，他抚摸那油光发亮的钻机说："伙计，要是再让我选择的话，我还和你拍档！"

抓铁有痕，踏石有印

吴国华是坑口掘进一队队长。

近年来，他为再造凡口深部开拓的重点工程，为大斜坡道一段接一段的贯通，不知费尽了多少心血和汗水。

凡口井下生产均在 -320 米中进行，经过30多年的开采，资源消耗较大，要确保矿山的稳产和高效益，必须开采 -320 米以下的矿产资源，进行深部开拓。因此，加快井下深部开拓工程，奋斗 8~10 年，再造一个凡口，是凡口人的心愿。

在 -320 米以下的地层深处，还蕴藏着上千万吨高品位的矿石，与 -320 米以上的矿石储量相当。只有发挥深部资源优势，才能在市场经济的竞争中，求生存、图发展，才能保持企业的稳产高效，才能有矿山美好的明天。

作为凡口跨世纪的深部开拓工程，其中最重要的主体控制性工程之一就是地表至 -455 米斜坡道的延伸工程，总工程量达 20 000 立方米，按计划每年要贯穿一个中段。这项工程能否尽快竣工，直接关系到深部开拓的全局，因为斜坡道贯通后将是深部开拓工程人员上下及材料运送的主要通道，一方面可减少新、老副井提升的压力，另一方面可以将大量大体积的材料及时地运送到井下。

吴国华面对如此繁重的任务，一个劲地抽烟想法子。

大斜坡道掘进工程施工，困难不言而喻：

一是通风困难。因为是单向独头作业，炮烟、油烟、灰尘等废气无法排放，每班只能靠开启两台设备进行混合式通风来排送炮烟等废气，输送新鲜空气，造成作业面气温高达30℃，高分贝的噪音震耳欲聋。

二是排水困难。由于打风钻需要用大量的水，加上每小时有10～20立方米地下水的渗透，每班进入工作面之前，都要靠风动潜水泵将水抽干才能作业，工作面时常被水淹到二三米深，就连备用的潜水泵也被淹在水里，此时只有把衣服脱光，钻进水里打开水泵开关进行抽水。

三是岩石结构复杂。工作面越是到达深部，岩石结构就越复杂，一个掌子面上下左右岩层不同，岩层硬的需换几个钻头才打一个眼，而岩层软的一开眼就卡住钻头，钻不下去。由于工作面结构复杂，每次爆破后都需要一个小时以上的时间，全面处理掌子面的松石。此外，还要架接通风管、安装电线照明、安装风机、搬运材料等。

铁打汉子不畏难。

吴国华将烟头狠狠地摔在地上，用脚一踩，带着几名徒弟悄悄地深入井下工作面，组织攻关，指挥打钻、放炮、铲碴、出碴。

男儿施展拳脚，抓铁有痕，踏石有印。

1995年3月20日，井下－320米至－360米斜坡道工程打响了。

吴国华每天下到作业面，了解作业情况，掌握拓展进度；制定奖励措施，鞭策大伙加油干。然后根据生产进度和现场实际，每天打钻出碴三个循环制，逐渐发展到同时从－360米往上掘，每天按四个循环进行，经过7个月的日夜奋战，全长400多米的－320米至－360米斜坡道终于贯通了，比计划提前72天竣工。

吴国华在大伙的欢呼声中抽起了烟。

有了成熟的做法和先进的经验，吴国华为首的掘进一队，如法炮制，连战告捷：－360米至－400米斜坡道贯通，比计划提前了130天，拿下了这条370米的斜坡道；全长达483米的－400米至－455米斜坡道贯通，比计划提前了20天；－320米至－360米、－360米至－400米、－400米至－455米三条斜坡道接二连三提前贯通……

除了斜坡道工程以外，掘进一队还肩负着井下平巷、川脉、小斜坡道、天井采场拉底切割等掘进工程。

终于，吴国华累趴了，打针、吃药、强制休息。但他还没等到医生批准出院，就悄悄地溜出了医院。直到主治医生将电话打到掘进一队，他才苦笑着说：对不起，下不为例。

北方汉子的匠心

季国辉是高大威猛的北方汉子。

十多年的钳工生涯，使他对机械设备产生了不同寻常的感情，不看看、不摸摸机器，他心里就缺了点什么。

1977 年，他抽调到了水泥厂，1987 年担任了生料工段的副段长。

生料工段最重要的机械设备是一台磨浆机和六台压风机。磨浆机磨好的浆通过浆泵打到漏浆缸，再经风动搅拌从上往下送风，由于送风部件的结构不合理，输送到管道的料浆容易被堵而造成停机现象。

怎样改进工艺，解决料浆堵管，一直是季国辉纠结的难题。但他只有初中文化，又没有现成的资料可借鉴，只能"望机兴叹"。

1989 年夏天，厂里组织人到某水泥厂参观磨机及生产线，季国辉在磨机旁无意中发现了秘密，它们的送风方式不同：从底部送风。这一下季国辉就来了灵感，立即将此秘密告诉了同伴，并且详细询问了这种送风方式会不会遇到堵管之类的麻烦，在得到对方否定的答复后，他心里就下定了仿造的决心。

回到厂里，他向车间主任提出大胆的想法，接着写出了改造压风机的技术改造报告。

一没图纸，二没技术资料，仅有的是参观时留下的印象，怎么办？于是他依葫芦画瓢设计配件，改变安装方法，他和几位工友装了卸，卸了装，反复摸索和试验，经过一年的探索，三种规格的单项阀终于研制成功，采用的是机械化打风，达到了空气分配器停止后，单项阀能自动关闭。

这一项目的改造成功，每年光是节约的电费就是不小的数目。其次，原先十几米高的搅拌风管及支架上，只能容纳一个维修工操作，安全系数低，且费时费力费材料。现改为底部送风后减少了三分之一的搅拌时间，降低了能耗，并且维修方便、安全，自此从没发生堵塞管道的现象。

季国辉深知自己只有初中文化程度，要在技术改革上更上一个台阶，必须要有更高的文化科技知识。那一年矿里特地邀请南方矿冶学院的教授来凡口授课，听完课后，他来了劲，立马报考了矿业及设备管理方面的课程。两年半后，他顺利拿到了大专文凭。

知识加巧干，人们看出了这位北方汉子的匠心。

小伙子解决大难题

李宇辉，一位高高瘦瘦的小伙子。

毕业于昆明工学院采矿系。工作几年后获得"韶关市青年科技能手"的称号，且担任坑口充填队主管技术的副队长。

充填，顾名思义是将采空的地方充实填满。在凡口，别看采出来的是矿石，也是金钱。这个长年累月挖出来的无底洞，填进去的是数不完的钞票啊！因为水泥、砂子，及其他添加材料，都需要钱才能买回来。可以说，凡口投入采矿的成本费用，充填就占了三成。

李宇辉踏上工作岗位时，井下采用的是纯胶结充填，以磨砂充填为主。但是这种充填技术质量尚不过关。由于这种充填浓度低、离析大、强度差、质量波动大，铲运机在工作中经常下陷。因此，只好增大水泥用量来应付采矿生产。结果，1986年创下了充填成本的最高纪录，水泥用量高达306公斤/立方米。

为了解决充填方面的难题，凡口的科技人员摸索出了一些降低成本，提高充填质量的技术。如块石混凝土充填，利用钻孔放料的干湿充填法等。但这些技术措施使浓度提高了，却让管道输送常常阻塞，成了难以解决的"便秘"。

看来，浓度才是技术的最大难关。浓度的高低直接影响到采矿工人及铲运机的正常作业，明显制约着各工区的生产进度。

李宇辉陷入了沉思：怎样解决这一难题呢？

他利用试块试验，发现料浆浓度提高5%，充填体强度就可以提高一倍左右。经过几次试验，他在脑海形成了高浓度充填的设想。

客观地说，高浓度充填在全国是没有先例的。增大浓度，十次有九次必堵塞管道，形成"便秘"，而清除这些砂浆，却是投入大量劳力的苦差事，既劳民又伤财。

认准了方向之后，他加大了试验的力度。

终于，取得了奇好的效果，在原来浓度65%的基础上，提高到70%，居然三个班的作业中没出现堵管现象，且砂浆充下去凝结快、强度高，充填的效率也达到前所未有的纪录。

接着，又经过40多个台班的试验，一项高浓度充填新工艺宣告成功了。

李宇辉找到了适合凡口充填的最佳技术参数——以前充填一个立方要

耗费 300 公斤水泥，现在只需 200 公斤就行了。

这是一笔何等巨大的节约啊！

就这样，高高瘦瘦、貌不惊人的李宇辉，一举解决了凡口长期在充填领域里悬而未决的难题……

第四章　矿山脊梁图

在广东北部有一座世界名山，它叫丹霞山。

在丹霞山的不远处有一座产能雄居亚洲单体矿山之首、拥有世界先进生产设备和先进生产工艺，饮誉世界的"矿山明珠"。

它就是凡口铅锌矿。

1955 年 7 月，在广东仁化的崇山峻岭里，冒出了一群靠锄头、铁镐采矿的农民，他们用"土枪土炮"打出一个硫黄厂。50 多年后，这间全凭手工操作的硫黄厂，已经发生了天翻地覆的华丽转身，成了采选工艺一流、生产设备一流、环境一流、效益一流的现代化矿山。

这是发生在这座矿山的真实画面：大年初二，寒风凛冽，天空飘着小雨。这一天，举国上下还沉浸在欢度春节的气氛中，而在凡口矿主井旁边，鲜红的党旗迎着寒风猎猎飘扬，一群身穿橘红色工作服、安全帽上贴着金色党徽的工人正在工地挥汗如雨地忙碌着……这就是凡口铅锌矿党员突击队利用春节停产之际义务更换新副井导向轮。

在凡口矿，"创先争优"成为矿山员工的工作行动；富有实效的"创先争优"活动，成为矿山一张响亮的名片；"亮身份、做表率、树形象"成为共产党员的自觉行动。

在凡口矿，只要你留心观察，就会有新的发现——

当你在矿山井口候罐下井，你会看到，有的员工安全帽上贴着金色的党徽；当你进入选矿厂，你会发现，有的员工工作服上别着鲜红的党徽；当你进入机关大楼时，你会发现，有的工作人员办公桌上摆放着"党员工作岗"的牌子。所有这些，是凡口矿党委开展"创先争优"活动的一个举措：扬旗帜、亮身份。

党员们时刻表明着自己的身份：我是共产党员，我要向党员的尊严和荣誉负责。

正是这些共产党员，在急险危难的时候，他们挺身而出，奋不顾身。

在 -800 米的地层深处的巷道里，在悬吊在半空的索道上，在震耳欲聋的破碎车间，工人们看到了熠熠生辉的党徽，有了胆气，有了力量，就有了战胜困难、敢打硬仗的信心和决心。在凡口矿，共产党员是矿山人无处不在的主心骨，共产党员是矿山人奋勇前行的旗帜，共产党员是矿山闪光的灵魂！

书记挂点，"创先争优"全面开花

1958 年 2 月的一天，对于许多人来说，可能是一个平凡的日子，而对于凡口矿山来说显得十分重要，因为这一天是它的生日：仁化硫黄厂改名为"凡口铅锌矿"。

十年风雨，十年春秋。

1968 年凡口正式投产了，原设计规模为日处理铅锌矿石 3 000 吨，年产铅锌金属量 12 万吨。经过"七五"期间大规模的技术改造，达到综合生产能力日产 3 000 吨。2002 年的综合生产能力达到日产 4 500 吨，2003 年产铅锌金属达 15 万吨。

2005 年，中金岭南公司根据市场需求，进行凡口矿年产铅锌金属量 18 万吨的改造，从 2009 年起，已经连续三年产量达到 18 万吨，是中国乃至亚洲产能最大的单体铅锌矿山。1990 年凡口矿荣获国家一级企业称号。随后曾荣获全国总工会"五一劳动奖状"和国家有关部委授予的"环境优美矿山""中国行业一百强""全国节能先进企业""全国思想政治工作优秀企业""全国精神文明建设工作先进单位"等。

1999 年 4 月，凡口被改革开放的浪头推到了最前沿。岭南铅锌集团公司与深圳市中金实业股份有限公司实行资产重组，成立深圳市中金岭南有色金属股份有限公司，凡口矿成为中金岭南公司下属单位。矿山踏着中金岭南公司的改革发展步伐前进，呈现出巨大的发展后劲，迎来了万物方兴的春天。

2010 年初，"创先争优"在全国铺开。怎样将这项活动引向深入，怎样使活动更好地为矿山安全生产服务，新任党委书记骆建辉陷入了思索之中。

骆建辉，国字脸，高大的身材，宽阔的前额，举手投足间饱含着男人的英气。他是毕业于华南师范大学外语系的研究生，却在企业摸爬滚打了三十年，当过企业老总、中金岭南公司党群工作部部长、人力资源部总经理等。2010 年 4 月，他被任命为凡口矿党委书记。

一个长期工作、生活在深圳特区的领导，来到粤北山区担任矿山的党委书记，这种条件的巨大反差令许多人对骆建辉的适应性投来怀疑的目光。

但骆建辉很快用实际行动打消了人们的疑虑。

他一头扎进矿山，与其他领导一道严格执行国家的矿山企业领导带班下井制度，不顾自己脚踝骨旧伤复发造成的风湿痛，选择一个工区的生产班组为检查对象，对该工区的作业面进行彻底的检查。

在井下，风钻机凿岩所发出的高噪音，惊心动魄，使人头皮发麻。一开始，骆建辉每到一个作业面，工人们都不由自主地停下手中的活，为的是让骆书记免受高噪音的干扰，但骆建辉注意到这一细节后，向工人们挥挥手，要大伙继续干，不要因为他而耽误工作。自此以后，每当骆建辉到作业面巡查时，工人们边干活边向书记点点头。

工人们说，骆书记没有一点官架，对我们很贴心。

2010 年 3 月 20 日，骆建辉带几名主管安全的干部到井下巡视，当他们到达 −550 米废石井时，骆建辉敏锐地察觉到废石井的防护栏太大，不能有效防止坠井事故，于是，他马上要求采矿车间运输工区加以整改。与他同行的专职安全员暗暗惊叹：骆书记比我们还专业。

在那段时间里，骆建辉带领党委工作部的同志，深入基层，在井下的巷道、采场，在选矿厂的浮磨机、矿石输送带旁，都留下了他们的足迹。他们与工人聊天，拉家常，询问工作的苦与乐，了解党组织在基层和群众中的作用，听取他们的意见，征求他们的建议。

一个月后，经过深入细致的调研，一个以争创"四强"党组织、争做"四优"共产党员为主要内容的"创先争优"活动方案在凡口矿出台了。

在矿党委《开展争创"四强"党组织，争做"四优"共产党员活动方案》下发后，各级党组织立即行动起来，根据各自生产管理特点，找准切入点，纷纷开展能够体现党组织坚强战斗堡垒作用、党员先锋模范作用的活动，营造了活动的声势和氛围。

"我是一名党员，我时刻牢记党员的身份，铭记自己的责任……"这是在采矿车间"亮身份、做表率、树形象"活动启动仪式上，每一个党员做出的承诺。

在采矿车间，无论是在地面，还是在巷道、采场，你随时随处都可以认出谁是党员。

党员的身份公开了，党员的责任感明显增强了。有人将凡口矿的党员作了这样的概括："平常工作看得出，关键时刻站得出，危难时刻豁得出。"党员的先锋模范作用感染了群众、激励了群众，大家就会自觉向党员同志看齐，自愿向党组织靠拢，"服务矿山、奉献岗位"的高尚品格蔚然成风……

敢打硬仗，地层深处英雄群体

曾经有作家这样形容在井下工作的情景："六片石头夹一片肉"。这种比喻可能不太贴切，却生动地描画了井下生产作业的艰苦性。

井下的工人对我们说，井下开采是一件风险性很大的工作，先用凿岩机钻眼，再经过炸药爆破，再由铲运机把矿石铲出、装载运输，然后提升至地面。经过了无数次爆破后的矿体或岩石，奇岩突起，狰狞可怕，"松石"丛生，稍有不慎，就会给人带来生命危险。

就是在这样艰苦的条件下，凡口人严格按照安全生产规程，在确保安全的前提下，每年安全采出160万吨原矿、生产出18万吨铅锌金属量，至2012年2月，实现了安全生产5周年7个月，近两年工伤事故为零的成绩。

党员的先锋模范作用，就在艰苦的工作环境和宏大的目标体系中彰显出来了。在这里，不得不提到一个敢打硬仗的基层党组织——采矿车间深钻队党支部。

2009年，凡口矿的生产任务增加至年产18万吨金属量，这是一个艰巨而又具有挑战性的指标。为了能够完成这一任务，凡口人采取后退式无底柱采矿法。于是，一种新的采矿法在矿井下采场全面应用。而担负无底柱采矿法凿岩爆破任务的是采矿车间深钻队。

这是一个具有光荣历史的井下精兵队伍，多年来他们为矿山的探矿工作中做出了不可磨灭的贡献，曾经荣获"全国五一劳动奖状"等多项荣誉。全队80多名员工，有9名党员，虽然党员比例不高，但党员在生产中发挥的作用却显而易见。

曹南山，是48岁的中年人，深钻队党支部书记。在别人眼里，书记可能是一个"闲官"，每天做做思想政治工作，协助队长管管后勤就算尽职了。但当你见到曹南山时，他是那样忙碌，总是闲不住。

2010年6月份，钻探队进入 Sh－320m 盲主井进行工程地质勘探孔施工，该工程是18万吨技改重点工程，从设备安装到工程施工，曹南山都坚持战斗在工地，组织指导现场施工。由于该孔的地质构造复杂，多处出现掉块卡钻事故，曹南山第一时间赶到现场，亲自组织参与处理。随着孔深的增加，发生事故的频率也增大了，为此，曹南山亲自上夜班，现场把关，处理故障，在他的带领下，钻机钻到孔深 380 米，达到了长沙设计院的设计要求，为 18 万吨技改提供了可靠的依据。

2011 年 5 月检修期间，曹南山又带领深钻队的两个机台，冒着炎炎烈日，不分昼夜地奋战在 18 万吨扩产索道技改工程勘察施工现场，每天工作十几个小时，经过 7 天紧张的施工，提前一天完成任务。

多年来，曹南山带领钻探队完成了多项矿重点工程，在每个工程中，他既是指挥员，又是战斗员，更是服务员。2012 年，钻探机台完成地面工勘和注浆工程 8 个，其中规模较大的有冶化厂熔铸、锌积电厂房技改工程，东风井地基加固注浆工程，"03" 维修厂房和浓密池勘察工程等。

1996 年，曹南山开始担任党支部书记，除了书记日常工作外，他还负责填充溶洞、帷幕注浆治理环境的后勤保障任务。近几年，随着年产 18 万吨铅锌金属量的达产，深钻队在双休日还要进行井下采场的大爆破。曹南山和他的支委会成员极少在双休日正常休息，经常与工人一道奋战在生产一线，只要接到临时突击任务，他总是第一个冲在前。每天，他都要到承担艰巨任务的机台，和员工一样搬钻杆、搭支架；每天，他都要下班级关心员工的身体状况和精神状态；有时候他要给那些思想波动的员工做思想工作。多年来，曹南山被评为"优秀共产党员"，他所带领的党支部也多次被授予"五好党支部"荣誉称号。

夏永胜，是一位共产党员，一位只有 25 岁的深钻队爆破班班长。说到爆破，人们自然会想到托起炸药包高喊："为了新中国——前进！"的战斗英雄董存瑞，然而夏永胜却是战斗在矿山中的无名英雄。

一般说来，无底柱采矿法因其使用炸药量多、威力大而被列为重点安全工作，因此每次爆破时间都选在周末进行，这也就意味着担负爆破任务的爆破班要在双休日上班，在双休日冒险。

作为一班之长的夏永胜，每次爆破前，他都反复核对施工顺序，到现场检查每个炮孔的安全情况。不难想象，爆破作业时多则近 4 吨、少则 1 吨的炸药，其威力骇人听闻，不用说是一栋楼，就算是一座山也夷为平地。由此可见，一旦出现纰漏，后果将是毁灭性的灾难！

正是这样一个与死神打交道的团队，在夏永胜的带领下，从来没有发生过"意外"，他们胆大而又心细地完成一个个爆破任务。

近几年，随着无底柱采场次数的增多，深钻队机台实行"三班倒"作业也在所难免，这时设备的运转率也增加了，设备故障率也随之上升。由于机台操作工人多数是没有处理设备故障经验的新员工，在这种困难时刻，只要维修班副班长、共产党员肖育林一出现，问题往往就能迎刃而解；只要井下出现故障，他接到通知后，不管在家还是在单位，也不管是在吃饭还是在睡觉，他都毫无怨言地奔赴井下。

是的，井下，是他的战场；井下，也是他价值的实现地。

当英雄有了用武之地的时候，他们才是真正的英雄！

凡口人，那山一样厚实的身躯，那山一样博大的胸怀，创造了一项项非凡的业绩。在这里，让我们看一组深钻队的数字：采矿车间目前有 7 个采掘工区、队，每年井下矿石开采总量是 160 万吨左右，而深钻队 2010 年采出矿石 63 万吨，2011 年则达到 72 万吨。

一个团队将自己蕴藏在数字后面，是物化了的人；而将一些数字演绎成团队的力量时，这个团队就是一座英雄的雕像。

凡口深钻队是一座英雄的雕像，以奇迹给人们一个发自内心的惊叹！

举拳宣誓，大情大爱男儿垂泪

让我们走近凡口矿"十佳优秀共产党员"宋志灵。

宋志灵是三工区的书记，在他的办公室里，有两顶红色的安全帽，一顶是他戴着到井下打拼的帽子；一顶是他在井下开会时戴着的。两顶帽子轮流戴，头顶都有金色的党徽。

宋志灵做过矿区记者，当过政工干部，有着 24 年的矿龄和 20 年的党龄。在凡口，他可是一个"年轻的老革命"了。

到工区的第一天，他便戴着那顶旧安全帽到井下现场验收，在最危险的地方，工人们看到一个具有亲和力的书记。

三工区是凡口矿的"西伯利亚"，最苦、最累、最危险。全区 40 多个人，有 6 个班组。这里的党员恰巧 6 个，一个人承包一个班组，他们将党员的作用发挥到极致，党徽在安全帽上闪亮，党旗在心中飘扬。

两年多来，宋志灵上班跟着工人一起干，下班了就进行家访。他认真地体察员工的生活状况，提着水果去探望他们，掏钱请他们吃饭聊天，他最大的心愿是让工人们上班安全，下班开心。

宋志灵在工区会议室的黑板上写着"温馨提示"："我是家中的梁；我是父母的心；我是妻子的天；我是孩子的山。"

他带领员工举拳宣誓："我一定要安全！我一定会安全！！我一定能安全！！！"宋志灵认为，安全了，生命才有保障。他要通过震撼人心的誓言将安全意识渗入员工的心扉。

宋志灵说，党员是群众的主心骨。比如安全员房俊多才多艺，风钻、铲运机等都能开，还能维修设备。大伙说，有困难，找房俊。

宋志灵还有一个外号叫"捡破烂书记"，这外号来源于他那半旧的手套。每天下井，他都趁着休息时间，戴上手套，捡采场进路周边、无轨巷道上的废木板、废铁线等。

宋志灵说，我能赢得工友们的认可，很开心。但他却有着不为人知的愧疚。不是对工作、对工人的愧疚，而是对家庭、对父母的愧疚。因为他忙，没有时间陪伴妻子、孩子，好好享受一下"三人世界"的乐趣。

提到自己的父母，堂堂七尺的男子汉眼里闪着泪光。

去年的6月8日，是他的母亲60岁生日。多年来，他都没陪过母亲过生日，母亲六十大寿了，不陪她过一次生日，心里实在过不去。但是工作还是占了上风，井下要进行安全检查，他咬咬牙，还是下井了，走时他默默道：妈，原谅儿的不孝。说完泪水夺眶而出……

今年年迈的父亲住院了，他因工作繁忙，只去过一次。出院那天，父亲希望儿子能够去接一下，但他还是让父亲失望了。他对我们说，我欠父母、孩子的太多了，没办法呀，我这个芝麻绿豆官真不好当。

宋志灵对我们说，我是党员，但我不是圣人，我也有七情六欲。说实在的，两年前我调到井下当书记，我是流着眼泪来的。井下的作业空间非常压抑，很容易产生焦虑感，晚上做梦也梦见巨石悬在头顶，随时会砸下来，真是命悬一线！在井下，我们搞管理，不是在管，而是在理，替人顶班，处理安全隐患。安全是最大的政治，有了安全才能谈效益……

宋志灵和我们说了许多，说的都是男儿的心里话。

面对我们的是率性的宋志灵。

面对我们的是真情的宋志灵。

面对我们的是坦荡的宋志灵。

丹心巧手，矿山升起"浮选之星"

如果说，男人是山，那么女人就是水。山的刚毅，水的柔情，构成了自然界的和谐统一。

矿山是男人的代名词，在男人撑天的地方，女同胞要成为业务精英，要比男人付出加倍的艰辛。

在凡口矿，有一个戴着眼镜、斯斯文文的女子，经过勤学苦练，练就了选矿看样砂的绝活，经过她手的矿石，指标准确率几乎100%。

苏燕云，一个响当当的名字。她荣获过"全国三八红旗手""有色金属行业技术能手""南粤巾帼十杰""韶关十大杰出青年"多项荣誉称号。

苏燕云是矿工的女儿。1985 年 7 月，正值青春年华的苏燕云延续了父辈的薪火，成为一名矿山职工。当时的单位领导问她做什么工作合适，她不假思索地说服从组织分配。因为在她儿时的记忆中，服从组织分配是天经地义的事情。

就这样，苏燕云成为一名整天与矿石浮选过程打交道的女浮选工。

矿山采掘后的矿石，经过破碎，再进行筛选，区分各类成分，浮选工也就是筛选工，既是操作工，又是技术工，是体力劳动和脑力劳动紧密结合的一线生产岗位，负责保证矿石浮选指标正常。

与苏燕云一道做浮选工的姐妹，由于工作的苦、脏、累和肩负重大责任，先后调换了工种，但苏燕云却坚持留了下来。

其实，苏燕云不是没有机会调换岗位，而机会来临之时，她放弃了。为什么呢？她觉得，我是一名党员，干一行就要爱一行，工作没有贵贱之分，浮选工虽然又苦又累，但这也是一门技术，关系到整个矿山的经济效益，自己有决心和恒心干好它。

就这样，苏燕云一干就是 23 个春秋。

这些年来，她每天都提前半个小时上班，进行岗位检查，了解上一个班次的操作情况，日积月累，她在岗位上多奉献了 600 多个小时。

她时时想尽办法提高时间利用率，在充分利用 8 个小时的工作时间外，还到质检科看上个班的情况，看指标曲线波动，掌握当前矿石性质特点。结合当班情况，操作起来心里有底，减少金属流失。

俗话说，天道酬勤。苏燕云以女性特有的细腻和强烈的好学之心，逐渐掌握了矿石浮选技术。浮选岗位不仅是体力活，而且需要动脑筋，不断观察矿石指标变化，不停穿梭于各台浮选机之间，劳动强度相当大。在矿石性质变化，指标波动时，她不怨天尤人，而是主动想办法解决。

多年来，她精益求精，百炼成钢，掌握了看样砂的本领，并在多次技术比武中夺魁，成为响遍凡口矿的"浮选女状元"。从 1994 年开始，苏燕云负责的机台的铅、锌、硫三大经济技术指标多次刷新纪录，技术指标不断提高，特别是 2000 年之后，她操作的铅、锌精矿品位均达到 50% 以上，铅、锌金属回收率分别达到 83.49% 和 93.93%，为企业多创效益 600 多万元。

2007 年 4 月，苏燕云被聘任为凡口矿选矿厂浮选工段副段长。任命一个女同志为与矿石打交道的生产副段长，这在凡口矿的历史上是破天荒头一回，这充分体现了组织对她的信任和工作能力的认可。

在新的工作岗位上，苏燕云自知管理底子薄弱，与新的岗位要求有一定的距离，她虚心向有经验的班子成员请教、学习，提高自己的管理水平。由于有了扎实的现场工作经验基础和对现场情况的熟悉，经过短暂的角色转换后，很快就达到了岗位要求，成了管理岗位上的一把好手。

与其说，一位全国"三八红旗手"是怎样炼成的，倒不如说一位共产党员对企业充满无限的热爱，用全身心的投入去获取岗位效能的最大化。

苏燕云是传统的，因为在她的身上沿袭着父辈的执着和坚韧；苏燕云是现代的，因为她用敏捷的思维、科学的手段去完成从一个普通女工到国家级技术能手的深刻蜕变！

危难之际，共产党员冲锋在前

水，是生命之源。

然而，不期而遇的洪水对于矿山的井下来说是一只无情的"水老虎"，它可以在顷刻间导致坚守半个世纪的伟业毁于一旦。

在这里，我们讲述凡口两场以共产党员为领军人物的群体攻坚战。

2011 年 5 月 8 日，天空阴沉，暴雨如注，矿山顿成泽国，街道水流成河，道路能见度不足 20 米。据广东省水文局事后统计，8 日 8 时至 20 时，凡口地区 12 小时降雨量 200 毫米，是 150 年一遇的情况。

凡口矿属于井下坑采矿山，素有"水老虎"之称。当初，这里曾因井下涌水量大而被苏联专家断定为"无法开采的矿山"。然而经过三代凡口人的努力，现在不仅成功地制服了"水老虎"，产量还从当初的日产 1 000 吨原矿，提升至目前日处理原矿 5 500 吨的能力。

倾盆大雨一个劲地冲击着粤北矿区。如此大的降雨量，势必对井下造成致命性威胁，一旦地表水涌入井下，雄居亚洲铅锌单体矿山龙头的凡口矿将被毁于一旦！

时针指向傍晚 6 时，井下 40 米中段水泵房告急！

水位不断上涨，大水漫上巷道路面，必须火速处理。

此时正值星期天，矿山的广大员工，特别是共产党员无一人离开矿山休假，他们等候着，随时听候命令，准备出击，救矿山于危难之中！

灾情就是命令。当天，矿里已经组织力量对凡口的河涌加强巡查，每一个班次、每一个小组，带队的都是共产党员。

接到报告后，矿山抢险队迅速集合，在时任矿长张木毅、党委书记骆建辉、主管生产副矿长姚曙、副矿长张卫民的带领下，火速奔赴现场。

在 –40 米中段水泵房区域，队员们看到的是没膝深的汹涌大水正奔流在巷道上。距离地面最近的一个水泵房，它所抽排的水来自于地面的石缝渗水，所承担的任务也最为繁重，如果大水继续上涨，水淹电机造成停机，大水将直接往井下中段猛灌，整个矿井将成为一片汪洋。

此情此景，一位共产党员吼了一声："共产党员跟我上！"

喊声还未落定，只见安全帽上镶有鲜红党徽的抢险队员们已经冲到了最前面——党员们发挥自己的先锋模范作用，冲在保护国家和人民生命财产的前线。

队员们马上进入角色，扛沙包的扛沙包，钉木板的钉木板，整个抢险现场党徽在闪动，一曲共产党员的先锋模范之歌在矿区上空回荡……

时间一分一秒地过去了，在天灾降临的时候，人们相信"人定胜天"的法则，鼓舞着士气，不知疲惫地忘我战斗，一道堵截洪水的坚固堡垒构筑起来了，水堵住了，电机保住了，矿区保住了！

2011 年 5 月 27 日的晚上，突然，井下的一个电话打破了矿山的宁静——井下 40 米中段水仓进水量徒然大增。矿区已经连续一周没有下雨，哪来的水？

异常情况立即引起各级管理部门的高度警惕。矿领导指示，第一时间启动应急预案，马上查找水源。夜幕降临，偌大的矿区要找出一注不显眼的水流有如大海捞针，谈何容易。

这时，又是共产党员冲锋在前。由 6 名采矿车间党员组成的应急队立马组成了，经过紧急动员之后，他们消失在茫茫夜色中。队员们踏山野，钻草丛，踩荆棘，手电筒射出的一道道光束将他们安全帽上的党徽映照得格外闪亮。终于，他们发现了凡口河水草坪河床段出现一个大溶洞。水，正源源不断地注入井下……

针终于从大海捞出来了。

说时迟，那时快。由党员领头的技术、安全、后勤三个抢险小组各司其职，启动抢险机制。这几天，三个班次轮流运转，不管白天黑夜、蚊叮虫咬，党员轮番上阵，排水、排水！

这是一场没有硝烟的鏖战。

三天以后，凡口河恢复了往日的宁静，波平如镜；车间一片繁忙的喧闹，井下的钻机唱起了安全的欢歌。

打造名片，党徽映红"矿山明珠"

春阳高照，李白桃红。

山清水碧，春潮涌动。

在凡口矿，到处沐浴着习习的清风，和谐与幸福成了人们实在的体验。矿党委在开展"创先争优"活动中，引领广大党员积极投身矿山安全生产、经营管理和维护稳定工作，实现了党建工作和安全生产的"双赢"。

近年来，凡口矿通过创建"四强"党组织活动，各级党组织夯实了基础，规范了管理，构建了载体，强化了职能，充分履行了基层党组织凝心聚力、鼓劲加油的职能，充分发挥了基层党组织的战斗堡垒作用。

2011年，凡口矿党委被广东省委授予"先进基层党组织"荣誉称号；选矿厂党总支被韶关市委授予"先进基层党组织"荣誉称号，6名党员被广晟公司党委、韶关市委授予"优秀共产党员""优秀党务工作者"荣誉称号。

各基层党组织开展的"创先争优"活动，把行政工作的所想所需转化为"创先争优"工作的所作所为，用看得见、摸得着的具体行动，体现党组织的服务力。

让我们看看凡口矿下属单位在"创先争优"活动中的具体做法：

采矿车间党总支依托"一创三赛两促进""五好党支部"活动，发挥党支部的战斗堡垒作用，服务于安全生产。17个基层党支部完成急难险重任务170件，开展技术革新项目85个，创造经济效益165.49万元。

选矿厂党总支开展了党员"奉献在岗位"系列活动，全年各支部组织开展义务劳动、收旧利废、技术创新等活动40多次，创造效益约60万元，既节约了成本，也锻炼了队伍，收到了很好的效果。

水电车间党支部开展了"兑现承诺，现场履职"的领导班子公开承诺活动，班子成员参加班组安全学习162次，发现并解决了各类安全问题23个，有力地促进了车间的安全管理。

水电车间通过"党员承诺一表三卡""党员管理干部挂靠班组帮带制度"落实了对党员承诺的考核管理，定期兑现奖惩；运输车间，开展了"新老党员结对子""新老员工结对子"活动；修建车间，通过创建"党员安全责任区"，开展党员创优建功活动。

党支部把车间负责的监管项目分派到每个党员进行安全监管，配合施工监管人员共同把好施工质量关和施工安全关；职工子弟学校，大力弘扬中华传统文化，学习力行《弟子规》，学做人、助人为乐，献爱心、文明你我。这些活动的开展，营造了安全、文明、和谐的校园文化。

凡口矿党委书记骆建辉说，凡口矿山"创先争优"活动的特色主要体现在"帮、诺、亮"三个字。所谓"帮"就是党员帮带，共同提高，如采矿车间党总支开展党员干部"一帮一、同提升"结对活动，水电车间党支部开展党员干部"一对一"班组结对帮带活动。所谓"诺"就是承诺，公开承诺，落实责任，如选矿厂党总支的"党员监督岗"公开承诺践诺书签订活动，运输车间的党员承诺签字仪式，学校党支部的"双向承诺"活动等。所谓"亮"就是亮身份、亮责任，自我激励，接受监督。如采矿车间开展的"党徽在头顶、安全记心间"亮身份活动，党总支统一制作党徽粘贴在党员安全帽上，时刻提醒党员身份，铭记安全责任；选矿厂党总支开展了"党徽带胸前，责任扛在肩"公开党员身份活动，接受职工群众的监督；机关党总支开展了党员管理精细岗、文明和谐岗等"党员示范创六岗"活动，根据不同的岗位确定承诺内容，在办公台的显眼位置摆放党员身份牌，以增强党员的光荣感、责任感和使命感。就是说，将"创先争优"活动打造成为矿山一张响亮的名片，让鲜红的党徽映红亚洲"矿山明珠"。

回首漫长的峥嵘岁月，在苦难深重的旧中国，身陷囹圄的仁人志士，拖着沉重的铁镣高唱："我不下地狱，谁下地狱！"枪声响起，血溅刀锋，英雄肉身虽死，但其灵魂与山河同在，与日月争辉。他们是民族的灵魂，他们是祖国的灵魂！

在和平年代的大型国有企业里，对企业灵魂自有不同的解读和独特的意蕴。

金杯银杯不如老百姓的口碑。党的工作成效不是建立在自弹自唱、自吹自擂的基础上，而是建立在老百姓心悦诚服的口碑中。

凡口矿的"创先争优"活动之所以能够引起反响、产生实效。我们认为，它自始至终与企业效益、与安全生产、与员工的幸福指数紧密结合。企业效益是员工幸福指数的物质基础，而安全生产则是人的生存保障的起码条件。没有安全岂有幸福可言？

在企业中，共产党员的先锋模范带头作用与权力无关，与利益无关，它在关键时刻显身手，患难与共显情怀，它是灵魂的闪光点，它是行动的助推器。

"共产党员是矿山的灵魂"，使凡口这颗"矿山明珠"更加璀璨、更加夺目。

第三部　有色圆舞曲

　　广东北部有一座世界名山，在世界名山身旁有一颗亚洲"矿山明珠"。而点亮这颗明珠的是平凡的凡口人。一百年之后，一千年以后，人们也不会忘记这一不变的历史。

第二编 中国冶炼史诗： 解开 ISP 之谜

1992 年金秋，一个富有诗意的收获季节。

地处粤北山区的韶关冶炼厂以屹立于世界冶炼之林的卓越风姿和东道主的落落大方迎来了来自英国、法国、意大利、日本、波兰、澳大利亚等十几个国家几十位一流的冶炼专家。这群素以严谨理性而又吝啬赞美著称的外国专家，以挑剔的目光对烧结机、鼓风炉上上下下、左左右右反复看了三遍后，终于由衷地伸出了大拇指。

澳大利亚矿产公司总裁、国际著名的冶炼专家阿道夫感慨道："贵厂的技术改造、生产管理以及环境卫生，完全可以与世界一流的冶炼企业相媲美！"

如此惊人的变化，其奥秘在哪里？

韶冶的命运交响乐是怎样奏响的？

13 万年前，在我国粤北地区诞生了马坝猿人。

公元 10 世纪的宋代，马坝人的后裔在离粤北重镇韶关市东北角 18 公里的凡口一带，已经开始开采和炼铜。

冶炼，使这块蛮荒的土地弥漫着一缕朦胧的硝烟。

封建专制的枷锁使得我国的民族工业，走过了漫长沉重的年代。当人们砸烂枷锁准备起步疾飞时，才惊讶地发现：中国的冶炼技术已远远落在别国后面！

ISP——密闭鼓风炉冶炼铅锌法，是英国帝国熔炼公司的专利。这种能吃"杂矿"并能较好地富集回收各种原料中的伴生元素的冶炼法，在 20 世纪 60 年代曾风靡世界。目前已有欧洲、亚洲、大洋洲地区的等 14 家企业采用这种方法生产铅锌。

中国需要 ISP。

中国应该有自己的 ISP。

13 万年后的今天，在马坝人居住过的地方，赫然矗立起一座具有 20 世纪 80 年代国际先进水平的 ISP 大型冶炼企业——韶关冶炼厂。

远古的文明和当代的科技之光在粤北这块灵秀的土地上交融相辉……

第一章　燃烧的岁月

ISP，诞生在特殊年代不合格的"混血儿"。

特殊时期的"混血儿"

素有"粤北粮仓"之称的广东曲江县马坝区西南方向 1.5 公里处，有两座与驰名中外的古刹南华寺遥遥相对的石灰岩山峰拔地而起，一高一矮，秀丽玲珑，似金鼎玉壶，南北并立，那便是著名的狮子岩旅游胜地。

1958 年，马坝的农民在狮子岩洞穴里挖掘磷肥时，发现了不少骨骼化石，经过著名的古生物学家研究鉴定，确定为古人头骨化石，其地质年代距今有 13 万年，属古人阶段，被命名为"马坝人"。

原来，在若干万年以前，狮子岩及以北白芒坳一带，是一片原始森林，山石之下奔流着地下河的潺潺流水，石泉间清泉喷涌，附近湖水盈盈，草木繁茂，鱼游鸟喧，森林旷野里，象群出没，虎吼豹鸣……

广东古人类的祖先——马坝人就在这片山林里的溶洞里栖息着。

千万年来的刀耕火种，使他们感到自己栖居的环境缺乏了某种魅力，他们被自己发展的智慧、文化驱赶着，身不由己地追逐着现代文明。

然而，历史是这样的巧合。

13 万年前的远古文明与 20 世纪的西方冶炼技术在这里相遇了。

在这里，让我们先说说韶关冶炼厂选址的情况吧。

由于地质构造的原因，金属在脉石中嵌布粒度细，铅锌单独分选困难。我国的冶炼专家们不想沿用原有的单独炼铅或锌的技术，因为那样将造成极大的浪费。只有合理、充分地利用同行凡口铅锌矿的丰富资源，才能逐渐扭转我国铅锌需要从外国进口的局面。

1964 年至 1965 年，北京矿冶研究院、长沙有色冶金设计院的专家们，本着充分利用资源、最大限度地提高金属回收率，积极采用新技术、新经验，在技术上与国内比较，有所改进有所创新的原则，最后向冶金部推荐了当时国际上已成功地应用于工业生产处理铅锌混合精矿的英国帝国熔炼公司专利"密闭鼓风炉冶炼铅锌法"，简称 ISP 法。

1966 年初，冶金部同意引进 ISP 法。

1966 年 6 月 24 日，中英双方代表在北京与英国帝国熔炼公司进行了关于密闭鼓风炉冶炼铅锌的技术谈判，共同签订了引进 ISP 专利的合同及技术服务协议。

专利合同规定：专利特许费为 444 万瑞士法郎；10 年的专利总提成费为 576 万瑞士法郎。

技术协议规定：英方负责全面指导和帮助买方进行设计、建设和生产；全面掌握专利技术；提供全部 ISP 专利图纸和技术资料；买方可派技术代表和实习人员赴英国阿旺茅斯和西旺斯 ISP 厂及有关辅助单位自由考察、实习和跟班操作，并免费提供图纸和资料，以及进行讨论研究；技术服务费为 50 000 英镑。同时规定买方在协议生效后的 3 年内，工厂必须建成投产，否则，每延长一个月，买方应另行支付 12 000 英镑给英方。

1967 年，英方根据合同协议，向中方提供了成套的技术图纸和资料。

ISP 协会在国外已拥有一个相当可观的"家族"群落，这也意味着韶冶一跃成为世界上 ISP 的 13 个伙伴之一。

这无疑是韶冶的一份殊荣。

我国科学工作者以及中央有关决策部门，居然能在"文革"前便决心引进国际一流的有色冶炼技术和设备，不能不说是开拓性的大胆构思。

那么，冶炼厂的选址在哪里呢？

专家们经过反复考察，认为设在曲江马坝的一个苗圃场较为合适。

马坝人对 ISP 充满了欣喜的期待。

当时有关部门选址时，明确地提出：选址一要靠近铅锌矿源；二要便于对外开放；三要靠近水源和交通干线；四要符合战备要求，等等。

作为冶炼厂的选址地——距离韶关市区 9 公里的白芒坳苗圃场，说到交通，倒是西临北江，韶关至广州的公路穿行而过，附近还有京广铁路干线。说到战备保密要求，选址东南及西南方向有群山环绕，北有丘陵屏障，形成了一个约有 100 公顷面积的自然盆地。

引进专利的合同签订之后，适逢爆发了"文化大革命"，韶关冶炼厂的基本建设受到了严重干扰，引进英国 ISP 自然被责难为"洋奴哲学"。

就这样一拖就是 6 年。

最后不得不通知英方终止合同。

1966 年，我国与英国、西德、日本谈判进口烧结车间和鼓风炉车间的全套设备，历时一年之后又陷于僵局。

其原因是我国有关部门承受不了日本人的超高额报价。

1968 年冬天，上海某工人群众组织到达北京，了解到韶冶工程设备引进谈判的情况，本着"独立自主、自力更生、勤俭建国"的原则，他们主动地向中央有关部门提出，承担韶关冶炼厂工程原拟引进的烧结、鼓风炉两大车间全套设备的制造及硫酸车间所需仪器仪表的供给任务。

于是，冶金部、外贸部决定终止对日本的谈判，韶关冶炼厂全套设备由国内制造。

这种特殊时期的大胆作为，不知是创造历史还是嘲笑历史？

ISP 国际协会的专家们对中国的举动感到费解，更感到无奈。

富有革命传统的上海工人阶级，以国家主人翁的精神、高涨百倍的热情，组织了 29 个厂家参加了大会战，根据英方已经向我方提供的 ISP 技术专利的设计清单，夜以继日地制造了烧结、鼓风炉车间主要设备近 400 台，总重量近 3 800 吨，约占全厂主要设备重量的 37%。另外，其他车间的设备，在广东省内及其他地方订货 1 400 吨，现场自行制造非标准设备2 000吨，国家安排订货的标准设备 5 000 吨。

这些设备于 1969 年底陆续交货，主体设备于 1971 年完成。

1971 年，土建工程转入收尾阶段，设备开始安装，由上海等地工人阶级日夜抢制的 ISP 设备，源源不断地运往广东。

1972 年，韶关冶炼厂设备安装进入了高潮。

经过 33 个昼夜的连续奋战，烧结机顺利地完成了安装任务；鼓风炉上料系统采用的是当时国内少有的磁性逻辑元件，经多方努力，也取得了较为满意的效果。

就这样，英国专利而实际上是中国制造的 ISP 在"文革"时期的中国土地上孕育着，即将进入分娩期。

人们焦灼地期待着这个"混血儿"在韶关能安服水土，生根开花……

来自天南地北的建设者

让我们看看当时中国的现实：

中国虽有色金属资源丰富，品种比较齐全，然而有色金属工业十分落后，无论矿工还是工厂，其设备规模都很小，不能满足国内工业需求。

中国工业要大干快上，但国力仍待提升，客观条件制约着主观想法。

意识形态的独特性，决定了我国一方面排斥西方的现代文明，一方面又羡慕西方的科技成果；一方面拒绝进口先进的技术设备，一方面又想将国家建设得更强大。

这就是当时的历史。历史交集出的多重矛盾，凝聚成一个巨大的焦灼，巨大的焦灼衍生出强大的动力。

党中央、冶金部一声令下，全国各地应者如云。

十六冶金建设公司的建设者，是广东有色金属战线的"拓荒牛"，战功显赫。十年沧桑，物换星移。转南战北，扫东征西，他们足迹遍及南粤大地，处处都竖立着他们战斗的标语和横额，处处都留下他们战斗的业绩。

如今，他们来到了广东韶关9公里处，统揽韶冶的全部土建基础工程。

他们在荒山野岭中安营扎寨，平整地皮，筹建车间、厂房。

他们建起了第一座外国专家楼。

他们盖起了上万平方米的"干打垒"式的简易棚舍。

冶金部长沙设计院的工程技术人员来了，他们担负着韶冶的总体设计。

筹备小组的领头人关开兴受广东省人民政府的委托，率领着一班精悍的队伍来了，在这儿建立了指挥部，运筹于帷幄之中。

全国各地的有色人听从冶金部的号令，匆匆地走来了——

他们来自葫芦岛锌厂；

他们来自白银有色公司；

他们来自水口山矿务局；

他们来自株洲冶炼厂……

他们有的是有色金属专家；

他们有的是韶冶早期建设者；

他们充满智慧，又极其纯朴，能像大将军一样调遣有色金属科学王国中的千军万马；又像一个小小的机器零件，自愿地服从祖国的派遣，镶嵌在党和人民最需要的地方上。

他们把自己的行动，融进了在韶冶流行的"先生产，后生活，瓜菜代，干打垒"这句口头禅中，形成了初始的、独特的"韶冶精神"。

她不是人们熟悉的傅蔚英吗？

那时，她已经50多岁了，玲珑的小个子，精致的脸蛋，白里透红，有一点点腼腆。你会看出，皱纹好似没有爬上她娇嫩的眼角，脸颊还留着少女时代两个浅浅的酒窝。白发也不好意思扰乱她的青丝，让她的笑容显得那样青春、纯情。

她坐在记者面前，开始有点不好意思，没多久话就流利多了，还伴着恰如其分的肢体语言。她对记者说——

"你不信？我出生的那一年，妈妈怀着我逃难，乘船沿着北江而上，到达清远附近时，妈妈马上要生了。于是，妈妈到了清远县城，将我生下来。以后，我们又辗转来到了韶关。当时爸爸教书，妈妈也教书，我从小就接受着良好的家庭教育。我正式读了两年高小，后来妈妈就不让我读书了。但校长支持我，帮助我考上了北江中学。高中毕业后，恰逢全国统一考试，我便考上了清华大学土木工程系，当时学的是供热、供燃气与通风专业。"

傅蔚英喝了一口水继续说：

"怎么？你认为'冷暖空调'只应用于民用建筑么？不错，现在空调设备普及了，哪些大宾馆、大酒楼不需要冬天供暖，夏天供凉？我们这个专业，现在走到哪里都吃香。特别是沿海一带的经济特区，更是想方设法招聘这方面的人才。可是，这个专业与有色冶金的关系更加密切呢，它着重处理热源、通风，为工厂创造舒适的生产环境和条件。"

傅蔚英显然十分热爱自己的专业，言语间充满了激情。

"我在清华大学毕业分配时，很想回广东，主要是那时听说韶关要建一个规模很大的钢铁厂，自己的男朋友又在广州工作，可以说是公私兼顾吧。当时我们填志愿都写：服从国家分配，到祖国最需要的地方去。和我同一批的人，许多都被分配到了内蒙古。当时我能够分配到广东正在筹建中的韶关钢铁公司技术科，是得到了照顾的，非常幸运。但是不久，韶关钢铁公司下马了，我转入了十六冶金建设公司的工程技术科工作，变成了施工单位的一个普通工作人员。由于施工地点流动性大，作为工程技术人员是不能脱离现场的。那时我已结婚了，夫妻分居两地，有两个孩子，于是我带着两个小孩，一个保姆，工地转移到哪里，我们便跟到哪里，扁担一头放着水壶，另一头放着一大包尿片。"

傅蔚英说着说着，不禁哈哈大笑起来。

"记得去参加建设凡口铅锌矿工程时，基地就设在马坝。保姆和小孩就留在基地，我两个星期才能从凡口回来看一次孩子。后来，韶关冶炼厂决定上马了，十六冶承包了这个建设工程。首先抽了12个人，共带着500元钱，来到离韶关9公里的白芒坳。我就是这12个人中的一个，带着刚满6个月大的孩子，扁担依旧一头放着水壶，一头放着尿布包。"

傅蔚英将话题转回到韶关冶炼厂的建设上来。

"白芒坳当时是韶关市的一个苗圃，四周荒山野岭。我们是来平地基的。因为要引进英国的ISP，英国专家在技术谈判时已来此地看过，以后也许还要来，我们盖的第一栋房子便是专家楼，方便让这些外国人住进去。我们还在现在的工人村一村处盖了上万平方米的'干打垒'简易棚舍。那时的日子真是苦啊！但无论怎样苦，我们也挺过来了。韶冶建成投产后，我便调进环保设备科工作。"

傅蔚英刚说完，一个中年男子走进了采访者的视野。

他中等个子，肤色比一般的南方人更黑，一看便知道是南方人并曾长期受到过大量紫外线的照射。

记者一问，果然不错，他来自我国大西南的云贵高原。

1968年，他从昆明工学院毕业，学的是重金属冶炼。还在学院时，他就听说韶冶要引进英国的一套ISP专利，那可是世界的一流技术。他和同学可兴奋了，都想分配来韶冶。于是他们打点行李，来到韶关9公里处一瞧，心里马上就凉了半截，因为这里荒凉得连厂房也没有，更没有ISP的影子。他到了韶冶后，马上被编入了学生队伍，种菜、开荒，还得进行当时荒唐的"早请示，晚汇报"。那时，还有上千名复员军人被安置在这里。

另一位中年男子一步一拐地向采访者走来了。

他是一位劳模，脸上好似有被火烧伤的痕迹，那部分的皮肤又黑又粗糙。一张脸坑坑洼洼的，像凿过的痕迹，像火印的吻——他一定是跟火神打过交道的人。

一问果真如此。

1978年6月，试车期间的9号精馏塔突然发生爆炸，他的脸和背都被烫伤，烫伤面积达37%以上。可是，他首先想到的是国家财产的损失情况和受伤同志的安危，伤未痊愈就返回车间上班。

有一次，4号和9号塔出现漏锌，燃烧室内温度高达1 000℃，氧化锌和高温结渣堵塞了废气道，必须用钢钎大锤打开燃烧室入孔，将塔内的结渣清除。他苦干在前，强忍汗水与高温结渣黏在伤痕处的痛苦，终于完成清渣任务。但他烧伤的部位也随着肌肉的增生导致汗液难以排出，常常奇痛奇痒，无法忍受。由于不断接受高温的烤炙，增生的肌肉慢慢鼓起来，十分刺目。

然而，这张粗糙、扭曲的黑脸却是一本用生命换取韶冶成就的荣誉证书……

他是湖南省湘潭县人，从小就在长沙一间冶炼厂当童工，做耐火材料，新中国成立后，他被调到了水口矿务局。1966年11月，他来到广东支援韶冶建设。这时，他早已改行从事有色冶炼，专攻锌精馏专业。按计划，他是被派往英国学习ISP冶炼技术的。后来才听说中国与英国人终止合同了，ISP的设备由国内自己制造。

和这位劳模一样，许多退伍兵也来到了韶冶，准备在这里大显身手。

1969年，厂里招来了几百个退伍兵，后来陆陆续续又补充了几百人，他们被派遣到株洲冶炼厂等地实习。过了一两年，退伍兵回来了，但厂房仍然没有盖起来，ISP 更不知在哪里？他们没活干，犹如英雄无用武之地。

于是，厂里号召他们每天到北江河挑河沙，上山放炮打石头，再运到工地上，卖给正在大搞建设的十六冶，用这些"血汗钱"补贴生活。

那时生活真艰难！退伍兵来到这里时，每月才 43.29 元，有许多人还带着老婆孩子一起来的。每人每月才 6 张肉票，每票供应二毛钱，不到一个星期就吃完了。

受访者对记者说，那时日子虽然艰苦，但走的人不多，大多数人希望能将老婆孩子的户口迁到这里来，认为这里能吃上国家粮，是天堂啊！可惜，韶冶迟迟没能上马，两三千名工人、干部、技术人员，尽干些杂七杂八的活，就这样一拖就是六七年，既浪费了精力，又浪费了青春……

"争气炉"不争气

人们在等待与拖延中煎熬。

人们在希望与失望中博弈。

高高低低的烟囱终于在荒僻、混乱的山坳里立了起来，与周围翠绿的林木争妍斗丽，直指蓝天。

巍峨的 ISP 终于挺起炉膛。

这一切仿佛准备迎接凡口矿投放的原料的首次撞击与挑战。

在烧结车间没有点燃熊熊大火之前，在鼓风炉没有荡起强劲的雄风之前，让我们仔细瞧瞧，落生在中国粤北以 ISP 专利设计制造出来的"混血儿"，到底是一副什么模样？

回忆是迷茫的，反思更是痛苦的。

是的，当时我们的国家依然贫穷。然而，比贫穷更可悲的，是当时盛行于中国大地的形而上学思潮，是愚昧荒诞的闭关自守。

上级有关部门根据"勤俭节约"的原则，要求韶冶从 1970 年的基建投资中节约出 500 万元，于是，ISP 一些关键项目不得不活生生被砍掉了。

120 米高的废气烟囱被改为爬山烟囱，烧结配料二段混合，烧结齿辊破碎备用机和备用链板运输机也被改造了。

而这些不符合环保标准的做法，竟被当做"增产节约"的典型事例，在新闻媒体里广为宣传、大加赞颂。

要知道，当时人们还没有掌握先进而复杂的工艺和技术，也没有专家进行指导，诸多国内生产制造的设备，只是按照 ISP 图纸资料依样打造的，很难说是合格的标准设备，也很难保证环保的起码指标。

正因为中国缺乏有色金属。

正因为中国需要有色金属。

从中央到地方，热切的目光随时关注着韶冶的建设、投产情况。

1968 年，周恩来总理亲自过问韶冶工程的进展情况。

1972 年和 1975 年，广东省委第一书记曾先后两次视察正处在基建过程中的韶冶。

试产期间，国家计委副主任袁宝华，冶金部部长李华、林泽生等领导亲自来到韶冶视察。

中央及广东省对韶冶建设、生产的重视，使冶金部加大了资金投入的力度。

1974 年 11 月，冶金部派出了由王文海、于晏等人组成的工作组，组织了一支以沈阳冶炼厂、葫芦岛锌厂、大岭冶炼厂、白银有色金属公司、北京有色金属研究院总院等单位的近 80 名高级专家队伍为首的"开炉队"，前来韶冶充当 ISP 诞生的"助产士"。

当时的试车总指挥可谓来头不小，由前有色金属研究院副院长、冶金部有色司副司长王文海担任。

据当事人回忆，从北京来的王文海很有大将风度，运筹帷幄。一是他将设计、施工、生产统一了起来；二是他对一些重大的决策处理得比较妥当；三是他把干部队伍组织协调得很好。

可喜的是，1973 年上半年至 1974 年底，烧结、硫酸、鼓风炉三大车间进行了三次热负荷联运试车，都先后获得了成功。

冶金部发来了贺电。

省冶金局发来了贺信。

然而，好景不长，那个先天不足的"混血儿"开始发难了。

为了节约 500 万元，再加上外国工艺技术情报的封闭，以及设备改造的举步维艰，由此种下了恶果——污染，严重的污染。

这是大自然所带来的惩罚，不能归咎于某个人或某个集体。

这是一个时代导致的恶果。

而对于一个刚刚运行的企业来说，却是灾难深重。

劳动模范、生产标兵左桂荣说：

"试车的时候，我在烧结车间。当时包括厂党委书记和冶金部派的工作组在内，共有 70 多人。风常常送不进去，焦炭和矿料常常在中段结死了，喷出来的烟味很辣，人被呛得很厉害。时间一长许多人都咳出血来，我也咳出过血，所以工人受不了，情绪严重不安、躁动，将机子开了后，便躲到一边去。有一天晚上查岗，居然发现二十多个岗位都没有人，大家实在顶不住了，不能埋怨他们呀！"

厂工会主席说："试车时，我也在烧结车间，当时工厂区整条二里多长的道路，都被浓烟封闭了。工人骑自行车上班，一只手扶着车把，一只手捂住鼻子。烧结平台上，喷出的浓烟粉尘整天遮天蔽日，黑沉沉的，三步以外看不见人影。铺在地上的粉尘，有一寸多厚，踩一脚，便见一个深坑。当时曾有日本人来考察，为了取得第一手资料，捂住鼻子冲上前去，退下来后连连摇头。澳大利亚人来看过也说：株洲冶炼厂是中学生水平，而韶冶只是小学生水平。于是，烧结车间臭名远扬，女工不愿在这里干了，怕以后不能生孩子；男工也不愿意干了，怕娶不到老婆。有的找到对象的青年，对方一听说是烧结车间的，马上就'吹'了。工人们戏言：就是把雷锋同志请来，也难以坚守岗位。"

时任副厂长说："试车时，烧结与鼓风炉是韶冶两个最糟糕的大车间。就说鼓风炉吧，经常因为放不出渣来，而铺涌到炉台上，渣温高达1 300℃，工人称之为'火焰山'。于是急匆匆拉来水管喷射冷却，但还未铲完炉渣，第二批炉渣又涌漏到平台上。此情景，就是孙悟空也无可奈何，这里是他过不去的火焰山啊！当时省计委主任来厂里视察，根本走不到炉前，直摇头说：我从来没有见过这样差劲的工厂！"

这就是韶冶试车、投产后的现状，不，是惨状！

尽管这样，韶冶人仍在浓烟滚滚、高温灼人的状态之下，一边骂一边摸索着干。

他们从没有停下前进的脚步。

他们是 ISP 在中国第一家冶炼企业。

大伙说要为中国人争气，竟将鼓风炉称为"争气炉"。

在韶冶没有一个人对 ISP 的环保问题产生过怀疑。

他们说："哪有烟囱不冒烟？哪有车间没粉尘？"

他们说："不呛不烤不叫冶炼厂嘛！"

对于韶冶人来说，似乎污染是天经地义的事情。

老厂长赵更生一手抚摸着满头银发，一面陷入了沉思，回想着当时的情景：试车时，工厂乱得一塌糊涂。因基建项目不全，环保措施缺失，到处冒火的冒火，冒烟的冒烟，冒气的冒气，这被叫做"烟囱林立，烟尘滚滚，形势大好"。

赵更生回忆道："我刚调来这时，见到这种情景，心里想：这叫什么工厂？怎么能够生产？烧结机上布满的烟尘，起码有五六寸厚，人也站不住。烟尘很辣，差点将人呛死。那时最艰苦的劳动是铲矿粉。一漏就是铺天盖地，矿粉堆积如山，深更半夜，只要喇叭一喊漏料，就全厂动员，上上下下，男女老少，一起前来抢险。北京来的王文海带领的工作组也真能吃苦，他们个个都是高级知识分子，却跟普通工人一样使劲铲矿料，搞得灰头灰脸。我们一天起码二十多个小时在现场，在菜市场买来小辣椒，一困就咬一口，提提神。"

1975年3月21日，鼓风炉正式点火，按预定的开炉程序投料，各部分运转正常，产出了粗铅、粗锌。经过72天粗炼系统三大车间热负荷联动试车运行，于6月17日胜利结束。

当事人都说，这段历史现在回想起来，还是壮怀激烈，热血沸腾！

第二章　绝处求生

ISP散发出来的浓烟和浊雾将天上的鸟儿吓跑，将地上的花草摧萎了……韶冶人在痛苦挣扎中拿到了"救命金牌"。这是一次濒临绝境中的拼死求生啊！

硝烟四起

从1973年7月15日烧结系统进行第一次负荷联动试车，到1977年ISP正式承担国家生产计划任务这段时间，烧结机与鼓风炉组成的两大主体车间，冒火的冒火，冒烟的冒烟，冒气的冒气……

于是，偌大的生产现场乌烟瘴气，怪气呛人。

请听当年污染最严重的烧结和硫酸两个车间的工人如何说。

那时的烧结车间有三多：

一是设备漏料多。经常因漏料顶死输送皮带而停车；粉尘多，烧结机平台的积尘厚达半尺，工人巡机时就像过雪山一样，一步一个脚印，粉尘多到将烟罩和石棉瓦都压塌了。

二是停车次数多，1977年烧结机停车1 252次。

三是莫名其妙的怪病多。车间每立方米空气含铅达214.2毫克，超标4 000多倍，使得40%的工人的尿铅超标，需要脱产排铅疗养。还有其他怪病，闹得人心惶惶，导致小伙子找不到对象，妇女害怕不能生育，请调报告多达七八十份。

在硫酸车间，高浓度的二氧化硫，则直接由"爬山烟囱"喷涌而出，集结在韶冶方圆5平方公里的上空，浓烟蔽日，浊雾沉沉。

这些气体呛人、呛庄稼、呛森林、呛花草、呛鸟儿……

健康的工人也被呛得咳出了血；

闻名中外的马坝油黏米被呛得结不了籽；

茂密的森林被呛得死气沉沉，一片枯萎；

美丽的花草被呛得叶黄花谢，憔悴而死；

欢快的鸟儿被呛得扑着翅膀，逃离这一"死亡之地"……

再看看韶冶周边的乡村、田野，仿佛一夜之间变成了"千山鸟飞绝，万径人踪灭"的不毛之地。

于是，马坝人离开了稻田；

离开了菜地；

离开了鱼塘；

离开了鸡窝；

离开了牛棚；

离开了山冈。

愤怒的人们持着扁担、扛着锄头向着韶关冶炼厂涌来了、涌来了……

不要说他们无情，更不要说他们野蛮。

他们要为生存而抗争……

十几万年了，这狮子岩，这白芒坳一带便是马坝人的世袭领地。他们也曾温柔敦厚，也曾生性善良。世世代代，他们呼吸着纯净的空气，守着宁静的山坳，看着清幽的流水。他们半是期待半是疑惑地跟韶关冶炼厂这个"财大气粗"的"大老板"扯上了邻居关系，企盼大工业给他们带来现代文明……

但当ISP的炉膛沸腾之日，就是纯净的空气变成浑浊之时。

宁静的山坳嘈杂了，清幽的流水变黑、变臭了。

现代的大工业污染了马坝人美丽的家园，他们担心再这样下去，鸡下不了蛋，牛生不了崽，人就要绝子绝孙。是的，人们的始祖当年身居的世界，曾是那样辽阔、空旷、寂寞、荒凉。可是今天却变成一种让人留恋向往的田园牧歌。他们怎么可以让这美丽的家园回到荒凉寂寞的过去呢？

他们联名上书省人民政府，状告韶冶对周边环境造成的污染。

他们的诉求得到了《南方日报》等多家新闻单位的舆论支持。

1978年，又到了马坝油黏米扬花抽穗的季节，可是绿油油的水稻却被莫名其妙的毒气烧焦了。

不言而喻,这是韶冶污染导致的。

于是,愤怒的浪潮再一次冲决理智的堤坝……

马坝人一户户、一村村,成群结队地涌来了——他们燃烧着怒火,跑步来了、骑单车来了、开汽车来了。转瞬间,地处韶关南郊9公里的韶冶厂部被成百上千的农民团团围困了。

办公室不能办公。

食堂不能开饭。

他们向韶冶的干部责骂、怒吼:

赔我树木!

赔我庄稼!

赔我鱼苗!

赔我耕牛!

时间一分一秒过去了。

被困的领导指示外围的人给农民送饭吃,他们吃完饭仍不肯散去。又是僵持着,僵持着……

忽地,在围困的人丛中猛然站起一条汉子,分开众人抬腿便走。

有农民大声喝:"赵更生,你往哪里溜?"

赵更生的衣衫被一只粗壮的大手揪住了。

"我憋尿!"赵更生挣扎着说。

是的,他从早上到现在未撒过一泡尿,憋得慌啊。

"你别逃跑!"农民们追到厕所门口监视他。

那个农民知道,赵更生便是韶冶的党委书记兼革委会主任。

赵更生从厕所出来,感到一阵轻松。

赵更生亮开嗓门对农民们说:"各位农民兄弟,你们靠天吃饭靠地吃饭,我不埋怨你们,我们承认污染。污染多少,就应赔偿多少。不过,我跟你们的关系,是工农关系,说白了是国家利益与你的利益,有理讲不清楚。还是请你们派出几个代表,到你们县委去,请县委主持公道。反正钱是由国家出的,赔少了,会损害你们;赔多了,也会损害国家的利益。"

赵更生一番话,把马坝人说得"呼"一声散了。

他们信得过这位大领导。他们认准一个理:他们的损失,国家一定会赔偿。

农民们派了代表,跟赵更生等人上曲江县委去,然后又高高兴兴地回来,丈量起山后那几千亩被烧焦的山林。就这样,光是白芒坳一个山头的青苗，农民们就得到了 40 多万元的赔偿款。

这边厢，国家的钱源源输出去安抚受害的农民；那边厢，省人民政府的命令来了——韶关冶炼厂马上停产整顿！

"救命金牌"

有时，历史简直是在开玩笑。

韶冶人想不到的是，当年的"自力更生"却为自己制造了难以冲破的牢笼。

用一句当代的话来说，人要为自己的过错"埋单"。

广东省人民政府的命令，宣布了韶冶的 ISP 气数已尽。

韶冶人不服气，他们是央企，要等待中央的指示。

没多久，中央发话了：韶冶虽然也被中央列为全国第一批限期整改的企业，但无论如何也不能停产。

为啥？

中国太缺乏有色金属了。

改善人民生活需要它。

发展国民经济需要它。

研制尖端的国防工业更需要它。

厂长赵更生心里觉得好气，也好苦。

他硬邦邦地说：

"那你们给韶冶一条出路吧！"

韶冶跟有关方面曾制订过两个改造方案，但都被认为是"好大的胃口，无法兑现"！

第一个方案，便是向中央打报告，由国家拨款一亿元，用于韶冶的环境保护工程改造。

但是中央认为，韶冶已经投产了，不能再立项了。

再说，投资一亿元，可以重建一个韶冶啊！

第二个方案，便是交给外国人来改造。

1979 年，先后有澳大利亚 CRA 铅锌专业代表团、日本住友金属矿山股份有限公司、日本三井金属矿山株式会社技术代表团、西德鲁奇公司等在外贸部门的安排下，先后来到了韶冶对 ISP 进行详细的技术考察。

中央有关部门决定在三井、住友、西德鲁奇三家外企中选择其中一家作为合作伙伴。外国人在韶冶考察期间，捂着鼻子，冲到烧结机前的灰尘浓烟阵中，呛够了；贴近鼓风炉前的"火焰山"，烤够了；终于拿出了改造的预算方案。

德、日双方差不多，同时出价7 000万人民币，由他们提供技术和设备，外加韶冶厂承建土建工程部分，达到一亿元。

按照韶冶当时的生产能力，需要20年的时间，才能偿还清这笔巨额债务。

这简直是天文数字！

此路不通。

国家终止了与外国人的谈判。

可是，ISP不能半途而废，仍然要开下去。

不彻底改造，要开下去，必定是：冒火的冒火、冒烟的冒烟、冒气的冒气。

赵更生是韶冶人眼中的"南下干部"，是压不垮的"金字招牌"。

起初，他是地方干部，在湖南当县长。1952年，中央开始从地方抽人，转入工业部门当干部。他就是那时候被调到了北京学习，并到辽宁的鞍山钢铁公司培训。看着自己周围的同伴，嗬！原来都像自己那样是"土八路"。他接受了两年培训，就被调到了武汉钢铁公司，在那里工作了四年半，又到了大冶分公司任副经理。1958年，中央决定在广东开办一个年产200万吨的韶关钢铁公司，计划从武汉调2 000人过来。他参加了韶钢的筹备工作。后来又因韶关不具备建大型钢铁公司的条件，公司下马了。这个庞大的筹备队伍又分散了，流向全国各地的冶炼厂。他因是直属中央的"野战军"，就被广东省借到了茂名市当市委副书记，分管工业，抓的就是茂名的石油。1966年，广东省又决定建立韶关钢铁厂，将他调去任党委书记。然而刚完成炼钢车间投产，"文化大革命"便来了。工人不再炼钢，专搞"斗私批修"。经过反复调查，他由于没有历史问题便获得了解放，后来被调到韶冶来了。

赵更生是个爽朗之人，对记者的采访也不会"推皮球"，搞得你云里雾里。

"那阵子，"赵更生笑着说，"王文海领导的工作队还未走，我闲着，专心一意地跟工人去铲矿石。"他指的铲矿石，就是抢险铲烧结机堵塞后漏下来的矿石。

王文海带着工作组一离开，上级就将韶冶整个摊子移交给他，包括天空那两条难以治理的黑龙，厂区那灰尘密布的"迷魂阵"，还有注入北江那两条乌黑悠长的流水……

"那时，真的是乌烟瘴气！这叫什么工厂啊！"他火爆爆地骂。

骂完了，又得收敛脾气去应付坚持不懈地前来索"赔"的马坝人。

说不准，什么时候广播喇叭一响，又得冲到烧结车间去抢险铲矿石。

他跟工人铲了一年漏矿，差点累趴了。

中央不再拨款，又终止与外国人谈判。

他问自己：韶冶算什么玩意儿？自己算什么玩意儿？

近三十年在工业战线的摸爬滚打，将赵更生练成了一条汉子，一个管理大企业的行家。

他知道，韶冶有一支精通有色金属生产、科研的专家队伍；他也知道，厂里遍地是"黄金"，一抓一个宝。

1979 年，赵更生和他的副手们起草了一份关于韶冶改造的意见书，递交给广东省人民政府。

他们在意见书中表明：韶冶厂的改造，没有领导的支持就是白干。我要自筹资金，省里要给我政策！

他提出了让韶冶实行每年利润递增 6∶100 大包干的大胆设想！

这在当时广东省的所有企业中，还是第一家。

赵更生两次跑到省政府找到了副省长李建安，火辣辣地说："韶冶的情况，你们全知道，不用我汇报了！省里也已经把我骂得够呛！现在这份报告，是我最后的一锤子买卖。你们听，就好办。若不听，就完了，我马上回韶冶通知工人散伙。"

李建安说："老赵，你不用着急。省里会考虑这个问题的。"

李建安心里明白：当年韶冶因陋就简上马，撤去了环保项目，省里的报纸宣扬过；曲江县马坝的农民联名向省里告韶冶污染的状，省报也宣传过。

这一切，李建安都知道。

李建安清楚：中国不能没有有色金属，广东也不能没有有色金属。这是国家战略，马虎不得。于是，他马上在赵更生的报告上，大笔一挥："韶冶改造，只此一途！"

正是这八个大字，决定了韶冶的生死命运！

赵更生两进省城，硬是"乞"来了一块韶冶的"救命金牌"。

小鸟飞回来了

这是具有重要历史意义的一年。

这也是值得特别歌颂，特别提气的一年。

这一年，全党工作的重点转移到了社会主义现代化建设上来。

赵更生与其说具有远见卓识，倒不如说他碰上了好的历史发展机遇。

赵更生"乞"来省里的政策——扩大韶冶企业的自主权。

根据实行利润递增大包干的方案，省里规定韶冶的利润留成比例为29%，其中职工奖励基金为15%，集体福利基金为11.5%，生产发展基金为2.5%。

1976年，韶冶由于三废污染严重，便会同各方面专家制订环境保护10年规划（1976—1985）26项、长远规划25项，并决定从1977年开始，逐项安排施工。

然而，国家没有钱，也不给政策，这等于一句空话、一纸空文。

自己种的苦果自己吃；自己酿的苦酒自己喝。

现在省里给了政策——自主权还给了韶冶。

可是钱呢？钱在哪里？

赵更生这会儿不茫然了。

他比谁都机灵。

"工厂里天上飞着的是金子！"

"工厂里地下埋着的都是钱！"

赵更生这样说。

专家也这样说。

韶冶的工人更是这样说。

原来，自1975年至1978年试车投产以来，铅锌总产虽然只有原设计生产能力的一半，但随污染而流失的铅锌竟达总产量的五分之一。

就是说，凡口铅锌矿中大量的锗、汞、镉、砷等元素，根本没有回收利用，这等于将钱打了水漂。

清醒了的韶冶人这回不会错过良机。

要知道，有了政策，有了自主权，也就等于有了钱。

治理污染，提高综合回收的能力和水平，就要把厂里到处飞的金子，把地下埋着的钱，把从烟囱中飘走的、从污水中流走的元素，统统收回来，放到钱袋子里。

从1980年正式实行了利润递增大包干之后的5年里，厂里自筹了资金2 700多万元，用于以环境保护为重点的挖潜、革新和改造。

厂里的工程技术人员和冶炼工人，夜以继日、呕心沥血地研制烧结大布袋收尘器、电解法烟气除汞新工艺等多项技术革新成果，终于使ISP技术改造、环境保护、铅锌矿石的元素回收都取得了突破性的进展。

现在我们就举韶冶在环境保护方面的例子吧。

《她为打扮环境呕心沥血》——韶关冶炼厂基建设计科女工程师、韶关市"三·八"红旗手傅蔚英，为尽快改造该厂的环境面貌，在治理污染的技术改造中，领导由 4 个人组成的"通风收尘、给排水"设计专业组，3 年来共完成图纸 556 张（相当于甲级图纸 200 张），她本人所设计的占三分之一左右，大大超过了同行的设计定额，为该厂的三废治理和综合利用贡献了力量。据统计，近年来韶冶回收的各种烟尘粉尘达 15 100 吨，含铅锌金属量 7 000 余吨，价值 600 多万元。（见《冶金报》《南方日报》《韶关市通讯》等）。

韶关冶炼厂抓紧以环境保护为重点的工艺设备技术改造和三废治理，污水和二氧化硫的排放，已达到国家标准。生产岗位空气含尘量已降低到 0.77mg/m³，被评为省环保绿化先进企业。

韶关冶炼厂对系统污水的治理，经过几年试验研究，采用石灰乳中和沉淀重金属、漂白粉氧化除氰的方法已取得成功，排放污水所含有害元素全部符合国家标准。（见《冶金报》）

韶关冶炼厂是我国第一个采用密闭鼓风炉工艺（ISP）生产铅锌的工厂，1977 年以前，不但生产不正常，而且"三废污染严重"，曾被列为全国第一批限期治理"三废"的企业。现在该厂先后完成了 96 项以通风收尘，污水处理和综合回收扭在一起的重点改造项目，基本解决了"三废"的污染问题。（见《韶关日报》）

《昔日烟尘弥漫，如今鸟语花香》——韶关冶炼厂在进行以环保为重点的技术改造的同时，年年绿化，美化环境，全厂绿化面积覆盖率已达 80% 以上，多次被广东有关部门评为环保先进单位，今年又被评为广东省社会主义文明建设先进单位。（见《冶金报》《韶关日报》）

百闻不如一见。当年我在韶冶宣传部工作，经常下车间采访，而鼓风炉车间和烧结车间是我经常去的地方。

只见这里天空晴朗，两旁绿树成荫，用"鸟语花香"来形容它，一点也不夸张。可在若干年前，这条厂区公路却是烟尘蔽日，三步以外看不见人影。

我先到了烧结车间，然后到了鼓风炉车间。两个车间都是舒适、整洁的，不知情的人很难想象当时烧结车间如何烟尘迷漫，呛得人咳出血来，更难以想象鼓风炉前整天堆着的 1 300℃ 高温的炉渣，似一座高高的"火焰山"……

清新的空气，洁净的环境。

韶冶人回到了正常人生活的空间。

这才是正常人工作的地方。

马坝人的后代悠闲地守护着自己的庄稼。

山林被春风重新染绿；马坝油黏米吐穗扬花。

一位工人富有诗意地说："瞧，天空多蓝啊，可爱的小鸟飞回来了！"

是啊，可爱的小鸟飞回来了，不但寻找到花草树木作为栖居之所，还为了偷窥那来自凡口的五彩宝石扑进了 ISP 的炉膛；为了谛听那斑斓的原音符经过炼狱的洗礼后，在中国有色交响曲中弹奏出感天动地的美妙之音……

第三章　鼓风炉的变迁

中国的 ISP 再也不是"小学生水平了"，他们用自己的实力塑造出顶天立地的《火的群雕》。

外国专家不再挑剔了

铅锌产量：从 3 万多吨增加到 6.5 万吨。

产品品种：从 7 种发展到 17 种。

年工业总产值：从 8 800 万元增至 17 900 多万元。

年利税：从 1 400 万元增至 7 000 多万元。

数字是枯燥的，毫无诗意，更没有激情，可是韶冶人用这些数字组合成华丽的和弦，让人赏心悦目。

曾记否，站在人们面前的是 ISP 国际俱乐部那些曾来过韶冶的外国专家。

正是他们捂住鼻子，冲进烧结机车间那烟尘密阵中，呛够；

正是他们冒着浓烟，冲到鼓风炉车间那酷热的火焰山中，烤够。

然后丢下冷冷的一句话："太差了，只有小学生水平！"

然后扬长而去。

两年之后，他们又来到了韶冶。

他们用挑剔的目光考察着 ISP 的"中国小弟弟"。

士别三日，刮目相看。

外国专家们惊讶了。

且听听他们如何说——

英国 ISP 公司的布生说：韶冶是中国唯一的 ISP 冶炼厂，在买了我司专利以后，没有我司的技术指导建造和投产，还能发展得如此之好，对此，我司深表钦佩。

该公司的另一位成员说："韶冶的外部条件是所有 ISP 冶炼厂中最差的，而且品位低、含硫高、含汞高、焦炭质量差。依我看，其他的 ISP 冶炼厂，如果是这样的条件，没有一家不赔本的。因此，当我们听到介绍贵厂盈利情况时，一是惊讶，二是钦佩。"

波兰访问团团长说："你们厂的制酸车间是一流的。烧结车间比起西欧甚至联邦德国的一些厂子也毫不逊色。"

苏联有色冶金代表团团长说："贵厂能够将移植过来的先进技术，在这样短的时间内消化利用，并有自己的创新，我表示祝贺。对贵厂在有色金属冶炼理论和实践中取得的成就，表示祝贺。"

澳大利亚有色贸易代表团团长说："这次访问有幸亲眼看到了贵厂，这使我们深刻地认识到贵国的技术能力是不可估量的，特向你们表示祝贺！"

够了。

这就足够了。

韶冶人成功了——他们受到了高傲自负的外国专家们的高度认可。

可以说，韶冶的专家们对 ISP 技术的精通，令外人大吃一惊。

但又不能不信！

这是一支什么样的专家队伍呢？

记得王震来韶冶视察时，听说厂里 220 多位工程技术人员的积极性非常高，便问："'冒尖'的有几个？"

当时的代厂长王克恒说："有十多个。"

王老说："'冒尖'的要给他们奖励。"他还找了厂里的副总工程师刘富如、工程师潘昌本等工程技术人员举行座谈会。

王老说："在十年动乱中，你们许多人被扣上'臭老九'的帽子，但还是照样认真地做研究工作，这做得很好。粉碎"四人帮"后，你们已在技术研究上做出了不少成绩，今后在贯彻、改革、整顿、提高的方针中，一定要做出更好的成绩。"

王老的鼓励，无异于给韶冶人添注了一股巨大的精神力量。

于是，一个"夜以继日，废寝忘食""争时间、争效率、争贡献""你追我赶"的热潮形成了……

看，韶冶人做出了一系列眼花缭乱而又令人振奋的举措：

"中和法"处理制酸污水获得成功；

"光电耦合器作开关输入输出的电路"的新技术，实现了数字秤称量的准确性和可靠性；

改革了硫酸转化器的工艺程序，解决了长期以来硫酸转化率低的难题；

一项改变鼓风炉主鼓风机设计的建议，节省了31万元的资金；

利用本厂的铅锌浮渣和收尘烟灰试产"三盐基硫酸铅"获得成功，每年可为工厂增利20万元；

改革密闭鼓风炉炉渣出口水套工艺，不仅每年为工厂节支了30多万元，而且解决了因更换水套易发生烫伤事故的隐患……

火的群雕

一幅混合着铅锌味的雄壮景观——

炉膛迸发出巨大的熊熊烽火团，夹杂着排炮般的咆哮声。青色、灰色、深蓝色、鹅黄色、绛紫色交织成硕大的帷幕，使整个空间呈现瞬间的灿烂辉煌；一个个傲岸的头颅毫不动容地折射出物理性的色谱和大自然恩赐的灵光。

叉开的腿、弓弯的腰和横贯于腰际的钢钎，构成了力与美的动势……

公元前五世纪，在希腊一个斗室里，米隆正用他天才的灵感和艺术家的鬼斧神工塑造出心中的上帝——《掷铁饼者》：一位赤裸的男子弯腰扭身，持饼的手臂摆动到将爆发投射力的极致，力度、紧张度和饱和点产生了一种圆润的旋律……

如果说，米隆的《掷铁饼者》是一尊世界性的艺术雕塑，给人以太阳般的神往和美的驱动，那么，炉前工用血肉之躯构筑而成的群雕，又给人以何种遐想呢？

1. 并非传说的巨大变迁

这里是丘陵，北江似玉色的飘带绕过。

荆棘、茅草、黄麂、野狼，构成了荒凉的景象。

这里没有什么响亮的名字，人们称它"九公里"。

一行翻毛皮鞋踩出了拓荒者的足迹，也开始了九公里历史性的记载。

推土机、打桩机、脚手架、烟囱、高炉、巨大的厂房和花园式的住宅……

仿佛有一支神奇的魔笔，只消一点，一个华南地区屈指可数的大型冶炼基地——韶关冶炼厂崛起了。晃过悠悠的22载，她以极强的竞争力和显赫的佳绩，跻身于最大工业企业和最佳经济效益企业的先进行列，并顺利晋升为国家一级企业。

而这一切和密闭式鼓风炉息息相关。

2. 鼓风炉和它的炉前工

点炉：火星点点。

升温：烈焰熊熊。

放渣：浓烟滚滚。

打炉：排炮阵阵。

冬天，一把火。

夏天，火上浇油。

炉前工戏称自己：耐火砖。

在这里，谁块头大，有力气，十八磅大锤抢得欢，谁就棒。

在这里，不仰脖喝50度"泸州大曲"底朝天，就别抖。

在这里，哥们儿喜欢打赌：赌谁的手腕劲大，啐一口唾沫掌心一揉，咳！一跺脚，一百斤的铅块就能搬动五块；赌谁的饭量大，白白的大米饭一口气能吞下3斤；甚至赌谁的家庭气派，赌谁的"桃花命"好……赌完了，烟一个劲地撒，阿弥陀佛，这叫"均贫富，济饥民"。

干活了，他们眼睛瞪得溜圆，劲儿在骨骼里跳，个个似景阳冈的好汉；干完了，啪啦往墙上一靠，半闭眼睛哼小调："妹妹找哥泪花流……"

3. 价值，你在哪里

炉前工A：炉前工的价值是抢大锤。

炉前工B：炉前工一钱不值。

炉前工C：辛苦点没什么，我们顶得住，人活着就要干活的。最不能忍的是，有人说我们鼓风炉是劳改场，在这里的不是牛鬼就是蛇神，真是放他妈的狗屁！就拿我们的班长来说，他在这里干了20多年（其实是20年），病了还挺着身子干。正是有一批这样的人，才把鼓风炉烧得红红火火。没有鼓风炉就没有冶炼厂。

价值，这个富有哲学意义的命题，如此沉重地叩击着炉前工的心。

人，当发现自己的价值时，不能不说是一种觉醒。

4. 炉体向心力

一轮冲锋后。

炉前工全身上下如水捞出来一般，十几块小铁锭挪一块儿，十几支"烟枪"搅得雾气腾腾，突然有人讲起老掉牙又不值一笑的笑话。

单调、刻板的工作环境，加上清一色的光棍汉，使炉前工的生活显得格外枯燥，他们渴求一种平衡、一种宣泄。一朵鲜花、一幅画、一件色彩斑斓的衣裳，乃至一位年轻异性的倩影，都会使他们发自内心地欢愉，尽管这种"审美"有点饥不择食而令人"讨厌"。

"用健康向上的娱乐方式充实炉前工的业余生活是当务之急！"鼓风炉车间一位领导深有感触道。

1985年起，鼓风炉车间工会拿出资金为单身职工楼购买彩电、羽毛球拍、篮球、足球等文体器材。举办了联欢会，组织了郊游活动。有一年的国庆节，他们联合几个单位举办了一个大型的游园晚会，盛况空前，十几名炉前工胸佩工作人员的标志，挺着胸脯出现在观众面前，谁敢说他们是"劳改场"出来的么?！

一批年轻的炉前工报考了冶炼、中文、哲学、企管、医学、电子等各类成人函授学校。年值40岁的铅泵工黄德南经过多年勤奋自学，创作了一百多万字的作品。以他为主创作的采茶戏剧本《卖黄烟》获1988年广东省业余创作一等奖，近年来又在省和国家级刊物发表一批史学论文。

业余生活的新鲜活泼，迷住了炉前工的心。

有人称：这是炉体向心力。

5. 人间尚有真情在

下班铃声响了。

葫芦吊旁边传来哐当哐当的响声，过一会儿才从里面钻出一个身着沾满烟灰、被火星烫出一个个小洞工作服的小个子，他安全帽下那对小眼睛眯着缝，皱纹爬满了粗糙的脸颊，厚厚的、干涸的嘴唇紧抿着。他正利用下班时间收拾遗弃在炉前的吹氧管。22年了，他默默无闻地在炉前奉献着自己的青春。他将一把把吹氧管捆好，送到仓库里，然后才蹬着破旧的自行车嘎嘎吱吱地往家里赶。此时他的心像灌铅似的沉甸甸：老婆病在床上好几天了，孩子还等着他的奖金交学费。他叫钱振千，外号"钱广"。

在鼓风炉，像"钱广"一样50岁左右的老工人大多是复员兵，老婆孩子吃"黑市粮"。建厂初期，他们来到粤北这块贫瘠的土地上，成为工厂的第一代"拓荒牛"。现在又是生产力中的骨干力量。可今天，家属户口、住房，以及子女上学、就业等一连串问题困扰着他们，然而他们依然不计报酬地干。

一场暴雨后，鼓风炉车间几位领导走进了高楼夹缝中低矮潮湿的草棚，看见地上一汪汪积水淹过脚背，女主人在窗前用哀伤而又无奈的眼神看着他们，男主人还在工地上大汗淋漓地干活……

领导们的眼睛湿润了，他们想：我们虽然没能力直接解决老工人的住房和子女上学、就业难题，但如果不竭尽全力为他们排忧解难，就会愧对良心。于是，每逢刮风下雨，他们及时对车间 50 多户临时家属进行走访，并且根据实际情况拨出资金购买油毡纸送到困难户家里。大年初一，干部们又上门拜年，送红包；天寒地冻，车间领导又把新制作的活动煤炉送到困难户家里。

一位职工患了癌症，治疗欠下了一屁股债，车间工会及时发动职工捐款救济，人人慷慨解囊，一下子便募捐了 3 000 多元；职工唐利元的父亲病故，家中经济拮据，车间专门派人送了 150 元到他家。

6."虫"变"龙"的辩证法

陈风，二十四五岁，堂堂七尺男子汉。

小伙子天资聪颖，吹拉弹唱，样样在行。这两年，他见许多哥们儿都通过"旁门左道"发财了，心里痒痒的，炉前工这个职业对他来说，太缺乏诱惑力了。他自费学开汽车，考了张驾驶执照，可时下又不吃香。他又跑到韶关市包了一家歌舞厅，做起"老板"来了。由于仅凭哥们儿义气，经营不力，一下子亏了 5 000 多元。他天天被上门催债，并扬言"再赖账白刀子进红刀子出"，他只好借故东躲西藏，性情也古怪了起来。他上班总是呆呆的，闷头蹲着抽烟，动不动就捋袖子打架；晚上，就纠集一伙酒肉朋友，在宿舍里伸长脖子吼叫，惹得四邻不安。

车间主任黄明泉知道后，敲响了陈风家的门。

一推门，一股酒气扑鼻而来。

光着上身的陈风先是一惊，后强装笑容："黄主任，光临寒舍，有何贵干？"

黄明泉："本来早就想来，有事抽不开身。"

"凳子破坐不坐？"

"坐。"

"杯子脏喝不喝？"

"喝！"

黄明泉这个满脸胡络的彪形大汉，一屁股坐在凳子上，"嘎吱"一声。

陈风心里想：黄主任蛮讲义气的嘛。

"听说，你欠了人家的钱……"

陈风一听急了，蹦起来，直着嗓子道："钱，我没有，命倒有一条！"

"耍什么性子啊，坐下！"黄明泉一拍桌子，接着说，"欠债还钱，天经地义。你跑得了和尚，总跑不了庙！"

"那……怎么办？"

"我这回来，就是和你谈这事的。"

陈风不相信地把眼睛睁圆了。

他们谈了一个小时，只见陈风频频点头。

最后约法三章：一是晚上超过 9 点，不准大吵大闹；二是服从分配，出满勤；三是车间借款将陈风的所有债务还清，然后从他的月工资里扣。生活有困难，再申请补助。

出门后，黄明泉递过一根烟："陈风，你是不是条汉子？"

"是。"

"是汉子就不要活得这样窝囊！"

"黄主任，我对天发誓，如果陈风再是窝囊废，找根绳子上吊算了！"

"好小子，有骨气！"

陈风真变了。

大修开始了，他一个人抱着风钻嗒嗒地打炉结，一干就是几个小时，虎口震裂了，也不喊一声苦；扒渣时，热浪袭人，他把湿毛巾往头上一缠，扣上安全帽，率先冲在前面。

大家看着陈风生龙活虎的身影，感慨道："一条虫变为一条龙了。"

入夜，凉风习习，玉兰飘香。鼓风炉单身楼传来悠悠动听的吉他声，倾吐着对新生活的向往……

人们说，这是陈风弹的。

7. 一代年轻炉前工的诗

> 面对这巍巍的高炉，
> 面对这熊熊的烈焰，
> 我做出男子汉的抉择，
> 我挺起主人翁的胸膛。
> 我如石雕一般，
> 屹立在高高的炉台上，
> 智慧、汗水、青春、理想，

在这里熔铸，
在这里闪光！

——摘自一位炉前工的诗《炉前》

第四章　潜行与沉思

一个优秀的企业家不仅要有出色的行动能力，还要有穿透时代风云的深刻思想。

罗丹的《思想者》

法国雕塑家罗丹的作品《思想者》一直深深地震撼着喜欢雕塑的人们。

那沉默、厚重的形体中酝酿着多少飞扬的波浪，智慧的头脑中翻卷着多少飞扬的风云啊！

一个多世纪以来，这位人们心目中的男神是这样坚定地沉思着……

现在让我们解读这件作品吧——《思想者》塑造了一个强有力的劳动男子。这个巨人弯着腰，屈着膝，右手托着下颌，默视芸芸众生发生的悲剧。他那深沉的目光以及嘴唇咬着拳头的姿态，表现出一种极度痛苦的心情。他渴望沉入"绝对"的冥想，似在审视着宇宙中的一切……

时代需要什么？

是思想者还是寄生虫？

当然，不言而喻，历史寻求的绝对是前者。尤其是今天改革开放的大时代，需要的是一个跨越时空的巨大平台，以人为主体的旗帜成了一种思想标识。

时代呼唤着思想者。

思想者也迎来了大时代的滔滔巨浪……

林克星，20世纪80年代中期至90年代初期的韶关冶炼厂厂长。他担任厂长期间我正好服务于该企业党委宣传部，我有幸领略了这位有着独特个性的思想型企业家的风采。

近两年来，我一直与退休赋闲的他保持着联系。当我接受了韶关市委宣传部创作一部反映工矿长篇报告文学的任务后，我就想到了他，并通过微信与他取得了联系，很快地，他就直接将我要的相关资料提供给我了。

使我如获至宝的是，两位有一定知名度的作家采访过他，并留下了丰富的文字。他还记得很清楚：一位叫徐南铁，一位叫伊妮。在这里我借助这两位未曾谋面的前辈的素材，构成了对林克星的整体感观。

在两位作家眼中，林克星的语言有一股强烈的思辨色彩，眉宇间弥散着思索的纹路。他们谈到戈尔巴乔夫的"新思维"，谈到日本企业家创新的思路，当然，更多的是谈到当时中国普遍关注的改革。他对工厂的发展有一套自己的理论，他说："我们说到生产力的发展，过去只强调改革不适应生产力发展的生产关系、上层建筑。我认为在企业更重要的应是改革生产力自身内部的因素，从中寻找动力。"

"手工业时期靠个人技巧；工业化时期靠单纯的生产能力；当今社会靠的是科学技术和先进的管理模式。"

因而他视改革为系统工程，他的改革有自己鲜明的风格。

随着他烟盒里的香烟渐渐全部蒸腾在客厅里，作家看到一个在理性王国遨游的思想者形象，感觉到改革的希望和曙光！

那时林克星还年轻，只有47岁，就担任这个副厅级单位的领导。作家这样描写当时的林克星："一般的南方人个头。一副黑边眼镜和一件放射青春活力的时髦的T恤，更衬托出他风流儒雅的气质。用雕塑家的语言来说，他的线条是柔和的，也许，这是他思维流畅的象征吧。"

访谈

女作家伊妮写过许多作品，在广东有一定的名气。20世纪80年代末期，她以《当代文坛报》记者名义的采访了林克星。

她在一部报告文学里这样描写林克星："他个子不高，但显得精干利索，英俊倜傥，嘴角常挂着一丝微笑，眼镜片后，闪烁着睿智的目光，可称得上美男子。一经接触，你就不得不承认，他精明能干，思维敏捷，对我们提出的问题，侃侃而谈，坦率、诚挚，不时爆发出闪光的哲理。"

下面，我摘录一些采访对话：

问：打搅你了，真不好意思。

答：没关系。对于你们，我一直感到既可亲、可敬、可爱，又可怕。

问：请你用最简洁的语言，介绍一下你的人生经历。

答：我今年47岁，海南文昌人。1964年毕业于中南矿冶学院有色金属冶炼专业，同年8月由国家统一分配到葫芦岛锌厂，1974年调韶冶从事

第三部　有色圆舞曲

专业技术和生产经营管理工作，后晋升为工程师。1985 年 2 月被中国有色金属工业总公司任命为韶关冶炼厂厂长，任期至 1990 年。（他的任命书是这样写的："经商得中共广东省委同意，中国有色金属总公司党组决定，林克星同志任韶关冶炼厂厂长"。他 1992 年离任，而其中的 1988 年至 1992 年兼任厂党委书记。）

问：据介绍，你是目前广东省 20 个优秀企业家之一。你认为，一个优秀的企业家，应该具备哪些素质？

答：在省里召开的一次优秀企业家座谈会上，我曾说过：不同的变革年代，必然产生不同的英雄。在革命战争时期，革命家、军事家是时代的英雄。商品经济的时代，企业家也是时代的英雄。我们当今发展商品经济的时代，需要大量的企业家。但是，目前我们国家还是以计划经济为主，指令性生产计划，特别是在大企业中更加是。有些地方虽然有商品经济发展，但仍有许多限定词：计划下的商品经济等。我看过一部电视剧，剧中有一句话：中国当代不缺乏世界第一流的科学家，而缺乏世界第一流的商人。我不完全赞成这句话，但觉得有一定道理。当代的大企业所需要的企业家，应该有两个含义：一是他必须是优秀的厂长；二是对发展经济、发展生产起重要作用的人物。对于企业家所应具备的素质，我想的不多，但他们起码应该具备：第一，价值规律观念。价值规律是统治物质世界的上帝，价值观念、商品经济与企业家是紧密地联系在一起的。第二，竞争意识。因为商品经济发展的本身就是一种竞争。第三，要有不断发展、更新技术的眼光和唯才是举的品质。第四，要敢于冒风险，要具有坚强的毅力，在压力和挫折面前不屈不挠。第五，作为企业家个人来说，要不断地充实、开拓自己，尤其在加强现代科学技术和提升经济管理水平方面，不断超越自我。第六，作为企业家，要有号令三军的魄力。但我们这代人没有经过战争年代血与火的洗礼，不属"德高望重"之列，所以主要是靠非权力性的影响，如精神、品德、知识、才能等。我想，大概就是这些吧。

问：你认为自己具备了哪些素质？你认为自己够得上"优秀企业家"这个称号吗？

答：我目前所具备的素质，与我所理解和期望的优秀企业家的素质，差距还很大。但我正在向这方面努力。一个人的素质的提高，并不是静止的终端，而是一个发展的过程。而且，随着商品经济的发展，对企业家素质的评判标准也愈来愈高。至于自我评价是否合格，我认为自己具有很强的大工业意识。我想，我是能够成功的，能够成为一名合格的优秀企业家的。如果我没有这个自信，就意味着我在任职期间企业不能取得成功。

上马第一年

林克星是 1985 年 2 月上任的，是在国家、工厂的特定历史节点里走上这个岗位的。

他上任的第一天就认真分析了自己的条件。当厂长要能号令三军，靠的是什么？靠的是影响力。影响力有两种：权力型和非权力型。

而他属于哪一种呢？

林克星在访谈中说："我们这一代人没有老一辈领导人的条件。比如我们的老书记是从枪林弹雨中打出来的，有着崇高的威望。而我们，只能靠知识、思想、品质、才能、精神；靠干好工作的劲头、不谋私利的作风。历史的重担落在我们这一代人身上，落在我们这些人身上。我们要靠工作能力和成果令人信服，而要做好工作，就必须学习、思考。因而从当厂长的第一天起，我就要求自己多思考。"

林克星是海南人，但能讲一口纯正的普通话。他于 1959 年考入中南矿冶学院（现中南工业大学），学的是有色金属冶炼专业。中学时代，他就是学生会干部。入大学后，又担任系里学生会主席、团总支书记。也许那时的他已经显现出管理方面的才能，还在读大学一年级时，学院就计划抽他出来，留校做学生辅导员。从事政治工作是那个时代的荣耀，但这个一心献身于科学、渴望通过技术报效祖国的年轻人没有接受这份礼物。他坚持修完五年课程，1964 年夏，被分配到东北的葫芦岛锌厂。

林克星说，那是一个日军占领时期的老厂，又处于东北重工业基地，工业意识、管理意识都比较先进。他在那里做实验、搞科研、参与生产技术管理，整整干了十年。这十年，他在工作中因优秀而被器重，在政治上却默默无闻，甚至未能入党。但正是这种状态使他熟悉了业务，具备了企业管理者的素质，同时，避免了被那个时代政治舞台上的"空谈病"传染。

1974 年，林克星被调到韶关冶炼厂，这次他踏进了这座南方城市一家新建企业的门槛，然而这个厂可以用"先天基因不足，后天发育不良"来形容。韶冶于 1966 年开始建设，1977 年才投产，第一年就亏损了 318 万元。"三废"严重，工农关系紧张……他同大家一起经历了工厂的艰难起步。后来，他晋升为工程师，又担任了计划科副科长。正是这一协调综合部门的工作，为他日后领导几千名员工做了坚实的铺垫。

一粒种子在生长的过程中需要不断汲取养分，才能实现自我完善和嬗变。一旦被阳光雨露唤醒，它看似散乱的脚印连接起来，正好组成了一条优美的抛物线。

林克星说："我当厂长其实是一种机遇。我过去一直从事技术工作，当了厂长，那是一种责任和担当，就应当有厂长的功能，不应当成为一个官僚的职位。比如一架缝纫机，不制衣就不能放在那里占位置。"

1985 年是他上任的第一年，那一年可谓多事之秋，其中硫酸问题尤为突出。

硫酸是冶炼厂的系列产品之一。1985 年国家进口硫黄和化肥增多，致使硫酸降价，加上原材料涨价，冶炼厂该年仅此两项就得亏损 1 000 多万元。

林克星面临严峻的考验。因为与硫酸涨库的威胁相比，降价只算是小巫见大巫。1985 年厂里硫酸产量 9 万余吨，上年库存还有几千吨，但国家分配订货只有 5 万余吨，不到当年产量的 60%。而冶炼厂的生产是一体化的，硫酸无法销售处理，则整个生产流程就会受到影响，最终致使烧结生产直接停产十几天。

然而负效应的连锁反应还没有句号。

由于上年底临近班子调整，没有进行设备检修，停车次数一多，预热器损坏，搞检修又缺配套材料……

这就是他当厂长的第一年。

每天早晨一起来，他就打电话问调度，昨夜是否有硫酸槽车回来。如果有，证明已将硫酸销出，否则，心里又多了几分沉重。出门的第一件事就是去看看烟囱是否冒烟。由于预热器的升温不够，他同几个副厂长三天三夜都泡在厂房里，仅烟头就堆满了三个烟缸。

1985 年的形势非常险恶，但他没有退缩，竟然坚持着年初制定的目标。因停机欠下的产量，要求在本年度内补回来。最后，不但完成了任务，而且有两个月好几个项目创历史最高水平，这给了他很大启发：

目标，就是呼唤人们前进的灯光。

失去目标，无异徘徊在黑暗之中。

1985 年下半年开始实行厂长责任制，他即推行目标管理制度。他的办公室里贴有一张《厂长任期责任制完成情况表》，占据半面墙，只要抬头就能看到。他喜欢站在这张表前抽烟、沉思，谋划着取胜的方略……

1985 年过去，统计结果说明，这一年全面完成和超额完成了全年的生产经营任务，其中利润比上年增长 29.62%。

他打了漂亮一杖。

这时，他才放下心头搁着的大石，松了一口气。

"杯子理论"

1986年初的职工代表大会上，林克星喝醉了，好在当厂长的他没有"出洋相"。

这是他进韶冶以来第一次喝醉了酒。

林克星说："大家都有一种冲过激流险滩后的胜利喜悦，每桌都让我干一杯，我也就欣然从命。但我醉过之后，第二天特别清醒。那次职代会的工作报告是我自己起草的。原先办公室有个初稿，总结了这年的工作。只是这一年对我的影响太大了，我的许多思路和大的方针都是那时被逼出来的，必须认真梳理出来。那天晚上我跑到招待所一口气写到早晨6点，睡了半个小时，上午又偷空写了两个钟头。自觉才思如泉涌……"

首战告捷带给他的思想成果主要有两个：一是每个时期都要有高水平的目标要求；二是实现高水平目标要从技术改造入手。

1987年原计划铅锌产量为6.1万吨，后提高到6.3万吨，实际产量为6.5万吨。7月制订定下年的奋斗目标，年产量要达7.5万吨。实际上，在目标的驱使下，该年年底的两个月就已达到这一水平。而1988年正在向8万吨生产能力迈进。

在提前制定下一个目标的时候，他实际上悄悄地将目标向前移了半步，群众不知不觉跟着他加大了步伐，这种目标管理的方式显示了强大的心理暗示。

有人问：目标不断更新，岂不是没有止境？

他说：当然。每个月、每个季度、每一年都要比上期有新的东西，才能显示出进步。

那么，通过什么途径去实现这些目标呢？

林克星说："我主要抓技术改造，扩大生产能力。这一条思路也是在1985年大战难关时悟出来的道理。抓生产要看社会效益，对于我们工厂来说，就是抓有色金属产量的增加。前些年，我国有色金属进口量占消费量的三分之一，我们应该从中明白自己的责任。美、苏、日有实物，基础本来就强大，没有多少可比性。我们应当努力扩大生产力。如果只在流通领域里的环节赚钱，对于国家来说实际上并没有得到什么，只是将钱从这个口袋挪到另一个口袋而已。"

接着，林克星提出了自己的"杯子理论"。

他说："比如一只茶杯一再转手倒卖，虽价钱变高了，但最终还只是一只茶杯。所以我们的生产应当是使用价值和价值的统一。如果没有企业效益、社会效益，企业作为经济细胞就没有意义了。"

是的，杯子是他常设的比喻，是他思维舞台频繁使用的道具。

由此，形成林氏著名的"杯子理论"。

在一次干部大会上，他说："我们用一元钱去买茶杯。没有茶杯，这一元钱的意义无从体现。我们需要使用价值。要发展生产，国家的实力是由此体现的。"

在给中层干部上课时，他说："价值问题即降低消耗，比如做一个杯子，人家只用比一个杯子多一点的材料，而我们的消耗却常常比别人高出一倍，这样就失去了竞争力。"

其实他并不嗜茶，但那普通的茶杯常常为他所用，令他神骛八荒。这使我联想到：深者勺于海，浅者勺于江。

也许，他之所勺，正是具有无限内涵的汪洋大海？

林克星又说："我希望生产力的提高不是靠增加设备、厂房、炉子，也不能光把精力置于新项目的开发。我们要利用原有生产线搞技术改造，加强管理，以获得更大效益。"

沿着这个思路，林克星提出了"两大矛盾"。

一是技术改造与生产的矛盾。两者在时间和空间上互相冲突，因为每年都必须完成国家的指令性计划，因而技术改造项目只能在完成指令性计划后的年末设备大修期间实施。每年年初，技术改造后投入生产，经常会有机器不够正常运作、工作不够得心应手的现象。搞生产的，埋怨抓技改的工作没做好；抓技改的，埋怨搞生产的管理不善。二是改造需要资金，自筹资金与提高效率产生矛盾。

林克星分析道："这两条矛盾实际上又体现为心理上的矛盾。但我不能因此回避和退却，只能以加快技术改造来促进生产，以发展生产来筹集资金，形成一个良性循环。我提出的方针是：边生产，边改造，边增产，边增效。"

事实上，实现林克星提出的技术改造理想并非易事。建厂时国家就规定生产规模为年产铅锌 5 万吨，从整个工业设备看，几乎无法扩大生产量。比如烧结机，根据国外的经验，要想彻底改造，除付出巨额资金外，至少还得停产半年。但是，林克星另辟蹊径，在完成国家每年有一定增长的生产任务的同时，在主流程线上开刀改造，并获得了成功。

这不能不说是相得益彰。

不追求轰动效应

可以说，企业是社会发展的基石。

如果我国企业都将眼光自觉投射在生产力上，我们的国家就会变得异常强大。

美国有一位总统说：蛋糕不够吃，就应该想办法把它做大一点，而不要纠缠于怎样切开分配更合理。他讲的是生产和分配的关系，但有一点是显而易见的：发展才是硬道理。因而，顺应这一需要的派生出来的措施才是最有力的。

林克星说："从宏观上看，我认为技术改造没有极限，技术进步是我们的一个轮子；另一个轮子是管理。因此，我注重抓技术改造和深化管理两个方面，两手抓。在我的发展词典里，生产、发展是两个关键词。"

记得林克星刚上台时，有人曾批评他没有大的改革措施，没有企业家的抱负。诚然，他为自己制定的改革思路是："坚定方向，坚实步伐，小步快跑，讲求实效"。

他考虑到自己的"非权力因素"，考虑到群众的心理承受能力，考虑到大企业牵一发而动全身。更重要的是他的思索深度决定了他踏实、执着的风格，决定了他心无旁骛、追求实质的坚定指向。

在社会的一般意识中，改革派的厂长出台都是目光炯炯，气势逼人，振臂一呼，应者如云。也许因为我们太习惯于把小说当做说教工具，将乔厂长、李向南等改革明星当作心中偶像。他们在风云际会中，大刀阔斧地精简机构、裁减冗员，因而产生巨大的轰动效应。

但林克星有自己的思路，也有自己的处事方式。

他是一位想得很深、想得很透的人，他明白改革的目的是什么，没有把它当作一种形式上的满足和一种社会的认同。这是那些身不由己，随着潮流漂游、沉浮的"改革者"无法企及的深刻认知。

说白一点，林克星不需要轰动。

他在省党代会上发言："乡镇企业大量发展，大批农业人口转向非农业人口。却没有解决原材料、资金、市场等问题。长此以往，乡镇企业难以成长，农村改革也必受影响。而且乡镇企业越发展，耕地面积占用得越多。现在我国森林和耕地面积已在世界平均水平之下，这也是不能不考虑的现实。"

如果说，他发言的前一部分还是以企业厂长的眼光去看问题，那么后面关于对耕地占用的担忧，说明他是一个自觉的思想者。

他的思维空间已经大大超越了一个企业。

与眼光只囿于院墙以内的人比，林克星的改革思想闪烁着理性的光芒。

林克星曾与作家谈到工人素质问题，他告诉前来采访的作家：他的剪报本里有一篇文章说到，不适用的工人应坚决处理，改成临时工、合同工以致辞退。他认为，这种断然措施似乎也是社会意识对改革不切实际的臆想。接着，他讲了厂里的一件事：在他上任前，曾有一个职工被公路上的汽车轧死了，其妻带着一群孩子闹到厂里，住在招待所，要求安排工作，就算给钱也不能打发走他们。最后招待所不给开饭，这女人就带着孩子到丈夫原单位的书记家闹饭吃。作为厂长，林克星最终只能同意为其未成年的女儿安排了工作，这是无奈之举，但也只能这样做，这与制度无关，是人性的东西在里面。

林克星说："改革是个大系统工程，我不认为几板斧就能打出一个新天下。它有许多方面需要综合考虑，有不少因素使你不能随心所欲。所以我不追求轰轰烈烈、热热闹闹的场面。说实话，我也裁减了一些人，但我并不以此为终结。假设减去 100 人，我必须考虑这 100 人有新的去处，有新的工作岗位。因而我主张改革必须同发展相结合。改革最终要调动人的积极性，但又要使调动起来的积极性得到合理发挥，这才是长久之计。否则，调动起来却有劲无处使，并不是真正的改革。"

林克星继续说："我们每走一步，都可能对整个企业产生震荡、摩擦，其影响可能是双向的，或者是逆向的，必然会撞击出火花，撞击出响声。因此，我们要把企业放在立体的三维空间去考虑。"

这就是林克星。

这是一个厂长对 20 世纪 80 年代企业改革的思考。我想，如果这种冷峻的思考能在许许多多的头脑中回旋、激荡，华夏大地将洒满理性的光辉……

让我们回到作家伊妮对林克星的访谈上。

问：你对贵厂技术干部的估价如何？

答：我们韶冶厂的技术力量雄厚。这几年生产发展得快，企业的技术队伍起到了主要作用。

问：在像你们韶冶厂这样的重工业企业中，你如何评价一个工程技术人员在一个科研项目中的地位和作用？

答：一个艺术团体要有名声，就得要有几个知名艺术家；一个大学要有名声，就得要有几个知名的教授。同样，一个企业、一个经济集团要有名声，就要有几个知名的技术明星，每个企业都要有些更高层次的明星。企业也要搞明星制，这是发展企业的宏观战略。

问：你认为贵厂有没有技术明星？

答：有。副总工程师王莲秀算是其中一个。

问：据我了解，王莲秀不愿意别人宣传她。我也听到一些议论，说一些宣传媒介为了树立一个劳模，往往将集体的功劳归结到一个人身上。到头来，弄得"劳模"本人很孤立。请问，王莲秀有没有这种情况？

答：外界对王莲秀的一些议论，既正常，也不正常。像韶冶这样的大工业生产，要准确地衡量脑力劳动创造的价值是很难做得到的，因为在这里，一个人确实很难完成一项发明和创造。但是，又不能否认一个人在一项技术成果中所起的主导作用。对王莲秀的宣传文章，在语言使用上，使其他一些工程技术人员有想法，他们认为同一项发明，自己也参加了，也有贡献。但在写报告材料时，对劳模个人作用的拔高，这就容易使人产生误会了。我认为，王莲秀在韶冶的一些科研成果中，是起了主导作用的。但对于人们产生的误会，我觉得厂领导也有一定的责任。一个厂，能够出现一个特级劳动模范，应该看成是厂里集体的名誉，如果只看成是劳模本人的，那就是一种狭隘的观念。

另外，对先进人物的事迹，写进宣传材料中时，用词要准确。像我们这样的重工业，一个劳模后面，有很多的无名英雄。如果没有一个集体，能培养得出一个企业明星吗？领导者的责任，是要创造"满园春色关不住，一枝红杏出墙来"的条件。所以，我认为应该理直气壮地宣传先进，也应该鼓励争当先进，形成一种你追我赶的气氛。如大家都不想争当先进，那么这个企业是没有未来的。

精神之剑

工厂蒸蒸日上使厂长开始有了权力。

权力、权谋，中国官场两千年来长盛不衰的热词。

当年说林克星没有改革三板斧的人也修正了自己的看法。

有位车间主任对他说：你的脾气我现在摸透了，你想干的，谁也挡不住。

但他仍像上任之初那样，痴迷于非权力因素。

因为他始终认为，非权力因素才是领导者最大的魅力——人格魅力。

问：在你的人生经历中，感到最得意之作是什么？

答：我觉得安慰的是，自己为韶冶的自我发展做了有意义的工作。我感到这几年是最能让我发挥才能的时期。

问：你最大的愿望是什么？

答：我最大的愿望是将韶冶建设成同行中第一流的企业，并在我在任时期完成 ISP 第二个系统工程（即年产 8.5 万吨的新系统）的建设，使韶冶成为国际 ISP 中最大的一个厂。

他要求厂里的中层干部要"四会"。

什么是"四会"呢？

林克星解释道：一是会思考，想新点子，只有拥有新点子，才能走出新的路子；二是会宣传发动，善于使新的思路、点子被广泛接受；三是会组织、指挥、实施，使之从思想的范畴走向行动的领域，且常有成效；四是会总结提高。

林克星清楚，描述思想和实践的轨迹，是要升华成为理论，才具有普遍的指导意义，进而从中悟出新的思路、新的点子，进入新的更高层次的"四会"循环。独立思考和企业家精神，并不是我们取得成功的途径之一，而是唯一的途径。创造企业的优势在于培育创造提高的能力。

他要求写总结的人不能只限于平面数据：产值多少，提高多少。更重要的是总结这些东西是怎样得来的。

他还说：点子不是从月球上借来的，经验由大家创造，我们要做到的只是更善于思考和总结。

伊妮为此描述道："在我们的谈话中，林克星好几次陷入沉思而忘了继续谈下去，他的思想被引发着向未知领域伸出了触角。我默默地注视着他，心想，莫不是像魏征斩龙一样，人端坐在屋里，精神已挥动宝剑，展翅于另一王国之中？"

第五章　群英图

这是一群质朴而又心怀大公的人："人活着就要干活"的"左司令"，笑傲炉前的"铁人"，大胆创新的高工，身怀绝活的"老潘"……他们像浮雕铭刻在企业发展的丰碑上……

"左司令"

曹操在《步出夏门行》曰："老骥伏枥，志在千里。"

在锌精馏车间办公室，坐在我面前的这位"老骥"，虽然有点局促不安，说来说去总是一句话："人活着就要干活。"幸得车间工会戴主席有言在先："老左文化低，嘴里讲不出大道理，可干起活来却不含糊。"

老左原是锌精馏车间主任，韶冶第一代拓荒者。1966 年韶冶筹建、交工验收、试产到投入正常生产，老左始终在第一线，几年工夫，他的头发白了，皱纹爬满了额头和眼角。

老伴心疼地说："老头子，瞧你没日没夜地干，能熬多久？"

老头子眼一瞪："熬到趴下那一天！"

老伴见老头倔脾气上来了，不吭声。

那几年，他年年是厂里的标兵，多次参加韶关市劳模大会，1978 年，他还出席了冶金部的群英大会。在天安门广场，他仰望着鲜艳的五星红旗，眼睛湿润了：没有共产党就没有新中国，没有新中国，我这个只读了两年书的苦孩子哪能上北京开大会？

他默默叮嘱自己回去后加把劲好好干。

1984 年，55 岁的他退居二线。

领导找他谈话。他说："退下来我没意见，让年轻的同志挑担子我赞成。"干脆利落，领导也想不到做这位老同志的工作，比做小学生的工作还顺当。

第二天，他照旧穿上那套洗白的工作服，到炉前炉后，楼上楼下转悠，工人们打招呼："左主任你还上班啊？"

他递过一根烟："哪能不上班？人活着就要干活。"

有个新工人上班不老实，溜来溜去，被老左揪着了："小伙子，上班要对得起那份工资！咳，往后不老实我见着了，就别怪我老脸不给情面！

知道吗?"

新工人低声说:"知道了,左主任。"

老左凭着多年的经验,能准确判断出炉子的温度;冷凝器的工作状况如何,物料应该怎样堆放,怎样根据产量的多少调整生产进度,他都了如指掌。这全在于他平时静观默察、烂熟于心。

难怪大伙称他是锌精馏的"左司令"。

为了提高精锌一级品以上率,厂部决定在 5 号镉塔进行塔盘组立改造,然而投产后不仅产品质量上不去,劳动强度也增大了。

老左看在眼里,急在心上,天天蹲在炉前,一边操作,一边和大伙开"诸葛亮会"。后来他提出了一个方案,扩大大小冷凝器,这一方案很快得到批准并予实施。

实践证明,这一方案是成功的:精锌一级品率达 90% 以上,年内为国家盈利 20 万元,同时也为镉塔改造提供了可靠的技术依据。

有一次,60 来岁的老左发高烧,到医院扎了针,回到家发了一身汗。

第二天,他又跑到工地,大伙说:"左师傅,你还是多歇歇吧。"

他乐呵呵道:"没啥没啥,人活着就要干活。"

又是那句质朴无华的话。

"忍工长"

有人说:"智深须有忍,将勇贵有谋。"

然而,在电解车间电解工段工段长黄和明身上,忍分明是一种真情。

下面引用黄和明一位工友的独白:

有位职工,吊儿郎当,出工不出力,你上前批评,他便一手卡住你的脖子,连吼几声。

还有一位职工,违反操作规程,借故停止作业,影响整个生产程序,被扣奖金,气势汹汹找到你,揪住你的领口,挥舞拳头……

你没有还手,尽管你粗壮的胳膊能和武松较量。工友们都与你站在一起,肇事的职工低下了头,后悔不已。

他们已从心里服了你——一个堂堂正正的男子汉!

你远在泰国的姐夫是个大富翁。他一再写信要你移居他国,保证你在那里有优厚的生活条件,但你忍住了"诱惑"。

尽管你的爱人和三个孩子都是"非洲黑人"(没有居民户口),可你却说："我的生命在中国，只有在电解槽上才能体现出我的人生价值。"

你的忍并不是一味地退让。

员工邹子龙上班不安心工作，一门心思放在家里的一间小店上。你反复给他讲道理，摆事实，以情感动他。

1990年初，他在一家企业做了正式工。在新的环境里，他反思，终于发现了你一颗金子般的心。后来，他一再要求回到你的工段，甘愿在你手下做一辈子临时工。

你为何这般忍？

"为了工作，我宁愿遭受一点罪。"你说。

工友们逐渐理解了你这份苦心。20多年来，你靠自己一颗真诚的心凝聚着工友们的心。他们跟着你上刀山下油锅。你带领他们在厂劳动竞赛中夺取"五连冠"，1990年，车间又在厂里的劳动竞赛中夺得金牌。

按照工艺要求，电解槽每4个月必须掏一次。这项工作劳动强度大，工人们要站在槽里，忍受刺鼻的酸味。

你看到这种情形，忍不住了。你把人力清槽底改为用压缩空气搅拌，真空泵抽浆。以一年两次掏槽计算，增加400多吨产量，创造产值92万元，提高了析出铅的质量。

你每天提前上班，跑整流，看洗液，查流量，检测各种生产用量。

哪里人手不够，你便顶上去。

有人大声地招呼你：忍工长！

你大声地回话：哎！

"铁人"倒下了

袁韶华，身板粗壮结实，两条胳膊的肌肉像有两只小白鼠在滑动。

大伙都称他为吃得了苦头，耐得了高温的"铁人"。

这天凌晨，袁韶华照例提前半小时上班，巡查各台炉塔的生产情况，重点检查5号镉塔。忽然，5号镉塔小冷凝器流槽断裂，锌蒸气伴着长长的火舌从裂口涌出——出事了。按惯例应该请兄弟单位抢修，可是现场勘查，准备材料，炉塔降温，要拖延不少时间；生产班组抽人抢修，各岗位劳力紧张，且技术上也难以保证。

这时，袁韶华大手一挥：工段干部给我上！

燃烧室温度为1000℃，流槽裂口的火在喷；大、小冷凝器通红的躯体无情地抗拒着一切敢于接近的生物……

袁韶华和工友们迅速搬来几块石棉板，挡住丝丝直叫的火舌，扛起大锤，操起钢钎就冲上去。大锤密密地砸下，迸出串串火花。

时间一点一滴地过去，一小时，两小时，三个小时，袁韶华和他的同伴们轮番出击。

坚固的墙体在"铁人"大锤的震慑下瓦解了。

他们喝了口水，紧接着又挥舞了两个多小时的砌刀，砌上了新的冷凝器和流槽。

在锌精馏车间，谈虎不变色的大有人在，但没有人不为拆炉感到头痛。

有句行话：拆一座炉，掉一圈肉。

大修前夕，1号炉完成了"历史使命"，停炉待修。

依规定和惯例，炉子熄火，先得冷炉一周，才能进入拆炉环节，然后交筑炉队砌砖。

这天一早，袁韶华把工段干部召到一起说：今年是工厂打10万吨上台阶的关键一年，这炉子多冷炉一天，生产时间就少一天。

他激昂的话语感染了同伴。

众人达成共识：提前拆炉。

炉子熄火的第三天，袁韶华带着工段精干的劳力来到1号炉旁，他们往炉内扔进几块石棉板，便带着几位青工钻进炉内。

一阵重磅大锤的叮当声后，几块耐火砖松动了，但脚下的翻毛皮鞋胶底也开始熔化。脚底有一种钻心的焦灼感……

炉里的高温使工人们流尽了汗水，袁韶华也是如此。下班时他拖着虚脱般的身躯回家，瘫倒在客厅的沙发里。

第二天，他又来到工地，第一个钻进炉内。

上山识鸟音，下海熟水性。

捅了几十年炉子的袁韶华深谙一座座炉塔的秉性。

他还记得那怵人一幕：

1977年的一天，9号铅塔下延部结死，由于处理不当，"轰"的一声巨响，整座炉子飞了起来。

巨响震碎了附近所有玻璃，火焰烧着了厂房的木质门窗，七八名工人应声倒地，痛苦地呻吟着……

车间一片狼藉，救护车、消防车的鸣笛声震耳欲聋。

而眼下这12号炉下延部又被原料杂质结死了。难道当年可怕的情景又将再现?

时间一分一秒地过去,炉内的压力在渐渐升高。

一个不详的信号紧紧地揪住人们的心……

车间工程技术人员急得两眼发直。新工人的双腿一个劲儿打抖……

袁韶华绕着炉子转了两圈,大步走到车间主任跟前,在地上画着他们才能看懂的草图,打着他们才能会意的手势。

袁韶华跳上刚撤掉煤气的流槽,冒着锌液溅出的危险,操起风钻朝锌封砖腹部钻去,钻去……

合金钢头碰着坚硬的锌封砖,突突突地火花四溅;

炙热的流槽很快烤干了淌出的汗水;

炉里喷出的氧水锌把检修工都变成了"白发魔女"。

风钻手咧着嘴,一屁股坐在地上——他累了。于是,同伴抢过风钻又突突突地钻了起来。

历经 7 个小时的硬对硬的奋战。

导出了炉内凝固的锌液,保住了炉子。

然而,一个人摇摇晃晃地倒下了。

谁呀?"铁人"袁韶华!

高工的心愿

1964 年,姚君山从中南工大毕业后走上了与有色金属打交道的曲折之路。1971 年他从葫芦岛锌厂调到韶关冶炼厂。

从 1978 年开始,他全身心投入到冶金炉的技术工作中。

当初,国际 ISP 工艺冶炼厂的主流程炉龄都在两年左右,而韶冶主流程炉龄总是在一年不到就"打住"了。随着产量的进一步提高,员工们每年都在为鼓风炉、冷凝器、电热前床等冶金炉的寿命担惊受怕。而抢修、突击,几乎占去了冶金炉工程技术人员的全部时间,耗费了绝大部分心血。

身为高级工程师的姚君山,在长达十多年的摸索中,积累了近万个数据,对全厂 60 多台大大小小的冶金炉记下了一本本明细账。1986 年,他向厂领导提交了在烟化炉试验以提高炉龄的报告,并得到了厂有关部门的认可。

烟化炉是与鼓风炉同步生产的非主流程冶金炉。它主要处理鼓风炉炉渣,回收次氧化锌。当初,烟化炉炉龄平均在 128 炉,生产周期极短,二十几天就要修一次炉。而问题的症结就是炉底砖寿命短。

针对这一难题，姚君山提出了寻找新的耐火材料的延长炉龄的方案。为此，反复曲折的试验工作伴随着他度过了1 000多个日日夜夜……

1988年5月，已是第三次试验了。在前两次试验失败的基础上，他自己配比材料，由炉体车间制作了六块水玻璃铬渣砖。拌料、制作、烧成，整个过程他一直在现场。然而，试验砖砌进烟化炉底后，不到20天就烧穿了，炉龄才88炉，倒回到历史的最低点。

姚君山又一次品尝了失败的苦涩。

但他并没有服输，对自己说："换一种方式试试，一定能行。"

后来又经过几次试验，炉龄提高到了380多炉，但仍不理想。

1990年，他从一份耐火材料杂志上看到国外一个厂家把微量钛元素加入到耐火材料中，可增强致密性，提高耐冲刷力。

这一信息像火花点燃了他的智慧之光。

但是，国内有色金属行业还没有采用含钛元素的耐火材料。

微量钛到底用多少，他也无法得知。

他反复查阅资料，了解钛元素的性质、化学反应。

他抱着试一试的心态，一个电话打到远在千里之外的辽宁锦州铁合金耐火材料厂，提出试制铝铬钛渣砖。

几个月后，400块铝铬钛渣砖托运到韶冶。

施工人员一见，大吃一惊。那砖表面看去像豆腐渣，松松垮垮不堪一击。甚至有人责问："姚君山花厂里的钱，买些破烂玩意儿回来安的是什么心？"

姚君山有口难辩。

原来对方把5％的钛配比错配成50％。

他经过几次试验，终于改变了钛元素配比。

到1991年，使用铝铬钛渣砖，烟化炉炉龄逐步提高到900多炉，最高达1 470炉，比过去提高了11倍，此项成果，为工厂年创经济价值30万元。

1991年10月，姚君山的论文《铝铬钛渣砖的研制和应用》在业内得到重点推介，引起了专家学者的关注。

此后，他担负起电站锅炉炉墙结构的改造任务。电站沸腾炉是一项国家专利技术。电站建成投入使用后，沸腾炉运行了两个月左右炉墙就倒塌了，不得不停机抢修。为此，姚君山大胆改造了炉墙结构，去除过紧的稳固附件，减轻炉墙压力，但炉墙寿命仍然只能维持半年左右。

姚君山在多次实验的基础上，又一次对炉墙进行改造。他大胆改用高级泡沫砖代替标准砖。这一大胆设计是在锅炉改造中可谓绝无仅有。

他心里明白,沸腾炉没有腐蚀源,也没有液体的剧烈冲刷,改造是有把握的,如果怕担风险,让其维持现状,停机一个月,就会消耗 300 万千瓦时的电量。

两个月后,姚君山的改造有了效果。

沸腾炉的炉墙居然能维持 250 多天,创下了新的纪录。

老潘的绝活

1991 年初春的一天。

昆明市贵金属研究所已是春色满园,山茶花争妍斗艳。

在研究所湿法冶炼银试验场,几位专家、教授正围在一个木质工作台前,进行一次别开生面的考试。台上一字儿放着三枚银圆大小的银合金样品,有位瘦高个的中年男子躬着腰将样品翻来倒去地细细琢磨……

只见他轻轻地搁下第一块后,自信地报出了一个数据:"含银 98.35%。"

接着是第二块,第三块……

在场的胡博士手里拿着一叠化验单,起初还不动声色,等那位魁梧汉子把三个数据一说完,心里却吃了一惊:对方说出的三个数据与他手里经科学检验的结果仅差万分之几。

神了,绝了!

这位一贯以严谨著称的学者,在事实面前做出了判断。

他趋步上前,伸出大拇指:"老潘,我还是第一次见到像你这样的活'光谱仪'——绝活,绝活啊!"

老潘叫潘美炎。

去年初,潘美炎以火法银冶炼操作师的身份,受厂委派到昆明贵金属研究所,协助他们搞湿法冶炼银的试验。当时,试验已完成了从阳极泥到富银渣直至粗银的过程。但在把粗银提纯成 98% 以上银阳极的最后一道工艺时却卡了壳:坩埚内银液表面杂质无法除掉,含银量达不到要求。

贵金属研究所湿法冶炼银课题组的专家们,经过反复试验后也找不出解决的办法。潘美炎根据自己二十几年火法冶炼的经验,以及娴熟操作技能,在研究会上提出了"低压吹氧造渣"的方法。

就这样,潘美炎走进了试验场,并亲自操作试验。第一埚出来,铸进了模具,稍事冷却后模具被打开了。潘美炎立即告诉在场专家:"行了,保证含银量超过 98%！"

潘美炎满满的自信，令专家们大惑不解："样品还未化验，你怎能夸下海口？"

他们哪里知道，潘美炎与银子打了二十几年交道，早就练就了一手绝活。他用肉眼就可以判辨银合金板成色。

于是专家们便组织了上文的考试，考考潘美炎的"火眼金睛"。

潘美炎提出并试验的"低压吹氧造渣"方法，已被贵金属研究所应用在新建的湿法冶炼银的工艺中。

那么，潘美炎是如何掌握这一绝活的？

只有初中文化的潘美炎，1969 年从部队来到韶冶。在金银工段，他从一位工人干到班长、工段长。电银火法冶炼大大小小十来道工序，他都烂熟于心，练就了一身绝活。

就说铸型工序，要求银液温度掌握在 1 050~1 100℃之间。温度高了，浇出的银锭会出现气泡，表面物理质量达不到要求；温度低了，最后一块银水倒不出坩埚，成了一块卡住了的"死银"。

为练就用肉眼判断坩埚里银液温度的本领，潘美炎把眼睛看红了，看肿了。不知经历了多少次反复对比，他渐渐地看出了门道。那 1 000℃高温的银液，在外人看来只是烈焰腾腾，他却从烈焰中看出了上中下三层不同的颜色；外人看来银光闪耀的银液表面，他却能从中分出其强弱与否。他从这微妙变化中判断银液温度，达到了一看一个准的水平，被大伙称为"火眼金睛"。

分银炉是金银工段的一台关键设备。因原料来源的原因，每年往往是上半年生产不饱满，下半年超负荷运转。操作工常常围绕炉子能不能再开下去争论不休。

有一次，潘美炎下班在家烧菜，因心里惦记着炉子的事，锅烧红了才发现忘了放油，忙乱中急忙把水倒进锅里。霎时，只听"哧"的一声，水珠四溅，差点灼伤了手。

心有灵犀一点通。

他悟出了红透的铁不粘水珠的道理。

就这样，他依照这个原理来判断分银炉炉壁的厚薄和损坏程度，并做到了一验一个准，解决了炉子能不能开的问题。

这一招，被工友们称为"老潘的绝活"。

第六章　命运交响曲

气势宏大、内涵深刻，有严谨的组织结构和丰富的表现手段，这些关于交响乐艺术特征的描述，如果用来形容韶冶的的历史演进，竟然是那样恰如其分。

命运的抉择：三次大跨越

20世纪80年代的第一个隆冬，韶冶人在逆风怒号里展开了第一个改善环境污染、提高5万吨生产能力的技术改造战役。

他们在一机一炉（烧结机、鼓风炉）的格局下，利用年末一两个月的大修期，没向国家伸手要一分钱，不减国家一斤一两的生产任务，凭着自力更生、艰苦创业的精神，与"污染"这只"拦路虎"展开了搏斗。

苦拼三年，韶冶人用心血和汗水浇灌出了一朵朵艳丽的奇花：

——烧结系统的收尘由湿法改为干法。设计了国内最大的布袋收尘器，提高了收尘效率，回收了大量的铅锌金属。

——采用碘铬合电解法回收汞，解决了汞对设备的腐蚀和环境污染问题。该项目获国家科技进步二等奖。

——兴建了两座污水处理站，使污水排放达到国家标准。

三年中，他们拿下了70多个技改项目。只花了2 000多万元就基本治理了污染，铅锌产量达到设计能力，且价格不及外商要价的三分之一，年创利税1 600多万元。

浓雾，慢慢从韶冶的上空驱散，蔚蓝的天宇出现了，希望的曙光升起来了……

首期改造旗开得胜。

韶冶人没有满足现状，一种为振兴有色金属工业的"忧患意识"焦灼着韶冶人的心，他们决定继续向前，充分利用ISP工艺的优势，向更高的目标攀登。

潜力在于企业自身，在于艰苦奋斗，以技术进步为主导，挖潜改造才是韶冶发展的必由之路。

1985年12月，为把铅锌产量提高到7.5万吨的二期改造又拉开了序幕。

他们利用三年的大修期，把一个厂扩大到一个半厂的生产规模，用热情、干劲和毅力创造了令人信服的奇迹：

——密闭式鼓风炉由水套冷却改造为喷淋冷却，大大突破了引进英国专利时原设计的技术指标，赶上了国际先进水平。

——成功研制国内首创的大型精馏塔，单塔日产提高61%，能耗降低34%，单位受热面积接近国际先进水平，并获中国有色金属总公司科技进步奖。

1990年，韶冶主产品达到年产8万吨，为原设计能力的1.6倍；利税突破亿元大关，综合效益居全国有色冶金业的第一位；取得了国家一级企业、五一劳动奖状、全国环保先进企业、全国设备管理优秀企业单位、全国思想政治工作优秀企业等10多项国家级奖励和荣誉称号；产品由10年前的4种增加到现在的17种，其中10种获省、部、国家优质产品称号，优质品产值率达90%。同年，生产能力已跃居国际先进行列。

十年改革浪潮。

十年拼搏奋起。

1990年12月，在这不到三平方公里的土地上，韶冶人再次吹响了以烧结机为主的10万吨技术改造的号角。

这次改造的大修项目97项，工作量1 000多万元，重点改造项目20多项。时间紧、任务重、施工难度大，还要保证完成当年国家下达的生产任务，困难不少。

外国专家预言：韶冶第三期改造至少要用6至8个月；

按照我国有色冶金行业技改惯例，这样的工程起码需要120天。

厂领导提出："咬紧牙，不松劲，拿下10万吨，跑步攀登我国有色金属工业第三高度！"

经过65个日日夜夜，韶冶人硬是比原计划提前了15天，高效、安全、优质地完成了改造大修任务，再次创下了有色冶金行业技改的奇迹。

这是一条韶冶的发展轨迹！

改造大修—完善设计能力—改造大修—提高生产能力—改造大修—再提高生产能力。

螺旋式上升，波浪式前进。

"逢修必改，逢改必新"的口号，使韶冶的改造大修始终处于一种高标准、高效率、高质量的自我加压的氛围中。

每年年底，韶冶人的生物钟就自然而然地调整到最佳状态。

如果说，韶冶人的艰苦创业、不断进取，得益于马坝人那种坚强不屈、适者生存的精神润泽，那么，用历史眼光观照韶冶的演进，不难发现：韶冶人的艰苦奋斗不是古老传统的沿袭，科技之光更为韶冶的腾飞插上了有力的翅膀。

阿基米德有句名言："给我一个支点，我将撬动整个地球。"

技术改造正是韶冶发展的支点。

"七五"期间，韶冶"软件"投入了 2 000 多万元。

多年来，韶冶围绕着改造挖潜，新产品开发，提高产品质量和经济效益，组织职工开展各种技术攻关活动，全厂已注册的 QC 小组有 161 个，参加活动人数达 1 322 人，仅于 1991 年便获成果 122 项。几年来，职工提出有价值的合理化建议 6 992 项，已采纳 2 911 项，1991 年创经济效益 15 万元。

如果说，韶冶第一期技术改造是韶冶人出于一种生存的需要，那么，第二期、第三期技术改造则体现了韶冶人为振兴我国有色金属工业、赶超世界先进水平而奋斗的崇高品格和不懈追求！

四月春歌

粤北四月，春光明媚。

当你走进韶关冶炼厂，便可迎面嗅到春的气息。宽敞的马路两旁，绿意欣欣；厂房内外，物流有序，整洁明快。

韶冶在改革的春天里，推动着管理进步、科技进步这两个轮子，正一步一个脚印走向成熟，走向辉煌。

沿着韶冶的发展之路，让我们寻觅韶冶一个又一个春天的故事……

1999 年，春风又绿北江岸。

2 月 4 日，一封来自英国 ISP 国际俱乐部的贺电飞进了韶冶，秘书长罗杰·李致电祝贺韶冶二系统密闭鼓风炉达生产设计水平，年产粗铅锌突破 10 万吨。

仅两年多时间，超过年产粗铅锌 9.2 万吨的设计能力，使韶冶一举跨进了国际同类冶炼工艺 ISP 家族的先进行列。

历经艰辛，负重前行的韶冶人怎能不心潮澎湃！

1996 年，是韶冶发展史上发生大转折的一年。

年初，随着新系统即将试产，1 700 多名新工人先后被招进厂。

5 月，投资 11.52 亿元的国家"八五"重点建设项目——韶冶二系统全面试车投产。

7月，岭南铅锌集团公司成立。

韶冶新一届领导班子走马上任。

面临国有企业效益普遍滑坡、市场经济大动荡这一严峻形势，新任厂领导班子迎来的是高起点、大挑战：如何带领全厂职工实现新系统达产达标的目标，组织好两个系统生产，提高市场竞争力。

厂党政领导层用理性的思维、前瞻的意识思考着，一条新的经营思想酝酿而出：从高投入、扩规模、增效益转变到依靠管理进步、科技进步、提高劳动者素质、促进企业发展的轨道上来，走一条内涵挖潜、集约增效的路子。

他们决心向管理要效益，下好生产进程格局的每一步棋。

然而，前进的道路并不是一帆风顺的。

随着时间的推移，新系统试车在工艺、设备上存在的问题日益突显，因设备故障多，烧结机的作业率竟只有60%，拖住了鼓风炉生产水平的发挥，再加上两个系统生产与检修，水、电、风、气的平衡出现了矛盾，致使生产陷入举步维艰的困境。

经过研究，领导班子确定了"稳中求进，均衡发展"的八字生产方针，并成为贯穿生产过程中的一条红线，对新系统坚持"边试产，边探索，边完善，边巩固"的工作方针，一项项具体可行的措施得到了全方位的实施。

历史又赋予了韶冶新的使命。

韶冶两个系统的设计能力合计只有18.5万吨，1.5万吨的缺口从何弥补？

"聚焦点"落在了制约整个生产系统水平提高的瓶颈——鼓风炉身上。

改造鼓风炉，只此一途，别无他路。

这座号称"中国第一炉"的老系统密闭鼓风炉，历尽20年沧桑，从2.26万吨到5万吨，从7.5万吨到10万吨，韶冶人进行了三次内涵技术改造，产量一步一个新台阶。

然而，关于小改还是大改，韶冶人又面临着一次抉择。

经过深入调查考证和反复研讨论证，本着完善和创新发展ISP冶炼工艺的宗旨，他们决定对老系统鼓风炉来一次"伤筋动骨"的大改造。

1998年10月10日，一场关系重大、意义深远的一系统密闭鼓风炉改造大决战在韶冶这块热土上酝酿着。

经过轰轰烈烈的思想动员，每一个职工为技改而战的热情空前高涨；风险、压力、使命感，令整个大修现场发挥出难以想象的高速运行效率。

面对艰难的工程，他们全力去拼！

面对高新技术项目，他们用智慧去搏！

"树精品项目，创优良工程"的目标令每一个参战人员将高度的责任心倾注到每一颗铆钉、每一道焊缝、每一条灰缝之中……

1998 年 12 月 8 日，改造后的鼓风炉开机点火，顺利地投入了第一批炉料。果然，鼓风炉"胃口"大增，日均产量由过去的 304 吨猛增到 355吨，提高了近 17%；各项技术经济指标全面提高；节能效果明显，焦炭消耗降低 0.041 吨/吨粗铅锌，一年可节省 4 900 吨，铅锌产量连续 4 个月突破 1 万吨大关。

这一切表明，韶冶跨入了国际 ISP 家族的先进行列，标志着一系统鼓风炉已具备年产粗铅锌 12 万吨的生产能力，2000 年实现年产 20 万吨铅锌产量的目标现出了希望的曙光。

120 天的苦战

2008 年的元月，中国奥运年的钟声刚刚敲响。

在这个意义非凡的年份，世界最大的一座鼓风炉在韶冶崛起了。

铅锌王国中一扇属于 30 万吨产能的大门向韶冶敞开了。

但是，如果你曾到过韶冶大修的现场，走近那些令人敬畏的场景，走进那些创造奇迹的人们，你就不会冷漠地看待韶冶人的付出和情感，你会感受到那场用智慧、力量、意志和精神演奏的磅礴交响曲！

当今的国际铅锌行业，是一个以规模效益称雄的时代。同行的崛起、市场的跌宕，更让这个行业战云密布、硝烟四起……

面对时代的挑战，韶冶人只有两个选择：

一是以静制动。

二是以动应动。

抉择面前，一次次观点的碰撞，一次次前瞻的思辨，最终让韶冶人勇敢地选择了后者。

而技改大修，这个属于韶冶的法宝再次被他们握在了手中。

在风险和挑战面前，韶冶依然奏响了"30 万吨的挖潜技改大修"的豪迈乐章。

然而，面对这次大修历史上投资最大、改造项目最多、累计时间最长的一次战役，韶冶人却总共只给了自己 120 天的时间，甚至还不无"野心"地瞄准着提前 10 天完成的目标，而这一目标，还是在一个系统技改、一个系统生产的情况下组织实施的。

30万吨技改挖潜大修的两场战役在一系统、二系统先后打响。

尽管时隔一年，但这两场战役的场景是何其相似，仿佛是随着乐队指挥振臂一挥——工地便沸腾了！

在烧结机、鼓风炉两个主阵地上，钢钎、大锤、风钻、排炮声此起彼落，而烧结的男儿、熔炼的汉子，用粗壮的双手弹奏出铿锵的音符，迸发出激情的力量……

在霭霭之中，在月夜之下，工人们在一声令下后，钻管道、进风箱，强忍着令人窒息的粉尘，以通宵达旦的奋战开始了每一天的大修。那种浩大的气势，告诉人们什么是改天换地的豪情，什么是渴求发展的呐喊！

2006年，一系统的烧结车间。

面对着技改方案中设计的新设备，人们正在发愁：经历了40多年风风雨雨的老厂房，如何能承载新的使命？必须加固，但这至少需要三个月的时间。停机，是不可能的！厂领导和总工程师，咬着牙定下了"边生产、边加固"的方案。

这意味着什么？

这意味着在3个月的时间里，庞大的烧结系统将运行在一座不断发生着微观运动的厂房中。那一刻，需要多大的勇气和魄力，需要背负多重的责任和风险啊！当注浆的钻头刺向厂房基础的时候、当那种来自地层之下的颤动传递到人们心中的时候，一种几乎让人窒息的煎熬开始了……

3个月，如履薄冰。

3个月，惊心动魄。

3个月，茶饭不香。

3个月，夜不能寝。

但是，就是这种破釜沉舟的豪情，让成功再次眷顾了韶冶人。

2006年的11月，一座经过强筋壮骨改造后的烧结厂房巍然屹立在30万吨技改的现实框架上，似巨人伸展出硕大的腰身和强健的骨骼……

是的，在韶冶技改大修中，正是有一群心无旁骛、本领卓越的战将，写就了韶冶令人仰视的大修历史。在30万吨技改的最后一场大战中，这个精英团队再次向人们展示了他们不俗的实力。

砌筑，是碳化硅的绝活。

早在2007年8月就进驻两砖两吸工地的碳化硅筑炉队，面对拱砖尺寸规格不符标准的问题，他们用磨机、用凿子、用锤子逐块加工，最终提前8天完成转化器砌筑的任务。

仿佛这一切都潜藏着韶冶大修成功的秘诀。

正如时任厂党委书记吴泽林所说："30万吨挖潜技改战役又一次展示韶冶人的能力和风采、韶冶人的风格和精神，它在韶冶的发展史上具有里程碑式的意义！"

大修人物素描之一：三个风钻手

凌晨4点。

传来了"突—突—突"的风钻声。

三个人影，低着头，弯着腰。

他们一只脚往前屈膝蹲着，另一只脚往后跪地前蹬，膝盖差不多接触到凹凸的地面。

三个人围成了一个等边三角形。

两个人在前用钢钎抬着风钻，另一个人用手抓住风钻的手把。

他们用胸口顶着手把往前推，整个身躯与地面形成了一个30度的角。

一股如烟似的粉尘从风钻打进去的洞里边冒出来，然后弥漫了整个冷凝器，因空气不对流久久散不出去。

看上去还以为是某个大雾的早上，朦朦胧胧，一直都看不清里面那三个人的模样。

大约10分钟过后，风钻声停了。

这时三个人影一个接一个从里面爬了出来，当他们脱下口罩深呼吸时，你才认出他们是四班的副班长蔡永军和两名青年员工王国强、邓平社。

由于戴口罩的缘故，他们脸部的上下部分肤色对比十分明显，鼻梁以下部分是白色，鼻梁以上部分是黑色的，沾满了灰尘，脸上还有许多道汗水流成的细沟……

那时的气温在10度左右，但他们仅穿着的一件工作服却早已被汗水湿透，湿透的工作服紧贴着皮肤，而更多灰尘在湿与干的交接处，形成了一条由盐碱交织而成的白色的线条，像一幅天然的雪景图。

副班长蔡永军说：由于长期积累，冷凝器顶部的盖板与侧墙之间有大约1.5米厚的渣，使两者紧紧结合在了一起。这样一来，冷凝器顶部的盖板无法吊走，前面已使用过贴炮的方法欲炸碎结渣，但效果甚微，用风钻打炮眼的办法则相对效果好很多。

我问他："这么大的尘干吗不浇水呢？"

他看着我说："这次大修，冷凝器底部是不更换的，浇水会影响下面混凝土和砖头的使用寿命，不能浇水。"

　　吸了一口烟，我又问："小蔡，就你们三个人打啊?"

　　他带着几分无奈的笑容回答说："是啊，一个组只有九个人，上面有两个烧氧割螺丝的，两个开氧气，还有两个搬氧气管、氧气瓶的，剩下不就只有三个人了?"

　　一支烟的工夫很快就过去了，他们扔了烟头，戴上口罩，又钻进那朦胧的烟尘之中，"突—突—突"的风钻声像冲锋号一样再次响起……

大修人物素描之二：最后一班岗

　　老师傅蓝平就要退休了。

　　"蓝师傅，这几天准备填表了吧?"

　　"大修又脏又累，回去休息多好啊!"

　　班里的年轻人你一句我一句地开着玩笑。

　　蓝师傅笑了笑："就是因为是在大修啊，今年大修是我参加的最后一次，继续干到来正式通知吧。"

　　上煤的工作环境是非常差的，噪音大，粉尘大，劳动强度不言而喻，但蓝师傅要干到退休前的最后一天。

　　这几天，他每次干完活就摸摸厚实的皮带，用脚踢踢支架，有时候会愣愣地发一会儿呆。他知道，那是一种即将离开的酸涩：毕竟在这里工作了30多年，劳碌的人生突然安静下来，那是一种怎样的情绪，也许明天就要填表登记了，最后一班岗也要好好站完。

　　又轮到他上皮带干活了，蓝师傅拿着工具穿过那狭窄昏暗的皮带仓，他每挥一下铲子，虽已经不复年轻时的力量了，但透出一种稳健、一种厚重以及一种老骥伏枥的顽强和坚韧。

　　我看着他那干瘦的身影，甚至连按下快门的勇气都没有，那个画面永远定格在我的脑海……

大修人物素描之三：筑炉女工

　　大修筑炉现场，活跃着几个筑炉女工俏丽的身影。

　　她们穿着同样的工作服、戴着同样的安全帽，只有对她们十分熟悉的人，才能分辨出谁是谁。

　　那位描了一道黑色眉线的叫李秀云，她平时很注意自己的仪表，可在大修现场工作起来却无暇顾及，头发从她的安全帽蓬松地露了出来，她便脱下手套，用手随意将头发往帽里拢了进去，接着将手伸回了又脏又烂的手套里。

　　她和大家一道准备炉缸镁砖，她托住手中的镁砖说："这砖有七八斤重，棱角脆且锋利，得轻拿轻放，放得太重，不仅会刮破手，还会使砖崩掉一块，影响施工质量。"

那位安全帽下露出微卷黄发的女工叫张燕舞，她正麻利地在斗车上舀起一勺勺沉甸甸的灰浆，装满后拎起到鼓风炉旁，她和另一位家属工刘福香及筑炉一班的几个男工要一起准备七八斗车的灰浆给砌鼓风炉的师傅用。她说她刚来筑炉队干活的时候，舀一勺灰浆非常吃力，现在习惯了，动作也快多了，若想要减肥，在筑炉队干上一段时间，保证见效。你看看，当初她微胖的身材，现在变得苗条结实多了。

那位领口上露出白毛衣、站在电热前床跳板上舀灰的是曹湘建，她看到师傅的灰桶空了，就舀起一勺勺灰浆往里装，然后提起灰桶，双脚利索地跨过间隔八九十厘米架空的钢梁，将灰桶送到砌炉师傅的身旁。电热前床砌铝铬钛砖，一块重十多斤，加工时须细细地凿，师傅凿好一块才能砌一块，精工细活急不得。而曹湘建只得用勺子不停地搅动斗车里的灰浆，防止磷酸灰浆结块。

一天下来，女工们手臂酸痛，身子累得快要散架了，第二天她们还要迎着朝阳去上班……

在历史图景中寻找智慧之光

可以说，韶冶 40 多年的发展历程，见证了中国冶炼史诗的书写和辉煌。

让我们再次回首这不平凡的轨迹吧。

"如果说第一期技术改造是为了解决韶冶生存问题的话，那么，第二期、第三期技术改造则使韶冶攀上了一个又一个新的台阶，展开有力的翅膀开始腾飞。"说起韶冶的三期技术改造，老厂长林克星抑制不住内心的激动。

1980—1982 年，韶冶自筹资金 2 600 多万元，在不停产的情况下，完成了以环保治理为主，以补漏、完善综合利用工程为辅的 96 个技改项目。经过三年的努力，1982 年达到年产铅锌 5 万吨的设计能力，"三废"排放得到有效治理，实现利润 1 673 万元。

1985—1987 年，韶冶实施了第二期技术改造。通过大胆地把英国专利技术的鼓风炉水套冷却改为喷淋炉壳冷却，把冷凝器水套式流槽改为浸没式流槽，大大延长了鼓风炉的使用寿命；通过实施改造烧结机主体结构和增大精馏塔盘等技改，实现了生产能力由年产铅锌 5 万吨到 7.5 万吨的跨越。

1989—1991 年，韶冶实施了以烧结机为攻关重点的第三期 10 万吨技术改造。通过把烧结机滑道从弹性改为刚性，又把传动装置从刚性改为柔性，同时还对冷却圆筒和破碎机做了科学的调整和移位。以烧结机为重点的第三期技术改造的完成，标志着韶冶对 ISP 专利运用已达到了成熟自如的高水平。此外，新型浸没式冷却槽和改进冷凝器转子等多项技术的实施，使韶冶实现了年产铅锌由 7.5 万吨到 10 万吨的第三次历史性大跨越。

从 1980 年到 1991 年，一次次的历史性跨越，都是一部技术改造史。

在不改变厂房结构，不增设主体工艺设备"一机（烧结机）一炉（鼓风炉）"的情况下，根据木桶短板原理制定不同时序的改造项目实施改造，在改造技术的同时，强力推进技术进步和管理现代化，显示出符合具体对象和中国国情的技改特色。

实现铅锌年产量从原设计规模的 5 万吨，跃上 7.5 万吨，再攀上 10 万吨，一个厂变成了两个厂。同时，生产产品从 4 种增加到 14 种，其中 10 种分别获得省优、部优、国优称号。

国务发展研究中心、《管理世界》中国企业评价中心、国家统计局联合发出贺信：韶冶在"1989 年中国 500 家最大工业企业及行业评价"中，位于最大经营规模的 297 位，最佳经济效益有色冶金业的第一位。实现利润从 1980 年的 1 206 万元、1982 年 1 673 万元、1984 年 2 164 万元、1985 年 2 804 万元，直至 1989 年达到 13 731 万元。

林克星直言，从韶冶的发展过程来看，他认识到作为企业的领导者，最重要的是对企业的发展方向做出重要的判断和决策，以胆识和智慧谋划企业的发展战略，制订规划，确定目标，果断有效地组织实施，以取得超乎预期的成果。

他说，康德哲学中的命题"人是目的"，是他在企业经营管理和企业改革过程中一直坚持的理念。这种颇具哲理性的思辨，让人想到学富五车的大学教授，而不是指挥现代化大生产的企业家。

林克星的话，让人了解和领略到韶冶发展的历史图景，以及一位企业家的智慧之光……

几十年弹指一挥间。

韶冶迈上了新台阶，同样也获得了名副其实的知名度。

所幸的是，韶冶人没有停止奋进的脚步，而是向更高、更强的目标迈进。

曾记否，1992 年 12 月 3 日，在一阵震耳欲聋的鞭炮声响之后，韶冶人向世人郑重宣布：韶冶第二生产系统破土动工了。

此时的韶冶人成熟起来了，工艺、技术、装备更先进，创新意识更强。与第一系统相比，二系统尽管与一系统并排而建，使用的仍然是英国的专利技术，但这两个系统绝不是简单的翻版和线性的延续。

林克星向我们解释：在二系统的建设中，新技术、新材料和新设备得到了广泛运用；生产全过程自动化水平得到提升；降低能耗、合理利用资源、改善环保设施等新工艺新技术得到有效利用和实施，使二系统在起点上处在一个更高的层次，整体水平比 26 年前的第一系统上了一个崭新的台阶，达到 20 世纪 90 年代初的国际先进水平。

是的，韶冶人用只争朝夕的精神，在不到三年的时间里，总投资 12 亿元的第二生产系统便以崭新的面貌呈现在世人面前，整个系统都实现了一次性投料试车成功，试车后的第二年铅锌生产能力就超过了 8.5 万吨，两年后就突破了 10 万吨大关。

ISP，这个科技国际化的产儿，如今在华夏母亲乳汁的哺育下成了顶天立地的巨人，以巍峨的雄姿屹立于世界的东方……

这就是 ISP 在中国的命运！

第四部

煤炭変奏曲

悠悠岁月

承载粤北煤海的前世今生

曲仁矿是抗战炮火下的幸存企业

梅田矿是广东煤炭业的"飞地"

坪石矿是南岭煤矿的旧世前身

煤海传奇

来自于富国煤矿的辛酸血泪

来自于抗日自卫队炸日军小火车

来自于南岭迎春的煤海大会战

壮美是煤矿的诗意

在地层深处与死神共舞

遇险就是平常事

胆大包天的诺言：向死神挑战

沉寂崛起了铮铮铁骨

山势奇雄是男儿豪迈的背景板

兄弟情深遂酒情滔滔

僻乡不寂静

矿山也缤纷

壮怀激烈诗情画意写春秋

说到煤矿，我的脑海中总会出现一个巨大的轮子。

这个轮子被安装在井架上。

我问曾在煤矿工作的一位文友："这是什么？"

"它叫天轮，在天上跑的轮子。"文友幽默地对我说。

是的，《庄子》里也曾有一个"天轮"，也是运行于苍穹的轮子。不过那时庄生和他的父老兄弟们还不会使用煤，自然还没有挖煤的矿井，没有井架，没有升降机，也就不存在象征着现代机械的天轮了。

说深一层，庄生所言之天轮，其实就是我们通常所说的太阳。

天轮——太阳！

不论是上千年前的哲人，还是今天的矿工，这比喻都是再恰当不过的了。

我凝望着这高高的天轮，旋转中，一矿车、一矿车乌黑闪亮的煤，从地下升了上来、运了出去。

燃烧—发光—发热，最后变成千千万万个太阳，散发出灿烂的光芒。

如果说，天上的轮子是太阳，那么地上的轮子在哪里？

在地层深处，它是由煤做成的。

倘若你是一个善于联想的人，此刻你面对着这美丽的煤层定会陷入一个梦幻般的遐想，你会想到亿万年前这一片葱茏繁茂的原始森林，以一种整体的悲壮走向毁灭的那一刻：

山崩地裂。

日月无光。

海水消退。

山峰雄起。

古老的地球将压抑已久的能量在顷刻间释放出来了，形成剧烈的战栗。

雷声动。

狼烟起。

飞虫惊。

走兽嚎。

仿佛是宇宙的主宰者突然心血来潮，定要把这颗小小星球上的一切重新排列组合，让所有的生命经历一次毁灭与重生。

于是，一片美丽的森林就这样被深深地埋入了大地的深处，连同它绿色的灵魂以及对雨露的渴望、对阳光的向往……

于是，亿万年后的某一天，你看到了一片美丽的煤层。

于是，你在这亿万年前的森林和亿万年后的煤层面前懂得了：

美，原来是艰难与痛苦的一种存在方式。

人们总喜欢把矿工比做奉献光明的"太阳神"。

是的，到了粤北煤海，我看到了奇妙的矿山风景：蓝天下高高挺立着的井架上，托起了一个天轮，就像是当年延安大生产的纺车啊！

通过天轮、绞车，才得以把人员、材料输送下井；又把煤炭、矸石提升上来。

天轮永不疲倦，承受重荷，坚韧前行，忘我奉献。

我想，若把矿工比做高大的天轮，倒也实在。

正是他们执着奋发，风流倜傥，书写着现代中国工业的辉煌！

在韶关境内，有三个大中型煤炭企业，它们分别是曲仁矿务局、梅田矿务局、坪石矿务局（前身为南岭煤矿）。20 世纪 90 年代末期，这三家曾经辉煌一时的煤炭企业，由于种种原因破产，退出了市场，完成了各自的历史使命。

让我们聆听那曾经响彻粤北山区的煤炭变奏曲吧……

第一编　岁月

第一章　前世今生

这是由苦难、战火、热血、激情、悲怆融汇而成的前世今生……

曲仁矿是抗战炮火下的幸存企业

2017 年的隆冬。

为了写这部报告文学，我前往位于浈江区花坪镇的曲仁矿务局留守处。我们的采访车在积水和坑洼的路面上缓慢地前行，路上行人寥寥，不时经过的重型运输车发出巨大的轰鸣声，显得格外刺耳。

寒风萧瑟，冬雨绵绵。

关闭数年的矿区，这时更显得冷清和寂寞。

这里曾经异常热闹，时任省领导多次在春节期间来到该矿井探望慰问矿工。留守处会议室的墙壁上悬挂着的一面面锦旗、一张张奖状便是曾经辉煌成绩的见证。

人们依稀记得，矿区办公大楼旁边，被锈蚀得推不开大门的电影院，曾经有数千人观影或联欢；工作人员从储物间里翻出了留声机和唱片，将人们的思绪拉到遥远的过去；留守处负责人对曾经的辉煌岁月如数家珍，他们见证了曲仁矿历史的悠久和沧桑……

曲仁矿区从正式开采到破产关闭，一路艰难前行，历经了 80 余年的跌宕起伏。

曲仁矿曾先后换过"协兴公司""富国煤矿""曲仁矿务局""红工矿务局"4 个招牌，1985 年又恢复了"曲仁矿务局"这一名称。曲仁矿也先后经历过私营、公私合营、国有三个不同性质的阶段。

翻开《曲仁煤矿志》，可以发现这样的记载：民国二十二年（1933年），富国煤矿因工程扩展，资金紧缺，向各界招收新股 35 万元，其时，入股最多的是陈一新（陈济棠）、香积善（香翰屏）、余集成（余汉谋）、李扬敬 4 位广东军政首脑。

第四部　煤炭变奏曲

1938 年 10 月，广州沦陷，广东军政各机关纷纷北迁粤北。

1945 年 1 月，韶关沦陷，日军占领了富国煤矿。日本人曾设法恢复生产，但因无法解决一些设备问题才作罢，改为在猪头山一带新开十多个土窿，开采山面煤，为侵华军用列车提供燃料。同年 8 月，日本投降，日军对富国煤矿进行了全面破坏，矿区一片狼藉。

曲仁矿区的发展史，是中国现代史发展的一个缩影。特别是新中国成立后，转为国营，矿区的历史，成了一部生产建设跃进史、矿工翻身幸福史。

原广东省曲仁矿务局地跨韶关市和原曲江县（现为浈江区管辖）、仁化"一市两县"。矿区范围以韶关市为中心，大致可划分为北郊、东郊、东南郊、西郊四片，矿区总面积约 49.4 平方公里。北郊矿区面积最大，包括花坪、云顶、格顶、茶山和丝茅坪等矿；东南郊矿区有大塘矿；东郊有田螺冲矿；西郊有红尾坑矿。曲仁矿务局设在浈江区（原曲江县）花坪镇。

曲仁矿务局曾是广东省最大的煤炭企业，原煤年均生产能力近 100 万吨，最高年产量为 1978 年的 192 万吨，为广东的工农业生产提供了宝贵的能源，对促进广东经济繁荣起到了积极作用。

梅田矿是广东煤炭业的"飞地"

梅田矿务局是广东省跨省兴建在湖南省宜章县梅田镇的一个大型企业。

梅田矿务局下属 11 对小型矿井，平均年产原煤 101 万吨，至 1990 年煤矿关闭时职工人数为 13 574 人。由于历史原因，该矿原始文字资料大部分丢失，我们只能从仅存的部分史料中管窥其发展历程。

梅田煤田开采历史悠久，唐宋以来便有开采记载，至清乾隆二十一年（1756 年），"煤炭坑（梅田）"各山均有小煤坑，贫民借以营生。至清乾隆五十四年（1789 年），常宁县人在浆水乡金盆冲办煤矿止，煤炭开采延续 234 年不息。中华人民共和国成立后，人民政府对煤炭企业实行了有效管理。1951 年 5 月，郴州专署财委会在宜章第二区开办地方国营梅田煤矿，为现代开采之始。至 1965 年 5 月，广东省梅田矿区余家寮筹建处成立，揭开了梅田矿区现代化大规模开采的序幕。

梅田矿务局本部处于五岭山脉中段骑田岭麓的梅田镇。清初，当地群众因武水河边五株梅花而命名为"梅溪"。

清代中叶,沿河两岸开垦了大片良田,遂改名为梅田。梅田矿区山峦起伏,森林葱翠,山青水碧,矿藏丰富,尤以煤炭为最,其次为有色金属,矿藏品种达 13 类。

梅田煤矿位于郴耒煤田南部,面积 500 平方公里。煤系地层为上二迭系龙潭组,煤层厚 1~3 米,属优质无烟煤。矿区内共探明地质储量 15 995 万吨,其中工业储量 8 892 万吨。煤田资源分布以梅田地区为最。矿井分布在宜章梅田镇、麻田乡、浆水乡与临武金江镇境内。

20 世纪 50 年代,毛泽东主席发出"要迅速改变北煤南运"的指示后,广东省省长陈郁在省人民政府全体会议上指出:"抓基本建设,首先抓煤矿建设,抓工业生产必须首先抓好煤炭工业的生产。"接着,广东省燃料工业厅提出了"倾家荡产搞煤炭"的口号,在全省千方百计寻找煤炭资源,开辟新的煤炭基地。

由于广东省境内煤炭资源不足,"北煤南运"不仅价格昂贵,而且运输困难,境内煤炭供求矛盾长期难以解决。1962 年 10 月 23 日,中共广东省委向中共中央中南局及煤炭部党组发出《建议将梅田煤矿划给坪石矿务局经营》的电报。同年 10 月 24 日,中南局便向中央转呈,并抄报国家计委党组、煤炭部党组,发出"我们同意广东省委'关于将湖南宜章县境内的梅田煤矿划给坪石矿务局经营的建议',已征得湖南省委的同意,特报请中央批示"的特急电报。

1962 年冬,坪石矿务局派出技术人员对郴耒煤田进行实地考察。在当地煤矿老工人的协助下,考察了余家寮、拖木坑、麻回、马屁股岭等地,发现矿区北部煤层比中部、南部的煤层构造简单,煤层较为稳定,并在该区发现了一种硬度大、耐燃烧、发热量高、经济价值大的"铁煤"。

1963 年 1 月,中共坪石矿务局党委扩大会议,做出了尽快开发梅田矿区资源的决定。同月 24 日,该局党委第二次会议决定成立以温毅为首的梅田筹建处,定员 105 人。

1964 年 8 月,广东省燃料工业厅派出地质处处长陈淑胜会同坪石矿务局干部刘洪福等 8 人,于 9 月 10 日到达梅田矿区组织成立梅田筹建处,正式展开紧张的筹备工作。

1965 年 6 月 21 日,余家寮第一对斜井破土动工。至 1980 年 12 月,最后麻回立井建成投产,历时 15 年 6 个月,全矿区共建成 11 对小型矿井。

截至 1990 年,梅田矿务局下属有 8 个矿、一个工区、8 个辅助生产单位、9 个多种经营公司,局机关设 19 个处(室)、两个部、一个安全分局。同时,矿务局打破了单一产品型号,开辟了工、商、建筑、旅业、服装、服务业等多种经营门类。

梅田矿务局的主要产品除煤炭外，还开发锑矿及冶炼、生产活性炭、水泥、蜂窝煤、氧气、煤专设备、自来水、建筑材料、煤矿救护器材等。1990年，全局实现总产值6 965.98万元，其中，多种经营业产值达1 041.39万元，占总产值的14.95%。

坪石矿的前身是南岭煤矿

《南岭煤矿志》载："南岭煤矿属煤田，处于湘粤两省交界之南岭山脉中。1947年8月1日起，将粤北工矿特种股份有限公司，改称南岭煤矿有限公司。建国后，将南岭煤矿有限公司改称为南岭煤矿。"

南岭煤矿位于广东、湖南两省交界处。地跨乐昌、宜章两县（市），矿区范围从广东乐昌市坪石镇至湖南省宜章县关溪乡，长29公里，面积48平方公里。南岭煤矿机关所在地设在乐昌市坪石镇。

据史载，矿区煤田的开发共分为两个历史阶段。一是新中国成立前的地利公司时期以及粤北公司时期、粤北工矿特种股份有限公司时期、南岭煤矿有限公司时期。二是新中国成立后的国民经济恢复时期、第一个五年计划时期（1953—1957年）、第二个五年计划时期（1958—1962年）、调整时期（1963—1965年）、第三个五年计划时期（1966—1970年）、第四个五年计划时期（1971—1975年）、第五个五年计划时期（1976—1980年）、第六个五年计划时期（1981—1985年）。

据《宜章县志》载，南岭煤田发现于100多年前，旧窿到处皆有，由于风水之说，民间禁止开采。后因磺水毁田，矿工滋事，政府再次封禁煤矿。民国初年，有外省富商在狗牙洞经营煤矿，后因煤致富者达数十家。广州分设煤行十三家，所产之煤，均售往广东省内。民国三年开始，粤商陈廉伯、简英甫等在狗牙洞组织地利公司，专营煤矿业。民国十年，由广东省财政厅批准，广东省煤务处发采矿执照，并准其增大矿区。

据民国十九年（1930年）广东省建设厅一份报告记载，地利公司开办的狗牙洞煤矿在民国七年时，仅有煤田1 000余亩，后来经营面积大增，总计5 397亩，集资100万银圆，为广东北区当时规模最大的矿场。

地利公司在狗牙洞开办煤矿所置办的机器设备有80马力绞车、小火车头、5吨煤卡、60里18磅的铁轨、热气锅、水泵及建筑工厂的整套装备等。后因遭受兵变和土匪焚劫，各种设备荡然无存。至1924年9月，煤矿停止运作，场地也被土匪盘踞。

　　1935 年春，广东省政府组建粤北公司，商定煤矿复产之事，后增加设备，招收矿工上百人，三年时间共产煤 4 300 吨。由于广东素来缺煤，狗牙洞煤矿又停办，加上军运和燃料供应紧张，煤荒日益严重。为解决煤炭问题，1941 年 1 月，广东省呈请国民政府资源委员会支持办矿，合作接管粤北公司。1942 年 12 月，广东省主席李汉魂在曲江召集粤汉铁路局局长杜镇远、广东省建设厅厅长郑丰及银行行长开会，一同商讨开办狗牙洞和八字岭煤矿，计划兴建南线铁路事宜，后因时局和运输等因素，此计划被迫搁浅。

　　1944 年 4 月，国家资源委员会和广东省商定，将粤北公司改名为粤北工矿特种股份有限公司，投资 4 800 多万元，先后产煤三四千吨，后因战事影响，生产再次停顿。1947 年 8 月，粤北工矿特种股份有限公司改名为南岭煤矿有限公司。1949 年 7 月，粤汉铁路狗牙洞支线接轨通车，开始运送狗牙洞煤炭，每日可运出煤炭 500 吨，后因粤路北段军运拥挤，难以抽调机车运送，导致产出的原煤无法运出。

　　新中国成立后，解放军和当地政府主导了煤炭业。1950 年至 1952 年，南岭煤矿处于恢复期，改造和整顿旧的生产方式，组织新的矿工队伍，改善矿工生活福利，扩大矿区和生产规模，发展生产。这几年，在国家无投资、自供自给的情况下，矿区依靠工人群众实行边采边探的方针，产量逐年上升。通过技术革新，改革了采煤方法，逐步推行了小型机械化。1952 年改为水湿风钻，使用绞车，用水泵排水，安全生产情况得以好转，职工生产效率迅速提高。

　　1953 年至 1956 年，生产建设逐步走向正轨。采取了竹帘假顶水平分层采煤法，并推广至省外一些煤矿。1957 年 1 月，南岭煤矿划归地方国营，隶属广东省工业厅。1958 年的大跃进时期，开展了全民找矿运动，土窑遍地开花。1960 年 10 月，成立了坪石矿务局，下属一矿、二矿、三矿，由原来 1 个坑口发展到 8 个坑口，国家下达的年产 11 万吨产煤量一下提升到 20.5 万吨，职工也由原来的 2 000 余人扩大到 10 000 多人。后又几经折腾，职工人数由当初的上万人减少到 2 700 多人，生产处于萧条状态。1963 年至 1965 年，是广东煤矿业的调整时期。先后停开了七八个矿井，职工人数下降到 1 200 多人。1966 年，坪石矿务局撤销，恢复南岭煤矿。1966 年至 1970 年，正值"文革大革命"期间，南岭煤矿处于历史上的最低潮，只有一些老工人仍坚守岗位。

　　1976 年，"文化大革命"结束后，矿区生产逐渐恢复正常，矿里加强企业管理，挖掘革新，对老矿进行拓展延伸。1977 年的原煤产量创南岭煤矿历史的最高水平。

20 世纪 80 年代至 90 年代，坪石矿务局恢复以后，局领导班子带领广大职工，在生产难度较大的情况下，狠抓开拓掘进和延伸工程，同时随着改革的深入发展，建立和健全了各项规章制度，强化生产技术管理，有力地促进了企业的"两个文明"建设。

第二章　煤海传奇

北出韶关，车行 60 里，来至粤、湘、赣交接处的一个小镇：花坪。这是当年广东第一大煤矿之都——曲仁矿务局大本营所在地。

花坪，从字面上看是富有诗意的，不知起这个地名时，人们采自哪本典籍，或是哪种奇想。不过，现在的花坪只是一个农民自由交易的集市，很难看到其当年作为煤都繁荣的景象。

当年有位作家是这样描绘花坪的：曾拾得"煤城无处不飞花"一妙句，到花坪，见花坪，怎是这般缺花少坪，有山没有水，有树不成林，只读出一个字：黑。黑的路，黑的墙，黑的矿井架，黑的矸子山，连空气里似乎也染了黑……忽有一诗映眼亮：

> 没有哪个地方的花
> 会开得如此斑斓
> 因为这里
> 到处是黑沃沃的土壤

可不是吗？当年以花坪为中心，周边有方顶、格顶、茶山、田螺冲、红尾坑、大塘、丝茅坪，那一对对矿井，恍若花团锦簇，乌金花怒放，亮闪闪，光灿灿，装点江山，如此好看。

这里，洪荒年代曾是一片海；这里，地下煤层属"海相沉积"，煤块里留有海豆芽、海贝壳之类化石的印迹；这里，沧海桑田，上百年的开采史如同一部苦难传奇。

风云悠悠，岁月悠悠，煤海悠悠。当然，翻开沉重的史册，仿佛曲仁逝去的岁月，也可以用"悠悠"来形容。

"富国煤矿"的辛酸泪

在广东,曲仁矿是最"古老"的。

据史料记载:"早在清代乾隆年间,即有嘉应人来此采煤,先后有永昌堂、五昌堂、宏恩公司、同信堂、协兴公司等私人组织于丝茅坪、羊车岭、钩嘴岭等地用土法开采。"

民国初年,广东用煤主要来自越南鸿基。第一次世界大战爆发后,因海上交通运输受阻,越南来煤减少,原煤供应紧张。

民国四年(1915年),新会县商人卢敏卿创办协兴公司,在韶关河边厂北面5公里的钩嘴岭采煤,雇工将煤肩挑到石下乡,再用牛车拉到河边厂,由武江船运韶关等地。由于经几次转运,成本颇高,经营3年便因亏损停产。

民国七年,开平县侨商谭子良与台山县侨商黄耀东、采矿工程师周子光等人集资百万大洋,用3万元将协兴公司的采矿权和采矿设备收买过来,转移到煤层较厚、煤质较好的茶山开发新的矿井,但仍以协兴公司名义恢复采煤。

然而,被称为"炭牯佬"的矿工们,却像牯牛一样,被资本家、包工头赶进了一个漆黑的"煤海"——那时,巷道里没有电,沿着木梯逐级而下,用若明若暗的茶油灯盏照明;照明尚且如此简陋,又岂有什么通风、安全设备可言?进入了弯曲而又狭窄的巷道,就像跌进了无涯的黑海、苦海……

那年月,矿工们身旁除了一两件换洗的破衫烂裤,加一条毛巾外,几乎是一无所有。毛巾,少不得,兼作三用:下井时,黑咕隆咚,赤身露体,扎在头顶,且作矿帽;上得井来,掩住下部,权作遮羞;洗却煤尘,又作浴巾。一条破毛巾,一把辛酸泪!

那时资本家、包工头,为了压榨矿工们的血汗,更是无所不用其极。漆黑的井下,矿工稍有怠慢,一瓢凉水扣你底朝天;出了事故,就诬称"有鬼",不让人前去抢救;阴冷的井口上,横着一杆特制的秤:160多斤的煤,称出的只有100斤。矿工们明知这秤在"吃人",就是敢怒不敢言,有的人甚至不敢怒也不敢言。因为话一出口,明天就要打道回府。

是的,矿工们整天在开采"太阳",太阳却无法照到他们身上,照到他们的住处。许多矿工人家像古猿人一样常年栖身于土窑洞里。他们创造了万吨热能,却得不到一丝暖意。有的挖了几十年煤,却连一块肥皂也买不起。难怪一支古老的山歌这样唱道：

> 好女不嫁打炭工，
> 打炭阿哥黑咚咚。
> 前三四年同伊睡，
> 至今难以返家乡。

其实，不少"打炭工"娶不起老婆，年过花甲，还是孑然一身。有个叫秦礼凤的"老煤矿"，湖南常宁人。1919 年进矿，直至 1952 年，才凑足钱，有幸回家一趟。他在煤矿中几经磨难，险些把命也搭上，艰苦的劳作使他累得不成人样。进得家门，姐姐惊呆了，半晌认不出。此情此景，套用一句古诗，正是：

> 少小离家老大回，
> 乡音无改鬓毛衰。
> 姐弟相逢不相识，
> 忙问客从何处来？

待到秦礼凤上前相认，姐弟俩抱头痛哭……

1933 年，富国煤矿股份有限公司再招股扩充。从此，矿区就为官僚资本所控制。以后又集资开发新矿井，煤炭产量增加，最高年产量是 1936 年的 17 万吨，所产煤炭运销至上海、汕头、广州、香港等地，为促进民族工业的发展起到了一定的作用。

1937 年到 1949 年，是矿区生产的衰落时期。

卢沟桥事变后，日军大举侵略中国，由蒋介石把持的国民政府，采取消极抗日政策，上海、汕头、广州等地相继被日寇侵占，煤的销路大大缩减，盈利也不多。原在广州未沦陷时，资本家早有逃跑的打算，加上那时两个斜井又发生瓦斯爆炸，相继停产，因此，当 1938 年秋广州沦陷时，矿区资本家立即遣散工人，全矿停工。

1945 年初，随着韶关的失陷，日本侵略者用杀、烧、抓、打等极其残忍的方式强迫工人为其挖煤。到 1945 年 9 月日本投降为止，新开了十多个土窿，共生产了 5 000 吨煤。1946 年资本家回来着手复业时，只剩几十个工人，只有几个土窿能生产，年产量约 3 000 吨。1947 年资本家在猪头山开了一个平窿和十多个土窿，生产才算有些起色，工人增加到 200 多人，最高月产量曾达到 2 200 吨。

到 1949 年 4 月，百万雄师渡长江，随着蒋介石政权的土崩瓦解，富国煤矿的资本家惊恐万状，于是他们有计划地抽走资金、拆搬设备、遣散工人，准备逃跑。因此，等到 1949 年 9 月矿区解放时，仅剩下一个烂摊子，残存下来的生产设备不是损坏就是闲置，布满了一层厚厚的灰尘。当时全矿职工连资本家逃跑时留下的经理在内，只有 85 人。生产处于停工状态。

敢炸日军小火车

小铁轨·夜

初春，雾岚轻锁，寒气逼人，一条弯曲的小铁轨出现在人们的视线里，周围是静谧的群山，夹道是开始转青的荆棘和灌木。忽然，传来了小火车的吼叫声，紧接着是车轮撞击铁轨轰隆隆的声音，一个吐着浓烟的小火车头拖着七八节黑乎乎的车厢从弯道里冲了出来，车厢里头装着的是乌黑闪亮的原煤，车头上挂着一面日军的太阳旗，车顶上两名日军士兵架着机枪，如临大敌……

灌木丛中，十几个矫健的身影在夜色中闪动。拉近镜头：他们穿着当地老百姓的服装，持着三八式步枪和冲锋枪，指挥员还握着二十响驳壳枪。他们屏息静气地等待着日军小火车的到来。

指挥员：听我的枪声行动，不准提前放枪。

队员们：明白。

转眼间，驳壳枪响了，步枪和冲锋枪跟着响成一片，其间还夹杂着手榴弹的爆炸声……

一时之间，静谧的群山、四野，枪声大作，硝烟弥漫，火光冲天……

推出片名：敢炸日军小火车。

字幕

1945 年 2 月初，日军步兵第八旅团司令部攻陷韶关，素有雄关险隘的粤北沦落在日寇的铁蹄之下。富国煤矿被日军占领，周围的村庄也驻扎了日军，布上了岗哨。然而，以仁化县抗日民众组成的抗日自卫大队拿起了手中的武器，与日军展开了殊死的斗争……

仁化董塘的乡村·日

大榕树下、水塘边，水牛悠闲地啃着青草，灰麻色的鸭子在水中追逐玩耍，它们全然不知人世间发生了什么变故。

在一间青砖黛瓦的高大祠堂里，集结着一群穿着各异、神情激动的群众，他们手中拿着三八步枪、汉阳造步枪，还有的人拿着大刀和锄头。

群众甲：日本人这回在富国煤矿住下来了，三天两头到村里抓人抢物，还强奸妇女，实在可恨。

群众乙：他们看上了那里的煤，派兵守着，昨天日本人的哨兵还将路过煤矿的小孩活活打死。

众人听罢，怒气冲天，高呼："打倒日本仔!"

画外音

仁化董塘的河塘、大富、大井三个自然村的民众已自发组织了近百名青壮年参加韶关地方兵团的军事训练，仁化董塘随之成立了抗日自卫大队。大队下设若干个中队，石塘、董塘、河塘村各驻一个中队，抗日自卫大队部设在董塘。

河塘村·日

河塘抗日自卫中队队长卢雨生，身材中等、皮肤黝黑、目光炯炯。他曾在西南冷水军训学校任过教官，是唯一打过仗的人。

这天，卢雨生率领自卫队员到仁化县抗日防备司令部领取枪械清单，然后持清单到原国民党62军军械储备库城口军械储放处领取了步枪60支、机枪两挺以及手榴弹、弹药一批。

卢雨生领着人到富国煤矿借来步枪12支、短枪5支，再加上河塘地区的民用枪支及一些土枪土炮等，河塘自卫中队很快便"兵强马壮"起来。

卢雨生：我们手中有武器，心底里就有胆气了，大伙抱团跟日本仔干！

富国煤矿及周边村庄·日

日军占领富国煤矿之后，就在周边地区筑起了10多座炮台、碉堡，从曲江县的河边厂起，至茶山、富国煤矿、奎塘洞、姚屋、黄村等地连成一线，呈长蛇形向南北方向伸延，全长30多公里。

日军炮台里的大炮射程内有仁化境内的江下、江头山、大井、大富、河塘等自然村，只要炮弹呼啸而出，周围就成一片火海。与此同时，曲江县的乌石冲、山下、侯屋也驻有日军，以防国军偷袭。

日军筑起炮台后，连日开炮轰击周边地区的村庄，凡是射程所及之处，立即成了狼烟之地。日军漫无目的地连续向四周炮击了十来天，村村硝烟遍地、户户鸡犬不宁。河塘地区的群众纷纷躲进了附近的山岩石洞，原来荒凉寂静的燕岩、川岩、山口、白石岩等处挤满了人，石洞住不下，人们就在半山腰搭建茅寮栖身。

富国煤矿周边·夜

雨夜，卢雨生与两位队员执行侦察敌情的任务。

他们发现敌人在茶山上新挖掘了几个土煤窿，强迫抓来的民工挖煤。

为破坏日军采煤进度，卢雨生决定对敌人的土煤窿实施爆破。

夜幕下，三人将炸药、雷管放置在煤窿口，然后点燃导火线，轰隆几声，似天崩地裂，煤窿被炸毁了。

日军知道煤窿被炸毁的消息后，乱了方寸，只好遣兵守夜。

富国煤矿铁道边·夜

为阻止敌人把煤运走，卢雨生等人到鹅仔庙侦察日军运煤情况。

他们侦察好了地形后，选择坡度较大的路段进行伏击。

夜色之中，十多个自卫队员分成三个战斗小组。

卢雨生：大家一定要服从命令，听从指挥，打了就走，不要追赶。

战斗小组准时到达自己作战的位置，等候小火车的出现。

下半夜，自卫队员们听到小火车在远处拉笛鸣号了。

一场与日军短兵相接的战斗即将开始。

不一会儿，小火车开过来了，车速很慢，还隐隐约约看见几个戴钢盔的日本兵。

大家憋着一口气，屏息静气地听从卢雨生的指挥。

说时迟，那时快。卢雨生端着机枪朝日本兵扫了一梭子弹。

大伙的机枪、步枪跟着响了起来……

在小火车的中部，有一挺日本人的歪把子机枪火力十分猛烈，一下子就将自卫队的火力压了下去。

自卫队打出去的子弹没有给日军造成威胁。

投出去的手榴弹将小火车车厢炸出了几个窟窿。

打了一阵子，小火车停了下来，两个自卫队员跑上去，却被日本人打倒了。

突然，小火车又开动了……

自卫队员们无奈地看着吐着白烟的车尾，叹着气：这回便宜了这些日本仔，下次再狠狠地揍他们！

画外音

这一仗虽然有人中了弹、受了伤，却让日本人知道了，中国人是敢打他们小火车的。中国人不怕日本人！

第四部　煤炭变奏曲

南岭迎春

下面让我们讲一段南岭煤矿的红色传奇。

1948 年 8 月，中共五岭地委派北江第二支队中队长、共产党员李子明来到乳（源）、乐（昌）、宜（章）边区工作。李子明遵照上级指示，将南岭煤矿作为工作的重点，试图建立革命武装，以维护矿山的机器设备和财产安全。

南岭煤矿公司业务室主任李斌是李子明的同乡，且在抗战时曾是国军上校军需。在李斌的推荐下，李子明在八字岭矿场当上了"监工"，并以此身份做掩护，经常到狗牙洞矿场、坪石、梅花、宜章一带活动，发展了几名员工为新民主主义共青团员，还在坪石煤站建立了地下交通站，从而使地下党与游击队接上了关系。

在李子明的教育和争取下，南岭煤矿公司总经理田策卫、矿长兼总工程师谭仁等 4 人，开始靠拢共产党，他们同意在公司密藏的存款里，提取 1 000 银圆，为游击队购买药品，解决游击队的活动经费，另外还在八字岭煤矿运出一批雷管、炸药以支援游击队。

1949 年 3 月，地下党、游击队根据上级指示，切实控制好南岭煤矿，将"中国人民解放军约法八章"发给矿区职工群众，让他们了解共产党的方针、政策。田策卫不了解共产党及其政策，担心自己以前帮国民党做事，会性命难保。李子明知道此情况后，派人做田策卫的思想工作，让他放下包袱，遵守"约法八章"，保护矿山设备，迎接广东解放。

为了解决当时经济上的困难，李子明指示田策卫亲赴广州、香港等地筹款，通过在香港的原资源委员会委员长孙越琦，从广州、香港筹集了 60 000 元和一批矿山设备，并将其运回南岭煤矿，从而解决了特殊情况下的经济困难。

1949 年 4 月，解放军横渡长江，剑指江南。其时，南岭矿区附近的国民党交警残部和当地土匪，甚嚣尘上，竟枪杀进步人士和革命群众，严重威胁矿山职工及其财产安全。一时间，矿区人心惶惶。为了执行"约法八章"，确保矿区安全，李子明召集田策卫、谭仁等人开会，表面上是根据国民党资源委员会指示，实际上是根据我党潘汉年领导的上海、香港情报组织的指示，组织有关企业进行护厂、护矿，迎接解放。

在地下党和游击队的大力支持下，经过积极的筹备，1948 年 8 月成立了"南岭煤矿公司护煤委员会"，号召职工群众坚守工作岗位，保护矿山财产，迎接解放大军南下。

1949 年 10 月，乐昌坪石解放。李子明带领游击队与南下解放大军会合，受军事代表负责人宋维静的指派，与郭治新、肖方等人一同带领解放军一个班、北二支一个连的兵力，于 1949 年 10 月 27 日下午，由坪石出发，晚上 11 时到达八字岭矿区。李子明安排一部分同志从事接管工作，他和郭治新、肖方率领部队向狗牙岭矿区进发。当时，有两三百名土匪聚集在狗牙岭矿区附近，伺机进矿抢劫。这些聚啸山林的乌合之众，一听南下大军的威名，作鸟兽散，不战而退。

解放军进驻了狗牙岭矿区，并升起了第一面五星红旗，职工群众扭起秧歌、打起腰鼓，夹道欢迎，南岭煤矿迎来了万紫千红的春天……

火红年代的"大会战"

"富国矿"虽然回到了人民的手中，但它不过是一个满目疮痍的"烂摊子"。

中华人民共和国成立后，该矿区进入恢复生产时期。

为适应大规模经济建设的需要，在广东省委和省人民政府的重视下，矿区获得了生机。富国煤矿虽然还是由资本家私营，但由于党和国家采取了利用、限制和改造民族工商业的政策，从银行贷款、原材料供应、产品收购等方面促进了矿区发展生产。

1950—1952 年，矿区原煤产量从 2 700 吨增至 26 000 多吨，职工从 85 人增至 396 人。1953 年，在公私合营的鞭炮声中，这一片沉寂的煤海，泛起振奋人心的涟漪……

1953 年后转为公私合营，党和政府先后对矿区开展一系列改造工作。从 1954 年到 1957 年，国家投资扩建共 200 多万元，增加了一批设备，开辟了云顶矿区，新建年产量 15 万吨的花坪探井，职工达 1 088 人，原煤年产量达到 19.3 万吨，为矿区 1958 年后生产大跃进创造了有利条件。

伴随着社会主义建设热潮的到来，南粤大地崛起了星罗棋布的厂房，燃"眉"（煤）之急，成了经济发展的瓶颈。

正当其时，共和国煤炭部部长陈郁被派至广东省任省长。这位风尘仆仆的"京官"怀揣一颗"为国解困"之心，走马上任，便盯上了粤北这一沉默中的"煤海"。

陈省长亲率一干人马，千里迢迢寻煤来了。

1958 年仲夏，蝉儿鼓噪，荔红李熟。

第四部　煤炭变奏曲

数千名建设者，从四面八方挟一身雄风，汇聚到曲江县与仁化县交接的一片山坳里，摆开了夺煤的大战场。

于是，曲仁煤矿迈开了坚实的脚步，跟上了共和国经济建设的节奏！

> 天苍苍，
> 野茫茫。
> 竹笪茅棚做睡房，
> 夜里豆油灯不亮，
> 白天干活光脊梁！

这首歌谣，无疑是当初创业的真实写照。

创业艰难百战多。"老曲仁"们谈起当年情景，不胜感慨。井下打风钻，70 来斤的铁家伙，两副肩头一起扛，打的还是干钻，粉尘弥漫，两米开外的矿灯，只不过是闪亮的一粒豆大的油灯火。每次下班，连毛孔都渗透了粉尘，手臂上下积淀的粉尘如铜板厚，一刮便是鱼鳞似的，唰唰剥落，灌满了噪音的耳鼓，三天内仍分辨不出是来自何方的声音。

1958—1978 年，矿区进入大发展时期。

1958 年矿区转为国营，并将"富国"改为"曲仁"。从此，矿区在"三面红旗"光辉照耀下，获得了高速发展。是年相继筹建了云顶矿、格顶矿、花坪矿和茶山矿。1966 年又接收改造了原公安系统的田螺冲矿。1971 年接收并重建了红尾坑矿。

最难忘的是那场动人心魄的"夺煤大会战"。

"大会战"，20 世纪 70 年代初期进矿的人们对于这一名词并不陌生：就是抽调并集中一定的人力、物力和财力，在一个指定的矿点上，大打"人民战争"，力求高速度、早见效。

一位矿区政工干部的回忆录曾作如是记载：

从局属各单位抽来精悍的人马，自带被铺、工具，各占山头，自建"营盘"，任务自包，"会战指挥部"及各"参战部队"的住处红旗飘飘，决心书、挑战书及标语口号，红红绿绿，贴满山头。五六个山头，杉皮房、油毡房、竹席房，"干打垒"，帐篷……高高低低，纵横错落，就像《三国演义》中打仗扎营盘一样，摆出一副大战的架子，特别是晚上，山上山下，万家灯火，与天上的星星连在一起。

好一个火红的时代，好一片火红的煤海。

"文革"期间，曲仁矿务局曾一度改名为"广东省红工矿务局"，"文革"后于1985年恢复"广东省曲仁矿务局"的原名。

为适应新形势的需要，20世纪70年代对花坪、云顶、格顶、茶山、田螺冲等矿进行了扩建和技术改造。矿井总设计能力为188万吨/年。1977年实现了产量翻番的目标，1978年全局最高年产量为192万吨。

"大会战"利弊得失，留于后人评说。不过有一点，由于"简易投产""政治投产"带来超强度的开采，确确实实给今日曲仁煤矿留下难以消除的"后遗症"；然而，建设者们那拼力创业、艰苦奋斗、忘我劳作的精气神，那种人山人海、红旗漫卷的"大会战"场景成了广东煤炭发展史不可或缺的珍贵记忆。

"红工矿"啊，火红的海。

留下几许风涛，留下几多思索……

第二编　壮美

第一章　"天火之光"

地球，

我的母亲，

我羡慕的是你的宠子，

那炭坑里的工人，

他们是全人类的普罗米修斯。

著名诗人郭沫若曾在他的一首诗《地球，我的母亲》如是写到。虽然诗人写的不可能是煤矿生活，但他用煤来形容光明和希望，令人有更多的联想和哲思。

古希腊神话里的普罗米修斯，一个天神一样伟岸的顶天男子竟然盗取天火，其目的是为人类引来光明，因此受到世人高山仰止般的敬畏；矿工们在地层深处的井下开采地火，他们为祖国、为人民奉献光和热，其意义是伟大而深远的。"天火之光"的神话流传了上千年……

在这里，让我们记下韶关矿工们工作和生活的一个个镜头，为了远去的纪念，也为了不可磨灭的工矿精神。

让我们为这"天火之光"点赞吧。

诗意的煤矿

20 世纪 90 年代初，一位来曲仁矿体验生活的作家，用文学的笔调描写矿井，充满浪漫的想象。

他写道：

多少回，我曾展开丰富的想象翅膀：也许那里是一座不夜的地下宫殿，里面一定隐藏着许许多多神奇的宝贝。记得人们为它唱出了多少赞美诗，什么银河、长廊、地下城呀……

这一天，我终于第一次穿起工装，戴上矿帽，脚踏水靴，来到矿井口，刚刚抓稳罐笼的扶手，一颗心便和身子同时往下沉。罐笼把我送到了海拔负 400 米深的井场。

只见顾长而狭窄的井巷，若明若暗，扭着腰肢，伸向黑乎乎的远方。黑暗向前伸延着，仿佛只有开始，没有结束。往前行，迎面煤层狰狞，脚下巷道泥泞，头上顶棚压抑。偶有冰冷的水滴，沁人脖颈，令人顿感砭骨而寒栗。再往前，炮烟煤尘迷漫，扑鼻刺眼，唯有抽风筒轰轰作响，输送着使人得以生存的空气。快接近工作面，穿马巷钻小眼，路难行，难于上青天。那陡峭的斜坡，打溜如滑梯，手脚并用，匍匐登攀，一步千斤重，起落万般难。几乎是一路摸爬滚打，才抵达"挡头"。

掘进工正背负百千斤重的坑木，爬着蠕动，挥斧砍木，支撑棚架；采煤工端起 25 公斤重的风镐，卧着打炮眼，躺着扒煤块。一个个犹如黑色泥人。这儿并没有半点的罗曼蒂克，哪里去寻宝呢？

这就是当年韶关煤矿井下生活的真实写照吗？

据说，澳大利亚煤矿代表团到曲仁矿参观之后，连声说道："像这样条件的矿井，我们那里早不开采了。你们每年还要开采上百万吨煤，简直不可思议啊！"

是的，那时国家急需用煤，广东更是"求煤若渴"啊！

用原始的工作方式去进行超负荷的劳作，在获取效益的过程中，实现人生的价值，并上升到人民的需要和国家利益。

这就是 20 世纪六七十年代矿工们的思想境界。

作家继续写道：

当我在工作面上、在绞车旁、在矿井的各个角落里，结识了那些"下井如猫公，升井如包公"的窑哥儿们，听到了一句戏谑的话儿："矿工们是阴间挣钱阳间用"，我不能不被深深震撼了！

升井归来，我激动得彻夜未寐，我沉思默想：苍天将太阳、雨露、光明，施之于"阳间"，慷慨地恩赐给了人类，却又把与人类生存休戚相关的煤，深深地埋藏在"阴间"。这或许是天地间的一种默契吧，执意要让地球上人类最优秀的子孙，去暗无天日的地下从事一项艰苦卓绝的事业，以使人间最可宝贵的精神风采，永不泯灭，延续久远……

作家用感同身受的体验，抒发出对矿工们的感情，生发出不同凡响的议论，读来令人深省。

社会需要煤，却不喜欢没有太阳月亮和雨露花香的煤矿。

深究下去，则不难发现原来世人对煤矿实情知之甚少。据行家称，当今世界上，除了澳大利亚的煤矿外，其他国家几乎都是亏损的。同样，中国煤矿企业也是如此。长期以来，他们一直是牺牲自己的利益，去为其他行业创造效益。别人所得，正是他们所失。

换一句话说，就是燃烧自己，照亮别人！

当新的一天伴着太阳来临的时候，在诗人笔下的"太阳神"般的矿工们，依然执着于暗无天日的"阴间"，挥洒热汗，不畏艰辛，兑换成"阳间"享用的光明。

也许，从韶关的角度看，煤矿业的关停已有十几二十年了，对这些企业的善后工作，如棚户区改造才是中心工作。但作为一位曾经历过那个年代的作家，自然有一番联想。面对冉冉升起的太阳，我想：假如这个世界没有煤这个黑色的"精灵"，将会是另一种景况。天上有太阳，地层深处也有一个，而托起地下太阳的人，正是我们的矿工啊！

太阳的伟大，是为人类提供热量。

而矿工们撷取的正是人类赖以生存的火种啊，这如血的殷红写出了大自然壮美的诗篇！

牢骚也豪迈

当领导的，最怕人诉苦。

但不听诉苦，就不知苦在哪里？

但在曲仁煤矿，矿工苦，领导也苦。

多少年来，我们的国家大而穷，对矿山基建投资心有余而力不足，以致矿山水平延伸接续不上，采与掘失调；现行的煤价不合理，与价值严重背离，又使煤炭企业毫无利润可言，不消说自我发展，连简单的再生产都难以为继。

许多企业是困难时期创立的。煤炭行业当年急国家之所急，忍辱负重，率先提出"先生产，后生活"。而到了八九十年代，企业领导人为企业的生存与发展而忧心忡忡，还要顾及职工的福利待遇。

在我国，所有国有企业都是一个小社会里的"大世界"。

煤矿业自然也是。

曲仁矿，在全国煤炭系统中的地位只能说是"小不点儿"，但在广东煤炭界可排行"老大"呢。小也罢，大也罢，反正"五脏俱全"。

记得局长张明彪对来访的记者说："我们这里，除了没有监狱，几乎哪个行业都有。"

那里的矿长和书记，管的不仅是生产和经营，还要管这个"五脏俱全"的小社会、大世界。

这是矿长、书记们的烦恼。

在上万人的曲仁矿里，要自办教育、医疗、幼托、公安、商业、民政、侨务、文化事业等。除此之外，企业还要自行安置待业人员。几乎无所不包，无所不能。

煤矿，还有其他企业没有的特殊性，那就是退离休职工多、患硅肺病（职业病）职工多、享受抚恤费的职工家属多。这"三多"让企业如牛负重，苦不堪言。

三个人吃的饭，要分给五六个人吃——难呀！

张明彪向来访的记者提供了这么两个翔实的数字：

第一组数字：按政策规定，每年 1 吨煤，可提成 1.5 元作为建房基金；1 个矿以年产 28 万吨计，可提成约 40 万元，够每年建一幢 20 户的职工楼。照此办理，需 50 年方可缓解全矿职工的缺房之苦。50 年等于两代人甚至三代人的历程啊！

第二组数字：按正常工效，以每个井下工每天采煤 3 吨计，每年可采 2 000 多吨。以每日消费 5 公斤煤算，能使一个 6 口之家连续烧上 500 年。其每年创造的社会价值则相当于 3 000 多万元。然而，他所获得的报酬，却是广东话所说的"湿湿碎"（即小意思）。一个最佳采煤工一年到头，工资、奖金加在一起还不超过 3000 元。

这是一条贡献与收入的不等式！

让我们再看看曲仁矿工们真实的现状吧。

看，大白天也得亮起灯的栖身之所，甚至是由厕所改造的"简易房"，他们几代同堂，晚间睡觉时，头挨头，根本睡不下……一个人打呼噜，全家只有睁眼待天明。

当他们尚差一年半载的井下工龄，实现不了"农转非"，每月还得为全家老少的几十斤"高价米"而发愁。

当他们一日干下来，捏着可怜巴巴的一点钱，却遇上了物价飞起来"咬人"，身在猪头山下（花坪一座山名）却缺猪肉吃，菜篮子里常是"青多荤少"。

这个时候，他们才不免萌生一种莫名的委屈，随口吟出一首无韵打油诗：

> 井下十几年，
> 工资百多元。
> 奖金加一点，
> 物价长几番。
> 前程无限好，
> 大家齐登攀。

牢骚发完了，活还得要干。

闹钟响了，他们从床上爬起来呼啦啦下井去，又甩开膀子干了起来，常常是下一班的工友来了，上一班的人还是不肯走，最后竟互相争吵起来，有的甚至在升井返家的路上躺下来歇息时，便吭哧吭哧地打起呼噜……

有一位来矿区体验生活的诗人对此进行了高度概括：

> 忘我的奉献。
> 超值的奉献。
> 伟大的奉献。

有人说过，不要问你的祖国能为你做些什么，而要问你能为你的祖国做些什么？

这是一种境界。

也是一种风采。

当年的曲仁矿工们就是具有如此的境界和风采的战斗群体！

第二章　与死神共舞

要问世界上哪些职业最具风险性。

也许有人会答：探险、攀岩、消防、淘金、警察……

但很少人会说：煤炭。

其实，从事煤矿行业的人，哪个没有一段"出生入死"的历险记呢？

生生死死。

风风火火。

苦苦乐乐……

煤矿工人自然没有探险和攀岩选手在人们面前所表现出来的那种风光，他们在地层深处演绎着自己特有的"风险人生"！

矿工们的人生态度何等浪漫，何等诗意：人生不能只图在安全系数上弹跳，要敢于冒风险，在风险中摔打自己，在风险中才有自己。

马斯洛有一个"需要层次论"，其中第五层次自我价值的实现，在矿工们的行为模式里得到了充分的验证。

人命关天

每天清晨，这些五大三粗的男人们头戴矿灯帽乘着罐笼到井下去了。

从此，井口的电铃声就紧紧地维系着女人们柔弱的感情之线。因而，天长日久，煤矿上的女人们就对地层深处的男人们牵肠挂肚，用眼睛、用耳朵、用心灵去看、去听、去感受深井里的消息。

一天，一行小车悄悄地驶近矿区家属宿舍，矿工家属王大嫂，见小车径直开至家门口，车上走出了几位矿领导。

一个强烈的意念猛地袭上了她的心头——矿上出事了！一时间，她变得惊慌失措，天轰雷劈似地跌倒在地，眼泪夺眶而出，大声呼号："我的天哪，我的老公啊，你走了，丢下我们，老的老，小的小，以后我们可怎么过啊！"

一行数人忙上前扶起她，一个个地劝说道："大嫂，怎么啦，没出大事啊，我们是外出顺路来看望你的啊！"

"我晓得，你们骗不了我。我的老公啊，你怎么舍得我们，就这样走啊……"

哭声撕肝裂肺，惊动四邻。

这是一场多么叫人揪心的误会啊！

我们不能怪她们，生命对于人来说是多么重要。家里的顶梁柱倒下了，就意味着这个家要坍塌。

矿里的人有一个不成文的规矩。

他们教给儿女最重要的一句话，就是："爸爸，安全！"

孩子长大成人了，见到父亲要下井了，还是习惯地说一声："爸爸，安全！"

第四部　煤炭变奏曲

据说："文革"那阵，"夺煤战鼓响四方，红色矿工怀朝阳，挖穿煤山三千重，乌金滚滚如波涛"。人们爱听矿上广播里的"语录歌"，也最怕听广播里传出的《为人民服务》那两句："要奋斗就会有牺牲，死人的事是经常发生的。"此刻，矿上的男男女女都会不约而同地放下手里的活计，发疯似的朝井口奔去……

那时，矿里的领导会直言不讳地告诉你："天不怕，地不怕，就怕半夜里井口调度来电话……"要是半夜里来了电话，十有八九是出什么事了，让人心惊肉跳。因而有人说，在煤矿当矿长、书记，犹如睡在老虎身旁，即使睡觉了，也要睁一只眼睛，竖一只耳朵……

在煤矿，安全是孙悟空头上的紧箍咒，也是一本难念的经。

在曲仁矿更甚。

且听细说，曲仁煤矿地层，"五害"一应俱全：矿压（顶板）、水、火、瓦斯（高沼气）、煤尘，各项指标，样样排先。只要走入矿井，随时可闻瓦斯轻微的作祟声，有时棚架吱吱作响，似乎马上就要断裂。在这种场景下，就算有七魂也会被吓走六魄。

有人向我讲了这样一件事：那一年，在广东省煤炭系统安全生产活动总结表彰大会上，曲仁矿的张明彪局长得到了 500 元的安全奖金。虽然钱不多，也是值得高兴的事。但他坐立不安，压根儿不情愿上前领取。因为安全是 500 元、5 000 元、50 000 元甚至 50 万元都难以概括的……

领了奖，出了事咋办？

矿上一句老话："要挖炭，拿命换。"

在那个年代里，人们几乎"谈煤矿色变"，因为煤矿几乎成了风险的同义词。安全，维系着工人的命，也托起煤矿的一片天。安全第一，永远第一；安全为天，天天安全。这是血染的警句，也是生命垒成的牌坊。

在曲仁矿，树立矿工的安全意识，编织起安全可靠的管理系统，用足球的行话说，叫"人盯人"战术，将进球的人盯死了，就有可能获胜。

"一丝不苟"，绝不是形容词；差一点不行，一点也不能差。因为，历史的经验告诫他们：井下的风险因素一触即发。十次事故，九次是违章。百分之八十的事故，是百分之二十的人违章所致。因此，"安全规程""操作规程"——真打实凿的经典教材，那是佛爷的眼睛——动不得；而消除事故隐患，那是要拿猫当老虎斗。

复杂的地质构造不但给开采带来了巨大的困难，使曲仁煤矿处于一个事倍功半的尴尬状况，而且还带来了更为严酷的现实——煤矿的冒顶、透水、火灾、瓦斯、煤尘的"五大灾害"，在曲仁煤矿随处可见。

按有关标准，每采 1 吨煤，一昼夜涌出的沼气量就达到 10 立方米的矿井为高沼气矿井。

那么，按照这个标准来衡量，曲仁的所有矿井均为高沼气矿井。

这意味着，开采这里的原煤要付出更多的鲜血和汗水。

难道埋在地层深处的原煤，就是用矿工的热血和汗水换来的？

这是一种何等沉重的代价！

遇险平常事

在采访中，有人对我说过这样一句话：

在曲仁矿，你随便拉住一个人，都可以给你讲一段遇险的经历。

在后来的采访中，这句话的真实性得到了验证。

仅就曲仁矿务局领导班子而言，他们每个人的身上至今都留有伤疤或隐疾，都有着一次次生死洗礼的经历——

原党委书记杨敬萍，被煤埋过，被坑木砸过……

总工程师蔡迪兴，曾被关在工作面；进过盲巷道；还有一次险些掉进 120 米深的小眼里，幸亏他两手及时伸出撑住，才没进鬼门关……

时任党委书记何隆德，曾被垮下来的煤关在了工作面里；在井筒中，一块矸石从几百米的空中紧擦着他的肩掉了下来……

副局长赵大任，曾被突然绷断的钢丝绳扫掉了安全帽；有一次在井下吃饭时，突然头顶上掉煤渣子，他一跃而起，随即一块巨石掉了下来，将他坐着吃饭的棚架用的小板凳砸得粉碎……

副局长苏朝胜，一次下井行走经过石门放炮，在距石门 3 米远的地方炮响了；有一次井下冲水，他眼看着棚架在汹涌的水流中纷纷倒下……

副书记张应旺，被关在工作面里过；被矿车挤过；他的前胸、后背、手指都受过伤……

不难看出，仅是曲仁矿务局领导班子的大半成员就有遇险经历，何况战斗在采矿第一线的矿工呢？

伴煤如伴虎。

遇险平常事。

再平常不过了。

写到这里，我想起一首赞美战士的诗歌，大意是：战士，是这样的人，他们把流血叫作“挂花”，把负伤叫作“挂彩”，而把牺牲称为“光荣”！

是的，光荣的奉献，换来的何尝不是祖国事业上无限的荣光？

向死神挑战

时间回到——

1988 年 8 月 17 日上午 10 时 15 分。

丝茅坪矿突然发生了罕见的透水事故。

天崩地裂。

电闪雷鸣。

如万箭穿心般的涌水，挟着数千方煤矸，倾泻而下，冲垮、堵塞了 180 多米的大巷。

当班作业的 8 名矿工被戛然关闭的独头巷道堵住了，呼天不灵，唤地不应……

险情——十万火急！

时间——稍纵即逝！

生命——危在旦夕！

上上下下动员，方方面面求战。

各路抢险队伍纷纷赶赴事发现场……

巷道里，抢险的矿工头顶横飞乱石，脚踩潜流暗涌，他们跪在齐膝深的泥水里，拼命地扒着煤块，竭力用"流水作业"抢救同胞兄弟的生命！

这时，身处绝境的 8 名矿工，正在以顽强的意志和自身的体能与死神展开搏斗。当涌水咆哮而下的一刹那，身体活像皮球似的弹跳起来，耳膜被强大的气流震聋了，其中 3 人当即被冲倒，口吐鲜血……

正在此时，一名共产党员站出来了！

透过朦胧的水雾，带班师傅蓝世方，方寸不乱，他用沙哑的声音将大伙召到一块："遇上大麻烦了，大家千万别慌！我是共产党员，天塌下来由我顶！现在巷道已堵死，水不会再往里灌了。我相信，矿里的领导和外面的同志们一定会全力组织抢救。据我估计，冲水再大，三五天也可贯通。我曾在报上看过，关在井巷一个星期，甚至二十天都能活着出去，现在关键是进行自救！"

大家明白，只有积极自救，才有可能延续自己的生命。

在蓝世方的组织下，矿工们爬上了巷道的棚顶，利用棚顶的空隙和顶板的松动层，从煤线往外掏空——挖出生命的希望之光。

他们一时找不到工具，便用手抠；没有土箕，便用矿帽，互相轮流着抠。

第一天，他们奇迹般地竟抠出一条相当于 8 个棚架位的 6 米长的通道。

第二天，他们的指甲都抠烂了，双手血肉模糊。要知道，他们这两天滴水没饮、粒米没吃。生命的意识告诉他们，只有自救，方能步入生天……

他们以斗牛士般的勇猛，向死神展开创造奇迹的挑战！

第三天凌晨 4 时 30 分，当抢救工作面雾气冒出时，被关的八条好汉顿感耳膜和呼吸一阵轻松……

蓝世方惊呼起来："通风啦！"

七个人的嗓子拧成一个雄浑的声音："通风啦！"

蓝世方再次惊呼："我们还活着！"

七个人的嗓子拧成一个强大的声音："我们还活着！"

一分钟、两分钟过去了，却未见动静。

接着又是一阵敲打棚架声，仍未见回音。

一位新矿工抑制不住内心的恐惧，大哭起来了："完啦，外面的人以为我们埋了，不来救我们了？"

"你放屁，尽放狗屁！我听到外面抢救我们的声音了。冷静一点就能听到——我听到了……"在七位矿工眼中，蓝世方仿佛就是上帝，就是救世主，他以共产党员的党性，挺起了坚强的脊梁，安定军心，**激励大伙与死神抗争**……

让我们回到地面上——

几天来，井上已汇集了成千酣战的人流。

紧张的救援一刻也没停止过。

人们恨不得变成"钻山豹"、变成"穿山甲"，一下子钻穿煤矸，救出遇险的矿工兄弟！

他们用百般的努力期待着奇迹。

他们用百般的努力创造着奇迹……

突然，从煤矸里窜出一只可爱的老鼠——井下工人对这小生灵往往是倍加厚爱，因为它传递着一个激动人心的信息：

里头仍有生存的空气！

里头仍有生命的迹象！

人们互相鼓励着，越发奋力扒呀，扒呀……清晨 7 时许，三天来没日没夜的劳作，终于得到了回报：求生者和救生者都喜出望外地听到一阵隐隐约约的敲击声，恰似激荡军心的战鼓……

过了多少时间？

又到了什么时间？

当时针指在 12 时 45 分上，被堵的巷道终于贯通了！

井巷深处出现了一个脑袋，接着又出现另一个脑袋，每个脑袋出现在人们的视野时，都会引来一阵欢呼！

八个，整整八个！

深巷里爬出了八位虽站立不稳仍心可擎天的男子汉啊！

什么叫奇迹？

奇迹就是人们认为不可能发生的事情发生了。

生命力就是物质力量和精神力量的合力，而关键时刻往往是精神力量起作用。

这时候，人们才发现"流水"作业扒出的煤矸少说也有百多吨，足足填满了一条沟啊！

面对险境，救生者和求生者吃钢咬铁，坚强无比；此刻在亲人和工友们面前相拥而泣，一个个硬汉子倒变得脆弱起来了，他们喜极而泣、他们泪如泉涌啊……他们刚见过死神，又从死神魔掌里逃出来了！

千言万语也嫌少，泪飞顿作倾盆雨！

惊心动魄的 51 个小时。

骨肉相连的 51 个小时。

心心相印的 51 个小时。

这是一首人定胜天的神曲。

这是一首战胜死神的壮歌！

三代人的故事

这是一个三代人的故事。

三代矿工写就了大写的人字。

一位挖了一辈子煤的老矿工，在通向开采"太阳"的路上，默默地走完了自己的年华。

他是一支蜡烛，把光留给了别人，燃尽了自己。

万家灯火中融入了他的一分热、他的一份情。

他带着硅肺病离休了。

他把儿子叫到跟前，一脸严峻地说：谁都知道，下窑是吃玩命饭的。我没能力采煤了，煤总得有人去采呀。国家急需用煤，如果你不干，他也不干，国家还能发展？我对你说，你还是下井挖煤吧！

他就要别离这块多情的黑土地，返回故乡。

临别之际，依依不舍，别的礼物没多带，只见他缓缓地走向熟悉的煤坪，从矿车里精心挑选了一块乌黑闪光的煤，装进了口袋里，才缓缓地登上了远行的汽车。

他远去了……

儿子也像父亲昔日一样，爱煤不惜命，戴起矿帽，来到井下搏命，身有十分劲，不使九分九。

他成了最佳的掘进手，大伙称他："煤老虎"。

不知不觉中，他也和父亲一样，患上了硅肺病。

入夜睡觉时，他的胸脯剧烈地起伏，活像拉风箱似的，有时憋得醒来了，咳出的痰里尽是黑色的粉末，黏糊糊的。

医生对他说，你要提前退休了。

他又像老父亲当年那样，把自己的小儿子叫到跟前，将爸爸当年告诉他的那番话，传给了儿子。

本来儿子可以享受矿里照顾，接班可以不去采掘前线，然而，他还是开导儿子，接他的班，以挖煤为本，当一名井下工。

小儿子也是好样的，继承父业。

二十出头的儿子，铜浇铁铸似的，每天活跃在垱头，操纵风钻，装矸架棚，干得龙精虎猛，活像一条"煤海蛟龙"。

在一家三代中，采煤是他们的职业，也是他们的事业，更是他们的家业。

铭记他们的名字吧：

刘开明——刘绍清——刘文彬。

他们将个人的生命和家族的命运捆绑在采煤上，与煤形成了命运共同体。或许，他们是一块有生命的煤，有血有肉的煤，是煤之魂，矿之魂，只有那浩瀚的煤海诠释了他们生命的含义：

献完青春献终身，献完终身献子孙。

这是一种何等伟大的奉献啊！

是的，名字也许并不重要。

因为在曲仁矿区，"世代矿工"已不计其数，记不胜记。他们有的兄弟相邀，双双下井；有的父女结对，一起上阵；有的夫妻携手，同时登场……

他们情牵煤炭，魂系矿山。

世代矿工，赤诚而满腔热血，坦荡而无私奉献。

薪火相传，生生不息，让人体味了"前赴后继"的深刻含义。

这真是：道不完煤海精英，写不尽矿山春色！

第三编　人物

第一章　直木顶千斤

矿工在矿井里，拓展巷道，支撑棚架，只缘矿山顶板的压力，棚架有时会不堪重负，忽然发生变形，乃至断裂。此时，在受压点打上一支硬实的直木，就会牢牢地顶起如山般的重荷。

老矿工说，这叫直木顶千斤。

我请教一位矿区的工作人员：直木是什么概念？

工作人员随口答道：直木，就是我们常说的顶梁柱！

好一个顶梁柱啊！

记得鲁迅先生曾把"埋头苦干的人""拼命硬干的人"比喻为"中国的脊梁"。

在这里，让我们说说矿山脊梁的故事……

撸人的"谢蛮子"

这老头真名叫谢永长，但人们喜欢称他为谢蛮子。虽早到退休年纪了，但留着花白的板寸平头，让他显得壮实和年轻，皱纹里洗不掉的煤黑痕迹，分明镌刻进了他生命的年轮。

早年，他在萍乡挖过煤，1954 年进"富国矿"，1967 年至 1980 年在回螺冲矿任矿长，矿工生涯共有 30 多个春秋。他够蛮的了，他下得井来，干着干着，索性脱成光脊梁，侧身持镐，贴胸支柱，夹臂扒煤。谁也不知道他在阴冷的巷道里洒下了几多热汗；谁也不知道他和死神打了多少回照面。只见他出得井来，雨靴里倒出了满满两筒汗水。一点也不假，他流的汗比喝的水还多！

实行计时工资制那阵，跟他下井，谁也别想偷懒。即使提前三五分钟升井，都免不了遭他一阵撸！

听到矿工们对食堂伙食说长道短，他马上叫来食堂主任，不客气地"蛮"开了："从今天起，你就给我下井来，尝一下井下工的辛苦……"

有一回，他正领着工人们采煤，突然顶板下压。他眼尖手快，雷鸣狮吼般命令大伙儿立马撤，自个儿却撤到最后。可这时来不及了，他被埋进了纷纷塌落的煤矸堆里。当人们回头寻他时，他却硬生生地从煤堆里站起来，问道："又躲过一难。哎，大家没事吧？"

谢蛮子，真有他的。

他"训"你，又"护"你。

他那蛮劲儿真叫绝。

据说，"文化大革命"那阵子，他可以带一土箕馒头下井去，三天三夜不上来。有人问他："你哪来这般蛮劲？"他爽朗地答道："为了多出煤，我宁可井下干，也不在井上斗！"

他得了硅肺病，领导硬把他从井下"撵"到井上来。升井那天，他将矿灯盒子送进了交灯的小窗口，却将灯头久久地捏在大手里。

收灯的姑娘还以为哪一位蛮小伙要调皮，待她探头一瞧：

站在跟前的竟是老矿长！

他布满皱纹的脸上淌下了串串热泪……

谢蛮子不情愿离了休，却把大儿子送下了矿井。

初下井，大儿子嫌累，回来哭鼻子。

却被谢蛮子一阵撸："当男人还怕吃苦，哪个大姑娘喜欢你？"

"煤头司令"

工友们称他"煤头司令"。

他的名字叫潘歧锡，是原茶山矿的一个老副矿长，却又得了一个"潘老总"的美称。

1958 年，他怀揣乡政府的介绍信和母亲亲手做的一袋饼子，从南海边日夜兼程来到粤北这个大山沟，从此在这里扎下了根。

他把青春写进风镐，将热血注入钻杆，一干就是几十年。

1975 年，他当上副矿长，可前后换了六任矿长，他还是走他的路，干他的话，乐呵呵地当他的副矿长。

他泰然自若地对人说：人贵自知之明。我晓得兵赖，赖一个；将熊，熊一窝。自己文化不高，能带头干，未必能带好兵，当官容易做事难呀。

身为副矿长，他主动为矿长分忧。什么工程平衡、计划调节、采面衔接、安全保障等，他样样在行，管这些事，虽然苦些，他揽了，挂在嘴上的一句是："看我的！"

一年 365 天，他几乎天天带头"爬井筒"（下井）。用他的话说，井下是矿工的战场，我离开了战场，还有什么作为？

哪里有难处，他出现在哪里；哪里有险情，他首先赶到哪里。

还是那一句："看我的！"

工友不幸遇难，他又总是深情地为殉难者洗澡、更衣、送终……

"潘老总"总是那么老老实实地带头干。

他对自己说："咱干好应该的，干不好是失职。"

矿工们赞美他是"矿山守护神"。

他虽然没什么惊天动地的事迹，只是在井下一步一步地走去……

新矿长提上来了，比他年轻得多，他向新矿长请示、汇报，不卖老；一样走他的路，干他的活，乐呵呵地与新矿长和谐共事。矿上 18 个采掘队也一样摸透了他的脾气：他一天不下井，心里就不舒服。跟他下井，先要吃饱饭，不然准累得趴下。

大伙儿还是一样亲昵地称呼他"潘老总"。

操粤语的"蔡总"

蔡迪兴生得斯斯文文，操着一口纯正的粤语。

他是曲仁矿的总工程师，是响当当的技术权威，人们尊敬地称他为"蔡总"。

蔡迪兴是广州市荔湾区人，高中毕业时，正值第一个五年计划实施，国家号召有志青年投身重工业建设。那时候的人都很上进，也很单纯，所以他在录取志愿书上一口气填了五个专业，全是重工业相关的，有机械、石油、冶金等，当然也填了矿业学院。

然而到了矿业学院，他才知道原来是采煤。

大学生们到煤矿实习，几个月下来，他被评了个五级工，当然这只是个荣誉性质的五级工。毕业时，他是班里 5 名优秀毕业生之一。

1961 年，他分配到了曲仁煤矿。他说来到曲仁煤矿之后才真切体会到了实践的重要，要把书本上的知识真正运用到实践中去，还需要有一个重新学习的过程。像曲仁这样的煤层如何开采，是教科书上没有的。他对自己的评价是，这么多年来"没有偷懒"。如果说有什么抱负，他说只有一个，那就是为广东的煤炭事业做点贡献。

他说自己始终有一种责任感。责任感，不正是历代中国知识分子的风骨、灵魂和品德吗？

面对着曲仁这块贫瘠而复杂的煤层，许多年来，蔡迪兴一直致力于采煤方法的革新研究。他先后主持试验过"钢丝绳锯煤采煤法""斜坡仓柱采煤法""正台阶采煤法"等先进采煤方法。"水平分层采煤法一条龙推进"改进为"分组推进"，不但增加了回采率，而且增加了安全系数。他首先提出的"上行斜坡采煤法"产生了显著的经济效益。此外，他在采煤方法、瓦斯防治等方面都发表了相关论文。

而对于他在采煤方法上的成就，他用了一句很平淡的话来概括：付出的代价和取得的成果不成比例。

那是一句演技精湛的演员却从未有一个辉煌的舞台而发出的叹谓。

那是一名谙熟兵法的将军因没有一个供他大显身手的战场而产生的伤感。

那是一匹骏马由于渴望着一片无际的草原奔驰而发出的阵阵嘶鸣……

"书生矿长"

彭良武，1987年挑起了茶山矿矿长的担子。

他是吃茶山的水、烧茶山的煤长大的，自小与矿山结下不解之缘。老爷子挖了一辈子煤，儿子蹬上老爷子穿过的长筒水靴，走得稳稳当当的时候，又接着下井挖煤了。

不过，他比父辈多了更多思考和选择。

文化知识犹如春雨催芽，萌发了他当采煤工程师的理想。

正如他奉行的信条"成功在机遇，失败在自己"那样，机遇来了，他得以进入广东煤炭学校，专攻采煤专业。他贪婪地读书，从《地质学》《矿山测量》等基础课，到《井巷工程》《采煤方法》等专业书刊；读完了《矿井通风与瓦斯》，又学《煤矿电工学》《矿山机械》等，在知识的"掌子面"上，他孜孜不倦地开采着，终于被晋升为采煤助理工程师。

当茶山矿"降大任于斯人"时，理论对他并不是灰色的，而是引导他领略了矿山美景的放大镜、显微镜。

煤矿上曾有句老话：别看大字不识一筐，票子照样往口袋里装。有人说得更形象：采掘工，稀拉松，打眼、放炮基本功。

彭良武上任后，就决意重塑新一代采掘工的形象。

他以现代采煤理论烛照、凝聚多年的思索而写成一篇《怎样当好采掘队长》，令"窑哥儿们"纷纷引颈争睹煤海处的绿色风景！

作为一矿之长，他散发性的思维扫描了矿山建设的方方面面。凭借理论的解剖刀，切入现实的本质，在企业文化研讨会上接二连三抛出了颇具创意的论题：民主管理是企业思想政治工作的重要内容和形式；思想政治工作要实行义利相济的原则；安全管理要抓住主要矛盾……做出了一篇篇关于矿山建设的大文章。

他声称：逛书店索取知识与登山览胜，是人生两大乐趣。"学海无涯勤可渡，书山万仞志能攀"；登临独居一方、名不见经传的大山之巅，饱尝山高水长处处风光的神韵，则一股创造未来、报答大自然恩赐的激情油然而生……

情之所至，亦狂亦侠，他挥笔写下一篇文采斐然的散文《山之韵》，一举荣获《曲仁矿报》举办的"我爱矿山"征文的头等奖。

为此，有人称彭良武为"书生矿长"。

清人龚自珍曾诗曰："不是逢人苦誉君，亦狂亦侠亦温文。"用在彭良武身上，一点也不为过。

"狂"得在理

云顶矿党委书记苏怀春，也够"狂"的了。

四年中师函授，三年电大攻读，他用攀登现代企业管理新台阶的睿智，跻身于广东省管理心理学研究会"客座教授"的行列。

不知是命运的安排，还是时代的选择，他来到了云顶矿。云顶云顶，似乎走到了顶，矿脉已"苍老无力"，盛传下马转产。

此时，人心恰似山脉高处的"乱云飞渡"，骤雨降临前的浊雾重重……

近六千职工家属以及他们的饭碗将如何安置呢？

1988年春，苏怀春走马上任，恍若玉门关外吹进一缕拂面的春风。煤炭子弟兵的一双双大眼直勾勾地盯着这些掌门人，更使他们深深意识到这"绝处逢生"的路真长，走得真累……

一次，召集值班队长以上干部会，人未到一半，锣齐鼓不齐，一张张黑沉沉的冷脸孔，似乎是对他的一次测试。

苏怀春上来了，口出狂言："今天，我只讲三句话：第一句，我只讲10分钟，超过一分钟，你们把我轰下来；第二句，查一查今天该到会而无故缺席者，建议扣罚当月奖金50%；第三句，我愿意与大家同甘共苦，渡过难关，冲出低谷……"

言毕，有人偷偷瞧了一眼表，惊了：嚯，还差30秒！

言必信，行必果。好一个摔地炮，一砸一个响。跟这样的头儿干，要得！

苏怀春遇事胜似闲庭信步，仿佛永远胸怀春天的绿意。他的信条是：无论碰到多大的困难，首先自己不倒，总会找到战胜困难的办法。

面对"乱云飞渡"，他与吴矿长几番寻觅，选择了一条以精神凝聚为主的路径，将云顶矿建成一个"民主之家、温暖之家、安全之家、富裕之家"。

兴许是他精于管理心理学之道，总是用实践代替豪言，以干劲代替空谈，善解人意地为群众办了一件又一件说得出口的实事、好事：

住宅区到井口的两千多米"泥水路"，变成了一马平川的水泥大道。

娱乐室、图书馆、老工人之家焕然一新。

"拼搏、开拓、严实、振兴"的企业精神金句赫然竖在了高高的建筑物之上，印入了职工们的心扉。

"云顶矿在我心中"的系列活动，把"矿兴我荣，矿衰我耻"的主人翁精神悄悄植入人们的骨髓，渗入人们的血液。

"六必访"的"家规"：职工有苦衷必家访，有病必家访，有伤必家访，情绪反常必家访，家庭有矛盾必家访，过年过节前后必家访。

这一件件、一桩桩，怎不叫云顶父老兄弟甜在心间、喜上眉梢？

工人和企业的命运紧紧地联结起来了，劳动生产率伴着归属感陡增。

云顶矿仿佛"返老还童"，风清气朗，当然见不到"乱云飞渡""浊雾重重"。

春城挡不住的诱惑

副局长苏朝胜出生在我国西南一座城市，春天般温润的城市。

那里"四季无酷暑，一雨便成冬"。

那里以茶花和樱花而闻名于世。

那座美丽城市叫作昆明，有美丽迷人的阿诗玛。

苏朝胜的妻子是他中学时的同学，是云南大理人。那里同样是个美丽的地方，人们会自然而然地想起"五朵金花"的娇艳悦目以及苍山、洱海、蝴蝶泉。"大理三月好风光，蝴蝶泉边好梳妆"的旋律会在你的心里轻轻流淌……

是的，年轻时的苏朝胜和他所挚爱的白族姑娘之间一定有着"五朵金花"式的美丽爱情故事。

苏朝胜毕业于北京矿业学院。对于学生时代，他难以忘怀的是，毕业时，周恩来总理亲自来到劳动人民文化宫，给应届毕业大学生们讲话。

周总理说，你们是新中国培养的大学生，希望你们到祖国最需要的地方去，到最艰苦的地方去，创造新中国美好的明天。

苏朝胜毫不犹豫地按照周总理的话走上了人生道路。

他先是到了东北，不久说广东需要煤矿专业技术人员，又一路南下到了广州。

到了广州四年后又听说基层需要人，苏朝胜二话没说来到了曲仁。

那时候真是一心一意地建设祖国，没有半点私心杂念。

苏朝胜为了安心在曲仁工作，还把妻子和孩子一块带到了曲仁。

有人说，到曲仁去是春城也挡不住的诱惑。

时间一晃就是二十多年了。

二十几年来，他当技术员、队长、科长、矿长、副总工程师、副局长，在曲仁这块土地上干得风风火火，他多次主持和参与了新技术的引进、革新和推广工作，《南方日报》曾以《钻机风格》为题介绍过他的先进事迹。

在长期的生产组织领导工作中，他还不断总结经验，发表了《矿井通风系统的技术改造及其效益分析》《煤矸石速凝早强水泥甩浆支护试验》《斜坡材料联运线》等多篇论文。

在这几十年中，他认为有一件值得记住的事，那就是他从参加工作起先后写过 7 次入党申请书，直到党的十一届三中全会召开后终于加入了中国共产党。

"共产党员"，这一光荣称号，他看得很重、很重……

怀想"高光时刻"

余代尧原是曲仁矿务局生产处处长、副总工程师。如今，他已年近八旬。自 1962 年重庆大学采矿系毕业后，他便来到曲仁矿，扎根奋斗，不曾离去。

大半个世纪，在历史长河中只是短暂一瞬，然而却是一个人的大半生。他见证了曲仁矿的辉煌，也经历了曲仁矿的衰败消亡。

如今，站在曾经奋斗的土地上，他激动地对我说："我是卖了青春卖终身。这段人生经历，让我感到无比骄傲自豪！"

余代尧清晰地记得，当时重庆大学采矿系毕业生有100多人，为了响应毛主席"要迅速扭转北煤南运"的伟大号召，他们都被分到了祖国最需要的地方。

"毕业时，老师告诉我们，广东正在建设一个全国最大的煤矿叫曲仁矿，那里缺乏煤矿开采技术人员。为此，我们班就有6个同学被分到了曲仁矿。当时我只有21岁，是年纪最小的。尽管这样，父母没有提出反对意见，十分尊重我的选择。"余代尧说道。

到曲仁矿后，余代尧从基层做起，原定实习一年，但因为工作需要，他只实习了半年便被提拔为正式技术员，管理一个采煤队。

余代尧回忆说，当时，从农村来的采煤工被称作"盲流"，每个月有53斤米吃，而技术员只有42斤米。因为粮食不够吃，他们下班后还要自己种菜，到仁化董塘圩买"黑市米"吃。他们早上吃的是一碗稀饭、一碗干饭、两分钱的沙井菜；中午在井下，组织照顾能吃上两片肉；晚上回到家里，靠吃那点粮食充饥。那时，住宿条件十分艰苦，没有砖瓦房只有杉皮房，一间房子6铺床，住着8至12个人。余代尧说："那时啊，说起来真寒酸，老婆来探亲时只能用蚊帐当墙，亲热时也不敢做大动作。"

余代尧接着说，矿山的工作，工人苦，干部更苦。工人工作8小时，干部则要干12小时。身为技术员的他，不仅要负责技术，还要背上炸药箱去山上放炮，以避免工人操作出现纰漏。随着技术进步，原有的土法开采被淘汰了，矿山用上了风钻，工人起初不接受，干部便带头作示范，手把手教工人进行操作。

在那段艰苦岁月，余代尧和曲仁矿的员工一起奋斗、一起成长。"当时，我组织做的钢丝绳锯煤等几个技改项目大大提高了采矿效率，年产量达198万吨，吸引了全国各地的矿山负责人来到曲仁矿参观学习。"余代尧自豪地说。

采矿工作，不仅有苦、有累、有骄人的战绩，还有数不尽的艰险。

余代尧说："我在井下被埋过3次。其中一次是在搞钢丝绳锯煤的时候，我发现有故障预兆，立刻让工人撤退，自己留下来检查，结果发现钢丝绳断了。正在这时，15吨重的煤块一下压下来，幸好矿井的棚子挡住了，但是棚子塌了，上面的铆钉打到了我的脚，血流如注，自此留下了后遗症。"

余代尧说，钢丝绳锯煤项目获得上级肯定，作为牵头人，他却未能上台领奖，取而代之的是参与这项工作的一位普通工人。他一气之下，就向组织申请调回老家，后因矿党委书记说了一句："好同志不能走，曲仁需要你。"

就为了这句话，余代尧居然留下来了。

如今，余代尧仍珍藏着一个装奖状的木箱子，珍藏着每一个高光时刻的每一份荣誉。

回顾在曲仁的日子，老人家总结道："虽然在曲仁干了一辈子，艰苦、劳累、危险，但还是值得的。我为自己在曲仁的峥嵘岁月而自豪！"

第二章　黄河的儿子

风在吼，马在叫。
黄河在咆哮……

我听过《黄河大合唱》，是这样令人热血奔涌，在这雄浑激昂的旋律里，我感受到中华民族抗日的无穷伟力……今天，我在这种音乐背景之下，讲述一位黄河儿子的故事……

女大学生上门哭诉

1989 年夏日的某一天。

一个女孩子来到曲仁矿务局副局长何隆德的办公室，哭哭啼啼地要求调走。

一问，何隆德才知道她是新分配来的大学生，头一天才来曲仁报到。

女大学生哭着对何隆德说："没想到这里的环境这么差，我想家了，不习惯，你行行好，放我走吧。"

何隆德笑了。

这种情况他经历了不止一次。

是啊，谁不想生活、工作在一个比较舒适和安逸的环境中呢？大学生们正处在一个充满幻想的年龄，当他们告别校园和城市，猛然来到这片黑色的土地的时候，残酷的现实会将他们心中的七彩梦幻击得粉碎！随后而来的是深深的失望——尤其是他们对这片黑土地的历史、现状和未来了解得不多的时候，自然也不会理解这片黑土地的苦难、辉煌、痛苦与尊严。

他们不会觉察出他们所将要肩负的责任与使命。

何隆德没有批评她，而是说："我很理解你的心情，因为我同你有一样的经历。"

女大学生疑惑地问:"你也是大学生?"

何隆德说:"是的,那时,一起分来的几十人都是男的,到这里的第一天,也有人哭了。今天,你一个女孩子分到这里来,你很了不起呀,比我们强。"

女大学生有点儿不好意思。

何隆德又说:"不过,那个哭了的男同学后来也在这里干得很不错。你说这里环境不好,我也说不好,但比我们刚来时好多了。"

他又说:"我劝你留下来,咱们一起改变它。"

女大学生点点头。

他又问:"哎,你是哪里人?"

女大学生说:"是安徽的。"

何隆德说:"这样吧,咱们工会有位女主席,也是安徽人。我请她同你谈谈,你要是还想不通,就随时来找我。好不好?"

此后,那位女大学生再也没来找何隆德。

过了半年,何隆德专门询问了一下那位女大学生的情况——女大学生工作得挺不错。

这便是两代大学生之间所发生的一段故事。无疑,他们的身上有着时代所造成的差异,但是更有着时代所赋予的共性——为了祖国的煤炭工业而献身。

对此,何隆德称之为"专业意识"。

"近煤者黑"

何隆德的家乡在川东北的一个县城里,那地方因为不产煤,他对煤矿没有一点感性认识。

上大学进了采矿系,才知道学的是采煤。

第一次去煤矿参观,正赶上那个矿发生了瓦斯爆炸事故,牺牲了不少工人,又赶上发大水,巷道里一片汪洋,坐电机车进去,就像坐船一样。

有的同学跳下车来,死活也不进去。

何隆德硬着头皮进了矿井。

也许就在那时他的那个所谓"专业意识"闪亮了第一朵火花:既然学了这个专业,就得准备为这个行业而奋斗、而献身。

"干一行爱一行",当时这个响亮的口号影响了整整一代人。

但真正使这种"专业意识"强化、升华为一种高尚的感情和强烈的使命感，还是他来到曲仁以后的事情。

正如他向那位女大学生所袒露的一样，何隆德初次见到这片黑色的土地时，并非一见钟情或一往情深的。

到了矿里，第一天报到，第二天领了工作服，第三天就下了矿井。一位老工人出身的副矿长对何隆德说，不要只看到一来就让你下井劳动，这是好事，以后要靠你们了。

这句话让何隆德终生难忘。

直到如今，何隆德回忆起当时的那段生活也仍然很激动。他说那时他跟的几个老工人现在有的已经逝世了，但他不能忘记他们的工作精神，他们在井下一干就是 8 个小时，几乎是不休息的。每每上井来，会看到他们全身的衣服都湿透了，没有一处是干的，水靴能倒出汗水来。那时形成了这么一股风气，谁要是上井时衣服没湿透，脸上身上没有煤黑，便会自己觉得抬不起头来。

在这里，"近煤者黑"，以黑为荣！

这让人想起《霓虹灯下的哨兵》里的一段台词，连长对赵大大说：黑？黑怕什么？黑，是打仗硝烟熏的，站岗太阳晒的。

在老工人眼里，黑是革命，黑也是光荣！

何隆德对人说，你想象不出那些老工人的拼命精神，带我下井的一位值班班长他下井下到了什么程度？头一天还在下井，第二天检查出是肝癌，没几天就去世了。连医生都感动了，说肝癌是很痛苦的，他是怎么忍受过来的？这位班长没有休息过一天病假，他的一生就是苦干了一辈子，一直到死啊！

何隆德 1970 年结的婚，1986 年妻子才调到曲仁。

夫妻俩整整分居了 16 年。

他的妻子在家乡的一个纺织厂当副厂长，是技术骨干。家乡的党政部门希望何隆德能调回去，并三次为他安排好了工作，但都因为曲仁需要他而留了下来。

最终还是妻子迁就了他。

1982 年时，他大病一场，急性黄疸肝炎到了病危的程度，但他回想起来的是矿里专门派人漫山遍野地为他寻找草药治病。

他有过一对儿女，但女儿才几个月便因小儿惊风而夭折了。

接到电报时，他流下了男儿的泪水。

蜀道迢迢，他恨不能一步跨过那数千里的距离，然而他抹干泪水，又投入到了工作中去……

黄土高坡

和何隆德同年来到曲仁的，还有一位毕业于北京矿业学院的大学生。

他长在北京市，家在山西太原，他是独子，父亲也是煤炭行业的主任工程师。

大学毕业时，正值"文革"期间，学生们自主决定分配去向。考虑到他的实际情况，大伙儿赞成他去山西。可那时"改变北煤南运"的口号鼓舞着矿业学院的有志青年，他也不例外，毅然报名来到了广东。

要知道，那时的广东，并没有吸引力。

尤其是对搞煤的人来说，广东是地道的"第三世界"。

然而他来了。

来到这片黑色的土地上。

那时，他年已花甲的父母正被迫送到农村进行"劳动改造"。

落户的地方在山西平陆县。

爱好文学的人大概知道，报告文学《为了六十一个阶级兄弟》，讲述的正是山西平陆县的故事。文章记述了某一年从中央到地方为抢救 61 位食物中毒民工而全力以赴，终于化险为夷的故事。

那里是真正的黄土高坡，从沟这边说话沟那边能听到。

可要真正到沟那边去一趟却要大半天时间呢！

接受"劳动改造"的两位老人孤独地住在沟上面的一间小屋里，吃水要到沟下去挑。

为此，他们专门定做了一副小桶，一点点地挑来沟底的黄泥水。

曲仁煤矿那时正是"风卷红旗过大关"的时刻，夺煤会战一个接一个。不只是矿工，连机关干部、医生、护士、教师、学生，甚至他们的家属都统统动员起来了。他们不分男女老幼，不管白天黑夜，一切为了煤，一切为了国家。

就在国民经济面临崩溃边缘的时候，曲仁矿工们用自己的血肉之躯同无数正直而善良的人们一道，支撑起共和国的大厦。

黄土高坡上的那两位老人的独生子，便在这拼搏者的行列中战斗着……

火葬

有一天，他刚刚从北方出差回来，便收到了"母亲病危"的电报。

于是，他连夜北上，为了节省时间，他乘火车到郑州，转车到三门峡，从风陵渡过黄河，然后拦车求人。求人再拦车……

他遇到什么车，就坐什么车。

待到他一身尘土地来到母亲床前时，母亲已昏迷30多个小时，只剩下最后一口气了……

就在他赶到之后的数分钟，母亲没说一句话便与世长辞了。

村里的老人说，母亲一直没闭眼，她是在等你呀！

他哇地哭出了声。

他忍着巨大的悲痛同父亲商量处理母亲的后事。

当地老百姓劝他们把母亲就埋在这里。

一位老人说，没有棺材，我是为自己备下的，拿去先用吧。

可他觉得，这里实在是太偏远了，日后清明节时想祭拜母亲十分困难。

他和父亲商量。还是火葬吧，可以把骨灰带走。

可那时整个平陆县都没有火葬场，想来想去，这位煤炭工程师问村干部："有废弃的石灰窑吗？"

村干部说："有。"

那天晚上，他到沟下挑来两桶黄泥水，把水澄清，为母亲仔细地擦拭遗体，换上新衣、新鞋，他没有流一滴泪，也许泪水在这之前哭干了……

第二天，他买了一车煤炭，在一个旧石灰窑里垒起来，把母亲的遗体放在上面，点着了火……

这时，他的耳畔响起《黄河大合唱》，那激昂的调子，他听起来却格外悲怆……煤，熊熊燃烧了起来。

那是他和父亲两代煤炭工程师毕身为之献身的煤炭在燃烧啊！

他们用这闪光的黑色精灵为亲人送行。

煤，燃烧了整整一夜……

将骨灰撒进黄河

清晨，他独自来到那座小树林旁的石灰窑前。

稀疏的小树在晨风中默默肃立。

偶尔，有几声凄厉的鸟语。

他在那座石灰窑前跪下了。

他慢慢地磕了三个头。

这时，石灰窑里的煤炭依然在燃烧，袅袅轻烟带着一位母亲的灵魂向着浩渺的天空飘去。

他拿出一只红布缝就的口袋，收集着母亲的骨灰。

突然，他发现，还有一些骨头没有烧透，他流着泪把这些遗骨一块块地捡起来，放到自己的口袋里。

在归途中，他将头伸出汽车窗外，把母亲的遗骨撒进了滔滔的黄河……

他的耳畔再次响起了《黄河大合唱》，他喃喃自语地哼着："风在吼，马在叫。黄河在咆哮……"

就这样，这位黄河的儿子回到了曲仁，继续为了煤矿而燃烧自己的生命。

这个悲情故事的主人，不让我写出他的名字。

他说，他是黄河的儿子，也是曲仁的矿工。

第三章　铁人正传

这是矿工的一双大手。

手背上有乌青的斑纹，这是挖煤时被煤块划破手而留下的。

那黧黑的煤粉深嵌在血和肉之间，洗也洗不干净。

当你握住全国劳模曹庭顺那双粗大的手时，就会触摸到他满手青黑色蚯蚓般凸起的痕迹。

是啊，手指甲盖不是正常人般的透着红色，闪着光泽，而是紫黑色的，像一颗凝重的黑宝石；而手心、手背，甚至胳膊上都布满了密密麻麻的黛青色，一道道，纵横交错，像一棵饱经风霜的盘根老树，上面写着这位老矿工30多年的采煤年轮……

我愿意干这活

曹庭顺的儿时与苦难结下了不解之缘。

曹庭顺的成年与煤炭结下了不解之缘。

他出生在湖南常宁县一个雇农的家里。当他生下来时，睁开眼第一次看见的——不是母亲的笑脸，而是母亲的遗容。

8 岁那年，父亲又累死在田头。

于是，还未成年的曹庭顺便开始了自己坎坷的人生。

他 12 岁时就下了煤窑。

12 岁的孩子，能干什么呢？

小煤窑的老板瞧不上他，他跪下来哭泣道："收下我吧，收下我吧。我什么都能干！"

从此，他和大人一样，什么都干。

天还没亮，他就咬着那盏昏暗的油灯下井，挖煤、拖煤，整天在不见天日的煤窑里熬着地狱般的岁月。

这样的苦日子一直延续到家乡解放。

1957 年，当兵复员的曹庭顺主动要求去煤矿。

兵役局的同志奇怪地问："你放着那么多好工作不挑，为啥偏要去挖煤呢？那可是个又脏又累又危险的活啊！"

曹庭顺听罢，淡淡地一笑，说："我从小就干这行，熟悉那活儿的路数，脏点累点没啥，国家不是需要煤吗？我愿意干这活！"

一鸣惊人

曹庭顺穿着被洗得褪了色的军装，背着在部队时发的背包，来到粤北的曲仁茶山。

头一天报到，第二天就下井挖煤了。

这么一挖就是 30 多年。

这 30 多年，曹庭顺不论是当煤工，还是当组长、班长、队长，没有缺过一天勤不说，甚至连星期天都在上班。

有人查了他的考勤表，发现他一年的出勤日竟有 358 天。

曹庭顺干的是挖煤，想的是挖煤，连做梦也想着挖煤……

记得，第一次下井架棚，师傅叫他挺"小眼"，他不会干，半天"挺"不了一米。

下班时验收员告诉他，挖煤得学会掌握诀窍，不能蛮干。

他回到家后关起门来苦思冥想，半夜里突然悟到了什么，心头一亮：对！煤层有各自不同的走向，掌握好煤层的路数，摸到规律，干起来就轻松多了。

于是，他连夜下到矿里，反复观察，反复练习。

第二天，他在一个班的时间里就"挺"了5米多，一鸣惊人。

从此，人们知道了茶山矿有个能干的曹庭顺。

有个队一个班只能架两架棚，队长着急了，进度太慢会影响全矿进度，便去请曹庭顺帮忙。

曹庭顺满口答应，去工作面一看，说了声："没问题！好架得很！"就亲自动手干。

他看到这煤层是平板煤，便在上面拉一道槽，下面拉一道槽，然后爆破。

一个班下来，就架了七架棚。所有的人都服了。

工伤

可以说，曹庭顺这辈子历尽风险，好在都死里逃生。

只要撩开他的衣服，便可看见浑身的累累伤痕，而每一块伤痕都记录着一个感人的故事。

1972年夏天，外边正在沸沸扬扬地"闹革命"，不少单位停工停产，而曹庭顺和工友们却夜以继日，奋勇掘进。

这一天，曹庭顺带着工友张长年、李苗能把石头装上斗车，为采煤扫清道路。

突然，棚顶一阵哗啦作响，石头像瀑布般倾泻下来，一块300多斤重的石头正好砸在张长年的脖子上……

张长年当场被砸死了。

旁边的李苗能也负了伤。

曹庭顺躲闪了一下，也被一块南瓜般大的石头砸在了胸腰之间，栽倒在挡头上，顿时鲜血染工装，感到胸内撕裂般剧痛。

当抢救的人们赶来时，处在半昏迷状态中的他仍在不断地呼唤："别管我，先救小李！"说完便昏迷过去。

当他醒来时，已躺在了医院的病床上。

诊断结果，他两条肋骨断裂，腰椎骨移位。

从此，每逢天阴下雨，秋凉冬寒，曹庭顺的胸部和腰部就疼痛不已。

但他从不对别人说，不仅坚持下井挖煤，还总是装出一副乐呵呵的样子，只有他的妻子在他夜半呻吟的时候，流着泪劝他："别逞能了，干不了就干脆到井上找点活做做。"

又是工伤

1976 年盛夏的一天。

曹庭顺在井下掘进的时候，一大块岩层忽然塌落下来，其中一块石头击中了他的左眼，顿时血从眼中涌出。

他被送到医院里，虽然身在医院，但心却始终在井下，他恳求医生说："医生，求求你，我的眼睛无论如何不能瞎，我还要下井的，我还要挖煤的！"

经过医护人员的精心医治，他没有失明，但左眼剩下 0.3 的视力。

他松了一口气，他能看得见东西，他还可以继续挖煤。

这时，上级提出组织突击队，突破 8 万大关。

曹庭顺得知消息后，便主动请缨，要求参加突击队，当尖刀冲锋在前。

那时，他已经 52 岁了，大伙觉得他年纪大，又负过伤，劝他不要去。

他不服："黄忠七十五，正是出山虎。我五十多一点算什么，一顿能吃半斤米，拿风镐有啥了不起！"

他坚决要上，领导不同意就磨，磨一次不行就磨两次。

两次不行还磨第三次，后来领导终于批准了。

于是，他带领着一个突击组掘进，一个月就架了 120 多架棚，全队共产 13 400 多吨煤。

而这一次冲锋，他自己又遭到不幸。

他被一块石头砸中了左腿。

为了保证进度，他一声不吭，打风镐，砍木头，一直坚持到下班。

出井后，他连迈腿都不行了，工友们才发现他带伤工作了一整天。

送到医院后，诊断结果是腓骨碎裂。

"一根筋"

出院后，领导要求他不要再干井下活了，说他身负这么多伤，再干井下活就会要老命，再说，井上也有不少工作需要人去做。

他一听领导这么说，急得茶饭不思，坐立不安。

他这辈子别的不怕，怕的就是不让他下井挖煤。

于是，他找到矿领导的家里，恳求矿领导不要把他调上地面。

矿领导说："老曹呀，你真是个怪人，现在井下的人都巴不得调到地面工作。为了能上地面，不少人还不惜血本请客送礼走后门，而你老兄呢，居然请都请不上来。"

"我是铁了心在井下干，谁劝也没用。"

矿领导半是玩笑道："你不是老糊涂了吧？"

的确，井上与井下是没法比的。

论工作，井下要比井上艰苦得多，在井下工作一天，洗澡时，从身上可以洗出一簸箕煤渣和粉尘。

论报酬，井下也比井上没多出多少，尤其是在那些年月里，矿上实行承包制，井上工人一天工资是一元三角五分，井下工人一天工资一元八角五分，仅仅是五角钱之差。

论危险，井下分分钟都可能发生水、火、瓦斯爆炸、冒顶和漏底事故，弄不好就会危及生命。

然而，脑袋只有"一根筋"的曹庭顺，却一反常规认"死道理"。

他对领导说："我这辈子什么都干过，要过饭，种过田，扛过枪，挖过煤。要不是共产党，有我曹庭顺么？我是工人，工人就是做工的，虽说干不了什么造福人类的大事业，我也过不惯那种闲日子，还是让我下井吧，做点实在事，心里也踏实多了！"

领导被他的犟劲深深地打动了，说："曹师傅，我听你的！"

名不虚传

从此，曹庭顺也越来越珍惜在井下的时间。生理上不可抗拒的客观规律已经若干次地告诫他：人老了，就不能拿生命开玩笑。

然而，他想到的却是，真正有价值的生命，就是像煤一样为了理想而燃烧、而发光……

1989年，他去广州参加全省劳模大会，会还没散，他的心早已飞回矿山了。一下火车，他便连夜拦车回到茶山，放下行李后就换上工装下了井，当班就架了7架棚。

大伙称赞他说："真不愧是我们矿山的铁人！"

是的，多年来，他荣获了"矿山铁人"的称号；并且连续8年被评为曲仁矿务局劳动模范；连续2年被评为韶关市劳动模范；连续2年被评为广东省煤炭系统劳动模范；连续13年被评为先进生产标兵；连续9年被评为优秀共产党员；1988 年被评为广东省特等劳动模范；1989 年被评为全国劳动模范；接着荣获全国"五一"劳动奖章。

时间一晃又是 20 多年，曲仁煤矿解体了，曹庭顺也早已离开了人世。但他从不索求、只讲奉献的精神却给人们留下深刻印象。

这是一笔多么珍贵的精神财富啊！

第四章　"八旗子弟"迟来的春天

胡振东是不幸的。

因为他出身于满族。

在许多人眼中，满族是八旗子弟，是皇帝的后裔，也是"垮掉的一代"。

历史上的"八旗子弟"，早已成了后人不敢恭维的"族群"，而且还常常用其讽喻那些不肖子弟的不作为。

胡振东是具有"高贵"血统的"正黄旗"后代。

更糟糕的是，他的父亲不仅当过伪满警察，还做过国民党的官。

于是，胡振东这个"八旗子弟"，还未长大成人，就因为"历史的问题"而背上了家庭出身这个沉重的包袱。

他注定是时代的弃儿。

命运像苦涩的酒

胡振东是辽宁人。

1958 年，21 岁的他从抚顺煤校毕业后，就奉命南下来到了广东。

那时广东缺煤，想方设法到处找煤。

他在粤西阳春煤矿当了技术员，干了好几年，但这个煤矿最终下马了。

1962 年，他又奉命来到曲仁矿务局，在云顶矿生产科抓基建。1974年，他被调到曲仁矿务局，一直以来都从事技术工作。

胡振东具有东北人热情爽朗的性格，心直口快，体魄强健，办事干脆利落。

他和工人一起下井，同样拼着命去干活。

打钻、排矸，有时甚至还要轮大锤。他的衣服经常被热汗浸透，能拧

311

出水来。

有的人对他十分佩服，但也有人觉得不可理解：这东北大汉，真不简单，有使不完的大劲儿！

其实，胡振东也是血肉身躯，当然也知道累，有时累得喘不过气来。下班之后，腰酸腿疼，浑身的骨头简直快要散架了，但一来到井下，他又拼命干了起来。

家庭出身，是笼罩在他头顶的一道巨大的阴影。

他走到哪里，这巨大的阴影就跟随他到哪里。

在那大讲"阶级斗争"的年月里，出身不好，不要说别人瞧不起，很多人就连自己也瞧不起自己。

但，胡振东瞧得起自己。他坚信劳动可以改造人，汗水可以洗涤陈旧思想和封建陋习。

他不但想摆脱罩在头顶的巨大阴影，而且立志追求进步。他一次又一次地向党组织递交入党申请书。

但这也引来了一些人的讥笑："一个八旗子弟、伪满警察的后代，也想入党？简直是天方夜谭。"

劳动磨炼了意志，也锻炼了躯体。

胡振东仍是这样伟岸，玉树临风。

是啊，论技术，他在同行中毫不逊色；论力气，他在工人中赢得了令人折服的赞叹。

他曾经当众用一根手指勾起过 10 公斤重的石头，几乎没有人敢跟他比试。

日复一日，年复一年。

他的命运仍像苦涩的酒，吞不下去，哽在喉咙……

将眼泪化作汗水

他需要爱情。

他渴望爱情。

然而，爱情总是躲闪着他，离他而去。

是啊，一个饱受屈辱但强壮而又倔强的心灵，尤其需要爱情的温暖和抚慰。

他不是没有爱情，但始终被人为地扭曲。

在东北，有一位女同学，那是个十分痴情于他的姑娘。

他也十分爱她，两人书信往来不断。

两颗心互相牵挂着，尽管遥隔数千公里。

那姑娘也是出身不好，也许是同病相怜的缘故，所以爱得特别真诚而又热烈。

但两个人分处天南地北，劳燕分飞。除爱情之外，还存在着许多实际问题。胡振东想调回东北，但只能是念头而已。

他知道自己走不掉，没有人会放他走。

正因为这样，他干脆打消了调走的念头。

胡振东咬咬牙，下了狠心。他一连几个月没给那位姑娘写信。

那位姑娘急了，干脆给矿领导写来一封信，查问原因。

有人找胡振东谈话，说："你们两个同样政治出身不好，又相隔两地，难呀！"

听了这话，胡振东受到很大的刺激。

他用颤抖的手，给那位姑娘写了一封信。

他在信中撒谎说："亲爱的，我们分手吧。我对不起你，因为我在南方成家了，已经有两个孩子了……"

从此，东北姑娘再也不来信了。

他脑海中出现了东北姑娘绝望的神情。

从不流泪的他，哭了整整一晚……

他内心的痛楚，只有在井下艰苦的劳作中才得以发泄。

那时，他没有眼泪，因为所有的眼泪统统化成了汗水！

爱情原动力

胡振东是 1962 年来的曲仁矿务局，那时他才 25 岁。

冬去春来，年复一年，眼看就是 40 岁的人了。

他不再希冀生活会出现什么奇迹。

尽管，岁月的年轮在他身上并没有留下明显的印痕。他依旧是那么魁梧潇洒、风度翩翩，但家庭出身的阴影遮住了他青春的光彩和他真正的价值。

在那种特殊的政治氛围下，他对爱情、生活早已不存任何幻想，只是想将有生之年奉献给矿山建设，这就足够了。

然而，生活的规则正是这样，平淡的生活也会碰撞出奇迹的火花。

一个偶然的机会，一次深情的回眸，居然书写出了爱情的诗篇。

胡振东爱上了矿山的一位姑娘。

而那位姑娘也深深地爱上了他。

尽管他比她足足大了 16 岁。

她叫蓝连珍，是矿务局医院的护士。

蓝连珍到海南岛下过乡、插过队，回来以后读技校。她出身于工人家庭，人很聪慧，也吃过苦，对生活有深刻理解，能够掂量一个人的真正价值。

也许是政治气候迅速转暖的缘故；也许是胡振东以自身的光彩与价值唤醒了人们的理解与同情；也许是美好的爱情感人至深，感动了天地间的正义与良知……

1977 年，胡振东和蓝连珍结婚了。

此时，胡振东已经 40 岁了。

温暖的春风吹散了天空的乌云，也扫除了笼罩在胡振东头顶的巨大阴影。

他在政治上获得了新生。

温暖的家庭，幸福的爱情，使他感受到人生与生活的无限美好，也激发了他更大的工作动力。

1984 年，胡振东成了一名共产党员。

党没有抛弃这位执着地为矿山事业而舍命工作的知识分子。

胡振东深情的执着和无私的奉献得到了应有的回报。

长期在井下跟班作业，他又是那样不要命地干活，这使得他的身体受到了严重的损害。

他得了硅肺病，而且越来越严重。

后来，他又染上了肺结核。

二级硅肺加肺结核，按规定可享受三级矽肺待遇。

这时，他的年龄也悄悄地迈进了 50 岁大关。

该休息了，该好好休息了。

然而，胡振东从来没有想到要休息。

他说："如果没有党的十一届三中全会，就没有我今天的一切，我要加倍努力工作，把一切献给矿山、献给党！"

第五章　金子般的心

"每个成功的男人后面，都站着一个伟大的女人。"

这句相当流行的话，既是说给成功的男人听的，也是说给成功男人背后的女人听的，相得益彰。

一曲《十五的月亮》，唱美了军人妻子的风姿，也照耀了绿色的军魂。

如果给那些立功矿工颁发一枚矿功勋章的话，那么站在这些优秀矿工背后的女人们，一定要分给她们一半。

是的，那些矿工的妻子们，豪爽憨直，细腻温存，尽显女性的风姿。她们深知自己丈夫所从事工作的艰辛，宁愿自己用一颗金子般的心灵和柔弱的身躯去支撑起家庭的一片天，筑起安全生产的第二道防线。

一位采煤队长曾自豪地说："矿工老婆住矿上，能顶半个书记。不用问，出勤准是最高的，安全也最OK！"

有位专跑矿山的记者留下了这样的镜头：丈夫下班来，"贤内助"马上递上了可口的饭菜，为他抹汗、扇风；丈夫要上夜班去，白天补觉时，因屋子太小，怕孩子吵醒正在休息的丈夫，她又悄悄地领着孩子到矿山公园观花赏蝶……

是啊，矿工身边的女人们既分享了成功的喜悦，也承受了生活的重担！

这是一颗比金子还高贵的心啊！

梅姐

顷刻间，一位好端端的大工师傅竟变成了残疾人。

他伤势过重，几经抢救，生命保住了。

下身却瘫痪了，永远失去了知觉。

从此，他带着背上嵌入的几块钢板，与病床为伴。

最憋气的是，那钢板令他左右不自在，翻不了身，下不了地，使不上劲。他每每想活动活动身体，都得由妻子张清梅服侍。小便时常失禁，搞得满屋充满腥臭味，更要命的是，他的大便不畅通，还得让阿梅亲自动手抠啊！

从他致残住院那天起，阿梅就一直成为他的专职护理员。

315

整整十多个年头了，真难为了她啊！

何况，她还要拉扯三个未成年的幼儿长大啊！

他遭遇不幸那年，最大的男孩才 3 岁，最小的是 5 个月的孪生女儿。

就这样，日复一日，年复一年，将近 4 000 个日日夜夜……

脏了，为他擦洗。

饿了，喂他吃喝。

闷了，陪他说点开心的话儿。

白天，要抱他下床，靠在轮椅上，舒松筋骨。

夜间，还得两次扶他翻身，掖被子。

作为丈夫的他，心里总过意不去，又无能为力报答她。

他比她更难受！

一次，他硬着心肠，对梅说："梅，你另找一个婆家吧！别为了我这个活死人，误了你的下半辈子哇……"

话没说完，他竟号啕大哭……

这时，她那清癯的脸庞倏然变得惨白，怔怔地望着他。

望得他心里越发不是滋味，泪珠儿成串地掉在她的脸蛋上。

梅姐也跟着哭了起来，颤声说："是嫌我护理不好吗？你打不了我，就狠狠地骂我吧……"

"感激你还来不及呢，我，我是想……"他支吾一声，吐不出词儿了。

没料她竟"哇"的一声哭开了："想不到你过去不嫌我，现在倒嫌弃我来了。矿上领导、工友谁嫌弃你，这个家谁嫌弃你，呜，呜……"

女人的哭泣令男人更加心疼。

他伸手想为她拭去脸上的泪水，此时小孩放学回家来了。

他停住了手……

梅姐，矿山的好女人哟！

她那瘦削的双肩，是怎样扛起比大山还沉重的艰辛；也不知道她那瘦枯的双手，是怎样把酸甜苦辣的日日夜夜神奇地变成太阳的温暖、月亮的柔情……

蔡姨

"幸福的家庭都是相似的，不幸的家庭各有各的不幸。"这是文学巨匠托尔斯泰的名言。

灾难一次又一次降到蔡惠华的头上。

第四部　煤炭变奏曲

丈夫曾是不可多得的采煤能手，人称"扒煤机"。丈夫得了硅肺病后，她贴上家用，多方为他治疗，加之组织的关照，正日渐好转。

谁知并发症悄然而至，那年冬天，病魔还是夺走了他的生命。

她太不幸了。

男人走了，留下三个儿女还在上学。

蔡姨在煤坪推矿车，每月工资加补贴、奖金共 80 多元。加上孩子们的抚恤费也才 130 多元。

生活啊，对她来说，实在是太残酷了！

那年，大儿子赵文高中毕业，高考差几分未被录取。

懂事的孩子看着窘迫的家境，不敢提读书的事儿。

蔡姨却深知儿子的心事："孩子！读下去吧！我砸锅卖铁也要供你读书！"

"妈妈，我主意已定，先工作，等家里日子好些，以后再考吧！"

于是，他穿起父亲那宽大而又发白的工装，带着未脱的稚气来到花坪矿，踏着父亲当年在巷道里走过的脚印，开始了他的采煤生涯。

大字不识的蔡姨，却知道培育下一代的重要。

她的家居简陋得不能再简陋，只有丈夫生前买的一台老式风扇，一部半导体收音机，最值钱的是那几张跟不上潮流的旧木制桌椅。

大儿子每月交回的工资，她舍不得花，更不敢添置一两件像样的衣服，而是将钱积存下来，供儿子以后读书用。

她就像推矿车一样，推着生活之轮艰难地向前迈步……

为了让儿子有更多的时间读书，她手勤脚勤，包揽了家里的大事小事。

儿子挑灯夜读，她陪到深夜，有时还会熬一碗"潮州粥"，递到他面前。

"穷人的孩子早当家，从小提篮拾煤渣。"

付出的心血和辛勤的汗水终于得到回报。

1989 年 7 月，蔡姨的儿子双双考上大学，女儿也上了重点中学。

大儿子上大学后，工资停发了；二儿子长大了，抚恤费也取消了。蔡姨的日子越发艰难……

自从丈夫过世后，她未曾为自己添置一件新衣裳；孩子不在家时，她每日的最高消费不是萝卜干就是酸咸菜送饭（用自己种的青菜或从市面上买的一些粗次品种的蔬菜，腌制成一种又酸又咸的菜），有时干脆往稀饭里撒把盐，将就一餐。

逢年过节，她还得给在老家的老人汇点费用。这都是她一点点从口里抠下来的。

她体谅矿上的难处，从不向领导伸手要补助，也未提过什么要求。

每天清晨，人们看见蔡姨推着沉重矿车的身影，消失在巷道的拐弯处……

每天傍晚，人们又看见蔡姨迈着艰难的步子，走在回家的路上……

超越血缘的爱

一次瓦斯爆炸，导致一场灾难。

一位井下工不幸身亡。

他遗下一个不满周岁的小男孩，叫新明。

小新明的母亲，不堪生活的无情碾压，精神失常。

她在小新明11岁那年，也离世了……

小新明的邻居甘姨面对这情景，抹了好几回眼泪。

她赶来帮助收拾房间。

然而，映入眼帘的是：蜘蛛网纵横交错地布满了全屋；尘埃像纷纷扬扬的煤尘沾满四壁；厨房空空荡荡的，唯有三块石头砌起的炉灶上，搁着一只破旧铝锅，浸着比清水还透亮的白菜汤……

此刻，甘姨的心间流动着一缕爱意，她要让非亲非故的小新明，找到一个温暖的家……

就这样，甘姨毅然挑起了抚养新明的重担。

殊不知，她自己也并不轻松，丈夫在矿上工作，儿子与新明一般年岁。

她没有什么闪光之语，也没有什么惊人之举，有的只是许许多多矿工母亲一样的质朴和情怀。

新明自幼失去家教，野性惯了，酷似一匹难以驾驭的烈性小马驹。他背地里又是吃又是赌，单凭干巴巴的几十元抚恤费，只会"坐吃山空"，于是想入非非了。

17岁那年，矿里安排他干个辅助工。然而，这小子该上早班了，屋里的灯却还没亮。于是甘姨就去敲门，催他快去上班。

这一天，新明阴着脸回来了，对隔壁的甘姨说："阿姨，你能借点钱给我吗？"

"你要钱干什么？"

"我，我想出去……躲躲。"

"你干了什么亏心事？要跑呀？"

"讲不得！"

"到底干了什么见不得人的事呢？"

甘姨苦口婆心地劝说，方使新明启口承认。原来新明偷了矿上的电瓶，想转移出去卖掉。

甘姨一听火冒三丈，但他仍对新明动之以情，晓之以理，说："新明，你看看我！我就差没有生你，没有与你同一张桌子吃饭。我一直把你当亲生儿子看待。想不到你变了。这样下去，对得起矿领导的关心吗？对得起你死去的双亲吗？……"说着说着，她热泪纵横。

恩威并举，铁石心肠的人也为之一动。

新明明白过来，知耻近乎勇，"扑通"一声跪在甘阿姨面前，声泪俱下："阿姨，我不是人！我对不起你！从今以后，我再做坏事，你就拿扫把赶我走……"

甘姨扶起了新明："傻孩子，你日子还长着呢，重新做人，好好干吧！"

第二天，她带着新明上矿派出所"负荆请罪"。

这是一种超越血缘的爱啊！

第四编　风景

第一章　男儿铁汉写春秋

每一个人的眼里，都有一幅风景。

每一幅风景，都可以装饰不同的人生轨迹。

每一个人的眼里，都有春夏秋冬。

春夏秋冬，组成了一年的季节，丰富着大自然的内涵。

每一位矿工心里，都对煤融进了深深的爱。

是的，在显微镜之下，煤呈现出红色、黄色和黑色。

斑斑驳驳，五彩纷呈，一幅绚丽多彩的风景。

当人们把煤投进炉膛时，它就会发光、发热、发电，释放出强大的能量。

在粤北的地层深处，这些"开采太阳的人"用他们独特的生活方式，装点自己不一样的人生……

别样兄弟情

俗话说：矿山的煤矸石也有三把火。

在地层深处采煤，这里是常人无法体验的"陌生世界"。

一方水土养一方人。

也许正因如此，矿工就像是燃烧的煤炭一样，浑身火辣辣的。

人与人之间是那么坦诚、率直、豪放、尽兴。

他们不与虚假和造作为伍。

接近矿工，如同接近炭火，抵御人情的寒冷和世态的炎凉。

在他们的工作空间里，没有多余的话，你听到的是：

"干！"

"注意！"

"小心!"

"危险!"

这类近乎命令式的互相提醒，但大家以父子、兄弟之情共劳作。

你出工不出力，头儿会像雷公一样吼你、骂娘。

要是谁违章作业，头儿会六亲不认，剋你、撸你。

要是谁偷奸耍滑，当心一顿揍。

井下工人都清楚——此时无情胜有情。

久而久之，仿佛成了"怪癖"，每天不给"撸"一下，心里不舒服。

人情浓。

浓于酒。

以诚相见!

井上面红耳赤脖子粗，捋袖子想打架。

可到了井下却大老远就互相打招呼，捶胸部、打屁股，称兄道弟。

一旦发现险情，谁都会争先恐后前去抢救。

正所谓："度尽劫波兄弟在，相逢一见泯恩仇。"

一位矿工说：人生啊，很简单。无非是抽一支烟，洗一个澡，喝一口酒，晚上只求一个窝。

酒文化与茶文化

矿工们没有奢求。

井下是严禁吸烟、饮酒的。

升井了，常常是先奔工友去，讨一口烟，解个瘾。

沐浴过后，三五成群，小聚饮酌。

时常夹带点"矿山幽默"，来一段"妹妹你大胆地往前走呀……"

豪饮者用碗盛酒，才带劲!

当然饮的不是宴席上的名贵酒，而大多是纯正的米酒。

此地盛行仁化石塘米酒，每斤不到 2 元钱，50 度，令人热血沸腾。

据说，矿工买酒，不是以瓶论，而是整坛整坛地买。

一坛 50 斤装，扛几坛回家痛饮慢酌，倒也其乐融融。

走进矿区小店，逛矿工之家，往往是以酒代茶。

那时候，你所到之处，瞧那庭院里、墙角边，都排着一溜溜酒瓶、酒坛，俨然出土的兵马俑……

酒，可以驱寒、劫湿、解乏、浇愁。

酒，还可以催眠、壮胆、鼓劲！

可以说，矿山文化有一半与酒文化有关。

矿工之间，浓情甘醇如酒。

工余时间，串门谈心，神吹海聊，心心相印，实属人生一大乐趣。

矿上人家，房挨房，屋靠屋，打开门是一家，不开门也是一家。

你做一个"好吃的"，只消敲一敲竹笪或薄墙，呼一声："快过来，有好饭送酒！"连"请"都不用说，其味共品赏。

逢年过节，在偌大的矿山里，有湖南的黄鳝炒辣椒、潮汕牛肉丸、客家酿豆腐、大塘烧扣肉。而到了五月初五，则大伙儿吃的是"千家粽"，八月十五共赏嫦娥奔月的"月光饼"。

矿山的酒醇。

矿山的茶酽。

潮汕的工夫茶成了"家常便饭"，人见人爱，人见人品。

做客矿工家，工夫茶以礼相待。

瞧，随手支起酒精炉，或插上电磁壶。煮水通常放在离茶具七步之远，等刚煮沸的水稍减热度再冲，以免烫伤茶叶的元气与真味，故此工夫茶亦称"七步茶"。

泡茶是要讲究工夫的。

湿茶、润茶、冲泡、浇壶、湿杯、运壶、倒茶、敬茶、品茶……

一道道，醇如陈酿。

一巡巡，提神醒脑。

俗称"韩信点兵，关公巡城"。

精于此道者，啜嗅并举，玩味再三，引颈哈气，心旷神怡。

也有人说，矿山文化一半是酒文化，另一半是茶文化。

此话一点不假。

在矿山里，这酒好香好香。

在矿山里，这茶好酽好酽。

僻乡不寂静

人间最贵是真情。

在大山怀抱里，挖煤的男子汉，感情外露，敢怒，敢言，敢笑，敢哭。

他们生于斯、长于斯，深爱着矿山的一草一木。

这里有公园，也有花圃。

矿山自有矿山的景色。

矿山自有矿山的魅力。

谁说矿山没有情思。

谁说矿山没有音韵。

矿山之夜，如诗如画。

如梦如歌，情韵悠悠。

电视把缩小的世界送入家门。

电影又把矿工请到灯光球场。

除了电视、电影，矿山俱乐部里也颇具魅力。

瞧，年龄相仿的离退休工人、下班的青年后生，不约而同地聚在一起。他们拉起心爱的二胡，弹起动听的古筝，敲起小鼓，吹起横笛，柔中带刚，那粗犷的韵致，如高山流水般悠扬……

这里，想跳舞，有舞厅。

这里，想看球赛，有球场。

这里，想看书学习，有图书阅览室。

这里，还可以去游艺室，打桌球，打乒乓球，下象棋。

逢年过节，潮州大锣鼓、清远狮、湖南龙灯、花鼓戏，各显神通争露锋芒，十里矿区喜气洋洋。

真可谓："身在僻乡不寂静，歌舞之声处处闻！"

南腔北调

据说，这里聚集了除西藏、新疆、青海和台湾之外的各个省份的人群。

有人统计，有50多个姓氏，百家姓里占了一半。

这个来自五湖四海的群落里，人与人相亲相爱，南腔北调彼此交流，以曲仁为"第二故乡"。

在这里，光凭语言很难分辨出对方是什么地方的人。

地道的广东人却说着一口北方话。

北方汉子则不时地带着粤语尾音。

久而久之，这里竟流行了一种带花坪腔的普通话。

话儿脱嘴而出，便知是：曲仁佬！

他们来自五湖四海。

这里汇集八方贤才。

是的，这种语言的杂交优势，在曲仁矿的科技队伍里尤为明显。

他们有的来自中国煤都大同；

有的来自东方之珠大上海；

有的来自冰天雪地的沈阳；

有的来自四季如春的广州；

还有来自印度尼西亚的华侨……

啊，这些来自异地的曲仁人，用青春的火焰、满腔的热血，点燃悠悠的矿山情！

缤纷的矿山

当太阳初升，他们踏歌而行。

当晚霞西落，他们满载而归。

是的，他们去采掘被后羿射下的第九颗太阳——乌金墨玉。

外面的世界真精彩。

矿上的世界也缤纷。

在这幽深而又神秘的煤海里，流淌着的是滚滚乌金，也流溢着带煤香味的"山野文化"。

你可否听说过曲仁青年艺术联合委员会，会员多达几百人。其下设文学、摄影、绘画、桥牌、钓鱼等诸多协会。

他们以山为背景，以山为主题，靠山"玩"山。

瞧，矿报开展的是"我与矿山"为题的征文活动。

篮球赛冠的是"乌金杯"。

文艺会演也是以"黑牡丹"而命名。

更不用说，矿山入诗、入画、入字，矿区处处荡漾着翰墨香……

山野自有山野的魅力！

这里，年轻人把登山当作一项体育活动。

假日里，三五知己相邀，背上水壶，兜里装几个馒头，或拎上录音机、照相机，到矿区周围的群峰之巅，登高望远，沿途留下他们青春的足迹。

还有一些青壮年矿工，工余时间迷上了根雕艺术和盆景制作。他们约上三五知己，带上锄头，牵上猎狗，钻进幽谷深处，寻觅大自然的鬼斧神工，在一堆连泥带土的树根里，收获意蕴无穷的野趣……

第二章 情真意切入诗篇

当少女爱上诗，就有矿山的浪漫。

当激情遇上诗，就会撞击出掠过山梁的黄钟大吕……

少女与诗心

煤海里有诗意。

曲仁里有诗人。

他们之中，有采掘工、电工，有播音员、教师，也有开绞车的司机。

他们热爱煤炭事业。

他们熟悉煤矿工人，珍惜属于他们的那一部分生活。

于是，矿山诞生了他们的诗情，激发了他们的诗意。

一首首矿山诗始于井巷，绽放于煤海。

这些诗矿味十足，煤香情浓。

他们拜倒在"缪斯女神"的脚下，如同开拓煤巷、架设坑柱一样，要付出比别人更艰辛的劳动。他们被父兄们乐于吃苦与执着的追求所熏陶、感染。

天冷了，把火炉提到脚边；天热时，把毛巾搭在肩头，哪怕是下了中班，有所感、有所悟，也要"爬格子"，一吐为快。

失败了，权当练兵。

成功了，便作起点。

他们爱矿山，唱矿山，坦然吐露胸臆，只要是矿工想读、爱读，那就够了。当然，他们的诗作也走进了《曲仁矿报》《红工报》《广东煤炭报》《韶关日报》，走进了无数读者的视野。

陈丽玲，苗条的身段，俊俏的脸蛋，她是一位播音员，矿工的女儿。她自小在这块黑土地上成长，见证了曲仁矿的日新月异，也体会了煤的火热。她从爸爸的工装里，嗅到了煤的温度和热力……

煤赋予了她人生的真谛，也给了她无限的遐想、憧憬，唤醒了一发不可收的诗情画意。

黑森森的煤海啊，在少女的眼里变成了一片诗的海，捧出一朵朵带着晨露的"诗花"……

井架、煤仓、天轮、矿帽、矿灯、矿电车、矿区洒水车等矿山寻常的物体，都被她幻化成一串亮晶晶的意象。

她把矿工滚热的汗珠，洒进了诗行字间。

看，灯牌被比作"矿工劳作一生的代表作"；掌子面（工作面）被喻为"矿工没有赠言的明信片"。

她唱给矿工的赞歌是"你的名字，矿工——犹如橄榄，初嚼时尽是苦涩；嚼下去，苦涩中又有独特的真味"。

她深情地写道：

> 煤，
> 是一个最美动听的故事，
> 里面蓄满温柔、粗犷、信念、毅力……
> 和那比一千零一夜更感人的情节。

她太爱写诗了，爱得如痴如醉。

当她跨进 21 岁的年槛时，就捧出了 23 本厚厚的"诗日记"。

她以诗的语言记录生活感受，而且每本日记的扉页上都写下这样两句话：

> 名人赠你一句话：人的思想是了不起的，只要专心注重某一项事业，那就一定会做出使自己感到吃惊的成绩来。

> 当我把所思所想，倾注于忠实感受时，甚至是一点点的思想火花，或是汹涌澎湃的感情潮水，我唯一的希望，就是能成为我心中的"诗"。

是啊，她用少女的胸怀和纤细的玉手向大自然绽放出一朵朵美丽的矿山诗韵、爱恋之花……

"诗之自白"

翻开当年的《广东煤炭报》（《曲仁矿报》的前身）的"矿山诗"之页，仿佛一个个风华正茂的矿山诗人就站在你的面前，情真意切地道出了"诗之自白"：

> 陈丽玲，女，21 岁

她用诗的语言说：别无他求，若能从我的诗作中看到一片绿洲，那我将无限欣慰地为绿而滴翠。

谢淑珍，女，24 岁

她自信乐观地说：既然不能结果，那便永做一朵小花，为生活吐出芳香，深信乐趣多于艰辛。

陈少波，男，27 岁

他真诚地说：尽管我的歌声十分微弱，没有黄钟大吕的气魄，但愿将自己的一瓣心香献给辛劳的矿工。

周广华，男，28 岁

他深有感触地说：煤矿赐给我许多许多，而我——孩童般地拾取每一片小叶，寄托美好的愿望。

王永波，男，29 岁

他感情充沛地说：讴歌矿工的美德就是我的心声。

杨芸宜，男，38 岁

他深情地说：哪里有煤，哪里就有火的激情；哪里有矿工，哪里就有矿工的美德。我要写出煤的激情，我要写出矿工的美德。

黄文强，男，35 岁

他满怀豪情地说：矿井是一根血脉的枢纽，巷道是血脉的支流。矿山，靠血脉的强壮跳动而兴旺；矿工，则依赖血液的流动而生存——我是矿工！

肖克强，男 51 岁

他以讨人的浪漫，深沉地说：假如我是一株茁壮的枫树，火热的煤矿生活和严峻的岁月，便是严厉的秋霜。但愿那严厉的秋霜，将我濡染成一片红叶，是那样红，那样深。

哦，曲仁这块产生光明的热土，蕴含诗情，营造画意，当少女爱上了诗，沉寂的矿山就有矿山的浪漫；当激情遇上了诗，就会碰撞出掠过山梁、飞上太空的黄钟大吕……瞧，从千尺井下走出一代"开采太阳"的年轻诗人。迈着矫健的步伐走过来了。这时，人们仿佛已经看到了耸立在粤北大山里的是一座座闪烁着艺术光芒的井塔，接受着新时代诗的熏陶、诗的洗礼……

"矿山，是我生命之诗"，不仅是诗句，更是人生的诺言！

无形的丰碑

据有关资料显示：当今世界上大约有 10 万个煤矿，我国就占了 8 万多个。目前世界年产煤 47 亿吨，中国年产 10.4 亿吨，位居首位。

也就是说，世界每 4 吨多的煤炭中就有 1 吨产自中国。

泱泱大国，煤矿 8 万多个。作为八万分之一的曲仁矿，年产 100 多万吨，也许"榜上无名"。然而，他们"不怕榜上无名，坚信脚下有路"，始终默默无闻，以不屈的斗志不断地创造着新的壮美。

历史这样记载着：

新中国成立以来，曲仁矿累计产煤近 4 000 万吨，相当于创造了约 500 个亿的社会产值；先后有 400 多名矿工为发展广东煤炭事业献出了宝贵的生命，还有很多人为之付出了生命的本钱——健康。

面对这一切，不禁令人想起马克思一段话："我们的事业并不显赫一时，但将永远存在，而面对我们的骨灰，高尚的人们将洒下热泪。"

有人诚心建议，应该为共和国的建设立下丰功伟绩的曲仁矿工塑造一组雕像，让人永远怀念。

但是至今没有。

是的，有形的碑石或雕像，表不尽曲仁人超值奉献的精神。我们敬爱的朱德总司令曾有诗："北华收复赖群雄，猛士如云唱大风。"当年的曲仁猛士如驾驭流云唱大风，把没有句号的碑文镌刻在大山的深处，将无形的雕像耸立在人们的心灵之中。

这是一座无形的丰碑啊！

20 世纪 90 年代末，由于广东省大多数矿区煤炭资源枯竭，安全生产条件恶劣，经营亏损严重，历史积累的债务沉重，职工生活异常艰难。尽管广东省委、省政府给予全力支持，每年 1 吨煤平均补贴 60 元左右（包括政策变现），煤炭企业自身也做了极大努力，但仍然摆脱不了困难局面，曲仁矿务局也陷入停产状态。

截至 1998 年底，省属煤炭企业负债总额 22.41 亿元，已完全丧失了自负盈亏、自我发展的能力。对此，广东省人民政府于 1997 年做出对省属煤矿进行结构调整，用 5 至 6 年时间对省属煤矿实施关闭破产、转制的决定。

也就是说，从 1998 年开始，用 5 年时间完成省属煤矿的关闭破产或转制工作，并分流安置下岗职工。

2003 年 9 月 23 日，广东省曲仁矿务局正式依法进入破产清算程序。

同年，广东省煤炭工业总公司曲仁留守处成立，继续在矿区做好"留守服务""信访维稳"和"住房安全管理"等工作。

2010年，曲仁矿务局纳入了广东省城市和国有工矿棚户区改造项目工程，这项广东省最大的民生工程，惠及了原曲仁矿务局10 000多名职工。

党的十八大以来，曲仁棚户区改造工程全面提速，截至2017年11月，曲仁棚户区改造工程，已建成住房10 807套，占总项目的90%，8 700户住户陆续搬入新居，在曲仁棚户区安置点到处都能听见职工群众的欢声笑语……

在这种大背景下，除了曲仁矿务局，梅田矿务局、坪石矿务局也是如此，在关闭煤矿的同时，进行棚户区改造。可以说，粤北地区煤炭企业破产退出市场，是计划经济向市场经济转型的历史必然。

至此，曲仁矿务局、梅田矿务局、坪石矿务局的名字已成为历史，然而粤北煤炭业工人顽强拼搏、甘于奉献的精神，却激励着一代又一代工矿子弟在新时代的浪潮中奋勇向前。

南粤，永远不会忘却粤北煤炭人。

历史，永远不会忘却为共和国做出贡献的建设者。

第五部
劳模协奏曲

1

蓝领之星

腾跃在十里钢城

命运是凄风苦雨的"厕所教育"

命运是逆境砺志的"小试牛刀"

小个子显出大智慧

"神奇项目"惊呆顶尖专家

几分钟破解国际难题

罕见奇才横空问世

风急流涌中流击水

点石成金谱写人生

2

工矿之魂

是创造殊勋的功臣

完成比天还大的任务

为了钢铁般的承诺

他在爆炸声浪里死里逃生

为了钢铁般的承诺

在被"放射"中"玩命"攻关

瘦小的身板挑起千斤重担

瘦小的身板挺起高大丰碑

工矿之魂

是地层深处的"老黄牛"

不知疲倦为何物

梦里依稀仍战斗

原来"骨子里含铁包钢"

工矿之魂

是平凡的筑炉队长

从蒸馒头联想到的学问
将破难题当作一门艺术
几番风雨
迎来了筑炉工的春天

工矿之魂
是纵横电网的"食脑一族"
年轻人的锐气加胆量
个人特长加团队智慧
精英团队的最佳配置
城市灯光普照苍生啊
彰显南网人的社会良知

第一编　蓝领之星

星光灿烂的浩瀚夜空
一颗明亮的蓝领之星
闪射耀眼的白炽光亮
燃烧智慧点燃的激情
命运和情缘写就奇迹
跻身南国群星竞争辉

——题记

风景如画的北戴河。

一脉青山，山光积翠。

一汪碧水，水色含黛。

北戴河如彩练，沿山脚蜿蜒入海；各种风格的亭台别墅掩映其中。

北戴河啊北戴河，俨然是人间的伊甸园。

1954 年夏天，一代伟人毛泽东来到北戴河。登高极目，水天一色，惊涛拍岸。伟人心胸为之开阔，顿时文思泉涌。一首《浪淘沙·北戴河》泼墨而出。51 年后，一代伟人笔下的景致，"换了人间"。

如今的北戴河，天更蓝，海更碧，峰更奇，滩似雪。

2004 年 8 月，天高气爽。韶钢高级技师罗东元站在北戴河海边那雪白的沙滩上，吟诵着毛主席的诗词，心潮如同海浪起伏，思绪却似头顶上飘过的白云，一下子飞得很远很远……

罗东元对大海并不陌生。21 岁以前，他有一段从童年到青少年的黄金时代是在海边的广东省揭阳县度过的。

可惜那段不堪回首的苦难岁月，使他没有时间、更没有闲情逸致去欣赏海边的美景。潮起潮落，在他眼中不过是人生邂逅的匆匆过客而已。

但这次却不同了，他是带着广东人民的厚爱和期望来到北戴河的！作为广东省的唯一代表，他受到党中央、国务院的邀请，来到这里度假，使他切身感受到党和国家对高技能人才的高度重视和关心。

几天前的难忘时刻，他仍历历在目，热血沸腾。

第五部　劳模协奏曲

党和国家领导人在西山宾馆亲切接见了前来度假的 110 名包括两院院士在内的专家和高技能人才，而高技能人才应邀参加北戴河度假，也是中华人民共和国成立以来的首次。

海浪轻轻拍打着狰狞的礁石，不时牵动着罗东元内心的涟漪。

他觉得自己的人生并没有虚度，努力和奋斗都得到了丰厚的回报，各种荣誉和奖励纷至沓来，几乎令他目不暇接，仿佛命运之神对他格外青睐：

他曾荣获全国劳动模范、全国技术能手、广东省"十佳技师"、广东省职工读书自学活动积极分子等光荣称号和第五届中华技能大奖，2003 年当选第十届全国人大代表。

7 天的度假是短暂的，但罗东元觉得北戴河之行对自己的影响是极其深远的。

他不仅亲耳聆听了国家领导人的谆谆告诫，而且还认识了我国产业工人的杰出代表、青岛港桥吊队长许振超，彼此结下了很深的友谊。许振超了解了罗东元的情况后，无不佩服地对罗东元说："在全国既精通理论又有高深技能的人不多，你就是其中一个。"许振超这番话给了罗东元极大的鼓舞。

是的，值得欣喜的是，"技艺精湛的技术工人也是人才，而且是更加不可缺少的人才"这一观念已经越来越得到社会的普遍认同。

许振超和罗东元都是熠熠生辉的蓝领之星！

伟大的时代呼唤高技能人才，伟大的事业造就高技能人才。

罗东元清醒地认识到：新时代对产业工人提出了更新更高的要求。蓝领，作为工业企业的主力军，只有不断地学习新知识，掌握新技术，在继承和发扬工人阶级光荣传统的同时，努力提升综合素质、职业操守和工作技能，成为学习型、知识型、创新型和复合型的高技能人才，才能在新的历史时期继承和发展自身的先进性，从而更有力地推动先进生产力和先进文化的发展。

作为蓝领之星的罗东元，其创造的奇迹令人惊讶，令人敬佩！

他成了新华社、中央电视台和《人民日报》《工人日报》《科技日报》《中国青年报》等各大媒体竞相报道的对象。他的事迹成了人们津津乐道的话题。

有人说，罗东元天赋极高，是技术革新的奇才；也有人说，罗东元是后天勤奋，是精神力量的结晶。

罗东元究竟是怎样一个人？他的奇迹是怎样创造出来的？

让我们慢慢解开罗东元的人生密码……

第一章　命运

命运是一柄神秘莫测的魔杖
她有驾驭每个人的神奇力量
要想改变命运必须挺起胸膛
打造强者之剑方能大道康庄

——题记

凄风苦雨的"厕所教育"

和新中国同龄的罗东元出身于一个革命的知识分子家庭。

父亲罗基宏 1947 年毕业于国立中山大学，大学毕业后不久便走上了革命道路，他曾担任过闽粤赣边纵的游击队大队长。

但由于罗基宏是知识分子出身的革命干部，妻子谢文琳又是殷实人家的大家闺秀，因此，罗家在历次运动中免不了一路坎坷，饱受磨难。

罗东元小时候十分顽皮，不是从树上跳下来摔伤下巴，就是跑到别人家的大水缸里洗澡。他胆子大，嗓子亮，干起事来也一本正经，刚满 6 岁，就成了学校合唱团的首席指挥。

他成绩不大好，当时实行 5 分制，他的作文只拿 2 分，图画常常不及格，放学回家不免挨一顿揍。患病在身的罗基宏只好在自己的病床旁放一张小床，言传身教，就这样，罗东元的成绩扶摇直上，成了班里的学习尖子。小学五年级，罗东元迷上了无线电，初中开始就是象棋比赛的常胜将军了。

风雨中，瘦小的罗东元骑着一辆借来的破旧自行车在山道颠簸，到离家 65 公里的矿山看望被关进"牛棚"里的父亲。

骑了 5 个小时自行车后，罗东元还要步行 20 多里山路才赶到矿山，在看守员戒备而又歧视的目光中，罗东元好不容易看见满面菜色的父亲，而见面的地点却在四面通风、臭气熏天的茅厕。

罗东元对父亲说："爸，这是家里东借西借筹的一些钱和粮票。"父亲抚摸着罗东元的头说："你告诉爷爷奶奶，我的问题总有一天会水落石出的。"他再三叮嘱儿子："要听毛主席和党的话，老老实实做人，认真做事，绝不能放弃学习，国家始终需要有知识有文化的人。"

半年多的时间，罗东元往返矿山送钱粮不少于 7 次，因此有机会接受父亲的"厕所教育"。父亲的教诲，深深铭刻在罗东元心中，使他受益匪浅。

不久，罗基宏的关押地点被转移了，罗东元一家寻找了一年都杳无音讯，不知父亲生死。

1968 年 10 月，父亲托人偷偷送来一张巴掌大的纸条，要家人给他捎带棉衣和一些生活用品。一家人接到字条后放声大哭。

逆境砺志，僻壤练技

苦难是一本经典的生活大书。

母亲被放出来后的 1968 年，只读了一年高中的罗东元上山下乡到揭阳农村插队落户。

在潮汕地区，一个农民就是一头负重的牛。农活很重，罗东元经常要挑 120 斤重的担子走 20 多里地。两只肩膀和颈背经常被扁担磨得皮绽血流，染红衣衫，一次一次，直至长出老茧。

在寸土寸金的潮汕地区，当地农业以精耕细作著称。罗东元也和当地农民一样，耘田时将一条大浴巾往腰间一围，四肢趴在田里拔草耘田。

自古英雄多磨难。

上山下乡近 8 年，即使在那视知识为粪土的年代里，罗东元也没有荒废自己的学业，他有空便复习他读过的初、高中课本，且养成了良好的自学习惯。

当地的农村没有电，夜晚他只能在煤油灯下看书学习。酷热的夏夜，蚊虫多得点燃蚊香都无济于事，他只好满身大汗地躲在蚊帐里复习功课、练字和看书。有一次他的蚊帐不小心被煤油灯烧破了，他便用纸糊上。他用知识充实自己求知欲望极强的大脑和清贫的生活，丰盈着那段艰苦的岁月。

他还别出心裁地发明了用煤油炉烧烤烙铁，为生产队、大队和附近的学校修理收音机和扩音机，并很快在当地小有名气。

在老家农村，干活踏实又勤快的罗东元发挥自己的特长，为生产队的粮食加工厂搞技改，经他改造的碾米机，不仅出米率高，而且碾出的米格外干净。消息传出去，邻村的人都舍近求远，纷纷前来光顾，使生产队的加工生意甚是兴隆。

不畏艰险、永不言败地去追求真理和知识，哪怕只能在遥远的地方偶尔闪现出一丝微弱的亮光。

这是罗东元在逆境中生存的人生态度。

小试牛刀

马鞍山下，梅花河畔，十里钢城，紫烟缭绕，铁水飞虹，钢花争艳。

韶钢的诞生颇带传奇色彩。

1958 年大跃进年代，全国兴起大炼钢铁浪潮，韶钢应运而生。然而，由于三年自然灾害，动工不久的红旗钢铁公司，也随即下马。

峰回路转。韶钢再生源于毛主席的过问。

1965 年底，中共中南局第一书记兼广东省委书记陶铸和广东省经委主任曾定石一起到北京参加中央工作会议。

会议期间，毛主席突然问陶铸："韶关的钢铁公司如今怎么样啦？"明知钢铁公司已经不存在的陶铸只好说："烟囱还在冒烟啊。"

散会之后，陶铸叫曾定石连夜打电话回广东，下令将广州郊区一个部队管辖的夏茅钢铁厂整体搬迁过来，成为韶关钢铁厂的前身。

1975 年 10 月，韶钢在粤东的上山下乡的知识青年中招工。当时，罗东元已经成家，即将是两个孩子的父亲了。

由于当时罗东元已 26 岁，又有家庭负担，按照当时的厂规，已不适合干技术工种。于是，罗东元被分配到运输部工务段修铁路。

对于有真才实学的人来说，偶然性也可以成为改变自己命运的转折点。是金子总会发光。

在一次青工培训期间，罗东元被临时安排去抄写规章制度，当时有一位运输部的领导站在旁边，一边看他写字，一边称赞他的字写得漂亮。

听到领导称赞自己写得一手好字，罗东元便趁机推荐自己有无线电和电工维修技术方面的专长。

这位领导一听，自然很是高兴。因为当时运输部正四处寻找这方面的人才，没想到竟会是踏破铁鞋无觅处，得来全不费工夫。

当时韶钢运输部铁路系统的通信非常落后，传递作业计划要靠人工跑现场，甚至连一台像样的广播设备也没有。

于是，运输部的领导给罗东元出了个难题：要他在四个月内组装一台100 瓦的供生产使用的扩音机。

罗东元接到这个任务后，铆足了劲，夜以继日，仅用了一个半月便将扩音机组装完毕并交付使用。

小试牛刀！

运输部的领导终于发现了这位小个子工人身上蕴藏的不寻常能量，便把罗东元从普通工种直接转为二级电工。

电器是他的"情人"

有一次，韶钢举办全厂焊工操作考试，罗东元以电工的身份参加考试，总分却拿了第一名，令其他参加考试的焊工们惊讶不已。

对于那一段工作经历，罗东元颇有感触地说："我讲我的过去，只是想以自身的经历证明，只要认认真真学习，扎扎实实地做好工作，何愁没有施展才华的机会。"

诚哉斯言。

1977 年和 1978 年恢复高考以后，罗东元曾萌生过报考的念头，无奈家庭的负担实在是太重了，靠他一个普通工人的工资养活一家四口已经很不容易了。

再三思量，他只好选择放弃。

但罗东元坚信有志者事竟成，学业有成者，不一定非念大学不可，自学也是一种途径。

二十多年来，从小就喜欢摆弄电器、爱好无线电的罗东元长期坚持自学无线电、电工基础、电工工艺学、电工制图、模拟电路、数字电路、逻辑电路等十几门专业技术理论。

在知识的海洋里遨游，使他忘却了自我，以至于养成了不规律的生活习惯：每天傍晚下班回家，他都必须先睡一会儿才吃晚饭。饭后便开始了他的夜生活：看书学习、修理电器或练习书法，常常要到凌晨两三点钟才洗漱就寝。

为此，妻子罗巾不无风趣地说："这个家早已成了他的饭馆和旅店了。"

罗东元的生活乐趣就是在知识的海洋里畅游，享受以技能克难制胜的成功。

他把每一次的电器维修都看成是最好的学习实践机会，哪怕再复杂再难修，罗东元也绝不会放弃。

一次次使残缺的电器"起死回生"，也一次次使罗东元沉浸在享受成功的愉悦里。他自嘲地对朋友说：电器是他的"情人"。

他利用业余时间为韶钢员工群众修理电视机、录像机、录音机和收音机2 000多台次，从未收取过分文报酬。

有些人过意不去，暗中留下一点报酬，罗东元和妻子都设法还给他们。

1978年，有一位工友将一台从越南带回来的17寸菲利普黑白电视机送到罗东元家里，让他帮忙修理，却连最基本的线路图资料都没有提供。为了修理好这台电视机，罗东元翻阅了不少专业书籍，还自费购买了不少电器元件，整整折腾了半年，终于让它"有声有像"。

正是长期刻苦的理论学习和实践积累，为罗东元后来的创造发明、技术革新奠定了坚实的基础。

草堆里蹦出"大老虎"

1988年，韶钢举行"钢花杯"电力知识大赛。

参赛选手大都是各单位精通电工专业知识的工程师和技术员。

在考场上，监考的评委扬言考题难度大，估计拿75分便可夺冠。

考试过后快一个月，罗东元突然被叫到大赛办公室，评委们对他进行了非常严厉的盘问，最后决定让他重考一次。

条件十分苛刻：还是原来的题目，但考试时间从3小时缩短为一个半小时。评委还问他能不能考70分，如果没有把握就不要考了，不要浪费时间。

还未搞清头绪的罗东元还是蛮有把握地说，考95分应该没问题。

交上第一张试卷，他得到评委一杯茶水。

交上第二张试卷，几位评委脸上阴转晴地走了进来。

当罗东元做完第三张试卷，阅卷的评委们终于彻底地信服了！

此时，罗东元才恍然大悟，原来这次大赛他考了94分，比第二名足足多了20多分。

评委们感到奇怪，因为通过调查了解，罗东元既没有大学文凭，他的工作也不可能接触到主要生产单位复杂高深的电气理论和维修技术，因此断定他在考试中必是作弊无疑。于是叫来罗东元重考，没想到重考的成绩居然还高于第一次。

于是，评委们心中的疑团烟消云散了。

欣喜之余，大家纷纷说：真是想不到草堆里会蹦出一只大老虎！

两本"手抄书"

1989 年，韶钢举行了首届助理技师考评大赛。有 120 多人报考，名额却只有 6 个，大家都说这比考大学还难。

报考的罗东元除了电工基础、电工工艺学是本专业课程外，还有机械基础、机械制图、冶炼、铸造、炼铁、炼钢和热处理等多门课程，这些课程是罗东元从来没有接触过的，更谈不上有基础了。

但了解罗东元实力的评委对考生们说：第一名已经名花有主了，不必费心去考虑，你们只能争第二名了。

果然不出他们所料，当理论考试成绩出来之后，罗东元每门功课都有 90 多分，除了热处理 93 分，排在机械类第二名外，其他各门功课都名列前茅。加上实际操作比赛，罗东元的总分遥遥领先，最终夺得了助理技师考评第一名。

当年担任考评员的吴益群老师曾感慨地说："一个普通电工的知识面如此之广，理论如此之深，实际操作水平又如此高，实在让我感到吃惊。"

学友们也感到非常惊讶。有一天，十几位学友结伴跑到罗东元家里，想通过探营的方式看看他究竟有什么诀窍能拿高分。

罗东元从书柜里拿出了十几本厚厚的笔记本，还有两本"手抄书"给他们看。

原来是罗东元自觉扩大了学习范围，老师讲的他牢牢掌握，老师没有讲的他也设法学懂，不设重点，通篇吃透。

由于罗东元报名太迟，有两本书没有领到，他只好借到别人的书后，硬是把这两本书抄写下来了！

第二章　情缘

真正的爱情如同陈年老酒
有浓烈醇厚也有苦涩馨香
不经风雨怎见绚丽的彩虹
普通日子可以金子般闪烁

——题记

"赔了女儿又输棋"

一个成功的男人后面，总有一个女人默默地支撑着。罗东元自然也不例外。

1970 年，罗东元随母亲回到农村老家，认识了同村的客家妹子罗巾。

说起当初对罗东元的印象，罗巾兴奋地说："第一次看到罗东元，并不起眼，后来慢慢了解他，对他渐渐有了好感。他很聪明，踏实，勤快，而且乐于助人，我和弟弟拉板车运煤运砖，他见我们的板车没有车闸，不安全，便主动帮我们装上了。他还经常帮人修各种农具，插秧、挑水等农活，都干得很麻利。他有空就读书，练书法，字写得很漂亮。"

当美丽善良的罗巾看上了罗东元，却被一条无形的鸿沟阻隔了：同村同姓不得成亲！

因此，他们的爱情自然遭到村里长老的反对。也有人感到不解：罗东元家境贫寒，弟妹众多，个人条件不错的罗巾到底贪图什么？

其实，罗巾看中的是罗东元的聪明能干，为人实在。

罗巾的父亲是乡村的象棋高手，与罗东元互不服气，由于经不起村里人的怂恿，双方决定以 15 盘棋一决高下。

不料，下到第 10 盘，罗巾的父亲就难以挽回败局，只好服输。

后来，村里人就此事戏称罗巾父亲："赔了女儿又输棋"。

携着女友去"私奔"

罗东元和罗巾的恋情暴露后，罗巾被父母关在家中。

1972 年清明节的前两天，一个"月上柳枝头，人约黄昏后"的夜晚，这对沉浸在爱河的年轻人在村后的小树林里碰头了。

小伙子愁肠百结，大姑娘低声啜泣。

罗东元提出唯一的办法就是出逃。

罗巾考虑再三表示不同意。罗东元对罗巾说："我一向认为你敢作敢为，不料你却和一般女人一样没主见。"

被罗东元此言一激，性情倔强的罗巾恼怒了："没什么好怕的，要走，咱们一块走吧！"

于是，两人带上几十元钱、几十斤粮票以及一张用过的大队文艺宣传队的演出证明，连夜上演了一场现代版的"逃婚记"。

罗巾的父母发现女儿失踪以后，马上叫来一帮人，分头到各交通要道拦截。罗巾父母则到县汽车站去"守株待兔"。

罗东元携着女友连夜私奔，好姻缘如有天助，他们出逃的路口恰好无人看守。两人先逃到梅县一个朋友家，几天后又逃到汕头三姨家。

十多天后，两人才一起回到村中。罗巾的父母及村人见她信念如此坚定——"生米煮成熟饭"，便默许了这桩婚事。

不久，这对追求幸福的年轻人终于办理了结婚登记。

有情人终成眷属。

修家电也要讲"修德"

心心相印苦也甜。

小两口婚后没有住房，只好暂借亲戚的旧屋居住。白天务农劳作，夜晚读书学艺，夫唱妻和，其乐融融。1973年，大儿子出生，给小家庭增添了喜庆的气氛。

1975年，罗东元通过招工进了韶钢，家庭生活发生重大转折。

此时，罗巾才真正体会到男人不在身边的难处。她挺着大肚子带着两岁的儿子在家务农，干什么都要靠自己。当时，罗东元每月工资37.5元，每月准时寄15元回来，作为家用。无奈家中粮食短缺，常常是吃了上顿愁下顿。不久，小儿子出生了。于是，抚养两个儿子和务农挣工分两副重担都落在她一个人肩上。

尽管生活清苦，两地分居，夫妻俩每星期总能准时收到对方的来信。他们在信中互诉衷情，相互安慰和鼓励，彼此对未来依旧充满信心，满怀憧憬。

1976年底，罗巾带着孩子来到韶钢，与丈夫生活在一起。当时，一家人住在四面透风的竹棚里。由于罗巾和孩子无城镇户口，要买高价粮吃，生活相当艰难。

后来，罗巾好不容易在民工队里找了一份工作，和男人们一样抬钢轨、扛枕木、挖土方、扒石渣。她咬着牙干着一般女人难以承受的重体力活，用微薄的收入补贴家用。

罗东元夫妻还自己动手，以废旧耐火砖、毛竹和油毛毡为材料盖房子，工余时就种菜和养猪。

罗东元一有空就钻研无线电技术，为职工家属修理各种家电。他把修理家电当成学技术的一个机会，凡是工友、朋友和朋友的朋友送来的家电，一概来者不拒。

罗巾对丈夫义务修家电总是大力支持。她对罗东元说，当医生讲"医德"，当教师讲"师德"，修家电也要讲"修德"，不能马虎了事，要保证质量。

每当罗东元修家电时，罗巾就把一切家务揽下来，全都一人干。

"给他一缕阳光就灿烂"

1989 年，罗东元参加助理技师考评。

他着了魔一样日夜攻读，家里铺天盖地都是书本，墙上、柜子和冰箱到处挂满了机械制图，连吃饭用的小桌子也被占用了。

罗巾有时生气归生气，行动上还是默默地支持丈夫。因为她太了解罗东元了，一有机会就想拿第一。罗巾对丈夫的评价是："给他一滴水，他就泛滥；给他一缕阳光，他就灿烂。"

1994 年，罗东元正在研制铁水区电气集中控制，这是施工最忙碌的时期，罗东元经常天黑了都还没回家。罗巾看到运输部领导、工友下班回来，都要关切地询问一下罗东元在哪里。不论深更半夜，还是雷雨交加，工地一有故障，罗东元立即出门。有时，罗巾接到告急电话就烦了，难免会说几句牢骚话："我不接电话，要接你自己接！"

可是，每次罗东元出门，罗巾还是默默地为他准备好雨衣和手电筒。

有一次，罗东元半夜出去后，连续两天没有回家，这可把罗巾急坏了！

她怕罗东元出什么事，赶紧跑到运输部找人。调度员也紧张起来，一个个电话打出去，终于在工业站找到了罗东元。

原来，由于连续几天暴雨，铁路信号系统故障增多。罗东元先到高炉道岔调整电路，事情还没做完，工厂站信号电路又出问题；刚处理完，工业站复式交分道岔出了故障，罗东元又马不停蹄赶过去抢修。由于工作紧张起来，又奔波到处跑，竟忘了给家里捎个信。

事后，自然少不了被罗巾数落一顿。

有一次大儿子与同学玩耍，不小心被门夹断了手指，罗巾到单位找罗东元，却没找着。后来，还是罗巾送小孩上医院。医生责怪说，再晚一些送来，可能要截去手指了。所幸的是医生尽了最大的努力，保住了儿子的手指。

当罗东元的事业如日东升，在技术领域取得了多项重大突破，不断获得荣誉时，罗巾说出了心里话："好在当初没有走。钱多钱少其实是无所谓的，这些技术成果和荣誉是用钱都买不到的。罗东元的选择没有错。"

在择偶标准趋向多元化的今天，好丈夫是一个没有定论的概念。

有人问罗巾："你认为好丈夫的标准应该是怎样的？"

罗巾的回答很爽快："像罗东元那样有事业心、有爱心！"

"韶钢是我实现理想的舞台，祖国是我生存的土壤"

"我的事业在韶钢。"每当有人问罗东元想不想另谋高就时，他总是这样答。他眷恋着韶钢这片热土，他的成长、成才和成名，都离不开韶钢对他始终如一的培养，给他提供施展才华的场所。

1992 年夏季，在深圳某公司任经理的小弟专程驱车到韶钢，急切希望精通电气技术的大哥到深圳某单位任技术副厂长，住房、户口、家属的工作安排等问题均可解决。

毕竟是手足情深，罗东元犹豫再三，当晚还是敲开了运输部领导的家门，口头提出要求工作调动。

没有讲大道理，没有讲厂规厂法，素来爱才的领导只是平静地说："铁路运输工作需要你，你如果一定要走，我也只好打报告辞职了。"

这句半开玩笑的话饱含着领导对罗东元的信赖和器重。

罗东元陷入了沉思。往事如烟，却又历历在目：

1975 年进厂以后，是领导根据自己的特长把自己安排到电工岗位；是组织上把妻子调入韶钢，安排了理想的工作，分给住房；是韶钢十几年来为自己提供了无数的学习锻炼机会，把自己从一名普通电工培养成电气技师，并给予崇高荣誉；是领导让自己独立设计并组织施工重点技改工程。

更重要的是，今天的成就处处凝聚着自己的汗水和心血。二十年来与同事建立了亲密无间的真挚感情，工作上得到了密切配合和理解，这种良好的工作环境和感情，是需要长时间培养的，也是金钱无法购买的。

韶钢是自己唱大戏的舞台，是最能体现自己人生价值和生命尊严的地方！

于是，罗东元表态："部长，我不走了。"

罗东元回到家里对弟弟说："我不走了，我的事业在韶钢，我必须留在这里。"

从小就敬重兄长的小弟知道再说也无用，只好惋惜而别，回深圳去了。

1993年夏天，罗东元到杭州钢铁厂参观考察。突然接到妻子的电话，要他立刻坐飞机赶回韶钢。

原来是小弟又在深圳为他联系了一份专业对口的工作，月薪5 000元，分配住房，为家属安排工作，迁入户口免收增容费。这份工作不仅专业非常对口，而且工作条件也相当不错，谁都难以抗拒这种诱惑。

罗东元却在电话里断然地对妻子说："我不会离开韶钢的，请不要再为我操心了。"

罗东元的母亲和两个弟弟、一个妹妹一起定居在加拿大。弟妹们都已成家立业，生活比较富裕，有车子也有别墅，他们都想帮帮国内的大哥，希望他生活能够好一些。

1994年底，罗东元的母亲远渡重洋来到韶钢，母亲此行的目的除了看望儿孙媳妇外，最大的愿望是想说服儿子随她出国定居。

然而，最终被说服的却是母亲。这位白发苍苍的慈母只好带着无奈和遗憾返回加拿大……

罗东元深情地说："韶钢是实现理想的舞台，祖国是我生存的土壤。我和韶钢、和祖国结下了不解的情缘，我哪儿也不去！"

"空仓"与"满仓"

1999年，韶钢调整、精简二级单位的管理岗位。

有一天，韶钢领导找已担任运输部副部长的罗东元谈话，罗东元注意到领导脸上掠过了一丝不易察觉的难色。

其实罗东元也听到了消息，知道是怎么回事。于是，罗东元开门见山地说："你们不要为难了，第一个要退下来的应该是我，因为我虽在其位却未尽其事。"

"为什么呢？"

"因我是共产党员，服从组织是党员的天职，如果早一点知道这事，我会主动提出来。不当副部长可以一心一意搞创新技改，其实做技术工作才是我的强项。"

他还半开玩笑地用股市术语来比喻："在职位方面我完全是'空仓'，而在工程技术方面则是'满仓'。只要公司信任，我一定会在铁路信号方面竭尽全力，等到若干年以后有人还能记起，在铁路运输发展进程中，曾经有那么一个人，在铁路运输自动控制领域干过一些什么，我就心满意足了。在韶钢发展史上有我一道细细的印记，正是我的全部愿望所在。总之，请领导放心，我从心底里完全理解和支持公司的决定。"

韶钢领导听了之后，感动地说："你不愧是全国劳模，有时间请你到我家去，我要让孩子们感受一下全国劳模的大家风范！"

第三章 奇迹

天才诞生其实并非偶然
平凡的人也能创造奇迹
风急浪涌照样中流击水
点石成金谱写壮丽人生

——题记

小个子，大智慧

1989 年，为了适应主体生产的需要和与京广铁路的配套相衔接，韶钢投资 1 700 万元，建设了一座现代化铁路站场——马坝工业站。该站由铁道部铁五局设计和施工，采用了国内最先进的 6502 电气集中自动控制系统。

这无疑是当时国内最先进的电气集中自动控制系统。

由于国内掌握这一门技术的人非常稀缺，很多企业无法引进该系统。1990 年 4 月，韶钢运输部派罗东元和几位同事赴广西柳州钢铁厂（以下简称"柳钢"）学习。

柳钢的授课老师李绿松毕业于上海铁道学院，是当时国内为数不多的该领域的专家之一。

李老师望着风尘仆仆的学员们，开门见山地问："你们打算学多久？"

罗东元回答："两个半月。"

李老师把头摇得像货郎鼓似地，说："大专院校的本科生学习这门课程都需要两三年，你们连相关的基础知识都没有，两个半月想掌握那么多东西，这简直是天方夜谭！"

罗东元并没有被老师的预言难倒。

在柳钢闷热的招待所里，他每天都坚持学习到凌晨 3 点多钟，有时招待所停电了，他就打着手电筒学习。十多天后，李绿松发现罗东元对功课的理解不仅透彻，而且还能提出一些深奥、超前的问题，于是开始改变了原先的看法。他笑着对罗东元说："东元，你挺能钻的。"

夜凉如水，新月如钩。招待所里鼾声起伏，与窗外的悦耳蛙鸣交响成了一首南国小夜曲。

此时，罗东元还在灯下苦读。他房内的灯光，常常要到凌晨三四点钟以后才熄灭。为了多省下一点时间来学习，他连上饭堂打饭都让工友代劳。

在培训期间进行过两次理论考试，罗东元都取得了最好的成绩。

柳钢运输部的领导被罗东元刻苦学习的精神深深感动了，他在职工大会上号召职工向韶钢学习组学习。

通过两个月的理论学习，罗东元真正掌握了这门高深专业技术的理论知识。但授课的李老师，坚持要进行两个月的实践学习和跟班操作。

急于赶回韶钢开展工作的罗东元只好提出，可否由老师把各种常见的问题和故障人为设置以后，让他和学员们去排除。

这个建议立即得到授课教师的同意。

盼望学生早日挑大梁的李老师，可谓搜肠刮肚，严于要求，他将简单的故障到复杂故障，都进行了认真的设置。几乎每次"设障"后，他都对罗东元说："罗师傅，这次你肯定查不出来！"

但每次的结果都令老师大跌眼镜。

最后一次设置的是多重组合的复杂故障。李老师坦言："这个是难题中的难题，如果不是自己设置的，我也查不出来。"

结果罗东元三下五除二便将故障一一排除了，脸上也不见一滴汗水。李老师这回惊讶不已道："真神！简直不可想象！"

令李老师感到惊奇的是，罗东元排除故障的思路和方法，居然和书本上教的完全不同。

造诣高深的李老师被眼前这个小个子工人折服了。

小个子显出了大智慧。

带队参加培训的韶钢运输部的领导激动地握着罗东元的手说："你为咱韶钢争了大光了！如果我有权的话，立即提你三级工资。"

"火眼金晴"

自从韶钢开通先进的 6502 电气集中自动系统以后，故障时有发生。轨道电路漏电便是严重影响系统正常运转的主要故障之一，如不及时进行排除，就会使站场局部甚至系统陷于瘫痪。

因此，准确地检测和排除故障成了当务之急，但经多方努力也找不到这种专用的检测仪器。

这个卡脖子的难题深深困扰着罗东元。

夜晚，万籁俱寂，繁星满天。

在狭小的客厅里，伏案工作的罗东元沉思着，尽管烟蒂已堆满了桌边的烟灰缸，他还是一根接一根地抽个不停，仿佛抽烟能给他带来解决难题的灵感似的。

突然，他狠狠地掐灭了烟蒂，一个清晰的设计方案浮现在脑际。

当他连夜草拟出故障检测仪的图纸后，惬意地站起身伸伸腰，然后打了个哈欠。推开窗户，他才发现东方已泛出鱼肚白了。

翌日，他爬上废钢堆，捡回一些被废弃的变压器铁芯和旧材料，开始组装那台刚设计出来的检测仪器。

正在这时，204/216 区段又发生故障，罗东元和同事们扛着还没有完全组装好的检测仪赶赴现场，当场对检测仪进行检验。

极为隐蔽的故障点很快被检测仪查找出来了。大家高兴得跳了起来，有人拍着这台检测仪说，真是太好啦，就是笨重了点。

小试牛刀的成功极大地鼓舞了罗东元。

经过反复实践和完善提高，一台性能可靠、操作简便、敏捷轻巧和造价低廉的轨道故障专用检测仪诞生了。

罗东元将它命名为"25/50HZ 轨道故障侦探仪"。

有了这台侦探仪，工人们就如同有了孙悟空的"火眼金睛"，寻找再隐蔽的电路故障也不在话下了！

"神奇项目"惊呆顶尖专家

1991 年夏季，韶钢发生了一起火车与汽车相撞的交通安全事故，惨状目不忍睹。

事故的起端就是道口工不知火车何时通过铁路道口。

罗东元心想：韶钢铁路平交道口多，道口工光凭一双眼睛还是难以判断火车是否通过道口，如果能设计出一种安全可靠、造价低廉的自动预警装置，就会减少铁路行车中的惨剧发生次数。

于是，罗东元又一头扎进了电子和信号的符号堆内漫游，设计图纸的过程中不知他留下了多少汗渍，铁路道口也不知留下了他多少个脚印。

1991 年 7 月，罗东元成功研出"电子式铁路平交道口自动报警装置",并在韶钢平交道口推广应用。

道口工人再也不用神经紧张地站在道口张望了,坐在操作室里就能准确地知道机车是否接近道口。铁路的道口事故数量也因此锐减。

1994年,全国冶金重点企业运输科技工作会议原定10月在武钢举行,后来将开会地点改为韶钢。

原因是专家们听说韶钢的罗东元所做的几个项目十分了得,都想来看个究竟。

往年的会议有三四十名代表参加,这次会议却一下来了八九十位代表,其中也有几位顶尖级的权威专家。

会议开得十分热烈。来自国内钢铁企业的龙头老大——首钢、武钢、鞍钢、包钢和攀钢的代表到了示范现场后久久不愿离开,对道岔全自动转换装置和区域性电气集中控制系统进行了一次又一次演示。

在韶钢道岔自动控制现场,专家们看呆了——

没有扳道工,机车却能够灵活自如地运行,并可以随时按照要求操纵前方的岔道,这完全是工矿企业内铁路大量分散道岔的自动化控制的新途径。

有的专家怀疑是否会暗藏着什么遥控装置,便提出由自己指挥机车,结果机车也一样按照指令要求灵活自如地运行。

这个神奇的项目就是罗东元研究发明的"铁路道岔全自动转换装置"。

几分钟破解国际难题

1993年,我国从日本引进了"JD型车上转换装置"的专利技术,当时的冶金部组织有关部门在钢铁行业中推广使用这项技术。

在杭州钢铁厂,罗东元等人参观考察这项技术。

外行看热闹,内行看门道。

在作业现场,细心的罗东元发现,这项专利技术尚存在着不尽如人意之处:

司机或调车人员在运行中去扳动设在路边的手把来开关道岔,具有危险性;而且在这段时间内,如果车辆是推送作业,前方的连接员就要攀爬到车厢边等待扳动手把,由于前方无人瞭望,操作人员和车辆运行极不安全!

罗东元在作业现场只用了几分钟时间,就构思出了比这项半自动技术更加完美的全自动控制方案。

回到韶钢，罗东元带领一批技术骨干对已购回的这套装置进行脱胎换骨的彻底改造，除了保留这套装置的机械部分外，电路部分全部由他自己重新设计。

1993 年 11 月 3 日，这项世界上唯一实现非集中区道岔全自动控制方式的新技术在韶钢诞生了！

韶钢道岔全自动控制现场无需扳道工，机车也可灵活自如地运行，可以随时按照要求操纵前方的道岔。

经过多年的实践使用证明：罗东元发明的这套装置具有安全高效、性能稳定的特点。

铁路道岔全自动转换装置也因此斩获多项荣誉：1995 年 12 月获得国家专利；1997 年 6 月获广东省重化厅科技进步二等奖，并获广东省专利实施优秀奖；1999 年 9 月获第十二届全国发明展览会银牌奖。

罗东元发明的自动控转换装置为工矿企业内大量分散道岔的自动化开辟了崭新的途径。

创新为罗东元增添了无穷的愉悦。

"秘密武器"

韶钢工业站自动控制系统投入运行以后，罗东元发现，这套系统是为大铁路运转服务的，不但结构复杂，技术掌握难度很大，而且很多地方还难以适应和满足工矿企业铁路运输的要求。

在对 6502 电气集中自动控制技术有了透彻的了解之后，罗东元向运输部的领导提出了一个大胆的设想：建立一套属于韶钢的工矿企业型自动控制系统。

运输部的领导得知罗东元的设想后喜忧参半。

喜的是罗东元的设想与部领导提高运输作业效率的思路不谋而合；忧的是目前所有国内工矿企业铁路运输使用的都是 6502 系统，在这一领域建立一套工矿企业型自动控制系统，还没有先例可循。

面对如此大型、复杂的高科技含量的工程，罗东元没有丝毫的怯意，仿佛稳操胜券。他满怀信心地说："请领导放心，我会给你们一个满意的结果的。"

随后，罗东元立即投入到紧张的设计工作中。他知道，自己承担的最大风险，就是不可能有试验模拟这一最重要的环节。

这意味着一次就要成功。

高超的技艺和过人的胆魄是他取胜的"秘密武器"!

图纸出来后被直接送到了工地施工。工程设计量之大，时间之紧迫，一般人难以想象。

罗东元做事太认真了，他绝不允许自己因为图纸量大而降低绘图的质量，哪怕是失之毫厘。

在很长的一段时间里，他每天要工作15个小时以上，甚至有时一直工作到天亮。早起晨练的邻居见他在自家阳台上伸懒腰，便向他打招呼："罗师傅，你也这么早?"

罗东元不置可否地点点头。这位邻居哪里知道，罗东元通宵苦战到天明呢!

有位女职工绘声绘色地对人说，她家对面楼房有户人家灯光彻夜不灭，可能是夜夜搓麻将到天亮。恰巧罗东元也在场，当他问清了她所指的楼房位置之后，不无歉意地说："真不好意思，那是我家!"

多少个不眠之夜，多少次模拟试验，工友们常常看见身体单薄的罗东元忙碌的身影。

有一次，运输部的领导到他家去了解设计进展情况，看到桌上那叠厚厚的设计图纸和罗东元憔悴的颜容，心里十分不安。

于是，便派人悄悄给他妻子送去500元，叫她买点营养品给罗东元滋补一下身体。

运输部两位部长不无忧虑地说："我们真怕他累垮了。"

罗东元通过大量、细致、反复的修改和论证，设计出了第一套铁路信号自动控制系统的图纸。

1992年9月，罗东元的设计方案成功地应用在破碎场低铜矿区两组道岔的作业区上。尽管这次初步的尝试还没有实现完全的程序自动控制，但成功的应用让人看到了这项技术的发展前景。

梦想成真

总结了低铜矿区的成功经验以后，罗东元又把三焦区作为下一个改造的区域。

三焦区距离运输部工厂站的控制中心超过650米，属于远程控制方式。

在调试过程中，罗东元发现原来适用于低铜矿区近距离控制的轨道电路，因长距离的电压降影响，出现了不稳定的状况。

当时，离交付使用的期限只有几天了，罗东元在现场冥思苦想，反复测试，足足熬了两个通宵。工友们轮流陪伴着罗东元，谁也不愿意回家休息。

那段时间，运输部的领导几乎每天都到现场催促他们下班："你们不要命了，快下班休息!"

第三天中午，罗东元实在撑不住了，便回家休息了一下。谁知刚入睡，梦中突然冒出一个绝地逢生的画面。

罗东元猛地醒过来，一个崭新的方案呈现眼前，他立马跳下床在一张白纸上画下一个草图。

梦想成真!

虽然这还不是一个完全可行的方案，但这条思路却给了罗东元一个全新的启示。于是，一个巧妙而且完全可以解决问题的电路构思在他脑海中终于成形。

文学创作需要灵感，技术革新也需要灵感。

灵感使罗东元感受到创新带给他的无限乐趣!

年过五旬的罕见奇才

1994 年 5 月，韶钢铁水区发生了一起重大的铁路事故，两个铁水包和机车因为道岔问题冲出轨道，事故现场一片狼藉，导致炼铁的高炉和炼钢的转炉停产。

这起事故让罗东元感到十分痛心。他知道，要解决这一问题，只有采用自动控制方式才可以。但是在钢铁行业中，由于小高炉区域环境非常恶劣，采用集中控制的方式难度非常大。

小高炉区是电气集中的禁区。

当韶钢领导提出要在该区域采用自动控制方式时，罗东元又一次扮演了攻坚克难的尖兵。

罗东元和工友们反复勘察了现场，对现场路轨的漏电情况做了多次测试，证实参数远远低于铁路技术规范的下限。

经过分析，罗东元认为他发明的轨道电路可以胜任在这种条件下的运作。于是，罗东元设计出了一套完全针对铁水区的电气集中控制电路。

他不但是控制电路的设计者，而且是现场施工的指挥员，在心理和生理上都承受着巨大的压力。

1996 年初，工程竣工投产。

罗东元终于支撑不住，病倒住院了……

这个充满智慧的小个子在不断创造奇迹的过程中，也在不断地透支自己的生命。

10多年来，罗东元共完成大小革新项目120多项，其中两项获国家实用新型专利，6项具有应用价值的重大核心技术已达到申报国家发明专利的等级，5个技术进步项目已通过了省级的成果鉴定。

特别是近年来开发并获得大范围成功应用的5项发明成果，均是国内外没有先例的新技术，其在解决我国工矿企业铁路自动控制领域普遍存在的重大难题方面，闯出了一条新路子。

根据最新的统计，罗东元为韶钢创造效益、节省投资已超过3 000万元。

有关部门认为，罗东元技术创新的重大意义在于，大幅度地提高了铁路运输效率，确保了运输安全，为韶钢的快速发展提供了现代化的运输保证。

具体地说，罗东元的技术创新使韶钢在全国冶金工矿企业铁路运输系统率先完成了"调度指挥信息化、自动控制微机化、牵引动力内燃化、车辆和重要区域路轨重型化"的进程。

令人感到不可思议的是，罗东元的技术创新和重大技改工程在长达十多年中，均取得了百分之百的成功，无一败绩！

这是一个何等神奇的技术天才！

与此同时，他带出了一支全国工矿企业铁路信号专业中最出色的全能团队。经过十多年的培养和磨炼，这支队伍既能承担大型、特大型信号工程的设计和施工任务，又具有日常检修、维护的技术力量，为韶钢的持续大发展提供了宝贵的人才储备。

2000年12月，罗东元荣获第五届中华技能大奖。

中华技能大奖是我国政府对重大发明创造者予以的最高奖项，每届全国只有10名获奖者。罗东元成为广东多年来唯一享受此殊荣者！

评委们认为，罗东元能独立承担大型创新工程的设计，已经超越了一般意义上的技能范畴，非常罕见，符合国家的人才发展策略。

年过五旬的罗东元以他执着的追求和罕有的奇才完成了从传统蓝领到知识工人的全面嬗变。

在许多人的心目中，钢铁工人的形象是粗犷的。他们一个个虎背熊腰，站在钢花飞溅的炉前，挥汗如雨地拼搏着。

然而，当今的炼钢工人却是——

身穿整洁的工装，静静地坐在窗明几净的操作室里。只要轻点鼠标，炼钢炉中的一连串数据，就会在电脑屏幕上显示出来；铺着红地毡的操作室在空调恒温的作用下，四季如春，令人心旷神怡。

他们是企业发展和时代进步的一个个缩影！

罗东元不是捅钢钎、抢大锤的炉前工，而是运筹帷幄、擅长设计的高级技师。在韶钢人心目中——

罗东元是一个乐观自信、敢说敢干的人。

罗东元是一个执着敬业、追求卓越的人。

罗东元是一个襟怀坦荡、品德高尚的人。

他用独创的技术改写了韶钢铁路自动控制的历史。

他用自己的双手绘制出韶钢铁路运输的现代化蓝图。

罗东元，一个普通蓝领的名字，却闪烁着夺目的光辉……

第二编　工矿之魂

第一章　创造殊勋的功臣

要是不了解内情，谁也不会将眼前这位年近九旬的小个子老头与原子弹联系起来，谁也不会想到他曾和钱三强、宋任穷、袁成隆、刘西尧等"两弹一星"的功臣们一起工作过。

老人身上那件老式军装宽松地包裹着他瘦削的身子，尽管他说话依然是"声如洪钟"，但两个小时的采访，却将他"折磨"得够呛。由于他刚出医院，大声说话有些许喘气，我们就会时不时停下来，让他悠然地吸一根烟，不一会儿，他就精神抖擞地站起来，用浓重的湖北话对我们说："说到哪了？继续——"那架势有如指挥千军万马的将军。

他叫王明健。

在 20 世纪七八十年代，他是原中国人民解放军基建工程兵铀矿部队 25 支队、核工业 741 矿的高级工程师。

1964 年 10 月 16 日，我国爆炸的第一颗原子弹的原材料重铀酸铵，有一部出自他带领的团队。他因此成为共和国 50 年代的功臣，两次获得"全国先进生产者"称号（即全国劳模）。

2018 年初夏，骄阳将热力投射到粤北大地，柏油马路也被照得滋滋生烟。顶着烈日，我们来到坐落在韶关西郊的一个普通的生活小区三楼的老式房子里，采访了这位为共和国创造殊勋的老英雄……

天生是读书的料

1933 年 6 月，在湖北襄阳南漳县城一个简陋的大院里，传来了一个男婴嘹亮的哭声。这个男婴只有四五斤重，浅黄色的头发柔顺地贴着他细小的脑壳，他虽闭着双眼，但灵敏的触觉令他用哭声发出对未知世界的叩问。

第五部　劳模协奏曲

王明健的祖辈是种地的，后来父亲在县城开了一家染布的作坊。王明健兄弟姐妹八个，他排行老大。后来，父亲就靠染坊的收入养活一家人。

王明健在南漳县城读完了小学，后顺利地升入初中，在县城的公立学校里，王明健科科优秀，是响当当的小秀才。读初中时，父亲对他说："你上了初中，该学的都学了。帮我做生意吧。"父亲的如意算盘是要儿子帮他打理染坊，跟他学手艺、学染布，承传家业。王明健每天早上天没亮就起床帮父亲染布。他观察到，父亲染布时，晚上要起两次床，把布染好后放在另外一个大缸浸泡着，其间要经过 17 道工序。

这一切，王明健都看在眼里，也为日后工作创造奇迹埋下了伏笔。

尽管这样，王明健依然立定主意，要将书读下去，他知道书本里潜藏着比他父亲的染坊更吸引他的奥秘。

王明健初中毕业后，有一次他看到一辆拖拉机在耕地，他就觉得很好奇，这一"铁牛"的机械性能深深地吸引了他，他巴不得自己马上成为"铁牛"的驾驭者、征服者，于是他就报考了"农高（即农业高中）"，凭着他优异的成绩，他轻而易举地考上了。

一个月后，王明健在路上碰上了一位初中女同学。这位锦衣玉食、打扮入时的娇小姐问他："王明健，你现在干什么？"

王明健得意地对她说，上"农高"，开拖拉机啊！

女同学听后没有露出羡慕的神情，而是用蔑视的口吻说："开拖拉机？嘻嘻，我家都有两辆汽车了。开汽车不伟大，发明汽车才伟大呢。"

王明健听罢内心着实不爽，但细细品味，此话确实有道理。他暗忖，我王明健难道只配开拖拉机？不，我要像汽车发明家一样，为人类的进步创造奇迹。

于是，他自作主张地跑到"农高"退学了，校长问他为啥要退学，他答道："我不想开拖拉机了，我要发明，我要创造。"

校长一脸不解地看着这位学生的背影，叹了一口气。

王明健读回了襄阳中学，他的梦想是考上大学，进入研究所，搞发明，搞创造……

三年之后，王明健以优异的成绩毕业了。父亲再次对他说，你要参加工作了。在父亲的强求之下，王明健拿着成绩单去县政府报考公务员。

这时，一位参加过抗日战争的女干部看了王明健的成绩单后说，你成绩这么好，应该报考大学，学更多的知识报效祖国。正在填表报到的王明健立马停下笔，飞也似的赶往襄阳市参加高考。

不久，入学通知来了，他被中南矿冶学院录取了。可是父亲依然不让他上学，他试图以包办婚姻套住儿子。然而，王明健上大学的意愿得到了新婚妻子的支持，她将自己结婚时的新棉袄和陪嫁的银镯子当掉，给丈夫上学作路费。"出逃"时，王明健在自家大门口上用粉笔写道：我上大学了，不用找我。在妻子的护送下，王明健半夜来到了火车站。

在开往长沙的火车上，王明健在摇摇晃晃中，饥饿感一阵阵袭来，额头和身上都冒出了冷汗。他很想买东西吃，但他知道，不能动用妻子给他的那点钱，这是上学用的，唯一的方法就是卖掉自己心爱的铜制口琴。不过他仍然坚持着。又是一阵饥肠辘辘，他挺不住了，一咬牙，将自己的口琴换了两只烧饼充饥。

就这样，王明健来到了长沙的中南矿冶学院，此时学院已开学一个月了，他向教务处说明了原因，从此开始了四年的大学生涯。

在当时国家的重工业重点大学——中南矿冶学院，王明健是全学院十大优秀生之一，在政治上，他积极上进，向学校递交了入党申请书。那个时候，入党很严格，不但要看家庭成分、政治面目，还要看是否有海外关系。王明健家庭出身是中农，没有海外关系，加上他学习成绩很优秀，是党组织考察的重点对象。

1955年，他终于实现了人生愿望——加入了中国共产党。

进了神秘的"309"

有一天，王明健在学院图书馆里看到一本关于原子弹的小册子，就津津有味地看了起来，可以说，他是一口气看完这本俄文版小册子的，再细细地品味。

他对自己说，如果中国有原子弹，就不会被欺负了。

从此，原子弹这个物理词语，暗暗地潜入了他的梦想之中。

1956年7月，王明健大学毕业了。

而这一天来得特别有意义。

随着嘀嘀的喇叭声，一辆苏联制造的大巴车开到学院，停在了学院大门口。学院领导就让从毕业班挑选出来的11位成绩优异的同学收拾行李准备登车。

王明健问班长去什么地方，班长说不知道。

后来才知道，他们去的是"309"大队部，直属国务院三办领导，主要从事原子能研究。这时，309大队人事科张科长走过来对王明健说，你上了车就知道去什么地方了。

第五部 劳模协奏曲

当大巴车到达目的地后，大家发现大门口有持枪的解放军战士站岗。

王明健心里犯起了嘀咕，怎么把我们弄去这个荒凉的大山沟里呢？正当他纳闷时，张科长就将同学们领进去了。

在操场上，王明健看见几个苏联人在打篮球，还不时用俄语交流着球技。这时，张科长又带着他们来到一个铺着红地毯的会议室，桌上摆着一溜儿水果。同学们不敢吃，也不敢坐在柔软的沙发上，莫名其妙地面面相对。

这时，309大队苗大队长走出来讲话了："同学们请坐下，你们知道我们是干什么的吗？我们是直属国务院的，是搞原子弹的。"

听完苗大队长的话，大伙儿噏的一声，半张着嘴。

王明健心里想，真的是想什么来什么，原子弹正是我感兴趣的事情啊。

接着，静谧的会场响起了国务院三办领导刘杰的声音，他先讲了原子能的重要性，然后，和同学们宣读了保密条例，并叮嘱同学们无论什么情况下都要注意保密，连自己的父母都不能说。

会议开完后，在张科长的带领下，同学们参观了实验室、化验室、物探室、光谱室。化验室有一个苏联专家，是一个高大而有一头黄头发的女人，名字叫库兹列卓娃，40多岁的样子。她用俄语对大家说："我需要一个大学生，你们谁愿意留下来？"

对于苏联专家的问话，同学们一时没反应过来。这时，身材瘦小的王明健忽地站起来大胆地说，我愿意留下来！

库兹列卓娃走过来，拍着比她矮一头的王明健说："好样的！你就当我的助手吧。"

于是，全班就只有下王明健一个人留在湖南长沙309大队。

他在学院穿的那件蓝色的长袍，由于工作太忙，没有时间清洗，加上袖子已经烂了，且磨得油黑发亮，若穿这样的衣服上班，有点丢人现眼。于是，他跑到街上让裁缝把两边的袖子剪掉，改为一件蓝色的马甲。

在309大队化验室，库兹列卓娃叫王明健多看外国物理、化学方面的书籍。王明健在中学时学的是英语，在大学里学的是俄语，对于他来说，学习这些外国书，一点也没问题。渐渐地，他也对这些书产生了兴趣，并把书里的知识牢固地记在脑海里。

库兹列卓娃手把手教王明健做实验，他明显地感觉到自己对俄语有一种天然的舒适感，连库兹列卓娃一个不经意的眼神也心领神会。

经过两个月的跟班学习，天赋过人的王明健可以独当一面了，化验室是他知识飞翔的天地。

王明健在化验室一干就是两个月。一天，物探专家要去基层检查工作，听说要办一个冬季培训班。这时，张科长对王明健说："物探室现在正缺人，需要你改行搞物探，你同意吗？"

王明健毫不犹豫地答应了。

这是王明健第一次改行。

到了物探室，王明健没日没夜地投入紧张的工作，面对一个新的专业，他必须要搞懂，不然日后怎么指挥别人搞科研呢？在物探室里，每一次苏联专家来讲课，王明健既要画图，又要做笔记，一点都不敢马虎。

急调北京搞原子弹

1956 年年末的一天，二机部副部长雷荣天来到 309 大队检查工作，那天刚好星期天，王明健正在洗衣服。张科长对他说："王明建，你来我办公室，有事找你。"

王明健兴冲冲地来到了张科长的办公室，张科长绕着弯儿对王明健说："孙中山原来是学医的，他怎么会改行？不就是为了中国的前途吗？现在又要你马上改行，调你去北京搞原子弹，你愿意去吗？"

王明健一听蹦了老高，大声说："服从领导安排，我愿意！"

这是王明健第二次改行。

张科长随后又告诉王明健："调到北京后回家的机会就比较少了。你回家看看父母吧。"

于是，王明健回了三天老家。当他挥别年迈的父母时，想不到的是，这位为祖国从事原子能事业的科学工作者，从此与父母一别成永诀。

就这样，他坐上火车，背着大挎包，内头装着两件旧衣服和十几本书，穿着那件蓝色马甲到北京报到。

下了北京火车站，王明健就直奔二机部三局报到。大门口有一位持枪的解放军战士，不让王明健进去。他就掏出介绍信，叫门卫打电话通知里面的人来接他。

不久，从里面出来一个穿中山装、留小分头的年轻人，他带着王明健进了一个大办公室，里头坐着的大部分是外国人，没有人搭理他。

年轻人对他说："这是你的办公室。"办公室很大，几张桌子拼在一起，还有几排红沙发。

比天还大的任务

前两个月，没有什么事做，王明健急得团团转，便给二机部的钱三强部长写信，他将自己在 309 大队工作、学习的情况详细地向钱部长进行了汇报，并在信里中表达了自己的心愿：只要叫我搞原子弹，死都不怕！

很快，钱三强回信说："信我收到了，你学的专业对我们国防建设很有用处，你的指导专家快来了。我相信你一定能为中国的原子能事业做出贡献。"

有一天，三局副局长佟城打来电话通知王明健，明天带上翻译到苏联专家组报到。还叮嘱他说，这个苏联专家组很重要，去到那里要刻苦学习，尽快掌握原子能方面的相关知识。

1957 年 3 月至 1964 年 4 月，王明健先后在北京跟随苏联专家组学习铀的物理化学基本知识，在北京第三研究所第二研究室任党支部书记，在北京第五研究所任萃取组组长。而每一次岗位的变动，都离不开他所钟爱的原子能事业。

在此期间，王明健只要走出大院，都受到中央警卫局的重点保护，由此他明白自己身份的重要性。

1958 年 6 月的一天，佟城局长来到王明健的办公室，向王明健询问了学习情况，还告诉他，不用再去苏联专家组了，也无须跟他们打招呼，明天上午去部里开紧急秘密会议。

到了二机部小会议室，宋任穷、钱三强、袁成隆、刘西尧等二机部的领导都已就座，他们神情严肃。

在会上，宋任穷传达了毛主席和周总理的指示，即中国第一颗原子弹不靠苏联，要提前爆炸，粉碎帝国主义核讹诈、核垄断。而中国第一颗原子弹能否提前爆炸，当务之急便是解决核原料问题。

宋任穷接着又说："广东翁源已发现了铀矿，国家急需两吨二氧化铀做实验，要在半年内建成一个厂，并生产出成品来。这个任务交给三局去完成。"

王明健明白，这是党中央、国务院交给他们重如泰山的任务。

比天还大的任务啊！

佟城局长看了一眼王明健，示意他在部领导面前表态，王明健霍地一下站起来说："完不成任务，我绝不回北京见首长。"

宋任穷笑道："能否完成任务都要回北京，我都要听你的汇报。"

当时，我国整个核工业体系还处在初建阶段，没有正规处理铀矿石的工厂，然而制造第一颗原子弹，又急需两吨二氧化铀作为原料。于是，二机部三局决定在广东省翁源县下庄建立 309 大队 11 分队水冶厂，任命王明健任 202 厂兼技术负责人，要求在半年内建厂，并生产出制取二氧化铀的原料——重铀酸铵。

当时的地质学家李四光说，一般的天然铀矿石，能作为原子弹原料的成分只含千分之几。因此，要从矿石里把这千分之几的铀提取出来，再浓缩成为原子弹原料，便成了王明健当时的头等任务。

回到三局后，王明健像有千斤重担压在身上，他对自己能否完成任务有点没底。他想，虽然在苏联专家组学习了一年时间，可这些苏联专家只给他讲一些原则性的东西，对提取铀的具体方法却守口如瓶。

一个晚上，王明健辗转反侧，难以入眠。他对自己说，我一定要在铀矿石中提取出铀原料，完成党中央、国务院，以及二机部交给我的艰巨任务。回到局里后，王明健加紧做铀原料方面的试验，设计流程图。

1958 年 8 月初，王明健秘密前往铀矿的发现地——广东粤北翁源下庄，开展我国第一颗原子弹燃料铀的提取工作。

当王明健身负重任，来到翁源找到县委书记，递交了密件，说明了来意后，县委书记立即挑选了 50 名身体强壮、政审合格的当地工人，与 309 大队 11 分队挑选的 20 余人，组成了从事铀矿提取工作的第一支队伍。

两次死里逃生

在翁源下庄建一个水冶厂，可谓是举步维艰。

由于建设铀冶炼厂是国家的重大机密，对外一律统称是建设化工厂，只有王明健等几个人才知晓内情。人们在不知情的情况下，凭着一股社会主义建设的热情，投入到艰苦卓绝的工作中。

身负重任的王明健更感到如山的压力。由于环境艰苦，如果没有不锈钢、塑料管道等必需品，怎么去建水冶厂？

除了吃饭睡觉，王明健整天都在思考这些问题。经过苦思冥想，他终于想到，要完成这个艰巨任务，必须要抛弃老一套的思维和墨守成规的老办法，在创新上下功夫。

于是，他想到自己家是开染坊的，可以把家传秘方用上去。

没有不锈钢和塑料管道，他就派人到广州定制了陶瓷大缸，再用竹子连接缸体和大木桶，靠这些土法上马的设备，搭起了水冶厂的框架。

在建水冶厂过程中，他们要在一张白纸上绘出"最新最美的图画"。

他们把矿石一次次地破碎，堆到池子里，经过吸酸，把铀炼出来了。再就是用大木桶，给矿石洗澡，经过萃取、综合，提炼出铀。这两者提炼出来的效果是一样的。

王明健发明的土法炼铀法——淋洗堆浸法，成了当时最简单、最经济、最行之有效的炼铀新方法。

1958 年 8 月，水冶厂正式投入生产了，这是全国第一家自办的炼铀厂。说时易，做时难。王明健设计出来的这套炼铀程序，实施起来碰到过许许多多的困难。

1959 年 7 月，202 厂接到二机部一个重要任务，制取 1 公斤核纯金属铀，在当年国庆献礼上，于北京博物馆展出。于是，王明健带着助手何国发连夜从翁源下庄赶往北京，在北京一个废弃的车库做试验。

王明健在试验过程中，曾经历了两次爆炸，差点将生命也搭上。

第一次爆炸，是由抗美援朝退伍回来的老兵何国发去提炼铀矿的炉子里点火，突然轰隆一声爆炸了。房子里乌烟瘴气，连日光灯泡都震下来了。王明健学着何国发的样子，将手紧紧地抱住脑袋，才避过一劫。后来王明健查出原因是点火过早，炉子里面有空气，因而导致爆炸。

第二次则是反应罐爆炸。这次还是何国发点火，爆炸声把他俩的耳朵都震得嗡嗡响，眉毛烧掉了，衣服也着了火。

何国发开玩笑说："跟你一起干，不是在搞试验，而是在玩命啊！我在朝鲜战场也没那么惊险过。"

"炼铀功臣"

王明健并未因此而退缩，而是更加坚定自己的信念，不断在失败中总结经验和吸取教训，一如既往地进行他的科学实验。

在这期间，王明健日夜潜心于核原子能研究，甚至到了废寝忘食的境地。

1960 年 9 月，二机部部长刘杰指示北京 601 所所长刘允斌（国家主席刘少奇的长子）派人鉴定王明健的 6092 萃取剂是否合格。于是，刘允斌派专家冯白川、孙景信进行实地鉴定，并用此方法合成了 100 公斤 6092 萃取剂进行生产上的扩大试验，取得了显著效果。从此，6092 萃取剂代替了化学沉淀法纯化铀。

王明健发明的"简易炼铀法"——6092 萃取剂，通过中性有机化合物对阴离子萃取剂协同效应等提取核能原料，及时解决了原子弹核原料的生产问题。

二机部副部长袁成隆在《上游》杂志对王明健上百次的"玩命"试验取得的成功，给予了充分肯定。

与此同时，二机部在翁源下庄202厂召开现场会，全国各地的铀矿企业派代表参加，学习下庄的"土法炼铀法"，《人民日报》《解放军报》等中央报纸也派记者前来报道。

多年来，二机部领导对翁源下庄202厂给予了高度重视。1958年年底，二机部副部长雷荣天在这里蹲点了9天，亲自视察王明健的"土法炼铀法"。1960上半年，二机部部长宋任穷率人到下庄视察。他在饭堂吃饭时，对王明健等人说，幸好我们提前准备了一把伞，现在下雨也不怕了。言下之意是：我们国家有了原子弹，帝国主义打进来，我们也有保护伞了。1960年下半年，刚上任的二机部刘杰部长也来到下庄视察，送来了中央对铀矿事业的关怀。

在王明健的带领下，工人们日夜奋战，终于在半年后完成了宋任穷部长交办的任务。而后，又经过两年多的苦战，下庄水冶厂终于生产出71.3吨的重铀酸铵，占当时全国"土法炼铀"总量的67%。

王明健发明从铀矿石中提炼重铀酸铵的方法，为中国第一颗原子弹提前爆炸做出了巨大贡献，他也被誉为中国第一颗原子弹原材料的"炼铀功臣"。

对于王明健的辛勤付出，党中央、国务院以及二机部领导给予了重视和关怀：

1959年11月5日，王明健接到周恩来总理的请柬，出席在人民大会堂宴会厅举行的宴会，并给与会代表送来了一支英雄牌钢笔。

1960年2月12日，二机部部长宋任穷发来请柬，邀请王明健出席为庆祝中苏友好同盟条约签订10周年举行的友谊酒会。

1961年7月17日，王明健接受中央军委办公厅邀请，出席在人民大会堂举行的聂荣臻元帅报告会。

钢铁般的承诺

1964年10月16日，我国第一颗原子弹爆炸成功。

王明健完成了这一极其繁重的政治任务，并接到返京的调令。

工作上得到的认可与称赞，虽然让王明健感到欣慰，但是这一纸调令却没有让他心生自满情绪。

王明健明白，奉调回京工作，就意味着给家人带来安稳舒适的生活环境。但是他也清楚地知道，铀矿水冶厂才刚刚起步，还有许多需要改进的地方，发展铀矿事业任重道远，他不能就这样卸下肩上的重任，为小我利益而忘记国家利益。

这时，二机部十二局局长苏华来到下庄 202 厂找王明健谈话，希望他留守下庄，带领团队建立更大规模的铀矿水冶厂。

面对组织和领导的信任，王明健义无反顾地选择了服从，毅然决然地放弃了返京的机会，决定留守在莽莽苍苍的九连山上，重新在这里选厂建厂，在中国南方最奇绝、最隐蔽的青山绿水间，继续为祖国的核工业事业而战斗不息。

这是一位优秀技术专家对自己专业的充分肯定，也是一位共产党员钢铁般的承诺！

1965 年，王明健参加了北京"741"党委组成的选厂建厂指挥部。由于第一颗原子弹的成功爆炸，国家十分重视铀矿事业的发展，经过北京设计院、北京五所等勘察研究表明：若需扩大铀矿水冶厂生产规模，必须引进美国先进设备，与现代化大规模生产接轨。在 202 厂的基础上，新厂经过 5 年时间终于建成。

而此时，铀矿厂也刚刚转制为中国人民解放军基建工程兵铀矿部队第 25 支队。

从此，王明健正式开始了他的基建工程兵军旅生涯，人们每天都可看见王明健忙碌的身影在军营和矿区里奔波忙碌。

他把青春与追求，深深地扎根在九连山上，为祖国的核能事业奉献专业技能、聪明才智。

但是，刚刚建成的工厂却不能生产，崭新的设备全都摆放在那里，地面到处是矿泥和渗液，砂袋胡乱堵在门口，除了几个值班人员以外，整间工厂都鸦雀无声。

面对这种情况，王明健深感痛心，但他也从中感悟到：国情是一切的先决条件，我们不能生搬硬套国外的先进设备与技术，必须根据自身条件状况，因地制宜，探索出一条属于自己的发展道路。

经过反复思考，王明健决定承担全面统筹、寻找出路的重任，决心把铀矿水冶事业引上正轨。他经过周密的考察分析，迅速向党委提出建议：抽出工艺、机电、仪表、电工、焊工等技术工种，马上成立技术革新组，一切从实际出发，迅速解决影响阻碍生产的问题。

攻关

作为一名技术革新领路人，王明健再三拒绝上级任命他为"营长"这一职衔。他总是这样说："带兵不是我的强项，搞技术才是我的强项，我们要各施所长，优化资源配置，才能达到效率最大化。"为此，王明健醉心于他的科学研究，只有原子能事业才是他最大的精神支柱和精神食粮，他的科研成果也由此一发而不可收。

制备清液的浓密机是水冶厂生产的重要工艺环节，每台浓密机下面有两台砂泵输送矿浆到下一台浓密机，存在易堵、易漏、易坏的严重缺陷。王明健苦思冥想，日夜研究其工作原理，最终决定把泵送矿浆改为风送矿浆，并且获得了成功。1971年，水冶厂处理铀矿石106 800多吨，大大超过了生产力指标，实现了质的突破。

水冶厂原设计出厂的"111"产品，是极精细的化学沉淀浓缩物，当时国内还没有过滤这种化学沉淀化纤布，所以要用板框压滤机，可是，板框压滤机不能过滤，影响生产。王明健决定在基本不增添设备的条件下，把生产"111"产品改为直接生产"131"产品，不需要板框压滤机过滤，直接减少由"111"再纯化为"131"时各种工序的损耗，保证了"131"产品质量达到100%的合格率。

在技术攻关过程中，王明健与北京五所、北京综合仪器厂组成的三结合攻关小组，用伽马γ密度计吸收法，连续自动测定控制底流液固比的生产实验，取得了良好效果，不但提高了自动化生产水平，而且还消除停产事故，降低了生产损耗，每年可回收1 000公斤铀，节约硫酸660吨，石灰660吨。

在破碎矿石车间，因圆盘给料机易堵塞又磨损厉害，且球磨机挖砂嘴磨损严重，处理这些故障，经常需要停机更换，严重地影响正常生产。为了解决这一技术难题，王明健成功改进自制振动给料机代替圆盘给料机，取沙球磨机挖砂嘴，增大铀矿石处理量，球磨机由原来的12.7吨/小时，提高到15～17吨/小时，使1972年铀矿石处理量达到122 091吨。

为了提高核能原料的生产效率，就必须从根本上解决乳化问题。王明健带领革新组的指战员，经过大大小小无数次实验，研究出聚醚防乳化，使含氟铀矿石进入工厂仍然可以正常生产，生产效率大大提高。

在王明健的领导下，技术革新小组用三年多时间，大胆开展技术革新和科学实验，克服了许多困难，敢想敢干，实干苦干，解决了阻碍生产、原材料消耗高、铀的总回收率低等问题，提高了设备运转率、铀的回收率，实现了三年三大步，四年创生产纪录，铀的回收率由 80% 提高到 86%，铀矿石处理量提高 35%。

四年时间，他们为国家处理铀矿石 9 640 吨，节省了大量的各种化学试剂，保证了"131"产品出厂合格率达到 100%，且生产成本不断下降。多年来，王明健发明和创新的这些技改项目，也被其他基建工程兵铀矿部队学习和采用。

昂首天地间

王明健总是这样，不求名、不求利，默默无闻地为我国的核工业而奋斗，潜心于技术革新和科学研究，一心只想为国家多做贡献。

奉献，是王明健这代知识分子人生词典里闪光的字眼。

时光流逝。

王明健早已迈入了生命的黄昏季节，但在中国核工业的史册上仍闪烁着他留下的光辉一页：1959 年，全国群英代表大会，他被授予全国先进生产者光荣称号；1977 年，他出席全国基建工程兵工作会议，被授予基建工程兵先进生产者称号；2008 年，荣获中核集团"献身国防科技事业"勋章。

近年来，全国各地多家新闻媒体采访王明健，当问到他是否后悔当初没有回到北京过安逸的生活，而是选择留守九连山艰苦创业时，身材瘦小的王明健，挺起了胸膛，用浓重的湖北话字正腔圆地回答："为了第一颗原子弹的燃料，我带着老婆孩子离开了北京，到了大山沟，我无怨无悔；我把我的青春献给了中国人民最需要、最辉煌的事业，为中国人民争了一口气，这是我一生中最自豪的事情。人生最美好的事，就是能以你的发明创造为人民服务，把知识和智慧留给了人民，是我一生中最大的幸福！"

当我们在采访中，再次提到这件事时，神采飞扬的王明健大声地说："为了中国的核工业，我一生无悔无怨！"

是啊，数十年来，王明健正是就这样说，也是这样做的。

这时，屹立在我们眼前的不是一位风烛残年的瘦小老者，而是一座昂首于天地之间的丰碑啊！

第二章　地层深处的"老黄牛"

杨展希在凡口矿是个响当当的人物。

他在矿山井下干了 36 个春秋。

他干过风钻工、爆破工，担任过班长、值班长、队长、区长、党支部书记等。

他不论职务如何变迁，始终没离开井下第一线。

艰辛的井下作业，锻造了他一身男子汉的雄风浩气。

他用无言的行动、感人的事迹，谱写出劳动者的壮丽诗篇。

他年年被评为先进生产工作者、标兵，10 次荣获韶关市、广东省、广州有色金属公司和全国有色金属工业总公司先进个人或劳动模范、全国五一劳动奖章、全国劳动模范的荣誉称号。

他的付出和荣誉成正比。

在凡口矿工会的会议室里，我们走近了这位年近八旬的老人。

疲倦为何物？

井下掘进是矿山生产前沿阵地的突出部。

有的人把这一工作环境视为畏途，想方设法避免进入或调离这一环境。而杨展希却对它有着无限的眷恋和酷爱，把自己的汗水、智慧融化其中，几十年如一日地战斗在这块前沿阵地上。

在掘进中，打天井又是最艰苦、最危险的作业，两米宽的吊罐，活像一个蒸笼，在里面仰起脸打钻，不一会儿就全身湿漉漉、黑黝黝的；当天井与上中段巷道快贯通时，由于岩石松散，风钻一开动，碎石、沙粒不时掉下来，洒进矿工的衣袖和眼睛，稍不注意，就会被坠石砸伤手脚，碰破皮肉。

这时候，老杨总是不声不响地第一个跳上吊罐。

有一次，-89 米中段东区 5 号川巷道堵死，影响了采场出矿。由于巷内积水过多，打钻时钢纤常常被卡住。

见此情景，老杨二话不说，奔到作业面，不一会儿，钻机声又轰隆隆地响了起来。

然而，经验再丰富的人有时也难以预测意外事情的发生。

在老杨干得正欢的时候，一股泥浆水顺着钢纤喷射而出，把他冲出好几米远，由于躲闪不及，又被一块石头砸伤了手臂。

矿工们见状，都纷纷劝他休息，上医院治伤。然而，他只是默默地摇了摇头，就又干了起来。

他不是不想休息一下，也不是感觉不到皮肉的疼痛，而是心里想着：大伙儿缺少应付意外的经验，自己离开了，再出问题怎么办？

就在这种责任感的支撑下，他找出了意外事故的原因和防止事故重演的办法，带领大家一直坚持到完成任务才离开。

第二天，人们看到上了药膏的老杨又出现在工作面上。

矿工们油然生起敬意：老杨真是一头不知疲倦的"老黄牛"啊！

梦里依稀仍战斗

随着生产规模的发展，凡口矿要采用新技术，在井下建立新的采矿系统。由于设计、施工、使用等方面的原因，导致溜矿井矿仓结拱、溜槽屙矿，出现一个"上吐下泻中间梗塞"的困难状况，全矿生产计划只完成十分之一，整个矿山上上下下急得团团转。

在这困难时刻，杨展希带着他的掘进二队来了，他主动向矿里和车间请战，要求把5号溜井的堵矿处理任务交给他们。

领到了任务以后，他立即组织了一个爆破小组，亲自带队，下到深不见底的井筒。井筒卡死的部位是个10多吨的大结块，随时都有崩塌的危险。

这时，老杨凭着丰富的井下采矿经验，细心观察，在安全可靠的前提下，率先从那个一片昏暗的小洞口爬了进去。

井筒里很狭窄，空气稀薄，鼻子尖只差五六寸就要碰到上结块顶，身子扭动一下就是满身泥污和渗水，干不上一会儿就闷得发慌。

就在这常人无法忍受的小天地里，老杨率领工友们硬是把6包炸药全部装了上去，当他们点燃导火索离开不久，一声巨响，卡在井巷里的结块哗啦啦地落了下来。

"通了！通了！"

人们欢呼雀跃，老杨他们的脸上也露出了久违的微笑。

铲除了拦路虎，生产逐步走向了正轨。

有人悄悄地告诉工区长："老杨最近经常做噩梦……"

是的，不仅在现实的生产上，而且在夜间的梦境里，老杨也神游在井下第一线、钻机、立方、进尺、炸药、炮眼……像放电影一样，一幕幕地呈现在眼前。

他常常因在夜里梦到井下出了事故而被惊醒。

白天的劳累，夜里的梦魇，使老杨日渐消瘦了。

有一次，有关部门同志找他了解情况，还未谈上几句，他就彬彬有礼地说："实在对不起，昨天晚上我做了个梦，梦见井下出了事，我要马上下去看看。"说罢他就穿上工作服，戴上安全帽，径直朝井口走去……

他接到矿部的通知，要到北京出席全国有色系统劳模表彰大会，矿里提前通知他提前一天休息，准备行装。可他心里惦记着井下，整天待在工作面上，一直到这天的凌晨，待开会的领队赶来催促，他才不得不勉强放下手中的工具。

在老杨的无声带动下，掘进二队的职工逐渐养成了不畏困难、不怕艰苦、勇挑重担的"老黄牛作风"，哪里需要就奋战在哪里，出现了一个你追我赶的新气象。

1985 年，掘进二队不仅圆满完成了 20 多项急、难、重工程，还提前一个多月超额 32% 完成全年任务，比 1984 年增长 23.2%，节约原材料费用 73 174 元。

告别"过时劳模"

"不学习，我这个劳模就要过时了。"

老杨强烈地感觉到了历史前进的步履声。为了使自己适应现代化矿山生产的要求，做出更大的贡献，学习成了老杨这位全国劳模的当务之急。

作为国家一级企业，凡口矿拥有全国一流的井下开采技术和设备，随着改革开放的深入，引进的新技术、新设备越来越多。然而，只有小学文化程度的老杨怎样有效地掌握和使用这些新技术、新设备，对他而言，这就形成了一个很大的困难。

他没有向困难低头，而是顽强地钻进书本里，攻克一个个难关。他订了不少学习资料和报刊，利用晚上的业余时间，在家学习文化知识、管理知识；利用白天工作的空隙看施工图纸，研究新设备的性能和使用方法，不懂就请教工程技术人员，直到弄懂为止。

老杨不仅使自己迅速地适应现代化矿山生产的需要，而且还能紧密结合生产实际对某些新技术提出修改意见。

－160 米西区 2 至 3 号采场切割和扩漏工程的图纸下来后，他认真推敲琢磨，认为如按图纸施工，不仅费力耗电，而且难度又大。

于是，他大胆地提出修改意见，得到领导和有关部门的采纳，使这项工程减少了工时，加快了进度，还节约了 2 万多元的开支。

有一次，他发现一张施工设计图纸与实际情况不符，便开诚布公地提出自己的看法和修改方案，结果比原图纸施工预算提高了两倍工效，降低了成本，节约了原材料。

在老杨模范行动的带动下，掘进二队的职工们也掀起了学习新知识、掌握新技术的热潮，很快地成为一支在技术、设备不断更新的当下也能应付自如、敢打硬仗的队伍。

前些年，凡口矿进行 FDQ 先进采矿法试验。这是一项重大的科研项目，工程质量要求高，技术难度大，施工量多，任务艰巨，困难重重。

针对这种情况，矿里将这项工程中的采场准备交给了掘进二队，他们接到任务后，熟练地按照图纸的要求进行施工，还提前完成了任务，为先进技术的推广做出了积极的贡献，受到了上级有关部门的赞扬。

"火车头效应"

不论是担任掘进二队队长，还是担任五工区区长，老杨天天下井，和工人一样干活，以自己的苦干、实干作风带动这两支一线队伍，彰显出"火车头效应"。

1986 年以前，他所在的掘进二队，钻天井、打平巷、开硐室，每年掘进 16 000 立方米以上，年年超额完成生产任务；1988 年，他担任五工区区长，在他以身作则的带领下，原来一年出矿不过 10 万吨，他竟然全年一举拿下 20 万吨。

他常说"我的世界在井下"，对他而言，井下世界更精彩。

他年过五旬，车间领导考虑他上了年纪，不让他继续下井，便调他到坑口机关，准备任命他担任工会副主席。老杨只坐了一天办公室的椅子，第二天就找矿长要求下井。

坑口领导让他担任"安全顾问"，他更有理由要求下井。

领导说："你的职务没下文件重新任命，不好安排工作。"

他回答说："不下文件，不任职务，只要叫我下井干活就行。"

最后让他带领几个人专门负责攻克当时的重点工程——清理和恢复好几个因冒顶片帮的采矿室和硐室。

这项工作相当危险，他却二话没说，精神抖擞地接受下来了。头 5 个月过去了,他和他的攻关小组,清理出采场 2 个硐室并出矿 35 000 多吨,干出了令人称赞的成绩。

不知从什么时候起,老杨就养成一种鲜为人知的习惯。

每天上班、下班,几次经过坑口调度室门口,总要停下来,炯炯有神的目光牢牢地盯着调度室里的"溜井存矿高度示意图",红色的箭头,清楚地告诉他 5 号、6 号溜矿井矿石量是多少,通过箭头的高低,他可以判断出坑口当天能否完成出矿 3 000 吨的任务。每当箭头偏低时,他就感到自己的责任加重了分量,就会立即迈开大步,下井带头苦干。

根据示意图,他时常在心里算一笔坑口生产账,每天 3 000 吨,每月 84 000 吨,全年 100 万吨。

当年的 2 月份,坑口采出矿石量告急,红色箭头急速下降,没人给他下任务,他却带领攻关小组的几个人,大干苦干一个月,出矿 10 000 吨,占坑口出矿量的八分之一,一举创造了采矿坑口有史以来人均出矿最高纪录。

"骨子里含铁包钢"

有位诗人形容老杨:岩石坚硬,他比岩石更硬 20 倍。

工友们都称赞他"骨子里含铁包钢"。

当时,坑口要在 5 号溜井中架设安全平台,难度大,事关全矿生产,责任更重大,上下几百米的主溜井,周围是阴冷的井壁,下边是绝命的深渊。

许多人站在那里都心生寒意、手脚发抖。

这节骨眼上,老杨拨开众人,系好安全绳,滑向溜井深处。

溜井口的人,两次听到矿石掉下去发出巨大的声响,个个惊心动魄,大伙为他的安全捏一把汗。

榜样的力量是无穷的。

更多的人站了出来,要求下去与老杨并肩战斗。

安全平台终于架好了。

全矿恢复了生产。

清理冒过顶、塌过方的采场和硐室,是危险的活。但老杨总是一马当先,冲在最前面,在危险最多的地段打风钻。最危险的要数在前面双手抓住旋转的钻杆定点,由于钻机的振动,松垮的岩石随时都可能被震落,每当这时,老杨总是在前面抓钻杆,由于抓钻杆的次数太多了,以致他双手的手掌上全是厚厚的老茧，两只手的虎口震出一道道带血的裂缝……

井下作业几十种，首推打天井最难。

所谓打天井，就是要在坚如磐石的上方开拓一条直径 2 米、长 40 米的通道。

作业的地方，是一条钢丝绳连接的小吊罐，人站在里面，晃晃悠悠。他上了年纪，仍和年轻工人一样，天天上井开钻，有人打一槽炮眼就支撑不住了，他却要打上两槽炮眼才肯下来。

爆破后，顶上残留松石，潜伏着安全隐患。遇到这种情况，他总是把别人推开，让吊罐把自己高高托举，凭着自己锐利的目光和敏感的听觉寻找"安全隐患"，在岩石缝隙的松石捕捉钢钎与石头碰撞声的异常，直到把松石块撬下，感觉安全后，他才让别人上去。

如果说，张兴让发明了"满负荷工作法"，使劳动效率提高数倍，那么，老杨就是"超负荷工作"的实践者——

工区工人三班倒，他同样倒三班。

夜班，他像年轻人一样在井下拼搏。

早班，他不顾疲惫地布置工作任务。

中班交班时，工人们仍见到他忙碌的身影……

他出任五工区区长，大胆打破工区原有的传统机械设备配置结构，增添了十几台风钻机，凡是台车施展不开的采场，他带领大伙提着沉甸甸的风钻机轮番上阵。在他的带领下，工区生产效率突飞猛进，产出矿石量 46 500 吨，比同期翻了一番；掘金量达 764 立方米，比往年同期增长 21 倍。

他是不倒的铁人。

他是奇迹的创造者。

他是"地层深处的老黄牛"。

第三章　筑炉工的春天

初识陈福春，是在韶冶的筑炉工地上。

见到陈福春，映入眼帘的是这样的形象：壮实的身段，被一套厚实的工作服包裹着，举止麻利；黝黑的肌肤，憨厚的外表，说起话来声音洪亮。

他曾荣获全国劳动模范、广东省劳动模范、广东省岗位操作能手、中国有色金属行业技能大奖，广东省、韶关市先进共产党员，第一届南粤技术能手。

筑炉工的工作是单调而又乏味的，但对于陈福春来说，筑炉工永远是春天，它在企业这个偌大的平台上，用一砖一石的组合，展现出自己的才情和诗意，绘就出一幅恢宏壮阔的画卷。

师傅一席话

面对采访，陈福春说："参加工作之前，我的理想很简单，就是希望找到一份好工作，当个正式工人，有一个幸福的家就 OK 了。"

1986 年，陈福春和他的几位同学从技校分配到韶冶碳化硅分厂筑炉队。来到班里第一天，班长见他生得十分壮实，浑身充满了活力，打心眼里喜欢他，当着大伙的面说："这个小伙子，就跟我吧！"一下车间就得到班长的青睐，陈福春打从心眼里高兴。然而，筑炉是一项辛苦而又乏味的工作，在高温中作业，成天与灰沙、砖块打交道。因此，筑炉工时常被人们戏称为"泥水佬"。

"当个泥水佬有什么自豪的？"和他一道来的同学这样说。结果，来筑炉队的 8 位同学先后调走了 3 位。

面对世俗的看法，陈福春也动过心，也想离开这里，可惜没有人脉关系。他想通过参加成人高考来改变自己的命运，并为此复习了好长一段时间。谁知天不遂人愿，他没有考上。

那就混吧，反正工资照拿。

然而，一次施工失误后师傅语重心长的教诲，令陈福春改变了他原有的心态，也化解了他内心的苦闷。

那是在韶冶锌精馏分厂的一次抢修。

陈福春弯着腰在闷热而狭窄的炉膛内干了一上午，砌了六七层耐火砖，谁知道师傅一检查，毫不留情地说道："拆掉重砌。"

他急忙说："我可干了一个上午啊！"

见他一脸疑惑，师傅耐心地说道："这里是空气和煤气汇集的地方，温度高、压力大，你的灰缝超标，破缝又不规范，这样的炉子弄不好会给工厂带来不可估量的后果。"

师傅语重心长地告诉他："在冶金行业，冶金炉就是企业的命脉。整座炉子哪怕是一块砖、一条灰缝不合格，随时都可能造成炉子烧穿、停炉，给企业造成几十万元的经济损失！"

从小争强好胜的陈福春彻底服了。从此，他就暗下决心：要么不干，要干就一定要干一流的筑炉工。

砌炉也是一门艺术

陈福春来自矿山，有着矿山子弟特有的粗犷和纯朴。

父亲对他说："好记性不如烂笔头，要多学习、多思考，把东西记录在本子上，以后翻翻本子还可以想起来，只要勤学肯钻，就没有学不会的知识！"

陈福春记住了父亲的话。

不久，分厂请来了专家给新工人上课。专家的教诲，使陈福春开阔了视野，启迪了思维。他第一次明白了水与砂、砖与泥的组合叫砌筑，砌炉子不但是一门技术，而且是一门科学、一门艺术。

然而，筑炉工是一个特殊的工种，不像电、钳、铆、焊等工种那样，随便就可以买到专业技术书籍，他跑遍了韶关市的新华书店，也看不到一本关于筑炉方面的技术书籍。

他只好向工程技术人员和分厂领导借。他翻出了在技校读过的教材，从《工业制图》《机械知识》等基础学起，两本《筑炉手册》《耐火材料》不知被他翻了多少遍，十几本笔记本写满了技术资料、经验体会和感受。

为了扎实练好筑炉基本功，陈福春总是将自己干过的活或别人干过的活拿着书籍、图纸进行比较、对照，怎样破缝、如何捣浆、怎样泡灰，他一一记在心里、记在笔记本上。

他常常蹲在师傅旁，帮着师傅提灰递砖，留心观察师傅的一招一式。当师傅抽烟休息时，他就主动接过师傅的活自己琢磨着干。

陈福春的勤奋好学，不仅提高了自己的技术水平，还得到了师傅们的"特别"关照。一位老师傅"悄悄"地告诉他一个快速测量炉子垂直线的绝招："在垂直线上做好记号，然后站在炉子的最高处，一眼看到炉子最下层砖，中间不能有凹凸的砖……"

临下班，老师傅还拍拍他的肩膀："小伙子，好好干，你会成功的！"

在工厂举办的青工技术大赛上，陈福春脱颖而出，以总分第一的成绩获得了工厂技术大赛筑炉专业冠军，先后获得了广东省岗位技术操作能手、韶冶"十佳"青年等称号，并获得了工人技师职称。

从蒸馒头联想到的学问

如果说陈福春当初参加工作仅仅是为了得到一份工作，改变自己的生活，那么，现在他对生活、工作的目的和意义有了更深层次的思考。

他说："人生无非就是工作与生活，一个人的工作时间也就二三十年，如果不学习、不努力、不进取，就如同一个没有思想的躯壳，'用进废退'正是这个道理！"

陈福春不仅学习筑炉技术，还参加了工厂举办的冶炼大专班，取得了大专文凭，参加了市委党校的本科班学习。

"只要勤学肯钻，就没有学不会的。"这句朴实的话，不仅应验了父亲对他的谆谆教诲，而且使他受益终生，不断激励他从一名普通的筑炉工人，一步一个脚印地走上班长、副队长和队长的岗位，并获得了高级技师职称。

各种荣誉也纷至沓来，陈福春实现了从一个单纯的技术工人向知识型现代产业工人的飞跃。

冶金炉的连续使用寿命（也称炉龄）一直是困扰冶炼企业生产的老大难，韶冶也不例外。

客观上讲，炉子的炉龄与原材料、砌筑、烤炉、维护等多方面的因素有着密不可分的联系，而主观上筑炉工人的技术水平也十分关键，哪怕是一条灰缝不合格，也会造成难以预料的后果。

从某个层面上说，这是技术人员思考的事，但陈福春却不这样想，他似乎对炉子有着一种难舍的情结，千方百计地想通过技术攻关来提高冶金炉的炉龄，为工厂创造更多的经济效益。

1995 年，陈福春在拆炉的过程中发现砖缝中有很多白色颗粒，这一发现使他心里一愣：难道炉龄与灰浆有关？他把泡灰浆的过程仔细回想了一遍，灰浆完全是按照技术要求炮制的，怎么会有问题呢？但砖缝里的白色颗粒又是从哪里来的呢？一连几天他百思不得其解，常常望着灰浆发呆。

一位工友好心地劝道："我们是按要求干的，好与不好那是工程技术人员的事，你操那份心干吗？"

一次用早餐的时候，陈福春见到早餐店里的馒头又白又大，心里犯起了嘀咕：泡灰浆不也是与蒸馒头一样，有个配比与发酵时间的问题吗？来到班里，他把所有的泡灰浆材料和记录都看了一遍，边看边计算，还把原料的配比和时间都进行了重新调整、组合，经过三个月的艰苦摸索，他终于找到了一套全新的灰浆"泡灰法"。

这一发现可不得了，他把新型灰浆"泡灰法"运用到韶冶一台精馏塔施工中，炉子的使用寿命从 10 个月提高到 19 个月，相当于增加了一台新的冶金炉，仅此一项就可以节约炉子维修费 50 多万元。

这些年，陈福春不仅创造了新型"泡灰法"，还在施工中摸索出"勾灰法"和塔盘"灰口浇水干湿法"。

他将这"三法"分别运用到两台精馏塔的施工中，使这两台精馏塔的炉龄从原来的 12 个月分别延长到 24 个月和 26 个月，节约炉子检修费用 100 多万元。

如今，韶冶的 20 多台精馏塔都已普遍采用了他创造的"三法"进行施工，炉子的平均炉龄从原来的 12 个月提高现在的 24 个月，精馏塔运行达到国内同行业领先水平，进入世界先进行列。

而全厂仅炉子的检修费就可节约上千万元。

韶冶修炉专家纷纷称赞他：阿春砌的炉子最好用。

专啃"硬骨头"

为了提高炉子塔盘的质量，延长使用寿命，韶冶投入资金引进了平口塔盘技术。陈福春用足心思钻研新技术，并研制出了"砌塔新配比"，通过采用喷沙粗化平口塔盘机械加工面，解决了平口塔盘砌筑施工等技术难题。

目前韶冶的铅塔单炉连续使用寿命达到 38 个月以上，镉塔单炉可达 48 个月，达到国内同行业领先水平。

有人说：人生就是不断追求、不断突破、不断创造，陈福春就是在不断追求、突破和创造中体现他的自身价值。

筑炉队承担着韶冶全厂大大小小 100 多座冶金炉的砌筑、维修任务，工作任务十分繁重，尤其是在夏天抢修炉子时，两边炉温的烘烤和热辐射，使施工条件变得异常艰苦。

鼓风炉冷凝器是韶冶铅锌生产的关键设备，过去冷凝器反拱都是采用混凝土整体浇铸，使用寿命只有一到两年，维修费用很大。经过技术攻关，韶冶决定采用组合砖砌筑来延长炉龄。然而，反拱组合砖砌筑施工是一项技术难度很大的"硬骨头"工程，陈福春和他的筑炉队也是头一次遇上这道难题。

在分厂大修碰头会上，大家闷头吸烟，谁都不发言。是啊！混凝土捣制的面积这么大、砼料标号这么高，也许砼料还没倒下去、反拱弧度还没成形就干透了，哪有时间刮拱啊！

万一有什么事，谁能说得清呢！

经过反复思考，陈福春站了起来，提出了自己的意见：按照常规配比进行施工可能做不出反拱，如果将颗粒大的料与颗粒小的料配比加以重新组合，可能效果会大不一样。

建议得到了分厂领导和厂大修指挥部的支持，并很快制订出详细的施工方案。

连续16个小时，陈福春带领筑炉队吃在现场、干在工地，在大家苦干加巧干之下，一个漂亮的组合砖反拱终于呈现在人们面前。

这项施工使鼓风炉冷凝器的炉龄从过去的2年提高到现在的6年以上，为韶冶由一年一大修过渡到三年乃至将来无大修，奠定了坚实的基础，大大降低了生产成本。

春天里的两棵树

陈福春说：一个人的力量是有限的，只有强大的团队，才能确保事业成功。

在工作中，陈福春有"四条规矩"是必须遵守的：

——每天提前半小时上班，进现场了解情况，掌握问题，做好各种准备工作。

——下班最后一个离开。

——最脏、最累、最危险的工作一定要站在最前面。

——不论何时，只要队里有任务，一定随叫随到。

为了加速提高队伍素质，陈福春在筑炉队开展了"二夹一、传帮带、一帮一、促提高"活动。

具体地说，就是先用两名师傅夹带一名悟性较高、能吃苦的徒弟，待这名徒弟成熟后，继续由一名师傅帮带，另一名师傅又重新组合夹带一名徒弟。

经过几年的实践，这一活动收到显著成效。

如今，筑炉队的职工个个都能独当一面，成为生产上的骨干。

陈福春得到的荣誉很多，但对待荣誉，他有自己的见解："荣誉只能说明过去，今后的路就在脚下。"

筑炉队队部的小院子里，栽着两棵树，一棵是广东常见的小松树，一棵是北方才有的白桦树。这一南一北的绿色植物，在料峭的早春时节，用老枝绽放的新芽，报道着南方明媚的信息。

哦，筑炉工将进入不平凡的春天。

第四章　"南网"之星

> 它是天上繁星之中的一颗，
> 不像流星一样划过而悄无声息。
> 它没有炫目的光辉，
> 却融入群星里得到永恒。
> 在粤北的南网，
> 有一颗质朴的星。
>
> ——题记

罗劲松，这个名字很通俗，很硬气，朗朗上口，不知他的父辈起这个名字的时候，是否料到他日后是一个有名的人物，是一颗闪烁而又质朴的星星。全国劳模，对于所有劳动者来说，是一种至高无上的荣誉，对于劳模本身来说，这却是一种奉献和天职。

罗劲松和他的名字一样质朴，墩实的身材，憨厚的笑语，高声大嗓，仿佛热心帮忙的邻家大叔。仔细一打听，他是一位从事二十多年电力系统继电保护的专家。

罗劲松说，我哪里是什么专家？打工仔一个，哈哈！

智慧选择：年轻人的锐气与胆量

罗劲松是个工科生，天生是与机械和电打交道的料。

1990 年 7 月，他从广东工学院电力工程系电力系统及其自动化专业毕业。应该说，学这个专业，在社会上是蛮吃香的，他可以留在广州，也可以到珠三角，在那里的工资要比韶关高一截，可他偏偏要留在韶关。

这只因高中老师的一句话："韶关是你的生养之地，难道没有一点感情吗？"罗劲松听后，沉吟了好一会儿，说："老师，我留在韶关，为家乡做贡献。"

一个工科大学生顺利地成了韶关供电局的一名电力工人。

参加工作伊始，他就自告奋勇，向领导表示希望在基层的继电保护班"学习"。当时有很多人不理解，在大学生稀缺的年代里，这个学习成绩不错的工科生为何要选择回到粤北山区，又为何要选择待在基层的生产班组，选择安全压力大且最复杂最让人生畏的继电保护专业？

这对于二十多岁的罗劲松来说，与其说是奇怪的选择，不如说是智慧的选择，透出了年轻人的锐气与胆量。

不仅许多人不理解，连罗劲松的父母和同学也不理解。当有个同学听到他这样的决定后，打电话骂他你是不是脑子进水了。

谈起这件事，罗劲松如今觉得很淡然。他说，想起来我当初的决定没错，继电保护是电力系统技术含量最高的工作，同时也是最具有挑战性的工作，正如一首诗写到：宝剑锋从磨砺出，梅花香自苦寒来。没有当初的历练，哪有今天的贡献呢？

低调的罗劲松将取得的荣誉和业绩说成"贡献"，让我觉得眼前这位衣着随便的中年人有着与众不同的胸怀。

在"学徒时代"，为了尽快适应继电保护的工作要求，罗劲松虚心向班里的老师傅请教，并逐条逐句地深究细读与工作相关的各种技术资料、规程制度。工作时，他总是全神贯注，一丝不苟，不放过任何一个细节。

他有记笔记的习惯，弄不懂的就到资料室和图书馆去查、去啃，直到将技术问题搞懂吃透为止。正是这种锲而不舍的精神，成就了他未来的事业。

在班组日常设备维护及多项重大的工程施工中，罗劲松发挥了突出作用，得到了领导和同事的一致好评，并多次获得单位"先进工作者""先进个人"等荣誉称号。1999 年，他凭借着扎实过硬的专业技术、严勤细实的工作态度以及平易近人的性格，走上了管理的岗位，成为生产部门的"继保专业专责"。

填补空白：特长与团队的最佳组合

走上管理岗位后，罗劲松并没有高高在上、脱离生产实际，而是带领他的团队，精心维护设备，对技术精益求精，勇于创新，锐意进取，用一个个工作实绩，回报群众与领导的重托和期望。

多年来，不管是刮风下雨，还是节假日休息；无论是白天还是深夜，只要有电网安全稳定运行的需要，他总会在接到命令的第一时间赶到单位，奔赴现场处理各种难题。在几年时间里，他解决了无数电网运行的实际问题和技术难题，逐步成长为电网继电保护专业的技术专家，为粤北电网的安全稳定运行做出了重要的贡献，也成了一颗冉冉升起的"南网（南方电网）"之星。

在精研技术的同时，罗劲松还善于总结和创新。"没有进取，没有创新，就没有技术革命可言。作为一个优秀的电力工作者，就要比别人做得更多，想得更多。"面对着众多刚刚踏入电力行业的年轻人，罗劲松总是这样谆谆告诫。

从事电力行业二十多年，罗劲松参加并主持了众多关于电力系统新技术、新理论的研究，并取得了丰硕的成果。

继电保护装置的定期检验，是继电保护专业工作的一个重要环节，它具有反映保护装置是否正常运作，是否需要更换的重要作用。按照电力规程，继电保护装置是按照固定周期进行检验的，然而这种做法的弊端在于会造成运行状态好的设备过度检修，而运行状态差的设备却缺乏应有的检修。

解决这个问题的方法就是根据设备的健康状况来安排检修，即继电保护设备的状态检修。这种技术在国外部分地区已经有一定的运行经验，但在国内却依旧是一片空白。

而填补空白正是所有创新者的兴趣所至和动力源泉。

罗劲松决心用自己的一技之长和团队合力填补这一空白。

针对继电保护装置长期实行以计划性检修为主的定检体制存在的弊端，罗劲松带领一批充满朝气的年轻人，与长沙理工大学合作，开展了继电保护装置状态化检修工作可行性研究的重大课题。

在短短的半年里，课题组研读了大量的国内外相关文献，并与长沙理工大学的专家、教授们一起，对作为试验样本的变电站及其保护装置进行了反复的调试，吸取了国内外同行的先进经验，完成了数万字的继电保护装置状态化检修可行性分析报告。

经过反复的调试和研究，罗劲松率领的韶关课题小组提出了采用设备、元件、回路细化参考点作为判断装置运行状态的新论点。

这个论点一提出，立即受到长沙理工大学的教授们的认可，他们说，有一种茅塞顿开之感。

专家们认定，这项研究成果是国内电力系统继电保护状态化检修研究工作的一项全新突破，为继电保护装置状态化检修工作的先行一步提供了宝贵的应用实例。

迎难而上:"食脑一族"与"拼命三郎"

想方设法完成每一项任务,是"南网人"的行为理念,也是罗劲松一直以来的工作准则。

面对困难,他总是勇于担当;遇到困境,他总是迎难而上。

在领导的心目中,他是值得信任的好下属;在同事的眼中,他是值得信赖的好工友、好拍档。

2003 年冬天,寒气袭人,细雨纷飞。

韶关曲江站一条 500 千伏线路发生不明原因的跳闸故障,作为粤北地区的枢纽变电站,这一现象给韶关电网安全稳定运行造成了严重威胁,如果不妥善处理,很可能造成电网系统的局部崩溃,其后果不堪设想!

这宗事故同样引起了上级电网公司的高度关注,并下令尽快查找出故障原因。

在这个紧急关头,韶关供电局领导将信任的目光投向了罗劲松,他说:"阿松,这回又要你出山了。"罗劲松挺起胸脯说:"没问题,领导信任我就上吧。"

于是,他带领精选出来的几个专家组成的团队来到曲江变电站,并在那住了下来。在不分昼夜的日子里,罗劲松带着专家组对电站出现的各种数据进行了细致深入的技术分析,并查阅了大量电气图纸,从不同角度和方向制订了多种排查方案。经过对上百个电气回路逐一排查,终于找出了发生故障的直接原因,化解了威胁电网安全运行的重大隐患。

从广州来的一位专家仔细地检查了一遍罗劲松查出的电气回路后赞叹道,韶关这支队伍太优秀了,完全可以到省或全国参加电气专业的大比武!

我问罗劲松:"成功的秘诀在哪里?"

他谦逊道:"我们搞电气故障排除的,一定要做到胆大心细。所谓胆大就是要敢于突破前人的思维定式,勇于创新;心细就是要有科学精神,要遵循物理定律,实事求是,一丝不苟。继电保护的缺陷是多种多样的,即使是同一表象的缺陷,也可能是由不同的原因造成的。近年来电力系统新技术应用得越来越多,我们还需要不断充电,不断提高分析和解决问题的能力。我们技术人员就是'食脑一族',靠智慧取胜。"

2008 年初春,一场史无前例的大冰雪无情地袭击了我国南方广大地区,给社会经济生活带来严重影响,尤其是对韶关北部电网造成了毁灭性的破坏。

面对这种异常严峻的形势，罗劲松和他的团队接受了几个受损变电站抢修复电的艰巨任务。

灾情如虎！

此时正值春节假期，省内大多数的电力设备加工厂都已经关门休假了，而抢修材料的加工又迫在眉睫。没有抢修材料和备件，变电站抢修复电就无以谈起！

面对困难，罗劲松想起了"南网人"的信条：想尽办法去完成每一项任务。

在春节期间，人们张罗着年货，在叙旧中谈笑风生，而罗劲松却风风火火，东奔西跑，手机因电话不断而发热了，最后烧坏了电池。

他求爷爷、告奶奶，好不容易在韶关找到了一家金属结构加工厂，厂长说工人都放假了，将他们请回来要给加班工资。

罗劲松一听厂长松了口，就一口答应了厂长提出的要求。

大年初三，这家工厂就开工了，加工抢修所需的急用材料。为了与时间赛跑，使抢修复电急用的金具材料早日送达施工现场，罗劲松连续一个星期不分昼夜，与工厂的工人同在焊接现场。

生产车间强烈刺眼的电火花，使他眼泪不断流出来，眼睛红肿得睁不开，看东西也模糊不清，但他全然不顾。他心里想的是如何以最快的速度、最安全的方法将抢修材料赶出来！

他对自己说，为了急制抢修材料，只有拼命了。

当生产车间的焊花停止了绽放，当大分贝的马达停止了轰鸣，当工人们将金具材料装上了汽车，罗劲松这个"拼命三郎"才长吁了一口气，此刻他的眼睛针刺一般痛，什么也看不见，这时他才掉转头对助手说："开车将我送医院吧。"

社会责任：城市灯光的生生不"熄"

什么是"南网人"的担当？

"南网人"的担当就是主动承担社会责任，一诺千金。

罗劲松对我说，"南网人"有一个信条就是在责任和使命面前勇于担当。

作为广东重要的重工业基地，韶关地区有大批工矿企业。而大型国企成了韶关站立的骨架。

　　为保障这些企业的日常生产，提供优质可靠的电能供应，韶关供电局所属的变电站设备的运维就显得尤其重要。

　　110千伏凡口变电站肩负着为大型国企——中金岭南集团铅锌矿生产基地凡口矿提供电能的重要任务。随着电网的飞速发展和凡口矿负荷的不断增长，经过技术核算，凡口变电站的6千伏高压配电柜设备已经不符合安全可靠供电的标准。为了安全运行，更为了给用户提供安全可靠的供电服务，设备改造势在必行。然而，2009年凡口矿的生产任务安排得相当饱满，生产经营压力极大。

　　怎么办？

　　经过多次协商，双方依然无法确定变电站改造停电时间和施工期。时间一天天过去，隐患就像一颗定时炸弹，时刻威胁着电网的安全！

　　面对这一情况，又是罗劲松站了出来。他多次组织施工单位的技术人员对变电站现场进行认真细致的勘察，测量和记录电气设备安装所需的技术参数，并与施工单位共同研究施工方案，对整个施工工序的各环节和每个细节都进行了深入细致的分析，反复对施工方案进行优化和调整，决定采取"三班倒"的模式进行不间断作业，使计划施工工期从原来的20天，压缩为8天。

　　少了整整12天时间，不是拍胸口拍出来的，而是经过严谨的科学论证。

　　在罗劲松眼里，科学比时间更为重要。时间在科学的原则下压缩，不是风险，而是效益！

　　当罗劲松拿着详细周到、处处为用户着想的施工方案摆在矿方面前时，凡口的高级工程师用放大镜看了一遍又一遍。

　　他同意了，并签了字。

　　很显然，罗劲松的方案中一方面照顾到企业生产任务繁重这一实际情况，平时停电停产非常困难，主动将工期安排在国庆假期中；另一方面又采取了万无一失的事故应急备用电源措施，消除了矿方对井下700米作业面供电安全存在的疑虑和担忧。

　　真情实意终于打动了客户。

　　凡口矿同意在国庆期间安排分段停电配合改造工程进行施工。多年专业工作的熏陶和敢打硬仗的锻造，培养了罗劲松"严、细、勤、实"的工作作风和甘于奉献的品格。他天天戴着安全帽在工地上检查工作进度和工程质量，如有纰漏，就毫不留情地命令：返工。

　　难怪有工人暗地里称他为：铁面人。

在国庆施工期间，有亲朋好友劝他，既然制订了完善的施工方案，工地又有人留守，就不用天天跑到凡口工地去当"监工"了，难得有这么个长假期陪陪家人。

而每一次面对好言相劝，他都笑而不答。

罗劲松心里很清楚，越是节假日进行施工，越容易出差错。这项改造工程是不允许出任何差错的，它不仅关系到企业的形象和信誉，更是关系到用户人员和财产的安全。因此，他每天都对施工过程进行全面检查和监督，不放过任何蛛丝马迹。

竣工时间正好是工期的第 7 天，比预定时间提前一天完成了改造工程。

望着窗外渐次点亮的矿区灯火通明，听着手机那头感谢的话语，罗劲松抑制着微微的激动，谦逊道："不用谢，别客气。这是我们的责任——社会责任。"

矿区灯光、城市灯光的昼夜不灭、生生不"熄"，何尝不是"南网人"对社会的承诺啊！

问及罗劲松现在忙什么？

他开玩笑道："瞎忙。"

他哪里是瞎忙啊！除了本职工作，他还张罗一个劳模工作室，将全局年轻的技术精英招揽进来，将发明、创新的火炬点亮……

上任访谈：角色的转换带来的挑战

2018 年 9 月，罗劲松调任南雄供电局党委书记兼执行董事。

2019 年 1 月，我采访了他。以下是访谈摘要。

问：罗书记，我想请您谈谈到南雄供电局任职的情况，您由一位工程管理者转变为企业管理者，感觉上有什么不同？

答：还是称我罗工好一些，听起来比较舒服（笑）。我来南雄局，最大的转变就是工作性质的转变。一是从主网到配网的转变；二是从单一架构到多元架构的转变。自己要驾驭的东西感觉更加多了。南雄局虽然是县一级的供电局，但麻雀虽小，五脏俱全。从我个人的角度看，是更大的考验。

问：上任后碰到第一件事是什么？

答：我 9 月初来到南雄局，刚好遇上机构改革。这是按照省电力公司的架构来进行改革的。由于我是刚到新地方，情况不是很熟悉。能够参与这次改革，保持职工队伍的稳定最为关键。这次改革，将原来 10 个部门压缩成6个部门，18个供电所结构调整后变成3个，有很多供电所的所长在这次改革中下马了，我们按照公平、公正、公开的原则，做了以下工作：先是群众评议阶段，群众评议差的就下去。再就是通过笔试、面试等成绩去综合考核干部，让大家明白此次机构改革的目的。

问：在改革实施过程中碰到什么难题？

答：在实施过程中，当然也碰到许多难题，遇到一些阻力。因为我是来拆庙的，必然会引起一些人的反对（笑）。如果是建庙，肯定是得到许多人的欢迎，皆大欢喜嘛（笑）。南雄局原来有个副股长，现在没得做了；还有一位是供电所的所长，现在变成一般员工。他们有牢骚也是正常的。我就去做他们的思想工作，到各部门了解情况，收集群众对此次改革的意见。这次考核干部，我们是以是否团结群众，是否有担当精神去考核的。我们的技能是有等级的，符合什么就考什么，合格了才能晋升岗位。人们紧紧把握住用人及人才标准的导向，把年轻有为的人选拔到合适的岗位，发挥他们的才干。我到了这里，做结构改革后，整体上职工队伍是稳定的。对于退下来的人员，我们集中办班，对他们进行培训学习，让他们尽快晋级。从这点上体现出我们领导对职工的一视同仁，也体现了并无私心的关爱。

问：南雄局的情况与全韶关市各个供电局的情况有什么区别？有多少上升的空间？

答：据几个月的深入基层调查了解，南雄局某些指标如业务上的生产指标比起全市一些供电局还有一些差距。我认为南雄局的提升空间还是比较大的。我到了这里，想和大家一起努力，使这个职工队伍的面貌有所改观。其实，指标导向是重要的环节，我们提出的口号是："国内一流、网络一流、国际一流"。广东电网、南方电网都提这个口号。要做到一流的企业，我们还有很多工作要做，我感觉身上的担子比以前重多了。不管怎样，自己还是拼尽全力把工作做好。我是党委书记兼执行董事，在全局是最高的位置，但我想，工作不是我一个人能做的，要靠大家去做，要积极调动全体员工的积极性。目前，要把各个党支部的工作抓好，加强基层党支部的建设。通过党支部的龙头作用，将南雄局400多位员工的积极性调动起来，以优质、高效的姿态完成各项工作。

问：听说进入供电局的门槛很高，优质的人才资源是企业发展的重要基础？

答：现在进入供电局工作都要省电网公司审批，八九十年代准入门槛比较低，现在不同了。因为要做成国际一流的企业，必须要看学历。其实，企业的竞争，归根结底就是人才的竞争。我们要想方设法留住人才，除了靠企业的形象、知名度、实力等因素外，还要靠方方面面的配合，才能提高企业的竞争力，才能提升企业的整体水平。

问：俗话说，电是无牙老虎。安全生产是供电部门的第一要义。你们在这方面是如何去做的？

答：安全生产是供电部门老生常谈，但不得不谈的话题。因为供电行业是一个高危企业，如果不按照操作规程去做，就会埋下大隐患，就会酿成人身事故。我们现在提倡"精益化"管理，鼓励职工搞发明创造，但创新离不开安全，任何时候都应该绷紧安全生产这根弦。所谓创新，有大的技术改造，更多的是一些不起眼的小发明，从一些简单工具到工作方法的改良，在不违反安全的前提下，都可以进行技术革新，以达到减轻劳动强度、降低生产成本、提高工作效率的目的。

安全生产，首先要抓"二票"制度的落实。何为"二票"？就是操作票、工作票，有了这"二票"才能规范上岗，安全才有保障。还有就是要有完整的制度，再就是要认真抓好职工的培训工作，要经常检查落实。"二票"制度的落实，要抓主要矛盾，把问题关键点找出来并加以解决，所谓精益化管理，就是结合实际工作中出现的问题，"有的放矢"去改进。

问：您认为南雄局产生质变的主要问题在哪里？如何去抓？

答：我认为，现在南雄局存在的问题是人的意识问题，如果以完成任务就可以交差的思维模式去工作，那么就谈不上对工作精益求精，要改变这种思维模式，需要有一个过程。韶关市局把我调来南雄局，我想肯定有组织上的意图，但对我本身来说，我在市局工作时形成的理念以及做事的方式方法，不一定全部适合南雄局，但"人民电力为人民"的宗旨是相通的、不变的。市局与县局存在差异性，县局长期处于低端运行，因此，我到这里后，要更多地从思想上、意识上扭转这种局面，从面上建立一些相关的规章制度，引导他们往高端方向去运行、去落实。通过专项指标的提升，带动他们意识上的改变。我要强调的是，不是把劳模工作室搬下来，而是把这套工作方法与理念逐步灌输到每一个职工身上，使各方面工作都与韶关市局接轨，形成高端的良性运行。

我现在的工作抓手就是，提升某一项指标，不断提高每项指标的标准，也就是说提高做事的质量，使大家慢慢习惯这种思维模式和工作模式。常言说，"冰冻三尺非一日之寒"。当然了，提升南雄局的整体水平不是一两天的事情，是一个循序渐进的过程，这个过程是相当艰苦的。

我已经做好了这方面的思想准备。

罗劲松人到中年了。

5 年前，他荣获全国劳模这一殊荣，实现了人生的最高目标。

如果说，全国劳模是一颗夺目的星星，但某些人却被云遮雾罩，成了一颗一闪即逝的流星，消隐于茫茫苍穹之中；只有勇于进取、踏实肯干的人才像恒星一样熠熠生辉。

罗劲松，是广东电网韶关供电局的一位中层干部。现在他由一位视专业为生命的继电保护专家，变为一位县市一级的企业管理者，平日里他没有侃侃而谈的豪言壮语，也没有惊天动地的业绩，有的只是对电力事业的执着追求和赤胆忠心。

纵眼望去，在南方的粤北有一颗质朴的星。

这颗星融进了灿烂的星群里，闪烁出金属般的光。

中国符号的劳模

劳模是工人队伍的精英，是向国家和人民奉献精神财富和物质财富的领军人物。

在共和国成立以来的历史进程里，在粤北工矿企业中，全国劳模像一面红旗、像一把标杆显示出无穷的榜样力量。

劳模的血脉里也熔铸着工匠精神。其价值在于精益求精，对匠心、精品的坚持和追求，其彰显的力量，穿透时间和空间，昭示后人。

在这里，让我引用龙小龙一首名为《工匠精神：一双手》的诗：

> 我要写的一双手
> 是它，把原野里分散的沙粒汇集在一起
> 放到熔炉里整合
> 完成了一次次灵魂和品质的重塑
> 是它剔除了那些管道里的锈迹和霾尘
> 去除了不合时宜的因子
> 使空气格外清新，大地呼吸均匀
> 江河的血液畅行无阻
> 淬炼阳光的手
> 让冷硬的生命发光发热的手
> 一双手，让伟大诞生于平凡的缔造者
> 一尊立体的雕塑

第五部 劳模协奏曲

　　在中国，在粤北的工业重镇，也有一批有着中国符号、有着中国魂的劳模，他们用辉煌的工作业绩和闪光的精神元素演奏出激情洋溢的协奏曲……

尾　声　激扬与沉思

当要为本书打上句号的时候，我的脑海里出现了"韶关工业现象"的字眼。是的，韶关这座千年古城的工矿交响曲，完全可以用"现象"来形容，它是一条穿越千年的历史主线，将一座城市的血脉贯通。

确切地说，"韶关工业现象"应该是新中国成立以来的工业浪潮：20世纪50年代的华南重工业基地、60至70年代的"小三线"建设、80年代前后的改革开放阶段。这三个重要的历史阶段，将韶关工业建设推向了重要位置，呈现出罕见的辉煌。

历史的车轮飞驰在21世纪的快车道上，轰然作响。冷眼回首，韶关的工业建设已经不复昔日，尽管还有几家矗立着的"八大厂矿"的幸存者，正进行艰难的转型升级，但"韶关工业现象"似乎延续的是一种精神的血脉。

一位哲人曾说过，对于一件过去的事物，反思似乎比歌吟更为客观，更为逼近事物的真相。近年来，韶关和省内一些学者，曾将韶关工业建设的过去和现在作比较，以此作为研究的课题。

"韶关工业现象"是"东北老工业基地现象"的缩影？

有人提出，"韶关工业现象"是广东"东北老工业基地现象"的缩影。这种类比，从思考的角度和逻辑联系都有其合理性。

所谓"东北老工业基地现象"是指由于体制性和结构性矛盾日益突出，曾经居全国前列的东北三省工业生产发展滞缓，经济位次不断后移，相当一部分国有大中型企业陷入困境。1990年，黑龙江、辽宁和吉林三省工业增长率分别排在全国倒数第二位、第四位、第五位，经济效益也处于落后地位。这一异常情况引起各方关注，被称为"东北老工业基地现象"。

经过数十年的开发建设，东北在我国经济版图中具有举足轻重的战略地位。到21世纪初为止，东北三省的原油产量占全国的五分之二，木材提供量占全国的一半，商品粮占全国的三分之一，汽车产量占全国的二分之一，造船业产值占全国的三分之一，钢产量占全国的八分之一。到20世纪60年代，东北已形成全国最大的钢铁、石油、粮食、汽车、化工、大豆、船舶、机电、航空、军工、煤炭、建材、机车、木材生产基地和最密集的铁路网、电力网。

上了年纪的人，也许会记得这些劳模的名字："铁人"王进喜、"毛主席的好工人"蔚凤英、"新中国第一位女火车司机"田桂英、"全国刀具大王"金福长、"革新能手"张成哲、马恒昌小组带头人马恒昌等。以辽宁省为例，被评为省级以上的劳模就有 18 000 多人，位居全国之首，其中全国劳模 1 616 人。

改革开放初期，东北地区的国内生产总值占全国 14.3%，到 2002 年，国内生产总值占全国的 11.25%，工业总产值占全国的 16.7%。到 2001 年，东北三省仅占全国的 9.1% 工业增加值，比重均下降了。

一位新华社记者撰文：我做了十几年的新华社记者，近些年对东北一个明显的感受是，工人的生活日渐贫困。下岗、失业者越来越多，越来越多的工人靠城市最低生活保障金生活。产业工人由过去的"人见人羡"变成了社会的困难者，成了新的贫困阶层。

学者们分析了"东北老工业基地现象"之后，做出了如下诊断，认为其存在如下弊端：一是市场化程度低，经济增长乏力；二是产业结构比例失调，而调整缓慢，传统的产业比例大；三是国有经济比重高，所有制结构较为单一；四是历史包袱沉重，就业矛盾突出；五是设备老化，整体竞争力下降；六是资源型城市主导产业衰退，亟待发展接续产业；七是财力有限，金融风险尚未化解。

说罢了"东北老工业基地现象"，让我们回过头说说"韶关工业现象"。

新中国成立后，韶关作为华南重工业基地和广东战略后方，曾被国家和广东省委以重任，先后部署了一批国家级、省级骨干工业企业，由此奠定了韶关在广东省的工业"龙头"地位，多年创造出来若干个"第一"，韶关因此成为全省第二大工业城市。

从新中国成立到改革开放前的二十多年，是韶关现代工业发展最辉煌的阶段。资料显示，1960 年全市工业总产值是 1949 年的 21.3 倍，重工业比重与 1949 年相比提高了近 40 个百分点，达 57.7%。1978 年，全市工业总产值为 1960 年的 6.6 倍，重工业比重提高近 13 个百分点，超七成工业总产值为重工业所有。

这一时期，韶关工业的高速发展有着明显的时代印记和政策因素。

在 20 世纪 50 年代末和 70 年代初，国家把一些工业项目从沿海城市内迁到韶关，或者在韶关重新布局新的工业项目，这些举措大多是从战略需要出发的。也就是说，国家在战略层面的整体布局，促使韶关发展为一个以工业配套的机械工业和原料工业为主要产业结构的重型工业重镇。

20 世纪五六十年代，韶关的工业结构都是在计划经济的指导下形成的，工业的基础和辉煌依靠的是国家投资和外力"移入"。企业投资由国家无偿拨款，原材料由国家调拨提供，产品由国家包购包销，这类计划经济时代僵化的体制形成巨大的惯性，致使韶关工业经济进入了"积重难返"的计划经济怪圈。

1978年至1998年，韶关工业从无到有，从薄弱到厚实，从单一到逐渐形成体系，这主要得益于中央的战略部署，实实在在地为韶关带来了一次具有深远意义的"工业时代"，也为韶关工业的发展奠定了坚实的基础。

辉煌过后是沉静。

改革开放初期，韶关工业发展脚步明显减慢，不仅与珠三角地区的差距越拉越大，甚至连原来发展较慢的湖南郴州和江西赣州，也有赶超韶关之势。

数据显示，1979年至1988年，韶关工业发展年均增长仅为10.9%，不仅低于全省的18%，甚至低于全国12.8%的年均增速。韶关一直引以为豪的工业经济，在全省的位次也不断退后。1978年，韶关工业总产值11.9亿元，其中重工业产值8.37亿元，分别在全省排名第五位和第三位；而到"七五"期末的1999年，韶关工业总产值36.25亿元，在全省的位次退居第十二位，重工业产值则退到第八位。而原来比韶关发展慢一两拍的湖南郴州和江西赣州，在1987年被列为所在省份的改革开放试验区后，发展势头开始超越了韶关。

究其原因，可从多方面去分析。

第一，韶关没有享受到对外开放应有的优惠待遇。

对于韶关经济尤其是工业经济与周边城市发展差距拉大的原因，在1991年韶关市政府向省委、省政府提交的《关于要求韶关市区对外开放优惠政策的请示》中提到，"韶关重工业产值在全省退位的原因，除了主观努力不够外，没有享受到对外开放应有的优惠待遇也是一个重要原因"。

一位原韶关企业领导告诉我，同一个产品，人家能出口，我们不能出口；同样引进设备，人家免税，我们却要纳税。当年由于受出口配额限制，韶关较大型的纺织、矿产、机电等出口大多变成了转出口，造成了效益转移外地。这位领导接着说，许多外商都愿意来韶关投资，但由于缺少国内配套资金，许多项目虽然合同签了，却无法落实。这种状况，不仅增加了韶关发展的难度，也削弱了外商投资的吸引力。

第二，从产业结构看，轻重工业比例不合理，是改革开放后韶关工业经济发展在全省排位一再后移、让位于人的重要原因。

改革开放初的十年时间，广东全省重点发展的轻工业，纺织、电子、食品、医药等迅猛发展，不少产品覆盖全国，并进入国际市场。而此时韶关的情况却恰好相反，除纺织和烟草工业外，大都发展缓慢，甚至原来基础较好的电子工业在全省的地位也明显下降。

原韶铸集团韶关铸锻总厂总经济师陈辉荣认为，韶关未能及时有效地调整轻重工业的比例，加速轻工业的发展，最终导致其加工业落后于基础工业，工业产品精深加工程度低，以致韶关生产的原材料产品多，终端产品少；配件产品多，主机产品少；一般产品多，拳头产品少。

这种产品结构影响了韶关工业产品竞争力和企业经济效益，也制约了规模经济的形成。

第三，技术改造与革新滞后，是制约韶关工业水平迅速下滑的又一重要原因。

韶关80%以上的重工业建立在20世纪50年代至70年代，经过二三十年的发展，厂房、技术都比较残旧和落后。因此，许多企业都面临技术、设备的更新，但由于资金短缺，直接导致企业技改投入不足，在市场竞争中迅速跌入困境。

第四，资源日益枯竭，阻滞了韶关工业经济的发展。

一直以来，素有"有色金属之乡"美誉的韶关，早在1990年就发现各类矿产88种，其中12种矿的储量居全国前十位，铅、锌、铜、铁等16种矿储量居全省第一位。

在工业总产值中，在韶关的中央、省属企业掌握着90%以上的有色和黑色金属矿藏。这也意味着韶关的中央、省属企业大多数是依赖于能源、原材料工业支撑。

韶关冶炼厂、凡口铅锌矿、大宝山矿等企业有明显的矿产资源特征。然而，随着资源日益枯竭，必将导致韶关工业经济发展内生动力的严重不足。

正如韶钢集团原总经理余子权所说，我市一些大型企业经过二三十年的开发建设，面临的资源性矛盾也逐渐突出。当年的资源优势随着开发建设导致储备下降，与之配套的相关产业也受到影响，过去的资源优势不断演变为发展劣势，而与此同时，替代产业和延伸产业尚未形成，再加上一些政策性因素，在一定程度上拖累了韶关工业经济的发展。

实际上，对于在工业化进程中显露的问题，作为工业重镇的韶关也是早有预见，采取了相应的对策和措施。

回首20世纪90年代初期，韶关的决策层尝试着从不同方向去改善韶关的工业结构，如考虑利用韶关机电工业的良好基础，把韶关作为汽车零件生产的主要基地；利用煤炭储量较多的优势，提高煤炭生产能力；利用水力资源丰富的优势，新装发电机组，新上发电站；利用石灰岩资源丰富的优势，发展水泥厂，等等。

1995年，我参与了韶关市委宣传部写作组创作的报告文学《希望》，对当时出现的工业发展态势，我有感而发地写道：

当旋转着的车轮辗压在一条散发着泥土芳香的新路，向着太阳升起的地方、向着原野与天边的交接处驶去时，载去的却是企盼和梦想，装回来的是沉甸甸金黄色的丰收硕果……

太平洋的潮声拍着南中海岸，漫过辽阔的珠江三角，开始卷向粤北。曾经唠叨过多少次的梦呓，如今的韶关像一匹醒狮用有力的肢体伸展出一股勃勃雄风，发出震天动地的吼叫；一个跨世纪的梦幻和蓝图，在历尽沧桑后开始兑现……

而这一切却是文学的想象和理想化的憧憬。

然而，正所谓"一步慢，步步慢"。

后期的追赶需要付出更大的努力，而结构不合理，老工业、旧产业比重过大，严重地制约了新产业的重振雄风。

韶关走进了年复一年的迟缓之路……

韶关工矿精神：弥足珍贵的精神财富

韶关是一片奋斗成就梦想的沃土。

作为广东省的北大门和富有光荣传统的老工业城市，曾经有过辉煌的过去。

翻开韶关工业的发展历史，呈现在人们面前的是一首催人奋进的励志长歌。

从20世纪50年代末开始，韶关抓住被国家确定为华南重工业基地和广东"小三线"建设的发展机遇，全力发展工矿企业，在这片神奇的土地上，建成了当时璀璨夺目的重工业城市。

这一代韶关人，用生命和汗水铸就了一个时代的辉煌，为当今韶关人接续奋进，在新的起点上开启全面建成小康社会、实现社会主义现代化新征程，留下了弥足珍贵的精神财富。

这笔精神财富，就是韶关工矿人努力锻造和始终坚持的工矿精神——

尾　声　激扬与沉思

艰苦奋斗、甘于奉献、坚韧实干、追求卓越。

艰苦奋斗，是不畏艰险、开拓进取、奋发有为的优良传统作风。

回顾韶关工业发展史，让人刻骨铭心的是：老一辈韶关工人阶级，一身铁骨，不惧艰苦，以拓荒牛、先行者的姿态，以奋发有为、攻坚克难的精神风貌，逢山开路，遇水架桥，排除万难，推动韶关工矿企业经历了从无到有、从小到大、从弱到强的发展过程，先后建成一大批骨干企业，建起了广东的"工业城市"，铸造了一座南方城市"工业时代"的辉煌，谱写了新中国工矿企业的壮丽篇章。

甘于奉献，是牺牲自我、成就事业、无悔无怨的高尚情怀。

老一辈工人阶级以企业发展、报效祖国为己任，对事业有着强烈的荣誉感和使命感。不计报酬，不讲索取，是当年老工矿人共同的思维方式和价值取向。广大建设者告别繁华都市，扎根韶关山区，献了青春献终身，献了终身献子孙。

坚韧实干，是信念坚定、舍我其谁、真抓实干的务实风格。

韶关工矿曾经的辉煌，不是想出来的，不是说出来的，而是靠着对党、对国家、对社会主义的坚定信念奋斗出来的。老一辈工人阶级凭着一定要干、一定要干成的信念，在困难面前执着坚定、迎难而上的韧劲，在工作中脚踏实地、求真务实的品质，写就了韶关工矿从创业到发展的浩然壮歌。

追求卓越，是拒绝平庸、精益求精、勇于创新的崇高境界。

韶关工业企业起步后，把追求卓越作为始终不渝的奋斗目标。大宝山、凡口等企业把韶关打造成了声名远扬的"有色金属之乡"；韶钢、韶冶、韶铸等企业持续占据国内同行业的"高地"，造就了众多的全国和全省"第一"。当企业转型升级的大潮到来时，这些企业积极树立新发展理念，以非凡的勇气和决心大力推进改革创新，推动传统企业改造升级，在创新发展的道路上迈出坚实步伐，谱写了新时期工矿企业发展的新诗篇。

可以说，韶关工矿精神，源自于中华民族的优秀文化传统，源自于奋斗在韶关工矿人的无私奉献，深深地融入了韶关的城市血脉和企业文化，彰显出韶关人的文化自信。

韶关工矿精神是韶关人用生命和智慧凝聚的宝贵精神财富，是推动韶关持续发展的不竭动力。

展开新型工业化道路的蓝图

纵观全球发展趋势，以新能源、新材料等为主导的新兴产业将成为全球经济新的增长点。为顺应形势，我国出台了《战略性新兴产业发展规划》，并提出要在节能环保、新一代信息技术、生物、高端装备制造、新能源、新材料、新能源汽车七大领域抢夺经济科技制高点，使新兴战略性产业成为经济社会发展的主导力量。

作为老工业基地，韶关曾经是全省重工业的代表，但随着资源枯竭，发展空间受到较大的限制。如何在美丽的生态图景下续写工业发展新篇章，成为韶关发展无法绕过且只能认真解决的一道难题。

面对新形势、新要求，韶关市委、市政府认真探索新的发展之路，提出了走新型工业道路，从生态富矿中获取效益的思路。

中共韶关市第十一次代表大会强调："既要金山银山，又要绿水青山；既要科学谋求现实利益，又要为子孙后代留下广阔的发展空间。"

据了解，韶关新型工业化的目标是：全市工业经济结构明显优化，产业规模明显扩大，产业布局得到改善，产业链条进一步延伸，企业自主创新能力大幅度提升，市场竞争力有效增强，大力培育骨干企业，形成一批年销售收入达100亿元以上、50亿至100亿元、10亿至50亿元的大型企业，形成独具韶关特色的优势产业集群。

其具体做法是：从提升现有省级开发区和产业转移园区入手，推进钢铁、有色金属、机械装备、玩具等主导产业的集聚发展；通过引导投资，培育壮大高新技术产业，打造广东省重要的装备基础零部件先进制造业基地、广东省先进制造业配套基地、电子信息产业转移最理想的承接基地、华南地区重要的玩具生产基地。

瞧，韶关这座有着两千年文明史的城市在21世纪的朝阳下，展开了宏伟的新型工业化道路的蓝图……

超越时空的工矿交响曲

岭南在哪里？

岭南就在我们的脚下。

从地理位置看，岭南是指我国五岭之南，相当于现在的广东、广西、海南。属东亚季风气候区南部，具有热带、亚热带季风海洋性气候特点。

尾　声　激扬与沉思

　　岭南地貌因在历次地壳变动中，受褶皱、断裂和岩浆活动影响形成了山地、丘陵、台地，平原交错，苍山如海，林表似黛，虎豹出没，猿啼鸟语……

　　岭南矿业始于北宋韶州的铜冶业，早在汉代，在粤北就专设有专门负责矿冶事务的"金官"。隋唐时，粤北的曲江、连州、阳山都出现了铜冶业。北宋中期，宋仁宗开放矿禁，我国铜冶业空前发达，而粤北是铜冶炼最发达的地区之一。韶州城南数十公里外，有一个名叫大宝山的地方，那里创办了一个岑水铜场，年产量70多万斤，直到南宋，铜冶炼的炉火才熄灭。

　　也许，从那时起，千年古城的工矿交响曲奏出了古老的序章。

　　悠悠岁月，血火写丹青。年轻的韶关工业，在炮火中催生。硝烟飘过韶城上空，韶关人用双手打造出飞上蓝天的铁鹰，与凶残的日本战机交火，捍卫了民族的尊严；在北江河畔，有一间制造山炮的兵工厂，在日机的轰炸中，抢时间、争速度，将出厂的枪炮投入到血雨腥风的粤北会战；韶关的城乡，妇女们一边哼着抗战小调，一边用巧手制作出军用被服和军鞋。战时省会，吹响了万众一心齐抗敌的号角。以为民生，与战为伴，成了韶关工业的草创阶段。

　　战火淬炼出来的乐章，是这样勇毅而又悲壮。

　　韶关工业在共和国的怀抱里成长。20世纪50年代，年轻的共和国版图上，有一个红色的圆点，那就是华南重工业基地。来自全国四面八方的精英人才在这里汇聚，一批批厂房在这里拔地而起，一些大企业的领导人大多是厅级以上的干部，其中不乏老红军、老八路。随着打着"华南"旗号的十数家企业崛起，上百家企业先后进驻韶关，粤北的工业基础初具规模；60至70年代的"小三线"建设，从广州、珠三角以及粤东迁来了许多企业，在"备战"的大背景下，开始了新一轮的拓荒和建设，共和国的脊梁要在超级大国面前挺直。计划经济成就了韶关工业的壮大，也写就了韶关工业在全省的一个个"第一"。

　　韶关工矿交响曲在这一历史时期里飙出了响遏行云的最高音，多少年以后仍令人壮怀激烈、浮想联翩……

　　改革开放大潮惊涛拍岸，在计划经济大船里驾轻就熟的韶关工业，遇上了新的难题，前进的速度减下来了，不仅与珠三角地区拉开了较大的距离，连周边发展较慢的湖南郴州、江西赣州，也显出超越的实力。改革开放初期的韶关工业艰难地扑打着沉重的翅膀，在徘徊中调整前进的身躯。

　　韶关工矿交响曲滑向了低音区，浑厚中孕育着不甘人后的悲怆。

落伍不代表沉沦。

激扬过后是沉思。

韶关工矿交响曲进入尾声了。

这是一部多声部的交响曲，有悠远、雄浑、高亢、低徊，更有穿越时光的激越。正是这些丰富无比的音乐元素，构成了韶关工矿交响曲震撼人心的力量！

它让你细品味。

伴你奋然前行。

令你潜然泪下。

在结束全书之前，我想引用著名报告文学作家徐剑的一段话：

"传说中有一种神鸟，当它腾飞的翅膀不能承受之重、渐入式微时，便会选择重生。经历烈火后，重新开始更绚丽的历程。这叫涅槃后的浴火重生。"

后　记

2019 年是中华人民共和国成立 70 周年。

在这个伟大的节点上，我历时一年多创作的长篇报告文学《燃烧的交响曲——一座南方城市的"工业时代"》（以下简称《燃烧》）终于要出版了。可以说，这是我在花甲之年献给共和国的一份礼物。

以钢铁、有色金属、煤炭、铀矿等刚性物质，在烈火燃烧中组成的雄浑交响曲，记录着韶关这座工业城市的年轮，也承载着韶关工矿人精神生活的博大和厚重。而书名中的"工业时代"，并不单纯是时间的概念，而是跨越 20 世纪 50 年代至 80 年代初期的韶关工矿发展的运行轨迹，以及上千年铜冶炼薪火相传的历史链接。

从一个时代的辉煌到一个时代的落幕，其经验、教训甚至思考，都将给后人留下难以遗忘的记忆。

这是一笔值得敬重、值得珍藏的精神财富。

在 20 世纪七八十年代，韶关工矿企业的份额占广东全省的"半壁江山"，这是不争的史实。韶关工矿企业是 20 世纪广东工业的重要组成部分。韶关工业化的历史进程和企业改革，不仅有着厚重的历史承载，而且具有鲜明的时代特色。

为弘扬"艰苦奋斗、甘于奉献、坚韧实干、追求卓越"的韶关工矿精神，让更多的人进一步了解韶关在广东工业中的贡献和影响，我用这部 40 多万字的全景式报告文学，以史志的方式和宏大的叙事，填补全方位反映粤北工矿发展的文学空白。

我试图在这篇后记里，与读者一道分享我创作《燃烧》过程中的艰辛和思想花絮。

1

如果有人问我，在你的创作生涯中，写得最苦的是哪部作品？

我会毫不夸张地说，是这部刚脱稿的长篇报告文学《燃烧》。且不说这部作品沉雄浑厚，其采访难度和创作难度也是空前的。

可以这样说，《燃烧》是我诸多作品中，至今稍感满意的一部。

这可能应了一句俗话：一分耕耘，一分收获。

2017 年末，我以退休年龄离开供职了二十多年的新闻单位。正当我为获得时间自由而密谋"放飞自己的梦想"时，韶关市社科联的专职副主席黄明奇打给我一个电话，经向市委宣传部领导请示，邀请我创作一部反映韶关工矿发展的长篇报告文学。

刚听到这个消息，我着实有点犹豫，我做了一辈子文字工作，到了花甲之年的确需要歇息一下、调整一下，然后再做一点我想做而又相对轻松的事情。

也许是黄副主席猜到了我心思，他开始做我的"思想工作"了，他说请我写这部书是经过慎重考虑的：

一是我有在大型国企生活和工作的经历，这是十分可贵的；二是我是韶关屈指可数的报告文学作家，获过大奖，有丰富的创作经验；三是我一直从事新闻工作，笔头快、思维敏捷。

经黄副主席一说，我已感觉到，这副担子非我莫属了。

从心里说，我认可黄副主席对我的评价，然而更重要的是，我在韶关冶炼厂工作、生活了18 年，在那里有我朝夕相处的工友、有同声同气的老乡，也有关心过我成长的领导。

也就是说，企业是培养我成长的摇篮，我与它有着血浓于水的联系，这是一份无法割舍的深厚情结啊！

就为这一点，我欣然接受了市委宣传部交给我的任务。

2

接到创作工矿报告文学任务后，我首先从地方志和工矿史等方面入手，进行了深入细致的阅读和研究。在《韶关市志》里，我找到了韶关工矿发展的大概源流；于是我又借来了《大宝山》（三卷）、《韶钢志》（三卷）、《韶关冶炼厂志》（三卷）、《凡口铅锌矿志》（三卷）、《曲仁矿志》、《煤田矿务局志》、《南岭煤矿志》等，仔细研读。

在这些工矿志里，我看到了韶关工矿发展的基本脉络，也了解了这些企业所经历的大事、要事，以及不为人知的业绩。但要写一部有分量的报告文学，这些了解还远远不够，因为报告文学要反映出来的事件必须有人的活动，要有人在活动中所呈现出来的情节、细节和丰富的感情色彩，而不是机械的运动、机构的更替、数字的罗列和事件的再现。

后 记

于是，我和韶关市图书馆的副研究馆员苗仪、文友张忠考，开始了三个月的"田野调查"，只是我们的"田野"不是在乡村，而是机器轰鸣的大工厂和日渐萧条的煤矿。

在 2018 年 5—6 月，我们来到曲江境内的大宝山，听取了亲历者的介绍，登上了海拔上千米的凡洞，眺望大宝山脉雄奇的山势。

我们来到"十里钢城"——韶钢，穿越了辽阔壮观的厂区，与全国劳模罗东元、薛自力对话，探讨劳模与工匠的真正内涵。

我们来到了韶冶，这是我曾经熟悉的企业，我在这里抛洒过汗水、奉献过智慧。我和工友们闲聊，找回了昔日不变的情感和火红年代的节奏。

在凡口铅锌矿，我们参观了矿史展览馆，看到了凌空穿梭的大缆车，听全国劳模杨展希讲述过去的事情。

我们来到三个已下马的煤炭企业——曲仁矿务局、梅田矿务局、坪石矿务局（原南岭煤矿），听留守处的同志讲述不再被人提起的往事，寻觅着煤炭人奋勇夺高产的时光碎片。

铀矿，许多人知之甚少，因为它一直处于保密状态。可惜的是，这支为我国第一颗原子弹爆炸提供过铀原料的核工业队伍，现在大部分完成了它的历史使命，留下的是破落的厂房和寂寞的四野。我们来到了 741 矿的翁源下庄，来到了 743 矿的南雄澜河，来到了 745 矿的仁化长江。

在那里，我们观察，我们细望，我们座谈，试图还原那逝去的岁月……

3

我面对比采访还艰难的是写作。

我要将几百万字的素材和资料演绎成一部有血有肉、有筋骨有温度的报告文学，实在是一件难度颇大的事。要知道，工业题材与军事题材、农村题材不同的地方是，像工艺流程的改造、设备功能的优化这种钢铁般冷硬的物化，显然适合于论文的概括和描述，而人的活动却隐藏在物质的后面。因此，寻找人、寻找故事，是我写好这部报告文学至关重要的元素。

我要将采访到的人物和故事放进一个大框架里，才能表达出我想表达的思想内涵和艺术旨趣。于是，我想到的韶关是千年古城，上千年的历史演进，有着许许多多的故事和传奇，也有着令人向往的历史人物和绚丽风情，如果将韶关工矿发展放在这个历史大背景里，让人读来就不会产生"审美疲劳"，反而有一种心驰神往的感觉……

一天晚上，我在电视机前，无意间看到一场音乐会，"交响曲"这个音乐名词突然触发我的灵感，我想到将我手中的素材进行分类，也就是将一座城市的工业发展轨迹融进一首气势磅礴的交响曲里。

于是，我将钢铁工业叫作钢铁进行曲，写的是大宝山矿和韶钢；将有色工业称为有色圆舞曲，写的是凡口矿和韶冶；将煤炭工业称为煤炭变奏曲，写的是曲仁矿、梅田矿、坪石矿三个下马的煤炭企业；将劳模群体称为劳模协奏曲。

然后，我将韶关千年的工矿发展史分成若干个时期，将没有写到的省属企业、市属企业有机地放了进去，与传奇、风情、习俗、典故融为一体，形成铿锵激越的千年奏鸣曲。这种组合，既保证了整部作品结构的完整性，又显示了多声部在交响曲的作用，交相辉映，多姿多彩。

我对自己表现出来的审美趋向和艺术尝试是欣然的。

4

一般来说，报告文学的深刻性是指作品的思想力度。

我将《燃烧》定位为，在叙述韶关工矿文化这条历史长河中，既要说出源，也要说出流；既要写出洪波，也要写出浊浪；既要说出"过五关斩六将"，也要说出"败走麦城"；既要绘就出大江东去的气势，也要细描出小桥流水的委婉；既要写出如日中天的辉煌，也要写出日渐式微的衰落；既要有宏观的描绘，也要有微观的剖析……而这一切都基于历史真实。

广东省作协副主席郭小东教授看完我的书稿后指出："若一开始，作者便有强烈的人文与城邦、工业与城市、前后现代主义与工业社会的关系认知，及将工业与文明同置的哲学意识，将文学对象作为历史现象来审视与批判，则文气和格局将会彰显在宏阔之中。"

我从郭教授的字里行间，看出了他对这部书稿的期待和希冀。就是说，要在作品中强化思想性和理论深度，只有这样，才能将作品提高一个档次。

这的确是一次颇具难度的挑战。

我想，韶关虽有两千年的历史，有深厚的人文底蕴，但不是古老的城市国家，在人文与城邦的关系上，没有精彩的历史火花。于是，我试图在工业化与城市化方面寻找突破口，从网上购买了《中国的工业化与城市化》（周叔莲、王延中、沈志渔著，经济管理出版社2013年版）、《广东工业化进程研究》（杨维主编，广东人民出版社2008年版）、《迎面而来：从

后 记

人类文明发展看第三次工业革命》（黎雨、李新编著，国家行政学院出版社 2013 年版）。通过研读，果然开阔了我的视野，我们不仅要将韶关工业发展的轨迹放在广东工业化进程和中国工业化进程中去考量，还要放到世界工业文明的大背景中去寻找历史坐标，挖掘出韶关工业发展的规律和工矿精神的内核。这时我看到，一座南方城市的"工业时代"，正拖动着沉重的翅膀起步，并在时代光影下负重前行……

这种新能量的补充，似乎使我产生一种感觉：作品应站立在新的高度上，接受读者的检阅。

5

在这里，我不会忘记为这部书稿鼓劲、出力的文朋好友。

首先感谢郭小东教授，他继为我的历史散文集《雄风古韵说传奇》写了一篇长序后，再次为我这部长篇纪实作品奉献心血，写出了一篇耳目一新、醍醐灌顶的序言：这部地方性的文史记忆，以报告文学的方式，又融入太多的文体形式，有较为明晰的主题词，虽然显得有些杂，但不至于乱。如此辽阔的城市记忆，在文本形态上不太多见。郭教授的学术视野之远达与深幽，分析得鞭辟入里，雄词之卓著非凡，将拙作提高了一个档次。可以说，郭教授所提及的闪光元素恰好是我今后的努力方向。

韶关市批评家协会主席温卓敏教授，也是拙作最早的读者之一。他不仅为我的作品更正、挑刺、指正"硬伤"，还组织了"评协"的文友们为拙作开了一个小型座谈会。他评价道：作品格局宏大，构思恢宏，复调结构，构架匠心，视野开阔，宏大叙事，具有历史文化的厚度与回望反思的深度。

我中学时期的老师苏耀良看完作品后，有感而发：这部 40 万字的鸿篇巨制，穿越千年，横跨多个工业门类，做到纪实性与文学性有机结合，可读性强，引人入胜，是广东文坛不可多得的纪实力作。

暨南大学出版社的苏彩桃、陆祖康、武艳飞三位编辑老师认真阅读了这部作品，认为是"一部布局宏大、风格庄重、语言高亢激扬的古典主义交响曲"。对作品的主题、结构以及表现形式给予充分的肯定，并提出了十分到位的修改意见。

老师们的赞誉之词更使我感到内心的不安和惶恐，更令我感到报告文学是一座很难达到巅峰的高山。唯有努力，才能不断前行。

工友加文友张忠考（笔名曙光），是我"马拉松"之路的"陪跑员"。

三个多月的采访，他与我一道头顶骄阳、脚踩热土，走遍了粤北的各大企业。一到目的地，我们分别进入"状态"：我采访对象，他在一旁录音、拍摄，为我减轻了采访的劳动强度。当我在写作中遇到困难时，他及时打来电话，给予鼓励。尽管《燃烧》一书的作者里没有他的名字，但他没有丝毫的计较。在此，我对他说一声：谢谢你了，好兄弟。

文史专家、好友苗仪将正在写作的《韶关工矿发展简史（初稿)》无私地提供给我参考、引用；韶关冶炼厂老厂长林克星给我寄来了他的个人资料、学术专著和相关新闻报道；韶关知名作家、好友王心钢，文友江先华主动地为我的报告文学写作出谋划策，提供"金点子"；韶关市总工会的科长林红伟奉命陪我们采访了全市近三十位劳模和工匠，她既联系采访对象，又及时安排车辆，任劳任怨，为我们的采访提供了"优质服务"；文友王忠一是核工业某单位的负责人，主动地承担了铀矿系统的联系任务，使我们在采访中得到了很大的方便；一年来，我爱人麦凤贤输入了上百万字的资料，为这部书稿洒下了辛勤的汗水。

此外，大宝山矿陈建澄，韶钢的张琅、陈立新、邓伟雄，凡口矿的于海艳，韶冶的黄明、李于春，梅田矿的王超起、徐岳飞，曲仁矿的彭良武，文友杨小兵，老同学黄敏，全国劳模王明健的女儿王琴等，还有一批记不起名字或素未谋面的朋友和热心人，他们为我们的采访提供了不少方便，在此一并感谢。

在写作中，我也引用和参考了以下书籍和资料：《中国第一有色金属交响变奏曲》（伊妮）、《太阳·地球·人》（陈培学、张波等）；《韶关日报》（合订本）、《韶钢人》（合订本）、《凡口报》（合订本）、《韶冶报》（合订本）；《宝山英雄谱》《党旗在韶钢飘扬》《钢铁人》《知识工人罗东元》《跨越》《韶钢文化案例集》《流金岁月》《火红的旋律》《铿锵的足音》《创造奇迹的人们》等。

另外，书中的插图均来自韶关各厂志、矿志的图片资料，特此鸣谢。

6

有人说，写报告文学特别是长篇报告文学是精神和体力的"马拉松"。这对于我这个年过六旬的老者来说，真是实实在在的"马拉松"。

发令枪响了，年轻人箭也似的从我身上疾驰而过，我站在起跑线上，不由自主地迈出老腿，只有跑……

面对上百万字浩如烟海、林林总总的素材，我顿感一头雾水。

后　记

我在电脑前足足坐了一整天，没动一个字。

我不知从何下手？

两天后，我得出结论：将当初设定的板块结构改为纵向结构，又将纵向结构延伸为平行结构，用"交响曲"形成一条宏大而又清晰的主线，统揽全局。

从 2018 年如火的炎夏到 2019 年的深秋，我时而在电脑前伏案沉思、按键写作，时而在阳台上远眺群山、近观高楼。

夏光膀子，秋凉加衣，冬烤暖炉，春闻鸟语。

我在写作中享受了如沐春风般的愉悦，也遭遇了如坐针毡的痛苦……

我不仅有血糖高的慢性病，还有长期伏案带来的偏头痛，以及腰椎间盘突出等多种疾病。在阵阵袭来的痛苦中，我好几次打算放弃……

但，最终选择了坚守。

现在，我对自己说，你很棒，跑完了最后一程。

7

凌晨四点多，我在手机短信中写道：

文本在打磨和润色中日渐博纳与雄浑，难掩内心的愉悦。一种被淘尽心血的虚脱，一种力不从心的自拔。也许作品面世后没有得到什么，我也可告慰自己，我已尽力了。

一辈子有一部厚重的作品陪伴终身，这是许多人无法做到的事。

我做到了！

春华秋实，天道酬勤。

更值得欣慰的是，《燃烧》先后列入广东省作家协会深入生活专项扶持项目、韶关市委宣传部文艺精品重点项目、韶关市哲学社会科学规划委托课题。这一方面是对《燃烧》这个选题的认可，另一方面也是对我付出的智慧和汗水的切实回报。

我仿佛看到，一首出自千年古城的工矿交响曲，带着金属燃烧的激情和响彻行云的力度，汇聚成跨世纪的浩然壮歌，以纪念一座南方城市渐行渐远的"工业时代"……

作者

2019 年深秋于韶城